한국 한시 감상

이장우 지음

명문당

서 문

　이 책은 한국의 역대 명시 60여 편을 자못 소상하게 해설해보려고 노력한 책이다.

　이 해설에 앞서 한시의 구조, 한국 한시의 역사, 한국 한시의 특징 같은 것을 좀 설명해보았다.

　상세하게 해설한 시는 60여 편이지만, 해설 없이 역대 시화에서 인용된 조선조의 여러 부류의 시인들의 시를 원문만 역주해 참고로 제시한 시까지 합하면, 이 책에서 다루고 있는 시는 거의 100수에 가까울 것이다.

　부록으로는 첫째로 부賦 4편을 제시하였는데, 앞의 3편은 관어대觀魚臺라는 필자의 고향 경북 영해의 대진해수욕장 옆에 솟은 상대산이라는 산봉우리를 두고 읊은, 목은 이색, 점필재 김종직, 사가 서거정 선생 같은 일대의 종장宗匠들의 명작들이다.

　그 다음 한 편은 정조 때 충청도의 한 유생이 제출한 과거 답안지인데, 미국 하버드 대학의 김선주 교수와 나의 공동 해설·역주 작업인데, 여러모로 소상하게 해설해 부쳤다. 아마 이런 것에 관심을 가지는 분이라면 매우 재미있게 읽을 것이라고 생각한다.

그 다음 부록은, 서설에서는 시 몇 수를 예로 들어 설명하려고 시도해보기는 하였으나, 좀 미진한 부분인 한시의 형식, 운율 같은 것을 다시 시 몇 수를 예로 들어가면서 설명해보려고 하였고, 또 한시를 읽고 해석할 때 주의를 요하는 글자의 성조의 변화에 따른 의미의 변화〔파음破音〕현상도 설명하고, 한시를 읽을 때 참고할 사전, 운서韻書 같은 것도 좀 소개하려고 노력하였다.

　그렇지만 이 책의 중심은 바로 60여 편의 시를 대체적으로 소상하게 풀어서 설명한 데 있다고 할 것이다. 비록 설명하는 형식이 반드시 일치하지는 않지만, 필자 나름대로 매우 상세한 주석을 달고, 매우 자세하게 읽고, 되도록 쉽게 설명해보려고 노력하였다.

　　필자는 비록 어려운 한문을 전공하는 사람이기는 하지만, 쓰는 글은 매우 평이한 한글 전용 투를 애용한다. 설령 한문을 잘 모르는 사람이라도 읽을 수 있게 하고자 하는 것을 나는 목표로 삼고 있다.

이 책이 앞 서설 부분과 마지막의 부록 부분은 좀 어렵게 느껴지더라도 시 해설 부분만은 누구나 관심을 기울인다면 즐겁게 읽게 될 수 있을 것으로 기대한다.

　이 책을 만드는 데 도움을 준 대구의 주동일 선생과, 명문당 출판사의 김동구 사장을 비롯한 편집 교열자에게 감사를 표한다.

2020년 9월 9일

서울 북산서실에서　이장우李章佑

목 차

해설 시 편 57

| 한국 **한시** 개설 |

1. 한시 시어의 몇 가지 특징

"한시漢詩란 말은 한문 글자, 한문 문장으로 된 시라는 뜻인데, 옛날에는 중국의 지식 있는 사람들은 물론이요, 한국이나 일본, 나아가서 베트남의 지식인들까지도, 자기들이 가지고 있는 고유한 구두어 이외에도 한문이라는 서면어書面語를 공유하고 있었기 때문에, 중국의 지식인들 이외의 동양의여러 나라의 지식인들은 한시를 지을 수 있었다.

1.1. 시의 도구로서의 한자

그러면 시의 도구로서의 한자, 시어로서의 한문은 어떤 특징을 가지고 있는가?

우선 한자漢字를 살펴본다.

한문 글자는 모두 단음절인데, 한 음절을 분석해보면, 초두 자음, 중간 모음, 주 모음, 받침과 성조 등 다섯 가지 요소로 나눌 수 있다. 그러나 어떤 글자는 이 다섯 가지 요소를 다 구비하고 있는 경우도 있지만 글자에 따라서는 초두 자음이 없는 글자(영성모零聲母)도 있고, 중간 모음이 없는 글자도 있고, 받침이 없는 글자도 있다. 그러나 주 모음과 성조는 모든 글자가 다 갖추고 있다.

어떻든 간에 한 글자의 소리의 앞부분, 즉 초두 자음을 "성聲", 나머지 요소들을 합하여 "운韻"이라고 부르는데, 한문 글자들이 기본적으로는 대개 단음절어이기는 하지만, "쌍성雙聲"이라고 하여, 성(자음)이 비슷한 두 글자를 연결하여 한 가지 뜻을 나타내는 경우도 있고, "첩운疊韻"이라고 하여 운 부분이 비슷한 두 글자를 연결하여 한 가지 뜻을 나타내는 어휘도 있으며, 아예 "첩자疊字"라고 하여 똑같은 모양과 소리를 가진 글자를 두 자 포개어 한 가지 뜻이 나타나게 한 말도 있다. 이러한 말을 "연면어連綿語"라고 하는데, 의성어나 의태어로 된 단어에 이러한 말이 많으나, 시 구절에서는 음률의 조화를 고려하여 이렇게 쌍성이나 첩운으로 들리는 글자들을 더러 배열하기도 한다.

어느 나라의 시이든 간에 시라고 하면, 산문과 다른 점이 대개 읽을 때에 청각적인 묘미가 더 두드러지게 나타나도록 배려하게 마련인데, 한시에서도 그러한 효과를 매우 세심하게 고려한다. 그러한 방법에 대하여 몇 가지를 소개하고자 한다. 각운脚韻이니, 평측平仄이니, 시식詩式이니 하는 용어들이다.

먼저 각운에 대하여 소개한다. 가령 4구의 시를 짓는다면 첫째 구의 마지막 글자, 둘째 구의 마지막 글자와 넷째 구의 마지막 글자는 첩운이 되게 함으로써 비슷한 음조를 되풀이하여 청각적인 효과를 도모할 수 있다.

고려의 시인 정지상鄭知常의 〈님을 떠나보내며(送人)〉라는 송별시를 예로 들어보자.

긴 제방에 비 그치니 풀빛이 더욱 푸른데 雨歇長堤草色多
우 헐 장 제 초 색 다

그대를 남포 땅으로 떠나보내며 슬픈 送君南浦動悲歌
노래 울먹이네 송 군 남 포 동 비 가
아! 저 대동강 물은 어느 때나 흐름이 大同江水何時盡
끝날 것인가 대 동 강 수 하 시 진
이별의 눈물 해마다 해마다 퍼런 물결만 別淚年年添綠波
보태는구나. 별 루 년 년 첨 록 파

이 시에서 제1, 제2, 제4 시행의 끝 글자 다多, 가歌, 파波
자는 모두 성(초두 자음)은 ㄷ, ㄱ, ㅍ으로 서로 다르지만, 모
음은 아a로 일치하고 또 성조도 모두 평성平聲으로 일치하
기 때문에 서로 첩운이 되어, 비슷한 음조가 일정한 거리를
두고 반복되는 청각적인 효과가 있다. 그런데 평성이라는 것
은 무엇인가?

한자는 모든 글자가 성조를 가지고 있는데, 옛날 중국에서
는 그것을 평平, 상上, 거去, 입入 4성으로 구분하였다. 글
자 그대로 뜻을 생각하면서 설명을 좀 하자면, "평"은 소리
의 높이에 변화가 없는 것, "상"은 소리의 뒷부분이 위로 올
라가는 것, "거"는 소리의 뒷부분이 아래로 내려가는 것, "입"
은 -p(ㅂ), -t(ㅌ,ㄹ), -k(ㄱ) 같은 받침이 어미에 붙어 소
리 끝이 잠기어 들어가는 발음을 이른다고 말할 수 있다.
이 중에 평성은 소리의 높낮이(고저)에 변화가 없기 때문에,
그대로 "평성"이라고 말하고, 상성, 거성과 입성은 소리의

높낮이에 변화가 있기 때문에 기울어지는 소리란 뜻으로 "측성仄聲"이라고도 말한다. 한시에서는, 특히 율시律詩, 또는 근체시近體詩라고 하는 시체에서는 시어를 배열할 때에 평성과 측성을 바꾸어 가면서 배열하여 청각적인 효과를 높이도록 하는 매우 엄밀한 규칙이 있다. 그중 4행으로 된 7언절구 시를 예로 들자면 그 기본적인 틀은 다음과 같다.

측측 평평 측측 평
(만약 각운자가 아니면 측측 평평 평측 측이 됨)
평평 측측 측평 평,
평평 측측 평평 측,
측측 평평 측측 평

또는

평평 측측 측평 평
(만약 각운자가 아니면 평평 측측 평평 측이 됨)
측측 평평 측측 평
측측 평평 평측 측
평평 측측 측평 평

여기서 첫 구의 두 번째 글자가 측성으로 시작되는 시의 격식을 "측기식仄起式", 평성으로 시작되는 격식을 "평기식平起式"이라고 말한다.

다시 위에서 인용한 시를 예로 들어 설명하고자 한다. 평성은 -, 측성은 ^로 표시한다.(괄호 안에는 먼저 이 시의 현대 북경

발음을 중국의 병음자모로 표시한 뒤에, 그 글자들의 성조 – 한시에서 말하는 사성 – 를 표기하였다)

雨歇長堤草色多(yǔ xiē cháng dī cǎo sè duō)
상입평평상입평 ^ ^ − − ^ ^ −

送君南浦動悲歌(sòng jūn nán pǔ dòng bēi gē)
거평평상거평평 ^ − − ^ ^ − −

大同江水何時盡(dà tóng jiāng shuǐ hé shì jìn)
거평평거평거거 ^ − − ^ − ^ ^

別淚年年添綠波(bié lèi nián nián tiān lù bō)
입거평평평입평 ^ ^ − − − ^ −

여기서 잠깐 이 시의 한국의 한자 발음과 현대 북경어 발음의 차이를 대조해 설명하면서 한자어의 성조에 대하여 조금 더 이해를 증진시킬 필요를 느낀다.

주지하다시피 현대 북경발음에도 사성이 있는데, 그것을 흔히 1성, 2성, 3성, 4성으로 부르거나 또는 음평, 양평, 상성, 거성으로 부른다. 음평(일성)과 양평(이성)에 속한 글자는 중국이나 한국 한시의 평성에 속하는 글자들이고, 상성(삼성)은 한시에도 상성이며, 거성(사성)에 속하는 글자의 대부분은 역시 한시에서도 거성이나 일부분(약 20%)은 상성(삼성)으로 옮겨갔고, 한시에서 말하는 입성은, 현대 북경어에서는 -p(ㅂ), -t(ㅌ,ㄹ), -k(ㄱ) 같은 받침이 어미에 붙는 발음이 이미 탈락되어 버렸으므로, 북경어에서는 입성이 존재하지 않고 옛날에 입성으로 발음되던 글자들은 1성, 2성, 3성, 4성으로 흩어져 들어갔다.

이러한 차이점을 알고서, 위의 시에 나오는 글자들의 한국 한자 발음과 현대 북경발음을 다시 대조해보면, 한자어에서 성조란 어떤 것인지 조금은 이해가 되리라고 생각한다.

이야기를 시작한 김에 이 시의 음운적인 요소를 좀 더 살펴 보기로 한다. 한국 한자의 발음으로는 "장제"와 "대동"과 같은 말은 두 글자의 첫 음절이 똑같기 때문에 위에서 말한 바와 같은 "쌍성雙聲"어임을 쉽게 알아낼 수 있다. 그런데 "우헐"과 "초색" 같은 말도 사실은 쌍성어가 된다. 왜냐하면 우라는 발음과 헐이라는 발음의 ㅇ과 ㅎ은 둘 다 후음이고, 초와 색의 ㅊ과 ㅅ은 둘 다 치음이기 때문이다.1) 또 "년년"은 바로 첩자어이다.

다음은 정몽주의 〈전방에 나간 남편을 잊지 못하여(征婦怨)〉를 살펴본다.

이별한 뒤 여러 해 되어도 소식이 드무네요	一別年多消息稀 일 별 년 다 소 식 희
차가운 보루 안에서 죽었는지 살았는지 그 누가 알겠나요?	寒垣存沒有誰知 한 원 존 몰 유 수 지
오늘 아침 처음으로 두꺼운 옷을 보내러 가는 녀석이	今朝始寄寒衣去 금 조 시 기 한 의 거
울며 작별하고 돌아올 때 뱃속에 있던 아이랍니다.	泣送歸時在腹兒 읍 송 귀 시 재 복 아

---

1) 한글 철자에서 이 두 단어에 각각 후음에는 ㅇ ㅎ이, 치음에는 ㅅ ㅊ이 〔ㅇ과 ㅅ이〕 공통적으로 들어감을 주목하라. 이것으로 보아도 한글이 얼마나 과학적인 글자인지 알 수 있다.

一別年多消息稀 (yī bié nián duō xiāo xī xī)
입입평평평입평 ＾＾ － － － ＾ －

寒垣存沒有誰知 (hān yuán cún mò yǒu shuǐ zhī)
평평평입상상평 － － － ＾ ＾ ＾ －

今朝始寄寒衣去 (jīn zhāo shǐ jì hán yī qù)
평평상거평평거 － － ＾ ＾ － － ＾

泣送歸時在腹兒 (qì sòng guī shí zài fù ér)
입거평평거거평 ＾＾ － － ＾ ＾ －

이 시도 측기식 시이다. 이 시에서도, 한국 한자의 발음으로
는 "일별", "유수", "귀시" 같은 말은 첩운과 같이 들리고, "소
식", "한원", "한의" 같은 말은 쌍성과 같이 들린다.(현대 북경
어 발음은 이와 다 일치하지는 않는다)

위에 인용한 시들을 보면, 앞에서 제시한 절구의 "평측 배
열표"에서 비록 한두 자가 어긋나 보이지만, 매 구절의 2번
째 글자와 4번째 글자, 6번째 다음에는 글자의 평측이 서
로 다르다는 원칙은 반드시 지키고 있다. 왜 그렇게 하는
가? 시를 읽을 때 습관적으로 2자씩은 붙여 읽고서 조금씩
쉬기 때문에, 쉬는 음절을 분명하게 독자의 귀에 전달하기
위하여 주의를 기울이는데, 주의를 기울이는 곳에 비슷한
음조가 반복되면 변화가 없이 단조한 느낌을 주므로, 2글자
씩 묶은 말의 뒷글자의 음조를 평성과, 측성을 번갈아가면
서 바꾸어 배열하는 것이다. 이렇게 1, 3, 5번째 글자의 평
측은 별로 중시하지 않아도, 2, 4, 6번째의 글자의 음조를
중시한다는 규칙을 "일삼오불론(一三五不論)", "이사부동, 이

륙대(二四不同, 二六對)"라고 한다. 그러나 대체로 "이사부동, 이륙대" 원칙은 어느 경우에나 정확하게 지켜지나, "일삼오 불론"은 어떤 경우에는 무시되는 경우도 있고, 또 "요체拗體"라고 하여, 고의로 정격의 일부분을 파괴하면서 이렇게 홀수 자리에 있는 세 번째 글자와 다섯 번째 글자의 평측을 고의로 정격에서 벗어나게 사용하는 경우도 있다.

이러한 까다로운 평측 배열 규칙은 다만 "율시(근체시)"라고 규율이 까다로운 시에만 적용되는 것이고, "고체시"에는 모두 적용되지는 않지만, 한시에서 청각적인 효과를 고려하여 이렇게까지 글자의 음조 배열에 유의하는 시체가 있음을 상기하고자 한다.2)

1.2. 한문 문장의 특징과 시어

다음은 시어로서의 한문 문장의 특징을 좀 살펴보자.

문법적으로 한문 문장에서는 성性, 수數, 격格과 시제의 변화에 따르는 문장 안의 호응관계가 성립하지도 않고, 그것으로 말미암아 생겨나는 어미변화도 없다. 그래서 한문 문장은 글자 수가 가지런하게 대구對句를 맞추어 나가기가 쉽다. 중국인들은 말할 것도 없고, 한자를 겸용하고 있는 한국이나 일본 사람들도 일상생활 용어에서나, 또는 무슨 구

---

2) 한시의 여러 가지 시체에 관해서는 졸역 ≪중국시학≫ 제1편 3절을 참조 요망. 이외에도 여러 가지 한시 입문서가 있겠지만 심경호 역 ≪당시개설≫의 관련된 항목의 설명이 비교적 간명함.

호를 내세우거나, 무엇을 강조하기 위하여 사용하는 말을 보면, 1자 1자씩, 또는 2자 2자씩, 또는 4자 4자씩 짝을 맞추어 말을 만드는 습관이 있다.

다소多少(많음과 적음: 어느 정도)

일일一一(하나하나: 낱낱이)

거래去來(가고 옴: 사고 팖)

천랑기청天朗氣淸(하늘은 맑고 공기는 산뜻하다: 날씨가 좋다)

박학홍유博學鴻儒(넓게 공부한 사람과 큰 선비: 대학자)

조반유리, 혁명무죄造反有利, 革命無罪(반동분자를 찾아내는 것은 이익이 되고, 혁명을 일으키는 것은 죄가 없다)

입춘대길, 건양다경立春大吉, 建陽多慶(봄이 오니 크게 즐겁고, 양기가 감도니 좋은 일이 많다)

이러한 말을 예로 들자면 끝이 없을 것이다. 한문의 산문 중에서는 "변려문騈儷文"이라는 문류가 있는데, "말이 두 마리가 나란히 가듯, 남자와 여자가 짝을 짓듯이 대구를 많이 나열하여 아름답게 다듬어 짓는 문장"이란 뜻이다. 이 변려문을 중국에서 당나라 이전의 중세 시대에, 그 당시에 많이 유행하는 문체라는 뜻으로 "금문今文"이라고도 하였는데, 그 시기보다도 앞서 대구를 상대적으로 좀 적게 사용하고 문장의 형식미를 좀 덜 강구하는 문체를 "고문古文"이라고 부르는 것과 반대되는 개념이다.

시에서 말하는 "고시古詩" 혹은 "고체시古體詩"와 "근체시近體詩", 혹은 "율시律詩"의 구분도 사실은 고문과 변문의 차이와 같이 대구를 많이 사용하면서 시구의 외형미를 강조하는가 않는가 하는 데에서 구별이 된다.

그런데 위에서 이미 한 차례 살펴본 바와 같이, 구절과 구절을 이어 가는데도 소리를 듣기 좋게 다듬으려다 보니 음조를 듣기 좋게 배열해야 된다. 이렇게 되려면 같은 말도 경우에 따라서 어떻게 적당하게 바꾸어 사용해야 할지, 이전 문헌에 관한 풍부한 지식, 즉 "전고典故"에 밝아야 한다.3)

대구, 평측, 전고를 많이 사용하는 것이 금문의 특징인데, 이것은 근체시의 특징이기도 하다. 이렇게 근체시는 고체시에 비하여 규율이 상대적으로 까다롭기 때문에 "율시律詩"라고도 한다. 또 율시는 각운자를 사용하는 규칙도 대개는 평성자만 사용하는 등 고시에 비하여는 더 까다롭다.

박은의 〈복령사(福靈寺)〉를 예로 들어 좀 더 살펴보자.

이 절간은 도리어 신라의 옛 건물인데도	伽藍却是新羅舊 가 람 각 시 신 라 구
천 분의 부처님은 모두 천축국에서 오셨네	千佛皆從西竺來 천 불 개 종 서 축 래
옛날부터 신비한 공로를 세운 임금도 큰 분 앞에서는 헤매었고	終古神人迷大隗 종 고 신 인 미 대 외
오늘날까지 이 복된 땅 천태산과 비슷하네	至今福地似天台 지 금 복 지 사 천 태

---

3) 26번 시에서 "사찰"이라는 말 대신에 "가람", "대인" 대신에 "대외"라고 한 것이 음조에 맞게 바꾼 예라고 할 것인데, 특히 뒤의 말은 《장자》에서 따온 전고이다.

봄날 흐려 비를 내리려 하니 새들은 서로 지저귀는데	春陰欲雨鳥相語 춘 음 욕 우 조 상 어
늙은 나무는 정이 없으니 바람이 스스로 애달파하네	老樹無情風自哀 노 수 무 정 풍 자 애
세상만사 견딜 수 없음은 한바탕 웃음거리가 될 뿐이니	萬事不堪供一笑 만 사 불 감 공 일 소
푸른 산들은 지난 세월을 다만 뜬 티끌로만 보고 있네.	靑山閱世只浮埃 청 산 열 세 지 부 애

이 시에 나오는 주어로 사용된 명사 노수, 청산 같은 말은 언뜻 보아 단수인지 복수인지 잘 분간하기 어렵고, 가람, 신인, 조 같은 말은 전고나 문맥으로 보아서 그것을 짐작할 수는 있으나, 형태로 보아서는 단수일 때나 복수일 때나 글자 수가 똑같다.

이 시에서 첫 번째 구절에서 여섯 번째 구절까지의 여섯 구절은 정확하게 일곱 자씩 자못 정연하게 대구를 이룬다.

명사(伽藍) 부사(却) 대명사(是) 명사(新羅) 형용사 술어(舊)
명사(千佛) 부사(皆) 전치사(從) 명사(西竺) 동사 술어(來)

전치사(終) 명사(古) 명사(神人) 동사(迷) 명사(大隗)
전치사(至) 명사(今) 명사(福地) 동사(似) 명사(天台)

명사(春陰) 동사(欲) 동사(雨) 명사(鳥) 부사(相) 동사(語)
명사(老樹) 동사(無) 명사(情) 명사(風) 부사(自) 동사(哀)

또 이 시의 평측 배열은 다음과 같다.

伽藍却是新羅舊 jiā lán qué shì xīn luó jiù
－－＾＾＾－－＾ (－－＾＾＾－－＾)

千佛皆從西竺來 qiān fó jiē cóng xī chú lái
－＾－－－＾－ (＾＾－－－＾＾－)

終古神人迷大隗 zōng gǔ shén rén mí dà wèi
－＾－－－＾＾ (＾＾－－－－＾＾)

至今福地似天台 zhì jīn fú dì sì tiān tái
＾－＾＾＾－－ (－－－＾＾＾－－)

春陰欲雨鳥相語 chūn yīn yù yù niǎo xiāng yǔ
－－－＾＾＾－＾ (－－－＾＾－－＾)

老樹無情風自哀 lǎo shù wú qíng fēng zì āi
＾＾－－－＾－ (＾＾－－－＾＾－)

萬事不堪供一笑 wàn shì pù kān gòng yī xiào
＾＾＾－＾＾＾ (＾＾－－－－＾＾)

青山閱世只浮埃 qīng shān yuè shì zhǐ fú āi
－－＾＾＾－－ (－－－＾＾＾－－)

괄호 안은 첫 구의 두 번째 글자가 측성으로 시작되는 측기식仄起式에 첫 구절 끝에 각운자가 달리지 않는 7언 율시 성조의 정격을 나타낸 것이다. 괄호 안에 표시한 이러한 측기식 시의 정격과 위에 인용한 시의 성조를 비교해보면, 여기서도 대개 "이사부동, 사륙대"와 "일삼오불론"이라는 잣대로 보면 별로 규칙에 벗어남이 없다고 하겠다.

그러나 좀 더 세밀하게 살펴보면 제5구의 측성 자리에 측성을 놓으면서, 그 다음 글자를 양쪽의 평성 사이에 끼어들게 하는 이른바 "고측孤仄"이라고 하는 것을, 제6구의 제5자의 평측을 다시 고의로 바꾸어 봄으로써 분위기의 반전을 시도하고 있다. 이러한 변칙적인 수법을 쓴 구절을 "요구拗句"라고 하는데, 좀 전문적인 이야기이기는 하나, 나중에 한국 한시의 특징을 이야기하면서 다시 이 〈복령사〉 시를 설명하면서 한 번 더 이야기하고자 한다.

2. 한국 한시의 역사

2.1. 상고시대에서 통일 신라까지

한국 역사에서 언제부터 한자가 수입되었고, 한국 사람들이 한자로서 기록을 남기며, 나아가서 한자로 시를 짓기까지는 정확하게 이야기할 수는 없을 것 같고, 지금까지 남아서 전해지고 있는 작품을 기준으로 이야기한다면, 삼국시대에 고구려나 신라에서 각각 한시가 지어져 어떤 것은 중국에까지도 알려진 것으로 전한다. 그러나 그러한 작품 수는 너무나 엉성하여, 당시의 상황을 종합적으로 추측하는 데에는 한계가 있다.

역사기록에 의거하면 삼국시대의 고구려나 백제, 신라에 모두 중국의 유학 경전도 들어와서 그것을 가르치는 국가시설도 생겨나기 시작하였으며, 일본에까지도 그런 책들을 전해주었다고도 하며, 불교도 매우 성행하였으니, 이때부터 조선에서 한문이 조선인의 서사체계로 자리 잡게 되었다.

신라는 당나라와 연합하여 고구려와 백제를 멸망시킨 뒤에 918년 고려가 건국될 때까지 250년 동안 한반도에서 존속하였는데 이 시대를 역사에서 "통일신라시대"라고 한다. 이때에 와서는 신라와 당나라와의 여러 가지 접촉이 더욱 빈번해지면서, 국내에서도 한문학이 크게 흥기하고, 유학승과 유학생을 많이 내보내기도 하였으며, 당나라에서도 중원(中原)이라는 본토권을 제외하고서는 조선 사람들이 한문을 받아들여 가장 수준 높은 문화를 이룩한 이웃나라로 인정하기 시작하였다.

고려의 시인이며 재상이었던 이규보(李奎報, 1168~1241)의 시론집 ≪백운소설白雲小說≫에는 다음과 같은 기록이 있다.

> 우리나라는 은(殷)나라 태사(太師: 기자)가 동쪽에 봉해지면서부터 문헌이 비로소 생겼는데, 그동안에 있었던 작자들은 세대가 멀어서 들 수가 없다. ≪요산당외기(堯山堂外紀)≫4)에 을지문덕(乙支文德, ?~?)의 사적이 갖추어 기록되어 있고, 또 그가 수(隋)나라 장수 〈우중문에게 준 오언시(贈隋右翊衛大將軍于仲文)〉 4구(句)가 실려 있는데, 그 시는 다음과 같다.

신기한 계책은 천문을 통달하고	神策究天文 신 책 구 천 문
묘한 꾀는 지리를 다하였네.	妙算窮地理 묘 산 궁 지 리
싸움에 이기어 공이 이미 높으니	戰勝功旣高 전 승 공 기 고
만족함을 알아서 중지하게나.	知足願云止 지 족 원 운 지

---

4) 명(明)나라 장일규(蔣一葵)의 찬(撰)으로 상고(上古) 적부터 명대(明代)까지의 전기(傳記) 중에서 약간 기괴한 일들을 뽑아 엮은 것이다.〔≪四庫全書總目提要≫ 卷一百三十二〕

구법(句法)이 기고(奇高)하여 화려하게 꾸민 흔적이 없으니, 어찌 후세의 부화(浮華)한 자가 미칠 바이겠는가? 상고하니, 을지문덕은 고구려의 대신(大臣)이었다.…

이때 동방의 문풍(文風)이 아직 왕성하지 못했는지라, 을지문덕의 이 한 절구시(絕句詩) 외에는 들어보지 못했는데… 고운(孤雲) 최치원(崔致遠, 857~?)은 파천황(破天荒)의 큰 공이 있다. 그러므로 동방학자들은 모두 그를 유종(儒宗)으로 여긴다. 그러나 그의 시는 크게 빼어나지는 못하니 아마 그가 중국에 들어간 때가 만당(晚唐)의 뒤여서인가?

그가 윤주(潤州) 자화사(慈和寺)에 쓴 시의 한 글귀에,

화각(畫角) 소리 속에 아침저녁으로 이는 물결이요   畫角聲中朝暮浪
                                    화 각 성 중 조 모 랑

푸른 산 그림자 속엔 고금의 사람일세.   青山影裏古今人
                                    청 산 영 리 고 금 인

라 하였다. 학사(學士) 박인범(朴仁範, ?~?)이 경주(涇州) 용삭사(龍朔寺)에 쓴 시에,

반딧불처럼 반짝이는 등불은 험한 길을 밝히고   燈撼螢光明鳥道
                                    등 감 형 광 명 조 도

무지개처럼 구부정한 사닥다리는 바위틈에 놓였네.   梯回虹影落巖局
                                    제 회 홍 영 락 엄 경

라 하였다.

참정(參政) 박인량(朴寅亮, ?~1096)이 사천(泗川) 구산사(龜山寺)에 쓴 시에,

문 앞 손의 돛대엔 큰 물결이 일고　門前客棹洪波急
　　　　　　　　　　　　　　　　　문 전 객 도 홍 파 급

대나무 밑 중의 바둑엔 백일이　　竹下僧棋白日閑
한가하구나.　　　　　　　　　　죽 하 승 기 백 일 한

라 하였는데, 우리나라가 시로 중국을 울린 것은 이상 세 사람에서부터 시작했다. 문장이 나라를 빛내는 것이 이와 같다.5)

위에서 말한 것같이 신라 말기에 내려오면 최치원을 위시하여 많은 견당유학생遣唐遊學生들의 작품이 우리나라 문헌이나 중국 문헌에 상당한 분량이 남아 지금까지 전하기 때문에 그 당시의 상황을 어느 정도는 짐작할 수 있다. 이때는 중국의 만당(晩唐, 836~907) 시기에 해당하므로 신라의 문인들도 자연히 만당 시기의 아름답기는 하지만 유약한 시풍을 수용하고 있다고 말하고 있다.

이 책에서는 최치원의 시 2수를 수록하고 있다. 그는 당나라에서 과거에 급제하고, 한 장군 막하의 문서담당 관리가 되었을 때 이미 당대에 제일가는 변려문 작가의 한 사람으로 주목받았으며, 당시에 당나라에서 썼던 변려문은 주로 ≪계원필경(桂苑筆耕)≫(20권)이라는 그가 귀국 후 손수 편

---

5) 한국고전번역원, 국역고전총서, ≪동국이상국집・부록≫에서 인용.(원문은 없음)

집한 저서에 수록되어 있고, 그 뒤에 쓴 시문은 ≪고운집≫
(3권)에 수록되어 있다. 그의 저서는 중국에서도 간행되었는
데, 당나라 말기의 역사를 아는 데 중요한 사료집이며, 한국
에서는 "한문학의 비조"로 추앙받고 있다.

2.2. 고려시대

고려(918~1392)는 474년간 존속하였는데, 관직제도는 당
나라의 것을 축소 적용하였고, 건국 초기부터 과거제도를 시
행하였으며, 많은 중국 책을 수입하여 중국에는 없어진 책
이 고려에 남아있는 경우도 있었다고 한다. 불교도 크게 유
행하였는데 몽고족이 세운 원나라가 침입할 때에는 국론을 통
일하기 위하여 ≪팔만대장경≫을 판각하였던 일은 기적에 속
한다. 백여 년간 원나라의 간섭을 받기도 하였으나, 송나라
의 신유학을 다시 받아들여 원명교체기에 국론을 통일하여
나갔다. 세계 최초의 활자본 책도 고려에서 나왔으며, 중국
의 몇 가지 중요한 문집도 목판본으로 나오기까지 하였다.
조선 초기의 성리학자 김종직(金宗直, 1431~1482)은 ≪동문
선東文選≫이라는 삼국시대부터 조선왕조 초기까지의 잘된
글을 뽑아놓은 책 서문에서,

　우리나라 사람들의 시를 읽어 보면 그 격률이 무려 세 번이
　나 변했다. 신라 말 고려 초에는 오로지 만당을 답습하였으
　며, 고려 중엽에는 오로지 동파[소식(蘇軾, 1036~1101)]를

배웠다. 그 말세에 이르러 익재 이제현(李齊賢, 1287~1367) 등 여러분이 구습을 조금 바꾸어 아정하게 재단함으로써 조선조의 문명에 이르러서도 그 궤도를 그대로 따랐다.6)

라고 한 말이 바로 이러한 사실을 잘 설명하고 있다. 이 책에서는 고려의 김부식(金富軾, 1075~1151), 정지상(鄭知常, ?~1135), 이인로(李仁老, 1152~1220), 이규보(李奎報, 1168~1241), 진화, 이제현, 이색, 정몽주 등의 시를 담고 있다. 고려 중기 초의 재상이며, 중국의 정사체正史體를 본받아 쓴 삼국시대의 역사책인 ≪삼국사기≫의 저자이기도 한 김부식은 이름에 소식의 이름 한 자를 넣을 정도로 소식을 좋아하였다고 한다. 그는 산문작가로서 변려문(금문)보다는 고문을 숭상한 한유, 유종원, 구양수, 소식 등 당송팔대가의 문장을 좋아하여, 당시 고려의 문풍을 바꾸어 놓게 하였고, 시도 화려하기보다는 매우 성실하게 지었다고 한다. 정지상은 같은 시대에 살면서 김부식과 문학상 경쟁자가 되었는데, 정치적인 입장도 달라 그에게 죽임을 당하였다고 한다.

이인로, 이규보, 진화, 이제현은 모두 고려 중기의 문인들이다. 이인로는 젊을 때 그 당시의 무신정권(1170~1258)의 전횡을 피하여 승려생활을 하기도 하였으며, 중국 진나라 때에 난세를 피하여 현실을 흘겨보면서 살았던 "죽림칠현竹林七賢"

---

6) 得吾東人詩而讀之, 其格律無慮三變. 羅季及麗初, 專習晚唐. 麗之中葉, 專學東坡, 追其叔世, 益齋諸公, 稍變舊習, 裁以雅正, 以迄于聖朝之文明, 猶循其軌轍焉. - 민병수, ≪韓國漢詩史≫, 서울, 태학사, 1997, p.69에서 재인용.

에 비길 "죽림고회竹林高會"를 만들어 시와 술을 즐겼다고 하는데, 그가 지은 책으로는 시화와 만록집인 ≪파한집破閑集≫ (3권)이 지금까지 전해오고 있다. 그 책에서 그는 중국에까지 자랑할 만한 시인으로 최치원, 정지상과 자신의 시를 들었다. 벼슬길에 오르기도 하였지만 재주에 비하여 크게 영달하지는 못하였으나, 시인으로서는 맑고 정교한 시를 지어 무신정권 시절의 혼미한 분위기를 일신시키는 데 큰 업적을 이룩하였다고 한다. 진화는 이규보와 같은 시대에 살면서 맑고 아름다운 시를 써 쌍벽을 이루었다고 한다.

이규보는 이인로와는 반대로 무신정권에 협력하여 재상으로 있으면서, 원나라의 침입에 저항하는 시도 많이 지었고, 체제상 짓기 까다로운 시, 길이가 수백 구절이나 되는 긴 시 같은 것도 거침없이 지어 냈는데, 그중 하나가 고구려의 건국신화를 다룬 장편 서사시 〈동명왕편東明王篇〉이다. 그의 작품은 53권이나 되는 ≪동국이상국집≫에 수록되어 지금까지 전하고 있는데, 한국고전번역원에서 한글로 완역하였고, 그의 시 선집이 영어로도 나온 것이 있다.7) 그의 문집에서 시론을 뽑아둔 것으로 보이는 ≪백운소설白雲小說≫(1권)도 전하고 있는데, 위에서 일부를 인용한 바 있다.

이제현은 고려가 원나라의 간섭을 받고 있던 시기에 충선왕 (忠宣王, 1275~1325, 재위 1308~1313)을 따라 원나라에 들어가서 원나라의 문인들과도 넓게 교유하고, 중국 사천의 아미

---

7) Kevin O'Rouke, Singing Like a Cricket, Hooting Like an Owl, Cornell University East Asia Program, Ithaca, U.S.A.,1995.

산, 절강의 보타사, 감숙의 토번지역까지 여행하면서 많은 시와 사詞를 지었다.8) 아마 한국 역사에서 가장 보기 드문 중국여행가가 될 것이다.

"사"는 송나라 때에 크게 유행한 음악과 운문이 결합된 문류로 가곡이 먼저 결정된 뒤에 가사를 그 곡에 붙여서 노래 부를 수 있게 만든 운문인데, 문인들이 지어 기녀들과 함께 부르기도 하였다. 이제현도 이렇게 노래로 부를 수 있는 운문을, 중국 역대의 일류 사 작가들에 비하여도 손색없이 잘 지었다는 평을 받으며, 그의 사 작품집인 ≪익재사≫가 중국에서 간행되기도 하였다. 그의 시는 매우 맑고 우아하다는 평을 받고 있다. 그는 80세까지 장수하면서, 고려 말기의 공민왕 때까지 재상으로서 원나라의 간섭에서 벗어나는 데 큰 치적을 남겼으며, 10권이나 되는 문집 ≪익재난고≫와 역사적인 사실, 여행담, 경전에 관한 이야기, 시에 관한 이야기 등을 붓 가는 대로 적어 놓은 한국 만록류의 선도적인 저술의 하나인 ≪역옹패설≫을 남기기도 하였다.

고려 말기의 시인으로서는 이색(李穡, 1328~1396)과 정몽주(鄭夢周, 1337~1392)를 뽑았는데 두 사람 모두 당시에 제일가는 문인, 학자, 재상들로 새롭게 수입된 남송의 주자학을 수용하면서 중국에서 새롭게 일어나는 명나라와 가까이 하고 원나라를 멀리할 것을 주장하여 조선을 건국한 이성계와 처음에는 노선을 같이 한 점도 일치하고, 나중에 이성계

---

8) 이때 지은 시와 사 작품을 상세하게 역주한 책으로는 지영재, ≪서정록을 찾아서≫가 있다.

의 신왕조 건국에 반대하다 불행하게 일생을 마감한 점에서도 비슷하다.

이색은 이름 높은 문인 학자인 가정稼亭 이곡(李穀, 1298~1351)의 아들로 젊을 때 고려와 원나라의 과거시험에 모두 합격하고 원나라에서도 벼슬을 하다가 돌아와서 여러 가지 문관 요직을 맡으면서 주자학의 보급, 불교 개혁을 주장하고, 시문에서 지나친 수사를 반대하고 마음을 순화시킴을 중시하였는데 문집으로 ≪목은유고≫(55권)가 전하고 있다. 그는 타고난 바탕이 우수한데다가 젊을 때부터 많은 책을 보아서 시문을 지을 때 막힘없이 빨리 지어냈다고 한다.

정몽주는 일반인들의 일상생활, 나라의 교육제도 등에 유학을 더욱 철저하게 접목시키려 하였으며, 훌륭한 인품을 지닌 지도자로서 정치와 군사, 외교 방면에 모두 탁월한 능력을 발휘하였으며, 시인으로서도 이름이 높다. 이성계의 아들 이방원에 의해 죽임을 당하였으나, 이방원이 조선 왕조의 세 번째 임금[태종]이 되었을 때, 도리어 그를 충신의 표본으로 치켜세웠고, 그의 학통이 새 나라에도 이어졌으므로 그를 "동방 성리학의 할아버지"로 높여 받들기도 한다. 그의 시는 매우 호탕하고 꿋꿋한 것이 특색이다.

2.3. 조선 전기

이성계가 세운 조선 왕조(1392~1910)는 앞에서 말한 바와 같이 불교보다는 유학을 지도이념으로 내세우고 과거제도를

5백년간이나 계속하였으므로 한문학이 더욱 발전하였다. 이 시기에 이야기할 문인들이 매우 많기 때문에 임진왜란을 축으로 하여 전기와 후기로 나누어 설명하고자 한다.

조선이 개국되고 난 뒤, 네 번째 임금 세종 28년(1446)에 한글이 반포되었는데, 이 익히기 쉬운 표음문자가 나온 뒤에도 역시 한자는 서면어書面語로서 계속 사용되었는데, 어떤 측면에서 보면 사실 한글이 나와서 한문을 더욱 익히기 쉽도록 도와준 면도 많이 있다.

이 책에 나오는 길재(吉再, 1353~1419)는 정몽주의 제자이고 김종직은 또 길재의 제자 김숙자의 아들인데, 조선조 성리학의 새 터전을 닦은 이들이다. 길재는 이방원의 부름을 외면하고 경상도 선산의 금오산 아래에 은거하면서 제자들을 양성하였다.

김시습(金時習, 1435~1493)은 수양대군이 조카인 단종의 왕위를 찬탈하자 이에 반대하여 벼슬을 단념하고 방랑하다가 일생을 마친 사람이다. 그의 시는 지금 2,200여 수나 전하고 있는데 평생을 제도권 밖에서 방랑하며 살아가던 자신의 모습을 잘 담고 있으며, 한문소설 ≪금오신화≫의 저자로도 이름 높다.

서거정(徐居正, 1420~1488)은 이와는 반대로 평생 동안 제도권 안에서 순탄하게 조선 전기의 안정기에 속한 성종의 치하에 이르기까지 많은 요직을 역임하면서, 여러 가지 대규모 편찬 사업을 주도하기도 하였는데, 조선 역대의 시문을 모은 ≪동문선東文選≫(133권)이 그중 하나이다. 이 책의 서문에서 그는 "우리 동방의 글이 중국 역대의 글과 함께 하

늘과 땅 사이에 병행해야만" 하기 때문에 이 책을 만든다고
하였다.

원래 임금의 명으로 편집되었던 그의 문집 ≪사가집≫에는
시가 1만 수 이상 수록되어 있었다고 하나, 지금까지 전하
는 것은 그 절반 정도인데 역시 한국고전번역원에서 역주하
였다. 또 역대의 시문을 평한 ≪동인시화東人詩話≫(2권)의
저자로도 이름이 높다. 그는 품위 있고 아름다운 표현을 중
시하였다.

김종직(金宗直, 1431~1492)은 많은 제자도 양성하고 신진
사림파의 대표주자의 한 사람으로서 관직에 나아가기도 하
였으나 죽은 뒤에 제자들이 폭군 연산군 치하에서 조정에서
기성세력으로 성장한 일부 사람들의 배척을 받아서 비참하
게 많이 죽고, 그에게도 화가 미쳐 그의 시체가 다시 잘라
지고, 문집도 압수되어 불태워졌다. 그러나 다행스럽게도 그
가 지은 1,200여 수나 되는 시는 지금까지 전하며 한국고전
번역원에서 완역하기도 하였다. 또 그가 편집한 ≪청구풍아
靑邱風雅≫라는 신라시대부터 조선 초까지의 한시 503수를 수
록하고 간단한 주석과 평도 붙인 책도 전해지고 있다. 그래
서 그를 도학道學보다도 오히려 문학에 더욱 뛰어난 유학자
로 보는 견해도 있다.

고려 중엽에 수용한 송시宋詩에 대한 숭상 풍조는 유학을 건
국이념으로 내세운 조선조에 들어와서도 문인들 사이에 계
속되며, 소동파뿐만 아니라 성당盛唐의 두보(杜甫, 712~770)
와 북송北宋의 황정견(黃庭堅, 1045~1105)으로 이어지는 이
른바 "강서시파江西詩派"의 시풍도 수용하는 풍조까지도 생겨

나는데, 이러한 경향은 이미 고려 중기의 문인 이인로의 시
화에서도 그러한 단서를 찾을 수 있다.

구절을 다듬는 법은 오직 두소릉〔두보〕만이 유독 그 묘함을
다하고 있다. "해와 달 아래서 조롱의 새와 같은 신세가 되었
고, 하늘과 땅 사이에서 물위의 부평초같이 떠도는 운명이 되
었구나"라든가, "열 해 여름을 민산의 갈옷을 입고 지냈고, 3
년 가을을 초나라 땅에서 다듬이소리 듣고 넘기네" 같은 유
가 그러한 것이다. … 소동파나 황산곡〔황정견〕에 이르면 비
유를 사용함이 더욱 정밀하여, 빼어난 기운이 가로지르니,
구절을 다듬는 묘수가 두소릉과 더불어 나란하다고 할 것이
다.9)

이인로는 같은 책에서 만당 때 화려한 시를 지은 이상은(李
商隱, 812~858) 같은 서곤체西崑體 작가들에 비하여 북송의
소동파나 황정견은 비록 문장을 다듬는 방식〔용사用事〕에 있
어서는 그를 숭상하기는 하지만, 그보다도 더욱 조어가 공
교롭고, 인공으로 손을 댄 흔적이 없기 때문에 '청출어람靑
出於藍'이라고 말할 수 있다고 하였다.10)
한시 작법에 있어, 강서시파의 일반적인 특징은 용사用事를
잘한다는 점 이외에도,

---

9) 琢句之法, 唯少陵獨盡其妙. 如"日月籠中鳥, 乾坤水上萍", "十棲岷山葛, 三
　霜楚戶砧"之類是已… 及至蘇黃, 則使事益精, 逸氣橫出, 琢句之妙, 可以與
　少陵並駕. - 이장우 등 역주, ≪우리나라 선비들의 중국시 이야기≫(상),
　영남대학교 출판부, 2011, p.93-96에서 인용.
10) 위와 같은 책, p.97-100 참조.

1. 환골탈태換骨奪胎의 논리로 모의模擬를 좋아한다는 점
2. 요체拗體를 자주 구사한다는 점
3. 기이奇異함을 좋아한다는 점
4. 생경生硬한 것을 숭상한다는 점
5. 율시律詩와 고시古詩를 모두 중시한다는 점
6. 형식과 내용을 모두 중시한다는 점

등이 지적되는데, 조선에 들어와서는 박은(朴誾, 1479~1504), 이행(李荇, 1478~1534) 등이 그 대표적인 시인들로 알려져 있다.11)

중국에서도 대개 성당 말의 두보에까지 이르면, 한자로 구사할 수 있는 모든 단어는 시어로 사용되고, 율시체律詩體가 완성됨으로써 한시 형식도 이미 구비되었으므로, 그 뒤에 나타난 북송의 황정견 같은 시인이, 똑같은 한자로 된 시를 지으면서도 어떻게 새로운 시적인 효과를 낼 수 없을까 하고 고민한 끝에 찾아낸 이론이 결국 환골탈태와 같은 모의模擬 이론이다. 모어母語가 아닌 한자를 차용하여서 문자 생활을 하는 고려 후기나 조선 전기의 문인들에게는 이미 시대적으로 조금 앞서 정리된 이러한 이론을 받아들여 시를 짓는다는 것이 매우 편하고도 안전한 방법이 되었을 것이다.

박은의 시에 대해서는 다음에 다시 언급할 것이다. 이행의 문집 ≪용재집≫(17권)과 그가 주관하여 편집한 ≪신증동국여지승람新增東國輿地勝覽≫(55권)이 모두 고전번역원에서 역

---

11) 이종묵, ≪강서시파 한시작법의 수용과 변용≫, 해동강서시파연구, 서울, 태학사, p.36 및 목차 참조.

주하여 간행되었다. 뒤의 책은 지리책인데도, 조선 팔도의 명승고적에 관련된 명시, 명문들이 모두 수록되어 있어 사실상 지역을 주제로 삼아 분류한 명문선집이라고 말할 수도 있다. ≪홍길동전≫의 저자이자 저명한 시인이기도 하고 시 평론가이기도 한 허균(許筠, 1569~1618)은 어떤 면으로 보든지 간에 이행의 시가 조선에서는 제일이라고 하였다.

이 책 본문에서는 회재 이언적(李彦迪, 1491~1553), 퇴계 이황(李滉, 1501~1570) 같은 유학자들의 시를 살펴보았다. 유학 전통에서는 원래 글을 숭상하기 때문에 이런 유학자들은 철학자들이기도 하지만, 역시 훌륭한 문사, 시인들이기도 하다. 특히 퇴계선생의 시문은 많이 남아 있는데, 시만 하여도 2,200여 수나 문집에 수록되어 있다. 그중에는 위에서 말한 해동강서시파의 영향을 받아서 쓴 시들도 많다. 그 다음에 임진왜란 때 남해 바다를 지켜낸 명장 이순신(李舜臣, 1545~1598)과 시를 빨리 짓는 것으로 유명한 차천로(車天輅, 1556~1615)의 시 한 수를 소개하였다. 이순신은 ≪난중일기≫라는 일기가 남아 있고, 시는 5수밖에 전하지 않지만 모두 명작이다.

차천로는 ≪오산설림五山說林≫이라는 시화를 지었는데, 이백과 두보 같은 시인들의 문집에 중국 사람들이 단 주석의 오류를 많이 찾아낸 것은 놀라운 일이다. 일본에 사신으로 가서는 단기간에 시를 4~5천 수나 지었다고 하며, 한국으로 온 명나라 사신에게는 하루 밤에 시를 100수나 지어 선물하였다는 이야기로 유명하다. 그의 문집 ≪오산집≫(8권)에는 시가 310수 수록되어 있는데 긴 시가 많으며, 임진왜란

당시의 사회상황을 적은 것도 많다. 고려 때 이규보 이후 가장 훌륭한 시인라고 평하는 사람도 있다.

2.4. 조선 후기

조선 왕조는 건국한 지 200년 만에 일본의 침략을 받고, 얼마 뒤에 또 만주족이 세운 청나라의 침입을 받아서 국력은 치명적인 타격을 입었으나, 마치 고려 때 몽고의 침입에 대항하기 위하여 국론을 결집하기 위하여 ≪팔만대장경≫을 만들었듯이, 문화에 대한 자각심은 더욱 높아져서, 오히려 동양의 한문화의 정통을 한국이 보존 계승하여야만 한다는 생각이 더욱 깊어졌다.

중국은 명나라에 들어와서 이몽양(李夢陽, 1472~1529), 하경명(何景明, 1463~1521) 등 전칠자前七子, 이반룡(李攀龍, 1514~1570) 등 후칠자後七子 같은 문인들이 등장하면서 문학에서 구절을 애써 다듬고, 옛사람들의 시를 어떻게 모의하느냐는 것보다도, 인간의 성정性情을 어떻게 더 진솔하게 시에 담아내느냐 하는 것을 중요하게 생각하게 바뀌면서, 이른바 "시는 반드시 성당, 문은 반드시 진한(詩必盛唐, 文必秦漢)으로"라는 구호가 나오고, 송시宋詩보다는 당시唐詩를 더욱 중시하는 경향이 나타났다. 우리나라에서도 저절로 이러한 풍조에 영향을 받게 되고, 특히 임진왜란을 겪으면서 많은 문인들이 명나라와 더욱 빈번하게 내왕하고, 명나라 사람들과 더욱 빈번하게 접촉할 기회를 가지면서, 이러한 이론을 수용하게 되는 것은 자연스러운 흐름으로 생각된다.

한국 한문학사에 이른바 "삼당시인三唐詩人"이라고 일컫는 백광훈(白光勳,1537~1582), 최경창(崔慶昌, 1539~1583), 이달(李達, ?~?)과 시인이면서 이론가를 겸하기도 하였던 허균 같은 사람들이 모두 이 계열에 속한다. 조선 전기에 조정에 들어가서 문필을 날리던 관각문인館閣文人들이나 성리학자들이 대개 강서시파에 동조하거나 관련 있는 것으로 보이나, 이 성당시를 강조하는 계열에 속한 문인들은 대개 성정을 앞세우기 때문인지 현실에 잘 적응하지 못하며 불우하게 일생을 마친 경우가 많다.

조선 후기에 들어와서 조정에 들어가서 높은 벼슬을 하면서 문인으로도 명성을 날린 사람들로는 흔히 "4대문장가"로 부르는 이정구(李廷龜), 신흠(申欽), 이식(李植), 장유(張維)가 있다. 이들이 누린 지위는 조선 전기의 서거정에 비교될 것이다.

신흠의 문집 ≪상촌집≫(63권)은 21권까지는 시와 사이며, ≪청창연담≫(3권)이라는 시화도 있는데, 억지로 당나라의 시와 송나라의 시의 높낮이를 구분하려 하지 않으면서, 그 당시에 유행하던 당시풍을 꼭 따를 것은 없다고 하였다.

이식은 두보의 시 약 1,300수를 비평하고 주석한 ≪두시비해≫의 저자로 이름이 높은데, 이백의 고체시는 너무 높이 나부끼어 배우기가 어려우나, 두보의 근체시는 생각과 말씨가 진실하기 때문에 배울 만하다고 하였으며, 송나라의 시인들 중에는 강서시파에 속한 시인 중 황정견(黃庭堅)은 싫어하였으나, 진사도(陳師道)와 진여의(陳與義)의 율시는 두보의 율시에 가깝기 때문에 읽어볼 만하다고 하였다. 그의 문집 ≪택당집≫ 34권 중 무려 12권에 걸쳐 1천 수백 수의 시가 전하고 있다. 그는 시를 짓는데도 두보와 같은 태도로 작품을 열심히 다듬어, 자기의 시가 마치 "협객이 지니고 있는 칼과 같다"고 말하였다.

임진왜란과 병자호란 같은 외적의 침입을 당한데다, 동양 고유의 전통과는 체계가 다른 서구의 종교와 사상이 조금씩 밀려오고 있음을 느끼게 되면서, 재래 유학에 대한 근본적인 반성과 현실의 개혁을 생각하는 선비들이 조선 후기로 갈수록 조금씩 생겨나는데, 이들을 "실학파 학자"들이라고 부른다. 이 책에서는 박지원(朴趾源), 이덕무(李德懋), 정약용(丁若鏞), 김정희(金正喜)의 시를 소개한다. 앞의 세 사람의 이력은 모두 조선 후기의 "문예부흥" 시기라고 할 수 있는 정조대왕의 치세 기간과 겹치며, 그들의 활동이 이 학문을 좋아하는 임금의 지원 속에서 이루어지거나, 또는 관심을 끌게 되지만 경계할 대상이 되기도 한다.

박지원은 ≪열하일기≫라는, 사신의 일행으로 청나라 건륭 황제의 여름 별장인 성덕까지 갔다 온 여행 기록과, 〈허생전〉 같은 한문소설의 저자로 너무나 잘 알려져 있다. ≪연암집≫에는 42수의 시가 수록되어 있을 뿐이니, 그는 시인이라기보다는 오히려 산문, 소설 작가로 일컫는 것이 낫겠다. 정조대왕은 그가 너무나 일반 유가 선비의 규범에서 벗어난 파격적인 잡문 투의 글을 쓰는 것을 몹시 걱정하였으나, 일반인들에게는 오히려 더 큰 영향을 주었다.

이덕무는 왕족이었지만 서자이기 때문에 출세하기 어려웠으나, 임금이 그 제주를 알고 왕립도서관이면서 학술 기관을 겸한 규장각에 검서관이라는 연구직을 마련해주어 큰 학자가 될 수 있었다. 그의 평생 저술을 모은 ≪청장관전서≫에는 생활에 필요한 백과사전적인 지식을 일반인들에게 계몽할 목적으로 매우 쉽게 풀어놓은 것이 많은 것이 특색이며, 어릴 때 쓴 시를 모은 ≪영처시고≫(302제)와 북한산에서 놀던 일을 쓴 〈북한기유〉(41수) 이외에 〈아정유고〉(373제)에도 평생 쓴 시가 그 전서에 수록되어 있으니, 거의 1천 수 가까운 그의 시를 지금도 읽을 수 있다.

그는 시에서 중국시의 지나친 영향을 털어내고 조선의 독자적인 시를 쓰는 게 좋을 것이라는 견해를 지니기도 하였는데, 당시唐詩를 숭상하던 그 당시의 일반적인 경향과는 방향을 달리하는 것이다. 그의 시는 자연스럽고 꾸밈이 없다고 한다.

정약용은, 당시에 이미 오랫동안 조정의 권력을 쥐고 임금의 정치 개혁에 대립하고 있던 노론 계통과는 다른 남인 계열의 사람이었고, 또 그의 형제와 가까운 친척, 친지 중에는 당시에 두려워하는 천주교 신자들이 많았고, 그 자신도 신자가 아닌가 하는 의심을 받고 있었기 때문에, 탁월한 재능에도 불구하고 벼슬길에 나아가는데 많은 어려움이 있었다. 그러나 정조 대왕 통치 기간 중에는 신임을 받아 무사할 수 있었으나, 정조 대왕 사후에는 18년 동안 귀양살이하였는데, 오히려 이 기간 동안에 많은 저술을 할 수 있었다.

그의 많은 저술을 모은 ≪여유당전서≫는 154권이나 되는데, 그중에 시는 1,312수나 된다. 젊을 때는 현실을 비판하고 풍자하는 시를 많이 썼으나, 늙어가면서는 신선과 같이 초탈하고자 하는 시를 많이 짓게 되었다. 그의 "조선시"에 대한 주장은 다음에 한 번 더 언급하고자 한다.

정약용보다도 한 세기 뒤에 태어난 김정희는 24세 때 청나라에 들어가는 사신인 아버지를 따라서 북경에 들어가서 그 당시 청나라의 최고 수준의 학자들인 완원(阮元)과 옹방강(翁方綱)을 만나서 스승으로 모시고, 자신의 호를 완당(阮堂)이라고 하기도 하였으며, 30세에 한 차례 더 북경에 다녀와서 청나라의 고증학을 철저하게 익힐 수 있었다. 문집인 ≪완당전서≫(10권)에는 389제의 시가 수록되어 있는데, 일상 주변에 있는 사물을 소재로 삼은 시와 중인계급의 지식인들과 주고받은 작품이 많다.

2.5. 조선 말기

이 책의 마지막 부분에 가서는 화가이며, 서예가이면서 시인이기도 하였던 신위(申緯)와, 조선 왕조가 일본에게 멸망당한다는 소식을 듣고 〈절명시絶命詩〉를 남기고 자살한 문인 황현(黃玹), 일본에 저항하여 싸운 승려 시인 한용운(韓龍雲)의 시 등을 소개하였다.

신위의 문집 ≪경수당전고≫(29권)는 모두가 시인데, 중국에서도 간행된 시 600수를 수록한 ≪자하시집≫은 그 책의 4분의1 분량이라고 한다. 이 시집의 서문에서 조선의 "문장은 박지원이요, 시는 신위"라고 하였다. 그는 시에서 한국적인 특징을 찾으려고 노력하여 조선 시인들의 시를 논한 〈동인논시〉라는 시 35수를 짓기도 하였다.

황현의 〈절명시〉 4수 중 첫째 수는 다음과 같다.

난리 속에 어느덧 백발의 나이 되었구나	亂離滾到白頭年 난 리 곤 도 백 두 년
몇 번이고 죽어야 했지만 그러지 못했네	幾合捐生却未然 기 합 연 생 각 미 연
오늘 참으로 어쩌지 못할 상황 되니	今日眞成無可奈 금 일 진 성 무 가 내
바람 앞 촛불만 밝게 하늘을 비추네.	輝輝風燭照蒼天12) 휘 휘 풍 촉 조 창 천

마지막 구절의 뜻은 끊으려는 목숨이 꼭 바람 앞에 나부끼는 촛불같이 곧 꺼질 것같이 나약하게 보일지 모르지만, 사실은 휘황찬란하게도 저 푸른 하늘 끝까지 밝게 비출 수 있듯이, 몸은 비록 죽어가지만 의기만은 하늘을 찌르고도 남을 것으로 비유하고 있다. 그의 시는 《매천집》(9권)에 838수나 수록되어 있다.

한용운은 한글로 지은 시로 이름이 높지만 한문으로 된 시도 140수 정도가 전하고 있는데, 유명한 현대시인 서정주(徐廷柱)가 그의 한문시 40수 정도를 한글로 번역하고 매수마다 간단한 해설도 붙인 책이 있으나, 번역이나 해설이 그다지 정확하지는 않다.13) 한용운의 〈동지〉 시를 이 책

---

12) 한국고전번역원, 한국고전종합db에서 인용.
13) 서울 민음사.

마지막 맨 뒷부분에 소개해둔 것은 동짓날부터 새봄 기운이 싹트듯이 조선 반도에도 다시 희망이 감돌 날이 올 것을 확신한 것에 동감하기 때문이다.

이상과 같이, 이 한시 선집에 나오는 시인을 한번 종합적으로 훑어가면서, 한국 한시사의 흐름에서 만당시晚唐詩, 동파체東坡體와 강서시파江西詩派, 성당시盛唐詩 수용과, 그러한 중국적인 틀에서 벗어나 한국적인 것을 모색해보려는 새로운 움직임도 더러 훑어보았다. 또 조선에 들어와서는 양반 사대부 계층의 문인들은 물론이거니와, 또 그 이외의 특수한 신분을 지닌 문인, 즉 중인, 상민, 승려, 부녀자, 기녀 등등의 신분적인 특성과 그들 작품상의 특성도, 다음의 해설 시편에서는 〔참고〕란을 설정해 소개하였다.

3. 한국 한시의 변용과 특징
- 〈복령사〉를 예로 들며

"한국의 한시가 중국의 한시와 무엇이 다른가?" "한국 사람들도 한시를 잘 썼는가?" 이러한 의문을 필자는 화두와 같이 지니고 있다. "조선같이 작은 나라 사람은 중국 사람들같이 통 큰 시를 쓸 수 없다.… 조선 사람이 시라고 쓰다가 중국 사람 앞에 가면 기가 죽어버린다." 이러한 말을 필자는 어릴 때 어른한테서 종종 들었고, 우리나라 선비들이 한문으로 적은 시 이야기[시화]에도 가끔은 그 비슷한 이야기도 보인다. 우리나라에서는 이렇다 할만한 이름난 문인들을 다 모아놓고 명나라의 사신을 맞이한 연회에서, 명나라 사신이 한 수 읊자 우리나라 문인들이 그만 질려서 붓을 놓게 되었다는… 등. 물론 그 반대의 이야기도 있기는 하다. 우리나라 사람이 하룻밤에 한국 풍물을 읊은 시 100수를 지어 보이자 그대가 만일 중국에 났더라면 이태백, 두보 못지않은 시인이 되었을 터인데… 하는 식의.

우선 중국은 땅이 넓은 나라이고, 역사가 긴 나라이며, 사람이 많은 나라인데, 우리나라같이 상대적으로 땅이 좁고, 역사 기록이 적으며, 사람도 적은 나라에서 중국인들과 같이 공간적·시간적으로 광활하고 유장한 느낌을 담은 시를 적어 낸다는 것은 불가능한 이야기이며, 또 꼭 그렇게 할 필요도 없을 것이다.

다산 정약용이 "나는 조선 사람이므로 조선시朝鮮詩를 즐겨 짓겠다"라고 한 시를 보자.

늙은 사람 한 가지 즐거운 일은	老人一快事 노 인 일 쾌 사
붓가는 대로 마음껏 써버리는 일	縱筆寫狂詞 종 필 사 광 사
어려운 운자에 신경 안 쓰고	競病不必具 경 병 불 필 구
고치고 다듬느라 늦지도 않네	推敲不必遲 퇴 고 불 필 지
흥이 나면 당장에 뜻을 실리고	興到卽運意 흥 도 즉 운 의
나는 본래 조선 사람	我是朝鮮人 아 시 조 선 인
조선시 즐겨 쓰리	甘作朝鮮詩 감 작 조 선 시
시골에선 시골 법 써야 하는 것	鄕黨用鄕法 향 당 용 향 법
이러쿵저러쿵 말 많은 자 누구인가?	迂哉議者誰 우 재 의 자 수
구구한 그대들의 격과 율을	區區格與律 구 구 격 여 율
먼 곳의 우리가 어떻게 알 수 있나?	遠人何得知 원 인 하 득 지

··· ···

배와 귤은 그 맛이 각각 다른 것　　梨橘各殊味
　　　　　　　　　　　　　　　　　이 귤 각 수 미

입맛 따라 저 좋은 것 고르는 건데.　嗜好唯其宜
　　　　　　　　　　　　　　　　　기 호 유 기 의

－〈노인의 즐거움 한 가지老人一快事〉[14]

이 시를 보면, 다산은 조선 사람들은 중국 사람들에 비하여 한시를 짓는데, 운자韻字를 맞추기도 힘들고, 문장을 퇴고하기도 더 힘들며, 뜻을 문자로 옮기기도 힘들며, 격조格調를 유지하고, 음률音律을 고르기도 어렵기 때문에, 이러한 것에 별 구애됨 없이 조선 사람식의 한시를 지으면 그만이라고 말하고 있다. 그가 한시를 지을 때 순수한 우리 말, 또는 토속적土俗的인 방언을 한자화해서 시어로 사용하고 있다든가, 두 아들에게 보낸 편지에서 시작에서 우리나라 고사故事들을 사용해야 한다고 주장한 것을 보면, 그가 말하는 조선시가 어떻게 되어야 한다는 것은 어느 정도 짐작은 할 수 있다.

한국 사람들에게 한시가 운자를 맞추기도 힘들고, 음률을 고르게 다듬기도 힘들다고 하면, 여러 가지 한시 체 중에서도 이러한 요소가 특별히 강조되는 시체는 저절로 기피되거나, 혹은 그러한 형식에 따라 글자 수 같은 것은 맞추면서도, 평측平仄이나, 압운押韻 같은 것은 부분적으로는 맞추지 않는 중국인들이 볼 때는 이상한 시가 될 수밖에 없다. 더

---

14) 송재소, ≪茶山詩研究≫, 서울, 창작과 비평사, 1986, p.33에서 인용.

군다나, 시 속에서 우리나라 사람들이 지금 살고 있는 모습을 그대로 담아내어야 한다는 생각까지 더해지고 보면, 아무래도 길이가 짧으면서도 평측, 대구, 전고典故, 압운에 관한 규칙이 까다로운 근체近體의 율시律詩보다는 고체시古體詩를 더 선호하게 되며, 짧은 서정시敍情詩보다는 길이가 긴 서사시敍事詩를 더 선호하게 마련이다. 여기서 '시詩'라고 하기보다는 '가歌'라고 부르는 것이 더 적절한 장편 서사시가 조선 후기에 크게 발전한 까닭을 감지할 수 있다.

그러나 이와는 반대로 중국시의 모든 어려운 규칙들을 그대로 준수하면서도 얼마나 어렵게 한국 한시의 독특한 면모를 살리려고 노력하였는가 하는 것을 위에 이미 한 번 인용한 바 있는, 해동강서시파에 속하는 시인 박은이 쓴 〈복령사〉 시에서 다시 한 예를 들어 설명하고자 한다.

이 절간은 도리어 신라의 옛 건물인데도	伽藍却是新羅舊 가 람 각 시 신 라 구
천 분의 부처님은 모두 서쪽 천축국에서 오셨네	千佛皆從西竺來 천 불 개 종 서 축 래
옛날부터 신비한 공로를 세운 임금도 큰 분 앞에서는 헤매었고	終古神人迷大隗 종 고 신 인 미 대 외
오늘날까지 이 복된 땅 천태산과 비슷하다네	至今福地似天台 지 금 복 지 사 천 태
봄날 흐려 비를 내리려 하니 새들은 서로 지저귀는데	春陰欲雨鳥相語 춘 음 욕 우 조 상 어

늘은 나무는 정이 없으니	老樹無情風自哀
바람이 스스로 애달파하네	노 수 무 정 풍 자 애
세상만사 견딜 수 없음은	萬事不堪供一笑
한바탕 웃음거리가 될 뿐이니	만 사 불 감 공 일 소
푸른 산들은 지난 세월을	靑山閱世只浮埃
다만 뜬 티끌로만 보고 있네.	청 산 열 세 지 부 애

이 시에 관해서는 ≪한국민족문화대백과사전≫의 〈복령사〉 항목에는 다음과 같은 소상한 해설이 있다.

첫째 연의 "절채는 신라의 옛적 것이고, 천불상 모두가 서축에서 온 것이지(伽籃却是新羅舊, 千佛皆從西竺來)."는 복령사의 유래나 모셔 놓은 것들이 모두 대단함을 나타내었다. 둘째 연에서는 "예로부터 신인은 대외에서 길을 헤매었고, 지금까지 복지는 천태산 흡사하구나(終古神人迷大隗, 至今福地似天台)."라 하였다. 옛적의 신인인 황제(黃帝)가 대도(大道)의 상징인 대외를 만나려고 지금의 태외산(泰隗山)인 구자산(具茨山)에 가서 말먹이는 소년에게 길을 물었던 ≪장자(莊子)≫ 서무귀(徐无鬼)의 고사를 인용하였다. 신선들의 거처를 뜻하는 복지(福地)인즉 복령사가 신선세계의 대표적인 지명인 천태산과 같다고 한 것이다. 그만큼 복령사가 고금을 통하여 도를 구하는 도량(道場)과 세속을 벗어난 복지역할을 해온 곳이어서 건물과 불상의 외면적인 위용 이외의 대단함을 지녔다는 뜻이다.

셋째 연은 "봄날 흐려 비 오려 하니 새들이 먼저 재잘대고, 고목은 무정한데 바람 제 홀로 슬프구나(春陰欲雨鳥相語, 老

樹無情風自哀)."라고 하여 시상을 일변시켰다. 비와 새, 나무와 바람을 교묘하게 관련시키면서 복령사에 대한 박은의 생각을 앞 연들과는 다르게 내면의 느낌으로 나타냈다. 〈복령사〉 셋째 연의 구절을 두고 허균(許筠)은 신조(神助)가 있었다고 격찬하였다. 남용익(南龍翼)은 이 연이 이 시의 경책(警策)이라 하면서 황정견(黃庭堅)과 진사도(陳師道)를 배운 것이라 평가하였다. 신위(申緯)는 "우리나라에도 강서파가 있으니, 노수춘음의 읍취헌이다(海東亦有江西派, 老樹春陰挹翠軒)."라는 평시(評詩)를 썼다.

넷째 연 "만사가 한 번의 웃을 거리도 못 되고, 청산도 세상사 겪으매 뜬 티끌일 뿐이네(萬事不堪供一笑, 靑山閱世只浮埃)."에서는 앞에서 그렇게 대단해 보이던 복령사를 하찮은 것으로 전환시키면서 박은의 내면에서 느껴진 복령사의 의미를 확대시켰다. 세상과 무관하게 존재하는 복령사를 강조하면서 극단적인 대조의 수법을 보였다. 허균은 이 구절을 '발속(拔俗)'이라 평하였다.

〈복령사〉는 고사의 사용, 불교와 도교에서 온 소재의 대비와 변용, 사물간의 미묘한 관련에 대한 포착, 전후 시상의 변화 등의 매우 세련된 솜씨를 보이고 있다. 그러나 문학이 난숙한 경지에 이르렀을 때에 까다롭고 무기력한 데 빠지게 되는 한계를 극복하지 못하고 있다.

박은은 연산군과 훈구파의 미움을 받고 갑자사화에 걸려 26세에 요절하였다. 박은은 〈복령사〉와 같은 난숙한 경지의 작품을 창작하여 조선시대 전기 문학이 전성기로 올라서는 데에 큰 몫을 하였다. 그러나 시대의 문제를 고민하고 해결하는 문학과는 일정한 거리를 가질 수밖에 없었다.

이종묵 교수는 위에서 소개한 저서의 제3장 〈강서시파의 한시 작법의 수용과 변용〉에서 해동강서시파에 속한 작가들이 요체拗體의 시도, 기자奇字의 단련, 시어詩語의 확장, 구법句法의 변화, 전고典故의 활용, 의경意境의 안배에 모두 얼마나 송나라 시인들과는 다른 면을 보이고 있는지, 상세하게 예문을 제시하고 있다. 여기서 그 내용을 다 소개할 수는 없으나, 이 〈복령사〉 시에 관련된 내용만 조금 인용함으로써, 한국 한시의 한 변모變貌를 살펴보고자 한다.

박은은 해동강서시파 시인들 중에서 요체의 구사에 가장 큰 관심과 능력을 보였던 시인이라고 한다. 그의 시 중에서 여러 시선집에 수록되어 있는 율시는 총 18수인데, 12수가 완전히 요체이고, 1수만 제외하고 나머지 5수도 제3자나 제5자를 요하고 고측이 되도록 한 것이다. 박은의 요체 중 가장 비중이 큰 것은 칠언에서 위 구의 제5자(5언에서는 제3자)를 요하고(바꾸어 놓고), 아래 구의 제5자(오언에서는 제3자)로 구하는 대구상구(對句相救: 아래 구절에서 대책을 강구함)이다.

春陰欲雨鳥相語　老樹無情風自哀
춘 음 욕 우 조 상 어　노 수 무 정 풍 자 애
평평측측측평측　측측평평평측평

이 상구의 제5자가 평성 자리인데, 측성을 두어 요하고, 하구의 제5자 측성 자리에 평자를 둔 예이다. 이 방식의 요체는 대부분 조자(助字: 어조사 相, 自)로 대우를 맞추거나, 산문적인 문법으로 되어 있는 구절에 주로 나타나고 있어, 강건

한 구법이 파격적인 율격과 조화를 이루면서 박은 시의 웅장하고 신기한 풍격 형성에 큰 역할을 하고 있는 것으로 보인다고 한다.15)

伽籃〔却是〕新羅舊　　千佛〔皆從〕西竺來
〔終古〕神人迷大隗　　〔至今〕福地似天台
春陰〔欲雨〕鳥相語　　老樹〔無情〕風自哀
萬事〔不堪〕供一笑　　靑山〔閱世〕只浮埃

다시 이 시의 전문을 보면, 위에서 이미 지적한 相, 自와 같은 조자 이외에도, 기존의 시에서는 별로 시어로 쓰이지 않던 산문의 언어인 조자를 대우로 맞추어 놓았음을 더욱 확실하게 알아낼 수 있다.

이 밖에도 이 시의 둘째 연련에 나오는 대구의 표현은 필자가 제시한 바와 같은 상세한 각주가 없이는 도저히 그 의미를 파악할 수 없는 난해한 내용인데, 위 구절은 황제가 큰 도를 찾으려다 길을 잃었다는 전고를 이끌어다 복령사로 가는 길이 매우 험함을 묘사한 것이다. 장자(莊子)의 원 뜻은 아무리 위대한 인물도 큰 도를 깨우치지 못할 때가 있다는 우언이지만, 여기서는 복령사로 가는 길이 사람으로 하여금 길을 잃게 한다는 뜻으로 사용하고 있다. 이와 같은 방식의 전고 활용은 매우 독특한 해동강서시파海東江西詩派의 한 특성이다.16)

_____

15) 이종묵, 같은 책, p.38-9.
16) 이종묵, 같은 책, p.215에서 인용.

한시에도 조예가 깊은 영문학자 김종길 교수는 한국 한시의 독자성을 규명하기 위해서는 무엇보다도 그것에 특유한 심적 태도를 찾아내야 하는데, 그 가운데도 가장 유망한 것은 그것이 간혹 보이는 매우 특이한 아이러니가 아닐까 하는 가설을 제시한다. 그것은 말과 뜻하는 바 또는 사실 사이의 괴리가 있을 때 성립한다고 한다.[17] 이로 보면 바로 위와 같은 전고의 활용은 바로 한국 한시가 지니는 특유한 아이러니의 한 본보기라고 할 수도 있을 것이다.

이상으로 정다산의 '조선시 선언'과 박은의 율시 한 수를 들어, 한국 한시가 중국 한시와 길을 달리하려는 태도와, 중국 시를 모방하면서도 한국 한시의 독특한 면을 나타내려고 노력한 예를 각각 하나씩 소개해보았다.

1935년에 존 그리그스비Joan S. Grigsby라는 영국의 여류 시인이 일본과 한국에 와서 각각 몇 년씩을 산 뒤에 ≪The Orchid Door-Ancient Korean Poems≫라는 한국 한시 80수를 뽑아 영시 체로 옮겨둔 책이 있다. 그 책 서문에서,

  한국의 〔한〕시는 모든 한국의 예술과 같이 일본과 중국의 것과는 다른 어떤 특성을 가진다. 비록 그런 것을 중국에서 많은 것을 가지고 왔다고 할지라도, 그것은 오히려 일본(것)과 더 가까움을 가지고 있다.…

  "말장난〔雙關〕pun"은 일본 시인들은 자주 사용하지만, 한국

17) 김종길, 〈한국 한시의 독자성〉, ≪시와 시인들≫, 서울 민음사, 1997, p.128

작품에는 드물다. 그러나 말의 은유랄까 형상화는 〔한국시에
서〕 자주 짧은 시 그 자체가 되고 있다.[18)

라고 말하고 있다. 앞의 문단은 매우 원론적인 말이나 매우
중요한 말이다. 같은 한자로 쓴 시라도 중국 사람들이 쓴
시와 한국 사람들이 쓴 시와 일본 사람이 쓴 시가 다른데,
그중에서도 한국시와 일본시가 조금 더 가까운 맛이 난다는
지적은 수긍할 수 있을 것 같다. 일상생활에서도 중국인들이
사는 모습보다는 한국인들의 생활방식이나 사고방식이 오히
려 일본인들과 비슷하다고 필자는 생각하기 때문이다.

그 다음 문장에서 지적한 내용은 일본 한시와 한국 한시의
표현방식의 차이점을 조금 구체적으로 지적한 것인데, 김삿
갓의 시 같은 말장난 시를 예외적인 것으로 친다면, 아주 귀
담아 들을 만한 재미있는 지적으로 생각된다.

이 서양의 여류시인도, 한국의 시인 김종길과 같이, 시의 차
이점을 알아내자면, "겹친 의미double meaning"를 가진 구절
뿐만 아니라, 그림을 만들어 주는 그런 말들의 짝 맞춤과 연
상 작용을 유발시키는 생각들을 어떻게 서로 다르게 엮어 놓
는지 자세하게 연구해보아야만 한다고 하였다. 이것이야말
로 한문학을 연구하는 사람들에게 던져준 또 하나의 새로운
화두가 아닐 수 없다.

---

18) Collected and done into English verse by Joan S. Grigsby,
   J. L. Thompson & Co. LTD. Kobe, Japan, 1935.

| 해설 시 편 |

1. 가을 밤 빗속에서 (秋夜雨中) - 최치원

가을바람에 처량한 이 읊조림만 　　秋風唯苦吟이나
　　　　　　　　　　　　　　　　추 풍 유 고 음

온 세상에 지음 적네 　　　　　　舉世少知音이라
　　　　　　　　　　　　　　　　거 세 소 지 음

창 밖에는 삼경의 비가 오는데 　　窓外三更雨한데
　　　　　　　　　　　　　　　　창 외 삼 경 우

등불 앞에 아물아물 만리의 마음이여. 燈前萬里心이라
　　　　　　　　　　　　　　　　등 전 만 리 심

ⓒ 한국고전번역원 | 신호열 역(1968)

* 최치원(崔致遠, 857~미상) 신라 말기의 학자 문장가. 자는 고운 (孤雲). 12세에 중국 당나라에 유학하여 과거에 급제하고, 그 곳에서 지방 관리와, 장군의 막료 등을 지내면서 문명을 날리기 도 하였음. 귀국해서는 신라 말기의 정치혼란 때문에 뜻을 제대 로 펴지 못하여, 한림학사와 지방 태수 등을 하다가 그만두고 은퇴하였음. 여러 명산에 들어가서 숨어 지내다가 언제 죽었는 지 잘 알 수 없음. 많은 한문 저술을 남겨 한국 한문학의 시조 와 같이 추앙되고 있음. ―《한백》 22-493.

* 고음(苦吟) 슬픈 마음을 괴롭게 시로 표현하여 읊조린다는 뜻 과, 시를 가다듬기 위하여 매우 노력하면서 고되게 시를 짓는 다는 두 가지 의미가 있는데, 여기서는 일차적으로는 앞의 뜻

으로 된 것 같지만 그 다음에 나오는 구절과 연관시켜 생각하면, 뒤의 뜻도 부차적으로 연관되는 것 같음.

당나라 맹교(孟郊)의 〈밤에 감회를 적으면서 스스로 심심풀이로 삼다夜感自遣〉: "밤공부 새벽에도 그치지 않고, 괴롭게 읊조리니 귀신도 근심스러워 하는구나夜學曉未休, 苦吟神鬼愁". 이 경우에도 위에서 이야기한 두 가지 뜻이 복합적으로 들어 있는 것 같음.

* 거세(擧世) 전국시대 초나라 굴원(屈原)의 〈어부사漁父辭〉: "온 세상이 다 흐리나 나 홀로 맑고, 모든 사람이 다 취했으나 나 홀로 깨었는지라, 이 때문에 쫓겨나게 되었다擧世皆濁我獨淸, 衆人皆醉我獨醒, 是以見放"

* 지음(知音) 서로 마음이 통하는 사이, 지기知己. 종자기(鍾子期)와 백아(伯牙) 두 사람은 지기지우(知己之友)로 백아는 거문고를 잘 탔고, 종자기는 거문고 소리를 잘 알아들었다고 한다. 백아가 일찍이 높은 산에 뜻을 두고 거문고를 타자, 종자기가 듣고 말하기를, "좋다, 높다란[峩峩] 것이 마치 태산(泰山) 같구나." 하였고, 또 백아가 흐르는 물에 뜻을 두고 거문고를 타자, 종자기가 또 말하기를, "좋다, 광대한[洋洋] 것이 마치 강하(江河) 같구나."라고 하여, 백아가 생각한 것을 종자기가 반드시 다 알아들었으므로,[伯牙鼓琴, 志在高山, 子期曰: 善哉, 峩峩兮若泰山. 志在流水, 子期曰: 善哉, 洋洋兮若江河. 伯牙所念, 鍾子期必得之. ―《列子》〈湯問〉] 종자기가 죽은 뒤로는 백아가 자기의 거문고 소리를 알아들을 사람이 없다 하여 마침내 거문고를 부숴버리고 종신토록 다시는 거문고를 타지 않았다는 데서 온 말이다. ―고전 db에서 인용.

* 만리심(萬里心) 당나라 두보의 〈마음을 달래다遣興〉: "움츠린

용은 온 겨울을 드러누워 있으나, 늙은 학은 만 리를 날아갈 마음이라네蟄龍三冬臥, 老鶴萬里心"

당나라 이백의 〈형산의 방외 스님께贈衡岳僧方外〉: "그대를 만나보니 만 리를 달리는 마음 지녀, 마치 바다 물 위에 가을 달이 비치는 것 같구나見君萬里心, 海水照秋月"

【해 설】 최치원이 지은 시인데, 이 시가 그가 중국에 머물고 있던 젊을 때 지은 것인지, 신라로 돌아와서 지은 것인지를 두고 논란이 많으나, 시에 풍기는 분위기가 쓸쓸한 노경의 감회를 담은 것같이 보이므로, 그가 귀국한 뒤에 조정에서 별로 뜻을 얻지 못하고 지방관으로 전전하다가 끝내는 종적을 감추었던 사실을 감안한다면, 아마 노경에 실의하여 지은 것으로 짐작된다고 보는 게 통설이다.

가을바람을 오직 괴롭게 읊조리고 있으나	秋風唯苦吟
온 세상에는 내 마음을 이해해주는 사람 드물구나	擧世少知音
창 밖에는 밤이 깊었는데도 비가 내리는데	窓外三更雨
등불 앞에서 달리는 내 마음은 천리만리 걷잡을 수 없이 방황하고 있구나.	燈前萬里心

최고운 선생은 당시에 당나라나 신라를 통틀어 보더라도 그 학문적 수준, 글 솜씨, 붓글씨 어느 한 가지도 누구와 겨루어도 손색없는 최고급의 지식인이었다. 이러한 수준 높은 지식인이 당나라에서 귀국하자 당시의 신분적인 제약 때문에 제대로 역량을 발휘할 수가 없었다. 거기다가 신라의 국정이 혼란기에 접어들었으니, 뜻을 펼 길은 막혔고, 세상에는 서로 마음을 터

놓고 이야기를 나눌 사람마저 드물다는 한탄이 저절로 나온 것이다.

위의 주석에서 이 시에 등장한 몇 가지 어휘에 대하여 전고를 간단하게 밝혀 두기는 하였지만, 조금 더 살펴보고자 한다.

* 고음(苦吟) 이 말은 최치원이 중국에 유학하였던 당나라 말기〔晚唐〕 시대보다 조금 앞선 중당中唐 시대에 문단을 주름 잡았던 한유, 맹교, 가도와 같이 시를 매우 어렵게, 또는 메마르게 짓던 한 무리의 시인들이 매우 자주 사용하던 어휘로 생각된다.

한유(韓愈)의 〈맹교 선생님을 노래한 시孟生詩〉: "맑은 밤에 고요하게 마주 상대하고 앉았는데, 머리는 희신데 괴롭게 자작시 읊조리시는 소리 직접 귀로 듣게 되었다네淸宵靜相對, 髮白聆苦吟"

맹교(孟郊)의 〈밤에 감회를 적으면서 스스로 심심풀이로 삼다夜感自遣〉: "밤공부 새벽에도 그치지 않고, 괴롭게 읊조리니 귀신도 근심스러워 하는구나夜學曉未休, 苦吟神鬼愁"

뒤에 인용한 맹교의 시구는 앞의 주석에도 이미 한 번 인용한 것인데, 거기서도 말한 바와 같이 이 말은 〔앞에 나온 가을이라는 말과 연관시키면〕 "마음을 괴롭게 읊는다"는 뜻이 있지만, 다음 구절에 나오는 "지음"이라는 말과 연관시켜서 생각해보면, 내가 지금 아무리 시를 잘 가다듬어 잘 지어 보아도 내 이 시 솜씨를 알아줄 사람이 이 세상에는 거의 없다는 한탄이 우러나오는 것이니, 이 경우에는 "슬프게 읊는다"는 뜻 이외에, 또 "애써 다듬어 읊는다"는 의미도 끼어들게 되는 것이라고 생각된다.

이렇게 한시에는 한 말이 두 가지 의미를 동시에 지닌 다의성多義性이 풍부한 말이 많은데, 고운선생의 이 시구가 바로 그러한 적절한 예의 하나라고 할 것이다.

＊삼경우(三庚雨), 만리심(萬里心) 이 두 어휘를 아래위로 병렬해 놓은 이 한 연에서는 앞 구나 뒤 구나 모두 주어 술어라고 할 만한 글자를 찾을 수가 없다.

窓外三更雨　창외 → 장소를 나타내는 부사어,

　　　　　　　삼경 → 시간을 나타내는 수식어,　　우 → 명사

燈前萬里心　등전 → 장소를 나타내는 부사어,

　　　　　　　만리 → 장소를 나타내는 수식어,　　심 → 명사

이 구절들을 글자 그대로 늘어놓으면 "창문 밖에는 삼경의 비// 등불 앞에서는 만리의 마음"일 것이다. 그러나 이 두 구절을 우리말로 문장이 되게 만들자면 "창 밖에는 삼경의 비가 내리고 있는데, 등불 앞에서는 만리 밖으로 마음이 달리고 있구나."가 된다.

이와 같이 각 구절 끝에 나오는 명사인 "비 우" 자와 "마음 심" 자를 각각 동사로 활용하여 풀어내어야 한다. 이러한 용례는 한시에서는 매우 자주 볼 수 있는 현상인데, 오히려 이러한 시구에서 동사가 놓일 자리에 명사를 놓고서 동사로 활용하는 것이 훨씬 더 의미를 강력하게 부각시켜, "정중동靜中動"적인 효과를 증대시키게 된다고 한다.－졸역 ≪중국시학≫, 명문당, 2019, 61-3쪽 참조 요망.

이렇게 본다면 이 두 구절도 글자는 몇 자 되지 않지만, 아주 멋진 대구에다가 고요한 가운데서도 움직임을 잘 표현하여 낸 훌륭한 구절들이라고 할 것이다.

2. 윤주 자화사 상방에 올라(登潤州慈和寺上房) - 최치원

진세의 길 잠깐 떠나 올라가 굽어보며	登臨暫隔路岐塵하며 등 림 잠 격 로 기 진
흥망을 읊조리노라니 한이 더욱 새로워	吟想興亡恨益新이라 음 상 흥 망 한 익 신
군대의 뿔피리 소리 속에 물결은 조석으로 치고	畫角聲中朝暮浪하고 화 각 성 중 조 모 랑
푸른 산 그림자 속에 고금의 인물이 잠겼어라	靑山影裏古今人이라 청 산 영 리 고 금 인
서리에 옥수 꺾여서 꽃에는 주인이 없다 해도	霜摧玉樹花無主나 상 최 옥 수 화 무 주
금릉에 바람결 따스해서 풀은 저절로 봄빛일세	風暖金陵草自春이라 풍 난 금 릉 초 자 춘
사가의 정취 아직 남아 있는 그 덕분에	賴有謝家餘境在하야 뇌 유 사 가 여 경 재
시객의 정신이 오늘도 삽상해지는구나.	長敎詩客爽精神이라 장 교 시 객 상 정 신

* 윤주(潤州) 지금의 강소성(江蘇省) 진강시(鎭江市). 수당(隋唐)
때 이렇게 불렸다. 동쪽에 윤포(潤浦)가 있다. 참고로 장호(張

祜)의 〈가을밤에 윤주 자화사 상방에 올라秋夜登潤州慈和寺上方〉라는 칠언율시가 ≪어정전당시(御定全唐詩)≫ 권511에 나온다. 장호는 당나라 두목(杜牧)과 동시대의 시인이다.

* 상방(上房) 주지가 거하는 방장(方丈)이라는 말과 같다.

* 노기(路岐) 기로. 여기서는 덧없는 세로(世路)에서 방황하였음을 뜻한다. 갈래 길이 많다가 보면 찾을 것을 잃는다는 다기망양(多岐亡羊)이라는 고사성어가 있는데 출전은 다음과 같다. 전국시대의 학자 양주(楊朱, 양자)의 이웃 사람이 양을 잃고 그 무리를 다 동원하고 다시 양자의 종까지 동원하여 찾으려 하였다. 이에 양자가 묻기를 "한 마리 양을 잃고 찾으러 가는 사람이 어찌 이렇게 많은가?" 하자, 그가 말하기를 "갈림길이 많기 때문입니다." 하였다. 찾으러 갔다가 돌아오는 것을 보고 양자가, "양을 찾았는가?" 하고 묻자, "잃었습니다." 하였다. 양자가 다시 "어째서 잃었는가?" 하자, 그가 말하기를 "갈림길 속에 다시 갈림길이 있어 양이 어디로 갔는지 알 수 없기에 돌아오고 말았습니다." 하였다. 이에 심도자(心都子)가 말하기를 "대도(大道)는 갈림길이 많아 양을 잃고, 학자는 방도(方道)가 많아 생명을 잃는다." 하였다.〔≪列子≫〈說符〉〕 - 고전db 각주 정보에서 인용.

* 화각(畫角) 옛날 관악기의 일종으로 서강(西羌)에서 전래되었다. 모양이 대통처럼 생겼는데, 부는 곳은 가늘고 끝은 굵다. 대나무나 뿔로 만들며 겉에 그림을 그려 놓았기 때문에 화각이라고 하였다. 그 소리가 애절하고 높아 옛날 군중에서 이것을 사용하여 사기를 진작하고 군대를 엄숙하게 하였으며 제왕이 순시할 때 또한 이것으로 계엄을 알렸다. 남조(南朝) 양(梁)나라 간문제(簡文帝)가 지은 〈절양류折楊柳〉 시에 "드높은 성루

에서 단소 소리 들려오고, 공허한 숲속에 화각 소리 슬프구나. 〔城高短簫發, 林空畫角悲.〕"라고 하였다. -고전db 각주 정보에서 인용.

* 서리에 … 봄빛일세 나라가 망해서 임금이 후궁과 노닐며 노래를 지어 부를 수도 없게 되었지만, 계절은 어김없이 찾아와서 봄풀이 푸르게 돋아났다는 말이다. 남조 진(陳)나라 후주(後主) 진숙보(陳叔寶)가 정사는 돌보지 않고 매일 비빈(妃嬪) 등과 함께 노닐면서 새로 지은 시에 곡을 부쳐 노래를 부르게 하다가 끝내 나라를 망하게 한 고사가 있는데, 전해오는 곡 가운데 〈옥수후정화(玉樹後庭花)〉라는 노래가 있다. 줄여서 〈옥수가(玉樹歌)〉라고 부르는데, 보통 망국의 노래를 뜻한다. -≪陳書 卷7 皇后列傳≫. 금릉(金陵)은 곧 남경(南京)으로, 삼국시대 오(吳)를 비롯해서 동진(東晉)과 송(宋)·제(齊)·양(梁)·진(陳) 등 육조(六朝)가 이곳에 도읍했는데, 중당(中唐)과 만당(晚唐) 때에는 윤주(潤州)를 금릉으로 부르기도 하였다.

* 사가(謝家) 금릉과 가까운 선성(宣城)의 태수를 지낸 남조 제(齊)의 저명한 시인 사조(謝朓)를 가리킨다. 당시에 그가 세운 누대는 사공루(謝公樓) 혹은 북루(北樓)로 지칭되며 많은 시인들의 입에 오르내렸다. 그의 〈고취곡(鼓吹曲)〉과 〈입조곡(入朝曲)〉 중에 나오는 "강남의 멋지고 화려한 땅, 금릉은 바로 제왕의 고을이라오.〔江南佳麗地, 金陵帝王州〕"라는 표현은 금릉을 찬미한 시구로 특히 유명하다.

ⓒ 한국고전번역원 | 이상현 (역) | 2009

위의 번역과 주석은 모두 한국고전db〔고운집 권1의 각주와 다른 글의 각주 정보〕에서 인용한 것인데, 시 원문의 한자 발음과 현토는 저자가 다시 추가한 것이다. 이 사이트에는 똑같은 시의 또 다른 번역〔동문선〕도 보이는데 아래에 참고로 인용해본다.

산에 올라오니 갈래 길 먼지 잠시 멀어졌으나
흥망을 되씹으니 한이 더욱 새로워라
화각 소리 가운데 아침저녁 물결인데
푸른 산 그림자 속엔 고금 인물 몇몇인고
옥수에 서리 치니 꽃은 임자도 없구나
금릉 따스한 바람에 풀은 절로 봄이로고
사가의 남은 경지 남아 있어
시객의 정신 길이 상쾌하게 하네.

* 사가(謝家)의 남은 경지 사씨(謝氏)는 진대(晉代)의 명문으로 사조(謝朓) 등 시인이 배출되었다. 아마 그 근처에 유적(遺蹟)이 있는 것 같다.

ⓒ 한국고전번역원 | 신호열 (역) | 1968

이러한 번역과 주석이 이미 나와 있다는 것은 정말 고마운 일이다. 이러한 번역과 주석이 이렇게 나와 있음에도, 필자는 이러한 풀이를 보고서도 이 시에 대하여 여전히 잘 풀리지 않는 의문이 있다.

제목에 나온 "상방(上房)"이라는 말이 과연 첫째 번역의 주석에서 설명한 것과 같이 "주지가 거하는 방장(方丈: 처소)"에 그치는 것일까? 주지가 거처하는 처소를 제목에 넣는 것이라면 이 시의 내용에 마땅히 불교에 관련된 이야기가 좀 나타나야 할 것 같은데, 이 시에서는 그냥 역사의 흥망성쇠는 하염없고, 계절의 변화는 계속된다는 일반적인 이야기만 하다가, 마지막 연에 가서는 불쑥 사씨 집 이야기가 나오고, 그 여운이 아직 남아서 "오래도록 시인의 마음을 맑게 해준다" 하고 끝냈으니, 제목과 시 내용이 일치하지 않는 것같이도 보인다.

그런데 이 상방이라는 말의 뜻에는 주지가 거처한다는 방이라는 뜻 말고도, "위치가 제일 높은 곳에 있는 방", 또는 "제일 중요한 위치에 있는 방〔정방正房〕"이라는 뜻도 있다고 한다. 아마도 이 절 안에서 위치가 제일 높은 곳이나, 제일 위치가 좋은 곳으로 이 "상방"이라는 말을 제고해보아야 하지 않을런지? 그렇게 보아야 이 시 첫줄에 나오는 "등림"의 "임할 림" 자와 더 부합할 것같이 생각된다. 위의 첫째 번역에서는 이 글자를 "굽어보며"라고 풀었는데 이 풀이는 맞다. 왜냐하면 이 임자는 뜻은 무엇보다도 "위에서 아래로 내려다본다居上視下"는 의미가 제1차적인 뜻이기 때문이다. ─그래서 영어로 번역할 때 이 글자를 흔히 look down이라고 번역한다. 만약 높은데서 아래로 내려다본다면, 그 장소가 꼭 "주지의 방"일 필요가 있겠는가? 그 방이 제일 높은 곳에 있다는 증거를 제시하지 못한다면⋯. 그러면 그 아래가 어디인가? 바로 본문에서 노래하고 있는 남경 일대일 것이다. 위의 두 번째 번역의 주석에서는 "아마 그 근처에 유적(遺蹟)이 있는 것 같다"라고 하였는데, 여기서 그 근처라는 것은 "자화사 상방" 근처라는 것을 말하는 것 같으나, 그렇게 볼만한 유적이 정말 거기 있었는지 필자는 열심히 여러 책을 검색해보았으나 도무지 그러한 증거는 찾아낼 도리가 없었다.

위에서 본 첫 번째 제시한 번역의 마지막 주석인 "사가謝家"에 대한 설명도 좀 애매하다. 그래서 같은 db 중에서 이 말에 대한 더 절실한 설명을 다른 글 주석에서 하나 찾아서 다음에 인용해본다.

이백(李白)의 "푸른 산에 가까운 집 사조와 같고, 푸른 버들 드리운 문 도잠과 비슷하네.〔宅近靑山同謝朓, 門垂碧柳似陶潛〕"라는 구절처럼(≪李太白集 卷25 題東溪公幽居≫) 집 주위의 멋진 산 경치를 표현할 때에는 으레 사조를 떠올리곤 하는데, 이는 남조 제(齊)의 시인인 사조가 종산(鍾山) 아래에다 별장을 지어 놓고는, 〈유동전遊東田〉이라는 시를 지은 고사에서 유래하는 바, 그 시의 말구(末句)에 "향기로운 봄 술은 거들떠보지도 않고, 푸른 산의 성곽만 머리 돌려 바라보네.〔不對芳春酒, 還望靑山郭〕"라는 표현이 나온다. -≪文選 卷22≫

이 설명에 나오는 "종산"은 "북산"이라고도 부르는데, ≪고문진보·후집≫에 보이는 유명한 글 〈북산이문北山移文〉의 북산으로 남경 북쪽에 있는 산이다. 그러니 이 시가 자화사의 높은 곳에 올라가서 남경 쪽을 내려다보면서, 옛날 남경에 도읍을 삼았던 시대에 그곳에서 울리고 살았던 사씨들 가문과 그중에서도, 특히 당나라 이태백이 좋아하였던 사조의 유적을 생각하면서 이 시를 마감하고 있다. 마지막 구절에 나오는 "시객" 즉 "시 짓는 나그네"는 바로 이백이기도 하고, 또 이 시를 지은 최고운 자신이기도 하다.

다시 이 시 전체를 풀어보고 해설도 좀 보충하고자 한다.

올라와서 내려다보니 잠시나마   登臨暫隔路岐塵
갈림길에서 방황하는 일 멀어졌으나
흥망성쇠를 읊으려 생각해보니   吟想興亡恨益新
한만 더욱 새로워지네
슬픈 나팔 소리 속에서 아침과 저녁   畫角聲中朝暮浪
물결치듯 출렁거렸고

저 좋은 푸른 산 그림자 속에서도　　青山影裏古今人
고금의 인물들 바뀌어 나왔다네
서리가 옥 같은 나무를 시들게 하니　　霜摧玉樹花無主
꽃은 주인을 잃었지만
바람은 금릉 땅을 따뜻하게 하니　　風暖金陵草自春
풀만 저절로 봄을 찾았다네
그래도 사씨 가문의 후광이　　賴有謝家餘境在
조금이나마 남아 있기에
우리 같은 나그네 시인으로 하여금　　長教詩客爽精神
오래오래 정신을 상쾌하게 해주네.

【해 설】 이 시는 불교 사원에 올라간 것을 제목으로 삼았지만, 오히려 불교적인 내용은 거의 없고 다만 높은 곳에 올라가서 흥망성쇠가 되풀이 되었던 남경이라는 옛 도읍터를 내려다보면서 안타까움에 젖었다가, 이 고도에도 다시 봄이 찾아든 것을 확인하면서, 그래도 이 도시에서 한 줄기의 역사의 명맥을 이어 가는데, 왕씨〔왕도, 왕휘지 등〕 가문과 더불어 공헌을 하였던, 사씨〔사안, 사령운, 사조 등〕 가문의 훌륭한 전통을 회상해보고, 그러한 전통 중에서도 특히 아름다운 시의 전통을 발전시킨 사조 같은 훌륭한 시인을 사모하여 이 근처에서 삶을 마감하면서, 사조가 사랑한 푸른 산〔謝氏青山〕에 자기의 유골을 묻어 달라고까지 유언한 이태백까지도 회상해보게 된다. 그렇게 함으로써 이 최고운 시인이, 이 절의 주지스님에게 불교의 교리를 듣고서 "정신이 상쾌해진 것"이 아니라, 이 금릉〔남경〕을 중심으로 발전한 아름다운 문화전통을 회상하면서 정신이 상쾌해진 것이다.

고운선생이 처음으로 벼슬을 받아 현위(縣尉: 경찰서장 겸 세무서장 같은 것)로 근무하던 율수溧水라는 곳도 이 남경 근처이며, 그곳은 이 시에 나오는 사씨 가문의 일원인 사조가 일찍이 태수를 지낸 지역에 속하는 한 고을이기도 하였다. 그러므로 아마 고운선생은 이 일대의 아름다운 문화전통에 관하여서 매우 잘 알았고, 또 사랑하였을 것이며, 그 당시에 그는 이 일대에서도 가장 훌륭한 젊은 문관의 한 사람으로 사람들의 부러움과 존경을 받고 있었을 것이다. 그래서 그런지 일반적으로 절간에 가서 지은 시라면 "인생은 괴롭다"고 읊조리고, 역사를 읊은 시라면 "흥망성쇠가 허망하다"는 식으로 끝맺을 것인데도, 여기서는 그런 느낌을 넘어서서 "상쾌하다"는 말로 끝나니 매우 뜻밖이다.

이런 좋은 정신이 오히려 귀국해서는 알아주는 사람도 거의 없어지고[少知音], 많은 괴로움에 시달린 것[猶苦吟] 같으니 매우 안타깝게 느껴진다.

이 시에서 특히 제2연(3구와 4구)이 아름다운 것으로 널리 칭송되고 있다고 한다.

> 슬픈 나팔 소리 속에서 아침과 저녁   畫角聲中朝暮浪
> 물결치듯 출렁거렸고
> 저 좋은 푸른 산 그림자 속에서도   青山影裏古今人
> 고금의 인물들 바뀌어 나왔다네.

앞 구절은 청각적인 연상을, 뒤 구절은 시각적인 연상을 불러일으키면서, 두 구절이 정확한 대구를 이루고 있다. 그런데 이 뒤 구절 같은 경우에는 분명하게 술어 구실을 할 동사나 형용사가 없다. 그래서 맨 마지막에 나오는 "사람 인" 자를 문맥을 고려해 "인물들 바뀌어 나왔다네"와 같이 동사와 같이 활용해 풀어 보았다. 이렇게 보면 이 글자와 대가 되는 "물결 랑"도 역시 명사를 "출렁거리다"라는 식으로 동사와 같이 활용해 해석하는 수밖에 없다. 이렇게 명사를 동사로 활용하는 한시의 시구는 많은데, 오히려 이렇게 함으로써 "정중동靜中動"적인 효과를 증대시킬 수 있다는 이야기는 이미 앞에서 해설한 최고운의 〈추야우중〉에서도 언급한 바가 있다.

3. 등불 잔치 날 저녁 (燈夕) - 김부식

성과 궁궐이 깊고 엄한데
경루가 길다
城闕深嚴更漏長한데
성 궐 심 엄 경 루 장

등불 산과 불나무가
어울려 찬란해라
燈山火樹桀交光이라
등 산 화 수 걸 교 광

가는 봄바람에 능라 의상이
너훌너훌
綺羅縹緲春風細하고
기 라 표 묘 춘 풍 세

서늘한 새벽달 아래
금빛·푸른빛 선연해라
金碧鮮明曉月凉이라
금 벽 선 명 효 월 량

어좌는 하늘 북극에
드높이 마련되고
華蓋正高天北極하고
화 개 정 고 천 북 극

옥로는 대궐 중앙에
마주 대해 놓여 있네
玉爐相對殿中央이라
옥 로 상 대 전 중 앙

임금님 공묵하사
성색을 안 즐기시니
君王恭默疏聲色하시니
군 왕 공 묵 소 성 색

이원의 제자들아
백보장을 자랑 마소.
弟子休誇百寶粧하라
제 자 휴 과 백 보 장

이 번역 뒤에 간단한 주석이 있으나 여기서는 생략하였다. 필자는 이 시를 다음과 같이 역주해본다.

등불 잔치 날 저녁 (燈夕)

城闕深嚴更漏長	성안의 궁궐 깊고 엄숙하며 시간은 늦어만 가는데
燈山火樹桀交光	등은 산을 이루고 불은 나무 이루어 뛰어나게 빛 엇갈리네
綺羅縹緲春風細	아름다운 비단 의상 아늑함은 봄바람 살랑 스치기 때문이요
金碧鮮明曉月凉	누렇고 푸른 단청 선명함은 새벽 달빛 차갑기 때문일세
華蓋正高天北極	화려한 임금님의 행차 하늘의 북극성처럼 높게 차지하셨고
玉繩相對殿中央	빛나는 여러 대신들 궁정 중앙에서 마주보고 서 있네
君王恭默疎聲色	임금님과 제후님들 공손하고 묵묵해 노래와 여색을 멀리하니
弟子休誇百寶粧	궁중의 여러 악공들 백 가지 보물 장식 자랑하지 말라.

* 등석(燈夕) 등불 잔치 날 저녁. 이런 밤 잔치는 유희의 일종으로 하는 경우도 있고, 또 불교 행사로 하는 경우도 있음.

* 김부식(金富軾, 1075~1151) 고려시대의 저명한 역사가, 정치가, 문학자. 자는 입지(立之), 호는 뇌천(雷川). 서경 천도설을 주장하던 묘청의 난을 진압하고 공신으로서 재상이 되었으며, ≪삼국사기≫를 지음. 문집이 20여 권이나 되었다고 하나, 지금은 전하지 않으며, 그의 글이 ≪동문선≫ 등에 더러 실려 있음. ─≪한백≫ 4-694 참조.

* 성궐(城闕) 본뜻은 성 위에 있는 높이 솟은 망루라는 뜻이나, 여기서는 궁궐, 대궐이라는 뜻과 비슷하게 쓴 것 같음. ≪시경≫〈푸르고 푸른 그대의 옷깃이여靑靑子衿〉: "왔다 갔다 하며 성루에서 기다리네挑兮達兮, 在城闕兮"

* 심엄(深嚴) 깊고 엄숙함. 궁중의 분위기를 표현할 때 더러 사용함. 당나라 정전(鄭畋)의 〈중추에 궁중에서 숙직하며中秋直禁苑〉: "황홀하게도 붉은 땅 안에 돌아와서, 깊고 엄숙하게 짙게 붉은 대문 안에서 숙직하노라恍惚歸丹地, 深嚴宿絳處"

* 경루(更漏) 궁중에 설치한 물시계. 시간이 흐름에 따라서 물방울이 바꾸어[更] 가면서 밑으로 떨어지는 것[漏]을 재어 시간의 흐름을 알 수 있었기 때문에 이렇게 부름. 오경이 완전히 끝나면 북을 번갈아 두드려 궁문을 열게 하였다고 하며, 시내에 있는 종각에서도 그 소리를 받아서 두드렸다고 함.

* 등산(燈山) 등불이나 불꽃놀이 등이 휘황찬란한 것을 비유. 당(唐)나라 소미도(蘇味道)의 〈정월십오야正月十五夜〉에 "화수와 은화가 합하니, 성교의 철쇄가 열린다.〔火樹銀花合, 星橋鐵鎖開.〕"고 하였는데, ≪고사성어고(故事成語考)≫ 세시조(歲時條)에 '화수은화합(火樹銀花合)'은 등불이 휘황찬란한 것을 가

리킨다고 하였다. -고전db 주석 정보에서 인용.

* 화수(火樹) 여기서는 등을 달아 놓은 나무라는 뜻.

* 금벽(金碧) 황금색과 푸른빛 단청. 북송 소식의 〈왕정국이 보내준 시의 운자에 맞추어次韻定國見寄〉: "조정으로 돌아오니 꿈과 같은데, 두 대궐은 누렇고 푸른 단청 아찔하다네還朝如夢中, 雙闕眩金碧"

* 화개(華蓋) 임금이 행차할 때 햇빛을 가리기 위하여 드는 큰 양산 같은 것.

* 북극(北極) 여기서는 북극성이 차지하고 있는 자리라는 뜻. 북극성을 중심으로 하늘의 별자리가 바뀐다고 보아 임금의 자리로 비유됨. 당나라 두보의 〈동짓날 흥을 풀다冬至遣興〉: "옥으로 만든 안석은 천자님의 북극성 자리에 본래부터 있었던 것이요, 붉은 관복 입은 벼슬아치들은 다만 궁전 중간에 서있었다네玉几由來天北極, 朱衣只在殿中間"

* 옥승(玉繩) 여러 별이라는 뜻. 원래는 북두칠성 가운데 다섯째 별인 옥형(玉衡)의 북쪽에 있는 별 두 개를 가리켰으나, 후에는 뭇 별을 말하게 되었음. -≪한사≫ 4-521 참조. 옥로(玉爐: 궁전 양쪽에 놓여 있는 큰 옥 화로)로 된 책(≪三韓詩龜鑑≫)도 있는데, 바로 그 연의 위 구절에 처음 나오는 화개와 대(對)가 되는 말로서는 옥승보다 더욱 적합하나 의미로 보아서는, 옥승이 여러 별들, 즉 이 행사를 축하해주기 위하여 모인 여러 장관이라는 뜻으로 더욱 적합할 것 같다.

* 공묵(恭黙) 침묵(沈默)한 태도. ≪서경(書經)≫ 열명 상說命上에 "공경하고 침묵하여 치도(治道)를 생각하노라니, 꿈에 상제께서 나에게 어진 보필을 주시다.〔恭黙思道, 夢帝賚豫良弼.〕"라고 하였다. -고전db에서 인용.

* 제자(弟子) 당 현종 때 궁중에서 후원하여 양성한 음악 기관 중의 하나가 이원(梨園)이었는데, 거기에서 배우는 남녀 가수들을 이원제자라고 하였음. 여기서는 이 연등 행사를 빛내기 위하여 동원된 악공들을 말함.

【해설】 이 시는 궁중에서 열린 관등(觀燈) 잔치를 노래한 것인데, 조정의 대신으로서 궁중 행사에 참석하여, 그 행사의 장엄한 분위기와 임금님의 훌륭한 덕을 칭송하는 시다.

위의 주석에도 밝혔지만, 이러한 관등 행사는 중국에서는 옛날부터 매우 성행하였고 지금까지도 축제로 이어지고 있다. 다음에 먼저 북송의 수도 개봉에서 열린 이런 관등 행사의 일면을 설명하는 글을 한 편 살펴보자.
맹원로(孟元老)가 북송의 수도인 개봉의 풍속을 기록해 놓은 ≪동경몽화록≫에 다음과 같은 내용이 실려 있다.

정월 초이레부터 등을 달 가설장치를 만드는데, 폭포가 흘러내리는 형상을 만들어놓고 그 좌우의 문에 용이 노는 모양〔戲龍之狀〕을 만들어 단다. 또 14일이 되면 황제가 수레를 타고 오악관(五嶽觀) 영상지(迎祥池)에 행차하여 신하들과 연회를 베푼다.

임금의 수레가 등불로 장식한 등산(燈山)에 들어서면 어련원(御輦院)의 사람이 수간미래(隨竿尾來)라고 외친다. 이 말에 따라 천자의 수레가 빙 돌아서 거꾸로 가면서 등산을 구경하고 돌아오는데, 이것을 발합선(鵓鴿旋)이라고 한다고 하였다. 오악관에서의 연희와 등불 용이 달리는 듯한 형상이 있고, 그것을 구경하는 황제의 행차가 비둘기가 선회하여 돌

아오듯이 거꾸로 돌아온다는 뜻이다.〔≪古今事文類聚 前集
卷7 上元 京師燈棚≫〕 - 고전db 각주 정보에서 인용.

이 글에서 도교 사원인 "오악관"이 나오는 것을 보면, 송나라
때의 이런 행사는 중국의 민간 신앙인 도교과 관련이 있는 것
같이 보인다. 고려 이규보의 ≪동국이상국전집≫(제13권)에는
이 "등석" 행사와 관련된 시가 10여 수나 보이는데, 그중에 1
수만 한국고전db에서 인용해본다.

〈상원일 등석에 등롱시를 한림원에서 지어 올리다(上元燈夕, 燈
    籠詩, 翰林奏呈)〉

휘황한 불꽃은 꽃송이 가지런히 핀 듯하고	煌煌列焰花齊綻
엷고 가벼운 비단은 물같이 맑구나	薄薄輕紗水正澄
일만 사람을 한 그림자로 비추었으니	炤却萬人同一影
참으로 대왕등임을 비로소 알았네.	始知眞箇大王燈

ⓒ 한국고전번역원 | 정지상 역

* 상원일(上元日) 음력 정월 15일을 말하는데, 금오(金吾: 집금오
執金吾의 약칭으로 밤의 통행금지를 맡아보았음)에게 분부하여 밤
에 통행금지를 풀게 하고 전후(前後) 각 1일에 걸쳐 관등(觀
燈)놀이를 하게 하였다.

등불 잔치 하는 날 시를 바치는 행사를 아울러 한 것을 보면, 아
마 새해가 오고 변화의 조짐이 일어나는 것을 보고 국태민안
과, 임금의 복록을 아울러 비는 것도 이 등불을 구경하는 날,
문신들이 한 가지 행사가 되었던 것 같다. 이런 것을 보게 되
면, 위에서 본 것과 같은 이 등석이라는 행사는 민간 신앙과
관련된 도가적인 성격이나, 계절의 변화에 순응하며 국태민안

과 군주의 장수를 비는 유가적인 성격에다, 기복적인 성격을 가미하고, 또 다분히 오락적인 성격까지 추가한 매우 복합적인 요소를 지닌 국가행사였던 것 같다.

한편 불교적인 성격을 띤 연등회(燃燈會)는 고려시대에는 1월 15일, 또는 2월 15일에 있었으며, 이와는 별도로 4월 8일 부처님 오신 날에 맞추어 등불을 부처님 앞에서 밝히는 전국적인 행사가 있었다고 한다. ―《한백》 15-320 참조.

이렇게 보면, 불교를 국교로 삼았던 고려에서의 등석 행사는 또 불교적인 의미까지도 가미되는 것은 당연한 것 같은데, 그런 행사가 구체적으로 어떠하였는지 소상하게 설명한 글을 필자는 아직 잘 찾아 읽어 볼 수 없었고, 다만 문신들이 이런 날 지은 시만 더러 보고 있을 뿐이다.

당시 그 시대의 대표적인 문신 김부식이 지었던 이 〈등석〉 시를 다시 살펴보기로 하자. 이 시를 김부식이 몇월 몇일 등불 행사를 보고 지었는지는 알 길이 없지만, 다만 "아름다운 비단 의상 아늑함은 봄바람에 살랑 스치기 때문이요"라는 구절이 있는 것을 보아서는 4월 초파일일 것 같지는 않고 그보다는 좀 더 이른 봄날이 아니었을까 생각해본다. 아마 2월 보름쯤이 아닐지?

이 시의 제1연에 나오는 "경루가 길다"(신호열 역)는 말은 구체적으로 어떤 상황을 놓고서 이야기하는 것일까? 필자는 이 말을 "시간은 늦어만 가는데"라고 의역해보았다. 그 다음 구는 앞의 燈山火樹 4자를 신호열 선생은 "등불 산과 불나무가"라고 번역하셨는데, 필자는 "등은 산을 이루고, 불은 나무 이루어"라고 옮겼는데, 이 두 가지 번역이 다 맞는 것이다. 그러나 차이는 명사만 있는 이 네 글자 중에서 신 선생님은 첫째와 셋째 글자를 명사인데 형용사로 활용해보셨고, 나는 오히려 1, 3자는 명사 그대로 두고, 2, 4자를 명사인데 동사로 활용해 풀어보았을 뿐이다.

이 2구의 제5자인 "桀" 자는 어떤 한시 선집에는 "爘" 자로 되어 있는 것도 있는데, 어느 글자이든 간에 모두 앞에 나오는 등불이 "야단스럽다"는 것을 강조하는 것이니, 별 상관은 없을 것같이 생각된다.

제2연(3구와 4구)는 대對를 맞추어 지은 것인데, "綺羅"와 "金碧"도 대로 쓴 것으로 풀어야만 한다. 그래서 나는 "기라"는 신 선생님과 같이 비단 "의상"으로 풀었지만, "금벽"은 누렇고 푸른 궁궐 건물의 화려한 "단청"으로 보아서, 이 두 글자를 추가하여 풀었다. 제3구의 뒤쪽 "春風細"의 "가늘 세" 자는 본래는 형용사이지만, 여기서는 동사로 활용된 것인데, "가늘게 스치다〔細拂〕"과 같은 뜻일 것이다. 그래서 나는 이 글자를 봄바람 살랑 스치고"로 풀어 보았다.

마지막 연(7, 8구)은 임금님을 추켜올리고, 악공들의 사치를 훈계하는 말이 그대로 직설적으로 쏟아져 나와서 좀 감칠맛이 없지만, 그 위의 3연은 궁중 안에서 밤새도록 계속된 이 어리어리한 어전 행사를 아주 잘 표현하였다고 생각한다.

이 시에서 특히 궁성이나 국왕과 관련되어 사용된 어휘는 매우 평범한 말같이 보이는 것도 사실은 매우 오래된 고전에서 따왔음이 우선 놀랍다. ―城闕(《시경》), 恭默(《서경》) 등. 옛날 중국이나, 우리나라의 벼슬아치들이 궁중에서 쓴 글이 대개는 그러할 것이기는 하지만 ….

이 시에서 당시의 일반 민간 풍습이나, 불교적인 의식 같은 것은 엿볼 길이 없기는 하지만, 당시의 한 대표적인 관각館閣문

인, 또는 어용문인의 전아하고 세련된 어용문자를 읽어 볼 수
는 있을 것 같다.—여기서 "어용"이라고 하는 말은 전통사회의
문신들에게는 글로써 나라의 인정을 받았다는 영광스러운 말
이지, 지금같이 출세를 위하여 통치자에게 이용당하여 글을 판
다는 부정적인 뜻을 가진 것은 아니다.

다시 한 번 쉽게 풀어놓는다.

궁성에 높이 솟아 있는 이 망루는
매우 깊고도 엄숙한데
물시계 보고서 시간을 알리며 치는 북소리는
이미 여러 번 시간이 흘러감을 알리고 있는데…
등 바구니는 산을 이루었고 불은 숲을 이루었는데
그 빛깔들 우뚝하게 서로 엉키고 설키고 있다네
아름다운 비단 의상, 아늑하고 아늑하게 나부낌은
봄바람 가늘게 스침 때문이요
화려한 단청 빛깔 선명하게 드러남은
새벽 달빛 서늘한 소치일세
화려한 상감님 행차
저 높은 북극성 자리에 바야흐로 높이 솟으셨고
늘어선 여러 신하들
궁전 중앙에 서로 마주 보고 서 있구나
주상 전하께서는
늘 매사에 겸손하고 과묵하시니
여러 악공들 허리에 두른 온갖 보물 같은 것
자랑하지 말게나!

4. 감로사에서 혜원의 시에 차운하여 (甘露寺次惠遠韻)

- 김부식

속객들 아예 못 이르는 곳을	俗客不到處에 속 객 부 도 처
내 올라오니 마음이 맑아지네	登臨意思淸이라 등 림 의 사 청
산 모양은 가을에 더욱 좋을시고	山形秋更好하고 산 형 추 갱 호
강 빛은 밤에 더 환하구나	江色夜猶明이라 강 색 야 유 명
흰 새는 훨훨 날아 어디론지 가버리고	白鳥孤飛盡하고 백 조 고 비 진
외 배는 살살 혼자 잘도 떠 가네	孤帆獨去輕이라 고 범 독 거 경
생각하니 부끄럽구나, 달팽이 뿔 위에서	自慙蝸角上에 자 참 와 각 상
반생을 공명 찾으며 허둥지둥 보냈다니.	半世覓功名이라 반 세 멱 공 명

ⓒ 한국고전번역원 | 양주동 (역) | 1968

위의 번역은 한문과 영어, 국어국문학에 모두 이름을 날리고 젊을 때에는 시인이기도 하였던 양주동 선생의 번역인데, 주석은 없다.

이 시의 원문에는 마지막 한 연에 좀 어려운 전고가 나올 뿐, 사용된 글자들도 자못 평이하여 읽는 데, 그렇게 어려움은 없다. 그러나 필자는 이렇게 평이하게 보이는 시어들도, 반드시 이러한 말을 쓴 유래가 있을 것이기 때문에 다음과 같이 좀 자세하게 주석을 달아가며 한 차례 다시 옮겨 보고자 한다.

감로사에서, 혜소 스님이 지은 시의 각운자에 맞추어
(甘露寺, 次惠素韻)

俗客不到處	속세의 나그네 이르지 않는 곳이라
登臨意思淸	올라와서 보니 마음과 뜻 맑아지는구나
山形秋更好	산에 물든 단풍 모습 가을 되니 더욱 아름답고
江色夜猶明	강에 비친 달빛 밤에도 여전히 밝구나
白鳥高飛盡	흰 새는 모두 높이 날아서 사라지고
孤帆獨去輕	외로운 배는 홀로 가벼이 떠가는구나
自慚蝸角上	스스로 부끄러워지는구나, 달팽이 뿔 위에서
半世覓功名	반평생 동안 헛되이 공로와 명예만 추구해 온 것이.

* 감로사(甘露寺) 출전 ≪동문선≫ 권9. 각운 淸, 明, 輕, 名. 하평성 경(庚)운. 경기도 개풍군 오봉봉(五鳳峰) 아래 있던 사찰. 고려 문종 때 이자연(李子淵)이 송나라에 사신으로 갔다가, 윤주 감로사의 빼어난 경치에 감탄하여 귀국 후에 그와 같은 장소를 6년 동안이나 물색하여 지었다 함. 그 뒤 계속하여 왕실과 밀접한 관계를 가지게 되었으며, 이름 있는 고승들과 선비들이 많이 찾았는데, 시승(詩僧) 혜소가 여기서 먼저 지은 시를 보고 김부식이 그 시에 화답하였는데, 이 시들을 보고서 따라서 지은 시들이 거의 천여 편이나 되어, 드디어 큰 책이 한 권이나 되었다고 한다. -≪동람≫ 권5.

* 혜소(惠素, 생몰년 미상) 고려 숙종 때의 승려. 의천(義天)의 뛰어난 제자로 불경과 중국 경전 및 시와 문장, 글씨에도 능하였음. 서호(西湖)의 견불사(見佛寺)에 살 때 김부식이 나귀를 타고 자주 방문하여 날이 저물도록 도를 담론하였다고 함. 의천의 행록(行錄) 10권을 지었는데, 김부식은 이를 토대로 의천의 비명을 지었다고 함. -≪한백≫ 24-845.

≪동문선≫에서는 이 스님 이름이 혜원(惠遠)으로 표시되어 있고, ≪청구풍아(青丘風雅)≫에는 혜소로 되어 있으나, 위와 같은 사실을 참고하여 혜소로 바로잡는다.

* 속객부도(俗客不到) 송나라 이처권(李處權)의 〈옥잠화玉簪花〉: "저속한 사람 문 앞에 이르지 않으니, 거문고를 잡고서 꽃 앞에서 신나게 노래하네俗客不到門, 取琴花前橫"

* 의사청(意思淸) 송나라 한기(韓琦)의 〈장형 덕청〔韓球〕 묘지명 長兄德淸墓誌文〉: "맹교가 지은 오언 시구들은 마음과 뜻 아주 맑다孟郊作五言句, 意思淸遠"

* 추갱호(秋更好) 송나라 사마광(司馬光)의 〈삼가 소강절 선생

께 올림拜呈堯夫〉: "낙양의 네 계절 늘 꽃이 피는데, 비 개인 모습 가을이 더욱 좋습니다洛陽四季常有花, 雨晴顔色秋更好". 소강절(소옹, 자는 요부)의 〈가을날 술 마신 뒤에 늦게 돌아오다秋日飮後晚歸〉: "물 대나무 가을 되니 더욱 아름다운데, 차마이 아름다운 술잔을 함부로 기울이랴?水竹園林秋更好, 忍把芳樽容易倒)"

* 고비진(高飛盡)… 독거경(獨去輕) 당나라 이백의 〈홀로 경정산에 앉아서獨坐敬亭山〉: "뭇 새들 높이 날아가서 다 나의 시야에서 사라졌고, 외로운 구름은 특별히 한가롭게 흘러가누나衆鳥高飛盡, 孤雲獨去閒"

* 와각(蝸角) ≪장자≫ 〈칙양(則陽)〉에, 달팽이 왼쪽 뿔에 있는촉씨(觸氏)라는 나라와 오른쪽 뿔에 있는 만씨(蠻氏)라는 나라가 서로 땅을 다투어 싸우니 시체가 수만이었다고 하는 우언이 있다. 당나라 백거이의 〈술을 마주하고對酒〉: "달팽이 뿔같은 좁은 이 땅 위에서 무엇을 다툴 것인가? 부싯돌 번쩍 하는 짧은 순간 사이에 이 몸을 이 지구 위에 잠깐 의탁하고 있네蝸牛角上爭何事, 石火光中寄此身"

* 멱공명(覓功名) 수나라 노사도(盧思道)의 〈전쟁 노래從軍行〉: "흉노의 선우가 항복하여 위수교까지 들어와서 이미 무릎을 꿇었거늘 장군은 어디 가서 공로와 명예를 추구할 것인가?單于渭橋今已拜將軍何處覓功名"

【참 고】 김시중 부식의 〈등불 잔치 날 저녁〉 시는 말이 매우 규칙에 맞으면서도 성실〔典實〕하고, 〈개성의 감로사를 소재로 삼은 시(題松都甘露寺)〉는 아무 딴 생각 없이 저절로〔翛然〕티끌을 벗어난 맛이 있다. ─신흠의 ≪작은 중화의 시평(小華詩

評)≫

【해 설】 이 절을 짓게 된 유래에 관해서는 위의 주석에서도 이미 조금 소개하였으나, 다음과 같은 일화가 있어 소개하고자 한다.

≪동국여지승람≫ 제4권 개성부 상(開城府上)에, "고려의 이자연(李子淵)이 원나라에 들어가 조회하면서 윤주(潤州)의 감로사(甘露寺)에 올라갔다가 강산(江山)의 아름다운 경치를 좋아하여 그를 따라간 뱃사공에게 말하기를, '네가 이곳의 형세를 자세히 살펴보고서 가슴속에 기억해 두라.' 하였다. 그 뒤 본국으로 돌아와서는 뱃사공과 더불어 약속하기를, '천지간에 무릇 형상이 있는 물건은 서로 같지 않은 것이 없다. 더구나 우리나라는 산천의 경개가 청명하고도 수려하니 어찌 윤주와 서로 비슷한 곳이 없겠는가. 너는 작은 배의 짧은 삿대로 아무리 먼 곳이라도 다 찾아다니되, 10년을 기한으로 하고 찾아보라.' 하자, 뱃사공이 '그렇게 하겠습니다.' 하고 떠났다.
무릇 여섯 번의 추위와 더위를 지나서 비로소 개성부의 서호(西湖)에서 윤주와 비슷한 곳을 찾았는데, 윤주의 감로사가 아름답기는 하지만 그것은 구조와 장식의 기교가 특히 좋은 것일 뿐이요, 하늘이 짓고 땅이 만든 자연적인 형세에 이르러서는 아마도 이곳이 더 나을 것이다. 그곳의 누각(樓閣)과 지대(池臺) 모양새는 모두 윤주의 감로사를 모방하였다." 하였다. -한국고전db 각주 정보 인용.

이규보와 이색의 문집에도 이 감로사를 소재로 읊은 시가 몇 수 보이는데, 그중에서 이규보의 시 1수를 인용해본다.

〈감로사(甘露寺)에서〉

아름다운 누대 추녀 꿩이 날개를 편 듯	金碧樓臺似翥翬
푸른 산 맑은 물이 겹겹이 감쌌네	靑山環遶水重圍
서리에 해 비치니 가을 이슬 더하였고	霜華炤日添秋露
바다 기운 구름을 찌르니 저녁 놀 흩어지네	海氣干雲散夕霏
기러기는 우연히 문자를 이루면서 날아가고	鴻雁偶成文字去
백로는 스스로 화도를 그리면서 나누나	鷺鷥自作畫圖飛
실바람도 일지 않아 강물 거울 같으니	微風不起江如鏡
행인이 물에 비친 그림자와 함께 가네.	路上行人對影歸

– 동국이상국전집 제11권 / 고율시(古律詩)
ⓒ 한국고전번역원 | 나금주 (역) | 1980

최자의 ≪보한집≫에서는 이 중 3, 4구를 아주 "절묘하고 운치
가 있는 표현"이라고 칭찬하였다고 한다. "바다 기운 구름을 찌
른다"는 번역도 참 독특하다.

앞에서 해설한 김부식의 〈등불 잔치 날 저녁〉 시는 7언율시인
데, 이 시는 5언율시로 앞 시에서 풍기는 분위기는 매우 엄숙
한데 비하여, 이 시는 분위기가 자못 가볍고 밝으며, 또 매 구
에 2자씩이 줄어서 그런지 매 행의 구문도 그렇게 복잡한 점은
없다.

俗客不到處, 登臨意思淸 – 여기서 속객은 물론 저속한 사람이
라는 뜻도 있지만, 절에 올라와서 속객이라고 한다면, 중이 아
닌 일반인을 말할 수도 있을 것이다. 다음 구절에 여기에〔이 절

에] 올라와서 내려다보고 사방을 둘러보니 마음과 뜻이 맑아졌다意思淸고 하였는데, 이렇게 기분이 좋아진 원인이 이 주변의 경치가 좋아서일까? 이곳이 절간이기 때문일까? 좋은 절이 좋은 경치를 겸하고 있기 때문일 것이다.

첫 구절을 양주동 선생은 "속객들 아예 못 이르는 곳을"이라고 옮기면서, 이곳이 정말 속객들은 접근하기 힘들다는 뜻을 매우 힘주어 강조하고 있다. 이 시를 적게 된 동기가 제목에서 밝힌 바와 같이 혜원이라는 고승이 지은 시를 보고서 그 시의 각운자에 맞추어 지은 것이니까, 나 같은 벼슬길에 들어선 속객이 이러한 좋은 절에는 아예 오기 힘든 곳이라고, 이 절에 온 것을 아주 행운을 얻는 것처럼 과장하여 번역할 수도 있을 것이다.

"의사(意思)"란 말이 현대 한국어에서는 흔히 "…할 생각"이라는 뜻으로 의향, 또는 의도와 비슷한 뜻으로 사용되는데, 여기서는 내가 지니고 있는 "마음의 근본 바탕" 정도로 인간 심성의 근원적인 면을 뜻한다고 볼 수가 있을 것이다. 불교 교리에서 강조하는 "일체유심조"의 심을….

山形秋更好, 江色夜猶明. 白鳥高飛盡, 孤帆獨去輕.

이 절의 터를 고르기 위하여 6년이라는 세월이 걸렸고, 짓고 보니 중국에서 가장 아름답다는 같은 이름의 절보다도 훨씬 더 아름다웠다고 한 이야기는 이미 위에서 두 번이나 소개하였다. 다음에 인용하는 글은 생육신의 한 분인 남효온 선생이 이 절에 갔을 때 인상을 적은 내용인데, 위 시구를 이해하는 데 도움이 될 듯하여 여기 붙여둔다.

당두산을 출발하여 작은 길을 따라 곧바로 감로사(甘露寺)로 갔는데, 길을 잃었다가 다시 찾기도 하며 간신히 도달하였다. 산길이 매우 험난하여 감로사의 남쪽 고개를 오를 때는 등덩굴이 나무를 휘감아 오르고 낙엽에 발이 쑥쑥 빠졌다. 동쪽으로 오봉산(五峰山)을 등지고 서쪽으로 벽란도에 임하여 상류에 우뚝한 절이 있으니, 영락없는 병풍 속 풍경이었다. 절의 기둥에 배가 매어져 있었다. 절의 북쪽에 다경루(多慶樓)가 있고, 다경루 북쪽에 강물에 임한 단정(檀亭)이 있었다. 정중(正中, 태종의 손자 李貞恩)이 앉았다가 일어나려 하지 않았다. －고전db ≪추강집·잡저≫

위의 네 구절은 이 감로사의 아름다운 풍경을 요약한 표현인데, 단풍이 변하여 가는 가을 경치, 달밤에 내려다보이는 강물의 빛깔, 어디로인지 높이 떠서 다 사라지는 백조의 모습, 가볍게 홀로 떠가는 외로운 배, 이러한 것들이 모두 매우 아름답기는 한없이 아름다운 것이기는 하지만, 또 한편으로는 매우 쓸쓸하고 적막하다는 슬픈 감정을 환기시킨다. 그래서 불교에서 이야기하는 "색즉시공色卽是空"의 경지를 정말로 체득하게 된다고나 할까? 그래서 드디어 마지막 연에서 말하는 것 같이,

自慚蝸角上, 半世覓功名.

하게 되었다고 할 것이다. 그런데 만약 위의 네 구절의 흐름을, 특히 눈앞의 경치를 읊고 있기는 하지만, 구슬픈 감정을 유발하는 말하자면 "정과 경이 혼합情景合一된" 제5, 6구의 의미를 찬찬히 음미해보지 않는다면, 이 마지막 연은 매우 상투적인 영탄조로만 보일 수도 있을 것이다. 이렇게 끝나는 마지

막 연 2구는 제일 처음 연에서 나온 "意思淸"하게 되어 간 결론
이 된다.

첫 연과 끝 연은 두 구절이 한 문장으로 연결된 연면구連綿句
로 되어 있고, 중간의 양 연은 모두 주어 / 술어로 연결된 주술
구조이기는 하지만, 그래도 자세히 들여다보면 이 두 연 사이
에 문법상 조금씩 차이점이 있음이 재미있게 보인다. 특히 이
시를 이해하는데, 앞 연〔3, 4구〕의 가운데 사용된 부사 "다시
갱" 자와 "오직 유" 자 같은 부사의 의미를 자세히 음미해 볼
필요가 있고, 또 뒤 연〔5, 6구〕의 끝 글자로 사용된 "다할 진"
자와 "가벼울 경" 자의 용법은 좀 자세히 생각하여 볼만하다.

白鳥高飛盡　　백조는 높이 날아간다
白鳥高飛 + 날아간 결과는 〔새가〕 없어진다高飛盡
孤帆獨去輕　　외론 배 홀로 간다
孤帆獨去 + 그렇게 홀로 떠가는 〔모습은〕 가볍게 보인다獨去輕

이렇게 두 문장이 한 구절 안에 포개어 지는 것을, 바꾸어 가
면서 연결되는 방식이라고 하여 체계식遞繫式이라고 말하는
데, 산문 문장이나 이른 시기의 한시에는 드물고, 당시 이후에
나타난다고 한다.〔심경호 역 《당시개설》, 송용준 역 《한어시율학》
등 참조〕이 두 구절이 대구라고 생각한다면, 뒤의 형용사 "가
벼울 경" 자는 여기서는 "가볍게"라는 부사어로 활용한 것으로
보고, 앞에 나오는 동사 "다할 진" 자도 여기서는 "모조리"라는
부사어로 활용된 것같이 볼 수도 있을 것이다.〔그러나 이 "다할
진" 자를 여기서 다 날아간 결과로 "없어졌다"는 뜻의 동사로 볼 수도
있으나, 엄밀한 대구로 따져볼 때는 좀 맞지 않는다〕
이렇게 이모저모 따져가면서 읽다가, 맨 앞에 제시한 양주동

선생의 이 시의 가운데 두 연의 번역을 다시 살펴보니, 자못 이야깃거리가 또 생겨난다.

산 모양은 가을에 더욱 좋을시고   山形秋更好
강 빛은 밤에 더 환하구나   江色夜猶明
흰 새는 훨훨 날아 어디론지 가버리고   白鳥孤飛盡
외 배는 살살 혼자 잘도 떠가네.   孤帆獨去輕

이 인용문 중에 첫째 구의 번역은 무난하다. 그러나 그 다음 구 번역은 "더"라는 말은 "오히려"로 고치는 게 오히려 좋을 것 같다. 그 다음 연은,

흰 새는 외롭게 훨훨 어디론지 다 날아가 버리고
외 배는 가볍게 살살 혼자 정처 없이 떠가네.

정도로 대구도 고려하고, 그 다음에 연결되는 구절과의 의미 연결도 고려하여 고쳐 보는 게 어떨지 생각해본다. 그렇지 않고, 이 번역문 그대로 놓고 보면 "살살 잘도 떠가는" 것을 보고서는 마냥 마음이 즐겁기만 해야 할 터인데, 어찌하여 그 다음에 "부끄럽구나"와 같은 탄식이 나올 수 있을까 싶어진다.
이 시를 한 번 다시 풀어 적어 본다.

세속에 물들지 않은
도사나 승려들이나 은사 같은 사람들이나 찾아오지
나같이 이미 세속에 물든
관리 같은 사람들이
찾아올 곳이 아닌데도,

올라와서

상하 좌우 사방을 둘러보며
속세를 굽어보니
내 마음이
한결 맑아져 가는 듯하구나.

저 단풍이 한참인
산들의 모습을 둘러보니
가을이 더욱 아름답기만 하고
잔잔한 저 강 물결에 반사되는 달빛은
밤중에 오히려 더욱 밝아지는구나.

흰 새도 높이 날아서
어디론지 다 사라져 버렸는데
외로운 배 한 척만
홀로 나처럼
정처 없이 가볍게 떠도는구나.

이러한 야경을 보고 있노라니
스스로 부끄러워지는구나!
달팽이 뿔 같은 좁은 터전에서
반평생 부귀공명만 추구하면서
반평생을 살아왔던
보잘것없는 내 신세가 ….

5. 님을 떠나보내며 (送人) - 정지상

비 갠 긴 언덕엔   雨歇長堤草色多한데
풀빛이 푸르른데   우 헐 장 제 초 색 다

남포로 님 보내며   送君南浦動悲歌라
슬픈 노래 울먹이네   송 군 남 포 동 비 가

대동강 물이야   大同江水何時盡고
어느 때 마를거나   대 동 강 수 하 시 진

해마다 이별 눈물   別淚年年添綠波라
강물을 더하는 것을.   별 루 년 년 첨 록 파

- 동문선 제19권 / 칠언절구(七言絶句)
ⓒ 한국고전번역원 | 신호열 (역) | 1968

雨歇長提草色多   긴 제방에 비 그치니
                 풀빛이 더욱 푸른데

送君南浦動悲歌   그대를 남포 땅에서 떠나보내며
                 슬픈 노래 울먹이네

大同江水何時盡   아! 저 대동강 물은 어느 때나
                 흐름이 끝날 것인가?

別淚年年添綠波   이별의 눈물이 해마다 해마다
                 파란 물결만 보태는구나.

- 졸역

* 송인(送人) 출전 ≪동문선≫ 권19. 어떤 책에는 "대동강"이라고 제목을 적은 데도 있음. 칠언절구. 각운 多, 歌, 波 하평성 가(歌) 운. 저자는 물론 남성이지만 여성의 입장에서 이별하는 것같이 쓴 시임.

* 정지상(鄭知常, ?~1135) 고려의 문인, 서경 출신. 호는 남호(南湖). 김부식과는 반대로 묘청과 일당이 되어 서경 천도설을 주장하며 난을 일으켰다가 죽임을 당함. 시와 문장에 모두 뛰어남. –≪한백≫ 20-53 참조.

* 우헐(雨歇) 장마 사이에 비가 잠시 그친 것을 이름. 육조 말기 유신(庾信)의 〈조왕께서 병력을 이끌고 나가시면서 길에서 주신 시에 삼가 답하여奉報趙王出師在道賜詩〉: "비 그치니 희미한 무지개도 끊어지고, 구름 돌아가는데 기러기 한 마리 멀리 날아갑니다雨歇殘虹斷, 雲歸一雁征"

* 초색다(草色多) 당나라 이영(李郢)의 〈일찍 떠나다早發〉: "풀빛은 차가운 길에 많고, 벌레 소리는 고향을 생각하게 하네草色多漢路, 蟲聲思故鄉"

* 남포(南浦) 여기서는 우선 평양에 있는 포구 이름을 지칭할 것이다. 그러나, 한시에서 이 말은 원래 "남쪽을 향한 물가"란 뜻이나, ≪초나라의 노래≫ 〈구가九歌・하백河伯〉에서 "그대는 악수하고서 동쪽으로 향하여 가려고 작별을 함에, 나는 그대를 배웅하여 남쪽 물가까지 갔네."〔子交手兮東行, 送美人兮南浦.〕라는 구절에서부터, 이 "남포"라는 말은 누구를 "송별하는 곳"의 대명사로 사용되었음.

남조 양나라 강엄(江淹)의 〈이별의 부別賦〉: "봄풀은 짙푸른 색, 봄물은 푸른 물결인데, 그대를 남포에서 이별하니, 내 마음 아픔 그 얼마나 큰가春草碧色, 春水淥波, 送君南浦, 傷如之

何"

* 동비가(動悲歌) 당나라 말기 장교(張喬)의 〈하중 관작루를 노래하다題河中鸛雀樓〉: "옛날 일 회고해보니 슬픈 노래 솟아 나오는데, 큰 황새는 지금 없어지고 들 제비들만 날아다니는구나高樓懷古動悲歌, 鸛雀今無野燕飛". 여기서 "동"자는 어떤 감동이나 감정이 격하게 되어 거기에 따르는 어떤 반응을 저절로 일으키는 것을 말함.

* 첨록파(添綠波) 두보의 〈고상시님께 삼가 올림奉寄高常侍〉: "하늘 끝까지 무르익은 봄빛은 하루해가 늦게 저물어 감을 안타깝게 여겨 빨리 지도록 재촉하는 것 같으니, 이별의 눈물 멀리서나마 비단 물결을 덧보태네天涯春色催遲暮, 別淚遙添錦水波"

【참 고】 이 작품은 작가가 젊은 시절에 지은 것으로 전해지고 있다. 왕유의 "그대를 남포에서 떠나보내니 눈물이 비단 실 같이 흘러내리네"(送君南浦淚如絲)나, 노륜(盧綸)의 "산길 오르고 또 오르니 어느 때나 끝날 것인가?"(登登山路何時盡)이나, 박인범(朴仁範)의 "사람들 흐르는 물결 따라 떠나가 버림 어느 때나 끝날 것인가?"(人隨流水何時盡)이나, 두보의 "이별의 눈물 멀리서나마 비단 물결을 덧보태네"(別淚遙添錦水波)나, 이백의 "원하노니 여러 강의 물결을 엮어, 만 줄기의 눈물에 보태게 하였으면"(願結九江波, 添成萬行漏) 등 많은 전인들의 시작이 이 한 편에 녹아 있음이 확인된다. 그러나 훌륭한 이별의 노래로 재구성한 그의 솜씨는 일품이 아닐 수 없다. 더욱이 승구(承句)에서 결구(結句)로 연결하는 반전의 수법은 이 시에서 가장 돋보이는 곳이기도 하다.

결구의 "添綠波"는 원시의 "添作波"를 이제현〔≪역옹패설≫〕의 견

해에 따라 후일 고친 것이다. 이 작품은 이색의 〈부벽루〉와 함께 만고의 절창으로 칭예를 받아왔으며 후인의 차운시(次韻詩)도 가장 많다. ―민병수 《한국한시강해》 p.73(인용시구는 필자가 번역함)

【해 설】 앞에서 인용한 신호열 선생의 번역 제2구의 "남포로"는 "남포에서"로 바꾸어야만 한다. 그 이유는 위의 주석에서 밝힌 바와 같이, 한시에서 "남포"라는 말은 곧 이별하는 곳의 대명사와 같이 사용되고 있기 때문이다.

역주 뒤에 소개한 고 민병수 교수(서울대)의 해설도 훌륭하므로 필자가 이 시에 대하여 따로 더 설명을 붙일 필요를 느끼지 않는다. 그분의 제자들이 만든 《한국한시감상》(보고사, 2017년 개정판)의 이 시 해설과 감상도 정말 훌륭하다.
이 시를 한 번 더 풀어 적어 본다.

긴 제방에 내리던 비
어느덧 그치고 보니
파란 풀빛 벌써 더욱 짙어졌는데,

그대를 남포에서 이별하자니
슬픈 노래가 저절로
온 몸을 움직이며
걷잡을 수 없이
마구 터져 나오네.

이 긴 대동강 물은 어느 때나
끝날 것인가?

아! 정말
이별의 눈물
해마다 해마다
이 푸른 물결을
보태어 가고 있는 것을….

6. 소상야우 (瀟湘夜雨) - 이인로

한 줄기 창파에 양쪽 언덕 가을이라	一帶滄波兩岸秋한데 일 대 창 파 량 안 추
바람이 가랑비를 불어 돌아가는 배에 뿌린다	風吹細雨洒歸舟라 풍 취 세 우 쇄 귀 주
밤사이 강변에 대숲 가까이 와서 자니	夜來泊近江邊竹하니 야 래 박 근 강 변 죽
잎잎이 찬 소리가 모두 다 수심일세.	葉葉寒聲摠是愁라 엽 엽 한 성 총 시 수

ⓒ 한국고전번역원 | 김달진 (역) | 1968

一帶滄波兩岸秋	이 일대는 검푸른 물결 일고 양쪽 둑엔 가을인데
風吹細雨洒歸舟	바람이 가는 비 몰아 돌아가는 배에 뿌리는구나
夜來泊近江邊竹	밤이 와서 배를 대니 강기슭 대나무 숲 가까운데
葉葉寒聲摠是愁	잎사귀 잎사귀마다 차가운 소리 모두가 근심일세.

- 졸역

* 소상야우(瀟湘夜雨) 출전 《동문선》 권20. 각운 秋, 舟, 愁 하평성 우(尤) 운. 소와 상은 중국 호남지방에 있으며 동정호로 흘러드는 강 이름인데, 이 일대의 경치가 아름답기 때문에 "소상팔경"은 시나 그림의 소재로 많이 등장함. 이 시는 소상 일대의 비 내리는 광경을 보고 송나라의 산수화가인 송적(宋迪)이 그린 "소상팔경도"라는 그림을 보고 쓴 제화시(題畵詩) 8수 중 한 수임. 《동문선》에는 이 작품 이외에도 진화와 이제현의 똑같은 제목의 제화시가 더 실려 있음.

* 이인로(李仁老, 1152~1220) 고려 무신 집정기의 문인. 호는 쌍명재(雙明齋). 14년 간 한림원에 근무하면서 국왕의 명의로 발표되는 문장을 주관하여 지었고, 당시 저명한 문인들의 모임인 "죽림고회"에도 참여하여 활동하였음. 저서로 《파한집》이 전하고 있음. ―《한백》 18-171.

* 창파(滄波) 당나라 이백(李白)의 〈금릉金陵〉: "옛 전각의 오나라 화초와, 깊은 궁중의 진나라 기라가, 모두 인사 따라 없어지고, 동으로 흘러 검푸른 물결과 함께한다古殿吳花草, 深宮晉綺羅. 併隨人事滅, 東逝與滄波"〔《李太白集 卷21》〕―고전 db 각주 정보에서 인용.

* 세우(細雨) 당나라 때의 은사(隱士) 장지화(張志和)의 〈어부사漁父詞〉: "푸른 대삿갓 쓰고, 푸른 도롱이 입었거니, 비낀 바람 가랑비에 돌아갈 필요 없어라青篛笠, 綠簑衣, 斜風細雨不須歸"―상동.

* 귀주(歸舟) 이백(李白)의 〈월(越)로 돌아가는 하지장(賀知章)을 보낸 시送賀賓客歸越〉: "경호의 흐르는 물에 맑은 물결 일렁이니, 사명 광객 가는 배에 뛰어난 흥취 진진하리. 산음의 도사와 만일 서로 만나게 되면, 응당 황정경 써 주고 흰 거위

와 바꾸겠지鏡湖流水漾淸波, 狂客歸舟逸興多. 山陰道士如相見,
應寫黃庭換白鵝"—상동.

* 강변죽(江邊竹) 양나라 우희(虞犧)의 〈강변죽부〉: "가을 물결
은 발가락에 부딪치고, 겨울눈은 윗가지를 꼭 덮어준다네秋波
漱下趾, 冬雪封上枝"

* 총시수(摠是愁) 摠 자는 總 자와 같음. 당나라 왕건(王建)의 〈수
조가水調歌〉: "밭두렁에 한 가닥의 기운 긴 가을이 오고 보니, 눈
을 들면 쓸쓸하여 오로지 근심스러울 뿐일세隴頭一段氣長秋, 擧
目蕭條總是愁"

【참 고】이인로의 〈소상야우〉라는 절구 시는 맑고 산뜻하면서
도 뜻이 풍부하고 묘사가 잘되었다. 진화의〔〈소상야우〉〕 칠언
절구 시는 호탕하고 건장하면서도 우뚝하며, 독특함이 넘치니
모두 고금에 드물게 보는 걸작이라, 후세의 비평가들이 어느
작품이 나은지 우열을 가누기가 어려웠다. 오직 이익재만이 절
구와 악부 같은 작품이 뜻이 정밀하고도 깊으며 법규에 맞고
우아하며, 조용하고도 한가로움이 넘치니, 위의 두 분과 더불
어 수 백 년을 두고 평판이 서로 막상막하였다고 할 수 있다.
―≪동쪽 사람들의 시 이야기(東人詩話)≫

【해 설】여기서 다루려는 시는 소상팔경의 하나로 손꼽는 "소상
야우"의 풍경을 적은 시다. 우리나라에도 진작부터 주자의 〈무
이구곡〉과 더불어 이 팔경의 영향을 많이 받아서, 곳곳에 구곡
이니, 팔경이니 하는 곳이 생기고 많은 시가 지어지고 또 더러
그림이 그려지기도 하였다. 그래서 구곡문화니 팔경문화니 하
고 그런 곳에 관련된 특정한 문화현상을 전공으로 삼아 연구하
는 사람도 더러 있다. 이 팔경에 관해서는 다음과 같은 저서가

있다.

≪동아시아의 시와 그림, 소상팔경(瀟湘八景)≫ 전경원 저,
건국대학교 출판부
소상팔경(瀟湘八景)에 숨겨진 동아시아의 천년 비밀을 풀
다.
≪중국의 시와 그림 그리고 정치≫
알프레다 머크(Alfreda Murck) 지음, 우재호, 박세욱 옮김,
영남대학 출판부

앞의 책은 우리나라의 팔경 이야기까지 넣은 것이고, 뒤의 책은
중국의 팔경 이야기만 다룬 책이다.
이 시는 소수(瀟水)와 상수(湘水)에 비 내리는 모습을 읊은 시
인데, 그 문법적인 구조부터 좀 살펴보기로 한다. 첫째 구는
"일대"와 "양안"이라는 명사가 이끄는 2가지 주어 / 술어 구문이
대와 같이 병렬된 것으로 보인다. 그래서 이〔소상강〕일대는 검
푸른 물결이 넘실거리고, 양쪽 둑에는 가을이 왔다고 풀 수 있
다. 여기서 창파라는 명사와 가을〔秋〕이란 단어는 둘 다 명사
이지만 여기서는 술어로 사용되어 동사로 활용된 것이기 때문
에 각각 "창파가 넘실거린다"와 "가을이 되었다"로 옮겨야 한다
고 생각한다.
위에서 인용한 국문 시인이며 한문 번역도 많이 하셨던 김달진
선생은 이 첫째 구를 "한 줄기 창파에 양쪽 언덕 가을이라"라고
옮기셨는데, "창파일대" 4자를 장소를 나타내는 부사구와 같이
처리하신 것이다. 물론 그렇게 볼 수도 있을 것 같으나, 그렇
다면 "일대"는 "창파"를 수식하는 관형어가 되고 이 창파는 장
소를 나타내는 부사어가 되고, 그 다음에 나오는 "양안"이 제1

구의 주어가 되고, "가을 추" 자는 여전히 술어가 된다. 그러나 필자는 불과 7자밖에 되지 않는 이 짧은 구절 안에 두 가지 주술구조의 구문이 병렬한 것으로 보는 것이 이 시를 더욱 더 생동감 넘치는 것으로 보는 방법이 아닐까 생각해본다.

그 다음 구절은 "바람이 가는 비를 부는데, 그런 가는 비가 다시 돌아가는 배에 뿌려진다"라는 구조이다. 다시 말하면, 이 일곱 자 안에서 가운데를 차지한 이 가는 비〔細雨〕란 명사는 앞쪽 말을 받을 때는 목적격어가 되지만 뒷말 앞에서는 주격어가 된다. 이러한 문장 형식을 체계식遞繫式이라고 말한다. 김달진 선생은 이 구절을 "바람이 가랑비를 불어 돌아가는 배에 뿌린다"고 하셨는데 가만히 생각해보면, 바람이 가랑비를 불었는데, 그 가랑비가 다시 돌아가는 배에 뿌린 것이라고 하는 말을 좀 요약한 것이라고 할 수도 있겠다.

셋째 구절은 이 일곱 자 중에서 세 번째 글자 "배 댈 박" 자와 네 번째 글자 "가까이 할 근" 자 두 자가 모두 동사인데, 앞뒤로 연이어 나오고 있다. 이런 경우에는 어떤 행위의 동작의 선후를 말하기도 하고, 앞의 동사가 한 행위를 뒤의 동사가 받아서 그 결과를 설명해주기도 하는데, 여기서도 밤에 배가 정박하니까, 그 결과로 강변의 대나무와 가까워졌다고 볼 수 있다.

마지막 구절은 매우 독특하다. 글자 그대로 축자역하자면 "잎 잎마다 내는 차가운 소리는 모두 이것이 근심인 것이다."인데, 핵심은 "차가운 소리는 바로 근심寒聲是愁"이다. 여기서 "한성"도 명사이고, "수"도 명사이며, "이 시" 자는 동사가 아니라, 차가운 소리라는 뜻을 지닌 한성이라는 명사를 다시 한 번 더 강조해주는 규정어規定語일 뿐이다. 이 네 자 중에서 동사는 없다. 이렇게 한문에서는 동사 술어가 없이 명사가 술어로 상용되는 구절이 많다. 이러한 점이 한문 문장의 큰 특색 중 하나다. 그런데 이러한 문장을 번역하자면 부득불 뒤에 술어로 사용되는 명사인 "근심 수" 자를 "근심이 된다"와 같이 동사와 같이 푸는 수밖에 없다. 그런데 이렇게 명사를 술어로 활용하면 문장의 기세가 아주 강하게 느껴진다고 한다. 이 마지막 시구는 "이파리 이파리마다 모두 울어대는 차가운 소리야말로 모두가 도무지 다른 것이 아닌 바로 슬픔 그 자체일 뿐이다"라는 점을 아주 강하게 규정하고 있다.

이렇게 보면 이 짧은 네 줄의 시구들이 모두 다른 형식으로 다채롭게 구성되어 있음을 느낄 수 있다. 그러면서도 첫 구 끝에 나오는 "가을 추" 자를 마지막 구절의 끝 글자인 "근심 수" 자가 받아서 앞뒤로 뜻이 서로 잘 호응하고 있다.

다시 한 번 우리말로 풀어 본다.

이 소상 일대는
검푸른 물결
힘차게 일렁거리는데

양쪽 강둑에는
벌써 가을이
무르익었구나

바람은 가는 비를
불어 날리는데
그 가는 비는
또 다시
고향 찾아 돌아가는

뱃전 위에
마구 뿌려지는구나

밤사이 정박하고 보니
강가의 대나무 숲에
다가와 있구나

그 대나무
이파리 이파리마다
차가운 소리

도대체 이 무슨 근심에 찬
한숨 소리가 아니라면
또 무엇이란 말인가?

7. 여름날의 즉사 (夏日卽事) 2수 — 이규보

나무 그늘에 둘러싸인
깊숙한 주렴에
그윽한 사람 코 고는 소리
우레일러라

簾幕深深樹影廻한데
염 막 심 심 수 영 회

幽人睡熟鼾成雷라
유 인 수 숙 한 성 뢰

해 기운 정원에
찾는 사람 없는데
사립문만 바람 따라
저절로 여닫히네

日斜庭院無人到한데
일 사 정 원 무 인 도

唯有風扉自闔開라
유 유 풍 비 자 합 개

얇은 적삼 작은 삿자리로
바람 난간에 누웠다가
두서너 꾀꼬리 소리에
꿈을 깨고 나니

輕衫小簟臥風欞이라가
경 삼 소 점 와 풍 령

夢斷啼鶯三兩聲이라
몽 단 제 앵 삼 량 성

빽빽한 잎에 가린 꽃은
봄 뒤에도 남아 있고
엷은 구름에 새어 나는 햇빛
빗속에도 밝구려.

密葉翳花春後在하고
밀 엽 예 화 춘 후 재

薄雲漏日雨中明이라
박 운 루 일 우 중 명

– 동국이상국전집 제2권
ⓒ 한국고전번역원 | 이진영 (역) | 1980

여름날 느낀 대로(夏日卽事) 2수

簾幕深深樹影廻 대나무 발과 장막 깊고 깊은 방에
　　　　　　　 나무그늘 감돌아드는데
幽人睡熟鼾成雷 그윽하게 숨어사는 사람 잠이 깊어
　　　　　　　 코고는 소리 우레 같구나
日斜庭園無人到 해 지는 정원에는 찾아오는 이가 없어
唯有風扉自闔開 바람에 흔들리는 사립문만이 저절로
　　　　　　　 열렸다 닫혔다 하네

輕衫小簟臥風櫺 얇은 적삼에 조그만 대자리 깔고
　　　　　　　 바람 부는 난간에 누웠는데
夢斷啼鸎三兩聲 꾀꼬리 울음 두세 마디에
　　　　　　　 단꿈에서 깨어나
密葉翳花春後在 빽빽한 나뭇잎에 가려진 꽃송이들은
　　　　　　　 봄이 지났으나 남았고
薄雲漏日雨中明 옅은 구름 사이로 비치는 햇살에
　　　　　　　 비친 (무지개는) 빗속에서 밝구나.

* 하일즉사(夏日卽事) 출전 《동국이상국전집》 권2. 각운 櫺〔靑〕,
聲, 明 하평성 청(靑)운과 경(庚)운의 합운(合韻). "즉사"란 눈
앞에 보이는 일을 즉흥적으로 시로 읊조린다는 뜻임.
* 이규보(李奎報, 1168~1241) 고려 무신정권기의 문신, 재상. 자

는 춘경(春卿), 호는 백운거사. 초년에는 벼슬길이 잘 열리지 않았으나, 30세가 넘어 최씨 정권에 잘 협력하여 문관으로서 여러 가지 요직을 역임하였음. 고구려의 건국을 노래한 〈동명왕편〉을 지었고, 문집으로는 ≪동국이상국집≫이 있음. -≪한백≫ 17-720.

* 염막(簾幕) 송나라 황정견(黃庭堅)의 〈자다가 일어나서睡起〉: "주렴 친 장막 안은 음침해서 사람이 보이지 않고, 해 비낀 창에는 떠다니는 먼지 그림자가 장난을 친다簾幕陰陰不見人, 日斜窓影弄遊塵"〔≪山谷集 外集 卷13≫〕 -고전db.

* 수영(樹影) 당나라 조업(曹鄴)의 〈제주로 명을 받들고 나가서奉命齊州〉: "겹문은 오랫동안 잠기었는데, 나무그늘은 공연히 담을 넘어 왔다네重門下長鎖, 樹影空過墻"

* 유인(幽人) 은사. ≪주역≫ 〈이괘(履卦☰) 구이(九二)〉에 "밟는 길이 평탄하니, 그윽한 사람이라야 정하고 길하리라.〔履道坦坦, 幽人貞吉.〕" 하였는데, 주희(朱熹)의 본의(本義)에 "밟는 길이 평탄하여 그윽하게 홀로 곧음을 지키는 상이 되니, 은자가 이 도를 행하면서 이 점(占)을 만나면 곧고 길할 것이다." 하였다. ≪주자대전(朱子大全)≫ 권2 〈적계의 호씨 어른〔胡憲〕과 유공보〔劉珙〕에게 띄움寄籍溪胡丈及劉共父〉이란 시에 주자가 도(道)를 떠맡아 자중하여 은거하겠다는 뜻을 실어, "그윽한 은자를 남겨 두어 빈 골짜기에 눕게 하여, 온 천지에 가득한 바람과 달을 바로 이 사람에게 보이게 하였으면.〔留取幽人臥空谷, 一川風月要人看.〕"이라고 한 시구도 있다. -고전db에서 더러 수정하여 인용.

* 한성뢰(駻成雷) 남송 육유(陸游)의 〈동창 아래서 조금 마시고서東窓小酌〉: "다리로 암자의 문 가리고서 곧바로 잠자리로 몸

을 던지니, 코고는 소리 우레 일어나듯 (잠 잘 오게 한다는) 명
아주 지팡이 곁에 있는 침상에서 일어나네却掩菴門徑投枕,
鼾成雷起撼藜牀"

* 소점(小簟) 당나라 백거이(白居易)의 〈죽창竹窓〉: "가벼운 비
단으로 한 폭의 두건을 만들었고, 조그마한 삿자리는 여섯 자
의 침상을 만들었네輕紗一幅巾, 小簟六尺牀"

* 풍령(風櫺) 당나라 한유(韓愈)의 〈장철에게 답함答張徹〉: "따
뜻한 날에는 시원한 신발에 발을 끼웠고, 여름날 저녁에는 바
람 부는 격자 창 아래서 잠을 잤다네暄晨躡露潟, 暑夕眠風櫺"

* 몽단(夢斷) 송나라 소순흠(蘇舜欽)의 〈여름날의 느낌夏意〉: "나
무 그늘 땅에 가득하니 해는 정오가 되었고, 단꿈 끊김은 아름
다운 꾀꼬리 소리 때때로 한 번씩 들리기 때문일세樹陰滿地日
當午, 夢斷流鶯時一鳴"

* 제앵(啼鶯) 당나라 위응물(韋應物)의 〈꾀꼬리 소리를 노래함
聽鶯曲〉: "동쪽은 날이 새려고 하는데 꽃은 아늑하기만 한데,
울부짖는 꾀꼬리 서로 불러내는 소리 정말 들을 만하다네東方
欲曙花冥冥, 啼鶯相喚亦可聽"

* 박운루일(薄雲漏日) 무지개가 나타나는 현상을 설명하는 말.
원나라 유근(劉瑾)의 ≪시경 · 체동(蝃蝀, 무지개)≫ 설명: "무
지개의 바탕은 해가 비치지 않으면 이루어지지 않는다. 대개
구름이 옅어졌을 때 햇볕이 새어나와서, 그 햇볕이 비 기운을
비추면, 무지개가 뜨게 된다虹之爲質, 不映日不成. 蓋雲薄漏
日, 日映雨氣, 則上也" —≪시전통석詩傳通釋≫

【참 고】 이규보의 "가벼운 소매…"와 진화의 "작은 매화 시들어
떨어지고…"이 두 시는 맑고 산뜻하며 환상적이고 오묘하며,

아주 한적한 맛이 넘치어, 기품이 있는 말씨와 운치 있는 격조가 마치 한 손에서 나온 듯(淸新幻苗, 閑遠有味, 品藻韻格, 如出一手)하여, 비록 시를 잘 평할 수 있는 사람이라고 하더라도, 그 우열을 가리기는 어려울 것이다. ─≪동쪽 사람들의 시 이야기(東人詩話)≫

【해설】 여름날 코를 골고 꿈을 꾸면서, 낮잠을 푸지게 늘어져 자는 모습을 소재로 삼아서 쓴 시다. 이렇게만 보면 이 시는 옛날 지배 계층의 선비들이 여름날 육체노동은 회피하면서 게으름만 피우는 반민중적이고, 퇴폐한 모습을 담은 것같이 보일 수도 있다. 그러나 이 시의 뜻을 바르게 이해하기 위하여서는 첫째 시 제2구에 나오는 "그윽하게 숨어사는 사람"이라는 뜻을 지닌 "幽人"이라는 말을 정확하게 파악해야만 한다.

위의 각주에 밝힌 바와 같이, 이 말은 원래 ≪주역≫에서 유래하는데, 그 책의 이치에 따라서 해석한다면, 원래 강한 재질을 타고난 사람이 "자기의 재주를 숨기고, 숨어사는 사람같이 행동하여야 오히려 뒤끝이 좋다"는 함의를 담고 있다고 한다. 그래서 중국이나 우리나라의 허다한 시인 묵객, 또는 유학자들도 모두 이러한 "유인"이 되는 것을 매우 자랑스럽게 여기고 있다. 두보, 소동파, 주자가 그러하였고, 퇴계 같은 분도 그러하였다. 유인은 항상 명월(明月)과 매화(梅花)로 친구를 삼고 청계(淸溪)와 백석(白石)으로 이웃을 삼는다. 가난함에 안주하고 도(道)를 즐기기 때문에 명리(名利)에 담박하다. 띳집에 홀로 거처하며 기개가 맑고 높아 속세와 인연을 끊는다. 더러 책을 베고 눕기도 하고, 더러 신선과 같이 노는 것을 꿈꾸기도 한다. 혹 아름다운 경치를 찾아 구경하기도 하며, 혹 책상을 대하고 앉아 말이 없기도 하다. 이것은 퇴계의 자화상과 다를 바 없다. 아래 적은 한 수의 시에서도 역시 같은 모습을 볼 수 있다.

〈곽경정 원님이 산수화폭에 글씨를 적어주기를 바라므로
　（郭景靜城主求題山水畵幅）〉

어지러운 산 둘러싸고 물은 맑고 깊은데	亂山縈帶水淸深
그 가운데 허름한 초가집 대 숲에 닫혀 있네	中有衡茅鎖竹林
그윽한 은자 베개 높이하고 누워 생각해보니	想見幽人高枕臥
세상의 속된 영광과 치욕은 마음에 두지 않네.	世間榮辱不關心

(文集 권3)

ㅡ 이상 졸역 ≪퇴계시학≫(서울 명문당, 2019) 177-8쪽에서 인용

이규보가 그러한 "유인"의 낮잠 자는 모습을 그린 이 시는 매우 과장이 심하면서도 매우 아름답다. 첫째 시에서는 코고는 소리가 마치 우레 소리 같다고 하더니, 둘째 시에 가서는 꾀꼬리 우는 소리에 그만 단꿈에서 깨어났다고 하였으니…. 물론 위의 역주에서 상세하게 추적해 밝혔듯이, 이러한 아름다운 시어들의 출처는 대개가 다 이전에 누가 이미 쓴 말에서 따온 것이기는 하지만, 앞의 정지상 시의 〔참고〕에서도 본 바와 같이, 이리저리 유서가 깊은 말들을 잘 따가지고 와서 다시 아름답게 재배열하여 이렇게 또 다시 새로운 시를 만들어 내는 것이 당나라 두보 이후에 시를 지어내는 사람들의 숙명이 되고, 전통

이 되었다고 한다. 왜냐하면 한자로 표현해 낼 수 있는 단어들이 두보 정도에까지 이르면 이미 표현할 수 있는 어휘는 거의다 만들어져 버렸기 때문이라고 한다.

위에서 찾아본 역주는 필자가 중국의 전자판 사고전서를 검색하여 찾아낸 것도 있고, 한국의 고전db에서 찾아서 인용한 것도 있다. 사고전서를 인용하는 경우에는 원문 번역은 필자가 일일이 다시 생각해 달아야 하는 번거로움이 있으나, 한국의 고전db를 인용하는 경우에는 원문을 모두 번역까지 해둔 것을 인용할 수 있기 때문에 아주 손쉬운 점이 있다. 이 시 2수의 경우, 물론 더 많은 말을 찾아서 주석을 더 달 수도 있지만, 이미 우리말 속에서 자주 사용되는 말 같은 것은 일일이 다 근원을 추적해보지는 못하였다.

그런데, 이렇게 각주를 달다가 보니 그냥 무심코 넘어가야 할 말에도 매우 깊은 함의가 있다는 것을 알아낼 때도 있다. 바로 위에서 강조한 "유인"이라는 말이 그러한 예이다. 주석 마지막에 나오는 "박운루일(薄雲漏日)"이라는 말이 바로 무지개를 뜻한다는 것은, 이 말을 이미 사용한 다른 한국 한시의 몇몇 번역을 살펴보아도, 모두 이 글 맨 앞에서 소개한 바와 같이 "엷은 구름에 새어나는 햇빛" 정도로만 글자 그대로 풀어놓기만 하였지, 이 말이 바로 ≪시경≫에 나오는 무지개라는 뜻을 가진 "체동(蝃蝀)"이란 말을 설명할 때 사용한 말이라는 것까지 찾아서 밝혀둔 것은 본 적이 없다. 이러니 한시의 번역이 어디 쉬운 일이라고 말할 수 있겠는가? 찾아보면 찾아볼수록 자꾸 뜻이 달라 보이기도 하고, 뜻이 깊어 보이기만 하는 것이 한시라고 할 것이다.

이 시에는 더러 획수도 많고 어려운 글자도 있으나, 그런 글자가 들어간 어휘는 대개 주석에서 풀어 보려고 하였다. 그러나 이 2수의 구문은 특별히 독특하거나, 보는 사람에 따라서 이견을 낼 만한 것은 없는 것 같아서 다시 풀어 두지는 않는다.

8. 시에 귀신이 붙어 (詩癖) - 이규보

스스로 점점 고질화 된 줄은 알았지만 그칠 수 없었다. 그러므로 시를 지어 자탄한 것이다.

나이 이미 칠십을 넘었으며	年已涉從心하고 연 이 섭 종 심
지위 또한 삼공에 올랐으니	位亦登台司라 위 역 등 태 사　si
이제는 문장을 버릴 만도 하건만	始可放雕篆이나 시 가 방 조 전　si
어찌하여 아직도 그만두지 못하는가	胡爲不能辭오 호 위 불 능 사　cí
아침에는 귀뚜라미처럼 노래하고	朝吟類蜻蜥하고 조 음 류 청 렬
밤에는 솔개처럼 읊노라	暮嘯如鳶鴟라 모 소 여 연 치　chī
떼어 버릴 수 없는 시마(詩魔)가 있어	無奈有魔者하야 무 내 유 마 자
아침저녁으로 남몰래 따르고는	夙夜潛相隨라 숙 야 잠 상 수　suí
한번 몸에 붙자 잠시도 놓아주지 않아	一着不暫捨하야 일 착 부 잠 사

나를 이 지경에 이르게 하였네 | 使我至於斯라
사 아 지 어 사 sī

나날이 심간을 깎아서 | 日日剝心肝하야
일 일 박 심 간

몇 편의 시를 짜내니 | 汁出幾篇詩라
즙 출 기 편 시 shī

기름기와 진액이 | 滋膏與脂液이
자 고 여 지 액

다시는 몸에 남아있지 않네 | 不復留膚肌라
불 부 류 부 기 jī

앙상한 뼈에 괴롭게 읊조리는 | 骨立苦吟哦하니
골 립 고 음 아

내 이 모습 참으로 우습구나 | 此狀良可嗤라
차 상 량 가 치 chī

남을 놀라게 할 문장으로 | 亦無驚人語나
역 무 경 인 어

천년 뒤에 물려줄 만한 시 못 지었으니 | 足爲千載貽라
족 위 천 재 이 yí

스스로 손뼉 치며 크게 웃다가 | 撫掌自大笑라
무 장 자 대 소

문득 웃음을 멈추고는 다시 읊는다 | 笑罷復吟之라
소 파 부 음 지 zhī

살거나 죽거나 오직 시를 짓는 | 生死必由是니
생 사 필 유 시

내 이 병 의원도 고치기 어려우리. | 此病醫難醫라
차 병 의 난 의 yī

- 동국이상국 후집

* 시벽(詩癖) 각운 상평성 지(支) 운. 음벽(吟癖). 시 짓기를 지나치게 좋아하는 습관. ≪양나라의 역사梁書)≫〈간문제본기簡文帝本紀〉: 황제(이름은 소강蕭綱)는 평소에 시 짓기를 좋아하여 그가 쓴 시의 서문에 이르기를 "일곱 살부터 시를 몹시 좋아하는 습관이 있어, 장성하면서도 게을리 하지 않았다帝雅好題詩, 其序云: 七歲有詩癖, 長而不倦"

* 종심(從心) 일흔 살, 나이 70세를 가리키는 말. ≪논어≫〈위정(爲政)〉에 "내 나이 일흔 살이 되어서는 마음대로 하여도 법규에 어긋나지 않는다七十而從心所欲不踰矩"에서 유래.

* 태사(台司) 별자리와 같이 높은 벼슬. ≪남사南史≫: "왕승건이 문하시중 자리로 옮겨가자 형의 아들 검에게 이르기를 '네가 조정에서 중책을 맡았는데, 내가 또 이러한 고위직을 맡게 된다면, 한 가문에 두 자리의 높은 관직을 차지하게 되는 것이니 정말 두려운 일이라' 하고는 고사하였다王僧虔, 遷侍中謂兄子儉曰: '汝任重於朝, 我若復此授, 一門有二台司, 實所畏懼'乃固辭"

* 조전(雕篆) 하찮은 재주. 조충전각(雕蟲篆刻)의 준말로 벌레 모양이나 전서(篆書)를 조각하듯이, 미사여구(美辭麗句)로 문장을 꾸미는 조그마한 기교.

* 청렬(蜻蛚) 진(晉)나라 장재(張載)의 〈칠애시七哀詩〉: "쳐다보고 들으니 기러기 옮겨가는 소리 들리고, 내려다보고 들으니 귀뚜라미 우는 소리 들리네仰聽離鴻鳴, 俯聞蜻蛚吟"

* 연치(鳶鴟) ≪시경·대아·한록旱麓≫의 "솔개는 하늘 위를 날고鳶飛戾天"라는 말의 주석: "솔개는 수리의 유다鳶, 鴟之類"

* 심간(心肝) 당나라 이백(李白)의 〈겨울날 용문에서 종제 영문이 회남으로 근친하러 감에 송별하면서冬日于龍門送從弟令問

之淮南觀省序〉에 "영문(令問)이 술 취하여 나에게 묻기를 '형은 심장과 간장(肝腸) 및 오장(五臟)이 모두 금수로 되어 있소? 그렇지 않다면 어찌하여 입을 열면 글을 이루고 붓을 휘두르면 안개가 흩어지듯 글이 쓰여지시오?' 하였다." 한 데서 온 말로, 글을 잘 짓는 재주를 뜻하는 말이다. ─고전 db 각주 정보.

【해 설】 시는 길지만 처음부터 끝까지 저자인 이규보 선생이 만년에 이르기까지 시를 짓는 버릇을 고치지 못하는 것을 한탄하는 척하며 사실은 자랑하는 투로 쓴 글인데, 흐름이 자연스럽고 별로 어려운 비유나 전고도 없어 번역문만 읽어보더라도 이 시의 내용은 손쉽게 파악될 것으로 생각한다.

중국이나 우리나라의 옛날 지식인들은 한문으로 시를 잘 지어야 과거시험에 붙을 수도 있고, 남과 교유하는데도 품위 있게 할 수 있으며, 외교활동까지도 수월하게 할 수 있으며, 심지어 철학적인 저술이나, 역사적인 기록을 할 때까지 더러 시적인 표현을 구사하여 그런 글의 운치를 더 높이는 경우가 허다하다. 그러니 옛날 지식인들에게 있어 시는 가장 중요한 출세의 도구의 하나이자, 사람의 수준을 가늠하는 중요한 척도가 되기도 하였다.

그래서 그들은 어릴 때부터 ≪천자문≫같이 각운을 배려하여 만든 책으로 공부하기 시작하며, ≪추구推句≫같이 좋은 시구를 뽑아놓은 책을 배우기도 한다. ≪소학≫ 같은 책에도 뒷부분에는 좋은 시구가 많이 수록되어 있다. 또 본격적으로 시를 짓기 이전이라도 장난삼아 대구對句를 맞추어 글을 지어 보는 연습을 많이 하였다고도 한다.

그래서 시 짓는 일에 몰두하다 보면, 시간이 어떻게 가는 줄도 모르고 흥미를 느끼게 되며, 심지어 꿈속에서까지 시를 짓게 된다는 일화를 가끔 보게도 된다.

백운선생의 시를 이해하기 위하여 다른 시인의 비슷한 내용을 담은 짧은 시 1수를 살펴보도록 하자.

〈있는 일 그대로 적는다(卽事)〉 ─지봉 이수광(李晬光)

수마와 시벽은 둘이 서로 잘 어울리니	睡魔吟癖兩相宜
심사가 한가한지라 늘 늦게 일어난다오	心事無營起每遲
사립문 굳게 닫은 채 소은이 되었나니	鎖斷松關成小隱
문 밖에 갈림길이 많은 줄 모르겠어라.	不知門外路多岐

─ 이수광 지봉집 제20권 / 별록(別錄)
ⓒ 고려대학교 한자한문연구소 | 김광태 (역) | 2011
(일부는 수정 인용함)

* 즉사(卽事) 시제(詩題)의 하나로, 눈앞의 일을 소재로 삼아 읊는 것을 뜻한다.

* 수마(睡魔)와 …… 어울리니 "수마"는 잠을 오게 하는 마귀(魔鬼)로 뜻이 좀 바뀌어 잠을 이르고, 원문의 "음벽(吟癖)"은 시벽(詩癖)과 같은 말로 시 짓기를 지나치게 좋아하는 성벽을 뜻한다. 여기서는 지봉이 잠을 많이 자거나 시 짓는 것으로 날을 보내고 있음을 뜻한다. 참고로 원(元)나라 허유임(許有壬)의 시 〈아우 가행〔有孚〕의 있는 일을 그대로 적는다는 시의 각운자에 맞추어 짓는다次可行卽事韻〉에 "술은 시벽까지 더해져 과중해지고, 차는 수마와 싸워 항복시키네.〔酒添詩癖重, 茶戰睡魔降.〕"라고 하였다. ─《圭塘欵乃集, 卷上》

* 송관(松關) 사립문. 당나라 맹교(孟郊)의 〈퇴거退居〉: "해 저물

녘 고요히 돌아갈 제, 그윽한 사립문을 두드린다오日暮靜歸時, 幽幽扣松關"-《全唐詩》卷373

* 소은(小隱) 산림에 은거하는 은자(隱者)를 가리키는 것으로, 진 (晉)나라 왕강거(王康琚)의 〈반초은시反招隱詩〉에 "소은은 산 속에 숨고, 대은은 시조에 숨는다.〔小隱隱陵藪, 大隱隱市朝.〕"라 고 한 데서 온 말이다.

조선 중기의 대학자 지봉 이수광 선생의 이 시를 읽어 보면, 사람이 한번 유혹에 빠져나오지 못하게 만드는 것으로는 시와 더불어 잠 같은 것이 있다고 하였는데, 각주에서 인용한 원나 라 시인 허유임의 시에서는 그런 것과 더불어 또 술과 차와 같 은 것도 있다고 하였다. 그래서 술과 차, 낮잠 즐기는 것, 시 짓기에 빠지는 것 등등이 한시에서는 자주 등장한다.

이 밖에 또 사람을 유혹하는 것이 무엇이 있을까? 아마 돈, 여 색 같은 것도 사람이 살아가는데 틀림없이 중요한 몫을 하기는 하겠지만, 이러한 것은 선비들이 되도록 멀리해야 좋은 것으로 치부하여 시나 문장에서는 되도록 회피하는 게 보통이다. 특히 돈에 대해서는 그러하다.

이규보 선생이 평생 지은 시는 7, 8천여 수는 된다고 한다. 그 중에는 〈동명왕편東明王篇〉과 같은 장편 영사시도 전하고 있 다. 위의 시도 22구나 되는 비교적 긴 시인데, 매 2행 끝에 각 운자를 달고 있는데, 이 각운자 11자가 모두 상평성 4, 지支 자 운으로 통일되어 있다. 이런 것을 전문용어로 일운도저(一 韻到底)라고 한다.

【이 시의 각운에 대한 보충 설명】

모든 말의 소리를 분석해보면 보통 초두 자음initial, 중간모음medial, 주모음vowel, 받침ending과 성조tone로 나눌 수가 있다고 한다. 그런데 어떤 소리는 자음이나, 중간모음, 또는 받침이 없는 소리도 있다고 하지만, 한어 성운학에서는 자음 같은 소리의 앞부분 요소를 성聲, 모음과 받침과 성조를 합한 소리의 뒷부분을 운韻이라고 하는데, 시에 "운을 맞춘다", "각운자를 통일한다", "남이 쓴 시의 각운자를 빌려 시를 짓는다〔次韻〕"라고 말할 때, 이 "운韻"이라는 말의 의미는 곧 소리의 뒷부분이 비슷한 요소를 반복적으로 되풀이한다는 뜻이다. 그렇게 해야 듣기가 아름답고, 외우기도 쉽게 된다고 한다.
이 시에 사용된 각운자 11자의 발음을 우리나라 한자 발음과 현대중국 표준발음(북경어 발음)을 확인하면 다음과 같다.

年已涉從心(연이섭종심) 位亦登台司(위역등태사) sī
始可放雕篆(시가방조전) 胡爲不能辭(호위불능사) cí
朝吟類蜻蜊(조음류청렬) 暮嘯如鳶鴟(모소여연치) chī
無奈有魔者(무내유마자) 夙夜潛相隨(숙야잠상수) suí
一着不暫捨(일착부잠사) 使我至於斯(사아지어사) sī
日日剝心肝(일일박심간) 汁出幾篇詩(즙출기편시) shī
滋膏與脂液(자고여지액) 不復留膚肌(불부류부기) jī
骨立苦吟哦(골립고음아) 此狀良可嗤(차상양가치) chī
亦無驚人語(역무경인어) 足爲千載貽(족위천재이) yí
撫掌自大笑(무장자대소) 笑罷復吟之(소파부음지) zhī
生死必由是(생사필유시) 此病醫難醫(차병의난의) yī

위 시에서 사용한 각운자의 발음을 현대 한국 한자 발음으로 적어 보면 모음이, a[아], i[이], u[우]같이 다르게 발음이 되어 여기에 무슨 공통점이 있는지 잘 알 수가 없다. 그러나 현대북경 발음으로 보면 모든 글자가 i[이, 또는 으 성조는 1성, 아니면 2성인데, 음평, 양평이라고 나누어지지만, 모두 옛날 기준으로는 평성임]라는 발음으로 끝나니 오히려 이 시의 각운자를 설명할 때는 현대 중국어 발음으로 설명하는 것이 더 쉽다.

그러나 이 시의 각운자로 쓴 "지支" 자 계통의 발음만 그렇지 다른 운자를 보면 오히려 한국 한자 발음을 가지고 각운이 맞는지 안 맞는지 따지는 것이 현대 북경어 발음을 가지고 따지기보다도 더 용이한 경우가 더 많다. 왜냐하면 이런 시의 각운체계는 중국의 수나라 당나라 때의 중국 장안 지방의 발음을 기준으로 만들어진 것인데, 일반적으로 우리나라에 전하여진 한자발음 체계가 지금 북경 사람들이 사용하는 발음 체계보다는 중국 옛날 발음 요소를 더 지니고 있다고 한다. 이 "支" 자 계열의 발음만은 좀 예외이기는 하지만…. 그래서 각운을 맞추어가면서 한시를 짓는다고 할 때는 일반적으로 지금의 북경 사람들보다 우리나라 사람들이 더 쉽게 각운 체계를 이해할 수가 있다. 그렇지만, 어떻든 간에 이 한시 각운 체계는 이미 1천여 년 전에 중국에서 만들어진 것이기 때문에, 지금 한국 사람이든, 중국 사람이든, 일본 사람이든 간에 한시를 지으려고 할 때는 그 1천여 년 전에 만들어진 각운자 배열을 표준으로 제시해둔 것을 보고서 만든 책, 이를테면 ≪시운집성詩韻集成≫, ≪규장전운奎章全韻≫, ≪시운함영詩韻含英≫ 같은 책을 보고서 짓는 수밖에 별 도리가 없다.

9. 들길을 걷다가 (野步) – 진화

작은 매화꽃은 떨어지고
버들은 어지러이 드리웠는데
한가로이 푸른 산기운을 밟노니
걸음 더디어라
고기잡이 집에는 문을 닫고
사람 소리 적은데
강에 가득 봄비에
실실이 푸르구나.

小梅零落柳欹垂한데
소 매 령 락 류 기 수

閑踏靑嵐步步遲라
한 답 청 람 보 보 지

漁店閉門人語少한데
어 점 폐 문 인 어 소

一江春雨碧絲絲라
일 강 춘 우 벽 사 사

– 매호유고 / 시(詩)○칠언절구(七言絶句)
ⓒ 한국고전번역원 | 김달진 (역) | 1968

들길을 걷다가 (野步)

小梅零落柳欹垂　　작은 매화꽃 다 지고 버들은 치렁치렁
閑踏靑嵐步步遲　　이내 속을 걸으면서 걸음마다 더뎠는데
漁店閉門人語少　　어촌 주막 문 닫힌 채 말소리도
　　　　　　　　　거의 없고

一江春雨碧絲絲　　온 강 위에 오는 봄비 줄기마다
　　　　　　　　　　짙푸르네.

– 매호유고 / 시(詩)○칠언절구(七言絶句)
ⓒ 한국고전번역원 ┃ 변종현 윤승준 윤재환 (공역) ┃ 2013

들판을 거닐며 (野步)

小梅零落柳攲垂　　작은 매화 떨어지고 버들가지
　　　　　　　　　　취한 듯 이리저리 춤추는데
閑踏青嵐步步遲　　한가롭게 푸른 이내 완상하면서
　　　　　　　　　　가노라니 걸음마다 늦어지네
漁店閉門人語少　　물고기 파는 주막도 문 닫으니
　　　　　　　　　　사람들 말소리 드물어졌으나
一江春雨碧絲絲　　온 강에 봄비 내려 짙푸름만 한결
　　　　　　　　　　더해가는구나.

– 졸역

＊야보(野步) 출전 ≪매호유고≫. 각운 垂, 遲, 絲 상평성 지
(支) 운. 제목을 "봄날의 흥겨움(春興)"으로 적은 책도 있음.
＊진화(陳澕) 생졸 연대를 정확히 알 수 없으나 이규보와 같은 시
대에 살면서 시인으로서 나란히 이름을 날렸음. 호는 매호(梅
湖). 후세에 그의 저서를 모은 ≪매호유고≫에 시 60수가 전
하고 있음. –≪한백≫ 21-547.
＊기수(攲垂) 술에 취한 것같이 늘어져서 펄럭임. 당나라 두목

(杜牧)의 〈이사또님께 올리는 제문祭李使君文〉: "열흘 동안 마음 놓고 술을 마시니, 춤추는 듯 흔들거리는 소매가 펄렁거리며 늘어졌습니다縱酒十日, 舞袖傲垂"

* 한답(閑踏) 여기서 '답' 자는 "느긋한 마음으로 천천히 주변을 살펴가면서 걸어간다"는 뜻임. 당나라 백거이(白居易)의 〈늦가을 노래, 궁중에서 즉흥적으로 지음殘春曲, 禁中口號〉: "날은 저물어 가는데 담장 그늘 아래서 별 바쁜 일 없어, 한가롭게 궁중의 꽃 찬찬히 살펴가면서 나 홀로 걸어가고 있다네日西無事牆陰下, 閑踏宮花獨自行"

* 청람(靑嵐) 남(嵐)을 "이내"라고 하는데, 산중에 감도는 안개 기운을 말함. 당나라 여온(呂溫)의 ≪배씨해혼집서裵氏海昏集序≫: "닭소리 개소리 종소리 독경 소리 이러한 것이 흰 구름, 푸른 이내 가운데 수백 리나 연이어 들리는데, 세속은 멀어 어지러움이 없고, 지역은 치우쳐서 편안함을 얻는다雞犬鐘梵, 相聞於白雲靑嵐中數百里, 不絶時也. 俗以遠而未擾, 地以偏而獲寧"

* 어점(漁店) 어촌의 주막, 또는 고기를 잡아 파는 주막. 남송 유극장(劉克莊)의 〈산령야행蒜嶺夜行〉: "고개 머리에는 다시 한 사람도 오지 않으니, 주막에도 등을 거두어들이고 문을 열지 않는구나嶺頭無復一人來, 漁店收燈戶不開"

* 일강(一江) 글자 그대로는 "한 줄기 강"이라는 명사이지만, 여기서는 "이 강 언저리에", "이 강 일대에"와 같은 부사어로 사용되었음. 당나라 말기 나은(羅隱)의 〈초나라 물가 궁전에서 근심스러움을 적다渚宮秋辭〉: "수천 년 수백 년 내려오는 역사적인 시비는 다시 따져 묻기가 어려우나, 이 강물 언저리에 감도는 비바람 분위기는 노래로 읊기에 훌륭하다네千載是非難重問, 一江風雨好閑吟"

* 사사(絲絲) 섬세한 것을 형용하는 말로 "한 가닥 한 가닥〔一絲 一絲〕"이란 뜻도 있고, 미세한 감각을 형용하는 말로 "조금 조금〔一點〕"이라는 뜻도 있는데, 여기서는 후자의 뜻으로 풀고자 한다. ─≪한사≫ 9-855.

〔*벽사사(碧絲絲) 버들이 아주 푸르다는 것을 형용할 때 사용하는 말. "하늘 높이 솟은 버드나무 척척 늘어진 가지가지마다 모두 푸르다參天楊柳碧絲絲" ─청나라 모기령(毛奇齡)의 〈서정벽書亭壁〉. "하늘에 솟은 큰 버드나무 가지가지마다 아주 푸르네揷天高柳碧絲絲" ─청나라 송락(宋犖)의 〈유조원잡시遊祖園雜詩〉〕

【참 고】 진화는 이규보와 명성이 나란하니, 그의 시는 대단히 맑고도, 고상하였다. 그의 "작은 매화…" 시는 청아하면서도 굳세게 되어서 한번 읊어볼 만하다. ─허균의 ≪성수시화(惺叟詩話)≫

진씨와 이씨 명성이 비슷함 그 누가 알겠는가	齊名陳李有誰知
조각 비 부서진 쇠붙이에서도 짧은 시를 찾아내네	片雨零金拾小詩
빽빽한 잎사귀, 흐드러진 꽃송이 사이로 구름이 햇볕을 새어들게 하고	密葉翳花雲漏日
온 강에 봄비 내리니 짙푸름 한결 더해 가는구나.	一江春雨碧絲絲

　─신위의 ≪동쪽 사람들의 시를 논한 절구시(東人論詩絶句)≫

【해 설】 필자의 번역 앞에 나와 있는 이 시의 번역 두 가지를 따와서 제시해보았다. 그중 앞의 번역보다 뒤의 번역 말투가

더 다듬어진 것 같기는 하다. 그런데 이 두 가지 번역의 마지막 구 풀이는 다음과 같이 서로 다르다.

앞의 번역: 강에 가득 봄비에 실실이 푸르구나.
뒤의 번역: 온 강 위에 오는 봄비 줄기마다 짙푸르네.

"실실이 푸르구나"라고 하였는데, 무엇이 푸르다는 것인가? "봄비 줄기마다 짙푸르네"라고 하였는데 과연 봄비의 줄기가 푸른 것인가? 또 봄비에 실실이 푸르다고 하였는데, 무엇이 푸르다는 것인가? 위의 각주에서 밝힌 바와 같이 이 마지막 시구에서는 이 시 첫줄에 나타난 버들이 푸르다는 것을 위시하여, 그 다음 구에 나오는 "이내", 또 이 마지막 구의 앞부분인 봄비 내리는 이 강 일대의 풍경 모두가 비를 맞으면서 더욱 푸르게 되었다는 뜻일 것이다. 그렇게 본다면 위의 번역 중 앞의 번역에서는 무엇이 짙푸른지 분명히 밝히지 않아서 좀 막연하기는 하지만 뒤의 번역보다는 그래도 오류가 덜한 것 같다.
이러한 유형의 시구와 번역은 다른 시의 번역에도 나타난다.

〈참판 김자고가 시험을 마치고 과장을 나오는데 마침 비가
　　오므로 시로써 축하하다(金子固參判, 試罷出闈, 適有雨,
　　詩以爲賀)〉－서거정

소년 학사가 문과의 시험을 주관하면서　　少年學士主文時
이백 문생을 선발한 안목이 뛰어났기에　　二百門生鑑別奇
하늘이 짐짓 그대 도리의 경사를 재촉해　　天故催君桃李慶
뜰 가득 비바람이 실실 뿌리게 했나 보네.　　滿庭風雨碧絲絲

－사가시집 제22권 / 시류(詩類)
ⓒ 한국고전번역원 | 임정기 (역) | 2006

이 시는 각주가 없어, 일반 독자들이 선뜻 이해하기는 매우 힘들 것이다. "소년 학사"는 곧 젊은 나이에 참판 벼슬까지 오르고 한림학사(조선의 경우는 홍문관의 고위직) 같은 국왕의 자문역을 겸임한데다가, 이번 과거시험의 책임자까지 겸하게 된 김자고를 말한다. 여기서도 마지막 구를 그 위 구절에 나오는 젊은 고시 집행 책임자, 2백 명의 합격자, 온 뜰 가득히 내려주시는 임금님의 은혜와 같은 비. 이 모든 것을 다 "짙푸름"으로 묶어 놓고 그것이 매우 "척척 늘어지게 되었네" 정도로 보아야 할 것 같다.

이 구절을 문법적으로 한 번 더 정리해보고자 한다. 이 시 또는 이 마지막 구절의 핵심 주제어는 "짙푸를 벽碧" 자인데, 이 글자는 매우 빛깔이 농도가 짙게 푸르다는 것을 나타내는 형용사이지만 여기서는 "짙푸름"같이 명사로 활용된 것으로 볼 수도 있다. 앞의 "일강춘우"는 여기서는 장소를 나타내는 부사어와 환경을 나타내는 부사어의 합성어[“온 강 일대에 봄비가 내리는 가운데”]로 보든가, 그렇지 않으면 이 네 자 중에서 일강은 주어, 춘우는 술어로 보지만,[“온 강이 봄비를 맞았는데”] 뒤에 나오는 세 글자와 연결될 때는 여전히 이 "일강춘우" 네 글자가 역시 "온 강이 봄비를 맞고 있기 때문에"와 같이 그러한 조건을 나타내는 부사절로 보았으면 한다. 그 다음에 이어지는 "벽사사"에서는 "벽" 자는 주제어, "사사"는 서술어로 보아, 위의 졸역에서 "온 강에 봄비 내려 짙푸름만 한결 더해 가는구나" 정도로 의역해보았다.

이른 봄 지나가
여린 매화 다 지고 나니

버드나무만 때를 만나서
취한 듯 너풀거리는구나.

푸른 이내
한가롭게 즐기면서 가노라니
걸음걸음마다 늦어지는구나.

물고기 가게도
문을 닫아
사람들 말소리
드물어졌는데,

온 강산
이 일대
봄비 속에
짙푸름이
더욱 넘쳐나는구나.

10. 산중에서 눈 오는 밤에 (山中雪夜) – 이제현

종이 이불에 찬 기운 생기고
(법당) 부처등은 (희미) 어두운데
사미는 한밤 내내
종을 치지 않는다
아마 성내리라 자던 손이
일찍 문을 열고서
저 암자 앞의 눈 덮인 소나무
보려는 것을.

紙被生寒佛燈暗한데
지 피 생 한 불 등 암

沙彌一夜不鳴鍾이라
사 미 일 야 불 명 종

應嗔宿客開門早하고
응 진 숙 객 개 문 조

要看庵前雪壓松을
요 간 암 전 설 압 송

– 동문선 제21권 / 칠언절구(七言絶句)
ⓒ 한국고전번역원 | 김달진 (역) | 1968

눈 오는 밤 산중에서

紙被生寒佛燈暗　　종이 이불 썰렁하고 등 침침한데
沙彌一夜不鳴鍾　　어린 중 밤새도록 종을 치지 않네
應嗔宿客開門早　　자는 손 일찍 문 연다 꾸짖겠지만
要看庵前雪壓松　　암자 앞 눈 쌓인 소나무 보려고
　　　　　　　　　나왔네.

– 익재난고 제3권 / 시(詩)
ⓒ 한국고전번역원 | 이성우 (역) | 1979

산중에서 눈 오는 밤에

紙被生寒佛燈暗	종이 이불은 춥기만 하고 절의 등불은 어둡기만 한데
沙彌一夜不鳴鍾	어린 중은 밤이 다 가도록 종도 치지 않는구나
應嗔宿客開門早	틀림없이 낯익은 손님 문 일찍이 연다고 화를 낼 것이나
要看庵前雪壓松	꼭 암자 앞에 눈에 (눌린) 소나무 가지 짓누름 보아야겠네.

- 졸역

* 산중설야(山中雪夜) 출전 ≪익재난고≫ 권3. 각운 鍾, 松 상평 성 동(冬) 운. 추운 날 밤에 어린 중은 추위가 무서워 한밤중 에 종 치는 것조차 꺼리며 바깥에 나가려고 하지 않으나, 나그 네는 바깥의 설경이 좋아서 한시바삐 문을 열고 꼭 나가보려는 두 사람 사이의 갈등이 매우 잘 대조되어 있다.

* 이제현(李齊賢, 1287~1367) 고려 후기의 학자, 정치가. 호는 익 재(益齋), 또는 역옹(櫟翁). 충선왕을 따라 원나라 수도인 연 경(지금의 북경)에 머물면서 중국의 여러 문인들과도 교유하고, 세 차례에 걸쳐 중국의 여러 곳을 속속들이 여행하였다. 당시 복잡한 정치 상황 아래서 원나라와 고려를 넘나들면서 현실에 맞게 온건하게 활약하여, 관계에서도 최고의 지위에 오르고,

시와 특히 사(詞) 분야에서는 독보적인 존재로 알려져 있다. 저서로 ≪익재난고≫ 10권과 ≪역옹패설≫ 2권이 있음. ―참고 ≪한백≫ 18-224.

* 지피(紙被) 종이로 만든 이불. 남송 육유(陸游)의 〈주희가 종이 이불을 부쳐준 것에 감사하며謝朱元誨, 寄紙被)〉: "종이 이불로 몸을 감싸고 눈 내리는 날을 넘기니, 여우의 겨드랑이 털보다도 더 희고 솜보다도 더 따뜻하구나紙被圍身度雪天, 白於狐腋暖於綿"

* 불등(佛燈) 불당에 켜놓은 등잔. 송나라 소식(蘇軾)의 〈이날 수륙사에 묵으면서 북산의 청순 스님에게 띄움是日宿水陸寺, 寄北山清順僧〉: "농사일 끝나지 않았는데 작은 눈이 쳐들어왔고, 불당의 등잔 처음 올려지자 황혼임이 알려지네農事未休侵小雪, 佛燈初上報黃昏"

* 사미(沙彌) 나이 어린 중. ≪삼국의 역사三國志≫ 〈불교와 도교에 관한 기록釋老志〉: "처음으로 중이 되어 십계를 닦은 사람을 사미라 한다爲沙門者, 初修十戒曰沙彌"

* 숙객(宿客) 작자의 원주(原註): "백거이의 시〔〈나아가서 청하여서 와서 예를 보아주실 손님들이 오실 것을 기대하고 있으나 아직 오지 않으셔서期宿客不至)〕에 "나아가서 청한 손님들이 오시지 않으시는데 분위기가 너무 썰렁한데, 〔한 주전자의 술과 한 벌의 거문고만 준비해 놓고 혼자서 마주하고 있네〕(宿客不來嫌冷淡, 〔一樽酒對一張琴〕)"라는 말은 흡사 ≪의례≫라는 책에 나오는 "숙빈(宿賓: 아들의 관례 의식 참관자로 미리 나아가서 초청한 분들)"이라는 뜻의 숙(宿: 미리 나아가서 청한다는 뜻) 자를 사용하였으나, 두보의 시〔〈다시 하씨 댁을 지나다가 잠간 들러重過何氏)〕에는 "강아지조차 일찍이 묵고 간 손님을

즐겁게 맞이하고,〔거위도 나무둥지에서 떨어진 새의 새끼를 감싸네〕(犬迎曾宿客,〔鵝護落巢兒〕)"라는 구절에서는 기숙한다는 "숙" 자의 의미로 사용하고 있으니, 지금 내 시에서는 두보의 말을 빌려 쓴다樂天宿客不來嫌冷淡, 似用儀禮宿賓之宿: 子美犬迎曾宿客, 則寄宿之宿, 今用杜語"

이 주석으로 보아 저자는 이 절을 좋아하여 전에도 와서 자면서 마음대로 행동한 일이 있었다는 것을 알 수 있다.

* 설압송(雪壓松) 당나라 이상은(李商隱)의 〈광일 스님을 기억하여憶匡一師〉: "향로의 연기 사라지자 차가운 등불은 어두워지고, 어린 스님 문을 열자 눈은 소나무에 가득하네爐煙消盡寒燈晦, 童子開門雪滿松"

【참 고】이익재의 〈산중에서 눈 오는 밤에〉 시는 산속에 있는 집의 눈 오는 밤의 독특한 분위기를 잘 묘사해내어, 이 시를 읽으면 어금니와 뺨 사이에 시원한 기운이 감돌게 만든다. 졸옹(拙翁) 최해(崔瀣, 1287~1340)는 일찍이 다음과 같이 이야기하였다. "익재 노인의 평생 동안 익힌 시를 짓는 솜씨가 모두 다 여기 들어 있다." - 《동쪽 사람들의 시 이야기(東人詩話)》

【해 설】이 시에는 슬쩍 보기에 특별히 어려운 글자도 없고, 또 시구의 구조도 특별히 유의하여 살펴보아야 할만큼 까다로운 데가 별로 없어, 그냥 절간에 가서 하룻밤 자는데 추워서 잠이 잘 오지 않자 한시바삐 일어나서 바깥에 내린 눈 구경이나 하였으면 좋겠다는 정도의 매우 평범한 시로 보인다. 그런데, 위에서 인용한 시화에서는 이 시를 읽어 보면 "어금니와 뺨 사이에 시원한 기운이 감돌게 만든다느니", "익재 노인의 평생 동안

익힌 시 솜씨가 모두 다 여기 들어 있다"고 하였으니, 이게 도 대체 무슨 소리인가?

좀 전문적인 이야기로 들어가기 전에 익재 이제현에 대해 알아보자. 위의 역주에서 간단하게 이분의 약력을 소개해 놓기는 하였지만, 이분에 관하여 이야기하자면 참으로 이야기할 것이 많을 것 같다. 충선왕이 북경에 마련한 만권당에서 임금과 함께 공부하였다는 것은 너무나 잘 알려진 이야기이고, 무엇보다도 이분은 우리나라의 이전 역사에서 중국을 가장 많이 여행한 분으로 손꼽을 수 있다. 서쪽으로는 사천성의 아미산, 남쪽으로는 절강성의 남녕 해변 지역, 북쪽으로는 감숙성 일대까지 찾아다니면서, 고려 국왕의 복을 빌고, 많은 시를 지어 남겼으며, 또 시와 음악이 결부된 장르인 "사詞"라는 형식의 작품도 많이 남겨, 중국에서 그의 사 작품집이 간행될 정도였다고 한다. 아마 당시로서는 천하를 주름잡는 제국인 원나라의 수도 대도(북경)를 무대로 삼아서 가위 세계적으로 이름을 날리면서 문학 활동을 한 분이라고 말할 수 있을 것이다.

이러한 "만권 서를 읽고 만리 길을 여행한" 대단한 분이 지은 시 중에서도 이 시가 제일 명작이라고 하여, 어떻게 명작 소리를 들을 수 있는지 이 시에 나오는 말들을 이리저리 살펴보았다. 우선 제3구에 나오는 "숙객(宿客)"이라는 말에 관해서는 본인 자신이 "樂天宿客不來嫌冷淡, 似用儀禮宿賓之宿; 子美犬迎曾宿客, 則寄宿之宿, 今用杜語"라는 말로 설명해두었는데, 이 설명문 자체를 제대로 이해하는 것도 쉬운 일이 아니었다. 다음에 이 시를 번역하면서 이 말을 아울러 번역해둔 것을 살펴보자.

낙천(樂天)의, "잘 손님이 오지 않는 것은 냉담(冷淡)함을 꺼린다"는 시는 의례(儀禮)에, "손님을 재운다〔宿〕"는 말과 같이 쓴 듯하다. 두자미(杜子美)의, "개는 전일 자고 간 손님을 맞이한다"는 말은 잤다〔宿〕는 뜻인데, 지금은 자미의 말을 썼다. —김달진 해석

백낙천(白樂天)의 시에 "재숙(齋宿)하는 손님 오지 않으니 냉담하다.〔宿客不來嫌冷淡〕"는 것은 《의례(儀禮)》의 숙빈(宿賓)이라는 숙 자의 뜻인 듯하고, 두자미(杜子美)의 시에 "개는 일찍이 자고 갔던 손님을 반긴다.〔犬迎曾宿客〕"는 것은 기숙(寄宿)한다는 숙 자의 뜻이므로 여기서는 두자미의 말을 사용하였다. —이성우 해석

이러한 정도의 간결한 번역으로는 도저히 이 시의 깊은 의미를 파악하는 데 별로 도움이 되지 않는다. 두 번역에서 모두 백거이 시의 뜻을 깊이 생각하지 않았고, 비록 뒤의 인용문에서는 이 숙객이라는 말이 《의례》라는 고전에 나오는 "숙빈"이라는 말과 같은 것이라는 것까지는 밝혔지만, 그 숙빈이라는 말이 도대체 어떤 뜻인지는 더 자세히 밝히지를 않았다.
그래서 고전db의 각주 정보에서 숙빈이라는 말을 찾아보니 다음과 같은 자못 거창한 설명이 나온다.

계빈(戒賓)과 숙빈(宿賓)으로 관례 절차이다. 《의례(儀禮)》〈사관례(士冠禮)〉에 "주인이 손님에게 고한다.〔主人戒賓〕"하였는데, 정현(鄭玄)의 주(注)에 "계는 경계하고, 고하는 것이다. 빈은 주인의 동료와 벗을 말한다." 하였고, 또 〈사관례〉에 "이에 빈객에게 나아가서 청한다.〔乃宿賓〕"하였는데,

정현의 주에 "숙(宿)은 나아간다는 뜻이다." 하였고, 가공언 (賈公彦)의 소(疏)에 "그에게 나아가서 관례를 올리는 날에 꼭 와야 함을 알리는 것이다." 하였다.

이런 말을 보면, "숙객"과 같은 말인 "숙빈"은 어떤 사람이 자식의 관례를 올리려고 하는데, 미리 나아가서 "꼭 오셔야 합니다" 하고 청하여 정중하게 모셔오는 친구와 벗들이란 뜻이다. 이런 말이 그러한 경전에서 나오는 유서가 깊은 말이라는 것을 철저하게 이해하지 않고는 도저히 이 시의 절반 부분을 곡진하게 이해할 수가 없다.

그러면 처음부터 이 시를 한 번 다시 훑어보기로 하자. 처음 나오는 단어 "지피"는 "종이로 만든 이불"이라는 뜻이다. 이불을 종이로 만들다니? 이 말은 또 닥나무를 재료로 만든 종이 이불이라는 뜻으로 "저금楮衾"이라고도 하는데, 이불 중에는 가장 얇아 추위를 피하기는 어려운 것이지만 가난한 사람들은 사용하였던 것 같다. 남송 말기의 명재상이며 또 저명한 학자이기도 하였던 서산 진덕수 선생이 재상이 된 뒤에도 아들에게 "종이 이불을 버리지 말라"는 훈계를 담은 글, 〈저금명〉이 이퇴계 선생이 편집한 ≪고경중마방≫이라는 중국 유학자들의 좌우명을 모아 놓은 책에도 수록되어 있다.

산중에, 더구나 눈이 내리는 추운 방에서 추위는 점점 더하여 가는데, 절간의 등잔은 어둡기만 하니 일어나서 책을 볼 수도 없고, 글을 쓸 수도 없다. 그래서 짜증만 난다.

이렇게 잠도 자지 못하고 지루하기만 한데, 어린 중은 이렇게 긴 시간이 흘러가고 있지만 도대체 일어나서 새벽을 알리는 종을 칠 생각조차도 하지도 않는구나. 아! 정말 춥고, 지루하고,

답답하여 미칠 지경이로구나.

에라! 자주 찾아와서 서로 정이 들기는 하였지만, 오기는 와도 중들이 정중하게 청해서 오는 게 아니고 보니, 내가 꼭 이 절간의 규칙을 지킬 게 뭐 있겠는가? 규칙을 지키지 않고 내 멋대로 행동할 뿐이지! 그래서 나 같은 뻔뻔한 손님이야 종을 치기 전에라도 일찍 나가서 절간 문을 열어젖히고 암자 앞에 새하얀 눈이 내려 푸른 소나무 가지를 억누르고 있는 진기한 경치를 누구보다도 먼저 놀랍게 쳐다보고 들어와야지… 그렇다면 틀림없이 이 절간의 중들이 새벽부터 잠도 못 자게 꾸물거린다고 나에게 화를 내고 타박하겠지… 그러나 그게 뭐 대수로운 일인가? 나 혼자 이 싱그럽고 산뜻한 새벽에 낙락장송 가지마다 눈이 덮고 있는 천하의 진경을 만끽하면 그만이지… 이러고 보니 잠을 설친 지루함도 어느덧 다 사라져 버리고, 어린 중의 타박도 하나도 겁나지 않는구나. 아! 이 겨울에 다시 여기를 또 찾아온 게 정말 잘한 일이로구나!

이 시는 "추위가 생긴다"느니, "등이 컴컴하다"느니, "종을 울리지 않는다"느니, "틀림없이 나를 보고 나무라겠지"느니 하는 불만에 찬 부정적인 어투만 나열되어 가다가, 마지막에 가서 "눈이 소나무를 누르고 있는 것을 보아야지"로 반전하면서 매우 밝게 끝이 난다. 오히려 처음부터 밝은 이야기를 늘어놓기 보다는 이렇게 이야기를 반전시킴으로써 마지막에 등장하는 "설압송(雪壓松)"이라는 말이 아주 생생하게 부각이 된다고 할 수 있다. 이러한 점을 시를 평하는 사람들이 아주 놀랍게 보았던 점인 것 같다.

위에서 매우 장황하게 설명을 늘어놓고, 정말 무슨 뜻인지 알아보려고 하였던 "숙객(宿客)"이라는 단어가 이 시를 이해하는

데, 어떤 구실을 하는지 좀 생각해보기로 하자. 이 시의 작자가 직접 밝힌 바와 같이 이 시에서는 이 단어가 "이전부터 자주 찾아와서 강아지까지도 알아보고 반기는 손님"이라는 뜻으로 사용하였지, 이쪽에서 "미리 나와서 모셔올 정도로 정중한 손님"이란 뜻은 아니라고 밝히고 있다. 그러나 이 시구를 읽고 이해하는 데는 이 두 가지 뜻을 다 알고 있는 것이, 이 시가 지니고 있는 매우 역설적이고, 해학적인 분위기를 파악하는 데는 훨씬 큰 도움이 된다. 한 글자나, 한 단어가 가지고 있는 여러 가지 의미를 두루 아는 것이 한시를 깊이 있게 이해하는 데 도움이 되는데, 이런 경우도 바로 그러한 예에 속한다고 하겠다. 나와 같이 미리 청하지도 않았는데, 언제나 불쑥불쑥 찾아오는 손님은 이 절간의 규칙을 지키지 않는다고 나무라겠지만, 내가 하고 싶은 대로 하고자 한다는 이 엉뚱한 말귀를 옳게 이해할 수가 있을 것이다.

11. 부벽루 (浮碧樓) - 이색

어제 영명사를 지나다가	昨過永明寺라가 작 과 영 명 사
잠깐 부벽루에 올랐어라	暫登浮碧樓라 잠 등 부 벽 루
성은 비었는데 달은 한 조각이요	城空月一片이요 성 공 월 일 편
돌은 늙었는데 구름은 천추로다	石老雲千秋로다 석 로 운 천 추
기린마는 가서 돌아오지 않고	麟馬去不返한데 인 마 거 불 반
천손이 어느 곳에 노니는고	天孫何處遊오 천 손 하 처 유
길게 휘파람 불고 바람 부는 언덕에 서니	長嘯倚風磴하니 장 소 의 풍 등
산은 푸르고 강은 저대로 흐르더라.	山青江自流라 산 청 강 자 류

- 동문선 제10권 / 오언율시(五言律詩)
ⓒ 한국고전번역원 | 양주동 (역) | 1968

부벽루 (浮碧樓)

昨過永明寺	어제 영명사를 들렀다가
暫登浮碧樓	잠시 부벽루에 올랐었네
城空月一片	텅 빈 성엔 한 조각 달이요
石老雲千秋	예스러운 돌엔 천추의 구름이로다
麟馬去不返	기린 말이 가서 돌아오지 않으니
天孫何處遊	천손이 어느 곳에서 노니는고
長嘯倚風磴	길게 읊으며 바람 부는 언덕에 서니
山靑江水流	산은 푸르고 강은 절로 흐르누나.

– 목은시고 제2권 / 시(詩)

ⓒ 한국고전번역원 | 임정기 (역) | 2000

* 기린 말(麟馬)이 …노니는고 천손(天孫)은 천제(天帝)의 아들 해모수(解慕漱)와 하백(河伯)의 딸 유화(柳花) 사이에서 태어났다는 고구려(高句麗)의 시조(始祖)인 동명왕(東明王)을 가리킨다. 동명왕이 일찍이 기린 말을 기르다가 뒤에 기린 말을 타고 하늘에 조회(朝會) 갔다는 고사에서 온 말이다.

부벽루 (浮碧樓)에서

昨過永明寺	어제 영명사에 들렀다가
暫登浮碧樓	잠깐 부벽루에 올랐더라
城空月一片	온 성안은 비었는데
	달만 한 조각 걸려 있고
石老雲千秋	바위도 늙었는데
	구름은 늘 한가롭기만 하구나
麟馬去不還	기린 말 한 번 떠난 뒤 돌아오지 않으니
天孫何處遊	하느님의 후손 어느 곳에 가셔서
	노시는가?
長嘯倚風磴	길게 탄식하며 시원한 돌길에 서보니
山靑江自流	산은 푸르고 강은 저절로 흐르네.

– 졸역

* 부벽루(浮碧樓) 출전 ≪목은시고(牧隱詩藁)≫ 권2. 오언율시.
각운 樓, 秋, 遊, 流 하평성 우(尤) 운. 평양의 부벽루에 올라
가서 고구려의 시조인 동명성왕의 발자취를 회고하면서 썼음.
조선 후기의 시인이며 평론가인 신위(申緯)는 이 시와 앞에 나
온 정지상의 〈님을 떠나보내며送人〉를 비교하여 "대장부 앞의
요조숙녀(大丈夫前 窈窕娘)"라고 하여 이 시가 가지는 훤칠한
남성적인 모습을 설명하고 있다.

부벽루는 평양에 있는 고려 초기의 정자. 원래 영명사의 부속 건물로서 영명루라고 하다가 뒤에 부벽루로 이름을 바꿈. 대동강에 있으면서 마치 물위에 떠 있는 듯이 아름답게 보여 옛날부터 많은 문인들이 시문으로 그 경관을 노래하였음. -《대백》10-184 참조.

* 이색(李穡, 1328~1396) 고려 말의 문신, 학자. 이제현의 문인으로 일찍이 원나라에 가서 유학하고 벼슬도 하였음. 귀국해서는 여러 가지 벼슬을 역임하며 신유학의 보급에 힘쓰고, 친명(親明) 정책을 지지하였으나, 이성계 일파와는 대립하여, 조선건국 후에 벼슬을 사양하였음. 저서 《목은문고》, 《목은시고》등. -참고 《대백》 17-903.

* 영명사(永明寺) 평안남도 평양시 금수산에 있는 절. 부벽루의 서편 기린굴 위쪽에 위치하고 있으며, 동명성왕의 구제궁(九梯宮) 유적지에 광개토대왕이 창건하였고, 고려시대에는 여러 임금들이 대동강에서 선유하다가 이 절에 와서 휴식을 취하며 헌향을 하기도 하였다 함. -《대백》 15-551 참조.

* 일편(一片) 당나라 이백(李白)의 〈한밤중에 오 지방 노랫가락으로子夜吳歌〉: "장안에 한 조각 달이 밝은데, 1만 호에서 들리나니 다듬이소리長安一片月, 萬戶擣衣聲"

* 석로(石老) 돌이 늙다. 돌에 이끼가 끼는 것. 송나라 구양수의 〈취한 늙은이의 노래醉翁吟〉: "구름이 거칠어가고, 돌이 늙을 정도로 세월이 침식당하였으나, 그대는 세 자나 되는 빛나는 황금을 지니고 있구나雲荒石老歲月侵, 自有三尺徽黃金". 여기서 돌은 동명왕이 기린굴에서 기린 말을 타고 하늘로 올라갈 때 딛고 올라갔다는 전설이 있는 조천석朝天石을 말한다고 함.

* 천손(天孫) 고구려의 시조인 동명성왕 고주몽을 말함. 《삼국

사기≫나 ≪삼국유사≫에 의하면, 고주몽은 천제의 아들인 해모수의 아들이기 때문이다. 바로 위에 나오는 "기린 말"은 천리마와 같이 잘 달리는 말로서, 고주몽이 타고 다니던 "날랜 말"이란 뜻이다.

* 풍등(風磴) 바람을 맞고 있는 산 언덕길. 당나라 두보(杜甫)의 〈하장군의 산림에 들어가서 놀다遊何將軍山林〉: "바람 심한 산언덕 길에 눈같이 차가움 불어오니, 구름이 막아선 산 어귀에 폭포수 같은 샘물 고함 치네風磴吹陰雪, 雲門吼瀑泉"

* 산청(山靑) 당나라 두보의 〈절구絶句〉: "강물은 짙푸르니 날아가는 새가 더욱 희고, 산은 푸른데 꽃은 탈 것같이 붉구나江碧鳥愈白, 山靑花欲燃"

* 강자류(江自流) 〈남경의 봉황대에 올라서登金陵鳳凰臺〉: "봉황대 위에 봉황이 놀더니, 봉황이 날아가 버리고 나니 강만 혼자서 저절로 흐르는구나鳳凰臺上鳳凰流, 鳳去臺空江自流"

【참 고】 무릇 중국 천자의 사신이 올 때에 평안도의 객관과 역루(驛樓)에 걸려 있는 우리나라 사람들의 모든 시를 새긴 현판을 모조리 떼어버리고, 다만 대동강 나루터에 있는 정자에 정지상의 "긴 제방에 비 개이자 풀빛만 더해 가는데…"라는 시를 남겨두니, 호음(湖陰) 정사룡(鄭士龍, 1491~1570)이 이르기를 목은 공의 〈부벽루〉 시의 "어제 영명사를 지나다가 잠간 들러…"는 누구도 따라올 수 없는 명작으로 사람의 마음을 움직이고 있으므로, 예전에 왔던 사신 예겸(倪謙)이 발을 구르며 찬탄했으니, 이 시가 어찌 정지상의 시만 못하냐고 하여 그대로 두고 철거하지 않았다. ─권응인(權應仁)의 ≪송계만록(松溪漫錄)≫

길게 감탄하시는 목은 노인은　　　　　長嘯牧翁倚風磴
바람 부는 난간에 기대어 서 계시고
정지상이라는 이는 푸른 물결에　　　　綠波添淚鄭知常
눈물을 흘려 보탰네
영웅호걸 같은 기상과 아름답게 빼어난　豪雄艶逸難相下
모습은 서로 막상막하하여
우뚝한 대장부 앞에 어여쁜 아가씨　　　偉丈夫前窈窕娘
서 있는 것에 각각 비유되네.
　　　　　　　　　　－〈동쪽 사람들의 시를 논한 절구시〉

【해 설】〈부벽루〉 시에서 3, 4구는 번역을 어떻게 해야 할지
조금 생각해 볼만하다.

성은 비었는데 달은 한 조각이요　　　城空月一片
돌은 늙었는데 구름은 천추로다.　　　石老雲千秋
　　　　　　　　　　　　　　　－양주동 역

텅 빈 성엔 한 조각 달이요　　　　　城空月一片
예스러운 돌엔 천추의 구름이로다.　　石老雲千秋
　　　　　　　　　　　　　　　－임정기 역

대충 보면 위의 두 가지 번역에 담긴 뜻은 이렇게 옮기든 저렇
게 옮기든 사실 별 차이가 없어 보인다. 그러나 문법적으로 따
지자면 자못 할 말이 생긴다. 첫째 번역은,

城 명사(주어)　　空　형용사가 동사로 활용됨(술어)
月 명사(주어)　　一片　명사가 동사로 활용됨(술어)
石 명사(주어)　　老　형용사가 동사로 활용됨(술어)
雲 명사(주어)　　千秋　명사가 동사로 활용됨(술어)

뒤의 번역은,

城空   뒤에 나오는 형용사가 앞의 명사를 수식한 것으로 봄
       (장소를 나타내는 부사어)

月   명사가 동사로 활용됨(술어) 一片 명사가 부사어로 활
       용됨

石老   뒤에 나오는 형용사가 앞의 명사를 수식한 것으로 봄
       (장소를 나타내는 부사어)

雲   명사가 동사로 활용됨(술어) 千秋 명사가 부사어로 활
       용됨

으로 분석해 볼 수 있다. 이렇게 보면 뒤의 번역은 너무 문장
구조를 자의적으로 비틀어 해석해보려고 한 것 같아서, 아무래
도 앞의 번역이 훨씬 더 이해하기에 명료하고, 자연스러우며,
힘이 넘친다고 하겠다.

이 시는 목은선생의 나이 23세 때 작품이라고 한다. 원나라의
국자감에 유학하다가 잠시 귀국길에 들러서 쓴 시라고 한다.
첫째 연은 이 시를 적게 된 동기를 말하였고, 둘째 연은 눈앞
에 보이는 유적을 대하고서 느낀 감회를 공간적·시간적으로
대를 맞추어 가면서 적어낸 것이요, 셋째 연은 사라진 꿈을 아
까워하면서 현실에 대한 아쉬움을 은연중에 토로하고 있고, 마
지막 연은 그래도 일말의 희망을 버릴 수 없음을 밝히고 있다
고 본다.
첫 구절에 나오는 "지낼 과" 자는 여기서는 "들러서"라고 풀어야
맞다. 왜냐하면 이 시는 일종의 기행시, 또는 등람登覽시라고
말할 수 있는데, 일정을 정해놓고서 다니는 도중에 한 번씩

"들러보고", 나와서 또 다음 여정을 계속해 나가기 때문이다.
둘째 연에 관해서는 앞에서 두 가지 번역 문투를 놓고서 문법적으로 분석해 본 바가 있지만,

〔고구려의 옛날〕성은 비었는데, 달만 한 조각〔이 비칠 뿐이고〕
〔조천석〕돌은 오래 묵었는데, 구름만 천백 년〔동안 떠돌 뿐이다〕

와 같이 푸는 것이 가장 무난할 것이다.
셋째 연은 앞 구절은 부정문, 뒤 구절은 의문문으로 되어 있지만 역시 대를 맞추어 쓴 것이다.

〔어진 임금이라야만 탈 수 있는〕기린마는 한번 떠나간 뒤에는 돌아오지 않고 있으니
〔동명성왕 같은〕하늘이 내린 왕손들은 지금 어느 곳에 가서 놀고 있는가?

마지막 연은 중간 두 연에서 늘어놓은 회고와 한탄에서 벗어나서, 눈앞에 보이는 정경에서 다시 희망을 찾아보려고 한다.

돌계단 산길에 의지하고 서서 길게 한숨을 쉬면서 내려다보니 그래도 산은 옛날과 같이 변함없이 푸르고

이 대동강 물은 비록 나라는 바뀌었지만 예나 지금이나 변함없이 유유하게 흘러가고 있구나!〔아마 앞으로도 이 변함없는 산천처럼 우리나라 역사도 다시 유구하게 이어 나가겠지〕
어떤 해설자는 이 마지막 구절에서 당시 상승하는 신흥 사대부들의 기상을 엿볼 수가 있다고 하였는데〔《한국한시감상》, 보고사, 2017, 134쪽〕매우 적절한 것으로 보인다.

12. 전방에 나간 남편을 잊지 못하여 (征婦怨) 2수
- 정몽주

한번 이별한 뒤로 여러 해 소식이 드무니	一別年多消息稀하니 일 별 년 다 소 식 희
변방에서의 생사 여부를 누굴 통해 알겠소	塞垣存歿有誰知오 새 원 존 몰 유 수 지
오늘 아침에야 비로소 겨울옷을 부치오니	今朝始寄寒衣去하니 금 조 시 기 한 의 거
울며 보내고 돌아올 때 뱃속에 있던 아이라오	泣送歸時在腹兒라 읍 송 귀 시 재 복 아
회문을 짜고 보니 비단 글자가 새로운데	織罷回文錦字新한데 직 파 회 문 금 자 신
봉함하여 부치려 하나 인편 없어 한스럽소	題封寄遠恨無因이라 제 봉 기 원 한 무 인
사람들 중에 혹시 요동 나그네 있을까 하여	衆中恐有遼東客하야 중 중 공 유 요 동 객
매양 나루터 머리에서 행인들에게 묻는다오.	每向津頭問路人이라 매 향 진 두 문 로 인

- 포은집 제1권 / 시(詩)
ⓒ 한국고전번역원 | 박대현 (역) | 2018

전방에 나간 남편을 잊지 못하여

一別年多消息稀	한번 이별한 뒤 여러 해 되어도 소식이 드무네요
寒垣存沒有誰知	차가운 보루 안에서 죽었는지 살았는지 그 누가 알겠나요?
今朝始寄寒衣去	오늘 아침에 처음으로 따뜻한 옷 부치러 가는 녀석
泣送歸時在腹兒	울면서 작별하고 돌아올 때 뱃속에 있던 아이랍니다
織罷回文錦字新	회문을 짜내고 나니 비단 글자도 새로운데
題封寄遠恨無因	봉투에 넣고 멀리 부치려 하나 어찌할 방법이 없답니다
衆中恐有遼東客	여러 사람 중에 아마도 요동에서 온 나그네가 있을 듯하여
每向津頭問路人	늘 나룻가에 나가서 길 가는 사람에게 물어본답니다.

- 졸역

* 정부원(征婦怨) 출전 《포은집》 권1. 제1수의 각운 稀(微), 知, 兒 상평성 미(微)와 지(支)의 합운. 중국에 사신으로 나갔

을 때 요동 지방을 지나면서, 그곳이 옛날부터 중국의 동북쪽 변두리로서 징발되어 나온 병사들이 오랫동안 수자리 살면서 고향 땅으로 돌아가지 못하는 비운이 많음을 동정하여, 수자리 간 병사의 아내의 입장에 서서 그 심정을 읊고 있음. 앞의 시는 집을 떠날 때 뱃속에 있던 아이가 다 성장하여 아버지를 찾으러 가는 길에 옷을 지어 부친다는 내용이고, 뒤의 시는 새로 짠 회문시를 요동 땅에서 온 나그네를 찾아서 부치기 위하여 늘 나루터에 나가서 헤맨다는 내용이다. 정부(征婦)는 변방에 수자리 살러 간 사람의 아내이다.

* 정부원(征婦怨)이라는 제목의 시 당나라 맹교(孟郊)의 시 〈정부원征婦怨〉: "비단 휘장 아래에서 곱게 자라서, 어양으로 가는 길을 알지 못한다오. 수자리에서 돌아오는 우리 낭군이, 밤이면 밤마다 꿈속에서 보이누나生在綠羅下, 不識漁陽道. 良人自戍來, 夜夜夢中到"

당나라 장적(張籍)의 〈전방에 나간 남편을 잊지 못하여征婦怨〉: "남편은 전장에 나가서 죽고 자식만 뱃속에 들었으니, 이내 몸 비록 살았다고 하더라도 낮에 켠 촛불같이 쓸모가 없네 父死戰場子在腹, 妾身雖存如晝燭"〔≪全唐詩 卷367≫〕 ─이상 2수 번역 모두 고전db에서 인용.

* 정몽주(鄭夢周, 1337~1392) 고려 말기의 문인, 학자. 호는 포은(圃隱). 고려 말기의 다사다난하던 때 재상으로 있으면서 국정을 바로잡기 위하여 노력하고, 이성계 일파를 제거하려다가 실패하여 죽임을 당하였음. ─≪대백≫ 19-759 참조.

* 일별(一別) 한나라 진가(秦嘉)의 〈이별한 아내에게 보내는 시 贈婦詩〉: "한번 이별하고 나니 만 가지 한스러움이 가슴을 여미어, 앉으나 서나 편안하지가 않구나 一別懷萬恨, 起坐爲不寧"

＊소식희(消息稀) 당나라 두보의 〈아우를 생각하며憶弟〉: "고향
동산에 꽃은 저절로 피고, 봄날 새들은 돌아오네. 전쟁판이라
인적이 끊어진 지 오래오래 되었고, 동쪽 서쪽으로 헤어져 소
식조차 드물구나故園花自發, 春日鳥飛還. 斷絶人煙久, 東西消
息稀"

＊한원(寒垣) 글자 그대로는 차가운 담이라는 뜻. 한나라 채옹
(蔡邕)의 〈상소문〉: "진나라에서는 장성을 쌓고, 한나라에서는
한원을 일으켜서, 안과 밖을 구별하고, 풍속이 매우 다르게 하
였습니다秦築長城, 漢起寒垣, 所以別內外, 異殊俗"

＊한의(寒衣) 추위를 타는 얇은 옷이라는 뜻도 있고, 그 반대로
추위를 막는 방한복이라는 뜻도 있는데 여기서는 뒤의 뜻임.
당나라 두보(杜甫)의 〈추흥秋興〉: "곳곳마다 핫옷 짓느라 도척
을 재촉하는데, 백제성 높은 곳엔 다듬이질 소리도 급하구나寒
衣處處催刀尺, 白帝城高急暮砧"

＊회문(回文) 한시체(漢詩體)의 하나인 회문시(回文詩)의 준말로,
남편을 그리워하는 아내의 편지 혹은 시편을 뜻한다. 전진(前
秦) 때 두도(竇滔)가 진주자사(秦州刺史)가 되었다가 멀리 유
사(流沙)로 쫓겨나자, 아내 소혜(蘇蕙)가 그를 그리워하여 〈회
문선도시(廻文旋圖詩)〉840자를 비단에 수놓아 보냈다는 고
사에서 유래한다. -≪晉書 卷96 列女傳 竇滔妻蘇氏≫. 직금시
(織錦詩)라고도 하는 이 시체는 시구(詩句)를 바둑판의 눈금
처럼 배열하여 끝에서부터 읽거나 또는 중앙에서 선회(旋回)
하여 읽어도 문장이 되고 평측과 압운도 서로 맞는다.
예컨대, 소식(蘇軾)의 제직금화시(題織錦畫詩)에 "봄이 늦으니
꽃은 지고 벽초만 남았는데, 차가운 밤 달은 오동나무에 반쯤
걸려 있네. 멀리 날아가는 기러기 따라가니 변성에 해 저물었

는데, 성긴 발에 비 뿌리니 수각이 비었어라春晚落花餘碧草, 夜涼低月半枯桐. 人隨遠雁邊城暮, 雨映疏簾繡閣空"고 하였는데, 이 시를 거꾸로 읽으면 "빈 누각 수놓은 발에 비오는 풍경 비치는데, 늦은 성 곁에 나는 기러기는 멀리 사람을 따라가네. 오동나무 말랐는데 반달이 나지막하게 비치는 서늘한 밤에, 풀은 짙푸른데 남은 꽃이 늦봄에 떨어지고 있다네空閣繡簾疏映雨, 暮城邊雁遠隨人. 桐枯半月低涼夜, 草碧餘花落晚春"와 같이 역시 뜻이 통하는 한 수의 시가 되며, 또 원시는 "같을 동(東)"자와 같은 각운 체계에 속한 글자〔桐, 空〕로 각운을 맞추었는데, 이렇게 글자를 완전히 거꾸로 놓고 보아도 "참 진(眞)"자와 같은 각운체계에 속한 글자〔人, 春〕로 각운이 맞게 된다.

* 제봉(題封) 편지 봉투를 봉하고 보내는 사람의 이름을 서명함. 당나라 한유(韓愈)의 〈무릉도원을 그린 그림桃源圖〉: "무릉의 태수는 일 좋아하는 사람이라서, 편지 봉하고 이름 적어 멀리 임금 계신 궁궐에 올려 보냈지요武陵太守好事者, 題封遠寄南宮下."

* 진두(津頭) 여행객들이 배를 타고 물을 건너는 곳〔渡口〕. 당나라 왕창령(王昌齡)의 〈설대가 안륙으로 감에 송별하여送薛大赴安陸〉: "나룻가는 구름이 끼어 상산이 잘 보이지 않는데, 좌천되어 온 나그네는 걱정에 싸여 초 땅의 모습 되었다네津頭雲雨暗湘山, 遷客離憂楚地顔."

【참 고】 포은 정몽주의 〈전방에 나간 남편을 잊지 못하여〉는 마지막 구는 아름답지만 첫 구는 매우 졸렬하니 결코 당나라의 시에는 미치지 못한다. ―이수광(李睟光)의 ≪지봉이 분류한 이야기(芝峯類說)≫

【해 설】 위의 각주에서도 밝혔지만, 전선으로 원정 나간 남편을 그리워하는 뜻을 적은 "정부원征婦怨"이라는 제목을 가진 시는 이미 중국에서도 몇몇 남자 문인들이 더러 지었다. 첫째 시는, 대개 이러한 유형의 시에서 읊어지는 내용이 비슷할 수 있기 때문에 뜻을 짐작하기에는 그리 힘들지 않을 것 같다. 그러나 그 둘째 연(3구, 4구)의 구조를 설명하기는 그렇게 쉽지가 않을 것 같다.

오늘 아침에 〔제가〕 비로소 방한복을 부칩니다 今朝始寄寒衣

이렇게만 해도 이미 말이 되는데, "한의"란 단어 뒤에 또 "갈 거" 자 하나가 더 붙었으니, 이렇게 되면 또 어떻게 보아야 할 것인가? 이 한의는 "기" 자라는 동사 뒤에서는 목적어가 되고, 그 다음에 오는 "갈 거"라는 동사 앞에서는 오히려 주어가 된다〔遞繫式〕. 이렇게 되는 경우에는 앞에 나오는 동사는 전치사〔부동사라고도 함〕와 같은 역할로 기능이 다소 바뀔 수 있다. 그래서 이 2구가,

오늘 아침에 비로소 방한복이 …의하여(덕분에) 갑니다.

울면서 돌아올 때 뱃속에 들었던 아이에 의하여(덕분에) — 泣送歸時在腹兒 —와 같이 연결되는 구절〔連綿句〕이 되고 만다.

한번 이별한 뒤에 얼마나 많은 시절이 흘러갔는지?
일일이 여삼추로 기다리고 또 기다려 보았으나 소식이 감감하기만 하네요.
만리장성 같은 북쪽 장벽 밑에서 살아 계신지 돌아가셨는지?
누가 알고 있는지요?

오늘 아침에야 비로소 따뜻한 옷 한 벌 지은 것을
울면서 헤어져 돌아올 때
뱃속에 있던 아이 편에 보내어 드리네요.

회문을 다 짜고 나니
비단 글자 새로운데
제목을 적고 나서 멀리 부치려 하나
어떻게 부칠 도리가 없으니 한스럽기만 하네요.

많은 분들 중에는 아마도 요동 땅에서
돌아오시는 분 계실 것 같아서
늘 나루터로 나가서
길 가는 분들 붙잡고 물어보네요.

혹시나 이러이러한 사람
아시는 분 계시는지를 ….

13. 9월 9일에 정주에서 한상이 지으라기에

(定州重九韓相命賦) － 정몽주

정주에서 중양에
높은 데 오르니

국화꽃 예와 같이
환하게 눈에 비치네

갯벌은 남쪽으로
선덕진에 이었고

봉우리는 북으로
여진의 성을 기대었네

백 년간 전쟁에
흥하고 망한 일

만 리 밖에 나그네
강개로운 회포

술 끝나자 원융대장 부액 받고
말에 오르니

얕은 산 비낀 석양이
붉은 기를 비추네.

定州重九登高處하니
정 주 중 구 등 고 처

依舊黃花照眼明이라
의 구 황 화 조 안 명

浦漵南連宣德鎭하고
포 서 남 련 선 덕 진

峯巒北倚女眞城이라
봉 만 북 의 녀 진 성

百年戰國興亡事요
백 년 전 국 흥 망 사

萬里征夫慷慨情이라
만 리 정 부 강 개 정

酒罷元戎扶上馬하니
주 파 원 융 부 상 마

淺山斜日照紅旌이라
천 산 사 일 조 홍 정

－ 동문선 제16권 / 칠언율시(七言律詩)
ⓒ 한국고전번역원 | 양주동 (역) | 1968

정주에서 중구일에 한상공이 짓기를 명하다
(定州重九韓相命賦)

정주에서 중구일에 높은 곳 올라 보니	定州重九登高處
국화꽃 예전처럼 눈에 비쳐 환하도다	依舊黃花照眼明
개펄은 남쪽으로 선덕진에 이어져 있고	浦溆南連宣德鎭
산봉우리는 북으로 여진성에 기대 있네	峯巒北倚女眞城
백 년간 전쟁한 나라의 흥하고 망한 일	百年戰國興亡事
만 리 밖 출정한 사람의 강개한 정일세	萬里征夫慷慨情
술자리 끝나고 원수가 말 위에 오를 때	酒罷元戎扶上馬
얕은 산의 석양빛이 붉은 깃발 비추네.	淺山斜日照紅旌

- 포은집 제2권 / 시(詩)
ⓒ 한국고전번역원 | 박대현 (역) | 2018

정주에서 9월 9일에, 한승상님의 뜻을 받들어
(定州重九, 韓相命賦)

定州重九登高處　　정주 땅에서 중구날 맞아
　　　　　　　　　높은 곳에 오르니

依舊黃花照眼明　　옛날 그대로 누런 국화
　　　　　　　　　눈에 밝게 비치네

浦潊南連宣德鎭　　갯벌은 남쪽으로 선덕진에 연결되었고

峰巒北倚女眞城　　봉우리들은 북쪽으로 여진성에
　　　　　　　　　기대어 있네

百年戰國興亡事　　백 년 동안이나 전쟁으로
　　　　　　　　　이 지방이 위태로운 일은

萬里征夫慷慨情　　만리 밖으로 달려온 나의 마음을
　　　　　　　　　비분강개하게 만드네

酒罷元戎扶上馬　　술자리 끝나자 장군께서 부축 받아
　　　　　　　　　말 위에 오르시니

淺山斜日照紅旌　　얕은 산 위로 비스듬히 지는 해가
　　　　　　　　　붉은 깃발을 비추고 있구나.

　　　　　　　　　　　　　　　　　- 졸역

* 정주중구(定州重九) 출전 《포은집》 권2. 각운 明, 城, 情, 旌

하평성 경(庚) 운. 여기서 정주는 함경남도 정평(定平)의 옛날 이름. 중구는 음력 9월 9일로 중양절이라고도 함. 이날 빨간 주머니에 수유를 담아 어깨에 메고 높은 산에 올라가 국화주를 마시면 재액을 멀리할 수 있다는 풍속이 있음. ─《제나라 도사들의 우스운 이야기 속편(續齊諧記)》

* 한상명부(韓相命賦) 한승상님이 시 지을 것을 명하시다. 한승상은 공민왕 때 홍건적을 개성에서 쫓아내었던 장군 한방신(韓邦信, 생졸 연대 미상). 이때 동북면도지휘사라는 벼슬을 지니고서 원나라의 침입에도 대항하고, 여진을 정벌하기도 하였는데, 정몽주는 그의 종사관(從事官, 부관)으로 종군하였다.

* 등고처(登高處) 당나라 왕유(王維)의 〈9월 9일에 산동의 형제들을 생각하며九月九日憶山東兄弟〉 시: "나 홀로 타향에서 나그네 몸이 되어, 해마다 명절이 돌아오면 친척들 생각나는구나. 멀리서 생각해보니 아마도 산에 올라 유람하는 우리 형제들, 산수유 꺾고 노는데 '아우 하나 빠졌구나' 말씀하시리獨在異鄉爲異客, 每逢佳節倍思親. 遙知兄弟登高處, 遍揷茱萸少一人"

* 의구(依舊) 당나라 두보의 〈봄날 재주에서 누각에 올라서서春日梓州登樓〉: "쌍쌍의 새로 날아온 제비들, 옛날같이 벌써 진흙을 물고 오는구나雙雙新燕子, 依舊已銜泥"

* 황화(黃花) 누런 국화, 즉 서리에도 시들지 않는 절개를 상징하기도 한다. 삼국시대 위(魏)나라 장군 종회(鍾會, 225~264)의 〈국화부〉에서 국화의 다섯 가지 아름다움을 다음과 같이 노래하였다. "노란 꽃송이가 높다랗게 달린 것은 하늘의 북극성을 본뜬 것이고, 잡색이 섞이지 않은 순수한 황색은 땅의 빛깔이고, 일찍 심어 늦게 피는 것은 군자의 덕이고, 서리를 무릅쓰고 꽃이 피는 것은 굳세고 곧은 기상이며, 잔 속에 가볍게 떠

있는 그 꽃잎은 신선이 먹는 것이다黃花高懸, 準天極也. 純黃
不雜, 后土色也. 早植晚登, 君子德也. 冒霜吐穎, 象勁直也. 流
中輕體, 神仙食也"〔≪漢魏六朝百三家集 36卷 魏鍾會集≫〕 −고
전db.

* 조안명(照眼明) 꽃빛이 눈부시게 밝다는 뜻. 당나라 한유의
〈석류꽃榴花〉: "5월이라 석류꽃 피어 눈에 환히 빛나는데, 가
지 사이에 맺은 열매가 드문드문 보이네. 가련해라 이곳을 찾
아와 구경하는 이 없어, 진홍빛 꽃잎이 푸른 이끼 위에 나뒹구
누나五月榴花照眼明, 林間時見子初成. 可憐此地無車馬, 顚倒蒼
苔落絳英". 북송 장뢰(張耒)의 〈9월 10일에 국화가 난만하게 피
어九月十日菊花爛開〉: "쓸쓸한 가을밭에서는 바람이 나뭇잎을 불
어 날리는데, 도리어 국화꽃은 눈에 밝게 들어오네蕭條秋圃風
飛葉, 却有黃花照眼明"

* 포서(浦漵) 개펄, 포구, 물가. ≪초사≫〈구강九江 · 섭강涉江〉:
"개펄에 들어서서 나 홀로 머뭇거림이여! 헷갈리어 내가 가야
할 곳을 잘 모르겠구나入浦漵予遭回, 迷不知吾之之所如". 두보
의 〈왕재가 그린 산수화를 노래함王宰畵山水歌〉: "뱃사람과 어
부들 포구浦口에 들어가고, 산의 나무 모두 큰 파도의 바람결
에 굽어 있네舟人漁子入浦漵, 山木盡亞洪濤風" −동양고전 db
에서 인용.

* 선덕진(宣德鎭) ≪역주 시화총림≫(홍찬유)에 다음과 같은 주
석이 있다: "함남 영흥군 서쪽 120리에 요덕진(耀德鎭)이 있는
데 본래 현덕진(顯德鎭)으로서 고려 현종 때 성을 쌓았다. 뒤
에 요덕진으로 고쳤으니, 현(顯) 자와 선(宣) 자는 음과 뜻이
서로 비슷하고 시법(詩法)의 평칙에 의하여 변통해 쓴 것이 아
닌가 한다. 자세한 것은 알 수 없다." −하권 p.785.

* 봉만(峰巒) 당나라 원결(元結)의 〈구의산 제2봉九疑第二峯〉: "어떤 사람이 이곳에 살았던가? 노 지방의 여도사라고 하네. 전해오기를 선녀가 되어 갈 적에 구름 속에 학이 온 봉우리를 채웠더라고 이야기하네何人居此處云是, 魯女冠相. 傳羽化時雲鶴滿"
* 여진성(女眞城) 함경도는 본래 여진족의 본거지로서 고려의 윤관(尹瓘)이 여진을 몰아내고 성을 쌓은 곳이 많이 있다.
* 부상마(扶上馬) 남이 부축하여 말에 오르다. 이백이 동루에서 만취했다가 깨고 난 뒤에 "어제 동루에서 술 취했을 땐, 모자도 엉망으로 거꾸로 썼으렷다. 누구인고 날 부축해 말 위에 태운 이는. 다락에서 내려온 일 전혀 기억이 나지 않네.〔昨日東樓醉, 還應倒接䍦. 何誰扶上馬, 不省下樓時〕"라는 시를 지었다. 〔≪李太白集 卷22 魯中都東樓醉起作≫〕 −고전 db에서 인용.
* 조홍정(照紅旌) 붉은 장군 기에 햇볕이 비친다. 햇볕은 임금을 상징하고, 붉은 색깔은 충성심을 상징함. 여기서 정은 국왕이 장군에게 신임의 표시로 내려 준 깃발임. 당나라 백거이의 〈삼협으로 들어와서 파동 지역에 배를 대고서入峽次巴東〉: "두 쪽의 붉은 하사 기에다 몇 차례 북을 울리고서, 사또의 큰 배가 파동으로 올라왔다네兩片紅旌數聲鼓, 使君艛艓上巴東"

【참 고】 포은 정몽주는 성리학과 충성스러운 절개에 있어서만 한 시대에 우뚝할 뿐만 아니라, 그 문장도 호방하고도 걸출하다. 함경도에 가서 있을 때의 시 "정주에서 중양절에 높은 곳에 올라가니…"는 말의 흐름〔音節〕이 시원시원하게 척척 들어맞아서 성당(盛唐)의 풍도가 있다. −허균의 ≪성수시화≫

【해 설】 흔히 중구날 높은 곳에 오른다는 말이 나오면, 고향을 떠나와서 외롭다는 투로 시가 흘러가야 할 것 같은데, 그 다음

구에서 누런 국화꽃을 보게 되니 이전이나 똑같이 시야에 환하게 들어온다는 말로써 분위기를 반전시키고 있다. 이 시는 이렇게 매우 처량한 분위기와 기세가 넘치는 분위기를 교차시키면서, 이 적막한 변방에 와서 가을을 맞으면서도, 이렇게 훌륭한 장군의 기상을 우러러 받들면서 새롭게 충성심을 다지게 된다는 것을 적은 것이다.

제3구의 "포서浦漵"의 서 자는 자주 보지 못하는 글자인데도 우리나라의 한시 시구에는 자못 많이 사용되는 것 같다. 아마 우리나리에서 고려 말기부터 많이 보급된 ≪고문진보≫라는 시문선집에 위의 주석에서 밝힌 두보의 시에 이 "포서"라는 말이 나오기 때문인지 모르겠다. 제4구에 나오는 "봉만峯巒"이라는 말은 포서와 대를 맞추기 위하여 사용되었는데, 주석에서 인용한 이 말이 들어간 당나라 시의 시구를 이 구절과 대조해보면 자못 재미가 있다. "여자 진인〔여도사〕"이 승천한 "봉만"이 당나라 시에 나오는데, 이 시에서 봉만 북쪽에 "여진성〔여자 진인의 성〕"이 있다는 말이 나오니… 그리고 보면 이 여진과 대로 쓴 말이 바로 "선덕"인데, 이 말도 아마 신라의 "선덕여왕〔덕을 펼친 여자 임금〕"이라는 뜻으로, 앞뒤 구절에 짝을 맞추어 놓기 위하여 본래의 지명인 요덕, 또는 현덕을 선덕으로 바꾸어 쓴 게 아닌가 추측해본다.

그 다음 5, 6구는 역시 대구인데, 두 구절에 모두 술어가 되는 말이 없는, 문법상으로 보자면 불완전 구만 병렬해 두었는데 앞의 구 전체가 뒤 구의 주어가 되고, 뒤 구의 술어가 된다고도 할 수 있다.

백 년 동안 계속된 전쟁판 나라의　　百年戰國興亡事
흥망성쇠의 사건〔이〕

만리 길에 원정 나온 남자의　　　　**萬里征夫慷慨<u>情</u>**
비분강개한 감정을 불러일으키네.

위에서 밑줄 그은 단어 앞에 있는 말들은 모두 밑줄 그은 말을
수식하는 말이고, 〔 〕 안에 표시한 말은 우리말로 옮기자니, 이
러한 주격 조사를 추가하고, 명사를 동사로 활용해 풀어내야
한다. 그런데 한문 문장은 이렇게 주어도 명사, 술어도 명사로
구성되는 문장이 있을 수 있을 뿐만 아니라, 오히려 이러한 문
장이 동사나 형용사를 술어로 사용하는 문장보다도 훨씬 강한
느낌을 자아낸다고 한다.〔졸역 ≪중국시학≫(명문당, 2019 개정
판) 시어의 문법적 측면 참조〕
제7구에 나오는 "부상마扶上馬"라는 말은 원수께서 스스로 말
을 타신다는 말인가? 또는 곁에 있는 부하들이 부축해서 말에
태워 드린다는 말인가? 위에서 소개한 양주동 선생님의 번역
은 "부액 받고 말에 오르니"라고 분명히 밝혀두셨는데, 박대현
(전 고전번역원 교수)의 번역은 그냥 "말 위에 오를 때"라고만 해
두었다. 그런데, 한국고전 db에 수록된 어떤 시화 번역을 보니
이 말을 "말 붙들어 올라타고"라고 풀어 원수께서 직접 말에 오
른 것같이 옮겨둔 것도 보인다. 필자가 중국 고전에서는 이 말
이 어떻게 사용되고 있는지 용례를 좀 조사해보았더니 누가 곁
에서 부축하여 말을 탈 때는 "좌우부상마"라고 하고, 스스로 말
을 탈 때는 "친부상마"라고 하여 각각 "좌우左右"와 "친親" 자를
더 붙여 그 뜻을 분명히 구분해 쓰기도 하는 것 같다.
그런데 여기서는 그런 글자들이 앞에 없으니 어떻게 보아야 할
것인가? 장군이 술에 취하여 부하들의 부축을 받으면서 말에
오르는 모습이 더 거룩하게 보이는가? 술에 취하여도 끄떡없
이 스스로 말에 뛰어오르는 모습이 더 위대하게 보이는가? 이

런 경우에는 문맥으로나 정황으로나 어떻게 판단하기가 힘든 것 같다. 다만 위의 주석에서 인용한 이태백의 시구를 보면 술을 먹고 인사불성이 되어 누군가 말에 태워 준 것으로 되어 있다. 그것과 비슷한 다음과 같은 시구가 ≪전당시全唐詩≫(27권, 雜曲歌辭)에 작자 미상의 민요로 보이기도 한다.

어떤 사람이 나를 부축하여 말에 올려주었는가?　誰人扶上馬
누각에서 내려 올 때 기억은 없구나!　　　　　　不省下樓時
　　　　　　　　　　　　　　－〈술에 취한 귀공자님醉公子〉

이렇게 보면 시나 노래에서는 술에 취하면, 부축을 받고 말에 오르는 것을 읊은 시구가 더 많지 않았나 싶어진다.

마지막 구는 정말 멋진 것 같다. 얕은 산, 기울어져 가는 해는 다 기상이 푹 가라앉은 것 같은데, 붉은 장군의 깃발이 나타남으로써 분위기가 완전히 반전된다. 또 이 구절 뒷부분은 앞의 제2구 뒤에 나오는 "눈에 밝게 비치는구나照眼明"를 받아서 "햇빛이 붉은 장군의 깃발을 비추어 주는구나日照紅旌"로 마무리하면서 기승전결을 보기 좋게 마무리한다.

다만 한 가지 의문스러운 것은 이러한 율시의 경우, 작시법에서 같은 구절 속에서는 더러 같은 글자를 사용하여도 무방하지만, 다른 구절에서 이미 위에서 사용한 글자를 되풀이하여 쓰는 것은 금기로 여기는데, 이 시에서는 "비칠 조照" 자를 이렇게 두 차례나 사용하고 있는데, 만약 지금의 어떤 한시 백일장에 제출했더라면, 분명히 퇴짜를 맞을 것이다. 그러나 대가는 오히려 이러한 사소한 규정을 넘어설 수도 있을 것이다.

14. 봄날 성남 즉사(春日城南卽事) - 권근

봄바람 어느덧
청명절이 다가오니
가랑비 부슬부슬
늦도록 개질 않네
집 모퉁이 살구꽃
두루 활짝 피려느냐
이슬 먹은 두어 가지
내게로 기울이네.

春風忽已近淸明하니
춘 풍 홀 이 근 청 명

細雨霏霏晚未晴이라
세 우 비 비 만 미 청

屋角杏花開欲遍한데
거 각 행 화 개 욕 편

數枝含露向人傾이라
수 지 함 로 향 인 경

- 양촌선생문집 제5권 / 시(詩)
ⓒ 한국고전번역원 | 신호열 (역) | 1979

봄날 성남에서 보고 느낀 대로

春風忽已近淸明   봄바람이 홀연히
　　　　　　　　　청명 시절에 가까워 오니
細雨霏霏晚未晴   가는 비 살살 내려
　　　　　　　　　저녁인데도 개이지 않는구나

屋角杏花開欲遍　집 모서리에서 살구꽃은

두루 다 피려고 하는데

數枝含露向人傾　몇 가지는 이슬 머금고

나를 향하여 기울이려 하는구나.

－졸역

* 즉사(卽事) 시의 제목으로 많이 사용되는데, 어떤 일을 놓고서 즉흥적으로 쓴 시라는 뜻. 봄이 온 것을 읊은 시로 "춘일즉사", 성남에서 읊은 시로 "성남즉사" 같은 시 제목이 중국이나 우리나라 여러 시인들의 문집에 더러 보임.

* 권근(權近, 1352~1409) 고려 말, 조선 초기의 유학자, 시인. 젊은 나이에 과거에 붙어 고려 말기에 조정에 들어가서 여러 가지 요직을 역임하였으나, 조선 건국 후에도 신왕조에 나아가서 건국의 기초를 닦는 데 협력하여 유학 교육과 성리학 발전에 크게 공헌하였음. 명나라에 사신으로 가서 황제가 제목을 내려준 시를 잘 지어 바쳐 황제의 인정을 받고 문명을 중국에까지 크게 떨친 것으로 유명함.

* 춘풍(春風) 꽃을 피게 하는 훈훈한 바람. 화신풍(花信風). 가장 먼저 부는 바람이 매화가 필 때 부는 매화풍(梅花風)인데 이 무렵 내리는 비가 매우(梅雨)이고, 가장 나중에 부는 바람이 단향목꽃이 필 때 부는 단화풍(楝花風)이다.

봄에는 꽃을 번갈아 피게 하는 여러 가지 바람이 있다고 한다.

소한(小寒)의 1후에 매화풍(梅花風), 2후에 산다풍(山茶風), 3후에 수선풍(水仙風),

대한(大寒)의 1후에 서향풍(瑞香風), 2후에 난화풍(蘭花風),

3후에 산반풍(山礬風),

입춘(立春)의 1후에 영춘풍(迎春風), 2후에 앵도풍(櫻桃風),
3후에 망춘풍(望春風),

우수(雨水)의 1후에 채화풍(菜花風), 2후에 행화풍(杏花風),
3후에 이화풍(李花風),

경칩(驚蟄)의 1후에 도화풍(桃花風), 2후에 당화풍(棠花風),
3후에 장미풍(薔薇風),

춘분(春分)의 1후에 해당풍(海棠風), 2후에 이화풍(梨花風),
3후에 목란풍(木蘭風),

청명(淸明)의 1후에 동화풍(桐花風), 2후에 맥화풍(麥花風),
3후에 유화풍(柳花風),

곡우(穀雨)의 1후에 모란풍(牡丹風), 2후에 도미풍(酴醾風),
3후에 단화풍(楝花風) −고전db 각주 정보.

* 홀이(忽已) 홀연히. 여기서 뒤의 글자는 상태의 변화를 나타
내는 어기사 "의矣" 자와 비슷한 뜻을 가짐. ≪서경·낙고≫:
"공은 머무시고, 나는 가게 됩니다公定, 予往已". 안대회 등 공
역 ≪조선시대의 한시 2≫(국조시산 역주)의 이 시 주석에서는
이 말을 "홀이忽而"나 "홀연忽然"과 같이 보았음. 두보의 〈역력
하게歷歷〉: "역력하게 개원시대의 일이, 분명하게 내 눈에 남
아 있는데, 아무 이유 없이 무단히 도적이 일어났더니, 홀연히
이미 세월이 바뀌었구나歷歷開元事, 分明在眼前. 無端賊盜起,
忽已歲時遷"

* 청명(淸明) 당나라 두목(杜牧)의 〈청명淸明〉: "청명 시절에 비
는 부슬부슬 내리는데, 길 가는 나그네 정신이 아찔아찔해질
것 같아지는구나. 묻노니 술파는 집 어디쯤에 있는고? 목동이
멀리 행화촌을 가리키는구나.〔淸明時節雨紛紛, 路上行人欲斷魂.

借問酒家何處有, 牧童遙指杏花村.]"라고 한 데서 온 말이다.

* 비비(霏霏) 비나 눈이 내리는 모습을 나타내는 의태어. 부슬부슬. ≪시경≫〈소아 · 채미采薇〉: "옛날 내가 떠나올 적엔, 버들가지 무성하게 하늘거리더니, 오늘 내가 돌아가려 하니, 눈비가 부슬부슬 흩날리는구나昔我往矣, 楊柳依依, 今我來思, 雨雪霏霏"

* 개욕편(開欲遍) 원나라 살도랄(薩都刺)의 〈지능에게 띄움寄志能〉: "개펄에 가득한 연꽃은 사방에 피려고 하는데, 나그네 여정은 5월에 양산박을 들리려 하네滿浦荷花開欲遍, 客程五月過梁山"

* 함로(含露) 이슬을 머금어 싱싱하다는 뜻도 있고, 또 눈물을 흘린다는 뜻도 있음. 권근의 〈예문관 제자의 매화시에 차운하다次藝文館諸子梅花詩韻〉: "울 밑의 찬 매화 하얀 꽃이 피어나니, 이슬 곱게 머금어서 옥골이 탐스럽구나籬下寒梅綻素衣, 嬋妍含露玉肌肥"

최치원의 〈단풍나무紅葉樹〉: "눈물을 흘렸나봐 퇴색한 화장에 이슬을 머금었고, 부축해주길 바라나봐 바람 맞아 취한 모습宿糚含露疑垂泣, 醉態迎風欲待扶"

* 향인경(向人傾) 누구에게 마음이 기울어지다. 당나라 이백의 〈기생 금릉자를 내보내며出妓金陵子〉: "어린 기생 금릉자가 초 지방 사투리로 노래를 부르는데, 집의 아이종 단사 녀석은 봉황이 우는 소리를 피리로 불어내네. 나는 너를 위하여 맑은 술을 마시나, 너의 마음은 나를 향하여 기울어지려고 하지 않는구나小妓金陵歌楚聲, 家僮丹砂學鳳鳴. 我亦爲君飮淸酒, 君心不肯向人傾"

【참 고】〈점춘일 성남즉사(占春日城南卽事)〉에,

봄바람이 갑자기 일어나니 청명이 　　春風忽起近淸明
가까운데
이슬비가 부슬부슬 늦도록 개이지 않네 　細雨霏霏晚未晴
집 모퉁이의 살구꽃은 모두 피고자 　　屋角杏花開欲遍
몇 가지에 이슬을 머금고 　　　　　數枝含露向人傾
사람을 향해 기울었네.

하였다. 삼봉(三峯) 정도전(鄭道傳)이 비점(批點)하기를, "말이
조화(造化)를 빼앗았다." 하였다. ―고전db ≪대동야승≫에서
인용.

【해 설】 이 시는 저자의 문집인 ≪양촌선생문집≫ 권5에 수록
되어 있는데, 이 책에서 저자의 시를 연대순으로 배열한 점을
고려하면 그가 37세 되던 해 봄에 당시 고려의 수도였던 개성
의 남쪽 교외에서 지은 것이다. 당시 그는 이미 성균관대사성
으로 과거시험을 총괄하기도 하고, 국왕의 명령문을 작성하는
지제교 같은 요직을 겸하고 있었다.

춘풍 다음에 "忽已"라는 글자를 위에서 두 번째로 인용해본 번
역에서는 "이미 이已" 자 대신에 동사인 "일어날 기起" 자로 바
꾸어 적었고, 또 어떤 한글 해석에는 이 글자를 "끝났다"고 역
시 동사로 해석한 것이 보이기도 한다.(차용주, 역주 국조시산)
그러나 위에서 인용한 "24번풍"을 살펴보면 청명 때 비로소 춘
풍이 생겨나는 것도 아니고, 또 이때 춘풍이 끝나는 것도 아니
다. 그런데 왜 이런 착오가 생기는가? 문제가 되는 이 글자 바
로 앞에 부사로 사용되는 忽 자가 있으니, 바로 그 다음에는
동사가 놓이는 게 당연하다고 생각한 것이다. 그러나 한시에서

는 일반적으로 동사를 그렇게 많이 사용하지 않는다는 작시법 상의 관례 같은 것을 잘 모르는 것 같기도 하고, 또 이 글자가 가지고 있는 다른 뜻에 관하여 여러 가지로 생각해보지 않았기 때문일 수도 있다. 필자는 이 첫 구절을,

봄바람이 홀연히 청명 시절에 가까워 오니

로 풀어 보았다. "춘풍"이라는 명사가 주어이고, "홀이" 두 자는 합하여 부사로 보고, "근" 자는 동사, "청명"이라는 명사는 이 구절에서는 시간을 나타내는 부사어로 활용되고 있다고 보았다. 둘째 구절은 별로 논란거리가 될 것이 없다.

그런데, 후반의 두 구는 무엇을 말하고 있는가? 청명에는 단오와 같이 여인네들이 그네를 타기도 하였다고도 하고, 사람들이 즐거운 마음으로 바깥나들이를 많이 하는 게 풍속이었던 것 같다. 이런 날 성남에 나가서 일어났던 일화 중에는 다음과 같은 아름다운 이야기가 전한다.

당나라 때 〔명문 "박릉(博陵) 최씨"에〕 속한 최호(崔護)가 청명 (淸明)에 성남(城南)으로 혼자 놀러갔다가 목이 말라 어느 촌가를 찾아가 문을 두드리고 물을 청하였는데, 한 아름다운 여인이 문을 열고 물을 갖다 주었다. 다음해 청명에 다시 찾았는데, 집은 그대로 있으나 문이 잠겨 있었다. 그래서 "지난 해 오늘 이 문 안에는, 사람 얼굴과 복숭아꽃이 서로 비춰 붉었네. 사람은 어디 갔는지 알 수 없고, 복숭아꽃만 예전처럼 동풍에 웃고 있네.〔去年今日此門中, 人面桃花相映紅. 人面不知何處去, 桃花依舊笑東風.〕"라는 시를 써서 대문에 붙였다. 이후로 남녀가 정을 나누고 헤어진 뒤 옛일을 추념하는

뜻의 인면도화(人面桃花)란 단어가 생겼다고 한다.〔≪유설 (類說)≫ 51권 〈도화의구탄춘풍(桃花依舊嘆春風)〉 참조〕 — 고전 db 각주 정보 인용.

이 시에서는 복숭아꽃 대신에 살구꽃이 등장하지만, 그 꽃 역시 나를 향하여 기울어지고 있다. 마치 이슬 머금어 더욱 싱싱한 것 같기도 하고, 다시 보면 눈물을 흘리기도 하는 것 같은 그 꽃가지들…. 세상에 아무리 근엄한 학자라고 하더라도, 유학자들은 모두 시를 지을 수 있는 능력을 아울러 지닌 시인들이었으니, 아마 꽃을 싫어한 학자는 없었을 것이다.

같은 시기에 산 정도전은 이 시를 보고서 "말이 조화를 빼앗았다"라고 평하였다고 하는데, "정말 시를 귀신같이 잘 써 어디 한 자도 흠잡을 데가 없다"는 뜻으로 극구 칭찬한 것이다.

15. 뜻을 적는다 (述志) – 길재

시냇물 내려다보이는 초가집에	臨溪茅屋獨閒居하니
홀로 한가롭게 거처하니	임 계 모 옥 독 한 거
달은 희고 바람은 맑아	月白風淸興有餘라
흥이 넘치는구나	월 백 풍 청 흥 유 여
바깥손님은 오지 않고	外客不來山鳥語한데
산새들만 지저귀는데	외 객 불 래 산 조 어
대나무 보루에 평상 옮겨놓고	移床竹塢臥看書라
누워서 책 읽네.	이 상 죽 오 와 간 서

－졸역

＊술지(述志) "평소에 뜻한 바를 적어 본다"는 의미인데, 한문시의 제목으로 흔히 사용되고 있음. 출전 ≪야은집≫ 권상. 각운 居, 餘, 書 상평성 어(語) 운.

＊길재(吉再, 1353~1419) 고려 말과 조선 초의 학자. 호는 야은(冶隱), 또는 금오산인(金烏山人). 원래 태종 이방원과 친구 사이였으나, 조선 건국 이후에 벼슬을 사양하고 고향인 선산에서 학문 연구에만 전념하면서 후진을 양성하여 영남 사림의 시조가 되었음. 이색, 정몽주와 함께 고려의 "삼은(三隱)"으로 알려져 있음. 저서 ≪야은집≫. －≪대백≫ 4-568.

＊모옥(茅屋) 두보의 〈춘일강촌春日江村〉: "모옥이 도리어 글을

지을 만하니, 도원을 스스로 찾으리로다茅屋還堪賦, 桃源自可尋"

* 한거(閒居) ≪예기≫ 〈공자한거孔子閒居〉에 "청명함이 내 몸에 있으면, 기운과 뜻이 신과 같이 된다.〔清明在躬, 氣志如神.〕"라고 한 공자의 말이 실려 있다.

* 월백청풍(月白風清) 북송 소식(蘇軾)의 〈후적벽부後赤壁賦〉: "객이 있으면 술이 없고 술이 있으면 안주가 없구나. 달은 밝고 바람도 시원한데 이렇게 좋은 밤을 어찌하리오有客無酒, 有酒無肴. 月白風清, 如此良夜何"

* 산조어(山鳥語) 당나라 가도(賈島)의 〈여름날 개원사에 묵으며夏夜宿開元寺〉: "달은 밝게 드러났는데 이따금씩 산새 우는 소리 들리고, 군 소재지는 무릉계곡과 가까움을 알겠구나帶月時聞山鳥語, 郡城知近武陵溪"

* 죽오(竹塢) 대나무 보루. 오(塢)는 방위 목적으로 만든 조그마한 보루. 또는 4면은 높고, 가운데가 움푹하게 들어간 지형을 말함.

* 와간서(臥看書) 당나라 백거이의 〈만정에서 서늘함을 좇아서晚亭逐涼〉: "손님을 배웅하러 문을 나갔다가 들어온 뒤에, 평상을 섬돌 아래에다 내려놓았네. 서늘함을 좇아서 대밭을 돌다가 잠을 이끌려 누워서 책을 보네送客出門後, 移牀下砌初. 趁涼行繞竹, 引睡臥看書"

【해설】 이 시의 제목을 "술지"라고 하였는데, 어떤 책에서는 "한거閑居"라고 한 곳도 있다. 술지는 "뜻을 적는다"는 뜻인데, "현지(顯志, 뜻을 나타낸다)", "수지(遂志, 뜻을 순조롭게 완수한다)"라는 말로 제목을 삼은 시나 부 같은 작품들이나, 이 "술지"로

제목을 삼은 작품들은 대개 내용이 비슷하다. 나의 뜻, 나의 지조를 적어 놓는 유에 속하는 작품들이다.

"한거"라는 말은 이 시의 본문 첫째 구에도 나오는데, 이렇게 짧은 시에서 시의 제목으로 삼은 말을 본문에 다시 적는 것은 작시법에서 피하는 관례가 있으니 아마 술지를 제목으로 보는 게 더 좋을 것 같다.

시냇물을 내려다보고 있는 초가집에 유독 한가롭게 살고 있는데, 달은 밝고 바람은 시원한데 흥취가 넘치는구나. 아마 이 초가집은 길재 선생의 살림집은 아니고, 휴식을 위하여 마련한 별채일 것 같다. 조선 초기에는 이 선산 일대가 낙동강 물을 끌어들여 벼농사를 짓기 시작하는 중심지역으로 부상되어 경상도에서도 가장 경제적으로 넉넉한 지역으로 부상되었다고 하며, 선생에게 상당히 많은 제자들이 찾아와 수학하였다고 하니, 꼭 이렇게 묘사된 초가집 한 채만 가지고 살아간 것으로 보기는 어려울 것이다.

어찌 되었든 간에, 마음속으로는 모든 속세의 명리를 벗어나서 이렇게 소박하게 조촐하게 지내는 것을 아름답게 묘사하여 이런 담담한 시를 남길 수 있다는 것은 정말 좋은 일이다.

"한가롭게 거처한다"는 말은 곧 "마음에 평화를 지니고 산다"는 뜻이다. 그 다음 줄에 나오는 "흰 백" 자와 "맑을 청" 자는 둘 다 형용사로 흔히는 명사 앞에 붙는 경우가 많은데 여기서는 각각 "달 월" 자와 "바람 풍" 자 뒤에 놓여서 술어 구실을 한다. 이러니, 이 넉 자 안에서 주어 / 술어, 주어 / 술어를 갖춘 구문이 두 개나 등장한다. 그러니 이 부분은 자못 생동감이 넘친다. 달은 밝고, 바람은 시원하다. 이렇게 되니 저절로 흥취가 넘치고도 남는다.

바깥손님은 오지 않는데//산새들은 지저귄다.

이 구절은 참 재미있는 표현이다. 바깥손님들이 지금 별로 찾아오지 않으니 다만 산새들과 말을 나눈다. 산새가 "운다〔鳴〕"고 하였더라면, 그 우는 것을 듣고만 있다는 수동적인 모습일 터인데, "말한다〔語〕"고 하였으니, 나와 말을 주고받고 교감할 수 있는 것 같은 매우 능동적인 이야기로 분위기가 확 바뀐다. 짐승과도 교감할 수 있는 사람은 이미 도가 높은 경지에 올라간 것이다.

그 다음 구절은 정말 마지막에 나오는 "와간서"라는 말의 이 말의 전고를 알고서 읽어야만 제대로 이 시구의 맛을 풍부하게 이해할 수 있다. "누워서 책을 본다"는 말은, 위의 주석에서 밝힌 바와 같이 "잠을 이끌기 위하여" 누워서 책을 드는 것이다. 그러니 여기서 중요한 것은 책을 보는 것이 아니라 잠을 청하는 것이다. 달 밝고 바람 시원한 밤에 대밭에 나가서 평상을 옮겨 놓고, 시냇물 흐르는 소리와 새 우는 소리 들으면서 책을 손에 들고, 읽다가 말다가 하면서 저녁잠을 청하자는 것이다. 이 얼마나 평화로운 모습인가? 이 작자의 뜻은 이러한 마음속의 평화를 지속하자는 것이다.

16. 여름날 느낀 대로(夏日即事) - 서거정

비가 잠깐 개어 발과 장막에 햇빛이 빛나는데	小晴簾幙日暉暉한데 소 청 렴 막 일 휘 휘
짧은 모자 가벼운 적삼에 더운 기운이 얇다	短帽輕衫暑氣微라 단 모 경 삼 서 기 미
솟는 죽순은 마음이 있어 비로 인해 자랐고	解籜有心因雨長하고 해 탁 유 심 인 우 장
지는 꽃은 힘이 없어 바람을 받아 흩날린다	落花無力受風飛라 낙 화 무 력 수 풍 비
오랫동안 한묵(문필)을 버려 성명을 감추었거니	久抃翰墨藏名姓하니 구 변 한 묵 장 명 성
이미 잠영들의 시비 일으킴을 싫어했었다	已厭簪纓惹是非라 이 염 잠 영 야 시 비
보압(향로)에 향기는 쇠잔하고 첫잠이 깨었는데	寶鴨香殘初睡覺한데 보 압 향 잔 초 수 교
찾는 손님은 적고 제비 자주 돌아온다.	客曾來少燕頻歸라 객 증 래 소 연 빈 귀

- 속동문선 제7권 / 칠언율시(七言律詩)
ⓒ 한국고전번역원 | 김달진 (역) | 1969

하일의 즉사 (夏日卽事)

비 잠깐 갠 발과 장막에 햇볕은 쨍쨍하나	小晴簾幙日暉暉
짧은 모자 가변 적삼엔 더운 기운 하찮네	短帽輕衫暑氣微
껍질 벗은 죽순은 비를 맞아 죽죽 자라고	解籜有心因雨長
떨어진 꽃은 힘이 없어 바람에 날리누나	落花無力受風飛
오래전부터 필묵 속에 성명 숨겨 왔거니	久抔翰墨藏名姓
벼슬이 시비 일으킴을 진작 싫어했었지	已厭簪纓惹是非
향로의 향불 다 타 갈 제 잠을 막 깨어 보니	寶鴨香殘初睡覺
오는 손은 드문데 제비만 자주 돌아오누나.	客曾來少燕頻歸

- 사가시집보유 제1권 / 시류(詩類) ≪동문선(東文選)≫ 시
ⓒ 한국고전번역원 | 임정기 (역) | 2008

여름날 느낀 대로(夏日卽事)

小晴簾幕日暉暉	날씨 조금 개이자 창에 친 발에 햇볕 반짝반짝 빛나나
短帽輕衫暑氣微	짧은 모자 가벼운 옷차림에 더운 기운 미미하네
解籜有心因雨長	껍질 벗고 나오는 죽순 마음이 있어 비 맞자 자라나나
落花無力受風飛	지는 꽃은 힘이 없어 바람에 날리네
久拼翰墨藏姓名	오랫동안 글 쓰는 일 사양하고서 이름 숨기고 지내니
已厭簪纓惹是非	벌써 벼슬아치들 시비를 따지는 것 싫어졌다네
寶鴨香殘初睡覺	향로에 향 사그라질 때 막 잠에서 깨니
客曾來少燕頻歸	찾아오는 손님 본래부터 적어 제비만 자주 집 찾아 돌아오네.

– 졸역

* 하일즉사(夏日卽事) 출전 ≪동쪽 나라의 시문 선집 속집(續東文選)≫ 권7. 각운 暉, 微, 飛, 非 歸 상평성 미(微) 운. 형식 칠언율시.

〈하일즉사(夏日卽事)〉 - 북송의 임포(林逋)

돌베개에 한기 일고 누각이 비었는데	石枕凉生菌閣虛
벌써 매화의 윤기가 책 속에 젖어 들었다네	已應梅潤入圖書
이빨과 머리 쇠한 것을 사양하지 않으니	不辭齒髮多衰疾
기쁜 바는 임천에서 은거하는 것이라네	所喜林泉有隱居
예쁜 댓잎 잔가지 끝에 밤이슬이 맺히었고	粉竹亞梢垂宿露
푸른 연잎 덮은 그늘 아래 물고기가 모인다네	翠荷差影聚游魚
북창 아래 누운 사람 태고시대 사람일 것이니	北窓人在羲皇上
때맞추어 도연명이 나에게 한 차례 환기시켜 주네.	時爲淵明一起予

* 서거정(徐居正, 1420~1488) 조선 초기의 문신, 학자. 호는 사가정(四佳亭). 조선 세종에서 성종 때까지 문권(文權)을 장악하고서, ≪동문선≫, ≪신찬동국여지승람≫, ≪동국통감≫, ≪경국대전≫을 공동 편집하고 ≪동인시화≫, ≪사가집≫ 등을 지음. -≪한백≫ 11-659 참조.

* 소청(小晴) 내리던 비가 잠깐 그침. 원나라 야율초재(耶律楚材)의 〈정경현에게 띄움寄鄭景賢〉: "비 개이면 부들 모자 치켜 들고, 가는 비 내리면 도롱이 깃 손질하리小晴掀蒻笠, 微雨整蓑襟"

*염막(簾幕) 북송 황정견(黃庭堅)의 〈잠자리에서 일어나서睡起〉:"주렴 친 장막 안은 음침해서 사람이 보이지 않고, 해 비낀 창에는 떠다니는 먼지 그림자가 장난을 친다簾幕陰陰不見人, 日斜窓影弄遊塵"

*휘휘(暉暉) 두보의 〈차가운 날寒日〉:"물가의 안개는 가볍게 하늘하늘, 대밭에 비친 햇볕은 고요하게 반짝반짝汀煙輕冉冉, 竹日靜暉暉"

*단모경삼(短帽輕衫) 가벼운 복장. 송나라 진산민(眞山民)의 〈봄나들이春行〉:"짧은 모자 가벼운 적삼에 걸음걸이 더딘데, 조금 따뜻한 날씨에 잠간 개었다네短帽輕衫步履遲, 微暄天氣乍晴時"

*서기미(暑氣微) 당나라 온정균(溫庭筠)의 〈배진공의 숲속 정자裴晉公林亭〉:"사태부님의 숲 정자는 여름에도 기운 서늘한데, 그 산 구릉 허물어졌으나 숨겨진 이야기는 아름답다네謝傅林亭暑氣微, 山丘零落閟音徽"

*해탁(解籜) 꺼풀을 벗는 죽순. 북송 구양수(歐陽修)의 〈녹죽당에서 혼자서 마시며綠竹堂獨飮〉:"여름 죽순 껍질 벗으니 몰래 나와 교신을 하는 듯한데, 공무에서 물러나서 서재에 드러누우니 시끄러운 소리 없구나夏篁解籜陰加交, 臥齋公退無喧囂"

*유심(有心) 공자가 위(衛)나라에서 경쇠〔磬〕를 칠 때에 한 은자(隱者)가 삼태기를 메고 공자의 문 앞을 지나다가 공자의 경쇠 치는 소리를 듣고는, 난세에 조용히 은거하지 않고 끝내 도를 행하려고 애쓰는 공자를 못마땅하게 여겨 말하기를, "마음을 둔 데가 있도다, 경쇠를 침이여.〔有心哉 擊磬乎〕"하더니, 이윽고 말하기를, "비루하도다, 잗단 소리여. 나를 알아줄 이가 없거든 그만둘 뿐이니라.〔鄙哉 硜硜乎 莫己知也 斯已而已矣〕"고 하므로, 공자가 그 말을 듣고 이르기를, "과감하도다. 세

상을 잊기로만 한다면 어려울 것도 없으리라.〔果哉 末之難矣〕"
고 한 데서 온 말이다.〔≪論語≫〈憲問, 微子〉〕 - 고전db 각주
정보.

* 무력(無力) 당나라 이상은(李商隱)의 〈무제無題〉:"서로 만나
기도 어렵고 헤어지기도 정말 어려운데, 동쪽 바람은 힘이 없
고 백화는 시들어지는구나相見時難別亦難, 東風無力百花殘"
≪장자≫〈소요유逍遙遊〉:"붕새가 남쪽 바다로 옮겨갈 적에는
물결을 치는 것이 삼천 리요, 회오리바람을 타고 구만 리를 올
라가 여섯 달을 가서야 쉰다.… 바람이 두껍게 쌓이지 않으면 붕
새의 큰 날개를 띄울 만한 힘이 없다. 그러므로 구만 리 높이
까지 올라가야만 붕새의 큰 날개를 지탱할 만한 바람이 비로소
아래에 쌓이게 된다鵬之徙於南冥也, 水擊三千里. 搏扶搖而上者
九萬里, 去以六月息者也.… 風之積也不厚, 則其負大翼也. 無力
故九萬里, 則風斯在下矣" - 고전db 각주 정보.
≪장자≫〈소요유〉:"물이 많이 모이지 않으면 큰 배를 띄울 힘
이 없다. 물 한 잔을 우묵한 마루에 부으면 지푸라기는 배처럼
뜨지만 잔을 놓으면 바닥에 붙는다. 물이 얕고 배가 크기 때문
이다且夫水之積也不厚, 則其負大舟也無力, 覆杯水於坳堂之上, 則
芥爲之舟, 置杯焉則膠, 水淺而舟大也" - 상동.

* 구변(久拚) 오랫동안 간여하지 않다, 내버려두다. 두보의 〈서
당에서 술을 마시다… 절구書堂飮… 絶句〉:"오랫동안 들판의
백학처럼 된 양쪽 귀 곁의 흰 머리털을 아랑곳한 일이 없었으
니, 이웃 닭들은 오경이 지났다고 울어 세월이 마냥 흘러 자꾸
늙어가더라도 아무 상관이 없으리久拚野鶴如雙鬢, 遮莫鄰雞下
五更.

* 장성명(藏姓名) 당나라 원진(元稹)의 〈협객을 노래하다俠客

行〉: "협객은 죽음을 두려워하지 않나니, 두려움은 일이 성사되지 못할까 함일세. 일이 이루어진다면 이름을 감출 필요가 없지, 나는 절도 같은 조무래기가 아니니 뉘라서 밤에만 다니겠는가? 밝은 대낮에 당당하게 원앙 같은 거물을 죽이리라俠客不怕死, 怕在事不成. 事成不可藏姓名, 我非竊賊誰夜行? 白日堂堂殺袁盎"

* 잠영(簪纓) 남자가 상투 튼 머리에 꽂는 비녀와, 그 위에 쓴 관을 고정시키기 위하여 늘어트린 끈. 머리 위에 이러한 장신구를 구비한 벼슬아치라는 뜻을 지님. 두보(杜甫)의 〈곽영애어사중승님께서 농우절도사로 나가심에 삼가 송별하면서 60구奉送郭中丞充隴右節度使三十韻〉: "〔조정에 벼슬할 때를 회상해 보면〕 각하의 어깨를 따라 출근 시간을 알리는 물시계 소리를 들으며 조정에 나아갔는데, 짧은 머리칼에 〔매우 깊은 마음을 지니시고〕 관직에 종사하셨다네隨肩趨漏刻, 短髮寄簪纓"

* 보압(寶鴨) 향로(香爐). 옛날 쇠로 된 향로가 오리 모양으로 생긴 데서 이름. 원나라 살도랄(薩都剌)의 〈첫여름을 노래하다新夏曲〉: "오리 향로에 연기 마르자 대낮 맑은데, 여름귀신 흐름 고삐 늦추어 계절 흘러가다 말다 하네. 장미꽃은 짙게 피었고 안개는 침침한데, 짙푸른 창문 아래서 자고 일어나니, 향은 온 발꿈치를 채웠구나烟乾寶鴨白晝淸, 祝融緩轡行且停. 薔薇花深霧冥冥, 碧窓睡起香滿肱"

* 수교(睡覺) 잠에서 깨어난다, 꿈에서 깨어난다고 할 때에는 覺 자를 "교"라고 발음함. 송나라 정호의 〈가을날秋日〉: "한가롭고 보니 별 탈은 없지만 조용하지는 않구나, 잠에서 깨고 보니 벌써 동쪽 창문에 해가 이미 밝은 것을閑來無事不從容, 睡覺東牕日已紅"

【해 설】 "즉사即事"라는 말은 "즉흥"이나 같다. 50대 후반 비교적 한직에 머물고 있을 때 지은 작품이라고 한다. 벼슬을 해보아야 말썽만 생긴다. 눈앞에 벌어진 일을 가볍게 적어 둔다는 뜻이다. 비 온 뒤에 대나무는 쑥쑥 자라나지만, 꽃들은 다 떨어져 바람에 힘없이 날아다니고 있다. 이런 날 손님도 찾아오지 않으니 낮잠이나 조금 자고 일어났는데, 그 사이에 향로에 피운 향불은 이미 다 타서 사그라졌지만, 제비만 부질없이 분주하게 처마 밑으로 날아들어 왔다가 나갔다가 한다. 여름날 느낀 감회를 가볍게 적어 둔 작품이다.

첫 구의 "소청"의 청 자는 여기서는 비가 개었다는 뜻이다. "염막"은 글자 그대로는 주렴을 친 장막이지만, 여기서는 그런 것을 치고 있는 방이나 마루일 수도 있고, 그런 것을 치고 있는 방이나 마루를 갖추고 있는 집일 수도 있다. 그런 집이라고 생각하자. 그런 집에 여름이니 햇빛이 강하게 내리쪼이지만 간단한 모자를 쓰고, 가벼운 저고리를 입고 있으니 더위 기운도 미미해진다.

3, 4구는 대구로 되어 있다. 대나무 순이 올라오면서 탁탁 하고 소리 내고 껍질을 벗으며 쑥쑥 자라나는 것과, 꽃잎이 떨어져서 바람에 이리저리 날아다니는 것을, 각각 대비시킨 것이다. 또 이 두 구의 중간에 각각 "유심"과 "무력"을 대로 놓았는데, 이 두 말을 여기서 이렇게 대비시킨 것도 가만히 생각해보면, 심상치는 않다. 유심이라는 말의 전고는 위의 주석에서 밝힌 바와 같은 공자의 ≪논어≫에서 찾을 수 있다. 그런데 "무력"이라는 말의 전고는 찾아보면 ≪장자≫에서도 찾아낼 수가 있다. 위 구절에서는 공자의 전고를 사용하고, 또 한쪽에서는 장자의

전고를 사용해 대비하다니 너무 재미있는 글장난이 아닌가? 그 다음에 나오는 5, 6구도 대구다. 이 두 구의 내용은 문장으로 이름을 드날리는 것도, 벼슬살이하면서 남들과 시비하는 것도 싫다는 것이다. 이런 말이야 웬만큼 출세한 선비라면 누구나 할 수 있는 것같이 보이는데, 이 시의 저자가 특별히 이러한 말을 하는 것은 너무나 상투적인 표현이 아닐까? 특별히 이런 말을 해야 할 무슨 계기가 있었던 것인가? 이 시를 지은 것이 만년에 실권을 가진 벼슬에서 물러나고 명예직인 찬성 벼슬을 할 때 쓴 것이라고 하니, 아마 일생을 지내온 일을 회고해 보고, 만년은 조용하게 보내고 싶어서 이렇게 썼다고 볼 수 있을 것이다.

마지막 연에 나오는 "보압"이라는 말은 주석에도 글자의 뜻풀이는 하였지만, 이 단어는 자못 우아하고 세련된 분위기를 생각하게 하는 단어이다. 일반적으로 시보다는 노래로도 부를 수 있는 "사詞"라는 문학 장르에서 더욱 애용되고 있다.

한편 서거정은 경제적으로 상당히 풍요로운 삶을 누렸던 것으로 추측된다. 그는 남산 아래에 집 한 채와 도성 근교에 여러 개의 별장을 가지고 있었다. 남산의 집에는 정정정(亭亭亭) 또는 정우당(淨友堂)이라 이름한 정자와 동산, 그리고 채소밭을 함께 갖추고 있었으며, 도성 근교 별장에도 정자는 물론이거니와 일정한 전장(田莊)을 두고 노비를 거느리고 있었다. 별장 이름은 임진(臨津)에 있었던 임진촌서(臨津村墅)와 양주(楊州)에 있었던 토산촌서(兎山村墅), 그리고 광주(廣州) 일대에 있었던 광주촌서(廣州村墅)·광릉촌서(廣陵村墅)·광진촌서(廣津村墅)·제부촌서(諸富村墅)·몽촌별서(夢村別墅) 등이다. 이 별장들은 서거정에게 관직생활에서 오는 세상일의 번뇌를 녹여 주고 정신적 여유를 찾게 해주는 매우 중요한 공간이었다. 따라서 관직생활을 하다가 틈만 나면 이들 별장을 찾아 한가로움을 마음껏 누렸다. 더욱이 이 별장들은 서거정에게 물질적인 풍요와 함께 정신적인 안정을 제공할 뿐만 아니라, 풍류를 즐기고 시상(詩想)을 떠올리어 시작(詩作)할 수 있는 여건을 마련해주는 공간이라는 점에서 매우 주목된다. ─송휘준의 〈사가집해제〉

우리는 조선 전기에 가장 유복하게 일생을 보냈던 한 관료 선비를 만나고 있는 것이다.

향로에 향 사그라질 때 寶鴨香殘初睡覺
막 잠에서 깨니
찾아오는 손님 본래부터 적어 客曾來少燕頻歸
제비만 자주 집 찾아 돌아오네.

향로에 타고 있던 향이 다 사그라질 때쯤 막 잠에서 깨어났다고 하였으니, 향기가 온 집안에 가득할 것인데, 찾아오는 손님들이 진작부터 없어서 인간이 갖추고 있는 좋아하고 싫어하는 감정을 초월한 재비들만 이 조용한 집 처마에 끊임없이 들락날락거리고 있음이 잠에서 깬 눈에 무엇보다도 즐겁게 들어오고 있구나.
이 마지막 연에서는 시간을 나타내는 부사인 "처음 초" 자와 "일찍 증" 자를 매우 의미가 두드러지게 유의해놓았고, 또 후각적인 면과 시각적인 면을 잘 대비시켜 놓기도 하였다.

17. 국화꽃 피지 않아 슬퍼하며 짓노라
(菊花不開, 悵然有作) – 서거정

아름다운 국화가 금년에는 비교적 늦게 피어	佳菊今年開較遲하여 가 국 금 년 개 교 지
한 가을의 정과 흥취가 동쪽 울타리에 속았다	一秋情興謾東籬라 일 추 정 흥 만 동 리
서쪽 바람은 크게스리 정다운 생각이 없어서	西風大是無情思하여 서 풍 대 시 무 정 사
누런 꽃에는 들지 않고 살쩍에 들었다.	不入黃花入鬢絲라 불 입 황 화 입 빈 사

– 속동문선 제9권 / 칠언절구(七言絶句)
ⓒ 한국고전번역원 | 김달진 (역) | 1969

국화꽃 피지 않아 슬퍼하며 짓노라 (菊花不開, 悵然有作)

佳菊今年開較遲　아름다운 국화 금년에는

　　　　　　　　피는 게 비교적 늦으니

一秋清興謾東籬　이 한 가을 맑은 흥취

　　　　　　　　동쪽 울타리 아래서 시들어지는구나

西風大是無情思　서쪽 바람 정말로 정다운 마음씨 없어

不入黃花入鬢絲　누런 꽃에 불어들지 않고

　　　　　　　　내 귀밑털에 불어드네.

　　　　　　　　　　　　　　　　　　– 졸역

* 국화불개, 창연유작(菊花不開, 悵然有作) 출전 ≪사가집≫ 권50. 각운 遲, 籬, 絲로 상평성 지(支)운.

* 창연(悵然) 실망스럽게, 근심스럽게. 주자의 〈절명시〉: "희끗한 머리는 이미 10년 전부터라, 거울 들고 돌아보니 근심스럽기만 하구나蒼頭已是十年前, 把鏡回看一悵然". 당나라 유우석(劉禹錫)의 〈늦은 계절에 무릉성에 올라서 물과 뭍을 돌아보면서 구슬프게 느낌이 와서 시를 지어 놓는다晩歲登武陵城顧望水陸悵然有作〉: "서리 가벼우니 국화는 늦게까지 빼어나고, 돌이 얕으니 물결무늬 기울어졌다네霜輕菊秀晩, 石淺水紋斜"

* 가국(佳菊) 당나라 한유(韓愈)의 〈선비〔맹교〕를 추천합니다薦士〉: "서리와 바람이 아름다운 국화를 꽃피우고, 아름다운 〔추석〕 절기가 모자 날릴 것을 다그치네霜風破佳菊, 嘉節迫吹帽"

* 일추(一秋) 온 가을. 두보의 〈가씨 엄씨 두 분 대감님들을 남겨두고 떠나면서留別賈嚴二閣老〉: "온 가을 늘 비 내리는 것을 괴롭게 여겼더니, 오늘에야 비로소 구름이 사라졌네요一秋常苦雨, 今日始無雲"

* 만(謾) 속인다는 뜻도 있지만, 여기서는 산만하다는 뜻임.

* 동리(東籬) 도연명의 〈음주飮酒〉 5: "동쪽 울타리 아래서 국화를 따고 있노라니, 유연하게 남산이 내 시야로 들어오네採菊東籬下, 悠然見南山"라는 시구가 지어진 뒤부터 동쪽 울타리의 국화는 은자의 한적한 취미를 상징하는 말로 사용되었음.

* 서풍(西風) 가을바람. 소식의 〈추회秋懷〉: "모진 더위엔 가을바람이 그리워, 가을이 안 올까 늘 염려했는데, 가을이 와서 마침내 썰렁해지니, 또 가는 세월을 슬퍼하게 되누나.〔苦熱念西風, 常恐來無時. 及玆遂凄凜, 又作徂年悲.〕"라고 한 데서 온 말이다.─《蘇東坡詩集 卷8》

* 무정사(無情思) 정다운 생각이 없다, 부질없다. 북송 유반(劉攽)의 〈송차도가 지은〔광문(廣文)·태학(大學)·율학(律學) 등〕세 관청의 책을 포쇄하면서라는 시에 화답하여和宋次道三館曬書〉: "시 논하느라 늙어 버려 부질없단 생각 드는데, 게다가 봄이 쉬 따르지 않음에랴論詩老去無情思, 況是陽春未易陪"─고전db 각주정보에서 인용.

* 빈사(鬢絲) 얼굴과 귀 사이에 나는 털로, 흔히 머리가 백발이 되기 시작할 때 이 부분부터 먼저 센다고 함.

【해설】 이 시는 저자가 죽기 1년 전인 68세에 지은 작품이라고 한다. 이때 저자는 평생 동안 온갖 좋은 벼슬을 두루 역임하고, 일이 많은 병조판서 자리에서도 물러나서, 직위는 높지

만 비교적 한직인 좌찬성 자리에 올라 자못 한가롭게 지내고 있을 시기였다고 한다. 가을이 되었는데 기다리던 국화는 아직도 피지 않아서 도무지 흥이 사라져서 구슬퍼지는데, 뜬금없이 가을바람이 내 귀밑으로 불어 들어와서 내 머리털만 더욱 희게 만든다고 말하는 농담조로 쓴 작품으로, 자못 재미있는 시다.

이 시는 작고하신 영문학자이며 시인이었던 김종길 선생님께서 수십 년 전에 영국에서 한국 한시 100수를 번역하여 낸 책에도 수록되어 있으며, 그 책의 제목을 이 시의 뜻을 취하여 "Slow chrysanthemums"라고 붙이기도 하였다. 그 책이 지금 내 수중에 없어 거기서는 이 시를, 특히 여기서 문제가 되는 "만" 자를, 어떻게 번역해두었는지 잘 기억하지 못한다.

그런데 지금 앞에서 인용한 김달진 선생님의 이 글자 번역을 보니, "속았다"라고 되어 있다. 내가 "시들어지는구나"라고 번역한 것보다는 훨씬 뜻이 명확한 말이다. 어떤 뜻이 이 시구에서 더욱 알맞은 것일까? 이 "謾" 자는 현대 북경어에서는 평성〔2성〕일 때는 欺, 측성〔4성〕일 때는 輕慢, 媟誤, 廣範이라고 뜻을 분간해 설명한 사전〔國音字典〕이 있고, 우리나라의 운서 중에는 이 자가 평성일 때는 欺也, 측성(상성)일 때는 欺語, 且也라고 설명한 책〔御定詩韻〕이 있다. 그런데 여기서 欺也라는 말과 欺語라는 말에는 무슨 차이가 있는 것일까? 또 且也라는 말은 무슨 뜻일까? 아마 처음의 欺也는 동사로 "속인다"는 뜻이고, 두 번째 나오는 欺語는 "속이는 말"같이 명사로 사용한다는 것일까? 그 다음 且也라는 말뜻은 "아직까지도 또한"이나, "그러함에도 또한"과 같은 부사일 것이다.

여기서 한 가지 분명한 것은 위의 시에서 이 謾 자는 평측 배

열상 평성이 아니고 측성이어야 하는데, 측성으로는 이 글자가
"慢(태만하다)" 자나 "漫(산만하다)" 자와 비슷한 뜻을 가진 것으
로 볼 수도 있다. 그래서 여기서는 이 국화꽃이 피는 것을 고
의로 늦장을 부리기 때문에 크게 기대하고 있던 흥취가 사라진
다는 뜻으로 "시들하다"고 옮겼다.

그 다음 구에 나오는 "서풍(西風)"은 앞의 주석에 밝힌 바와 같
이, 무엇보다도 가을이란 한 해가 시들어가기 시작하는 쓸쓸한
계절에 부는 자못 썰렁한 기분이 감도는, 그래서 사람이 늙어
간다는 기분이 들게 만드는 바람이라는 뜻이 그 첫 번째 가장
두드러진 의미일 것이다. 그러나 바로 그 다음 구절에 이어지
는 이야기의 분위기와 결부하여 생각해 볼 때, 이 서풍이라는
단어에 적어도 다음과 같은 두어 가지 전고를 연관시켜 생각해
보면, 그 의미를 조금 더 다른 방향으로 약간 돌려서 살펴볼
수도 있으리라고 생각한다.

* '서풍'은 장난기가 있는 바람이기도 하다.
진(晉)나라 때 맹가(孟嘉, 도연명의 외조부)가 일찍이 환온(桓溫,
쿠데타를 일으켜 몇 달 동안 황제로 자칭한 일도 있었던 장군)의 참
군(參軍)으로 있을 때, 한 번은 환온이 9월 9일에 용산(龍山)
에서 잔치를 열어 막료들이 모여 즐겁게 놀았는데, 그때 마침
서풍(西風)이 불어 맹가의 모자가 날아갔는데도 맹가는 알아
차리지 못하였다. 이에 환온이 손성(孫盛)에게 글을 지어 맹가
를 조롱하게 하자 맹가가 곧바로 화답하였는데, 그 글이 매우
아름다워 모두들 찬탄하여 마지않았다고 한다. 이 이후에 이
고사로 인하여 중양절에 높은 곳에 올라가 모자를 떨어뜨리는
풍류가 생겨났다고 한다.〔≪晉書 卷98 孟嘉列傳≫〕 ―고전db
각주 정보에서 몇 자 고쳐 인용.

* '서풍'은 권세나 명리를 비유한 말이기도 하다.

진(晉)나라 때의 명신(名臣) 왕도(王導)는 자가 원규(元規)인 권신(權臣) 유량(庾亮, 황제의 장인)이 서쪽의 외진(外鎭)에 나가 있으면서 조정의 권력을 주무르는 것을 못마땅하게 여겨, 항상 서풍이 불어 먼지가 일어나면 부채를 들어 얼굴을 가리면서〔常遇西風塵起, 擧扇自蔽〕 말하기를, "원규의 먼지가 사람을 더럽히려 하는구나.〔元規塵汙人〕"라고 한 고사를 차용한 것이다. −≪晉書 卷86 王導列傳≫

그러니 이 시의 이 제2연을, 다음과 같이 세 가지 유형으로 약간씩 다르게 번역할 수가 있을 것이다.

사람을 늙게 만드는 가을바람은 크게 정다운 생각이 없는 것이라서〔누런 국화꽃에 불어 들어가지 않고서 내 살쩍의 머리털로만 찾아 들어온다〕

장난기 많은 가을바람은 아주 부질없는 물건이라서〔누런 국화꽃에 불어 들어가지 않고서 내 살쩍의 머리털로만 찾아 들어온다〕

서쪽을 차지하고서 정치권력을 남용하는 불쾌한 바람은 크게 불쾌한 것인데〔누런 국화꽃에 불어 들어가지 않고서 내 살쩍의 머리털로만 찾아 들어와서 나를 늙게 만든다〕

이 시를 제목부터 다시 한 번 훑어보면, 모든 어구마다 긍정적인 어투보다는 "피지 않는다" "늦다" "시들하다" "정이 없다" "들어가지 않는다" 같은 부정적인 어투가 쭉 깔려 있다. 그런데도 이 시를 읽고 나면 구슬프다거나 절망스럽다는 느낌보다는 오히려 좀 장난기가 섞인, 매우 재미있는 작품이라는 생각이 든다. 국화의 누런 빛깔과 자기 머리의 변색을 비교한 비유 자체가 우습게 여겨지기 때문일까?

18. 중국의 사고전서에도 보이는 선사사에서 (仙槎寺)

- 김종직

내 우연히 선사사에 이르니 　　　偶到仙槎寺하니
　　　　　　　　　　　　　　　우 도 선 사 사

바위는 쓸쓸한데 소나무 계수나무에는　巖空松桂秋라
가을 깃들었다 　　　　　　　　　　암 공 송 계 추

두루미는 신라시대의 일산을 펴고 　鶴飜羅代蓋요
　　　　　　　　　　　　　　　학 번 라 대 개

용은 부처 하늘의 공을 찬다 　　　龍蹴佛天毬라
　　　　　　　　　　　　　　　용 축 불 천 구

보슬비 내리는데 중은 누더기 깁고　細雨僧縫衲하고
　　　　　　　　　　　　　　　세 우 승 봉 납

차가운 강물에는 길손이 노를 젓네　寒江客棹舟라
　　　　　　　　　　　　　　　한 강 객 도 주

외로운 구름 조각 어지러운 풀을 띠고　孤雲書帶草하고
　　　　　　　　　　　　　　　고 운 서 대 초

바람소리와 함께 못 머리에 가득 찼다.　獵獵滿池頭라
　　　　　　　　　　　　　　　엽 렵 만 지 두

- 속동문선 제6권 / 오언율시(五言律詩)
ⓒ 한국고전번역원 | 김달진 (역) | 1969

선사사에서 (仙槎寺)

偶到仙槎寺	우연히 선사사에 이르니
巖空松桂秋	암자는 비었는데 소나무 계수나무 가을을 맞았네
鶴翻羅代盖	학은 신라 때의 일산을 뒤집고
龍蹴佛天毬	용은 부처님의 공을 차네
細雨僧縫衲	가는 비 내리니 스님은 누더기를 깁고
寒江客棹舟	차가운 강물에 나그네는 배를 젓고 있네
孤雲書帶草	최고운 선생님 책을 묶었던 풀이
獵獵滿池頭	살랑살랑 온 못 주변을 가득 채우고서 나부끼네.

– 졸역

* 선사사(仙槎寺) 출전 ≪동쪽 나라의 시문선집 속집≫ 권6. ≪점
필재집≫에는 수록되어 있지 않음. 형식 오언율시. 각운 秋, 毬,
舟, 頭 하평성 우(尤) 운. 이 절은 대구의 하빈(河濱) 남쪽 마
천산(馬川山, 일명 錦城山)에 있는데, 암자 곁에 최치원이 벼루
를 씻던 못이 있다. –≪동람≫ 권26 참조.
* 김종직(金宗直, 1431~1492) 조선 초기의 문신. 호는 점필재
(佔畢齋). 정몽주, 길재 등의 학통을 이은 아버지 김숙자(金叔
滋)로부터 수학, 뒷날 사림(士林)의 중심이 되었으며, 문학과

사학에도 두루 능통하였음. 중국의 항우가 그가 모시던 임금 의제를 죽인 것을 비난하는 글[弔義帝文]을 적어 세조가 단종을 죽인 것에 비유하였는데, 이 글 때문에 그는 죽은 뒤 관을 파내어 시체를 자르는 형벌을 받았고, 사림파에 속하는 그의 제자들도 일망타진되었다. 이것을 역사에서는 무오사화라고 한다. 이 때문에 그의 저술이 후세에 다 전하지는 못하나, 시문집인 ≪점필재집≫, 한국 한시선집인 ≪청구풍아≫, 편저인 ≪동국여지승람≫ 등이 전하고 있다.

* 암공(巖空) 이 일대의 오랜 역사와 전설이 다 공허하게 되었다는 비유일 수도 있음. 당나라 손적(孫逖)의 〈최사마님이 칭심사 절을 읊으신 시에 화답하여和崔司馬登稱心山寺〉: "정자에 기대어 일망무제함을 바라보니, 찾는 산 모두 큰 허공에 묻혔다네. 동굴은 비었는데 우임금의 자취 아득하고, 바다 고요한데 진시황 때 지나간 일 남았는가 살펴보네倚閣觀無際, 尋山盡太虛. 巖空迷禹跡, 海靜望秦餘"

* 송계(松桂) 소나무와 계수나무. 당나라 한유(韓愈)의 〈현령의 집무실에서 책을 읽다縣齋讀書〉: "산수 좋은 고을의 원으로 나와서, 소나무와 계수 숲에서 책을 읽누나出宰山水縣, 讀書松桂林"-≪韓昌黎集 卷4≫

* 학번(鶴翻) 학이 아래로 위로 날아 올라갔다 내려왔다 하거나, 거꾸로 배를 뒤집어 나는 것. 당나라 백거이(白居易)의 〈흰 깃털 부채白羽扇〉: "쏴아쏴아 하는 바람소리는 소나무에서 울려 나오는 음향과 같고, 흔들흔들 나부끼는 모습은 학이 하늘에서 뒤척이는 것과도 같구나颯如松起籟, 飄似鶴翻空"

* 나대개(羅代蓋) 盖 자는 蓋 자와 통용. 신라시대의 보개(寶蓋). 개는 보개니, 곧 보옥으로 장식한 천개(天蓋)로 불, 보살, 강

사(講師, 강의를 주관하는 교수), 독사(讀師, 강사를 도와서 독경하는 사람) 같은 높은 사람이 앉는 자리 위에 쳐놓는 일산(日傘) 같은 것.

* 용축(龍蹴) 당나라 승려 교연(皎然)의 〈장백영의 초서를 노래함張伯英草書歌〉: "놀란 용이 차고 밟으니 날아갔다가 떨어지려 하고, 다시 엿보니 온 등림의 꽃 아침에 다 떨어진 듯하더라驚龍蹴踏飛欲墮, 更覷鄧林花落朝"

* 학번나대개(鶴翻羅代盖) 위 참고에서 인용한 ≪시화총림≫의 번역본과 대조하면, 이 구절과 다음 구절에서 네 글자나 이 원문과 차이가 있으나, "바람"과 "비" "꽃"보다는 "학"과 "용"과 "공"이 의미는 연관이 있으면서도, 심상은 더욱 구체적이므로 그대로 둔다. "개盖"자는 "개蓋"자와 같은 뜻으로 통용된다.

* 불천(佛天) 불교신자들이 부처님을 숭배하고 존중히 여기기를 마치 일반인들이 하늘을 숭배하는 것같이 한다 하여 이렇게 이름. -≪불교사전≫ p.338.

* 구(毬) 공인데 여기서는 꽃봉오리를 말한다. ≪법화경≫〈서품序品〉에 "하늘이 만다라화와 마하 만다라화, 만수사화, 마하 만수사화를 내려서 부처님과 여러 대중에게 뿌렸다"는 말이 있음.

* 서대초(書帶草) 잎이 길고 질기기 때문에 책을 묶는 데 사용한 풀. 후한 말기의 유명한 경학자 정현(鄭玄)의 문하생들이 이 풀로 책을 묶었다고 함. 송나라 소식(蘇軾)의 〈문동(文同)님의 양천의 정원과 못・독서하는 난간和文與可洋川園池・書軒〉: "정원 아래 이미 책 묶는 풀 생겨나니, 사또께서 아마도 큰 학자 정현 선생님이 아니신지요庭下已生書帶草, 使君疑是鄭康成"

* 엽렵(獵獵) 바람소리. ≪중국고대명문선집(文選)≫에 수록된 포조(鮑照)의 〈수도로 돌아가는 도중에 지은 시還都道中作詩〉:

"뭉게뭉게 저녁 구름 일어나고, 설렁설렁 저녁 바람 거칠어지네
鱗鱗夕雲起, 獵獵晚風遒"

【참 고】 점필재의 시를 우리나라에서 최고라고 하는 것이 실제로 지나친 칭찬이 아니다. 그리하여 나는 매양 그 시에,

가랑비 내리는 속에 중이 장삼을 꿰매고　細雨僧縫衲
싸늘한 강에는 길손이 배를 저어간다.　　寒江客棹舟

를 외우면 그 정교하고 세밀한 데 탄복하지 않을 수 없고,

바람에는 나대개가 펄럭이고　　　　　　風飄羅代蓋
빗발은 불천화를 차낸다.　　　　　　　雨蹴佛天花

를 외우면 그 호방하고 원대한 데 탄복하지 않을 수 없다.─신흠(申欽)의 ≪밝은 창가에서 가볍게 나누는 이야기(晴窓軟談)≫, ≪역대시화총림 상≫(홍찬유 역, 통문관, 1993 p.558).

【해 설】 이 글 맨 앞의 번역에서는 제7행에 나오는 "고운"이라는 말을 모두 "외로운 구름"이라는 말로 번역해 두었는데, 이 선사사라는 절과 최고운(치원) 선생과 관련이 있다는 전설을 미처 조사해 알아보지 못하고서 번역한 것이다.

제목으로 삼은 선사사라는 절 이름에 나오는 "선사"라는 말은 원래 다음과 같은 전고를 가진 말이다. ≪운부군옥(韻府群玉)≫ 권6에 "요(堯)임금 때 큰 뗏목이 사해(四海)에 떠다니는데 그 위에 별과 달처럼 빛나는 것이 있고 12년 만에 한 번 주천(周天)한다. 이를 관월사(貫月查) 또는 괘성사(掛星槎)라 하는데 신선이 이 뗏목 위에 머물렀다." 한다. 일반적

으로 사행(使行)을 선사(仙槎)라 하여 뗏목을 타고 은하수로 가는 것에 비유하는데, 이는 한(漢)나라 때 장건이 대하국(大夏國)에 사신으로 갔다가 뗏목을 타고 황하(黃河)의 근원을 거슬러 올라가 은하수(銀河水)에 이르렀다는 전설(傳說)에서 유래하였다. ―고전db 주석 정보.

선사사라는 절은 검색해보니 대구 근처의 낙동강 유역에 있는데, 아마 강물과 가까운 곳에 위치한 곳이라서 이러한 이름이 붙은 것 같고, 그 주변의 산을 ≪동국여지승람≫에서는 마천산에 이 절이 있다고 하였으나, 옛날 책들을 보면 대구, 달성에 선사산이라고 하는 산이 있다는 기록도 더러 있는 것을 보아서 아마 이 절 부근에 있는 산을 "선사산"이라고도 부르지 않았는가 싶기도 하지만 자세한 것은 더 조사해보아야 할 것 같다. 어찌되었건 산이나 절 이름치고는 "선사"라는 말이 붙어, 매우 신비하고도 멋지게 보이는 것 같다.

우연하게 선사사에 이르고 보니,
암자는〔巖〕 텅텅 비었는데〔空〕 소나무, 계수나무에만〔松桂〕
가을이 무르익었구나〔秋〕.

"암"이라는 글자에는 몇 가지 뜻이 있다. 첫 번째 뜻은 "물을 끼고 있는 지세가 험준한 골짜기"이다. 그 다음 뜻은 대개 그러한 곳에 있는 "바위굴"이고, 그 다음 뜻은 큰 건물에 딸린 "조그마한 건물"이다. 사실 이 시에서 이 글자를 번역할 때, 이 중에 어느 단어로 번역한다고 하더라도 잘못된 것은 아니다. 그러나 이 시의 마지막 연에서 최고운 선생이 여기 와서 공부하던 이야기가 나오므로, 앞뒤가 서로 호응하는 것으로 보려면 아무래도 "암자" 정도로 번역하는 것이 가장 좋으리라고 생각한다. 그렇게 보고 나면 그 다음에 나오는 소나무와 계수나무도 주석에서 인용한 것과 같은 한유 시의 전고와도 약간 맞아 들어간다. 암자는 이미 비었는데, 그분이 독서하시던 소나무와 계수나무는 여전히 가을을 맞이하였지만 조금도 변함없이 푸르기만 하구나. 마치 고운선생의 맑은 정신을 생각나게 하듯이….

지금 다시 보니, 제3행에 나오는 "학"을 시인(점필재)이 이 시를 쓸 때 눈앞에 날아다니고 있는 학으로 본 것이 아니라, 절간의 어디에 신라 때 학문을 강의하던 법사의 머리 위에 쳐진 일산에 그려진 학의 모습을 돌에 조각해 놓은 것으로 본 것이다. 만약 그렇게 본다면 그 다음에 나오는 용도 역시 조각된 용으로 보아야만 한다. 지금은 그러한 조각들이 이 절에 만들어져 있는지 알 수가 없지만, 이러한 사실들이 옛날에는 일어났던 것으로 상상해보는 것이 더 신비하게 느껴질 것이다. 비록 번역문에서는 동사를 현재형으로 사용하더라도…. 이 한 연에 대해서는 위에서 읽은 시화에서 "호방하고 원대한데 탄복하지 않을 수 없다."고 평하였다.

점필재선생님은 조선 전기의 유학자 중에서 "오현"의 한 분으로 조선 전기의 정국에서 훈구파와 사림파와의 대립에서 사림파의 큰 줄기를 이룩한 분이다. 그런데 지금 볼 수 있는 그의 저술은 대부분이 시이다.

≪국역점필재집≫은 시집 23권, 문집 2권, 이준록(彛尊錄) 2권, 연보 합 9책으로 되어 있다. 시집 권1~권23에는 각체(各體)의 시가 저작 연대순으로 편차되어 있으며, 각 권에는 대략 40~60제(題)의 시가 실려 있어 모두 1,076제(題)나 된다. 이

처럼 문집의 대부분이 시로 구성되어 있어 점필재가 시문(詩文)에 주력한 문장가임을 알게 한다. 이 때문에 퇴계는 "점필재가 시문에 주력하였는데 전아하여 도에 가까웠다."〔≪퇴계집≫ 권2, 〈閒居次趙士敬… 十四首〉의 주〕라고 비평하였는데, 이는 성리학에 대한 점필재의 저술이 남아 있지 않은 탓이기도 하지만 점필재의 시대는 아직도 성리학보다는 사장(詞章)이 더 성했던 시기임을 보여주는 것이다. —한국고전db 점필재집 해제에서 몇 자 수정 인용.

지금 풀이하고 있는 이 시는 점필재의 대표적인 명작의 하나이지만, 오히려 위에서 본 ≪점필재문집≫에는 수록되어 있지 않고, 오직 ≪속동문선≫에만 수록되어 있다. 이로 보면 위에서 해제하고 있는 책에도 이미 빠진 글이 있음을 알 수 있다. 그분이 사후에 참화를 당한 뒤에 한동안 그의 글을 보는 것조차 처벌을 면치 못하는 시기가 있었다고 하므로 그럴 수밖에 없었을 것이다.

그러나 이 시는 우리나라의 여러 시화에도 언급되어 있지만, 청나라의 저명한 학자인 왕사정(王士禎)의 ≪지북우담池北偶談≫이란 책에 우리나라의 이름난 시를 소개한 글〔朝鮮採風錄〕에도 수록되어 있다. 그 글의 개요는 다음과 같다.

강희(康熙) 17년(1678. 숙종4)에 손치미(孫致彌)가 조선에 사신으로 갔다가 조선의 시를 채집하여 ≪조선채풍록(朝鮮採風錄)≫을 찬하였는데, 모두 근체시(近體詩)였다. 이제 그 가운데서 읊을 만한 것을 가려 뽑아 여기에 대충 실었는데, 임제(林悌)의 시 1수, 백광훈(白光勳)의 시 2수, 오시봉(吳時鳳)·김굉필(金宏弼)·조욱(趙昱)·정작(鄭碏)·성운(成

運)·백광면(白光勉)의 시 각 1수, 김종직(金宗直)의 시 2수, 기매(奇邁)·정도전(鄭道傳)·어무적(魚無迹)·권응인(權應仁)의 시 각 1수, 조희일(趙希逸)의 시 2수, 김류(金瑬)·이달(李達)·정사룡(鄭士龍)·정지승(鄭之升)의 시 각 1수, 최경창(崔慶昌)의 시 2수, 유영길(柳永吉)·김질충(金質忠)·임억령(林億齡)·최수성(崔壽峸)·김정(金淨)·정지상(鄭知常)·설손(偰遜)·이식(李植)·권우(權遇)·허균(許筠)의 시 각 1수, 박미(朴瀰)의 시 6수가 그것이다. - 고전db의 ≪해동역사≫에서 인용.

이 ≪지북우담≫ 책이 전자판 ≪사고전서≫에도 수록되어 있으므로 중국의 여러 시와도 비교해 볼 수가 있다. 이 시에 나오는 문구를 거기에서 검색해보니 "客棹舟"라는 표현은 점필재 선생의 이 시 이외에는 중국에서도 지금까지 사용한 사람이 없었고, "僧縫衲"이라는 표현은, 점필재보다는 조금 앞에 살았던 명나라 때 한 사람이 사용한 예〔병부상서를 지낸 徐有貞의 ≪武功集≫〈游玄墓山聖恩禪院〉〕가 하나만 보일 뿐이다. ―이 경우 점필재가 이미 그 명나라 사람의 그 시구를 본 적이 있었는지 없었는지를 좀 더 검토해 볼 수도 있을 것이다. 하여튼 여기서 이야기되는 이 두 말이 들어가는 두 시구는 앞의 참고에서 읽은 바와 같이 "정교하고 세밀한 데 탄복하지 않을 수 없는" 명구들이라니 자랑스럽지 않을 수 없다. 더구나 이러한 좋은 말들을 그분이 독창적으로 만들어 사용한 것 같기도 하니….

마지막 연은 앞 구와 뒤 구가 서로 엉겨 붙은 연면구인데, 앞 구절의 "서대초"라는 말이 다음 구절의 주어가 되고 있다.

고운선생이〔孤雲〕 책을 묶었던 풀만이〔書帶草〕
설렁설렁〔獵獵〕 온 못 주변을 덮었구나.〔滿池頭〕

서대초라는 말의 전고와 관련 있는 정현(鄭玄)은 후한 말기의 이름난 경학자로 진시황 때 허물어졌던 유가 경전 연구를 집대성한 불세출의 대학자이며, 또 인품도 매우 고상하여 황건적이 그가 살던 고을은 침범하지 않았다는 미담이 전하는 정도의 전설적인 인물이다. 한국에서의 최고운 선생의 위치를 이렇게 높이 추앙한 것이다. 이렇게 이름난 곳에 그의 자취는 간 곳이 없고, 다만 당시에도 자라고 있었던 무정한 풀만이 지금도 여전히 이 선사사의 못 주변을 덮고 있구나.

시 한 수 안에 호방하고 원대한 부분도 있고, 정교하고 세밀한 부분도 있으니, 이 시는 명작이 될 수밖에 없다.

19. 홍겸선의 제천정 시에 화답하여, 송중추 처관님의 각운자를 사용하여 (和洪兼善濟川亭次宋中樞處寬韻) - 김종직

꽃을 불고 버들을 포개는
반강의 바람인데
돛대 그림자는 흔들흔들
저녁 기러기를 등진다
한 조각 고향 마음이
하염없이 기둥을 의지하면
흰 구름은 날아
술 실은 배를 지나간다.

吹花擘柳半江風한데
취 화 벽 류 반 강 풍

檣影搖搖背暮鴻이라
장 영 요 요 배 모 홍

一片鄉心空倚柱하니
일 편 향 심 공 의 주

白雲飛度酒船中이라
백 운 비 도 주 선 중

- 속동문선 제9권 / 칠언절구(七言絶句)
ⓒ 한국고전번역원 | 김달진 (역) | 1969

점필재가 제천정운(濟川亭韻)에 차운한 시에

꽃을 흩날리고 버들을 꺾는 반강 바람에　吹花劈柳半江風
돛그림잔 석양 기러기를 진 채　　　　　　檣影擔搖背暮鴻
건드렁거린다
한 조각 고향 생각에 부질없이　　　　　　一片鄕心空倚柱
기둥에 기대니
흰 구름만 날아서 술 실은 배를　　　　　　白雲飛度酒船中
스치는구나.

ⓒ 한국고전번역원 ㅣ 신승운 (역) ㅣ 1984

제천정에서 중추부사 송처관의 운에 차운한 홍겸선의
　시에 화답하다 (和洪兼善濟川亭次宋中樞處寬韻)

꽃 피우고 버들 싹 틔우는 반강 바람에　吹花擘柳半江風
돛대 그림자 흔들려라　　　　　　　　　檣影搖搖背暮鴻
저문 기러기 등졌네
고향 생각에 부질없이 기둥 기대섰노라니 一片鄕心空倚柱
흰 구름은 날아서 술 실은 배를 지나누나. 白雲飛度酒船中

－ 점필재집 시집 제1권 / 시(詩)
ⓒ 한국고전번역원 ㅣ 임정기 (역) ㅣ 1996

해설 시 편　199

* 제천정(濟川亭) 남산과 한강이 만나는 곳인 지금의 용산구 한 남동에 있었던 정자로, 한강루(漢江樓), 한강정(漢江亭) 등으로도 불렸다. 1456년(세조2)에 세워진 왕실의 별장이자 중국 사신을 접대하던 곳으로, 조선 초기의 시인들이 즐겨 찾아가서 시를 짓던 곳이다.

이 시는 세조 때 문신으로 전라관찰사와 지중추부사(知中樞府事)를 지낸 세조 때의 문신 송처관(宋處寬, 1410~1477)이 이 정자를 소재로 삼아 지은 시의 각운자를 그대로 사용한 것이다. -이 시의 역주에는 안대회 등 공역 ≪조선시대의 한시 2≫ P.142-3을 많이 참조하였음.

* 취화(吹花) 두보(杜甫)의 〈절구絶句 3수〉 중 셋째 수: "봄 오니 좋다고 멋대로 말하지 말라, 광풍이 너무 세차게 부는구나. 꽃을 불어 물을 따라가게 하고는, 낚싯배를 뒤집어 놓는 것을 謾道春來好, 狂風太放顚. 吹花隨水去, 翻却釣魚船"

* 벽류풍(擘柳風) ≪풍토기(風土記)≫: "하북 지방에는 봄이 되면 질풍이 며칠이나 계속되는데, 한 번 일면 3일 동안 계속되다가 그치는데, 바로 '취화벽류풍(꽃을 날리고, 버들을 꺾는 바람)'이다 河朔春時疾風數日, 一作三日乃止, 曰吹花擘柳風"

* 반강(半江) 당나라 백거이(白居易)의 〈저물녘 강에서暮江吟〉의 "한 줄기 남은 햇볕 물속으로 퍼져드니, 강의 절반은 짙푸른 녹색이요 절반은 붉은빛이네.〔一道殘陽鋪水中, 半江瑟瑟半江紅〕"라는 시구에서 차용한 표현이다.〔≪白樂天詩集 卷19≫〕 -고전db 각주 정보.

* 장영(檣影) 당나라 요합(姚合)의 〈하상정에서 적다題河上亭〉: "술잔 속에 돛대 그림자 일렁이고, 거문고 소리에 물결소리 일어나네盃裏移檣影, 琴中有浪聲"

* 모홍(暮鴻) 저녁에 나는 기러기. 송나라 말기 임경희(林景熙)의 〈임편수관께 띄움寄林編修〉: "조그마한 수레로 푸른 화북 지방을 지나가지 말라, 성 위의 군가 소리 저녁 기러기를 날려 보낼 터이니巾車莫過靑華北, 城角吹愁送暮鴻"

* 의주(倚柱) 당나라 말기 두목(杜牧)의 〈구봉루에 올라서登九峯樓〉: "타향에서 고을살이하니 부질없이 술에만 시드는데, 녹음 방초 우거진 두릉 땅에 어찌 집이 없어서이겠는가? 흰머리만 죽어라 끌어대면서 기둥에 기대고 서서 생각하니, 돌아가는 배 언제쯤 타게 되어 거위들 뒤집혀지는 소리 듣게 될 거나?爲郡 異鄕徒泥酒, 杜陵芳草豈無家. 白頭搔殺倚柱遍, 歸棹何時聞軋鴉"

* 주선(酒船) 필탁(畢卓)은 술을 몹시 즐겨 주호(酒豪)로 이름이 높았던바, 그가 이부랑(吏部郎)으로 있을 때 한 번은 그 이웃집에 술이 익은 것을 알고는 밤중에 그 항아리 곁으로 가서 술을 실컷 훔쳐 마시고 그자리에서 잠이 들어 마침내 술 관장하는 사람에게 붙들려서 꽁꽁 묶여 있다가 다음날 아침에야 풀려난 일이 있기까지 했다. 그가 일찍이 사람들에게 말하기를, "술을 수백 곡 배에 가득 싣고, 사철 맛 좋은 음식들을 배의 양쪽 머리에 쌓아 두고, 오른손으로는 술잔을 들고, 왼손에는 게의 집게 다리를 들고서 술 실은 배에 둥둥 떠서 노닌다면 일생을 마치기에 넉넉할 것이다.〔得酒滿數百斛船, 四時甘味置兩頭. 右手持酒杯, 左手持蟹螯. 拍浮酒船中, 便足了一生矣.〕"라고 했던 데서 온 말이다. ─《晉書 卷49 畢卓列傳》

이태백의 시에 "강동을 향해서 가고 싶다만, 정작 누구와 술잔을 들꼬. 회계산에 이미 하로도 없지 않나, 술 실은 배 노 저어 돌아올 밖에.〔欲向江東去, 定將誰擧杯. 稽山無賀老, 却棹酒船 回.〕"라는 구절이 나온다. ─《李太白集 卷22 重憶》

이태백을 적선(謫仙)이라고 일컬었던 당나라 하지장(賀知章)이 비서감(祕書監)으로 있다가 그의 고향인 회계산 경호(鏡湖)의 도사(道士)로 나가게 해 줄 것을 청하자, 현종(玄宗)이 경호 1곡(曲)을 하사하였으므로, 경호를 하감호(賀監湖: 하비서감의 호수) 혹은 감호(鑑湖: 거울 호수)로 부르게 되었는데, 이 시의 하로는 하지장이다. ―이상 고전 db에서 인용.

【해설】 점필재 김종직 선생의 시인데, ≪속동문선≫에만 수록되어 있고, 그분의 문집에는 수록되어 있지 않은 시이지만, 훌륭한 시로 평가받아왔다.

이 글 앞에서 이 시에 대한 번역을 세 가지나 찾아서 수록해 보았지만, 원문과 대조해보면 역시 무슨 뜻인지 잘 이해되지 않는 점이 있다. 필자는 일단 위에서 찾아본 여러 가지 전고 풀이를 참조해 가면서 이 시를 다시 한 번 생각해보고자 한다.

꽃을 불어 날아 떨어져서
물결 따라 흐르게 하고
버들을 흔들어 가지를 꺾어
이리저리 날아다니게 하여
절반은 꽃빛이요
절반은 버들빛으로
치장하게 만든
이 미친 듯한 봄바람이
〔吹花擘柳半江風〕

돛대의 그림자를
일렁일렁 흔들고 있는데

저녁 기러기는
강물을 등지고
높이높이
멀리멀리
저쪽 하늘 끝으로
애처롭게 날아가고 있구나
〔檣影搖搖背暮鴻〕

고향을 향한 일편단심을
오직 마음속에만 간직하고 있을 뿐
언제쯤 돌아가게 될지 기약할 길 없어
부질없이 이 정자 기둥에 등을 기대고 멍청하니 서서
저물어 가는 저 봄날의 강 물결을
하염없이 내려다보고만 있노라니
〔一片鄕心空倚柱〕

무심한 구름은
그 좋은 술 실은 배 위를
유유자적하게 날면서
타 넘고 있구나
나도 저렇게 배에다 술을 마음껏 싣고
저 구름 따라 유유자적하게 돌아다니고 싶어지는구나!
〔白雲飛度酒船中〕

이 시를 지을 때 점필재선생은 경상도병마절도사라는 벼슬을
하고 있으면서 잠시 서울에 올라와서 이 시를 지은 것이라고
한다. 제목에 보이는 두 분의 원운시를 찾아서 서로 대조해보
았더라면 더 재미가 있을 것 같은데, 지금 찾아보지 못하여 아
쉽다.

20. 갑자기 개었다가 갑자기 비 오다가(乍晴乍雨)
- 김시습

잠깐 개었다 다시 비 오다,
비 오다 또 개누나
천도도 그러하거니 하물며
세상의 인정이겠는가
나를 칭찬하는가 하면
어느새 나를 헐뜯고
이름을 피하는가 하면
문득 이름 구한다
꽃이 피고 꽃이 지는 걸
봄이 어찌 관장하리
구름이 가고 구름이 와도
산은 다투지 않는다
세상 사람들에게 말하노니
모쪼록 기억하라
즐거움을 취할 곳은
평생토록 없다는 것을.

乍晴還雨雨還晴하니
사 청 환 우 우 환 청

天道猶然況世情가
천 도 유 연 황 세 정

譽我便應還毀我하고
예 아 변 응 환 훼 아

逃名却自爲求名이라
도 명 각 자 위 구 명

花開花謝春何管고
화 개 화 사 춘 하 관

雲去雲來山不爭이라
운 거 운 래 산 부 쟁

寄語世人須記認이니
기 어 세 인 수 기 인

取歡無處得平生을
취 환 무 처 득 평 생

- 속동문선 제7권 / 칠언율시(七言律詩)
ⓒ 한국고전번역원 | 김달진 (역) | 1969

개다가 비 오다가 (乍晴乍雨)

乍晴還雨雨還晴	잠깐 개었다가 다시 비 오다가, 비 오다가 다시 개이네
天道猶然況世情	하늘의 이치도 오히려 이러하거늘 하물며 세상 인정이랴
譽我便應還毀我	나를 칭찬하다가도 도리어 나를 헐뜯는 소리에 맞장구치고
逃名却自爲求名	이름나길 꺼린다 하나 도리어 스스로 명예를 구하는 짓 하네
花開花謝春何管	꽃 피고 꽃 진들 봄이야 무엇을 상관하겠는가
雲去雲來山不爭	구름 가고 구름 와도 산이야 다투지 않는다네
寄語世人須記憶	이 한 말 띄우노니, 세상 사람들아 꼭 기억해 다오
取歡無處得平生	"즐거움만 취하려 하나, 평소에 꼭 그렇기를 기다릴 수만은 없다는 것"을….

– 졸역

* 사청사우(乍晴乍雨) 출전 《매월당집》 권4. 각운 晴, 情, 名, 爭, 生 하평성 경(庚) 운. 날씨가 걷잡을 수 없이 변하듯이 사

람의 인심도 종잡을 수 없이 자주 바뀜을 꼬집어 노래하고 있음.
* 김시습(金時習, 1435~1493) 조선 초기의 문인이며 생육신의 한 사람. 호는 매월당, 또는 동봉(東峰). 어릴 때 신동이라는 소문이 임금에게 알려질 정도로 장래가 촉망되었으나, 21세 때 수양대군의 왕위 찬탈 소식을 듣고 보던 책을 모두 불살라 버린 뒤에, 스스로 머리를 깎고 중이 되어 전국 각지를 시를 지으며 방랑하다가 59세로 충청도 홍산(鴻山)의 무량사(無量寺)에서 병사함. 저서 《금오신화》, 《매월당집》 23권(이 가운데 15권이 시로 2,200여 수가 전함). ―《한백》 4-757 참조.
* 사우사청(乍雨乍晴) 송나라 구양수의 〈비단 씻는 시내(浣紗溪)〉

잠깐 비 내리다가 잠깐 개이니   乍雨乍晴花自落
꽃은 저절로 떨어지는데
추위 근심하고 한가로움 고민하다가 보니 寒愁閑悶日便長
하루해도 지겹게 길구나.

《오등회원五燈會元》(권14): "마루에 오르니 잠깐 비 오다가 잠깐 개이며, 잠깐 춥다가 잠깐 더우니, 산승의 일은 산승이 스스로 알고, 사람들의 일은 사람들이 저절로 이야기합니다上堂, 乍雨乍晴. 乍寒乍熱, 山僧底箇, 山僧自知, 諸人底箇, 諸人自說" 《불조통재佛祖通載》(권20): "〔금나라 보암普庵선사가, 홀연히 어느 날 붓을 찾아서 절의 서쪽 벽에 적기를〕

갑자기 비 오다가 갑자기 개이니   乍雨乍晴寶象明
사물의 모습 밝아지더니
동서남북에 어지러운 구름   東西南北亂雲生
생겨나는구나

구슬 다 잃어버리고 사람이 겁탈을 당할   失珠無限人遭劫
때라도

헛것으로 보고 재치있게 대응한다면   幻應權機爲汝淸
그대가 맑게 되겠네.

★평생(平生) 평소라는 뜻과 일생이라는 뜻이 있는데〔≪한사≫
2-924〕여기서는 전자의 뜻을 취하였다. 왜냐하면 이 구절 안
에서 평생(일생)이라고 하면 뜻이 너무 막연한 것 같으나, 평소
라고 하면 좀 구체적이기 때문이다.
★이 마지막 구절의 "득"자의 뜻은 "기다리다(待)"이다. ─왕숙
민(王叔岷), ≪고적허자광의(古籍虛字廣義)≫, p.241.

【해설】 이 시는 뜻이 별로 어렵지는 않다. 제목에 나오는 "갑
자기 개었다가 갑자기 비 오다乍晴乍雨"라는 말은 원래는 날
씨를 표현하는 말이지만, 사람의 마음이 "이렇다가 저렇다가"
바뀌는 것같이 바뀌어 가는 것, 또는 세상일이 "이렇다가 또
저렇다가" 하면서 바뀌어 가는 것… 등등으로 비유하여 표현하
는데, 일기나 시, 또는 스님들의 설법에도 가끔 등장하는 단어
이다.

이 말이 들어가는 시에는 흔히 한 구절 안에 똑같은 글자를 중
첩하여 사용하는 경우가 많은데, 이 시에서도 8구 중에서 5구
나 똑같은 글자를 중첩하여 사용하고 있는 점이 매우 독특하
다. 한 수의 시 안에서 어떤 글자를 다른 구절에서 중복해 사
용하는 것은 작시법에서 일반적으로 시원치 않게 보나, 이렇게
한 구절 안에서 똑 같은 글자를 되풀이하여 사용하는 것은 오
히려 바람직한 것으로도 보는데, 아마 똑같은 글자의 똑같은

발음이 중복됨으로써, 음률적인 효과도 나타나면서, 말하고자 하는 말의 의미 전달도 더욱 확실해질 것이기 때문일 것이다. 그렇지만 어떤 경우에는 이렇게 한 구절 안에 똑같은 글자를 사용하는 것이 언어의 유희와 같이도 보일 수도 있다. 더구나 이 시와 같이 8구로 된 시행 안에서 절반 이상인 5구나 이렇게 똑같은 자를 중복하여 적는 경우에는 그러한 유희적인 요소가 매우 짙은 것으로 보인다.

그런데, 거침없이 변하는 것 중에는 그렇게 변화하지만 본래 모습이 그러하니 아무 탈이 없는 것도 있지만, 변하면 안 되는 데도 거침없이 이렇게 하다가 금세 저렇게 바꾸기 때문에 아주 고약한 것이 있다. 앞의 것은 자연의 변화에 해당되는 것이니, 바로 날씨, 꽃, 구름 같은 것이고, 뒤의 것은 사람의 마음씨 같은 것이다. 사람의 마음씨는 비단 변화만 할 뿐만 아니라 말로 는 이렇게 한다고 하면서도 오히려 행동은 그것과 정반대로 하 는 거짓말, 거짓된 행동까지도 서슴지 않고 한다. 이러니 참 고약한 것이다.

이렇게 이 시는 사람이 하는 짓이란 "도리어" 아주 고약한 것이 니, 자연과 같이 변하는 것 같지만 다시 평정을 지속하는 것은 없으니, 아예 좋은 것만 계속되고, 나쁜 것은 영원히 나타나지 말기 바라서는 안 될 것이라고 해학적으로 훈계하고 있다.

21. 산길에서 본대로(山行卽事) - 김시습

아이는 잠자리 잡고	兒捕蜻蜓翁補籬하고
할아비는 울 고치고	아 포 청 정 옹 보 리
작은 개울 봄물에	小溪春水浴鸕鶿라
가마우지 목욕하네	소 계 춘 수 욕 노 자
푸른 산 끊긴 곳에	靑山斷處歸程遠하니
돌아갈 길은 머니	청 산 단 처 귀 정 원
등나무 한 지팡이	橫擔烏藤一個枝라
비껴 메고 오누나.	횡 담 오 등 일 개 지

ⓒ 한국고전번역원 | 정학성 (역) | 1984

산길을 가다가 느끼는 대로(山行卽事)

兒打蜻蜓翁掇籬	아이들은 잠자리 잡고
	할아버지는 울타리 손질하는데
小溪春水浴鸕鶿	작은 시내 봄물 속에는
	가마우지 놀고 있네

青山斷處歸程遠　　푸른 산 끊어진 곳에서도

　　　　　　　　　돌아갈 길은 멀기만 하니

橫擔烏藤一個枝　　비스듬히 지고 있구나,

　　　　　　　　　검은 등나무 막대기 한 가지를.

– 졸역

* 산행즉사(山行卽事) 출전 ≪매월당시집≫ 권1. 형식 칠언절구. 각운 籬, 鷗, 枝 상평성 지(支) 운. 시집 권1 첫머리에 "내가 봄철을 틈타서 산으로부터 서울에 사는 친구를 찾아가는 도중에 그중 좋은 경치를 기록한다.〔余乘春時, 自山訪舊友於京都, 途中記其勝景.〕"라고 말한 다음에 여러 기행시를 적어 놓은 가운데 이 시를 "도점(陶店)"이라고 적어두었다.

"도점"은 글자 그대로 옮기면 "질그릇 굽는 곳"이 되겠고, 혹은 그러한 것을 굽었던 데서 연유한 지명일 수도 있으나, 이 시의 내용으로 보아서는, 그러한 것과 꼭 관련은 없기 때문에, 다른 시선집이나 시화에 있는 대로, 이 시의 내용과 일치하는 제목을 택하였다.

* 철리(掇籬) 울타리를 나무로 엮어 만든 것이 일부분 허물어졌기 때문에, 그 허물어진 부분에 나무를 끼워 넣고서 새끼 같은 줄로 원래 좌우에 있던 나무와 서로 묶는 것을 말함. 어떤 판본에는 "철"자 대신 기운다는 뜻의 "보(補)"자로 되어 있기도 함.

* 청산단처(靑山斷處) 푸른 산길 사이에 나지막하고 편편한 곳.

* 귀정원(歸程遠) 어떤 시화에는 "귀승원(歸僧遠)"으로 되어 있고, 번역도 "산허리 잘록한 너머로, 지나가는 저 중"(역주 시화총림 상 p.801)으로 하여, 이 시의 작자가 어떤 딴 스님이 지나

가는 것을 보고 옳은 것같이 보았다. 그러나 역자는 다음 참고
에서 인용하는 민병수 교수의 의견을 받아들여, 이 구절을 자
기 자신의 모습을 그린 것으로 해석하고자 한다.

* 오등(烏藤) 등나무 지팡이. 소식의 〈갈석암에서 담암의 주인에
게 장난삼아 보냄碣石庵, 戲贈湛庵主〉: "산림에 숨어 있는 선
비들을 등에 업고서 조정에 나간 선비들을 비웃지 말라. 나 같
이 (조정에 나가 벼슬하는) 늙은 영감의 손 안에도 지팡이는 있나
니莫把山林笑朝市, 老父手裏有烏藤"

【참 고】 김열경(金悅卿, 열경은 김시습의 자)의 높은 절개는 우뚝
하니 더할 나위가 없다. 그 시문도 초매하나 마음 쓰지 않고
유희 삼아 지었기 때문에 억센 화살의 최후와 같아서 매양 허
튼 말이 섞이니 장타유(張打油)와 같아 싫증이 난다. 그가 세
향원(細香院)에 쓴 시에,

아침해 돋으려 하니 새벽빛이 갈라지고	朝日將暾曙色分
숲 안개 걷힌 곳에 새는 떼를 부르누나	林霏開處鳥呼群
먼 봉에 뜬 푸른빛 창 열고 바라보며	遠峯浮翠排窓看
이웃 절 종소리는 언덕 너머에서 듣는다	隣寺鍾聲隔巘聞
파랑새는 소식 전하며 약 솥을 엿보고	靑鳥信傳窺藥竈
벽도화 떨어져 이끼에 비추이네	碧桃花下照苔紋
아마도 신선은 조원각(朝元閣)에 돌아가서	定應羽客朝元返
솔 아래 한가로이 소전문을 펴 보리.	松下閑披小篆文

라 했고 소양정(昭陽亭)에서는,

새 너머 하늘은 끝나려 하고	鳥外天將盡
읊조림 끝에 한은 그지없어라	吟邊恨未休

산은 첩첩 북을 따라 굽이쳐 가고	山多從北轉
강은 절로 서쪽 향해 흐르는구나	江自向西流
먼 물가에 기러기 내려와 앉고	雁下汀洲遠
그윽한 옛 기슭엔 배 돌려 오네	舟回古岸幽
어느 제나 속세 그물 떨쳐버리고	何時抛世網
흥을 따라 이곳에 다시 와 놀아볼까.	乘興此重遊

라 했다. 모두 속기를 떨쳐버려 화평(和平)하고 담아(澹雅)하
니 저 섬세하게 다듬는 자들은 응당 앞자리를 양보해야 할 것
이다.

* 장타유(張打油) 저속한 시를 뜻함. ≪양승암집(楊升庵集)≫에
의하면, 당나라 장타유〔기름장수인 장가〕가 눈〔雪〕에 대한 시를
지었는데 그 시는 이러하다. "노란 개는 몸 위가 하얗게 되고,
하얀 개는 몸 위가 부어올랐다黃狗身上白, 白狗身上腫"
* 조원각(朝元閣) 노자(老子)를 제사지내는 도관(道觀) 이름.

－고전db ≪성수시화≫에서 인용
ⓒ 한국고전번역원 | 정학성 (역) | 1984

이 시는 매월당 김시습의 7언절구이다. 산길을 가다가 즉흥적
으로 읊은 것이다. 푸른 산이 다 지났는데도 갈 길은 멀어, 여
태 신세를 진 지팡이조차 힘겨워 등 뒤에 비스듬히 짊어지고
간다는 이 구절이 이 시에서 가장 돋보이는 곳이다. 산길을 가
느라 까만 등나무 가지를 꺾어 지팡이를 만들었지만 푸른 산이
다 끝났으니 이것도 이제는 둘러메고 갈 판이다. 먼 길 가다
지치면, 지팡이로 뒷짐을 지고 가던 옛날 길손의 모습이다.

방랑에서 방랑으로 삶을 끝낸 시인 김시습 자신의 모습 그대
로다. －(고)민병수, ≪한국한시한문감상≫ p.67.

【해 설】 앞서 살펴본 시와 같이 이 시도 특별히 어려운 데는 없다. 허균은 매월당의 시가 마치 시장의 기름 장수〔打油〕 같은 무식한 사람이 쓴 시같이 별로 다듬은 데가 없어서 읽는 데 별 재미는 없지만, 오히려 담박한 점이 있어 좋기도 하다고 평하고 있다.

22. 비를 마주하고, 청주의 동헌에서 짓다
(對雨題淸州東軒) – 성현

그림 병풍에 높은 베개
비단 휘장 가리웠나니
별원에 사람이 없고
비파 이미 드물었다
시원한 기운이 발에 차고
새로 잠이 깨었는데
온 뜰의 보슬비가
장미꽃을 적시더라.

畫屛高枕掩羅幃하니
화 병 고 침 엄 라 위

別院無人瑟已希라
별 원 무 인 슬 이 희

爽氣滿簾新睡覺한데
상 기 만 렴 신 수 교

一庭微雨濕薔薇라
일 정 미 우 습 장 미

– 속동문선 제9권 / 칠언절구(七言絶句)
ⓒ 한국고전번역원 | 김달진 (역) | 1969

비를 대하여 청주의 동헌에 제하다 (對雨題淸州東軒)

畫屛高枕掩羅幃　　그림 병풍 높은 베개에
　　　　　　　　　　비단 휘장 둘렀는데

別院無人瑟已希　　별원에 사람 없고
　　　　　　　　　　비파 소리도 드물어라

爽氣滿簾新睡覺　　발 가득 서늘한 기운에
　　　　　　　　　　잠을 막 깨고 나니
一庭微雨濕薔薇　　온 뜨락 가랑비에
　　　　　　　　　　장미꽃이 촉촉이 젖었네.

– 허백당시집 제6권 / 시(詩)
ⓒ 한국고전번역원 | 임정기 (역) | 2008

비를 마주하고, 청주의 동헌에서 짓다 (對雨題淸州東軒)

畫屛高枕掩羅幃　　그림 병풍 같은 경치 높은 베개 밑에
　　　　　　　　　　베고 누웠는데
　　　　　　　　　　비단장막으로 창 가리고 보니
別院無人瑟已希　　별채에도 사람은 없는 듯
　　　　　　　　　　비파 소리도 이미 드물어졌구나
爽氣滿簾新睡覺　　발 가득 서늘한 기운에
　　　　　　　　　　잠을 막 깨고 나니
一庭微雨濕薔薇　　온 뜨락에 내린 가랑비에
　　　　　　　　　　장미꽃이 젖었구나.

　　　　　　　　　　　　　　　　　　– 졸역

* 대우(對雨) 이백이 쓴 시 제목 중 하나. "주렴 말아 올리고 무
료하게 눈을 드니, 이슬이 풀을 줄줄 적셨더라卷簾聊擧目, 露

濕草綿綿"

* 성현(成俔, 1439~1504) 호는 용재(慵齋), 허백당(虛白堂). 조선 성종, 연산군 초년 시절에 가장 저명한 문인 관료의 한 사람으로 예조판서와 대제학을 역임. ≪악학궤범≫을 편찬하고, ≪용재총화≫를 지음. 문집인 ≪허백당집≫이 고전국역총서로 완역됨.

* 화병(畫屛) 아름다운 경치를 그린 병풍, 또는 그런 그림 같은 경치. 송나라 임포(林逋)의 〈서호西湖〉: "위대한 자연의 신기함은 본래 일정한 형상을 고정해 놓는 것이 아니라서, 서호의 경치들을 여러 폭의 아름다운 병풍 그림처럼 여러 모습으로 만들어 낸다네混元神巧本無形, 匠出西湖作畫屛"

* 고침(高枕) 베개를 높이 베고 자다, 또는 강물 흐르는 소리를 들으면서 즐겁게 잠을 자다. 당나라 허혼(許渾)의 〈오 지역의 장주를 추억하며憶長洲〉: "돌아가고 싶은 마음 부칠 데 없어, 그 풍경 그린 병풍 가운데서 베개 높이 베고 누웠다네歸心無處托, 高枕畫屛中". 당나라 장열(張說)의 〈심도역深度驛〉: "깊은 방안에는 달그림자 걸렸고, 베개 높이고 강물 흐르는 소리 듣는다네洞房懸月影, 高枕聽江流". 두보의 〈객야편客夜篇〉: "주렴 안으로 지는 달그림자 들어오고, 베개 높이니 강물소리 멀리 들리네入簾殘月影, 高枕遠江聲"

* 나위(羅幃) 비단 휘장, 또는 비단 휘장을 친 방. 당나라 시인 이하(李賀)의 〈장진주將進酒〉에 "유리 술잔에 호박주 빛깔 짙기도 해라, 작은 술통에서 흐르는 술 방울이 진주처럼 붉구나. 용 삶고 봉 구우니 기름은 이글거리고, 수놓은 비단 휘장은 향기로운 바람을 에워싸네.〔琉璃鍾琥珀濃, 小槽酒滴眞珠紅. 烹龍炮鳳玉脂泣, 羅幃繡幕圍香風.〕"라는 구절이 있다. ―고전 db에

서 인용.

* 슬이희(瑟已希) 비파 소리 이미 드물어지다. 여기서 "바랄 희" 자는 "드물 희稀" 자와 통용.

* 수교(睡覺) 잠에서 깨다. 잠에서 깬다고 할 적에는 覺 자를 "교" 로 발음함.

【참 고】 이 시를 언제 지었는지는 잘 알 수 없으나, 저자는 같은 장소에 가서 다음과 같은 시를 짓기도 하였다.

〈청주의 동헌 마루에 붙은 이전 시의 각운자를 그대로
  사용하여 짓는다(次淸州東軒韻)〉

서원의 경치는 어두운 빛을 희롱하는데	西原雲物弄暗光
판상의 소파는 화려함을 서로 다투누나	板上騷葩競鬪芳
흐르는 물은 성 한쪽으로 구불구불 흐르고	流水逶迤城一面
높은 누각은 길 한가운데에 우뚝 서 있네	高樓偃蹇路中央
자동화는 시들어라 봄은 이미 저물었고	紫桐花謝靑春晚
녹기금은 한가로워라 해는 한창 길어졌네	綠綺琴閒白日長
나는 본래 청광한 시주객이 아닌데도	我非淸狂詩酒客
옆사람들은 잘못 하지장에 견주누나.	傍人錯比賀知章

- 허백당시집 제6권 / 시(詩)
ⓒ 한국고전번역원 | 임정기 (역) | 2008

* 서원(西原)의 … 희롱하는데 서원은 청주(淸州)의 옛 이름이고, 어두운 빛은 곧 늦봄과 초여름에 한창 우거져 가는 녹엽(綠葉) 의 그늘을 가리켜 한 말이다.

* 판상(板上)의 … 다투누나 소파(騷葩)는 굴원(屈原)의 〈이소離騷〉와 한유(韓愈)의 〈진학해進學解〉에서 "시는 바르고도 화려

하다.〔詩正而葩〕"라고 하여 파경(葩經)이란 별칭이 생긴 ≪시경≫
을 합칭한 말로, 전하여 여기서는 동헌(東軒) 벽 위에 걸린 시
(詩)들을 비유한 말이다.

* 녹기금(綠綺琴) 한대(漢代)의 문장가인 사마상여(司馬相如)가
일찍이 〈옥여의부玉如意賦〉를 지어 양왕(梁王)에게 바치자, 양
왕이 기뻐하여 그에게 하사했다는 명금(名琴) 이름인데, 전하
여 흔히 거문고의 뜻으로 쓰인다.

* 나는 … 견주누나 청광(清狂)은 욕심 없고 호방(豪放)하여 예
법(禮法)에 얽매이지 않음을 말하고, 하지장(賀知章)은 당 현
종 때 비서감(祕書監)을 지낸 풍류시인이다. 두보(杜甫)의 〈견
흥遣興〉 시에 "하공은 평소 남방의 사투리를 쓰고, 벼슬할 때
에도 항상 청광하였네.〔賀公雅吳語, 在位常清狂.〕"라고 하였는
데, 하공은 바로 하지장을 가리킨다. −≪杜少陵詩集 卷7≫

【해설】 동헌은 지방 수령이 집무하는 관청을 말하는데, 청주
는 큰 고을이었으니 아마 이 동헌의 규모도 상당히 컸을 것이
다. 이 시의 첫 구절을 어떻게 풀어야 할지 많이 생각해보았
다. 위에서 인용한 두 가지 번역에서는 모두 병풍을 치고 또
장막을 가리고 하는 식으로 풀었는데, 그렇게 보면 너무 가리
는 게 많아서 좀 답답한 것이 아닌가 하는 생각도 들었다. 그
래서 앞에 나오는 화병이라는 말을 아름다운 풍경을 그린 것과
같은 이 일대의 산천의 풍경으로 생각하고, 고침의 침 자를 동
사로 보아서, 그런 아름다운 산천의 물 흐르는 소리를 베고 높
이 누웠다고 생각하는 게 어떨지 생각해보기도 하였다. 좋은
물가에 세운 정자들 이름 중에는 더러 "물 흐름을 베고 누웠다"
는 뜻으로 침류정枕流亭이라는 이름을 붙인 정자들이 있기 때

문이다. 그래서 이 시를 다음과 같이 풀어보고자 한다.

병풍에 그린 것과 같은 아름다운 산천을
베개 높이고 베고 누워서
비단 휘장 가리고 낮잠을 청하는데

별채에는 사람이 없는지
원님께서 주최하신 연회의
노랫소리도 드물어졌구나

아마 내 낮잠을 깨우지 않게 하려고
조심하고 계시는 것이겠지

상쾌한 기운 휘장 안에 가득하여
새롭게 낮잠 깨고 보니

온 뜰에 가는 비가
장미꽃을 고루 적셔
그 향기 온 동헌에 가득하구나.

첫 구에 나오는 휘장이라는 뜻의 "위幃" 자나 제3구에 발이라
는 뜻의 "렴簾" 자는 실제로는 똑같은 것일 터인데, 다른 행에
서 똑같은 글자를 쓰는 게 재미없을 것 같으므로 바꾸어 썼을
것이다.

23. 평이한 시 2수 – 김굉필

노방송 (路傍松)

한 늙은이 푸른 수염	一老蒼髥任路塵하고
길 티끌에 맡겨두고	일 로 창 염 임 로 진
고생하여 오가는 손	勞勞迎送往來賓이라
보내고 맞이했소	노 로 영 송 왕 래 빈
이해가 차가웁다	歲寒與汝同心事를
너와 심사 같게 하리	세 한 여 여 동 심 사
지나치는 사람 중에	經過人中見幾人고
몇몇이나 보았더냐.	경 과 인 중 견 기 인

– 속동문선 제10권 / 칠언절구(七言絶句)
ⓒ 한국고전번역원 | 양주동 (역) | 1969

길 곁의 소나무 (路傍松)

一老蒼髥任路塵	한 그루 늙은 소나무 흰 수염을
	길 위의 티끌에 내어놓고서
勞勞迎送往來賓	수고스럽고 수고스럽게 갔다왔다하는
	손님들을 맞고 보내네

歲寒與汝同心事　날씨 추워지는데 그대와 같은 마음
　　　　　　　　가진 사람을
經過人中見幾人　이 길 지나는 사람들 중에
　　　　　　　　몇 사람이나 볼 수 있을까.

- 졸역

* 김굉필(金宏弼, 1454~1504) 조선 전기의 문인, 학자. 자는 대유(大猷), 호는 사옹(簑翁)·한훤당(寒暄堂)이다. 김종직의 제자이며 조광조의 스승으로, 정여창, 조광조, 이언적, 이황과 더불어 조선 전기의 "다섯 유학자(오현)" 중의 한 분임. 평생 동안 ≪소학(小學)≫을 애독하고 그 내용을 실천하기에 힘써 스스로 "소학동자"라고 일컬었다고 함. -≪한백≫ 4-600.

* 창염(蒼髥) 노송(老松)을 달리 이르는 말. 북송 소식(蘇軾, 동파)의 〈불일산 영장로의 절간佛日山榮長老方丈〉: "도연명 현령님은 여산으로 돌아갈 것을 생각하였으나 오랫동안 성사되지 않았는데, 혜원(惠遠) 스님은 끝내 그 산을 나오지 않아서 오로지 이름을 남기셨다네. 산중에는 단지 푸른 수염 늙은 소나무 있어, 쓸쓸한 몇 리 길에서 사람을 맞이하고 보낸다네.陶令思歸久未成, 遠公不出但聞名. 山中只有蒼髥叟, 數里蕭蕭管送迎."

【해 설】이 시는 내용이 평이하고, 어려운 전고도 별로 없어 특별히 풀어 설명할 말이 없다. 다음에 김굉필의 시 1수를 더 소개한다.

서회 (書懷)

한가히 홀로 있어	處獨居閑絶往還하고
오고 감이 끊이고는	처 독 거 한 절 왕 환
다만 밝은 달 불러	只呼明月照孤寒이라
차고 외로움 비치었네	지 호 명 월 조 고 한
그대는 아예 이 생애를	煩君莫問生涯事하노니
묻지 마오	번 군 막 문 생 애 사
두어 이랑 연파에	數頃煙波數疊山이로다
몇 첩의 청산뿐이로다.	수 경 연 파 수 첩 산

− 속동문선 제10권 / 칠언절구(七言絶句)
ⓒ 한국고전번역원 ㅣ 양주동 (역) ㅣ 1969

회포를 적다 (書懷)

處獨居閑絶往還	홀로 있고 한가하게 거처하면서 교제를 끊고서
只呼明月照孤寒	오직 밝은 달을 불러서 내 외롭고 찬 것 보게 할 뿐

煩君莫問生涯事	그대여! 번거롭게 내 생애의 일 묻지 말게나
數頃煙波數疊山	몇 이랑 안개 낀 땅, 몇 겹의 푸른 산을 좋아하고 있을 뿐이니….

- 졸역

【해 설】 이 시도 역시 별로 이해하기에 어려움은 없을 것같이 생각된다. 이 시의 마지막 구절에 나오는 글자인 메 산 자와 물결 파 자를 따서 후손들이 파산재라는 정자를 세웠다고 하는 데, 그 정자의 기문에서 이 시의 내용을 풀어 설명하는 말이 보이므로 아래에 인용해 둔다. 번역은 대구에서 활동하는 김홍영 선생이 한 것이다.

〈파산재기(波山齋記)〉 -조긍섭(曺兢燮)

김희택(金熙澤) 군이 가창(佳昌)의 정대(亭臺) 골짜기로 나를 방문하여 정중히 일어나 말하기를, "나의 선조 문경(文敬)선생에게 응현(應賢)이라는 현손(玄孫)이 있습니다. 지금 그 후손들 가운데 접곡리(蝶谷里)에 사는 이들이 겨우 수십 집 인데, 종족을 모으고 빈객을 접대할 장소가 없기 때문에 여러 부로(父老)들이 계획하여 사는 마을 곁에 한 채의 집을 지었습니다. 집이 완공되었으니 이름을 짓고 기문을 지어 우리 후손들에게 은혜를 끼쳐 주기 바랍니다."라고 하였다.

나는 일찍이 선생의 시에

홀로 한가히 지내며 왕래를 끊고	處獨居閒絶往還
다만 명월 불러 고적한 신세 비추게 할 뿐	只呼明月照孤寒

그대는 살아가는 일 묻지 마오	煩君莫問生涯事
몇 경의 물결과 몇 겹의 산 충분하네.	數頃烟波數疊山

라는 말을 좋아했으니, 지금 '파산재(波山齋)'로 이름 짓기를
청하였다.

혹자가 말하기를, "옛날에 강호(江湖)와 임학(林壑)의 아취
에 뜻을 둔 사람이 물은 넓은 것을 싫어하지 않고 산은 깊은
것을 싫어하지 않았다. 그러므로 반드시 만 경의 물결과 만
겹의 산을 얻은 뒤 그 뜻에 맞음을 스스로 장대하게 여겼다.
그런데 선생이 살아가는 일로 삼은 것은 반드시 몇 경과 몇
겹을 말하는가? 어찌 그리 규모가 작은가?"라고 하였다.

내가 답하기를, "이것이 바로 선생의 규모가 큰 까닭이다. 오
직 선생의 평일 뜻에서 보지 않을 것인가. 연세가 쉰이 되어
도 스스로 '소학동자'라고 일컬었지만, 세상에 스스로 규모가
크다고 여기는 사람이 마침내 선생에게 미칠 수 없었다. 그
러므로 천하의 선은 크면서도 스스로 작게 여기는 것보다 큰
것이 없으니, 크면서도 스스로 작게 여기는 이것이 실로 천
하의 큰 것이 되는 바이다. 이 재사에 산과 물이 있는 것은
그것의 크고 작음을 또한 성급하게 헤아릴 수 있는 것이 아
니기 때문에 개략적으로 이름 지어 '파산(波山)'이라고 하였
다. 대개 그 작은 것을 말하자면 한훤당(寒暄堂)이라는 선생
의 호가 일찍이 작지 않은 것이 아니고, 그 큰 것을 말하자
면 선생의 도가 본디 크지 않은 것이 아니다. 오늘날 선생을
본받으려는 사람은 또한 여기에서 법칙을 취하는 것으로 충
분할 것이다."라고 하였다.

혹자가 말하기를, "선생이 즐거움을 삼은 것은 홀로 한가히

지내는 것이었는데, 지금 종족과 빈객의 일이 있는 곳에서 이것으로 살아가는 일을 삼는다면, 또한 담박하여 즐거움이 드물지 않겠는가?"라고 하였다.

내가 답하기를, "이치는 하나일 뿐이다. 크고 작은 것이 이미 하나라면, 홀로 지내는 것과 무리로 지내는 것이 또한 하나 아님이 있겠는가. 나는 오직 담박함을 힘쓰지 않을까 두려울 뿐이다."라고 하였다.

이어서 이 글을 적어 그 뜻을 넓힌다.

– 암서집 제21권 / 기(記)

* 문경(文敬)선생 김굉필(金宏弼, 1454~1504)을 말한다.… 1480년(성종11)에 사마시에 합격, 1494년(성종25)에 행의(行誼)로 천거되어 남부 참봉이 된 후 군자감 주부·감찰 등을 역임했다. 1498년(연산군4)에 무오사화로 인하여 희천(熙川)과 순천(順天)으로 유배되고, 1504년(연산군10) 갑자사화에 사사(賜死)되었다. 시호는 문경(文敬). 관련 자료로는 ≪경현록(景賢錄)≫이 있다.

* 접곡리(蝶谷里) 경상남도 창녕군 남지읍에 있는 마을이다.

* 경(頃) 토지 면적 단위 가운데 하나로, 100묘(畝)가 1경이다.

ⓒ 부산대학교 점필재연구소 | 김홍영 (역) | 2015

24. 8월 18일 밤 (八月十八日夜) – 이행

평생의 벗들이 모두 세상 떠나니 　平生交舊盡凋零하니
　　　　　　　　　　　　　　　　평 생 교 구 진 조 령

백발에 서로 보느니 그림자와 형체 　白髮相看影與形이라
　　　　　　　　　　　　　　　　백 발 상 간 영 여 형

그야말로 높은 누각 달 밝은 밤에 　政是高樓明月夜에
　　　　　　　　　　　　　　　　정 시 고 루 명 월 야

처절한 젓대 소리 차마 못 듣겠어라. 笛聲淒斷不堪聽이라
　　　　　　　　　　　　　　　　적 성 처 단 불 감 청

　– 용재집 제7권 / 영남록(嶺南錄) 경진년, 증고사(證考使)가 되었을
　　　　　　　　　　　　　　　　　　　때 지은 것이다.
　　　　　ⓒ 한국고전번역원 | 이상하 (역) | 1999

8월 18일 밤에 (八月十八日夜)

平生交舊盡凋零　　평소에 오랫동안 사귀어 왔던 친구들
　　　　　　　　　다 시들어 떨어졌고

白髮相看影與形　　흰머리 살펴보며 내 한 몸
　　　　　　　　　다만 내 그림자와만 짝할 뿐

政是高樓明月夜　　바로 이 높은 마루에
　　　　　　　　　이 달 밝은 밤이 되니

笛聲凄斷不堪聽　　피리 소리 하도 구슬퍼

　　　　　　　　　차마 들을 수도 없구나.

- 졸역

* 팔월십팔일야(八月十八日夜) 출전 ≪용재집≫ 권7. 이 문집에
의거하면, 이 시는 이행이 43세 때 정부의 고관으로서 공무로
영남 지방에 출장 중에 바로 다음에 나오는 박은 같은 친구가
일찍이 사화에 연루되어 26세로 사형 당한 것을 슬퍼하면서
지은 것으로 알려져 있다. 각운 霽, 形, 聽 하평성 청(靑) 운.
소동파(蘇東坡)가 항주(杭州)에서 진사(進士) 시험을 행한 뒤
에, 8월 보름의 달빛과 어우러진 조수(潮水)의 기막힌 풍경을
구경하고 싶은 욕심에, 성적을 얼른 매기라고 채근하면서 지은
시에 "8월 15일 밤은 달빛이 어디에서나 좋기만. …8월 18일
의 조수는 그런 장관이 천하에 없다오. …인생의 회합은 예로
부터 기필하기 어려운 일, 이 경치와 이 모임 두 개를 어떻게
얻으리오. 그대여 내 말 듣고 납촉(蠟燭)을 더 태우시기를, 문
밖에 백포(白袍)들이 고니처럼 서서 기다리니까.〔八月十五夜,
月色隨處好. …八月十八潮, 壯觀天下無. …人生會合古難必, 此
景此行那兩得. 願君聞此添蠟燭, 門外白袍如立鵠.〕"라는 구절이
나온다. -≪蘇東坡詩集 卷8 催試官考較戲作≫ 백포는 거인(擧
人) 즉 입시생(入試生)들이 입는 옷으로, 응시자들을 가리킨
다. -고전db 주석 정보.

* 이행(李荇, 1478~1534) 조선 중기의 문신. 호는 용재(容齋). 문
학사에서 이른바 "해동강서시파(海東江西詩派)"의 한 사람으로
알려져 있음. 연산군의 생모인 폐비 윤씨의 복위를 반대하다가
귀양 가기도 하였지만, 중종 때 좌의정까지 역임함. ≪신증동

국여지승람≫을 주관하여 편찬하고, 문집으로 ≪용재집≫이
있다.

* 평생(平生) 젊을 때, 또는 평소에라는 뜻도 있음.

* 교구(交舊) 오래 교제한 친구란 뜻을 가진 "구교"라는 말과 같
은 뜻일 것인데, 평측 배려상 글자를 바꾸어 사용하였음.

* 조령(凋零) 여기서는 "다 죽고 없다"는 뜻으로도 볼 수 있음.
양 무제(梁武帝)가 종요(鍾繇)의 글씨를 보고서 "구름 속의 따
오기가 하늘에서 노니는 듯하고, 뭇 오리들이 바다를 희롱하는
듯하다.〔如雲鵠游天, 群鳧戲海.〕"고 찬탄한 말이 그의 '서평(書
評)'에 나오고, 소식(蘇軾)의 시에도 "진(晉)의 이묘(二妙)라
일컬어진 위관(衛瓘)과 색정(索靖)이 죽은 뒤론 필법의 세계
가 텅 비었는데, 지금 홀연히 구름바다에서 뭇 기러기가 희롱하
는 글씨를 보고 깜짝 놀랐네.〔二妙凋零筆法空, 忽驚雲海戲
群鴻.〕"라는 시구가 나온다.〔≪蘇東坡詩集 卷33 遊寶雲寺云云≫〕
-고전db 각주 정보.

* 백발상간(白髮相看) 송나라 소철(蘇轍)의 〈장기가 대주의 교수
로 부임하여 나감에 송별하며送蔣夔赴代州教授〉: "여러 사람
들 돌아보니 도를 터득한 것은 아니지만, 사마상여와 같이 부
를 잘 지을 수 있음이 가장 자랑스럽구나. 푸른 관복 갖추어
입고 바야흐로 홀을 잡고서는 모두 웃는구나! 서로 돌아보니
각자의 빗에 백발이 가득 찼음을 보고서는遍閱諸生非有道, 最
憐能賦似相如. 靑衫共笑方持板, 白髮相看各滿梳"

* 형여영(影與形) 신체와 그림자. ≪장자≫〈천하天下〉: "메아리
소리 들리는 곳마다 쫓아다니고, 자기 그림자와 자기 육체가
경주하는 꼴이니, 슬픈 일이다是窮響以聲, 形與影競走也, 悲夫"

* 백발상간영여형(白髮相看影與形) 풀어보면, 내가 거울에 얼굴을

들여다보니 흰머리 투성이뿐인 내 얼굴이 놀랍게 보이는데, 놀라워하다가 문득 생각해보니 지금 내 몸 주위에 있는 것은 오직 나의 그림자뿐인지라, 다만 내 한 몸과 내 그림자만이 서로 어울릴 뿐이라는 뜻이다.

* 정(政) 正 자와 통용되는데, 이 경우에는 부사로 "바로"라는 뜻임. -≪한사≫ 5-423.

* 명월야(明月夜) 당나라 두목(杜牧)의 〈양주판관 한작님께 띄움寄揚州韓綽判官〉: "24교의 밝은 달밤에, 어디에서 미인에게 퉁소를 불게 하는고二十四橋明月夜, 玉人何處敎吹簫"
24교는 강소성(江蘇省) 양주(揚州) 강도현(江都縣)에 있던 24개의 교량을 말한다. 이곳이 당대(唐代)에 번화한 명승지로 유명했던 데서, 전하여 여기서는 도성 거리의 번화함을 양주에 비유한 것이다. 일설에는 옛날 24명의 미인이 이곳에서 퉁소를 불었던 연유로 24교라는 명칭이 있게 되었다고도 한다. -고전db 각주 정보에서 수정 인용.

* 적성(笛聲) 서진 말기 죽림칠현(竹林七賢)의 한 사람인 상수(向秀)가 역시 그 칠현에 속하면서 유달리 음악에 조예가 깊었던, 혜강(嵇康)이 죽은 뒤에 이웃 사람이 피리 부는 소리를 듣고서 〈사구부思舊賦〉를 지었기 때문에, 이 "피리 소리"라는 말이 곧 "옛 친구를 그리워한다"는 의미의 전고가 되었음. -고전db 각주 정보.

* 처단(凄斷) 처절과 같은 뜻.

〈영해에 남겨 주고 온 한 시(留贈寧海一首)〉 -이곡(李穀)

다시 와서 어찌 유독 정회가 없으리오   重來烏得獨無情
당일의 가인이 지금은 백발이 돋아났구려   當日佳人白髮生

원망의 눈물 흘리다 못해   怨淚滴殘將繼血

피눈물이 되려 하고

이별의 노래 처창해서   離歌凄斷不成聲

소리가 이루어지지 않네.

－가정집 제20권, 고전db에서 인용

* 불감청(不堪聽) 남송 증극(曾極)의 〈채서산만사蔡西山挽詞〉: "사해가 다 주부자를 배우지만, 징군만이 유독 그 전형이 되었구려. 백이는 공자로 인해 명성이 전하거니와, 양웅은 백발토록 적막하게 ≪태현경≫만 초했었네. 외로운 분심을 가련해 할 객은 있으나, 홀로 깨었음을 물을 사람은 없구려. 거문고만 공연히 갑에 들어 있을 뿐, 줄이 끊어져 소리는 들을 수가 없네그려 四海朱夫子, 徵君獨典刑. 靑雲伯夷傳, 白首太玄經. 有客憐孤憤, 無人問獨醒. 瑤琴空寶匣, 絃斷不堪聽" －≪詩人玉屑 卷19≫ 증극이 도주(道州)에 유배되었을 때, 당시 간신(奸臣) 한탁주(韓侂胄)에 의해 주자와 함께 위학(僞學)이라는 배척을 받고 역시 도주에 유배 중이던 서산 채원정(蔡元定) 선생이 죽자 그 영전에 올린 만시이다. －고전db 각주 정보에서 수정 인용.

【참 고】우리나라 시는 마땅히 용재 이행이 제일이 될 것이다. 침장(沈壯)하고 중후하며, 조화롭고 화평하며, 청담하고 고아(高雅)하며, 지극히 숙련되었으니, 그의 오언시는 두보의 문턱에 들어갔고, 진여의(陳與義, 남송 시인)의 경지를 뛰어 넘었으니, 그 고고(高古)하고 간절한 것은 붓으로 이루 다 찬양할 수 없다. 내가 평생에 가장 기꺼이 읊조리는 절구 한 수가 있으니, "평생에 정답게 사귄 친구…"는 무한한 감개가 넘치니 읽을수록 슬픈 생각이 떠오른다. －허균의 ≪성수시화≫

【해 설】 이 시의 작자와 그의 문학적 경향 및 이 시에 관련된 이야기 등에 관해서는 고전db에 수록된 이상하 교수의 ≪용재집≫ 해제가 자못 상세하므로 여기 인용해본다.

이수광(李睟光)은 ≪지봉유설(芝峯類說)≫에서 조선조 시풍(詩風)의 변화를 논하면서 용재를 두고 국초의 시를 대성(大成)한 인물로 평하였다. 이러한 평가에 걸맞게 용재는 실로 시단(詩壇)의 노장(老將)이었으니, 역시 당대의 문호였던 정사룡(鄭士龍)이 "사람들은 모두 나를 두고 소동파와 황산곡을 배웠다 하면서, 공을 두고는 소동파와 황산곡을 배웠다고 하지 않는 것은 무엇 때문인가?" 하고 묻자, "그대는 그들의 문자를 사용하기 때문에 사람들이 쉽게 알아보지만 나는 그들의 의격(意格)을 취하기에 사람들이 알지 못하는 것이다." 라고 했다는 그의 대답에서도 확인되는 바이다. 이것이 그가 강서시풍(江西詩風)을 배웠으면서도 스스로 일가(一家)를 이루어 마치 당시풍(唐詩風)을 띤 것처럼 보이기도 하는 이유일 것이다.

강서시파(江西詩派)는 송(宋)나라 황정견(黃庭堅)과 진사도(陳師道) 등을 중심으로 한 시단(詩壇)의 한 유파인데, 두보(杜甫)를 모범으로 삼아 법고(法古)를 중시하는 시풍을 지녔으나 지나치게 기교주의로 흐르는 면이 있기도 하였다고도 한다. 우리나라 한시는 고려 중기 소식(蘇軾)을 중심으로 한 송시(宋詩)가 수용된 이래 16세기 말엽까지 송시가 주도적인 풍조를 이루었는데, 박은(朴誾), 이행(李荇), 노수신(盧守愼), 황정욱(黃廷彧), 최립(崔岦) 등 16세기를 대표하는 시인들도 대부분 송시, 그중에도 강서시파의 영향권 안에 있었다. 16세기 말엽부터 최경창(崔慶昌), 백광훈(白光勳), 이달(李達) 등에 의해 점차 당풍(唐風)이 유행하기 시작하였다.

43세 때인 중종 15년(1520) 정월, 공조참판 겸 홍문관대제학, 예문관대제학에 특별히 제수되었고, 이해 가을 증고사(證考使)로 영호남(嶺湖南) 지방을 순회하였다.… 영남록은 중종 15년 가을에 증고사가 되어 왕자나 왕손(王孫)의 태(胎)를 묻을 장소를 찾으러 영남과 호남 일대를 다니며 지은 시를 모은 것이다.

이 시는 시를 지은 날짜와 시간을 제목으로 삼았는데, 8월 15일(중추절), 9월 9일(중구절)을 제목으로 삼은 시는 더러 보이나, 이렇게 8월 18일을 제목으로 삼은 예는 비교적 드물다. 앞서 주석에서 인용한 소동파가 항주에서 쓴 시에서 밝힌 바와 같이, 이 8월 18일은 바닷물이 항주 지역의 강으로 역류하여 올라오는데, 이날이 절정을 이루는 날이라고 한다. 그런 절경을 소동파가 공무 중에 보고 감탄하여 마지않았다는 것을 생각하면서, 이 용재선생도 출장 중에 8월 18일 밤에 영남루에 올라가서 그 앞으로 흐르는 강을 내려다보면서 이 시를 썼을 것으로 추정해본다.

그때 나이가 43세였다는데, 이미 문인 관료로서는 가장 명예로운 대제학 벼슬까지 겸직하게 되었지만, 이미 머리는 백발이 된 데다가 친한 친구들은 이미 모두 죽어 버렸다고 하면서, 이렇게 달이 밝은데 이런 높은 누각에 올라오니 외로움을 더욱 견디어 낼 도리가 없다고 토로하고 있다. 오늘날 같으면 40대 초반이라면 아직도 전도가 양양한 청년의 나이라고 해야 할 것 같은데….

그러나 이행의 이력을 좀 살펴보니, 이러한 말을 쏟아 놓은 것이 결코 말장난이 아니라는 것을 알 수 있을 것 같다. 그에게는 연산군 치하에서 연산군의 폭정에 반대하다가 비명에 죽은 친구도 있고, 본인은 특히 연산군 생모의 복위를 반대하다가 경상도 함안 고을의 관노(官奴)로 신분이 역전되는 곤욕을 당하고 언젠가는 다시 맞아죽을 운명이 기다리고 있었다. 마침 중종반정이 일어나서 겨우 되살아나고 복권하게 되어, 이렇게 이전에 곤경을 당하며 지나다니던 곳을 다시 찾아오게 되었으니, 틀림없이 이루 말로 다 표현할 수 없는 심회를 느끼게 되었을 것이다.

이 시는 옛일에 대한 회고, 지금의 내 모습, 눈앞에 보이는 밝은 달, 귀에 감도는 처절하게 끊어진 피리 소리 같은 것을 차분하게 나열하면서, 구슬프기는 하지만 미묘하게 아름답기도 한 분위기를 매우 멋지게 엮어내고 있다.

25. 천마산 기행록 뒤에 적음 (題天摩錄後) – 이행

이 책에 적힌 천마산의 모습   卷裏天摩色이
                                권 리 천 마 색

어렴풋하게 오히려   依依尙眼開라
눈을 열어 놓네   의 의 상 안 개

이 시를 쓴 사람 이제는   斯人今已矣나
죽고 없어졌으니   사 인 금 이 의

옛날 그와 같이 다니던 길   古道日悠哉라
나날이 아득해지는구나   고 도 일 유 재

영기가 통하는 절에는   細雨靈通寺하고
가는 비 내렸고   세 우 령 통 사

달이 가득한 궁궐에는   斜陽滿月臺라
석양이 비스듬히 비추었었지   사 양 만 월 대

죽은 자와 산 사람 진작   死生曾契闊하니
서로 만날 길 없어졌으니   사 생 증 계 활

쇠약하여 희어진 머리 날리며   衰白獨徘徊라
홀로 서성거리는구나.   쇠 백 독 배 회

– 졸역

* 제천마록후(題天摩錄後) 출전 ≪용재집≫ 권2. 형식 오언율시.
각운 開, 哉, 臺, 徊 상평성 회(灰) 운. 〈천마록 기행록〉은 1502

년에 이행이 친구인 박은(朴誾)과 함께 개성 북쪽 박연폭포가 있는 천마산에 가서 놀면서 지은 기행시를 엮은 것인데, ≪용재집≫ 권4에 수록되어 있다.

* 안개(眼開) 북송의 화가 이공린(李公麟)의 〈봄 사일에 교외에 나가다春社出郊〉: "눈 뜨니 꽃이 이미 모자 눌러 어여쁘니, 마음 놓고 오로지 귀밝이술을 즐기노라開眼已憐花壓帽, 放懷聊喜酒治聾"

* 사인(斯人) 이러한 훌륭한 사람, 이러한 아까운 사람이라는 뜻. ≪논어≫ 〈옹야〉〔공자가 자기의 제자인 염백우(冉伯牛)가 죽을 병이 걸린 것을 보고서 찾아가서 한 말〕: "죽을 것이니 운명이로구나! 이러한 사람이 이러한 병에 걸리다니!亡之, 命矣夫! 斯人也, 而有斯疾也"

* 이의(已矣) 여기서는 끝장났다. 여기서 已 자는 죽는다는 뜻으로 쓴 동사이며, 矣 자는 감탄을 나타내는 어조사임.

* 금이의(今已矣) 송나라 왕안석(王安石)의 〈죽은 친구 왕령(王令)을 생각한다思王逢原〉: "이 일은 이제는 끝장났구나! 끝장났음을 오히려 누가 알겠는가?此事今已矣, 已矣尙誰知"

* 일유재(日悠哉) 두보의 〈용문龍門〉: "내왕할 때를 여러 번 바꾸고 나니, 그 주변의 강물들 날로 아득하게만 느껴지는구나往還時屢改, 川水日悠哉"

* 영통사(靈通寺) 천마산 서남쪽의 오관산(五冠山) 기슭에 있던 절인데, 이 절이 위치하고 있는 영통동의 어귀에 있는 못의 밑바닥에서는 용이 나왔다고 전한다. 조선 후기의 선비화가 강세황(姜世晃)의 〈영통동 어귀의 그림靈通洞口圖〉(국립중앙박물관 소장)의 설명문〔題跋〕: "영통동 입구에 난립한 바위들은 어찌나 큰지 집채만큼씩 하며, 푸른 이끼들이 끼어 있는데, 눈을

깜짝 놀라게 한다. 전해 오기로는 못의 밑바닥에서 용이 나왔
다고는 하지만 꼭 믿을 것은 못된다. 그렇지만 이 기이한 경관
은 정말 보기 드문 풍경이다靈通洞口, 亂石壯偉, 大如屋子, 蒼
蘇覆之, 乍見駭眼. 俗傳龍起於湫底, 未必信然. 然瓌偉之觀, 亦
所稀有"

<천마산 기행록> 가운데 관련된 자작시 :

〈박은이 영통사 벽에 적힌 시를 보고서 지은 시의 각운자를 사
용하여(次中說靈通寺壁上韻)〉

우연히 가는 비 만나서 스님에게 물으니	偶乘微雨問叢林
영통동 어귀는 맑고 차가우며 고목이 우거졌다 하네	洞部淸寒古木陰
산 빛은 옅어졌다 진해졌다 하며 아침저녁으로 모양을 바꾸는데	岳色淡濃朝暮態
시냇물 소리 느려졌다 빨라졌다 하며 길게 짧게 노래 읊조리는구나	溪聲徐疾短長吟
한평생 자연을 즐기자고 하였던 맹서 자못 어제와 같은데	百年泉石渾如昨
하루나마 풍류를 즐기는 일 다시 이제 있게 되었구나	一日風流更有今
술 마시는 잔이든 차 뜨는 박이든 다 상관할 것 없으나	酒盞茶瓢俱不惡
다만 근심스럽구나, 남은 해가 서쪽으로 곧 지려는 것이.	却愁殘景迫西沉

* 만월대(滿月臺) 개성 송악산(松嶽山)에 있는 고려시대의 궁궐 터. 919년(태조2) 정월에 태조가 송악산 남쪽 기슭에 도읍을 정하고 궁궐을 창건한 이래 1361년(공민왕10) 홍건적의 침입으로 소실될 때까지 고려왕의 주된 거처였다.

* 계활(契闊) ≪시경≫〈패풍邶風·격고擊鼓〉: "죽거나 살거나 헤어지거나, 그대와 함께하자고 언약하였다네死生契闊, 與子成說"

* 쇠백(衰白) 두보의〈나그네遊子〉: "봉래산을 만일 갈 수만 있다면, 쇠한 백발을 뭇 신선에게 물어보리라蓬萊如可到, 問群仙衰白"

【해설】 같이 놀며 시를 지었던 친구가 사화에 몰려 억울하게 죽은 지 3년이 지날 무렵, 함께 짓고 편집하여 두었던 기행시첩을 꺼내 보면서 옛일을 회상하면서 슬픔에 잠겨 쓴 시다.

3, 4구는 시구에서는 거의 사용하지 않는 구말 어기사〔已矣, 哉〕 같은 글자를 사용하여, 마치 추모 제문을 짓듯이 아주 독특하게 적어 자기의 통곡 소리를 담았다.

5, 6구는 영통사라는 절 이름과, 만월대라는 유적 이름, 이 두 가지 고유명사를 대구로 놓았는데, 중국 시에서는 이렇게 고유명사를 대구로 사용하여 성공한 사례들이 흔히 보이지만, 이 시는 우리나라의 고유명사를 대로 놓아서 아름다움을 높이는 데 성공한 매우 희귀한 예에 속하는, 아주 잘 다듬어진 구절이라고 ≪소화시평≫ 같은 책에서 평가하고 있다.

이 시를 지을 때 저자의 나이가 28세에 불과하였지만, 마지막 구절에서는 "쇠약하여 희어진 머리로 홀로 서성거리고 있구나"라고 읊조리고 있다. 같이 지었던 시를 살펴보면, 그때 일이 생생하지만 시첩을 덮고 나면 이미 모든 것은 다 사라져 버렸을 뿐이다. 이렇게 허황하고 처량하니 나이에 상관없이 팍삭 늙을 수밖에 없는 것이다.

26. 신들려 지었다는 복령사(福靈寺) - 박은

가람〔절〕은 바로
신라에서 비롯하였고

모든 부처는 다
서축에서 왔도다

옛날부터 신인이
대외에서 길을 잃었는데

지금 와서 복된 땅은
분명히 천태이네

봄이 그늘져 비가 오려 하매
새가 서로 말하는데

늙은 나무는 정이 없는데
바람이 스스로 슬퍼하는구나

모든 일은 한 번의 웃음에
이바지할 뿐이요

푸른 산의 세상을 겪는 것은
다만 뜬 먼지이네.

伽藍却是新羅舊하고
가 람 각 시 신 라 구

千佛皆從西竺來라
천 불 개 종 서 축 래

終古神人迷大隗한데
종 고 신 인 미 대 외

至今福地似天台라
지 금 복 지 사 천 태

春陰欲雨鳥相語한데
춘 음 욕 우 조 상 어

老樹無情風自哀라
노 수 무 정 풍 자 애

萬事不堪供一笑요
만 사 불 감 공 일 소

靑山閱世只浮埃라
청 산 열 세 지 부 애

- 속동문선 제8권 / 칠언율시(七言律詩)
ⓒ 한국고전번역원 | 김달진 (역) | 1969

* 옛날부터… 잃었는데 ≪장자≫에 "황제(黃帝)가 대외(大隗)에서 길을 잃었다."는 말이 있다.
* 복된 땅은… 천태(天台)네 중국 천태산(天台山)에 신선이 사는 복지(福地)가 있다 한다.

복령사 (福靈寺)

가람은 도리어 옛날 신라 때 창건했고	伽藍却是新羅舊
천불은 모두 서쪽 인도에서 온 것이로다	千佛皆從西竺來
옛날에 신인인 대외를 찾지 못하였나니	終古神人迷大隗
지금의 이곳 복지는 천태와 흡사하여라	至今福地似天台
봄 구름이 비 내릴 듯하니 새는 지저귀고	春陰欲雨鳥相語
늙은 나무 정이 없건만 바람 스스로 슬퍼라	老樹無情風自哀
만사는 한 번 웃음거리도 못 되는 것	萬事不堪供一笑
청산도 오랜 세월에 먼지만 자욱하구나.	青山閱世只浮埃

- 읍취헌유고 제3권 / 칠언율시(七言律詩)
ⓒ 한국고전번역원 | 이상하 (역) | 2006

* 신인(神人)인… 못하였나니 황제(黃帝)가 대외(大隗)를 만나러 구자산(具茨山)으로 가는데, 방명(方明)이 수레를 몰고, 창우(昌寓)가 수레 오른쪽에 타고, 장약(張若)과 습붕(諿朋)이 앞에서 말을 인도하고, 곤혼(昆閽)과 골계(滑稽)가 뒤에서 수레

를 호위하여 가서 양성(襄城)의 들판에 이르자, 이 일곱 성인
이 모두 길을 잃어 길을 물을 데가 없었다. 우연히 말을 먹이
는 동자를 만나 물으니 길을 알려주었다.—≪莊子 徐无鬼≫. 여
기서는 복령사를 찾기 어려움을 뜻한다.

＊복지(福地)는 천태(天台)와 흡사하여라 천태는 중국의 천태산(天
台山)으로, 신선인 마고할미가 사는 곳이라 한다. 한(漢)나라
명제(明帝) 때 사람인 유신(劉晨)이 완조(阮肇)와 함께 천태
산에서 약을 캐다가 길을 잃고 선계(仙界)의 여인들을 만나 반
년을 머물다가 집으로 돌아오니 이미 수백 년 세월이 흘러 자
기 7대손이 살고 있어 다시 천태산으로 갔다 한다.—≪太平御
覽 卷41≫. 손작(孫綽)의 〈천태산부天台山賦〉에 "도사를 단구
에서 방문하여, 불사의 복지를 찾노라.〔訪羽人於丹丘, 尋不死之
福庭〕"하였다.

복령사에서 (福靈寺)

伽藍却是新羅舊	이 절간은 도리어 신라의 옛 건물인데도
千佛皆從西竺來	천 분의 부처님은 모두 서쪽 천축국에서 오셨네
終古神人迷大隗	예부터 신비한 공로를 세운 임금도 큰 분 앞에서는 헤매었고
至今福地似天台	오늘날까지 이 복된 땅 천태산과 비슷하다네

春陰欲雨鳥相語	봄날 흐려 비를 내리려 하니
	새들은 서로 지저귀는데
老樹無情風自哀	늙은 나무는 정이 없으니
	바람이 스스로 애달파하네
萬事不堪供一笑	세상만사가 한바탕 웃음거리가
	될 뿐이니
靑山閱世只浮埃	푸른 산에서 지난 세월을 둘러보니
	다만 뜬 티끌일 뿐.

– 졸역

* 복령사(福靈寺) 출전 ≪읍취헌유고≫ 권3. 칠언율시. 각운자는 來, 台, 哀, 埃로 상평성 회(灰). 이 절은 개성 송악산 서쪽 기슭에 있었던 사찰로, 이 시를 통하여 볼 때 신라시대에 창건되었고, 서천축국으로부터 왔다는 1천 개의 불상이 있었음을 알 수 있다. 고려시대에 여러 임금들이 행차하였다는 기록이 있는 것으로 보아 왕실과 관련 있는 어떤 인물의 원당(願堂)이었을 가능성이 크다. –≪한백≫ 9-928 참조.

1502년, 박은이 24세에 지은 것으로 그의 대표작으로 알려져 있다. 이 시에 관해서는 바로 위에 인용한 ≪한백≫의 같은 항목에서도 소상한 해설이 있다.

* 박은(朴誾, 1479~1504) 자는 중열(仲說), 호는 읍취헌(挹翠軒). 경상북도 고령 출신. 어릴 때부터 모습과 재주가 출중하여 당시의 대제학 신용개(申用漑)의 사위가 되고, 17세에 진사가 되고 다음해에 문과에 급제하여 사가독서(賜暇讀書)하는 등 신진 엘리트 관료로서 출세가 보장되었으나, 연산군 치하에서

유자광 등 권력을 잡은 대신들을 비판하다가, 23세에 파직되고 26세에 갑자사화가 발생하자 사형을 당하였다. 이행과 함께 해동강서시파의 한 사람이며, ≪읍취헌유고≫가 남아 있다. 그의 시는 주로 파직된 23세부터 아내가 죽은 25세까지의 작품이 남아 있는데, 현실 초극의 노력과 인생무상을 담고 있다. ─≪한백≫ 9-25 참조.

* 가람(伽藍) 승가람마(僧伽藍摩)를 줄인 말로, 승려가 살면서 불도를 닦는 곳이다. 즉 절에 딸린 집들을 가리킨다.

* 각시(却是) 도리어 …하다. ≪이태백집(李太白集)≫ 권17 〈기수재가 월나라 땅에 유람감에 송별하여送紀秀才遊越〉에 "곧바로 알겠어라, 봉래의 바위가 도리어 큰 자라의 비녀란 것을.〔卽知蓬萊石, 却是巨鼇簪.〕"이라고 하였는데, 그 주에 "≪초학기(初學記)≫ 〈현중기玄中記〉에 '동해에 큰 거북이 등에 봉래산(蓬萊山)을 지고 있는데, 그 둘레가 천리이다.'라고 하였다." 하였다. ─고전db 각주 정보에서 일부 수정.

* 천불(千佛) 과거세(過去世)의 천불(千佛), 현재세(現在世)의 천불, 미래세(未來世)의 천불을 통틀어 이르는 말이다.

* 종고(終古) 여기서는 옛날에, 옛날부터라는 뜻임. ≪초나라의 가사楚辭≫ 〈도읍을 슬퍼하다哀郢〉: "옛날부터 살던 곳을 떠남이여, 지금은 어정거리면서 동쪽으로 왔네去終古之所居兮, 今逍遙而來東"

* 신인(神人) 자기가 이룩한 업적에 대하여 공적을 내세우지 않는 신령스러운 경지에 이른 사람으로, 여기서는 황제 헌원씨를 이름. ≪장자≫ 〈소요하며 놀다逍遙遊〉: "그 몸이 지극한 경지에 이른 사람은 자기의 육신을 잊어버리고, 그 몸짓이 신령스러운 경지에 이른 사람은 자기가 이룬 공로를 잊어버리고, 그

이름이 성스럽게 된 사람은 자기의 명성조차 잊는다至人無己, 神人無功, 聖人無名"

*대외(大隗) 신의 이름이라고도 하고, 큰 도(大道)를 의인화하여 이렇게 부른다고도 함. 또 그러한 신비한 인물이 살았다는 산 이름이 되기도 하였음. ≪장자≫〈서무귀徐无鬼〉에 "황제가 대외를 구자라는 산에 가서 만나보려 하였다. …양성의 들판에 이르러 동행하였던 일곱 어진이가 모두 길을 잃었으나 물을 길이 없었는데 마침 말을 먹이는 동자를 만나서 길을 물었다.〔黃帝將見大隗乎具茨之山. …至於襄城之野, 七聖皆迷, 無所問塗. 適遇牧馬童子, 問塗焉.〕"라는 이야기가 나오는데, 여기서 나오는 구자산이 바로 대외산이며, 하남성 신정현(新鄭縣)에 있고, 중국인의 시조라고 전하는 황제 헌원씨가 이 산에 들어가서 대외를 모시는 목동으로부터 천하를 다스리는 이치에 관하여 얻어 들었다고 함. −이상 왕숙민(王叔岷) 교수의 ≪장자교전(莊子校詮)≫ 참조.

*천태(天台) 불교 천태종의 발원지인 천태산으로 절강성에 있음. 동한시대에 유신(劉晨)과 원조(阮肇)가 이 산에 들어가서 약을 캐다가 선녀 둘을 만나 반 년 동안 머물다가 집에 돌아왔는데, 이미 일곱 세대가 흘러갔다고 하는 이야기가 ≪태평광기(太平廣記)≫〈권61〉 같은 소설집에 실려 있음.

*사천태(似天台) 당나라 말기 방간(方干)의 〈목주 군중의 천봉대를 제목 삼아서題睦州郡中千峰榭〉: "어찌 평지가 천태와 같음을 알았겠는가? 붉은 문 깊게 들어가니 별다른 오솔길 열리네豈知平地似天台, 朱戶深沉別徑開"

*조상어(鳥相語) 송나라 황정견(黃庭堅)의 〈스스로 이태백의 추포가를 초서로 적은 뒤에 몇 자 적다書自草秋浦歌後〉: "새로

조그마한 난간을 여니, 그윽이 숨은 새들이 서로 말을 나누는 게 들린다新開小軒, 聞幽鳥相語”

* 무정(無情) 정다운 생각이 없음. 당나라 최도(崔塗)의 〈봄날 저녁春夕〉: “물은 아래로 흘러가버리고 꽃은 시들어 떨어지니 둘 다 모두 정이 없는 듯, 동쪽에서 불어오는 따뜻한 봄바람을 다 불어 보낸 뒤에야 옛날 초나라의 도시를 잠간 지나는 길에 들리게 되었네水流花謝兩無情, 送盡東風過楚城”. 여기서는 나무가 늙어 꽃을 피우지 못함을 표현한 말. ─≪해동강서시파연구(海東江西詩派研究)≫ p.217 참고.

* 만사불감(萬事不堪) 송나라 승려 도찬(道璨)의 〈서재 오제형님의 ‘추양암에 거처하며’라는 시에 화답하여和恕齋吳提刑秋陽菴居〉: “비바람에 침상을 마주하고 그래도 좋아할 만하니, 온 천지의 천만 가지 일은 다 들어줄 수가 없으시리風雨對床差可喜, 乾坤萬事不堪聞”

* 공일소(供一笑) 두보의 〈낭주에서 처자를 거느리고 도리어 촉산으로 되돌아가면서自閬州領妻子却赴蜀山行〉: “정말 한바탕의 웃음거리를 제공하니, 흡사 이 궁색한 걸음을 위로하는 듯하네眞供一笑樂, 似欲慰窮途”

* 청산열세(靑山閱世) 송나라 사몽경(史蒙卿)의 〈느낀 바 있어有感〉: “길이 막히니 어떻게 울음을 면할 수 있겠는가? 울음을 그치고서 한바탕 크게 노래 부르네. 흰 해는 한 해가 빨리 가기를 재촉하나, 푸른 산은 세상 바뀜을 많이 보았다네. 뜬 인생은 종래부터 흘러 뒤집어졌으니, 남은 한 갈아치울 수 없다네途窮那免哭, 哭罷一高歌. 白日催年急, 靑山閱世多. 浮生從潦倒, 遺恨不消磨”

금나라 학오(郝俁)의 〈고향으로 가는 길에故城道中〉: “푸른 산은 세상이 몇 번이나 흥하고 망하는 것을 보아왔던가? 흰 탑은 사람을 향하여 마치 맞이하고 떠나보내는 듯하네. 석양에 발을 돋우고 서서 보니 생각은 끝이 없는데, 서쪽 바람에 나락과 수수밭에서 가을 소리 꿈틀거리네靑山閱世幾興廢, 白塔向人如送迎. 佇立夕陽無限思, 西風禾黍動秋聲"

* 열세(閱世) 북송 소식(蘇軾)의 〈임인년 2월에 시를 5백 자나 지어壬寅二月作詩五百言〉: "윤희의 집은 아직도 남아있으니, 노자께서 옛날 수레를 멈추셨던 곳이라지. 도를 들은 발자취 남아 있는데, 신선이 되어 가신 일 유유하기만 하다네. 바람을 거느리고서 느긋하게 돌아가시니, 세상을 하루살이와 같이 보신 걸세尹生猶有宅, 老氏舊停軸. 聞道遺蹤在, 登仙往事悠. 馭風歸汗漫, 閱世似蜉蝣"

【참 고】 용재 이행과 읍취헌 박은은 젊었을 때부터 명망이 서로 비슷하였다. 그런데 용재는 읍취헌을 우러러보고서, 자기는 미처 따라가지 못할 것같이 생각하였다. 그러니 만약 하늘이 읍취헌에게 나이만 몇십 년 더 살게 하였더라면 중국 사신들에게 글로써 우대 받음이 어찌 용재 정도에 머물렀겠는가? 어떤 사람은 말하기를 "조선 초기부터 모두 소동파의 시체만을 숭상하였는데, 읍취헌이 갑자기 황산곡(黃山谷, 황정견)을 배웠기 때문에 같은 또래의 문인들이 모두 그에게 굴복하게 되었다"고 하니, 그 말이 그럴 듯하다. 그의 시 가운데,

봄 날씨 흐려 비가 오려 하니 새들이 지저귀고
늙은 나무는 정이 없으니 바람이 스스로 슬퍼하네.

같은 구절은 황산곡과 같게 되었다. 그러나 너무 궁기가 끼어서 원대한 포부를 지닌 큰 그릇이 되기에는 어렵게 되었다.―

남용익(南龍翼)의 ≪호곡의 멋대로 적은 이야기(壺谷漫筆)≫

【해 설】 이 시는 조선 초기의 일반 시와는 다른 점이 자못 많아서, 여러 가지 번역도 있고, 해설도 있지만 잘 수긍할 수 없는 점이 많다.

우선 첫 구부터 매우 독특하다. "각시却是"라는 말이 첫머리에 나오는 게 심상치 않다. 이 말은 시어로 사용되는 것보다는 오히려 산문이나, 어록체 문장에 많이 사용되는 말로 보이기 때문이다. 이 절은 고려 때 절이 아니고, 오히려 신라 때부터 내려오는 오랜 절이라는 것을 강조하기 위하여 이렇게 썼는지 모르겠다. 그런데 이렇게 오래된 절간에 모셔놓은 여러 부처님들은 모두 우리나라가 아니고 서역에서 옮겨온 것이라니!

제3, 4구는 중국 상고시대와 관련된 신비한 고사와 중국에서 생겨난 불교 설화를 마음껏 이용하여, 이 절의 신비한 위치와 영특한 기운을 강조하고 있다.

그 다음 5, 6구는 대구도 훌륭하지만 음조도 매끄러워서, "귀신의 도움을 받아서 완성한 구절이라"느니, "너무 시상이 애처로워 시인이 요절할 조짐을 미리 예고하여 보인다"느니 하는 신비한 분위기가 감도는 부분이다. 앞 구절의 "새가 서로 이야기한다鳥相語"는 말은 주석에서 밝힌 바와 같이 송나라 때 황산곡(정견)이 사용한 용례가 보이나, 그 말에 대對로 쓴 "바람만 혼자서 슬퍼한다風自哀"는 말은 전자판 사고전서를 검색해 보아도 나타나지 않는, 이 시인의 신조어로 보인다. 매우 독특한 경우라고 할 것이다.

이 시에서 해석이 가장 구구한 것이 마지막 연이다.

　〈복령사〉의 넷째 연 "만사가 한 번의 웃음거리도 못 되고, 청

산도 세상사 겪으매 뜬 티끌일 뿐이네 萬事不堪供一笑, 靑山
閱世只浮埃."에서는 앞에서 그렇게 대단해 보이던 복령사를
하찮은 것으로 전환시키면서 박은의 내면에서 느껴진 복령
사의 의미를 확대시켰다.

세상과 무관하게 존재하는 복령사를 강조하면서 극단적인
대조 수법을 보였다. 허균은 이 구절을 '발속(拔俗)'이라 평
하였다.

〈복령사〉는 고사의 사용, 불교와 도교에서 온 소재의 대비와
변용, 사물간의 미묘한 관련에 대한 포착, 전후 시상의 변화
등의 매우 세련된 솜씨를 보이고 있다. 그러나 문학이 난숙
한 경지에 이르렀을 때에 까다롭고 무기력한 데 빠지게 되는
한계를 극복하지 못하고 있다.
– 윤주필 집필, 《한국민족문화대백과사전》, 1995

박은은 연산군과 훈구파의 미움을 받고 갑자사화에 걸려 26
세에 요절하였다. 그는 〈복령사〉와 같은 난숙한 경지의 작품
을 창작하여 조선시대 전기 문학이 전성기로 올라서는 데에
큰 몫을 하였다. 그러나 시대의 문제를 고민하고 해결하는
문학과는 일정한 거리를 가질 수밖에 없었다.

인간 만사는 한바탕 웃음거리도 못 되고 　萬事不堪供一笑
청산도 오랜 세월 거치면 　　　　　　　　青山閱世只浮埃
뜬 먼지뿐인 것을.

미련(尾聯)에서는 세상만사가 한바탕 웃음거리일 뿐이고 청
산도 오랜 세월 거치면 먼지에 불과하다고 하였다. 초탈의
심사를 말한 것이다. –심경호 해제, 《용재집》, 2006(한국

고전 db 수록)

위의 두 가지 해설은 모두 지금 한국의 한학계를 대표하는 해설들이라고 말할 수 있겠는데, 관련된 자세한 내용을 필자는 모두 파악하지는 못하겠으나, 다만 위에서 공통되는 점은 마지막 구절을 "청산도 세월을 거치면 다만 뜬 티끌일 뿐이다"라는 식으로 해석해 본 것이다. 필자는 이렇게 보는 것이 맞는 해석인가 싶어서, 이 글 맨 앞쪽에서 인용한 김달진 선생과 이상하 교수의 번역도 다시 살펴보고, 또 다른 번역(보고사, ≪한국한시감상≫, 2017년 2쇄)을 살펴보아도 이렇게 "청산도 세월이 지나면 티끌일 뿐이다"라는 식으로 번역하지는 않고 있다.

여러 가지 관련된 전고도 찾아보고, 이 한 연의 문법적인 생략도 생각해보면서 필자가 내린 잠정적인 결론은 다음과 같다. 세상만사萬事는 한바탕의 웃음거리를 제공하는 것供一笑에 불과하여不堪, 이 절이 있는 푸른 산에 올라와 앉아서靑山 신라, 고려, 조선까지 흘러온 세상을 검열해보니閱世〔그동안 일어났던 만사가〕 오직 뜬 티끌에 불과할 뿐이다只浮埃.

시를 아무리 파격으로 쓴다고 하더라도, 기본적으로 지킬 것은 지키면서 쓰는 것이지 함부로 말이 되지도 않게 쓰는 것은 아니라고 생각한다. "청산이 티끌에 불과한 것"이라니? 청산이 명사이기는 하지만 여기서는 장소를 나타내는 부사와 같이 사용되었고, 이 한 연을 앞, 뒤 구절이 서로 연결되는 연면구로 보아서 이 한 연에서 주어는 만사萬事, 술어는 부애浮埃로 보고자 한다. 주어도 명사, 술어도 명사이지만 한문에서는 이러한 문장구조는 매우 흔한 것이다.

27. 금을 읊노라 (詠琴) - 조광조

구슬로 장식한 금에서 천년 묵은
곡조를 뜯는데
귀머거리 풍속에서는 분분하게
그 소리만 듣고 있구나
슬프구나! 종자기 죽은 지
이미 오래되었으니
세간에 누가 백아의 마음을 알아줄까?

瑤琴一彈千年調한데
요 금 일 탄 천 년 조

聾俗紛紛但聽音이라
농 속 분 분 단 청 음

怊悵鍾期沒已久니
초 창 종 기 몰 이 구

世間誰知伯牙心가
세 간 수 지 백 아 심

- 졸역

* 조광조(趙光祖, 1482~1519) 조선 중기의 문인, 유학자. 중종 당시의 기성세력인 훈구파를 축출하고, 유학의 이상정치를 구현하기 위하여 신진사류들을 이끌고 급속한 개혁을 시도하다가 죽임을 당함. -≪한백≫ 20-306.

* 요금(瑤琴) 구슬로 장식한 거문고, 또는 음색이 구슬처럼 아름다운 거문고를 말한다. 주자(朱子)의 〈이빈로의 옥간 시를 읽고 우연히 읊다讀李賓老玉澗詩偶吟〉: "홀로 요금을 안고 옥계를 지나니, 낭연히 맑은 밤 달 밝은 때일세獨抱瑤琴過玉溪, 朗然淸夜月明時" -고전db 각주 정보.

* 천년조(千年調) 북송 진사도(陳師道)의 〈병으로 누워서臥疾〉: "일생에 천년에 떨칠 작품을 지을 수도 있고, 두 다리는 오히

려 하루에 만 리를 다녀올 수도 있다네―生也作千年調, 兩脚猶
須萬里回”

＊ 종기(鍾期)·백아(伯牙) 백아는 춘추시대에 거문고를 잘 탔던 사
람으로, 오직 종자기만이 백아의 거문고 소리를 잘 알아들었
다. 백아가 ‘높은 산[高山]’에 뜻을 두고 거문고를 타면, 종자
기는 이를 알아듣고 “훌륭하다, 드높음이 마치 태산과도 같구
나.[善哉! 峨峨兮若泰山.]”라고 하였으며, ‘흐르는 물[流水]’에
뜻을 두고 거문고를 타면, 종자기는 이를 알아듣고 “훌륭하다,
광대함이 마치 강하와도 같구나.[善哉! 洋洋兮若江河.]”라고 하
였다. 후에 백아는 종자기가 죽자 거문고 소리를 알아들을 사
람이 없다 하여 마침내 거문고 줄을 모두 끊어버리고 종신토록
다시는 거문고를 타지 않았다는 고사가 전한다.[≪列子≫〈湯
問〉] ―고전db 각주 정보.

【해설】 이 시를 고전db에서는 찾을 수 없다. 그럴 정도로 정
암 조광조 선생의 시는 세상에 그렇게 많이 유포되지는 않았던
것 같다.
이 시의 첫 구절에 나오는 “천년조千年調”라는 말은 원래 당송
시대의 속어인데, 앞의 각주에서 소개한 북송 때의 진사도陳師
道는 시에서는 속어 사용하기를 즐겨서 이 말을 사용한 것인
데, 원래는 당나라 때의 승려 시인 한산寒山이 쓴 다음과 같은
구절에서 인용한 것이라고 한다.

　중생들은 머리를 쉬지 않고 애쓰고 애쓰나, 언제나 깨닫지
　못한 상태에서 머물고 있다. 마음속에는 늘 기만하려는 마음
　이 가득 차서 있으면서도 입속으로는 거짓 염불을 한다. 세상
　에 백년 넘게 사는 사람이 없는데도 천년이나 흘러갈 말을

지으려 한다. 쇠를 두드려 문간을 만들려고 하지만, 귀신이 보고는 박수치며 웃는다 衆生頭兀兀. 常住無明窟. 心裏惟欺瞞, 口中佯念佛. 世無百年人, 擬作千年調. 打鐵作門閫, 鬼見拍手笑.

이 한산의 말투로만 보면 "천년조"라는 말이 매우 부질없는 짓 같이만 보이나, 정암선생의 이 시에서는 아랫부분에서 백아와 종자기의 전고를 인용하고 있으니, 꼭 그렇게 부질없는 짓으로만 "천년조"라는 말을 사용하지는 않은 것 같다. 조선 중기의 문인 신흠(申欽) 선생이 쓴 시에는 이 말이 나오는 다음과 같은 시를 쓴 것이 보인다.

〈고시19수에 뒤따라서 지음(後十九首)·십칠(十七)〉

진나라 쟁을 시끄러이 타지 말라	秦箏且勿鬧
나에게는 천년조가 있어	我有千年調
한 번 타면 황풍이 불어오고	一鼓皇風來
두 번 타면 태시가 돌아오며	再鼓太始廻
세 번 타면 명행에 들어가	三鼓入溟涬
천지가 고요히 안존해지도다	天地穆以靚
그래서 귀신은 그윽함을 지키고	鬼神守其幽
만물이 각각 제 무리와 어울리며	品彙安其儔
봉황이 갑자기 찾아와 춤을 추고	鳳凰倏來儀
명협은 마른 가지에서 싹이 나며	蓂莢生枯枝
귀룡은 기우를 바쳐오고	龜龍獻奇偶
기린은 교외의 늪에 누웠도다	麒麟臥郊藪
이 악곡이 또한 족하거니	爲樂此亦足
구구한 급시곡을 탈 필요가 있나.	區區及時曲

* 급시곡(及時曲) 주 무왕(周武王)이 주(紂)를 정벌하던 악곡 이름. ―고전db에서 인용, 각주 생략.

우리가 살펴보고 있는 시에서는 금을 노래하고 있으나, 이 시에서는 쟁을 노래하고 있는데, 둘 다 좋은 음조인 "천년조"를 지니고 있음은 똑같다. 이렇게 보면 여기서는 이 "천년조"라는 말이 매우 값진 말이다.

그래서 아름다운 금으로 한번 천추에 남을만한 값진 소리를 타고 있지만, 온통 귀머거리가 된 속된 사람들은 그 속에 담긴 깊은 뜻은 도무지 이해하지 못하고, 다만 분분하게 거기서 울려오는 소리만 들을 뿐이다. 슬프구나! 종자기와 같이 천년조에 담긴 깊은 내용을 잘 알아듣던 친구가 죽은 지 오래되고 보니, 이 세상에 그 누군가 그렇게 백아와 같은 음악가의 마음을 잘 알아주고, 그의 노래 내용을 잘 파악해주는 사람이 있다는 것을 그 누군가 다시 알아낼 도리가 있겠는가?

아마 이상정치를 실현하고자 하는 자기 마음을 이해하지 못하는 사람들이 자기가 하는 이야기를 마치 허황한 잠꼬대같이 여기는 것에 대한 울분을 담았다고 보아도 될 것 같다.

그러니 위에서 말한 "천년조"라는 말은 그것을 바로 받아들이는 사람에게는 값진 것이지만, 그것을 바로 보지 않는 입장에서면, 마치 부질없는 헛소리에 불과할 것이라는 두 가지 미묘한 뜻을 동시에 지니고 있다고 보아야 할 것이다.

28. 억지로는 시를 짓지 않는다 (無爲) - 이언적

만물은 변천하여 일정한 자태 없고	萬物變遷無定態하니 만 물 변 천 무 정 태
한 몸은 한적하게 절로 때를 따르노라	一身閑適自隨時라 일 신 한 적 자 수 시
연래로 경영하는 힘을 점차 줄인지라	年來漸省經營力하야 연 래 점 생 경 영 력
산을 오래 바라보며 시조차도 짓지 않네.	長對靑山不賦詩라 장 대 청 산 불 부 시

*〈고이〉에 "어떤 본에는 '때를 즐기다.〔樂時〕'로 되어 있다."라고 하였다.

*〈고이〉에 "'오래 바라보며〔長對〕'가 어떤 본에는 '부질없이 대하여〔空對〕'로 되어 있다."라고 하였다. 이에 따라 번역하면 이 구는 '부질없이 산을 보며 시도 짓지 않는다네.〔空對靑山不賦詩〕'라는 뜻이 된다.

ⓒ 한국고전번역원 | 조순희 (역) | 2013

억지로 하지 않음 (無爲)

萬物變遷無定態	만물은 변천하여 일정한 자태 없고
一身閑適自隨時	내 한 몸은 한적하게 절로 때를 따르노라
年來漸省經營力	이 몇 해 안에 점점 일을 꾸려나가는 능력이 줄어들어
長對靑山不賦詩	늘 푸른 산만 마주하고 있을 뿐 시를 짓지 못하네.

- 졸역

* 무위(無爲) 이 시는 칠언절구로, 운자는 時, 詩로 상평성 지(支) 운. 저자가 45세 때 쓴 〈숲속에 살면서 읊음, 15수 林居十五詠〉 중의 한 수로 저자의 시 가운데 대표작으로 꼽힌다. 《회재집》 권2에 수록되어 있음.

무위는 아무것도 하지 않는다는 뜻이 아니라, 인위적으로나 억지로 무엇을 하려고 하지 않고, 자연스럽게 저절로 무엇을 이루어 나감을 말함. 노자(老子)의 "무위이위(無爲而爲, 무엇을 위하여 함이 없이 저절로 이루어짐)"를 생각할 수도 있으나, 《중용(中庸)》 같은 책에도 다음과 같은 구절이 있다: "드러내지 않아도 빛이 나며, 움직이지 않아도 변화하며, 인위적으로 함이 없지만 이루어진다 不見而章, 不動而變, 無爲而成"

* 이언적(李彦迪, 1491~1553) 성리학자. 자는 복고(復古), 호는

회재(晦齋). 처음 이름은 적(迪)이었으나, 중종대왕의 명으로 언(彥) 자 한 자를 추가함. 여러 가지 조정의 요직을 역임하기도 하였으나 관직 생활이 순탄하지는 않아, 고향인 경주로 돌아가서 성리학 연구에 전념하기도 하였고, 끝내는 강계(江界)로 귀양 가서 저술에 종사하다가 그곳에서 죽었다. 송나라의 주희〔주자, 호는 晦菴〕를 좋아하여 스스로 호를 회재라고 하기도 하고, 주희의 주리설(主理說)을 존중하여 영남의 주리학파의 선구가 되기도 하였으나, 《중용》, 《대학》 등 경서의 내용 연구에는 주희의 해석을 넘어선 독창적인 견해를 제시하기도 하였음. 저술로는 《주희의 대학의 편장과 글 구를 정리한 책을 덧보탬大學章句補遺》, 《중용의 아홉 가지 국가통치 방식의 뜻을 풀어 설명함中庸九經衍義》, 《회재집》 등이 있음. ―《한백》 18-85 참조.

* 수시(隨時) 《주역》 〈수(隨䷐)〉괘 : "때를 따르는 의미가 크다隨時之義, 大矣哉"

* 경영력(經營力) 북송 조변(趙抃)의 〈성도서루成都西樓〉: "여러 차례 틈내어 붉은 난간에 기대어서 자주 앞을 바라보니, 먼 구름 걷히자 곧 아미산과 민산이 나타나네. 옛 어진 어른〔지방 장관〕들 당초에 경영하는 힘 다 기울이셨으나, 나는 유독 임금님의 눈에 잘 보인 사람이 되었다네〔그래서 별 능력도 없으면서 이 지방의 장관으로 부임하였다네〕多暇朱欄倚望頻, 遠雲開卽見峨岷. 昔賢初盡經營力, 今我獨爲優幸人"

* 장대청산(長對靑山) 남송 대복고(戴復古)의 〈정자에서 산을 보다樓上觀山〉: "누구의 집에 술도 있고 몸도 무사할 것인가? 늘 푸른 산을 마주 대하고 앉아서 정자에서 내려오지를 않는구나 誰家有酒身無事, 長對靑山不下樓"

* 불부시(不賦詩) 송나라 진여의(陳與義)의 〈9월 9일에 대원·홍지 스님께九日示大圓洪智〉: "스스로 마음을 쉬게 하는 법을 터득하여, 유유자적하게 시를 짓지 않게 되었구나. 그런데 홀연히 중구날을 맞이하고 보니, 국화 가지를 보고서 시 한 수 짓지 않고는 견딜 수가 없구나自得休心法, 悠然不賦詩. 忽逢重九日, 無耐菊花枝"

【참 고】

회재선생님은 글 다듬는 일에 그렇게 구애되지를 않아서	晦齋先生不操觚
오랫동안 청산을 마주하고서도 한 구절도 짓지 않으셨네	長對靑山一句無
좋을시고! 선생님께서 평소에 수양하시던 바를 둘러보니	好向先生觀所養
당신의 일신 도리어 요순시대의 백성같이 편안하게 되셨다네.	一身還是一唐虞

– 신위의 ≪동쪽 사람들의 시를 논한 절구시≫

【해설】 우선 이 시의 큰 제목인 "임거林居"란 말을 검색해보니, 남송 말기에 재상이 되어 주자학의 권위를 확립하는 데 큰 공로를 이룩하기도 하였고, ≪대학연의大學衍義≫〔조선 5백 년 동안 경연 강의에서 가장 많이 토론되었던 책〕라는 저서도 남긴 저명한 학자 서산 진덕수(眞德秀) 선생의 다음과 같은 시가 보인다. 그런데, 조선 초기 우리나라에서도 간행되었다는 ≪성리군서구해性理群書句解≫라는 책을 보면, 이 시의 모든 구절에 대하여 다음에 보는 것과 같은 한문 풀이까지 붙어 있다. 그대로

인용하고서 한글로도 한 번 더 풀어보고자 한다.

〈임거(林居)〉 —서산선생西山先生

此篇, 論隱居之地, 意態淸高之狀.
이 시편은 은거하는 땅과, 의식 상태가 맑고 높은 모습을 논하
고 있다.

富貴良非願　富與貴, 皆非我願
부와 귀는 모두 내가 원하는 바가 아니니
林泉畢此身　于林泉之下, 以終此身
이 산림 속에서 내 몸을 마치리로다.
酒因隨量飮　酒隨量而飮, 不至勉强
술은 양에 따라서 마시지 억지로 과음하지는 않을 것이며
詩或偶然成　詩偶然而就, 不費思索
시는 되는 대로 지을 것이지 생각에 골몰할 것은 아니로다.
秋水和煙釣　秋水, 則和煙而釣
가을물 차면 안개 속에서 낚시질하고
春田帶雨耕　春田, 則帶雨而耕
봄 밭일은 비 오면 갈아 보리라.
頹然無縫塔　林中所居之屋, 頹然如禪塔, 而無縫
사는 집은 탑과 같이 퇴락하여도 손보지 않으며
且不費經營　自然而然, 非有所經營
그대로 되어 가는 대로 내버려둘 것이지, 억지로 경영할 것은
없도다.

산문투로 옮겨 놓은 것을 보고 우리말로 옮기니 별로 시 같은
맛이 나지 않는다. 그래도 회재선생의 시의 배경을 이해하는 데

는 도움은 될 것 같다. 중간에 "시" 짓는 태도에 관한 말도 나오고, 또 마지막에 회재선생이 쓴 "경영"이라는 말이 나오기도 한다.

그 다음, 바로 이 시의 제목인 "무위"라는 말에 대하여서도 좀 생각해보자. 이 말은 "아무것도 하지 않는다"는 뜻도 있고, 또 "억지로 하지 않는다"는 뜻도 있을 수가 있으며, 또 뒤의 뜻으로 사용된다고 하더라도, 중국 옛날 역사를 이야기할 때 사용된 의미와, 유가 경전에서 사용한 용례, 노장 고전에서 사용한 용례가 조금씩은 다른 것 같은 생각이 들기도 한다. 이러한 예를 조사해보다가 너무 설명이 길 것 같아서 일단 접어놓고서, 회재선생은 이 말을 어떻게 사용하셨는지 고전 db를 통하여 한번 찾아보았다.

한 마음이 허정하여 작위(作爲)함이 없으니   一心虛靜自無爲
온갖 변화 닥쳐온들 동요시킬 수 있으랴.   萬變交前孰得移

- <꿈을 적음記夢>

샘물이 처음 졸졸 솟아나는 것을 보라   試見涓涓始達泉
내 마음을 비유하면 실로 그와 똑같다네   吾心近取信同然
만 가지 다른 현상 연어에서 드러나나   萬殊縱向鳶魚著
한 근본은 언어로써 전하기가 어려운 것   一本難從說話傳
다사함이 얄은 지혜 쓰는 건 줄 어찌 알랴   多事豈知徒用智
무위가 온전함을 구함인 줄 누가 알까   無爲誰識是求全
시를 읊는 궤안에 저녁 바람 불어와   高吟几案風來晩
오동나무 쳐다보니 중천에 달이 떴네.   回首梧桐月到天

- <미수에게 띄우다寄眉叟>

마음이 한가롭고 주변이 고요해서　　　　　心閑境靜饒眞興
종일 아무 일도 않고 자연을 즐기노라.　　　竟日無爲樂自然

- <산속에서山中>

위의 첫 번째 용례의 번역 "작위"는 "억지로 하지 않음"과 같은 뜻이고, 두 번째 번역 "무위"는 번역이 아니라 원래 한자말 그대로 사용한 것인데, 앞뒤의 문맥을 살펴볼 때에 "다사多事"의 반대어로 사용하신 것이니, "일을 하지 않음"이라고 볼 수도 있겠지만, 그 위 연에 "연어鳶魚(솔개와 물고기, ≪중용≫에서 생생 불식하는 자연현상을 설명할 때 사용한 비유)"가 나오는 것으로 보아서는 이 무위라는 말이 그냥 "아무것도 하지 않는 게" 아니라 역시 "억지로 하지 않음"을 나타내는 의미도 가지고 있다고 보아야 할 것이다. 그러니 친구에게 띄운 이 시에서 이 무위라는 단어는,

첫째: 아무것도 하지 않음
둘째: 억지로 하지 않음

두 가지 뜻이 동시에 함축된 말로 보아야 할 것이다. 설령 번역은 대구로 된 구조로 보아서는 앞의 뜻으로 할 수밖에 없다 하더라도….
세 번째 시의 예도 역시 그렇게 볼 수밖에 없을 것 같고 또 우리가 여기서 살펴보려는 이 시의 제목인 "무위" 역시 그렇게 볼 수밖에 없을 것 같은 다의성을 가진 함축이 강한 단어로 보아야만 그 내용이 풀릴 것같이 생각된다.
세상 만물은 하염없이 변천하기 때문에, 꼭 한 가지 특정한 모습으로 확정된 틀 안에만 감추어져 머물고 있는 것은 아니다.
세상 만물은 변화한다. 그러나 오직 변화하지 않는 것이 있다.

그것은 변한다는 이치만은 변함이 없다고 하는 것이 ≪주역≫의 변變, 불변不變의 이치이다. 그러니 우리들 한 몸은 언제나 한적하게 절로 변화에 시의적절하게 적응하여야 한다. 마치 새가 날고, 고기가 물에서 헤엄치듯이 자유롭게 천지의 운행에 적응하여 조화롭게 살아가야 할 뿐이다.

萬物變遷無定態하니 一身閑寂自隨時라

나도 나이 이미 40대 중반에 접어들고 있으니 무슨 일이든지 간에 적극적으로 참가하고 운영하여 나갈 만한 힘이 점점 줄어드는 판이라서, 늘 푸른 산만 줄창 바라보고 즐길 뿐이지 억지로 서둘러 시를 지으려고 서두르거나, 시상을 찾아내려고 골몰하지는 않는다.

年來漸省經營力하야 長對靑山不賦詩라

그러나 어떤 변화가 생기거나, 감흥이 도도하게 일어난다면, 또 시를 지어 볼 수도 있다. 그래서 내가 근간에 여기 이 숲속에 조용하게 살면서 때때로 지은 시를 모아보니 15수[林居十五詠]나 된다.

이 시의 제목을 "무위"가 아니라 "때를 즐긴다"는 뜻을 가진 "낙시樂時"로 적은 책도 있다고 한다. 이퇴계 선생도 이 〈임거잡영〉 시 15수를 모두 모작해보았는데, 역시 이 1수는 "낙시"라고 하였는데, 그 내용은 다음과 같다.

〈때를 즐기다(樂時)〉

구부렸다 폈다 하는 음양의 변화 모두 자연의   屈伸變化都因數
이치에 의거하고

≪주역≫의 효와 상 옮겨감에 각기 때가   爻象推遷各有時
있다네
홀로 들이키네, 태화탕 한 잔을   獨飮太和湯一盞
길게 읊조리네, 〈안락와〉 시 백 편을.   長吟安樂百篇詩

– 상세한 주석은 이장우·장세후 공역 ≪퇴계시 풀이 3≫

(영남대 출판원, 2007, 49쪽)

제목도 다르고, 시의 내용도 조금 다르지만, 각운자 "때 시時" 자와 "시 시詩" 자만은 그대로 사용하고 있다. 퇴계선생의 이 시에서는 ≪주역≫과 북송의 철학자 소강절 선생에 관련된 전고(태화탕, 안락와 시)를 구체적으로 제시하여 이 시에서 무엇을 말하고자 하는지 매우 분명하게 알 수가 있으나, 회재선생의 원시는 자못 의미가 좀 모호하다고 할 수가 있다. 모호하기 때문에 좀 더 신비하게 보일 수가 있다.

회재선생의 이 "무제" 시는 제목부터도 좀 사람을 헷갈리게 만들고, 뒷부분에 가서는 "줄창 청산만 바라볼 뿐 시를 짓지는 않는다"고 하였지만, 진짜 시를 짓지 않는다는 게 아니라 "억지로 시를 짓지 않는다"는 숨은 의미, 깊은 의미, 문맥적인 의미까지 두루 생각해보아야 하니, 이 시가 매우 신비롭게 보이는 것이다.

29. 관물(觀物) - 이언적

당우의 사업 실로　　　唐虞事業巍千古나
천고에 우뚝하나　　　　당 우 사 업 외 천 고

한 점 구름 창공을　　　一點浮雲過太虛라
흘러가는 것과 같네　　　일 점 부 운 과 태 허

맑은 시내 굽어보는　　　蕭灑小軒臨碧澗하야
조촐한 정자에서　　　　소 쇄 소 헌 림 벽 간

종일 마음 맑게 하고　　　澄心竟日玩游魚라
물고기를 구경하네.　　　징 심 경 일 완 유 어

ⓒ 한국고전번역원 | 조순희 (역) | 2013

사물을 사물로 보다

唐虞事業巍千古	요임금과 순임금이 하신 일 천고에 우뚝한데도
一點浮雲過太虛	저 큰 하늘에 한 점의 뜬구름 스침으로 여기셨다네
蕭灑小軒臨碧澗	산뜻한 작은 헌함 푸른 골짜기 마주하고 있어

澄心竟日玩游魚 　맑은 마음으로 온종일 물고기 노닒
　　　　　　　　구경하네.

* 관물(觀物) 고요한 가운데 만물의 현상을 살펴 천지자연의 이
치를 조응(照應)해본다는 뜻인데, 사람이 각자의 주관적 인식
을 완전히 배제하고 이(理)에 입각하여 객관적으로 사물을 관
찰하는 것을 말한다.

송나라 유학자 소옹(邵雍)이 그의 시문집인 《이천격양집(伊
川擊壤集)》 자서(自序)에 "관물의 즐거움으로 말하면 또 이루
헤아릴 수 없이 많다. 비록 사생(死生)과 영욕(榮辱)이 눈앞에
전개되면서 싸움을 벌인다 할지라도, 우리의 주관적인 마음이
그 속에 개입되지만 않는다면, 사시에 따라 바람과 꽃과 눈과
달이 우리의 눈앞에 한 번 스쳐 지나가는 것과 무엇이 다르겠
는가.〔觀物之樂, 復有萬萬者焉. 雖死生榮辱, 轉戰於前, 未曾入於
胸中, 何異四時風花雪月, 一過乎眼也〕"라는 말이 나온다. 그가 지
은 《황극경세서(皇極經世書)》를 《관물내편(觀物內篇)》이라
고 부르기도 한다.

소옹의 문집에는 〈관물음(觀物吟)〉이라는 시가 여러 수 전하
는데, 그중에 1수만 인용해본다.

이목 총명한 남자 몸으로 태어났으니	耳目聰明男子身
천지조화의 부여가 빈약하지 않구나	洪鈞賦與不爲貧
월굴을 탐구해야만 만물을 알 수 있거니와	須探月窟方知物
천근을 오르지 못하면 어찌 사람을 알리오	未躡天根豈識人
건이 손을 만난 때에 월굴을 보게 되고	乾遇巽時觀月窟

지가 뇌를 만난 곳에서 천근을 볼 수 있으니	地逢雷處見天根
천근 월굴이 한가로이 왕래하는 가운데	天根月窟閒往來
삼십육궁이 온통 봄이로구나.	三十六宮都是春

- ≪性理大全書 卷70≫

성호선생은 이에 대해 "월굴은 음(陰)의 뿌리이니 음의 뿌리는 양이고, 천근은 양(陽)의 뿌리이니 양의 뿌리는 음이다."라고 하였고, 또 "사람은 양에 속하고 물(物)은 음에 속하며, 양은 하늘을 맡고 음은 달을 맡았으니, 사람을 알려면 하늘을 알아야 하고, 물을 알려면 달을 알아야 한다. 하늘을 아는 것도 그 뿌리로부터 추구해야 하고, 달을 아는 것도 그 굴(窟)로부터 추구해야 하니, 그러므로 천근을 밟아 사람을 알고, 월굴을 더듬어 물을 안다고 한 것이다."라고 하였다.〔≪星湖僿說 卷29 詩文門 天根月窟≫〕－이상 고전db에서 인용.

* 당우(唐虞) 중국 상고시대의 전설적인 임금인 요순(堯舜)이 속하였다는 부족 이름인 도당씨(陶唐氏)와 유우씨(有虞氏), 곧 그 시대를 일컫는 말.

* 당우사업(唐虞事業) 송나라 양시(楊時)의 ≪두 정자의 좋은 말 뽑음二程粹言≫: "선생님은 말씀하셨다: 태산이 비록 높다고 하나, 최고봉을 빼어놓는다면 산이라고 할 것도 없다. 요순이 천하를 경영했던 사업을 요순의 관점에서 보면, 뜬구름이 태허를 지나가는 것에 불과할 뿐이다子曰: 泰山雖高矣, 絶頂之外, 無預乎山也. 唐虞事業, 自堯舜觀之, 亦猶一點浮雲, 過於太虛耳."

* 태허(太虛) 여기서는 하늘이라는 뜻.

* 소쇄(瀟灑) 瀟 자는 蕭로 적기도 함. 두보의 〈봉선에서 마음을 읊음奉先詠懷〉: "초야에 숨은 뜻 지니고서, 산뜻한 마음으로

세월을 보내고 싶은 마음이 없지 않구나無非江海志, 瀟灑帶日月"

* 임벽간(臨碧澗) 당나라 위응물(韋應物)의 〈서쪽 골짜기에서 본 대로西澗卽事〉: "푸른 골짜기를 내려다보는 촌집에 자고서, 새벽에 일어나서 보니 담박하게도 딴 마음 사라졌다네. 빈숲에 가는 비 내리니, 동그란 무늬가 물속에 두루 생겨나는구나寢扉臨碧澗, 晨起澹忘情. 空林細雨至, 圓文遍水生"

* 징심(澄心) 마음을 맑게 하다. 주자의 스승 이동(李侗)은 40년 동안 세상과 단절하고 정좌(靜坐)를 좋아하며 '말없이 앉아 마음을 맑게 하고 천리를 체인할 것〔默坐澄心 體認天理〕'을 주장하였는데, 친구인 주송(朱松)이 아들 주희(朱熹)를 그에게 보내 공부하게 하였다. 이동이 주희에게 편지를 보내면서, 예전에 나종언 선생에게 배울 때의 일을 술회하며 "선생이 나에게 '고요한 가운데에서 희로애락미발지위중의 미발을 어떠한 기상으로 지어 보아야 하는가?'라는 문제를 주셨다.〔先生令靜中看喜怒哀樂未發之謂中, 未發作何氣象〕"라고 말하고는, 주희에게도 이 문제를 궁구해 보도록 권한 내용이 ≪심경부주(心經附註)≫ 권1 천명지위성장(天命之謂性章)에 나온다. ―고전db 각주 정보에서 인용.

* 유어(游魚) 도잠(陶潛)의 〈비로소 진군참군이 되어 곡아 땅을 경유하면서 짓다始作鎭軍參軍, 經曲阿作〉: "구름을 쳐다보면 높이 나는 새 보기 부끄럽고, 물을 굽어보면 노니는 물고기 보기 계면쩍다望雲慚高鳥, 臨水愧游魚" ―고전 db에서 인용.

【해설】 참고로 앞의 각주에서 소개하였던 소강절 선생의 〈관물음〉 시를 다시 한 번 좀 자세히 살펴보고자 한다. 한자로 된

설명은 ≪성리군서구해性理群書句解≫라는 책에서 따온 것인데, 마지막 36궁에 대한 해설은 잘 이해가 되지 않으므로 생략하고 다른 설명으로 대치한다.

이목 총명한 남자 몸으로 태어났으니	耳目聰明男子身
귀가 잘 들리고 눈이 밝으며	耳總目明
또 한 남자로 태어났으니	又爲男子一身
천지조화를 부여받음이 아주 빈약하지는 않구나	洪鈞賦予未爲貧

천도를 부여받고	天道賦予
온갖 좋음을 갖추었으니	萬善具足
아주 가난하지는 않구나	不爲全貧
모름지기 '월굴'을 탐구해야만	須探月窟方知物
바야흐로 만물을 알 수 있거니와.	

월굴(月窟)은 천풍 구괘 ☴를 가리켜 말한다. 달은 음이고, 굴은 한 음이 생겨나는 곳을 가리킨다. 구괘는 선천도* 위에 있기 때문에 손으로 만질 수 있다고 한 것이다. 사람과 사물은 하늘과 땅 사이에서 나고 또 나는 것인데, 사람은 양이고 사물은 음이다. "바야흐로 사물은 안다"는 것은 "바야흐로 그것이 음이라는 것을 안다"고 말하는 것과 같다指姤卦言. 月, 陰也, 窟, 指一陰生處. 姤卦居於先天圖之上, 故言手探. 人物, 生生於天地間, 人陽, 物陰. 方知物, 猶言始知其爲陰.

* 선천도 〈선천팔괘방위도(先天八卦方位圖)〉 혹은 〈선천괘위도(先天卦位圖)〉라고도 하는데, 현존하는 〈선천도〉는 북송(北宋) 때 소옹(邵雍)이 진단(陳摶)의 책을 얻어 만들고서 복희씨에 가탁한 것이다.

천근을 밟지 못하면 어찌 사람을 알리오　未踏天根豈識人

지뢰복괘 ䷗에 대하여 한 말이다. 하늘은 양이니 "뿌리"라는 것은 한 양이 생겨나는 곳을 가리킨다. 복괘는 선천도의 아래에 있기 때문에 발로 밟는다고 한 것이다. "어찌 사람을 알리오?" 한 것은 그것이 양으로 된 것을 모른다는 말과 같다指復卦言. 天陽也, 根指一陽生處, 復居先天圖之下, 故言足躝. 豈識人, 猶言不知其爲陽也.

건이 손을 만난 때에 월굴을 보게 되고　乾遇巽時觀月窟

〔구괘의 상·하 부분인〕 건과 손이 여기서 서로 대치할 때 월굴의 묘함을 살펴볼 수 있다乾與巽相値於此, 可觀月窟之妙.

지가 뇌를 만난 곳에서 천근을 볼 수 있으니　地逢雷處看天根

〔복괘의 상·하 부분인〕 곤은 땅이요, 진은 우레다. 곤과 진이 여기에서 서로 대치하고 있으니 천근의 묘함을 볼 수가 있다. 坤, 地也, 震, 雷也. 坤與震相値於此, 可見天根之妙.

천근 월굴이 한가로이 왕래하는 가운데　天根月窟閒來往

구괘와 복괘 2괘가 무궁하게 순환하는 것은 모두 태극의 묘함이다姤復二卦, 循環無窮, 皆太極之妙.

삼십육궁이 온통 봄이로구나.　三十六宮都是春

이익(李瀷, 1681~1763)은 ≪성호사설(星湖僿說)≫ 제20권 〈경사문(經史門) 36궁(宮)〉에서 세 가지 해설을 소개하고, 그중 다음과 같은 세 번째 해설을 타당하다고 하였다. "64괘(卦) 중에 변역(變易)하는 괘〔"정대正對" 괘라고도 함〕가 8개이니 건

(乾☰)·곤(坤☷)·감(坎☵)·리(離☲)·이(頤☶)·대과(大過
☱)·중부(中孚☲)·소과(小過☳)이고, 교역(交易)하는 괘가 56
개이니 둔(屯☵)·몽(蒙☶) 이하가 그것이다. 변역하는 괘는 8
괘가 각각 한 궁이 되고, 교역하는 괘는 2괘가 합하여 한 궁이
되므로 합하여 36궁이 된다." 곧, 36궁은 주역 64괘를 달리 칭
하는 말인데, 64괘가 1년 사철, 천지 만물을 상징하므로 36궁
역시 이를 뜻하는 말이 된다. ─고전db 역주 정보.

똑같은 한자로 쓴 시구라고 하더라도 성리학자들이 지은 시구
를 이해하려면, 성리학 책에서 사용되고 있는 말들을 어떻게
이끌어다가 사용하고 있는지, 좀 자세하게 점검해보아야만 그
내용을 조금 이해할 수가 있을 것 같다. 이 시를 이해하기 위
해서는 북송 때 낙천적인 세계관을 가졌던 철학자 소강절(소옹)
선생이 사용한 "관물"이라는 말의 뜻을 정확하게 알아야 하고,
정자나 주자가 관심 가졌던 관련된 사항에 대해서도 알아내어
야, 이 시를 어느 정도 이해할 수가 있을 듯하다.
이러한 전고를 찾아내고 원문을 찾아내는 데는 전자판 사고전
서를 많이 활용하였고, 더러 그러한 사항들을 한글로 옮기는
데는 한국고전db의 각주 정보를 자주 검색하여 해당 사항의
번역, 또는 설명문을 위의 역주에 많이 인용해보았다. 이러한
편리한 공구류 덕분에 일을 좀 쉽게 단축할 수가 있으니 매우
편리하게 여긴다. 그러나 아무리 이러한 문자 풀이를 잘한다고
할지라도 그 심오한 철리의 세계에 깊이 빠져 들어가서 진리의
맛을 체험해보지 못한 나 같은 돌팔이 문생에게는 그 오묘한
문자 속을 속속들이 이해하기가 어려운 일이다. 그러나 조잡하
게나마 몇 자 풀어 적어본다.

위의 주석에서 이 시의 제목인 "관물"이라는 단어의 뜻을 소강절 선생은 "나의 입장에서 사물을 보는 것이 아니니, 나의 입장을 떠나서 사물을 본다는 것은, 사물 자체의 입장에서 사물을 살펴보는 것不以我觀物也, 不以我觀物者, 以物觀物也〔≪皇極經世書≫ 卷十三〕"이라고 하였다. 이 제목부터 벌써 예사롭지 않다. 이럴 경우에 이 제목을 한글로 어떻게 풀어서 적어야 할지? 참 마땅한 표현을 찾아내기가 쉽지 않다. 〈사물을 사물로 보다〉로 우선 풀어 본다.

까마득하던 날 당나라의 요임금〔帝堯陶唐氏〕과 우나라의 임금 순임금〔帝舜有虞氏〕 같은 분들이 이룩한 업적은 인류역사가 생긴 이래 천년만년이 흘러도 영원히 우뚝한 것이지만, 그분들의 통치방식은 모두 스스로 앞에 나서서 백성들을 억지로 이끌고 나간 것이 아니라, 늘 자신을 숨기고서 모든 일이 자연의 이치에 맞추어 제대로 흘러가는 것만 지켜보셨다. 그러니, 온 세상의 모든 질서가 모두 제자리를 얻으면 저절로 흘러갈 뿐이라고 생각하셨다. 후세 사람들이 마치 태산의 정상과 같이 우뚝하게 우러러보는 그 위대한 중국 문화체계의 확립이나, 정치적인 업적 같은 것도 그분들에게는 정작 한줌의 뜬구름이 저 넓은 하늘 한쪽을 스치고 지나가는 것과 다를 바 없는 일이었다. 그분들의 도는 비유하자면, 그 큰 태산 전체를 넘어선 것 같다고도 할 것이니….

唐虞事業巍千古, 一點浮雲過太虛

조그마하지만 산뜻한 정자에 앉아서 짙푸른 골짜기에 흐르는 맑고 깨끗한 물결을 내려다보고 있노라니, 온종일 자연의 이치에 따라서 천진하게 헤엄치는 물고기 떼들, 때때로 하늘로 솟아오르는 새 떼들이나 보고 즐기며, 그런 자연의 기운과 더불어 하나가 되어 갈 뿐 아무런 마음의 속박이나, 세속의 구애가 사라져, "말없이 앉아서 마음을 맑게 하고, 천리를 체인하면서〔默坐澄心, 體認天理〕" 희로애락이 미발한 "중〔中〕"이란 상태가 어떤 것인지 궁구할 수도 있게 된다.

그러니 도연명이 젊을 때 혼탁한 세상에서 어느 군벌의 우두머리인 장군의 막료로 발탁되어 가면서 오히려 "구름을 쳐다보면 나는 새에게 부끄럽고, 물을 굽어보면 노니는 물고기에게 계면쩍다"고 하던 말이 생각난다. 나는 지금 그러한 속박에서 벗어났으니 얼마나 다행스러운가?

瀟灑小軒臨碧澗, 澄心竟日玩游魚

30. 들못 (野池) – 이황

이슬 머금은 풀 여리고 여리게
푸른 언덕을 둘러싸고 있는데
조그마한 못은 맑고 활기차며
모래도 없이 깨끗하구나
구름 날고 새 지나가는 것
원래 관련 있는 일이지만
다만 두렵구나, 때때로 제비
날아와서 물결을 차게 될까봐.

露草夭夭繞碧坡한데
노 초 요 요 요 벽 파

小塘淸活淨無沙라
소 당 청 활 정 무 사

雲飛鳥過元相管나
운 비 조 과 원 상 관

只恐時時燕蹴波라
지 공 시 시 연 축 파

* 야지(野池) 출전 ≪퇴계선생문집≫ ≪외집≫ 권1. 칠언절구. 각운은 坡, 沙, 波로 상평성 가(歌: 坡와 波)와 마(麻: 沙)의 통운임. 이 시는 작자가 18세 때 지은 것으로 그의 〈연보〉에 나와 있으며, "봄에 놀며 들 연못을 읊었다"는 설명이 있다. 또 이 〈연보〉에서는 '벽파'가 '수애(水涯)'로 '지공'이 '지파(只怕)'로 되어 있다. 이 시에서는 이황 선생이 이미 도학자로서의 마음가짐을 잘 가다듬어 나타내고 있다고, 그의 생애를 연구하는 사람들이 자주 이야기하고 있다.

* 이황(李滉, 1501~1570) 조선시대 대표적인 성리학자. 자는 경호(景浩), 호는 퇴계(退溪). 평생 동안 조정에 나아가서 벼슬을 하기도 하였지만, 자주 벼슬을 버리고 고향인 경상도 예안

으로 물러나서 도산서당을 짓고 많은 제자를 양성하고, 학문연구에 몰두하였음. 그가 평생 동안 쓴 많은 글과 저서들은 대부분 후세에 잘 보존되어 전해지고 있는데, 편지 글이 3천 통 이상, 시도 2천2백 여 수나 전한다. 대표작으로는 ≪어진 임금이 익혀야 할 공부를 열 장의 그림으로 해설함(聖學十圖)≫, ≪주자의 편지 뽑음(朱子書節要)≫, ≪퇴계선생문집≫ 등이 있음. ―≪한백≫ 18-377.

* 야지(野池) 두보의 〈모춘暮春〉:"모래 위의 초가집은 새 버들 가지로 어두워지고, 성곽 곁의 들못에는 연꽃이 붉었구나沙上草閣柳新闇, 城邊野池蓮欲紅"

* 요요(夭夭) ≪시경≫ 〈주남周南·도요桃夭〉:"복숭아나무가 작고 예쁨이여, 곱고 고운 그 꽃이로다. 이 아가씨의 시집감이여, 그 시집 집을 화순하게 하리로다桃之夭夭, 灼灼其華. 之子于歸, 宜其室家"

* 원상관(元相管) 원상관(原相管). 원나라 유관(柳寬)의 〈혈서불경血書佛經〉:"무엇이 눈에 부딪쳤기에 고통을 자아냈는가? 관절과 혈맥은 본래 상관이 있다고 하는데云何觸目生痛楚, 關節脉理元相管"

【해 설】이 시는 퇴계선생이 20세 전〔18세〕에 지은 것이지만, 이미 조촐한 도학자의 마음씨를 읽어 볼 수 있는 작품이 되어, 그와 관련된 이야기를 적어둔 책에서 자주 인용하는 작품이 되고 있다. 다음 이야기는 그의 제자인 이덕홍(李德弘)이라는 분이 전하는 내용이다.

선생께서 일찍이 제비실〔鷰谷〕―마을 이름으로 온계(溫溪) 서쪽 5리에 있다―에 놀러갔다가 작은 못〔小塘〕의 물이 맑고 깨끗한 것을 보고 심신이 상쾌하여 유연한 정취를 얻은 듯하였다. 절구 한 수를 남기셨다.

이슬 맺힌 풀 곱게 물가에 둘러 있고	露草夭夭繞水涯
작은 못 맑고 깨끗해 티끌 한 점 없네	小塘淸活淨無沙
구름 날고 새 지나는 건 원래 있는 일	雲飛鳥過元相管
때때로 제비가 물결 찰까 두려울 뿐이네.	只怕時時燕蹴波

신유년(1561, 명종16) 여름에 덕홍이 "이 시는 언제 지은 것입니까?"라고 하니, 선생께서 "내가 열여덟 살 때 지은 것이다. 그때는 터득한 것이 있다고 여겼는데 지금 생각해보니 마음에 매우 가소롭다. 이후에 다시 한 걸음 더 진보하면 반드시 오늘처럼 전날을 비웃게 될 것이다."라고 하였다. ─〈계당기선록〉, 고전db에서 인용.

다음 이야기는 그의 4전제자인 갈암(葛菴) 이현일(李玄逸) 선생이, 이 시와 남명(南冥) 조식(曹植) 선생의 시 1수를 서로 비교해 하는 이야기다.

퇴계선생이 소년 시절에 절구 한 수를 지었는데 그 시에,

이슬 젖은 풀 고웁게 물가 두른 곳	露草夭夭繞水涯
작은 못물 맑고 싱싱하여 모래 없어라	小塘淸活淨無沙
구름 날고 새 지나는 건 원래 있는 일	雲飛鳥過元相管
때때로 제비가 물결 찰까 그게 걱정일세.	只怕時時燕蹴波

하였다. 남명선생이 소년 시절에 시를 지었는데 그 시에,

병 들어 산재에 누으매 낮꿈이 많노니	病臥山齋晝夢煩
몇 겹의 구름 물에 무릉도원은 막혔어라	幾重雲水隔桃源

새 물이 푸른 옥 빛깔보다도 더 맑은데　　新水淨於靑玉面
박차서 물결 일으키는 저 제비가 밉구나.　　爲憎飛燕蹴生痕
　　　　　－〈강가의 정자에서 우연히 읊다江亭偶吟〉

하였다. 위 두 시 모두 천연히 자득(自得)한 멋이 있지만 퇴
도(退陶)의 시는 고요할 때는 마음을 보존하고 움직일 때는
기미를 관찰하여 사물이 오면 그대로 순응하는 기상이 있고,
남명의 시는 공적(空寂)을 주장하여 마음으로 사물이 없는
곳을 비추려는 의사(意思)가 있다. －〈수주관규록(愁州管窺
錄)〉, 고전db에서 인용.

이슬 맞은 풀 여리고 여리게　　　　露草夭夭繞水涯
물가를 빙 둘러싸고 있는데
조그마한 연못은 맑고도 활기차며 너무나　小塘淸活淨無沙
깨끗하여 밑바닥에 모래조차 없구나.

이 조용하고도 깨끗한 못 위를 흰 구름이 무심하게 날아다니
고, 솔개 같은 새가 지나가고, 물고기들이 마음 놓고 뛰어오른
것 같은 일들이야, 원래 작은 못을 무대로 하여 시시로 연출되
는 아주 자연스러운 현상들이라고 말할 수 있지만, 다만 두려
운 것은 때때로 제비들이 날아와서 이 맑은 물결을 차고 휘저
어 놓을까 두렵구나.
여기서 구름과 새는 자연의 본래의 모습을 상징하는 말이요,
제비는 자연 상태를 유지하려는 평정심을 방해하려는 욕심 같
은 것을 비유하는 말이다.
雲飛鳥過元相管, 只恐時時燕蹴波.

31. 산천의 뛰어난 형세 (山川形勢) -이황

구룡연(九龍淵)의 구름 기운
새벽 되니 서늘한데

송골산(松鶻山)은 하늘을 찔러
밝은 해도 낮게 보이네

앉아서 산성의 문이 닫히기를
기다리고 있자니

호각 부는 소리 퍼져 나가고
있다네, 큰 강의 서쪽으로.

龍淵雲氣曉凄凄한데
용 연 운 기 효 처 처

鶻岫摩空白日低라
골 수 마 공 백 일 저

坐待山城門欲閉하니
좌 대 산 성 문 욕 폐

角聲吹度大江西라
각 성 취 도 대 강 서

* 용연(龍淵) 의주 북쪽 8리 지점에 있는 구룡연(九龍淵)을 말함.
* 효처처(曉凄凄) 당나라 한유(韓愈)의 〈남쪽 궁궐에서 조회하고 경하를 드린 뒤 돌아오면서南內朝賀歸〉: "남쪽 궁궐에서 경하를 마치고, 돌아올 때 서늘한 느낌이 드는 쓸쓸한 새벽罷賀南內衙, 歸凉曉凄凄"
* 골수(鶻岫) 압록강 건너편에 있는 송골산(松鶻山)을 말함.
* 마공(摩空) 당나라 이하(李賀)의 〈높은 수레 탄 분들이 들리셨구나高軒過〉: "궁전 앞에서 부 지으니 명성이 하늘에 닿고, 필력은 조화 도우니 하늘도 공이 없어라殿前作賦聲, 筆補造化天無功"
* 백일저(白日低) 당나라 잠삼(岑參)의 〈괵주의 군 자사 집무실

虢州郡齋〉: "붉은 깃발 내리는 것을 바라보면서, 흰 태양 지는 때 술을 마시네相看紅旗下, 飮酒白日低"

*문욕폐(門欲閉) 당나라 조업(曹鄴)의 〈여도남을 송별하며送厲 圖南〉: "말이 끝나자 술잔을 마르려 하는데, 열두 성문은 닫히려 하네言畢尊未乾, 十二門欲閉"

* 각성(角聲) ≪고증≫: "≪통례의찬≫ 황제가 치우와 싸울 때 황제는 피리를 불어 용이 우는 소리를 내게 해서 그를 막았다. 군영 안에다 그것을 설치하여 밝고 어두운 것을 알렸다通禮儀 纂. 黃帝與蚩尤戰, 帝命吹角作龍鳴以御之. 軍中製之以司昏曉" ≪통례의찬≫이란 책은 미상임.

≪신당서·모든 관원들에 관한 기록百官志≫: "(절도사) 경계로 들어서면 주와 현에서는 절도사의 누대를 축조하여 북과 피리를 불어서 맞아들였다. 관청의 병장기를 앞에 두고, 각종 기는 중간에 설치하며, 대장은 구슬 장식을 울리고 쇠로 만든 악기와 징, 북, 나팔 등은 뒤에다 설치하며 주와 현에서는 길 왼쪽에서 도장을 주어 맞이한다入境, 州縣築節樓, 迎以鼓角, 衙仗居前, 旌幢居中, 大將鳴珂, 金鉦鼓角居後, 州縣齎印迎于道左"

* 취도(吹度) 원나라 양유정(楊維楨)의 〈운남 땅의 과거시험 관리자로 나가는 진도사를 전송하며送陳都事雲南銓選〉: "그대를 운남 땅의 과거 시험관으로 나감을 송별하노니, 여러 오랑캐 족속들 저절로 등급이 판정될 걸세. 달 밝으면 꿈속에 옛날 기자국 북쪽 지역이 감돌 것이요, 긴 바람은 불어 야랑 땅 서쪽으로 넘어갈 것일세送君銓選使滇池, 部落諸夷自品題. 明月夢回 夔子北, 長風吹度夜郎西"

【해 설】이 시는 퇴계선생이 41세 때, 국경 지역인 의주까지

나아가서, 중국에 들어갔다가 돌아오는 우리나라 사절 일행이 지닌 중국과의 외교관계 문서〔咨文〕와 외교사절들이 사용하는 마필(馬匹)을 점검하는 자문점마(咨文點馬)라는 임시직책을 띠고, 평양을 거쳐 의주에 도착하여 한 달 동안이나 머물면서 지은 〈의주에서 본 여러 가지를 읊음義州雜詠〉이라는 연작시 12수 가운데 한 수이다.

이 걸음이 이퇴계 선생의 일생 중에서는 제일 먼 여행길이었지만, 그때 선생께서는 신진 관료들 중에는 가장 우수한 사람들만 뽑아서 훈련시키는 사가독서의 특전까지도 누리고 있었을 때이므로, 일생 중에서도 문인 관료로서 가장 빛을 발휘하고 희망에 찬, 행복한 시절이었다고도 할 수 있을 듯하다. 그래서 그런지 이때 쓴 그 연작시 중에 처음 나타나는 〈압록강이란 천연요새지鴨綠天塹〉란 시와 더불어, 이 시는 선생이 남긴 2,200여 수가 넘는 많은 시 중에서도 가장 잘된 시 중에 넣을 만한 명작으로 평가되고 있다. ─자세한 것은 졸저 ≪퇴계시 이야기≫ (서울, 서정시학사, 2014) 참조 요망.

국경 지방에 나가서 쓴 이 시를 이해하기 위하여, 우선 중국 서북 변경의 분위기를 읊은 이태백의 시 한 수를 먼저 소개하고자 한다.

〈관산월(關山月)〉

밝은 달 천산에서 나와서	明月出天山
구름바다 사이에 창망하게 떠 있네	蒼茫雲海間
긴 바람 몇 만 리나 불어 가는가	長風幾萬里
불어서 옥문관을 넘어가는구나	吹度玉門關

한족 군사는 백등도를 따라서 내려오고	漢下白登道
호족 군대는 청해만을 엿보고 있구나	胡窺青海灣
옛날부터 정벌 나간 싸움터에서는	由來征戰地
살아서 돌아오는 사람 보지 못하였다네	不見有人還
수자리 사는 사람 변방의 기색을 살펴보니	戍客望邊色
살아서 돌아갈지 얼굴이 자꾸 찌푸려지네	思歸多苦顔
이 좋은 누각에서 이 밤을 맞으니	高樓當此夜
탄식만 걷잡을 수 없이 쏟아지네.	歎息未應閑

제목에 나온 "관산"이라는 말은, 관애(關隘)와 산령(山嶺)으로, 같은 시대의 시인인 두보(杜甫)의 〈세병마행洗兵馬行〉이란 시에 "3년 동안 강적(羌笛) 소리에 관산의 달 보았고, 만국의 군대 앞에 초목이 바람에 흔들리네三年笛裏關山月, 萬國兵前草木風"라는 구절이 보인다. 이 이태백의 〈관산월〉 시에서는 "긴 바람 몇 만 리나 불어 가는가? 불어서 옥문관을 넘어가는구나 長風幾萬里, 吹度玉門關"라는 유명한 말이 나온다.

이 시의 제목을 〈산천형세〉라고 하였는데, 이 〈의주잡영〉의 뒤쪽에 나오는 시들의 제목을 보면, 대개 건물 이름이나 사건 이름을 제목으로 삼았는데, 앞쪽에 나온 시의 제목은 〈압록천참鴨綠天塹〉이니 〈주성지리州城地理〉니 하며, 좀 포괄적인 제목을 붙였으니, 이 시도 역시 좀 포괄적인 내용을 담으려고 한 것같이 보인다. 이 시에서는 산천으로는 용연이란 못이 나오고, 골수란 산이 나오며, 〔의주〕 산성에서 바라본 큰 강(압록강) 서쪽 요동지역이 나오며, 시간으로는 새벽, 낮, 저녁이 바뀌고, 분위기를 나타내는 것으로는 봄날이지만 아직도 북쪽 국경 지대의 구룡연 위에 서린 구름 기운이 서늘하고도 서늘함-觸感

的, 눈부신 해보다도 더 높이 솟아서 하늘을 찌르고 있는 산과 저녁에 닫히려는 성문-視覺的, 한없이 넓은 강물을 넘어서 서쪽으로 멀리멀리 퍼져 나가고 있는 국경 산성 수비대의 애처로운 호각 소리-聽覺的 등등 이런 것이 차례차례 펼쳐져 나가고 있다.

첫째 구절과 둘째 구절은 정태적인 묘사라면, 다음 두 구는 한편으로는 닫혀 가는데, 또 한편으로 널리널리 펼쳐져 나가고 있으니, "정중동靜中動"의 반작용이 일어나고 있는 것이다. 소리를 따라서 시각도 움직이고, 그 여운은 한없이 이어지는 것 같으니, 이른바 "말은 끝나도 뜻은 끝남이 없다言有盡而意有餘"고 할 것이다.

중국의 서북 경계인 사막지대를 바라보고 읊은 이태백의 기운찬 시풍이, 퇴계선생이 요동 땅을 바라보고서 쓴 이 시에도 틀림없이 다시 살아나고 있는 것 같다. 도학자일 뿐만 아니라, 훌륭한 시인의 솜씨를 잘 보여준 시라고 생각한다.

성리학자들의 시

조선 왕조에 들어와서 길재, 김종직으로 이어지는 "사림파"가 "훈구파"라고 일컬어지는 조정의 기득 세력에게 배척을 당하여 정치적으로 피해를 입은 사건을 "사화"라고 말하는데, 조선 전기에 네 차례의 큰 사화가 있었다. 첫 번째 사화는 1498년(연산군 4년, 무오년)에 일어났는데. 김종직의 제자들과 죽은 김종직에게 화가 미친 것이며, 세 번째 사화는 1519년(중종 14년, 기묘년)에 김종직의 제자인 김굉필의 제자였던 조광조가 젊은 나이에 과감한 개혁을 하려다가 역시 훈구파에게 비참하게 보복을 당한 것이다.

이 책에서는 이언적, 이황, 이이를 소개하면서 김굉필, 정여창, 조광조도 아울러 소개하고 있다. 이언적은 ≪대학≫과 ≪중용≫에 관한 독창적인 연구를 쌓아 사림파 학자로서 명망을 얻었지만 관계로 나아갔다가 1545년(명종 즉위, 을사년)에 실각하여 유배지에서 죽었다. 그의 작품은 그렇게 많지는 않으나 시, 산문 할 것 없이 글이 읽기에 매우 평이한 것이 특징이다. 그가 살던 마을, 경북 경주시 양좌동이 유네스코의 세계문화유산으로 지정된 것은 재미있는 일이다.

이황(퇴계)은 한국 유학사에서 가장 명성을 누리고 있는 학자이다. 매우 많은 저술과 많은 제자, 자주 사양하였지만 사양할수록 끝까지 높이 올라간 벼슬, 사림파가 완전히 정권을 장악하자 그의 제자들이 그의 학문을 계승하기도 하고, 또 수두룩하게 국정에 참여하기도 하면서 그의 생각이 한국인의 생활에 깊은 영향을 미쳤다. 그가 평생 동안 쓴 철학적인 저술 이외에도 편지와 시만 하여도 지금 남아있는 것이 각각 3천 편 이상이다. 그의 편지는 일본에서도 판각되어 나온 적이 있고, 그의 시는 한국어뿐만 아니라 중국에서도 백화문 완역판이 나와 있다.1)

다른 사람들의 한시도 대개 비슷하지만, 그의 시에는 철학적인 오묘한 이치를 비유적으로 표현한 시, 자연의 아름다움을 읊은 시도 많지만, 친구간의 우정, 제자와 가족들에 대한 사랑과 기대, 자기 자신에 대한 반성과 다짐 같은 것이 더 많고, 그가 실제로 일상생활 속에서 구체적으로 무엇에 부딪치고, 무엇에 감격하고 무엇에 실망하고 무엇에 분노하였는지 하는 점은 잘 나타나지 않고 있다. 요컨대 유가의 시의 "온유돈후(溫柔敦厚: 온화하고 부드러우며, 두텁고도 후해야 한다)"의 비평 잣대에서 벗어나지 않는 시들이다.

퇴계는 스스로 "나의 시는 메마르고 담담하여[枯淡]하여 처음 슬쩍 보면 별 재미가 없을 것이지만, 나는 시를 적는데 그래도 많은 정성을 기울였으니 자세히 읽어 보면 그렇게 가치가 없지는 않을 것이다"라고 하였다. 그런데 그가 살았던 시대의 유행

---

1) 《일본각판퇴계문집》에는 편지 1천 편을 수록하였는데, 일본식 독해구호가 찍혀 있음. 한국의 이퇴계집 완역본은 서울의 퇴계학연구원에서 《국역퇴계전서》(29권)로 나온 것이 있고, 필자가 별도로 다음과 같이 그의 편지와 시를 역주하고 있음. 한국어 완역은 《퇴계전서》 이장우, 전일주 공역, 《퇴계 이황, 아들에게 편지를 쓰다》(1권), 서울, 연암서가, 2004. 이장우, 장세후 역주, 《퇴계시 풀이》(9권), 경산, 영남대학교 출판원, 2018.

으로 보든지, 또 송나라 유학자들의 철학을 좋아하였듯이 송나라 시인들의 시도 좋아한 점 등을 고려해보면, 그의 시에도 "해동강서시파"의 기미도 느낄 만하다. 그래서 그런지 그의 시의 원문이 그렇게 읽기에 쉽지만은 않다.

이이(율곡)는 이황보다 35년 후배로 매우 탁월한 재질을 지닌 학자이며, 이상이 높았던 정치가였지만 그의 꿈은 현실에서 이루어지기 힘들었던 것 같다. "잘 된 작품 중에서 묘하게 뽑아 엮는다"는 뜻을 가진 ≪정언묘선精言妙選≫〔중국의 시 선집〕을 편집하기도 한 그는 "꾸미고 장식하는데 힘쓰지 않으나 자연스러운 가운데 오묘한 맛이 있는 것", "조용한 가운데서 저절로 얻게 되고 흥이 깃든 곳에서 튀어 나온 것" 같은 시를 좋은 시로 보았으니 수식, 기교 같은 것보다는 직관을 중시한 것이다. 그의 저서를 모은 ≪율곡전서≫는 44권이나 되나, 시는 그렇게 많이 수록되어 있지는 않다.

김종직, 김굉필, 조광조, 이언적, 이황을 "조선의〔전기〕다섯 성현(오현)"이라고도 부르는데, 그들이 조선 문화에 끼친 숭고한 위치를 알 수 있다. 이러한 도학자들은 마음을 바로잡는데도 시가 매우 중요하다는 것을 인정하고 좋은 시를 많이 지었다.

【관련 시화】 정몽주 · 김굉필 · 정여창 · 조광조 · 이언적 · 이황 등 몇몇 유학자들의 시

시는 개인적인 천성과 정서를 읊조리고 노래한 것이다. 천성과 정서가 그 올바름을 얻게 되어 나타나 시가 된 것은 역시 ≪시경≫ 3백 편일 뿐이다. 그래서 군자들은 반드시 천성과 정서의 올바름을 먼저 관리한 뒤에야 서로 어울려 시를 말할 수 있다.

우리 동쪽 나라의 여러 어른들 중에서 그러한 분들을 지금 이루 다 기록할 수 없으나, 그래도 특별히 일컬을 만한 분들을 언급한다.

포은(圃隱) 정몽주의 〈전방에 나간 남편을 잊지 못하여(征婦怨)〉는 다음과 같다.

"한번 이별한 뒤로 소식이 드무니 …"2)

점필재(佔畢齋) 김종직의 〈홍겸선의 제천정 시에 화답하여, 송중추 처관님의 각운자를 사용하여(和洪兼善濟川亭次宋中樞處寬韻)〉 시는 다음과 같다.

"꽃을 불고 버들을 포개는 반강의 바람인데…"3)

한훤당(寒暄堂) 김굉필의 〈노방송(路傍松)〉 시는 다음과 같다.

"한 늙은이 푸른 수염 길 티끌에 맡겨두고…"4)

일두(一蠹) 정여창5)의 〈화개현(花開縣)〉6) 시는 다음과 같다.

---

2) 정몽주의 시: 앞의 12번 참고.
3) 김종직의 시: 앞의 19번 참고.
4) 김굉필의 시: 앞의 23번 참고.
5) 정여창(鄭汝昌, 1450~1504): 조선 전기의 문인 학자. 김굉필과 함께 김종직에게 사사하였으며, ≪논어≫에 밝았고 성리학을 깊이 연구하였음. - 위와 같은 책, 19-852.
6) 화개현(花開縣): 섬진강(蟾津江) 하류의 경상도와 전라도의 접경 지역에 있는 고을. 이 시는 두류산(지리산)을 구경하고 화개현에 이르러 지은 것임. 이 시의 해석과 주석은 안대회 등 공역 ≪조선시대의 한시≫ 2, 215-6에서 많이 인용함.

냇버들은 살랑살랑 가볍게 흔들리는데   風蒲獵獵弄輕柔
4월 화개현에 보리가 벌써 익었네   四月花開麥已秋
두류산 천만봉을 샅샅이 보고 나서   看盡頭流千萬疊
외로운 배로 다시 큰 강을 내려간다.   孤舟又下大江流

정암(靜庵) 조광조의 〈금을 읊노라(詠琴)〉라는 시는 다음과 같다.

"구슬로 장식한 금에서 천년 묵은 곡조를 뜯는데…"7)

회재(晦齋) 이언적의 〈사물을 보다(觀物)〉라는 시는 다음과 같다.

"요임금과 순임금이 하신 일 천고에 우뚝한데도…"8)

퇴계(退溪) 이황의 〈의주(義州)〉9) 시는 다음과 같다.

"구룡연의 구름 기운 새벽되니 서늘한데…"10)

… 아아 이러한 여러 어진 분들의 시는 모두 사용한 말이 천연스럽고, 각각 그 오묘함을 다 발휘하고 있다. 본성과 정서의 바름에서 시가 피어남이 이와 같구나!

－《시평 보유》

---

7) 조광조의 시: 앞의 27번 참고.
8) 이언적의 시: 앞의 29번 참고. 이 시는 〈숲속에 살면서 읊음林居 15수〉 중의 한 수임.
9) 의주(義州): 〈의주에서 여러 가지를 읊음 12수〉 중의 한 수로, 〈산천의 뛰어난 형세(山川形勝)〉라는 소제목이 붙어 있음.
10) 이황의 시: 앞의 31번 참고.

32. 반달을 읊음 (詠半月) - 황진이

누가 곤륜산의 옥을 찍어 내어 　　誰斲崑山玉하여
　　　　　　　　　　　　　　　수 착 곤 산 옥

직녀의 빗을 만들었던가? 　　　　裁成織女梳오
　　　　　　　　　　　　　　　재 성 직 녀 소

견우와 이별한 뒤에는 　　　　　牽牛離別後에
　　　　　　　　　　　　　　　견 우 리 별 후

아무렇게나 저 푸른 하늘에 　　　謾擲碧空虛라
내던져 버렸구나. 　　　　　　　만 척 벽 공 허

* 영반월(詠半月) 출전 ≪대동시선(大東詩選)≫ 권12. 오언절구.
각운 梳, 虛. 상평성 어(魚) 운. 쓸모없어 버려진 머리 빗는 빗
모양의 달을 보고 애인으로부터 버림받은 자신의 신세를 비유
하고 있음.

* 황진이(黃眞伊) 중종(中宗) 때 개성의 명기로 생몰 연대는 자
세히 알 수 없으나 비교적 단명하였을 것으로 보임. 진이(眞
伊), 명월(明月)로도 불림. 그의 전기에 대해서는 여러 가지
야사에 서로 다르게 전하고 있기 때문에 정확한 것은 알 수 없
으나, 용모가 빼어났다고 하며, 매우 훌륭한 한시와 시조를 후
세에 몇 수씩 남기고 있음. -≪한백≫ 25-511.

* 착(斲) 깎다, 아로새긴다는 뜻.

* 곤산(崑山) 곤륜산(崑崙山)의 약칭. 중국의 신강과 서장 사이

에 있는 해발 7,719m에 이르는 높고 험준한 산. 옛날부터 중국의 산 중에서 가장 우뚝한 산으로 알려져 왔으며, 이 산 위에 신선들이 살고 옥이 많이 생산되는 곳으로도 알려져 있음. ─《한어대사전》(구판) 3-833 참조.

* 직녀소(織女梳) 직녀의 빗. 송나라 주자지(周紫芝)의 〈칠석시 七夕詩〉: "직녀로 하여금 구름과 같은 머리칼을 빗질하게 재촉한다면, 베틀의 실을 정리하는데 무심해질 듯하네催教織女梳雲鬢, 想得無心理杼絲"

* 만척(謾擲) 오대 위곡(韋縠)의 〈구구를 대신하여代九九〉: "뜰 안의 과실을 되는 대로 던지니, 담장 밖의 가지에 헛되게 붙어 있구나謾擲庭中果, 虛攀牆外枝"

【해설】 이 시를 검색하다보니 똑같은 제목의 시가 임진왜란 때 함경도에서 의병장을 지낸 정문부(鄭文孚) 장군이 8세 때 지은 것이라고 하는 기록이 그분의 문집인 《농포집農圃集》에도 보인다. 그러나 이 시가 다분히 여성적인 감수성을 느끼게 하는 점, 황진이의 활동연대가 정문부보다 빨랐던 점 같은 것을 고려해 볼 때 아마도 황진이의 이 시가 이미 선비들 사이에서 상당히 유행하는 것을 듣고서, 아마 정문부 장군이 어릴 때 적어둔 것을 뒷날 문집 편집자들이 마치 정장군이 쓴 것 같이 수록해 두었을 가능성이 높다고 본다.

황진이는 아름다운 시조를 몇 수 남기기도 하였지만, 이 시를 위시하여 아름다운 한시도 몇 수 남긴 것 같다. 이 시는 반달을 귀중한 옥으로 만든 머리빗에 비유하고, 견우에게 버림받은 직녀가 그 빗을 공중에 아무렇게나 던져둔 것이 반달이 되어 중천에 떠 있는 것으로 보았다. 매우 애처롭지만 재치가 넘치는 시다.

중국이나 한국의 문화전통에서 여자가 문학 작품을 짓는다는
것은 그리 흔한 일은 아니었다. 사대부 집의 여인들이 아주 드
물기는 하지만 간혹 지어 남긴 작품들이 보이나, 기생 같은 특
수한 신분을 가졌던 여인들이 지은 작품은 오히려 더 많이 보
인다.

남자들의 문집을 보면, 남자 친구들에게 지어주는 시는 말할
수 없이 많지만, 여자 친구란 있을 수도 없었고, 또 정식으로
결혼한 자기 부인이나 작은 부인(첩)에게 지어준 시도 거의 보
이지 않는다. 그러나 기생들과 만나서 즐겁게 놀았다든가, 그
런 여자와 즐겁게 어울려 지내면서 시와 노래를 주고받았다는
이야기는 소설에도 많이 나오고, 또 흔하지는 않지만 간행된
문집이나, 미간행 초고에는 더러 지은 시들을 찾아 볼 수도 있
다. 이렇게 남자들이 기생과 어울려 놀면서 지은 시를 중국에
서는 "청루시青樓詩"라고 부른다. 청루라는 말은 기생집이라는
뜻이다.

중국 사람들이 말하는 청루시에는 남자가 지은 시, 여자 기생이
지은 시가 다 포괄된다. 그러나 지금 한국에서는 이 용어가 별
로 통용되지 않고, 기생들이 쓴 시만 "기녀시"로 부르고 있는
것 같다. 조선의 기생 이야기는 시화나 만록 같은 책에 더러

산발적으로 보였는데, 이능화(李能和, 1869~1943) 선생이 ≪조선해어화사朝鮮解語花史≫[1] 같은 책을 내면서 점차 체계적인 연구도 시작되어, 지금은 한국에서 이와 관련된 저술들이 더러 나와 있다.

기녀들은 대개 노래를 부를 수도 있었기 때문에 시를 노래와 같이 읊을 수 있는 특이한 기능을 보유한 사람들이라고 볼 수도 있다. 한자로 쓴 시는 원래 모든 글자 발음의 고저와 장단과 관련이 있는 평측을 고려하고, 글자 수를 조절하여 음수율을 맞추는 등 청각적인 효과를 고려하면서 짓는 글이고, 그것을 습관적으로 나지막한 소리로 읽는다고 하기보다는 흥을 내어 큰 소리로 읊조리는 것이 보통인데, 그것은 마치 노래를 부르는 것같이 들린다. 그래서 중국에서 생겨난 한문으로 적을 수 있는 거의 모든 문류는, 다소 차이는 있지만, 모두 음악과 관련을 가지고 있고, 시에 적힌 말이 바로 노래 가사가 되어 음률을 타고서 전파되는 경우도 있다. 이러한 경우 누구보다도 기녀들이 이름난 시를 널리 전파하는 데 매우 큰 몫을 담당하게 된다. 기녀들이야말로 진정 시의 리듬까지 이해하는 예능인들이었다고 하겠다.

황진이는 한국인이라면 누구나 알 수 있을 정도로 이름난 개성의 명기지만 그녀의 정확한 이력은 야사 책마다 조금씩 차이가 있어 정확하게는 알 길이 없다고 한다. 그러나 그녀가 지었다고 전하는 몇 수 되지 않는 시와 시조는 모두 사랑과 이별을 노래한 우수작들이다.

---

[1] 해어화(解語花)는 기생이라는 뜻임. 서울, 한남서림, 1926(한문). 한글 번역 이재곤.

【관련 시화】 매창·추향·취선 등 몇몇 기생들의 시

우리 동쪽 나라에서는 여자들이 비록 글을 배우지는 않으나, 기생들 중에는 빼어난 모습을 나타낸 사람들이 적지 않다. 그러나 시로써 세상에 이름을 전한 이들이 거의 없음은 어찌된 까닭인가? 어숙권(魚叔權)의 ≪패관잡기稗官雜記≫ 책을 보면 동방의 여자의 시로는 삼국시대에는 이름을 전하는 사람이 없고, 고려 5백 년 동안에도 오직 용성(龍城)의 기생 우돌(于咄)과, 팽원(彭原)의 기생 동인홍(同人紅)이 시를 지을 줄 알았다고 한다. 그러나 그들의 작품이 전하는 것은 또한 없다.

요즈음에 송도(개성)의 진랑(황진이)과 부안의 계월생(桂月生)은 그 시어가 일반 문사들과도 서로 겨룰 만하니 정말 기이한 일이다. 진랑의 〈반월을 읊음(詠半月)〉 시는 다음과 같다.

"누가 곤륜산의 옥을 찍어 내어…"2)

계월생은 호가 매창(梅窓)3)인데, 그 시 〈취한 손님에게(贈醉客)〉는 다음과 같다.

술 취한 손님 비단 소매 끌어당기니	醉客執羅衫
비단 소매 그 손 따라 찢어지는구나	羅衫隨手裂
비단 소매 하나 찢어지는 것 아깝지 않으나	不惜一羅衫

---

2) 황진이의 시: 앞의 32번 참고.
3) 매창(梅窓, 1573~1610): 본명은 향금(香今), 계유년에 태어났으므로 계생(癸生), 또는 계랑(桂娘)이라고도 하였다. 부안의 아전 이탕종(李湯從)의 딸로 태어나, 명기로 개성의 황진이와 더불어 쌍벽을 이루었다. ≪매창집≫ 2권에 시 58수가 전하고 있는데, 김억의 ≪금잔디≫에 38수나 번역 게재되어 있다. - ≪한백≫ 7-738 참조.

다만 두렵구나! 우리들의 정다운　　　　但恐恩情絶
마음까지 끊어지는 게….

또 추향(秋香)이니 취선(翠仙)이니 하는 기생들이 있었는데, 시
를 잘 지었다. 추향의 〈창암정(蒼岩亭)〉 시는 다음과 같다.

맑은 강물 어귀에 삿대를 저어 가니　　　移棹清江口
사람 놀라 깃들었던 해오라기　　　　　驚人宿鷺鷀
아래위로 나네
산 붉어 가을 자취 완연하나　　　　　　山紅秋有跡
모래 밝아 달빛 흔적 없네.　　　　　　砂白月無痕

취선은 호가 설죽(雪竹)인데 〈백마강에서 옛날 일을 회상한다
(白馬江懷古)〉 시는 다음과 같다.

늦게야 고란사에 정박하여　　　　　　晩泊皋蘭寺
서풍에 홀로 정자에 의지하고 섰구나　西風獨倚樓
조룡대의 용 사라졌으나　　　　　　　龍亡江萬古
강은 먼 옛날 그대로이고
낙화암의 꽃 떨어졌으나　　　　　　　花落月千秋
달은 아득한 옛날 그대로일세.

… 시어가 모두 잘 다듬어지고도 아름답다. 아아! 중들과 기녀
는 모두 사람들이 매우 천하게 여기어 그들과 더불어 비교하는
것조차 사람들이 기피하는 것인데도, 지금 그들이 지은 작품이
이와 같으니, 우리 동쪽 나라 사람들의 재주가 뛰어남을 볼 수
있다.

－≪작은 중화의 시평小華詩評≫

33. 향로봉에 올라(登香爐峯) – 서산대사

만국의 도성은 개미집과 같고   萬國都城如垤蟻하고
                           만 국 도 성 여 질 의

천가의 호걸은 초파리와 같아라   千家豪傑若醯鷄라
                           천 가 호 걸 약 혜 계

창에 가득 밝은 달빛을   一窓明月清虛枕하니
베고 누우니   일 창 명 월 청 허 침

무한한 솔바람소리   無限松風韻不齊라
곡조도 많아라.   무 한 송 풍 운 부 제

– 한국고전db 이상하 역

향로봉에 올라서(登香爐峯)

萬國都城如垤蟻   모든 나라의 도읍들은 모두
               개미의 둑과 같고

千家豪傑若醯鷄   여러 집안의 영웅호걸들 다
               초파리 같구나

一窓明月清虛枕   온 창문에 달 비치는데
               허심하게 누워 있으니

無限松風韻不齊   한없이 불어오는 소나무 바람,

그 운치 가지가지로구나.

– 졸역

* 등향로봉(登香爐峯) 각운 鷄, 齊 상평성 제(齊) 운. 향로봉은 태백산맥 북부의 금강산과 설악산 사이에 있는 산으로 높이가 1,296m이다.

이 시에서 향로봉은 금강산에 있는 향로봉을 말하지만, 같은 이름의 봉우리가 중국이나 우리나라에 많이 보인다. 향로봉을 소재로 읊은 시 중에는 이태백의 시가 가장 이름 높다.

이백(李白)의 〈망여산폭포望廬山瀑布〉 시에서 "향로봉에 해가 비춰 붉은 노을이 생겼는데, 멀리 폭포를 보니 냇물이 거꾸로 걸린 듯. 나는 물줄기 곧장 3천 자를 쏟아져 내리니, 아마도 은하수가 하늘에서 떨어진 듯.〔日照香爐生紫煙, 遙看瀑布掛前川. 飛流直下三千尺, 疑是銀河落九天.〕"이라고 읊어 천고 시인들의 입에 오르내렸다. – 고전db 각주 정보에서 인용.

* 서산대사(西山大師, 1520~1604) 이름난 승려로, 임진왜란 때 승려들을 모아 왜군에 대항한 승군장이기도 하다. 속성은 최씨, 이름은 여신(汝信), 호는 청허(淸虛)인데, 법명이 휴정(休靜), 별호는 서산대사이다. 평안도 안주(安州) 출신으로 10세에 고아가 되고, 서울에 올라와서 과거에 응시하였으나 뜻대로 되지 않자 승려가 되었다. 임진왜란 때 노구를 이끌고 전국의 승려들을 동원하여 의병을 조직하였고, 평양 탈환에 공로가 컸다. 선조는 그에게 팔도선교도총섭(八道禪敎都摠攝)이라는 직함을 내렸으나, 사양하고 묘향산 원적암에 돌아가서 85세로 입적하였다. 역시 승군장으로 이름이 높았던 사명대사 유정(惟

政) 같은 사람을 제자로 두었으며, 우리나라 임제종(臨濟宗)의 시조인 보우(普愚)의 7대손이 된다. 저서로 ≪청허당집(淸虛堂集)≫ 4권 2책 등이 있음. -≪한백≫ 25-715.

* 만국도성(萬國都城) 여러 제후 나라의 수도들. ≪오호십륙국의 역사十六國春秋≫: "혁련발발〔大夏의 무열황제〕이 삭방에다 바야흐로 큰 성을 건축하였는데, 다 완성하자 다음과 같이 글을 내렸다: '지금 도성이 이미 세워졌는데 마땅히 아름다운 이름을 만들어야 한다. 짐이 바야흐로 천하를 통일하고서 천하에 군림하게 되었다. 이 도성을 통만이라고 이름 짓는 것이 마땅하리라赫連勃勃, 於朔方築大城. 旣成, 下書曰: '今都城已建, 宜立美名. 朕方統一天下, 君臨萬國都城, 宜以統萬爲名'

* 질의(垤蟻) 개밋둑. 보통 "의질"이라고 하나 여기서는 위아래 글자를 바꾸어 사용하였음. 비슷한 뜻으로 의봉(蟻封), 의루(蟻樓), 의혈(蟻穴) 같은 말도 있음. ≪주자어류(朱子語類)≫ 권 105 경재잠의 문답에… 의봉에 대해서 질문을 받고는 "즉 개밋둑으로 북방에서는 의루라고도 하는데, 작은 언덕 모양을 하고 있다. 말하자면 개미굴 입구에 흙이 불룩 솟아 나와서 둔덕처럼 되어 있는데, 그 사이의 길이 구불구불하여 마치 좁은 골목길처럼 되어 있다. 말을 타고서 의봉 사이를 절선한다는 옛말이 있는데, 이것은 의봉 사이의 통로가 구불구불하고 협소한데도 말을 타고 그 속을 제대로 꺾어 돌면서 말 달리는 절도를 잃지 않는 것이니 이렇게 하기가 어렵다는 말이다.〔蟻垤也, 北方謂之蟻樓, 如小山子, 乃蟻穴地. 其泥墳起如丘垤, 中間屈曲如小巷道. 古語云: 乘馬折旋於蟻封之間, 言蟻封之間, 巷路屈曲狹小, 而能乘馬折旋於其間, 不失其馳驟之節, 所以爲難也〕"라고 하였고, 또 ≪시경≫ 〈빈풍豳風·동산東山〉의 '관명우질(鸛鳴

于垤)'이라는 시구에 대해서, 왕안석(王安石)이 처음에는 질(垤)을 자연적으로 이루어진 언덕으로 해석하고는 의봉(蟻封)이라는 해설을 믿지 않다가 뒤에 북방에 가서 직접 눈으로 확인한 뒤에 자기의 설을 고쳤다는 이야기도 소개하고 있다. − 고전db 각주 정보.

* 호걸(豪傑) ≪사기史記·효문제본기孝文帝本紀≫: "무릇 진나라가 그 정권을 잃음에 옛 제후의 후손들과 각지의 호걸들이 아울러 떨치고 일어나서 사람 사람들마다 스스로 천하를 차지할 수 있다고 생각하는 사람들이 1만 명이나 헤아릴 수 있게 되었다. 그렇지만 끝내 천자의 지위를 차지하게 된 것은 유씨였다夫秦失其政, 諸侯豪傑並起, 人人自以爲得之者, 以萬數. 然卒踐天子之位者, 劉氏也"

* 혜계(醯鷄) 술독 속에서 생겨나 술독 안을 날아다니는 날벌레로, 소견이 아주 좁은 사람을 비유한 말이다. 공자가 일찍이 노담(老聃, 노자)을 만나보고 나와서 안회(顔回)에게 이르기를 "나는 도에 대해서 마치 항아리 속의 초파리와 같았구나. 부자(노자)께서 그 항아리의 덮개를 열어 주지 않았더라면 나는 천지의 위대한 참된 모습을 모를 뻔하였구나.〔丘之於道也. 其猶醯鷄與, 微夫子之發吾覆也. 吾不知天地之大全也〕"라고 한 데서 온 말이다.〔≪莊子≫〈田子方〉〕 −고전db 각주 정보.

* 운부제(韻不齊) 송나라 송기(宋祁)의 〈망선정에서 본대로 적음望僊亭書所見〉: "신령스러운 북소리 끊어지지 않고, 나무꾼들의 노래 운취 똑같지 않네神鼓聲無歇, 樵歌韻不齊"

【해 설】 서산대사의 명성과 더불어 이 시가 더러 사람들의 입에서 회자된 것 같으나, 몇 년 전에 동국대학교 출판부에서 나

온 국역 ≪청허당집≫에서는 위와 같은 제목으로 된 이 시를 찾아볼 수가 없었다. 혹시 이 시가 서산대사의 시가 아닌 게 아닌가 하고 의심해보기도 하였으나, 서애 유성룡 선생의 글〔승인능시僧人能詩〕이나, 월사 이정구 선생의 글〔휴정선사 비문〕, 성호 이익 선생이나, 허균 선생의 저술에 모두 이 시에 대한 언급이 있으므로, 서산대사의 작품이 맞는 것으로 보고자 한다.

월사선생은 이 시를 대사가 30세 이후 양교판사兩敎判事라는 나라에서 주는 고승 직첩을 버리고서 금강산 향로봉에 올라가서 지은 것으로 적고 있으나, 서애선생은 묘향산에서 적은 것이라고 해서 저작 장소는 일치하지 않는다. 묘향산에도 향로봉이라는 봉우리가 있기 때문이다.

주석에서 밝힌 바와 같이 중국의 여산 향로봉에서 이태백이 쓴 향로봉 시가 워낙 유명하고, 또 향로봉이라는 이름을 가진 봉우리들도 중국이나 우리나라에 여러 곳 있었기 때문에 "향로봉에 올라서"라는 제목으로 쓴 시도 더러 있는 것 같다. 그러나 어찌 되었든 간에 이 시는 매우 잘 된 시로 보인다.

처음에 나오는 "만국도성"이라는 말의 출전을 보니, 저절로 웃음이 나온다. 중국 역사에서도 가장 혼란스러웠던 "오호16국" 시대에 다섯 외래 민족이 세웠던 여러 단명한 왕조 중에서 가장 마지막으로 등장하였던, 흉노족으로 나라를 세웠으나 겨우 20여년밖에 지탱하지 못하고 말았던 대하大夏라는 나라의 혁련발발〔무열황제〕이, 1만 제후 국가들의 도읍지〔萬國都城〕를 스스로 모두 통괄〔統萬〕하여야 한다는 뜻으로 자기가 이룩한 황성은 "통만"이라고 불러야 한다고 우쭐거렸던 옛일이….

이렇게 높은 산 위에 올라서서 생각해보니, 온 세계 처처에 세워진 수많은 나라들의 도읍이라는 것도, 한갓 개미들이 열심히 쌓아 올린 둑이나 비슷하게 가소롭고, 보잘것없는 것같이 보인다는 것이다.

그 다음 구에 보이는 "천가호걸"이라는 전고가 어디 있는지 찾아보니, 꼭 "천"이라는 숫자를 호걸이란 말 앞에 놓은 말은 쉽게 찾아낼 수 없으나, 오히려 여기서도 "만"이라는 숫자를 놓을 만한 전고는 하나 찾아서 앞의 주석에서 소개하였다. 진나라가 무너지고 한나라가 들어서려고 할 때 온 천하 사방에서 스스로 황제가 되려는 야망을 품고 궐기한 사람〔호걸〕들이 무려 만 명이 넘었다는 것이다. 이렇게 수천, 수만을 헤아리는 영웅호걸들이 별 식견도 없이 권력을 향하여 우글거리는 꼴이 마치 술단지나 초병에 자생하여 우글대는 초파리 떼나 다를 바가 없이, 보잘것없고 한심하게만 보인다는 것이다.

그러나, 서울을 떠나 이 높은 산 위에 올라와서, 조그마한 암자에서 온 창에 비치는 밝은 달을 맞아들여 놓고서, 맑고 허심한 마음으로 모든 긴장을 풀고 한가롭게 누웠으니 소나무밭에서 일어나는 바람소리가 끝없이 들려오는데, 거기서 일어나는 높고 낮고, 길고 짧은 여러 가지 음향이 온 밤을 두고 가지가지로 달라지며 마치 천상에서 아름다운 음악을 연주하는 것같이 감미롭고 신비하고, 유쾌하게 들리고 있다.

이러니 개밋둑 같은 것을 지키려고 아우성치는 왕후장상이라는 자들이나, 술 냄새 같은 권력 냄새를 맡고 몰려드는 영웅호걸이라는 자들이 얼마나 한심하고 가련한가?

이 시는 4구가 모두 4(2/2)//3조로 흘러가는 자수율字數律을 잘 지키고 있으며, 제3구의 앞부분 '일창명월'은 시간이나 장소를 나타내는 부사어로 사용되었으나, 나머지 3구는 모두 앞의 4자는 주어, 뒤의 3자는 술어로 사용되었고, 다시 1, 2구는 서로 대구對句가 되고 있지만 3, 4구 중 앞 구는 …때문에, 다음 구에 가서 …하게 된다는 식으로 연결되어, 의미상으로 연결되는 연면구連綿句가 되고 있다.

다만 첫 구에 개밋둑이라는 뜻으로 흔히 사용하는 의질이라는 말을 여기서는 '질의'라고 앞뒤를 바꾸어 썼는데, 이 경우에는 그 다음에 나오는 '혜계'와 대를 정확하게 맞추기 위하여 그렇게 한 것이다.

전체적으로 보아 전달하려고 하는 의미도 매우 분명하지만, 시어의 구사나 작법도 매우 자연스럽게 이루어진 좋은 시이다.

승려들은 유가와는 다르게 일반적으로 책을 읽는 것, 글을 짓는 것이 반드시 수행이나 생활에 중요한 일이라고 여기지는 않았다. 그러나 그들은 평소에 "염불"이라고 하여 중요한 경문을 낭송하는 것을 되풀이하는데, 그것을 낭송하는 성조가 한시를 낭송하는 방법과도 비슷한 면이 많으며, 특히 불교 경문이나 설화 본문 다음에 나오는 운문체의 게송은 시같이 되어 있기 때문에 승려가 관심만 가지고, 한시를 짓는 데 필요한 약간의 훈련을 쌓는다면 시 짓는 일이 그렇게 힘들지는 않았을 것이다. 또 한시에 자주 보이는 현실세계에 깊이 몰입하기보다는, 오히려 "한 걸음 느긋하게 뒤로 물러남"을 동경하는 생각은 노장철학과 함께 불교가 큰 매력을 지니고 있으며, 또 진리를 긴 말로 설명하는 것이 아니라, 직관을 통하여 일순간에 터득하도록 해야만 한다는 "선"의 이치는 사물의 순간적인 모습을 강렬하게 포착하여 짧은 말로 표현하는 것을 훌륭한 시라고 하는 중국의 전통적인 생각과도 서로 부합한다. 그래서 한시와 불교는 많은 관련을 가지게 된다.

그러나, 어디까지나 시는 시로서의 특성을 가지고 있기 때문에 불교의 영향 아래서 좋은 시인이 된 사람은 많지만, 스님으로서 훌륭한 시인이 되었다는 사람은 아주 많지는 않다.

통일신라, 고려시대에는 정치체제도 점차 중국의 것을 많이 닮

아갔고, 벼슬길에 오른 지배층은 점차 유학에 관심을 가지는 방향으로 나아가고는 있었지만, 여전히 불교가 국교의 지위를 유지하고 있었는데, 조선에 와서는 오로지 유교 이념과 규범만을 내세우고 공식적으로 불교를 탄압하였기 때문에, 승려는 사회적으로 천민 대우를 받았다.

그러나 1592년(임진년)에 일본의 풍신수길이 조선반도를 침입하자 승려들도 의병을 조직하여 대항하였기 때문에, 잠시나마 그들의 활동이 중시되었는데 그 중심에서 섰던 인물이 바로 서산대사이다. 그는 국가에 큰 공을 세운 덕분에 많은 저술이 후세에 남아 있는데, 동국대학교 역경원에서 낸 ≪한글대장경≫ 151권이 ≪선가귀감(禪家龜鑑)≫을 위시한 그의 저술 번역이다. 전국의 명산에 올라가서 느낀 감회를 적은 시가 많다.

【관련 시화】 굉연 · 천인 · 원감 · 찬료 · 청허당 · 태능 등 몇몇 승려들의 시

고려 때에는 시를 잘 짓는 승려들이 많았다. 굉연(宏演)[1]은 호를 죽간(竹磵)이라고 하였는데, 〈검은 용 그림 두루마리에 적다(題黑龍卷)〉라는 시는 다음과 같다.

하늘 문 아득하고 또 아득하게 흰 기운 통하니	閶闔沼沼白氣通
비단 화폭 가득하게 구름 일더니 검은 못에 바람 감도네	滿綃雲氣黑潭風

---

1) 굉연(宏演, ?~?): 宏然이라고도 한다. 자세한 행적은 미상이며, 시에 능하여 문집을 남겼다고 한다. 12편에 이르는 시가 각종 시 선집에 전하고 있다. - 민병수, ≪한국한시사≫ p.200 참조.

밤이 오자 신선의 지팡이로도　　　　夜來仙仗無尋處
찾을 길이 없으니
틀림없이 인간세계로 내려가서　　　　應向人間作歲豊
풍년 시절 들게 하리라.

천인(天因)2)의 〈냉천정(冷泉亭)〉시는 다음과 같다.

구름 뿌리를 쪼개어 내고　　　　鑿破雲根構小亭
조그마한 정자를 지으니
푸른 벼랑 끝 이 일대가　　　　蒼崖一線灑冷冷
차갑고 차갑게 산뜻하네
어느 사람 맑고 시원한 이 세계를　　　　何人解到淸凉界
이해할 수 있을 것인가?
단박에 인간세계의 뜨거운 번뇌를　　　　坐遣人間熱惱惺
벗어나게 만드네.

원감(圓鑑)3)의 〈비오는 날 잠에 깨서(雨中睡起)〉시는 다음
과 같다.

---

2) 천인(天因, 1205~1248): 속성은 박씨, 시호는 정명(靜明). 전라도 강
　진의 만덕사(萬德寺)에 세워진 정토왕생을 위한 염불 수행 단체인 백련사
　(白蓮社)의 제2세 교주가 되었음. 문집 4권을 남겼음. -《한백》21-872.
3) 원감(圓鑑, 1266~1292): 속세의 성은 위(魏), 법명은 충지(沖止), 호
　는 복암(宓庵), 원감은 시호임. 19세에 장원급제하고 일본에 사신으로
　가서 문장으로 이름을 떨치기도 하였으나, 29세에 출가하여 국사(國師)
　가 되었으며, 원나라에 가서 천자를 만나기도 하였음. 문집《원감록》
　에 시 324편이 전하는데, 고려 승려 시로서는 후세에 가장 잘 알려진 편
　임. -허경진,《고려시대 승려한시선》p.103 등 참조.

선방이 한적하여 스님도 없는 듯한데 　　　僧房閑寂似無僧
비는 나지막한 처마의 벽려 풀을 　　　　雨浥低簷薜荔層
층층이 젖어들게 하였네
낮잠 놀라 깨어보니 　　　　　　　　午睡驚來日已夕
날은 이미 저녁이 되었는데
산사의 동자는 불을 붙여 　　　　　山童吹火上龕燈
불당의 등에 올리는구나.

… 우리 조선 왕조에 들어와서는 시를 잘하는 사람이 매우 드물었다. 다만 참료(參廖)⁴⁾가 가장 나았는데, 〈성천 원님께 보내드리노라(贈成川守)〉는 다음과 같다.

물처럼 구름처럼 떠다닌 지 이미 여러 해 　水雲蹤迹已多年⁵⁾
자석이 바늘 당기듯 투합하니 　　　　針芥相投喜有緣⁶⁾
인연 있음즐겁도다

---

4) 참료(參廖, 15세기 경): 명종 때 보우와 사이가 나빠서 성천으로 쫓겨간 것으로 알려져 있는데, 여기 인용된 시는 허균과 홍만종에게서 우리나라 스님의 시 가운데 최고의 작품으로 알려져 있다. – 안대회 등 ≪조선시대의 한시 3≫ p.451-3 참조.

5) 수운(水雲): 운수(雲水)와 같은 말로, 승려들이 어디에 얽매임 없이 사방으로 쏘다니는 발걸음을 "운수행각"이라고 말한다. 송나라 육유(陸游)의 〈새벽에 일어남晨起〉: "평생 정처 없이 떠돌아다니는 몸, 수레 소리 말소리 나는 속세에 떨어진 일 없네平生水雲身, 不墮車馬境"

6) 침개상투(針芥相投): 침개는 바늘과 겨자와 같은 미세한 물건을 말하는데, 자석은 바늘을 당길 수 있고, 호박(琥珀, 송진의 화석으로 빛이 남)으로 겨자를 찾을 수 있다는 뜻에서 서로 믿고 몸을 의지함을 말함. ≪불교 조사들의 전기·속집(續傳燈錄)≫: "[소등선사(紹燈禪師)가] 옥천 방선사의 법석으로 찾아가자 한번 보자마자 바늘과 겨자가 자석과 호박에 매달린 것과 같이 되어, 찾아가게 된 목적조차도 다 잊어버리게 되었다造玉泉芳禪師法席, 一見針芥相投, 筌蹄頓忘"

하루 종일 객사에 봄이 적막한데　　　　　盡日客軒春寂寞
떨어지는 꽃 눈과 같구나　　　　　　　　落花如雪雨餘天
비 그친 하늘에.

휴정(休靜)은 호를 청허당이라고 하는데, 〈가을을 감상하다(賞秋)〉는 다음과 같다.

멀고 가까운 곳 가을 빛　　　　　　　　遠近秋光一樣奇
하나같이 기이한데
한가롭게 걸으며 길게 휘파람 부니　　　閑行長嘯夕陽時
저녁때로구나
온 산 붉고 푸른 것은　　　　　　　　　滿山紅綠皆精彩
모두 아름답게 빛나고
흐르는 물, 지저귀는 새 또한　　　　　　流水啼禽亦悅詩
시를 즐기는 것 같구나.

태능(太能)7)의 〈서산대사님께 바침(贈西山大師)〉은 다음과 같다.

잠깐 머물다 가는 천지에 거짓모습을　　遽廬天地假形來
빌리고 나오니
여러 생을 반복하면서 더러운 태를　　　慚愧多生託累胎
타고난 것이 부끄럽구나
옥 같은 한 말씀에 살아있는 눈을 뜨고 보니 玉塵一聲開豁眼

---

7) 태능(太能, 1562~1649): 호는 소요(逍遙), 시호는 혜감(慧鑑). 서산대사의 법맥 계승자로 임진왜란 때 승군에 가담하였고, 병자호란 때에는 남한산성의 서성 수축에 공을 세우기도 하였다. ≪소요당집≫ 1권이 전함. -≪한백≫ 23-25.

맑은 밤 옛 절터에 바람소리 시원하네.　　　　清宵風冷古靈坮

… 이러한 여러 시는 시인의 감정과 주위의 풍경을 절묘하게
두루 배합시키고 있으니, 모두가 익숙하고 넉넉한 맛을 잘 발
휘하고 있다고 하겠다. "중들 중에도 재주가 많은 사람들이 많
다"고 하는 것이, 아마도 진실이 아닌가?

　　　　　　　　　　　　　　－《작은 중화의 시평小華詩評》

34. 퇴직을 구한 전형적인 사퇴의 변(求退有感) - 이이

나가고 물러남 운명 때문이지   行藏由命豈由人가
어찌 남 때문이겠는가?   행 장 유 명 기 유 인

평소의 뜻도 꼭 내 일신만을   素志曾非在潔身이라
깨끗이 하려던 것은 아니었다네   소 지 증 비 재 결 신

궁궐 문에서 세 번이나 사직소 올려 閶闔三章辭聖主하고
어진 임금님 곁을 떠나고   창 합 삼 장 사 성 주

강호에 한 척의 작은 배에   江湖一葦載孤臣이라
외로운 신하의 몸을 실었다네   강 호 일 위 재 고 신

나의 보잘것없는 재주 오직   疎才只合耕南畝나
남쪽 땅에서 밭 갈기에 적합하나   소 재 지 합 경 남 묘

맑은 꿈속에는 부질없이   清夢徒然繞北辰이라
대궐에 계시는 전하 주위를 맴도네 청 몽 도 연 요 북 신

초가집과 돌무더기 밭뿐인   茅屋石田還舊業이나
옛 터전에 돌아왔으나   모 옥 석 전 환 구 업

반평생 마음속에 다짐한 일   半生心事不憂貧이라
가난을 걱정 말자는 것이었다네.   반 생 심 사 불 우 빈

* 구퇴유감(求退有感) ≪율곡전서≫ 권2에는 "상소를 올려 퇴직
을 구하였으나, 세 번 만에야 이에 허락되었다. 배를 타고 서쪽

으로 내려가다가 느낌이 있어 짓다〔陳疏求退, 三上乃允. 乘船西下, 有感而作.〕"로 되어 있는데 이렇게 줄인 것이다. 이이가 38세 때 8월에 홍문관 직제학이라는 벼슬을 사직하고, 어릴 때 살던 파주의 율곡리로 돌아가면서 지은 시임.

*이이(李珥, 1536~1584) 학자, 정치가. 자는 숙헌(叔獻), 호는 율곡(栗谷), 사임당 신씨의 아들. 13세에 진사가 되고, 전후 아홉 차례나 각종 과거 시험에 장원으로 합격하여 명성을 날렸다. 조정의 여러 요직을 거처 이조판서까지 올랐으나 49세에 죽었다. 퇴계 이황의 이기이원론과는 다르게 주기론(主氣論)을 주장하여 한국 철학사에서 큰 맥을 형성하였다. 저서로는 ≪율곡전서≫, ≪격몽요결(擊蒙要訣)≫ 등이 있음. -≪한백≫ 18-156.

*행장(行藏) 용사행장(用舍行藏)의 준말로, 세상에 쓰이면 나아가서 자기의 도를 행하고, 버림을 받으면 물러가서 숨는 것을 말한다. 공자(孔子)가 안연(顏淵)에게 "조정에서 나를 써주면 나아가서 나의 도를 펼치고, 조정에서 나를 버리면 물러나 나의 도를 마음속에 간직한다.〔用之則行, 舍之則藏〕"라고 말한 데에서 유래한 것이다.〔≪論語 述而≫〕 - 고전 db 각주 정보.

*유인(由人) ≪논어≫〈안연顏淵〉에 "인을 실천하는 것은 자기로부터 시작되지, 남으로부터 시작되겠는가?〔爲仁由己, 而由人乎哉〕"라는 공자의 말이 나온다.

*소지(素志) 송나라 구양수(歐陽修)의 〈육일거사전六一居士傳〉: "지금은 이미 늙고 병들었음에도 불구하고, 강직하기 어려운 노쇠한 몸으로 분수에 넘친 부귀영화를 탐한다면, 이는 장차 내 본뜻을 저버리고 스스로 내 말을 실천하지 못하게 될 것이다〔今旣老且病矣, 乃以難彊之筋骸, 貪過分之榮祿, 是將違其素志, 而自食其言〕" -고전db 각주 정보.

* 결신(潔身) ≪논어≫ 〈미자微子〉: "〔세상을 등지고 숨어사는 사람들이〕 자기 일신만 깨끗하게 유지하려고 하다가, 도리어 이렇게 숨어사는 것이 곧 임금과 신하 사이에 필요한 윤리 관계를 소홀히 하게 된다는 것을 망각하고 있다欲潔其身, 而亂大倫"

* 창합(閶闔): 전설에 나오는 천궁(天宮)의 문. 여기서는 궁궐 문을 가리킨다. ≪초사(楚辭)≫ 〈이소離騷〉: "내가 천제의 문지기로 하여금 관문을 열게 하니, 창합에 기대어 나를 바라보았네吾令帝閽開關兮, 倚閶闔而望予" ─고전db 각주 정보.

* 일위(一葦) 하나의 갈댓잎이란 뜻으로, 전하여 작은 배를 비유하는 말로 쓰인다. ≪시경(詩經)≫ 〈위풍·하광河廣〉에 "누가 하수가 넓다 말하는고, 한 갈대로 건널 수 있도다. 누가 송이 멀다 말하는고, 발돋움하면 내 바라보겠도다. 누가 하수가 넓다 말하는고, 거룻배도 용납하지 못하는도다. 누가 송이 멀다 말하는고, 하루아침 거리도 다 못 되도다.〔誰謂河廣, 一葦杭之. 誰謂宋遠, 跂予望之. 誰謂河廣, 曾不容刀. 誰謂宋遠, 曾不崇朝.〕"라고 한 데서 온 말이다. ─고전db 각주 정보.

* 소재(疎才) 우리나라에서는 흔히 보잘것없는 재주라는 뜻으로 수식구조로 된 단어로 사용되나, 중국에서는 "공소재식空疎才識"이라는 말을 줄인 것으로 보아 보충구조〔재주가 엉성하다〕로 된 말로 사용되는 경우가 많은 것 같음.

북송 왕사종(王嗣宗)의 상소문: "충방种放은 재주와 식견이 공허하고 소략하여, 남보다 나을 것이 없지만 오로지 거짓된 공부를 꾸미고, 헛된 이름을 함부로 추구하였는데, 폐하께서는 충방에게 예우하여 드러난 벼슬에 발탁하려 하신다니, 정말 천하의 웃음거리가 될까 두렵습니다放實空疎才識, 無以踰人, 專飾詐功, 蹈虛名, 陛下尊禮放, 擢爲顯官. 誠恐天下竊笑" ─≪사실유원事實類苑》 권37.

*남묘(南畝) 남쪽으로 향한 밭이랑이라는 뜻으로, 논밭을 가리킨다. ≪시경(詩經)≫〈소아小雅·대전大田〉에 "비로소 남묘에서 일하여, 백곡을 파종한다.〔俶載南畝, 播厥百穀〕"라고 하였다. ―고전 db 각주 정보.

*청몽(淸夢) 소식(蘇軾)의〈장씨 댁 일곱째 분이 호주자사로 나가면서 지은 시에 화답하여和章七出守湖州〉: "다만 중한 임금 은혜를 갚지 못하여, 맑은 꿈이 때때로 옥당엘 가곤 한다오只應未報君恩重, 淸夢時時到玉堂" ―≪蘇東坡集≫ 卷13.

*북신(北辰) 임금이나 황제가 있는 곳을 말한다. ≪논어≫〈위정爲政〉: "정사(政事)를 덕으로 하는 것은 비유하면 북극성(北極星)이 자리를 잡고 있으면 여러 별들이 그에게로 향하는 것과 같다爲政以德, 譬如北辰居其所, 而衆星共之" ―고전db 각주 정보.

*구업(舊業) 옛날 하던 일, 옛 터전. 당나라 유장경(劉長卿)의〈이중승께서 양주로 가심에 송별하며送李中丞之襄州〉: "파하고 돌아와서 보니 옛 터전은 없어지고, 늙어가면서 밝은 통치 그리워하시겠지罷歸無舊業, 老去戀明時"

*불우빈(不憂貧) ≪논어≫〈위령공〉: "군자는 다만 도를 얻지 못할까 걱정하지, 재물을 얻지 못할까 걱정하지는 않는다君子憂道, 不憂貧"

【해 설】 이 시의 첫 구절과 매월당 김시습 선생의 다음 시의 마지막 구절은 같다.

〈분을 풀다(釋憤)〉

알지 못하겠구나,   不知何處可頤神
어디서 정신을 쉬게 하여야 할지?

만 줄기 물, 천 봉우리 산속에   萬水千山只此身
오직 이 한 몸뿐이로구나

좋은 벼슬자리 온다고 하더라도   軒冕倘來非欲遲
오래 머무르고 싶지 않고

궁한 액운이 다반사니   阨窮常事莫多嗔
화내고 싶지도 않구나

흰 구름 고개 마루에 걸쳤으니   白雲在嶺自怡悅
저절로 즐거워지고

밝은 달 못 물 위에 떨어져 있으니   明月落潭無贗眞
어느 것이 진짜인지?

하염없이 흘러가는 세월 속에   荏苒古今如是耳
오직 이와 같을 뿐이니

나아가고 물러남, 운명에 달린 것이지 行藏由命豈由人
어찌 사람 탓이겠는가?

　　　　－梅月堂詩集卷之十三 / 詩○關東日錄, 졸역

또 북송 때 사마광의 제자로 벼슬길에 나아가서도 매우 강직하
게 처신하였다는 유안세(劉安世)가 쓴 시에도 역시 비슷한 구
절이 보인다.

〈앞사람들의 시구를 모아 짜깁기하여 이자옥에게 남겨두고
   떠남(集句留別李子玉)〉

나아가고 물러남 운명에 달린 것이지　　行藏由命不由身
그대 자신에 달린 것은 아니라
한 번 고향 동산에 돌아와서 누운 지　　一臥東山三十春
30년이 되었구려
누가 그대와 내가 딴 고을 사람이고　　誰謂他鄕各異縣
서로 현도 다르다고 말하는가?
그대와 더불어 만나자마자　　　　　　與君相見卽相親
곧 서로 친하게 되어 버렸구려.

- baidu百度에서 인용, 졸역

이 송나라 시의 제목을 보면, 이 시의 네 구절을 모두 이미 딴
사람이 지어놓은 이름난 구절들 중에서 한 구절 한 구절씩 따
다가 모은 것이라고 하니, 이미 이 송시의 첫 구절도 앞에 누
가 그렇게 쓴 구절을 보고서 그대로 따다가 놓은 것이다. 〔그
러나 필자는 아직 이 첫 구절을 담은 그 원시의 출처를 찾지는
못하였다. 둘째 구절은 당나라 고적(高適)의 〈〔한 해의 길흉을
점치는〕 정월 초7일에 두씨댁 둘째 두보 습유님께 띄움人日寄
杜二拾遺〉의 한 구절이다〕
이런 구절의 뜻은 말하자면 "사람 운명은 팔자소관이다"라는
것인데, 옛날에 중국이나 조선에 많이 돌던 숙명론자들의 어투
인 것같이 보인다. 그러니 똑같은 말이 매월당의 시에도 보이
고, 또 율곡의 시에도 보이는 것이지, 특별히 누가 누구의 시
구를 베끼거나 표절하였다고 할 것도 없을 것같이 생각된다.
이 시의 3, 4구에 대해서는 다음과 같이 평한 말이 보인다.

이율곡이 대사간으로 벼슬을 내어놓고 고향으로 돌아가며 시를 짓기를, 궁궐 문에서 세 번이나 사직 소 올려 어진 임금 곁을 떠나고閶闔三章辭聖主, 강과 호수에 작은 배 잡아 외로운 신하의 몸을 실었다네江湖一葦載孤臣는 말씨 가운데 화평한 뜻이 있다. ―이수광(李睟光)의 ≪지봉이 분류한 이야기(芝峯類說)〔≪총림≫ 693쪽에서 재인용〕

전체적으로 보아, 이 시는 사직하고 물러나는 문관 선비가 쓴, 전형적인 "사직의 변"같이 보인다. 물러나서 고향으로 돌아가 척박한 밭을 갈면서도 항상 북극성 같은 자리를 차지하고 계시는 임금님을 그리워하고, 평생 동안 마음 닦는 것이 부족함을 근심할망정, 경제적으로 빈곤함을 크게 개의치 않겠다는 결의를 다짐하고 있으니.

35. 용천사의 운봉 스님에게 드림 (龍泉寺, 贈雲峯上人)
2수 – 이정구

시원한 옛 시냇물
섬돌에 들어서 울고
천 그루 숲의 나무는
산영을 둘러쌌구나
차 마시고 포단에서
잠깐 졸다 깨어 보니
한 줄기 솔바람이
소매 가득 시원하여라

古澗泠泠入砌鳴하고
고 간 령 령 입 체 명

千章林木擁山楹이라
천 장 림 목 옹 산 영

蒲團半餉驚茶夢하니
포 단 반 향 경 다 몽

一陣松風滿袖淸이라
일 진 송 풍 만 수 청

푸른 나무 그늘 중
한 가닥 길이 나뉘고
반쯤 뵈는 암자 풍경 소리
구름 밖에 나간다
이곳 승려 타향의 나그네
보는 데 익숙해
석문에까지 와서
은근히 전송해주는구나.

綠樹陰中一路分하고
녹 수 음 중 일 로 분

半菴淸磬出層雲이라
반 암 청 경 출 층 운

居僧慣見他鄕客하여
거 승 관 견 타 향 객

相送慇懃到石門이라
상 송 은 근 도 석 문

– 月沙先生集卷之四 / 甲辰朝天錄 上
ⓒ 한국고전번역원 | 이상하 (역) | 1999

용천사의 운봉 스님에게 드림 (龍泉寺, 贈雲峯上人) 2수

古澗泠泠入砌鳴   옛 골짜기 시원하고 시원해
　　　　　　　 돌계단 아래로 들며 울리고
千章林木擁山楹   숲 이룬 천 아름 거목들은
　　　　　　　 산중의 절간을 감싸고 있구나
蒲團半餉驚茶夢   부들방석에 앉아서 조금 얻어마셨는
　　　　　　　 데도 차 마시고 꾸는 꿈에 놀라고 보니
一陣松風滿袖淸   한 차례의 소나무 바람
　　　　　　　 온 소매를 가득 채웠구나

綠樹陰中一路分   푸른 수목 그늘 가운데서
　　　　　　　 한 가닥 길 갈라지려 하는데
半菴淸磬出層雲   반 토굴 암자의 맑은 경쇠 소리는
　　　　　　　 층층의 구름을 뚫고 울려 나오네
居僧慣見他鄕客   이 절의 중들 타향에서 온 나그네들
　　　　　　　 만나보는 데 익숙하여
相送慇懃到石門   석문까지 따라 나와서
　　　　　　　 나를 은근하게 송별하네.

- 졸역

* 용천사(龍泉寺) 중국 요양의 천산(千山)에 있는 사찰. 운봉은 그 사찰의 주지. 월사선생의 나이 41세에 명나라에 정사로 나가는 길에 이 절에 들렀음. 이 시의 배경에 대해서는 다음에 첨부한 저자 자신의 설명문인 〈유천산기〉를 참조 요망.

* 이정구(李廷龜, 1564~1635) 호는 월사(月沙), 조선 중기의 이름난 문장가이며, 중국어에 능통하고 외교적 능력이 탁월하여 여러 차례 중국을 다녀왔음. 예조판서를 역임하고, 대제학, 우의정에 오름.

* 간(澗) 양쪽 산 틈 사이로 흐르는 물.

* 영령(泠泠) 맑은 모습이나, 산뜻한 소리를 표현하는 의성어이면서 의태어.

* 체(砌) 섬돌, 돌계단.

* 천장(千章) 장(章)은 큰 재목. 《사기·화식열전》: "산에는 천 아름드리 재목이 있다山居千章之材"

* 산영(山楹) 산의 바위를 깎아서 만든 돌기둥, 또는 산방(山房). 즉 산중의 집을 가리키는데 여기서는 후자(後者)인 듯하다. 산기슭의 절. 진(陳)나라 후주(後主)의 〈밤 정자에 기러기 넘어가다夜亭度雁賦〉: "봄에 절간을 바라보니, 해는 따뜻한데 이끼 생겨났네春望山楹, 日暖苔生"

* 다몽(茶夢) 낮에 차 한 잔 마시고 잠깐 졸면서 꾸는 꿈. 송나라 황정견(黃庭堅)의 〈묵헌 화준 장로에 대하여 적음題默軒和遵老〉: "평생 동안 삼업에 깨끗하고, 속세에 살지만 정말 초연하시네. …소나무 바람은 아름다운 손님들과 함께 즐기시고, 차 마시고 잠깐 꾸는 꿈 작은스님이 원만하게 해몽하였다네平生三業淨, 在俗亦超然. …松風佳客共, 茶夢小僧圓"

* 포단(蒲團) 부들로 짜서 만든 둥근 방석으로, 흔히 승려들이

좌선(坐禪)할 때나 무릎 꿇고 절할 때 사용한다. 당나라 구양
첨(歐陽詹)의 〈영안사 조스님의 방永安寺照上人房〉: "초석의
부들방석 먼지를 쓸지 않고, 솔밭의 바위에는 사람이 없는 듯
草席蒲團不掃塵, 松間石上似無人" —고전db 각주 정보.

* 만수청(滿袖淸) 원나라 승려 영상인(英上人)의 〈늦여름에 호
수에서 배를 띄우고夏晚泛湖〉: "마름 뜯는 사람들 노래 가냘프
고 가냘픈데 그 어느 곳에서 부르는가? 온 소매에 맑은 바람
가득하니 뼛속까지 신선으로 변화하네菱歌裊裊知何處, 滿袖淸
風骨欲仙"

* 일로분(一路分) 남송 육유(陸游)의 〈산수 모형 안의 조그마한
못假山小池〉: "연화봉은 세 봉우리 대치하고 있는데, 무릉도원
찾아가는 한 가닥 길 갈라져 있구나蓮嶽三峰峙, 桃源一路分"

* 반암(半菴) 반 토굴, 반 지하의 암자. "菴" 자는 "庵" 자와 통용.
송나라 갈승중(葛勝仲)의 〈소온의 석림곡 초당시에 화답하여
和少蘊石林谷草堂〉: "반 지하실 암자 한가한 땅이 만약 나를 용
납해준다면, 곧 일생을 여기서 머뭇거리면서 살리라半庵閒地如
容我, 便足徜徉了一生"

* 청경(淸磬) 석진정(釋眞靜)의 〈거사 이영의 시에 차운하며次李
居士穎詩〉: "눈 오는 밤 언 병이 주춧돌에 얼어붙고, 구름 낀
아침 경소리가 산 밑에 울려오네雪夜凍瓶黏柱礎, 雲朝淸磬響山
椒"〔《동문선》 제14권 칠언율시(七言律詩)〕 —고전db에서 인
용.

* 석문(石門) 길 어귀를 막고 서 있는 바위. 여기서는 이 신비한
절로 들어가는 길 어귀에 서 있는 바위 문. 이백(李白)이 젊어
서 은거하던 곳으로, 은자가 사는 곳을 뜻한다. 이백의 〈당도
현當塗縣으로 내려가서 석문산의 옛 거처로 돌아가는 친구에

게下途歸石門居〉에 "석문의 흐르는 물엔 온통 복사꽃이 떠 있
네.〔流水偏桃花〕"라는 구절이 있다. -고전db 각주 정보.

【참 고】〈천산 유람기(遊千山記)〉 -《월사집(月沙集)》

좁은 이 땅에 답답하게 사는 사람들은 대부분 중국에 사신으로
가는 것을 장쾌한 유람으로 여긴다. 나는 무술년(1598, 선조
31) 겨울에 주문(奏文)을 받들고 북경(北京)으로 갔는데, 당
시 내 나이 아직 젊어서 지나가는 곳마다 반드시 마음껏 경치
를 찾아다니며 구경하였다. …

갑진년(1604, 선조37)에 또 주문을 받들고 요양에 이르러 한
수재(秀才)를 만나 천산(千山)으로 가는 길을 탐문하였다. …
용천사(龍泉寺)를 찾아가니, 골짜기는 깊고 험준하며 등라(藤
蘿)가 하늘을 뒤덮고 있었다. 주승(主僧) 혜문(惠文)은 호가
운봉(雲峯)으로, 시를 잘 짓고 바둑을 잘 두었다. 방의 벽에는
세 폭의 족자가 걸려 있었으니, 학사(學士)들이 준 금자(金字)
로 쓴 서(敍)와 시(詩)였다. 작은 요사(寮舍)는 정갈하고 고요
하며 좌우에는 불경과 다로(茶爐)가 놓여 있어 티끌 한 점 없
이 탈속한 분위기였다. 그윽한 여울이 콸콸 흘러 섬돌을 통과
하여 우물 모습을 이루고 절구 모습을 이룬 채 지게문을 돌아
흐르면서 그 소리가 커졌다 작아졌다 하였다. 중이 다과상을
차리고 반갑게 맞이하기에 함께 가서 서각(西閣)을 구경하였
으니, 바로 중 보진(普眞)이 사는 곳으로 씻은 듯이 맑아 인간
세상의 경계가 아니었다.
〔중략〕
절들은 다 구경하지 못하고 용천사로 돌아오니, 주인(廚人)이
벌써 저녁을 준비해 두었고 해도 지고 있었다. …저물녘에 동

구 밖 산촌(山村)으로 나가서 유숙하였다. 영원사의 중 보초, 용천사의 중 혜문, 보진과 대여섯 명의 젊은 중들이 교자(轎子)를 잡고 이별을 몹시 아쉬워하며 5리쯤 길을 배웅해 주었다. 내가 각각 시를 지어 증별(贈別)하고 중추(中秋) 돌아오는 길에 단풍과 국화가 한창일 때 다시 찾아오겠다고 약속하였다.

– 월사집 제38권 / 기하(記下)

ⓒ 한국고전번역원 | 이상하 (역) | 2003

【해 설】 필자는 최근 몇 해 동안 북한산 곁에 살면서 북한산에 관하여 선현들이 적은 시문을 좀 조사해 본 일이 있었는데, 월사 이정구 선생이 쓴 북한산 기행문 〈유삼각산기遊三角山記〉〔국역 월사집 제38권 / 기하(記下)〕를 찾아서 매우 재미있게 읽은 적이 있다.

놀라웠던 것은 그분이 40세에 이미 예조판서를 역임하시고, 여가를 틈타서 북한산을 찾아 들어가는데, 악공 몇을 데리고 가면서 산길에 들어서자 노상 퉁소를 불게 하였다는 것, 중들의 도움을 받아서 백운대 정상까지도 올라갔는데, 그 험산 산 위에까지 역시 악공을 데리고 올라갔고, 술까지 지고 가게 해서 그 위험한 산꼭대기에 올라가서도 역시 술판을 벌이고 노래를 연주하게 하였다는 것이다.

그보다 조금 앞서 공무로 강원도에 출장을 나갔을 적에도 틈을 내어 금강산 구경을 하였는데, 이때도 역시 악공을 데리고 다니면서 늘 노래를 연주하게 하였다는 것이다. ─ 이 이야기는 유홍준 교수의 금강산 답사기 책에도 소개되어 있다.

지금 이 시를 보니 중국의 사신으로 나가는 길에도 잠간 틈을 내어 요양 근처의 천산산맥에 속한 천산(높이 708.3m)에 들어

갔다가 나온 것인데, 그때는 악공을 데리고 갔다는 말은 보이지 않고, 다만 같이 가는 부사와 서장관을 데리고 갔는데, 그 두 사람들이 모두 제일 깊은 곳까지는 따라다니지 못하였다는 것을 보니, 월사선생의 체력과 호기심은 매우 특출하였던 것같이 생각된다. 이렇게 천산을 찾아가 본 기록은 흔하지는 않지만, 다른 연행록에도 더러 전하고 있다.

이 시를 지은 배경과 작품의 내용은 위의 참고에서 인용한 월사선생 자신의 설명도 워낙 자세하고, 역주도 매우 상세히 달았으므로 여기서 별도로 다시 부연 설명할 말은 별로 없을 것 같지만, 그래도 이 시는 그렇게 쉽지가 않게 보여, 몇 마디 첨부한다.

시 제목에서 용천사의 주지스님인 운봉 스님에게 드린다는 말이 있으니, 시에서 당연히 그 스님의 후의에 감사한다는 뜻이 담겨져야만 한다. 첫째 시의 앞의 두 구절은 심산궁곡에 위치한 이 절의 훌륭하면서도 독특한 환경을 노래하였다. 다음 두 구절은 이 절에서 받은 차 대접과 간단한 환대만으로도 이미 꿈길을 헤매는 것 같은 행복감에 취하게 되고, 마음과 몸이 한결 밝고도 맑아짐을 "한바탕의 시원한 솔바람이 소매를 가득 채웠는데〔一陣松風/滿袖〕, 그렇게 가득 찬 것은 오로지 맑은 것뿐이라고〔滿袖/淸〕" 스스로 놀라워하고 있다. ─이 일곱 자 구문에서 "만수"라는 말은 앞의 넉 자를 받을 때는 술어가 되지만, 뒤의 석 자 안에서는 그 다음에 나오는 "맑을 청" 자의 주어가 되기도 한다. 이런 구문을 체계식遞繫式이라고 한다. 하여튼 "소매에 무엇인가 가득 찬 것"을 매우 강조하고 있는데, 그것은 곧 좋은 솔바람이요, 맑은 것이다.

둘째 시의 첫째 구 마지막에 나오는 "나눌 분" 자는 위의 고전 db의 번역과 같이 "나누어지고"라는 뜻으로만 볼 것인가? 만약 "나누어지고"라고 한다면, 이 산속 깊이 숨어 있는 절에서 되돌아 나가는 길에 다른 데로도 통하는 딴 길이 또 나온다는 뜻인가? 필자는 여기서 녹엽이 무성한 나무그늘이 온 천지를 뒤덮고 있기는 하나〔綠樹陰中〕그래도 그런 무성한 밀림의 응달 가운데서도 저녁이지만 다행히 한 가닥의 조그마한 길을 간신히 "분간해낼 수는 있었다"고 보는 것이 더 좋지 않을까 하고 생각해보기도 하였다. 그러나 여기서는 작별하는 순간을 중시한 것으로 보아서 우리가 내려가는 길과, 스님들이 마중 나왔다가 되돌아가는 길이 나뉘어지는 것으로 보고자 한다.

바로 그 다음 구에 나오는 말은 용천암이라는 절을 떠나서 밀림 속에서 저녁때 겨우겨우 길을 찾아가면서 내려와서 이제 서로 헤어지려는데 보니, 그 반토굴의 암자에서 울려 나오는 경쇠 소리는 매우 맑게 산등성이를 덮고 있는 층층의 구름을 뚫고 하늘로 올라가는 것이 분명하고 생생하게 여기까지 들린다는 말일 것이다.

마지막 두 구절의 뜻은 어려울 게 없다. 위에서 인용한 기문에 적은 그대로이다. 다만 여기 사용된 "상송相送"이라는 말에서 "서로 상" 자는 여기서는 "서로"라고 풀기보다는 오히려 "나를" (또는 우리들을)이라고 풀어야 더욱 적절한 번역이 된다.

36. 임진왜란 때 동래의 참상을 읊은 4월 15일
(四月十五日) - 이안눌

음력 4월 15일에 　　　　　　　　四月十五日에
　　　　　　　　　　　　　　　　사 월 십 오 일

동이 틀 무렵부터 집이면 집집마다 　平明家家哭이라
곡성이 진동하네 　　　　　　　　평 명 가 가 곡

온 천지 쓸쓸하고 쓸쓸하게 변하고 　天地變簫瑟하고
　　　　　　　　　　　　　　　　천 지 변 소 슬

처량한 바람은 숲과 나무에 진동하네 　凄風振林木이라
　　　　　　　　　　　　　　　　처 풍 진 림 목

깜짝 놀라서 늙은 아전에게 묻기를 　驚怪問老吏하되
　　　　　　　　　　　　　　　　경 괴 문 로 리

"곡하는 소리 어찌 이리 참담한고?" 　哭聲何慘怛고
　　　　　　　　　　　　　　　　곡 성 하 참 달

"임진년에 해적들이 이른 날 　　　　壬辰海賊至하야
　　　　　　　　　　　　　　　　임 진 해 적 지

그날 성이 함몰되었는데요 　　　　　是日城陷沒이라
　　　　　　　　　　　　　　　　시 일 성 함 몰

그때 송사또님께서 　　　　　　　　惟時宋使君이
　　　　　　　　　　　　　　　　유 시 송 사 군

성벽을 굳게 하고 충절을 지키셨지요 　堅壁守忠節이라
　　　　　　　　　　　　　　　　견 벽 수 충 절

온 성에 달려 들어오니   闔境驅入城하니

합 경 구 입 성

일시에 피 천지가 되어 버렸지요   同時化爲血이라

동 시 화 위 혈

몸을 시체더미 밑에 숨긴 사람들만   投身積屍底하니

투 신 적 시 저

천, 백 명에 겨우 한둘 정도

목숨을 보존하였지요   千百遺一二이라

천 백 유 일 이

그렇기 때문에 이날을 맞아서   所以逢是日에

소 이 봉 시 일

제물을 차리고 그 죽음을 곡하는

것이지요   設奠哭其死라

설 전 곡 기 사

아비가 더러는 그 자식을 곡하고   父或哭其子하고

부 혹 곡 기 자

자식은 더러 그 아비를 곡하며   子或哭其父하며

자 혹 곡 기 부

할아비가 더러 그 손자를 곡하고   祖或哭其孫하고

조 혹 곡 기 손

손자가 더러 그 할아비를 곡하며   孫或哭其祖하며

손 혹 곡 기 조

또한 어미가 그 딸을 곡하고   亦有母哭女하고

역 유 모 곡 녀

또한 딸이 어미를 곡하며   亦有女哭母하며

역 유 녀 곡 모

또한 아내가 남편을 곡하고	亦有婦哭夫하고 역 유 부 곡 부
또한 남편이 아내를 곡하기도 하지요	亦有夫哭婦라 역 유 부 곡 부
형제자매 할 것 없이	兄弟與姊妹가 형 제 여 자 매
살아있는 사람들은 모두 곡을 하지요." 한다	有生皆哭之라 유 생 개 곡 지
이마 찌푸리고 끝까지 다 듣기도 전에	蹙額聽未終에 척 액 청 미 종
눈물과 콧물이 갑자기 턱으로 쏟아지누나	涕泗忽交頤라 체 사 홀 교 이
아전이 앞으로 다가와서 설명을 덧붙이기를	吏乃前致詞하되 이 내 전 치 사
"울 수 있는 사람은 그래도 덜 슬픈 것이지요	有哭猶未悲라 유 곡 유 미 비
얼마나 많은 사람들이 흰 칼날 아래서 죽었는지	幾多白刃下에 기 다 백 인 하
온 가족이 몰살당해 보니 울어 줄 사람조차 없는 집도 수두룩하지요."	擧族無哭者오 거 족 무 곡 자

- 졸역

* 임진년에 왜란이 발발하자마자 왜군이 동래성을 공략해, 부사인 송상현 이하 전 성민이 참살을 당한 날이 4월 15일이다.

작자는 그 16년 뒤에 동래부사로 부임하여 이 시를 썼는데, 주로 이 참상을 잘 아는 한 아전의 증언 형식으로 쓰여졌다. 출전 ≪동악선생집(東岳先生集)≫ 권지팔(卷之八), 내산록(萊山錄).

* 이안눌(李安訥, 1571~1637) 호는 동악(東岳). 조선 중종 때 이름난 시인 재상인 이행(李荇)의 증손으로 벼슬은 예조판서까지 이르렀으며, 역시 한시 창작에 전념하여 4천 수가 넘는 시가 전하고 있음. 당시에 이름을 떨친 몇몇 시인들과 교유하면서 함께 창작하였는데, 그들을 동악시단이라고 함. 문집으로 ≪동악집≫이 있음.

* 합경(闔境) 온 경내. 합 자에는 형용사로는 '온, 모든'이라는 뜻과, 동사로 '닫는다'는 뜻이 있음.

【해 설】이 시는 내용을 파악하는 데 별로 어려운 글자도 없고, 어려운 전고도 없고, 다만 말하는 것처럼 쉽게 써 내려가고 있기 때문에 별로 더 풀어 설명할 데가 없다. 한시에 어려운 시만 있는 게 아니라, 이렇게 읽기 쉬우면서도 말하고자 하는 의도를 잘 나타낸 시도 있구나 싶어진다.

위와 같이 문단을 나눈 것은, 대개 각운자 체계가 바뀜에 따라서 문단의 뜻도 달라지는 것으로 보고 나누어 본 것이다.
이 시의 작자인 동악 이안눌 선생이 생전에 살던 집이면서 여러 시우들과 모임의 장소가 되기도 하였다는 남산 허리의 유촉지가 지금 동국대학교 자리라고 한다.

37. 취한 손님에게 (贈醉客) - 매창

취하신 임 사정없이 날 끌어다가	醉客執羅衫하니 취 객 집 라 삼
끝내는 비단 적삼 찢어 놓았지	羅衫隨手裂이라 나 삼 수 수 렬
적삼 하날 아껴서 그러는 게 아니라	不惜一羅衫이나 불 석 일 라 삼
맺힌 정 끊어질까 두려워 그렇지….	但恐恩情絶이라 단 공 은 정 절

<취하신 임께 - 신석정 대역>

취한 손님이 명주 저고리를 잡으니	醉客執羅衫
명주 저고리가 손길을 따라 찢어졌네	羅衫隨手裂
명주 저고리 하나쯤이야 아쉬울 게 없지만	不惜一羅衫
임이 주신 은정까지도 찢어졌을까 두렵네.	但恐恩情絶

<취한 손님에게 - 허경진 대역>

醉客執羅衫　술 취한 손님 비단 소매 끌어당기니
羅衫隨手裂　비단 소매 그 손 따라 찢어지는구나
不惜一羅衫　비단 소매 하나 찢어지는 것 아깝지 않으나
但恐恩情絕　다만 두렵구나!
　　　　　　우리들의 정다운 마음까지 끊어지는 게….
　　　　　　　　　　　　　　　　　　　－졸역

* 매창(梅窓, 1573~1610) 본명은 향금(香今). 계유년에 태어났
으므로 계생(癸生), 또는 계랑(桂娘)이라고도 하였음. 부안의
아전 이탕종(李湯從)의 딸로 태어나, 명기로 개성의 황진이와
더불어 쌍벽을 이루었음. ≪매창집≫ 2권에 시 58수가 전하고
있는데, 김억의 ≪금잔디≫에 38수나 번역 게재되어 있다. －≪한
백≫ 7-738 참조.
* 나삼(羅衫) "삼"자는 적삼일 수도 있고, 춤추는 것을 형용할
때 이 글자가 나오면 적삼에서 펄렁거리는 부분인 소매일 수도
있다. 이 시에서는 소매임. 당나라 장호(張祜)의 〈왕장군의 기
생 첩 자지가 죽음에 느낌이 있어 짓다感王將軍柘枝妓歿〉: "봄
바람에 적막하게 되었구나! 옛 자지여, 춤꾼은 노래 그치고 악
공은 연주를 그만두었구나. 원앙새 장식한 허리띠는 어느 곳에
버려졌는가? 공작새 수놓은 비단 적삼의 소매는 누구에게 돌
아갔는가寂寞春風舊柘枝, 舞人休唱曲休吹. 鴛鴦鈿帶抛何處, 孔雀
羅衫付阿誰"
* 은정절(恩情絕) 인정어린 마음이 끊어지다. 한 성제(漢成帝)의
후궁(後宮) 중에 재색(才色)이 뛰어났던 반첩여(班婕妤)가 한
때는 성제의 총애를 독차지했다가 뒤에 조비연(趙飛燕)으로
인해 총애를 잃고는 스스로 자신을 깁부채〔紈扇〕에 비유하여

〈원가행(怨歌行)〉을 지었는데, "항상 맘속으로 가을철이 이르러, 서늘한 바람이 더위를 빼앗아 가면, 상자 속에 그대로 버려져서, 은정이 중도에 끊어질까 염려했었네.〔常恐秋節至, 涼風奪炎熱. 棄捐篋笥中, 恩情中道絶.〕"라고 하였다. ―고전db 각주 정보에서 인용.

【해설】 이 시는 술 취한 손님이 비단 소매를 잡고 끌어당기다가, 그것이 끊어진 것을 보고 지은 시이다. 소매 하나쯤 끊어지는 것쯤이야 별 상관이 없지만, 이 소매가 끊어지듯이 둘 사이에 좋은 관계가 이 소매처럼 끊어질까 걱정이라고 하면서, 술에 취하여 마구 달려들어 끌고 가려는 남자를 은근히 나무란 것이다.

앞에서 인용한 두 분의 번역에서 "삼衫" 자를 모두 "적삼"이라고 해석하였는데, "적삼이 찢어졌다"고 보면 너무 난폭하고 야하게 보이지만, "소매가 찢어졌다" 정도로 보아야 무난할 것 같다. 소매는 손으로 당기면 쉽게 찢어질 수도 있다.
얼마 전에 조지훈(趙芝薰) 시인의 〈완화삼(玩花衫)〉이라는 시를 영어 번역한다는 재미교포 한 분이 여기서 "삼" 자의 뜻을 한국에서 나온 해설을 보니 모두 "적삼"이라고만 풀고 있는데, 아무리 보아도 어색한 것 같다고 하면서, 나에게 이 시에서 이 글자의 뜻이 무엇인지 물어온 일이 있었다. 그래서 이 글자의 여러 가지 용례를 찾아보니까, 이 글자가 어떤 때는 적삼, 어떤 때〔특히 춤출 때〕는 소매로 사용되고 있음을 보았다. 그래서 "완화삼"이라는 말은 봄날 팔을 흔들며 길을 걸어가는데 펄렁펄렁 거리는 "소매로 날아와서 나부끼는 꽃잎을 즐긴다"는 뜻이라고 일러준 일이 있다.

"비단 소매羅衫"라는 말이 네 구절 중에서 세 번이나 되풀이하여 나오는데, 마치 말하듯이 쉽게 쓴 시이나, 그래도 품위가 느껴지는 시이다. 소매가 떨어져 나간 것이지, 적삼이 찢어진다고만 보지 않는다면….

38. 안방에서 느낌 (閨情) – 이옥봉

언약했던 낭군 어이 그리 늦는고?　　　**有約來何晚**고
　　　　　　　　　　　　　　　　　　유 약 래 하 만

뜨락의 매화 시들려는 때로세　　　　　**庭梅欲謝時**라
　　　　　　　　　　　　　　　　　　정 매 욕 사 시

문득 가지 위 까치 소릴 듣고　　　　　**忽聞枝上鵲**하고
　　　　　　　　　　　　　　　　　　홀 문 지 상 작

부질없이 경대 앞에 눈썹 그리네.　　　**虛畫鏡中眉**라
　　　　　　　　　　　　　　　　　　허 화 경 중 미

－ 번역 한국고전db에서 인용

＊ 규정(閨情) "규閨"는 여인이 거처하는 조용한 뒷방〔도장방〕이
라는 뜻인데, 흔히 남편은 멀리 집을 떠나 있고 그 떠나 있는
사람을 뒷방에 홀로 앉아서 기다리는 안타까운 감정을 "규정"
이라고 한다. 한시에는 남자가 아내를 그리워하는 시보다는 여
자가 남편을 그리워하는 이런 종류의 시가 많아서, 시를 분류
할 때 "규정시(閨情詩)"라는 갈래가 있을 정도이다.

＊ 이옥봉(李玉峰, ?~?) 전주 이씨로 고을 원을 지낸 사람의 서녀
로 태어나서 승지 벼슬을 한 조원이라는 사람의 소실이 되었
다. 남을 위하여 시를 지어 준 것이 빌미가 되어 시가로부터 의
절을 당하고 불행하게 지내다가 임진왜란 때 죽은 불행한 여인
이라고 한다. 그러나 이 여인의 시가 중국에까지 알려져 몇 가

지 명나라 시선집에도 그녀의 시가 수록되어 있다고 하며, 그 녀의 호를 딴 ≪옥봉집≫이라는 한시집에는 32수의 시가 수록되어 있다고 한다.

【해설】 이 시는 제1구와 제2구, 즉 첫 연은 혼자서 묻고, 혼자서 나지막하게 대답하는 자문자답 형식을 취하고 있다.

"이 겨울이 가기 전에 집으로 돌아와서 같이 지내기로 약속하지 않았습니까? 그런데 무엇 때문에 이렇게 돌아오시는 게 늦어지고만 있습니까?"
"기다리다 보니 벌써 눈 속에 핀 이 매화가 이미 다 시들어지려는 철까지도 아무 소식도 없네요."
그러나 제3구, 제4구, 즉 제2연에서는 고요하게 혼자서 자문자답하는 분위기가 사라지고, 매우 분주한 움직임이 펼쳐진다. 나뭇가지에 앉은 까치가 "까악까악" 하고 우는 소리를 갑자기 듣고서, 불현듯 좋은 소식이 있을 것을 기대하고서 거울 앞에 앉아서, 거울을 들여다보면서 눈썹부터 그려 가기 시작한다. 그런데 이런 일이 이미 몇 차례나 있었기 때문에 이번에도 또 까치 소리에 속지나 않는 하는 의구심이 조금 들기도 하지만…. 내가 할 수 있는 일이란 이런 일일 뿐이다.
이 시에서 특히 마지막 구절이 예사롭지 않다. "내가 거울을 보고서 내 눈썹을 그린다" 하고 직설적으로 말하지 않고, "내가 거울 안에 나타난 내 얼굴을 보고서 내 눈썹을 그린다" 하고서 한 차례 돌려서 이야기하는 것이.
나는 매우 큰 교정을 지닌 대학에서 여러 해 근무하였는데, 그 교정 안에 있는 야산의 모습이 물에 비치는 호숫가를 자주 산책하면서 출퇴근하였다. 그때마다 내 눈으로 직접 보는 야산의 모습보다는 거울 같은 맑은 물에 비친 산의 모습이 훨씬 아름답다는 느낌을 받았다. 아마 이런 시구에서도 내가 내 얼굴을 그린다고 하기보다는 "거울에 비치는 내 얼굴(눈썹)을 그린다"고 하는 것이 훨씬 더 두드러지며, 아름답게 독자에게 전달될 것으로 생각한다.

여인네들의 규정시에서 이렇게 거울을 들여다보고서 눈썹을 그린다고 하는 표현은 이 시말고도 더러 본 것 같다. 그럴 때마다 나는 "정말 멋지구나!" 하고 감탄을 하게 된다.

39. 한산도에서 밤에 (閑山島夜吟) - 이순신

큰 바다에
가을철도 저물어 가니
추위에 놀란 기러기 떼
높이 날아오는구나
걱정스러운 마음
엎치락뒤치락하는 밤에
이지러진 달만 나의
활과 칼을 비추네.

水國秋光暮한데
수 국 추 광 모

驚寒雁陣高라
경 한 안 진 고

憂心輾轉夜에
우 심 전 전 야

殘月照弓刀라
잔 월 조 궁 도

― 졸역

* 이순신(李舜臣, 1545~1598) 임진왜란 때 남해안에서 해군을 지휘하여 큰 공로를 세운 명장. 자는 여해(汝諧), 시호는 충무공. 저서로 ≪난중일기≫, ≪이충무공전서≫가 있음. ―≪한백≫ 18-39.

【해 설】 넓은 바다 위에서 벌어지는 왜적들과 맞붙는 처절한 전쟁판에도 가을이 깊어져 가니, 추위를 피하여 남쪽으로 날아오는 기러기 행렬은 여느 평화롭던 시기나 똑같이 높고도 높게 하늘을 가로지르며 기럭기럭 울면서 떼 지어 나타난다. 이렇게 철따라 멀리 이동하는 기러기의 발목에 멀리 타향에 나가 있는 사람들이 편지를 적어 매달아 보냈다는 전설이 있었기에, 이

기러기는 곧 "반가운 소식"을 전하는 것과 같은 이미지를 남기고 있다.

이 기러기 소리 때문에 잠시 잊으려 하였던 고향 소식이 불현듯 다시 일어난다. 그래서 고향에 남겨 두고 온 어머니, 아내, 자식들에 대한 걱정이 물밀듯이 되살아나서 이 깊은 밤에 도무지 잠을 이룰 수가 없게 된다. 가족들은 과연 살아있을까 다 죽었을까?

이렇게 잠을 설치다 보니 어느덧 밤이 점점 깊어 새벽으로 이어져 가는데, 오직 빛을 잃어 가는 희뿌연 달빛만이 무엇인가를 비추고 있다. 자세히 보니 전쟁판에서 사용할 날랜 활과 날카로운 칼 같은 적군을 무찌를 무기들이 뻔쩍뻔쩍 빛을 발산하는 것이 내 눈에 들어오고 있다.

날이 밝으면 이러한 무기들을 잡고서 이 넓은 바다에 나가서 쳐들어오는 적군들을 다시 쳐부수어야 할 용기가 되살아나고 있다.

40. 홍경사에서 (弘慶寺) – 백광훈

시든 가을 풀은
앞서 왕조의 절터요
겨우 남은 비문은
한림학사의 글이로구나
천년 세월 흘러간 물같이
허망할 뿐인데
지는 햇살에 돌아가는 구름만
눈에 들어오네.

秋草前朝寺에
추 초 전 조 사

殘碑學士文이라
잔 비 학 사 문

千年有流水에
천 년 유 류 수

落日見歸雲이라
낙 일 견 귀 운

– 졸역

* 홍경사(弘慶寺) 출전 ≪국조시산≫ 권1, 각운 文, 雲 상평성 문(文) 운. 형식 오언절구. 충청남도 성환에 있었던 고려시대의 절. 현종이 부왕의 유지를 받들어 세웠다고 하여 봉선(奉先) 홍경사라고 부르기도 함. 1026년에 유명한 유학자 최충(崔沖)이 지은 비문만이 현재도 남아 있어 국보 제7호로 지정되어 있음. –≪한백≫ 25-65, 6-106 참조.

* 백광훈(白光勳, 1537~1582) 자는 창경(彰卿), 호는 옥봉(玉峯). 진사가 되었으나 벼슬에 별 뜻이 없고, 시와 서도를 즐겼다. 최경창, 이달과 함께 송나라 시풍을 버리고 당나라 시풍을 따라 훌륭한 시를 지었기 때문에 "삼당시인"으로 불림. 아름다운 절구시를 잘 썼으며, 문장과 글씨로도 이름이 높다. 저서에 ≪옥

봉집≫이 있음. -≪한백≫ 9 - 348 참조.

* 추초(秋草) 당나라 허혼(許渾)의 〈함양에서 옛일을 생각하다 咸陽懷古〉: "위수 곁 옛 도읍 터에는 진나라가 2세밖에 계속되지 못하였고, 함양 땅 가을 풀은 한나라의 여러 능 위에 우거 졌네 渭水古都秦二世, 咸陽秋草漢諸陵"

* 전조사(前朝寺) 당나라 사공서(司空曙)의 〈보경사의 폐허를 지나며 經廢寶慶寺〉: "전 왕조의 절에 누런 나뭇잎만 휘날리는데, 어느 중 하나 쓸쓸한 불당 문을 열지 않네 黃葉前朝寺, 無僧寒殿開". 조선 노수신(盧守愼)의 〈신륵사, 각스님의 시축의 각운자에 맞추어 神勒寺, 覺長老軸韻〉: "신륵 앞 왕조의 절에, 고승 보제 스님 계셨지 神勒前朝寺, 高僧普濟居"

* 귀운(歸雲) 고향으로 향하는 마음이나 은거하려는 의지를 투영하는 뜻으로 많이 사용됨. 당나라 왕유(王維)의 〈망천으로 돌아와서 지음 歸輞川作〉: "유연하게 먼 산이 저무는데, 홀로 흰 구름을 향하여 돌아가네 悠然遠山暮, 獨向白雲歸". 당나라 설능(薛能)의 〈인중에서 잠시 머물러 살면서 포중의 친구에게 띄움 麟中寓居, 寄蒲中友人〉: "변방의 쓸쓸한 마음 지는 해에 생겨나고, 고향 그리는 생각 돌아가는 구름을 부러워하네 邊心生落日, 鄉思羨歸雲"

【참 고】 백광훈의 자는 창경인데, 서법은 거의 왕휘지 부자와 맞먹는다. 처음 벼슬로 참봉에 임명되고 예빈시에 근무하였다. 일찍이 홍경사에 잠깐 지나가면서 들렀다가 시를 짓기를, "가을 풀은 앞서 왕조의 절에서 시들었고, 남은 비석은 한림학사의 글씨로구나. 천년을 두고 흐르는 물은 그대로 있고, 지는 햇살에 돌아가는 구름 또한 눈에 들어오네."라고 하였다. 임오

년에 서울 집에서 죽었다. 난설 누님이 이 시를 보고 느낀 시를 지었는데, 다음과 같다.

근자의 최씨와 백씨 무리는	近者崔白輩
시에 힘써 성당을 따랐네	攻詩規盛唐
오래 끊어졌던 훌륭한 노랫소리가	寥寥大雅音
이 사람들을 얻어 다시 울리게 되었다네	得此復堅鏘
하급 관리로 예빈시에 근무하더니	下僚因光祿
변방의 고을살이엔 봉급 모으기 힘들었다네	邊郡悲積薪
나이와 벼슬 모두 보잘것없으니	年位共零落
비로소 믿겠구나,	始信詩窮人

시가 사람을 궁하게 만든다는 것을.

– <옛 시를 모방하여擬古>

– 허균의 《학산의 나무꾼 이야기(鶴山樵談)》

백옥봉 광훈의 〈홍경사〉 시는 "시든 가을 풀은 앞서 왕조의 절터요(秋草前朝寺)…"인데, 지극히 우아하고 옛날 시에 가깝다(雅絶逼古). – 《작은 중화의 시평(小華詩評)》

【해 설】 앞의 두 구절에는 술어 동사가 없이 명사 주어〔秋草, 殘碑〕에 역시 명사 술어〔前朝寺, 學士文〕로만 되어 있는 판단 구判斷句인데, 아래 두 구절은 명사가 부사로 전용된 말〔千年, 落日〕 뒤에 타동사 술어가 있고〔有, 見〕, 명사로 된 목적어〔流水, 落日〕가 있는 보충구조로 된 구문이다. 앞의 두 구절은 자못 응축된 분위기라면 뒤의 두 구절은 반대로 좀 풀어진 분위기를 느끼게 한다.

어떤 판본에서는 "있을 유有" 자 대신에 "스스로 자自" 자를 쓴데도 있지만, 위와 같은 구조 분석에 비추어 보면, 부사어 다음에 또 부사어인 "스스로 자" 자가 있게 되면, 3, 4구 사이의 균형이 흐려지는 것 같다. 이 두 구를 반드시 대구같이 놓을 필요는 없지만, 그래도 앞의 1, 2구와 뒤의 3, 4구가 그 나름대로 두 구, 두 구씩 그런대로 비슷한 구문으로 짝을 맞추면서 이의 앞 절반 부분과 뒤 절반 부분이 대조를 이루는 것이 자못 묘하게 느껴진다.

이 짧은 시에는 추초, 전조, 잔비, 천년, 유수, 낙일 같은, 자못 감상에 젖을 만한 단어들을 나열해놓기는 하였지만, 직접 "슬프다"거나 "황량하다"는 말을 바로 발설하지는 않고 있다. 마지막에 가서 "돌아가는 구름을 해가 지는데 바라보고 있다"고 하면서 고향으로 돌아가고 싶은 생각을 내비치면서 끝을 맺었다. 허물어진 절간, 부서진 비석, 흘러간 세월, 이러한 것을 석양에 보고 있으려니, 저절로 고향으로 돌아가고 싶은 생각이 우러나온 것이리라.

41. 떠돌이의 한탄 (移家怨) - 이달

늙은 영감 솥을 지고
숲속으로 달아났는데
늙은 할미 아이 끌고
따라갈 수가 없네
사람들 만나면 다시 이야기하네,
집 떠난 괴로움을
6년 동안이나 종군하게 되어
부자가 이별하게 되었다고.

老翁負鼎林間去하니
노 옹 부 정 림 간 거

老婦携兒不得隨라
노 부 휴 아 부 득 수

逢人却說移家苦한데
봉 인 각 설 이 가 고

六載從軍父子離라
육 재 종 군 부 자 리

- 졸역

* 이가원(移家怨) 출전 《손곡집》 권6, 《성수시화》 등. 각운
은 隨, 離로 상평성 지(支) 운. 칠언절구.
* 이달(李達, ?~?) 조선 중기의 문인. 자는 익지(益之), 호는 손
곡(蓀谷), 본관은 원주(原州). 서얼 출신으로 박순(朴淳)의 문
인이며, 최경창(崔慶昌), 백광훈(白光勳)과 함께 "당나라 시풍
의 세 명의 대가(三唐詩人)"의 한 사람으로 불림.
* 각설(却說) 한문소설이나 옛날이야기 형식에서 새로운 말을
꺼낼 때에 사용하는 발단사(發端辭)인데, 이 뒤에 흔히 이미
앞서 이야기한 내용이 다시 요약되어 되풀이된다. - 《한사》
2-544.

【참 고】 이달의 시를 세상에서는 더러 화려하기 때문에 내용이 공허한 것이 결점이라고 지적한다. 그러나 그의 〈동산역(洞山驛)〉 시,

시골집 젊은 아낙네 밤에도 먹을 것 없어	田家少婦無夜食
빗속에서 보리 베어 풀숲 헤치고 돌아오네	雨中刈麥草間歸
시퍼런 나뭇가지 물에 젖어 연기조차 일지 않는데	靑薪帶濕煙不起
문안에 들자 아들 딸 울며 옷 끌어당기네.	入門兒女唬牽衣

에서는 시골 집안의 괴로운 상태를 꼭 옆에서 직접 눈으로 보는 듯하고,

〈이삭줍기(拾穗謠)〉

밭에서 이삭 주우며 촌 아이 말하기를 온종일 동서로 헤매었으나 한 광주리에 차지 않네	田間拾穗村童語 盡日東西不滿筐
금년에 벼 베는 사람 정말 교묘하여 남은 이삭까지 모두 거두어 관청 창고에 바쳤다네.	今歲刈禾人亦巧 盡收遺穗上官倉

에서는 흉년에 촌사람들의 말을 꼭 옆에서 듣는 듯하다. 영남으로 가는 길 사이에 지은 시, "늙은이 솥 지고…"에서는 관청의 부역이 너무나 잦고도 많아서 백성들이 제대로 살 길이 없어 흩어져 떠돌아다니며 고생하는 모습이 이 한 편 가운데 두루 다 실려 있다. …글이라는 것이 세상을 교화하는 것과 관계가 없다면 이러한 글은 쓸데없는 작품에 불과할 것이다. 그러

니 이러한 작품이 어찌 임금님께 장님들이 옛날의 교훈시를 암송하는 것이나, 훌륭한 관리들이 충성을 다하여 간언(諫言)을 올리는 것보다도 더 낫지 않겠는가? ―≪학산의 나무꾼 이야기 (鶴山樵談)≫ p.19b-20a.

【해 설】 이 시는 매우 평이하고, 또 위의 참고란에서도 이미 충분히 설명이 되어 있기 때문에 별로 부연 설명할 것이 없다. 마치 안록산의 난을 만나서 환란을 겪던 일반 백성의 비참한 모습을 나타낸 두보의 세 가지 이별시〔三別〕와 세 가지 못된 관리 같은 시〔三吏〕를 읽는 것 같은 생각이 든다.

전쟁 때문에 비참하게 된 신세를 겪어 본 사람을 만나기만 하면, 누구나 붙잡고 울먹이면서 하소연하던 눈물겨운 정경을 나는 6·25전쟁 때 자주 보았다. 그런 까닭에 이 시의 제3행에 나오는 정경을 매우 애처롭게 그려볼 수가 있다.

42. 9월 9일에 취하여 읊음(九日醉吟) - 백대붕

취하여 산수유 가지 잡고
혼자 스스로 즐기는데
온 산에 가득한 밝은 달 아래
빈 술병 베고 누웠네
곁을 지나가는 사람 묻지 말라,
"무엇하는 사람이냐?"고
"세상 풍파에 백발이 되어 버린
해군 전함사의 종놈이라오."

醉把茱萸獨自娛한데
취 파 수 유 독 자 오

滿山明月枕空壺라
만 산 명 월 침 공 호

傍人莫問何爲者오
방 인 막 문 하 위 자

白首風塵典艦奴라
백 수 풍 진 전 함 노

― 졸역

* 구일취음(九日醉吟) 출전 ≪조선 시선(箕雅)≫. 각운 娛, 壺,
奴 하평성 우(虞) 운. 칠언절구. 어느 해 9월에 쓴 것인지는
잘 알 수 없으나, 이 시의 내용으로 보아서 만년에 쓴 것임.
* 구일(九日) 음력 9월 9일, 중구(重九)라고도 하고 중양절(重陽
節)이라고 하기도 함. 중국 풍속에 이날 형제들이 머리에 산수
유 꽃가지를 꽂고 높은 곳에 올라가서 국화주를 마시면 불의의
화를 면할 수가 있다는 전설이 있어, 그렇게 하는 풍속이 있음.
당나라 왕유(王維)의 〈9월 9일에 산동의 형제들을 생각하며九
月九日憶山東兄弟〉: "나 홀로 타향에서 나그네 몸이 되어, 매
번 명절이 돌아오면 부모 형제 생각 사무치네. 아마도 산에 올

라간 우리 형제들, 산수유 꺾고 노는 자리에 한 사람만 빠졌구나 하시겠지 獨在異鄕爲異客, 每逢佳節倍思親. 遙知兄弟登高處, 遍揷茱萸少一人"

* 백대붕(白大鵬, ?~1592) 조선 중기의 하층계급 시인. 자는 만리(萬里). 천인 신분으로 시를 잘 지어 이름을 날렸음. 아마도 1550년 전후에 태어났을 것 같으며, 자신이 이 시에서 전함사의 노예라고 신분을 밝히고 있고, 궁중의 열쇠를 맡은 사약(司鑰)이라는 벼슬을 지냈다고 하여 그의 시체를 '사약체'라고 부르기까지도 하나, 그가 어떠한 경로로 이러한 벼슬을 하게 되었는지는 잘 알 수 없다. 대체로 만당(晩唐)의 시풍을 모방하여 위약한 시를 지었다고 일컬어졌다. 1590년에 통신사를 따라서 일본에 다녀왔으며, 임진왜란 때 상주에서 전사하였다. 그의 시로 지금 전하는 것은 두 수뿐인데, 세상에 대한 원망을 담고 있다. -《한백》 9-357 참조.

【해설】 위에서 본 왕유의 시와 같이 9월 9일 중양절은 고향에 있는 형제들은 집 나간 형제를 생각하고, 집 나간 사람은 고향에 있는 형제들을 생각하는 날이기도 하다. 그러나 이 시를 지은 사람은 그렇게 생각이 날만한 형제도 없는 모양이다. 그래서 빈산에 달이 밝은데 오로지 혼자서 술이나 마시고, 취하여 술병이나 베고 외롭게 하루 저녁을 보낼 뿐이다.

만약 오늘 산에 올라와서 서로 어울리면서 즐겁게 놀던 사람 중에 누군가 "당신은 어떤 사람인데, 이렇게 달 밝은 밤에 이 빈산에 혼자 올라와서 술을 마시고 취하여 누워 있는 거요?" 하고 잠을 깨우고 묻는다면, "나는 평생 불쌍하고 외롭게 살다가 지금 겨우 수군 전함의 노예로 일자리를 하나 얻어 겨우겨우 목숨이나 이어나가는 보잘것없고 불쌍한 인간입니다."라고 대답할 것이니, 아예 나에게 관심을 가질 필요도 없고, 또 물어볼 필요도 없다고 한다. 이 얼마나 가련한 자조며 자학인가?

한시라고 하면 으레 지배계층에 속한 사람들이 쓴 한가로운 수작만 늘어놓은 것을 보는 게 일쑤인데, 이러한 천민이 쓴 이렇게 절박하고도 자조 섞인 시를 보게 되니 자못 이채롭다. 한시라는 것도 따지고 보면 누구에게나 열려 있는 공간임을 알 수 있다.

유가 사회는 신분사회이다. 조선에서는 양반, 중인, 상민, 천
민으로 나누어진다. 양반으로 글을 읽고 마음을 바르게 가지는
공부를 하면서 처신을 바르게 하는 사람을 "선비[士]"라고 부르
고, 조정에 나가서 벼슬을 하면 "대부"라고 부른다. 사대부들은
나라나 지역의 지도자가 된다. 중인은 지방이나 중앙 정부의
각종 기술직, 실무직을 담당하는 사람들로 글을 알지만 과거시
험에는 응시할 수 없어 신분 상승이 불가능하고 대개 자기가
읽힌 실무를 자식에게도 세습시켜 똑같은 신분을 계속 유지해
나가게 한다.

일반 농사꾼, 장사꾼, 공업 기술자 같은 사람들이 상민이다.
이러한 사람들은 머리로 일하기보다는 몸으로 일하기 때문에
어려운 한문까지 반드시 배울 필요도 없고, 배우는 데 필요한
시간적인 여유나 경제적인 여유도 별로 없다. 천민은 백정 같
은 천한 일을 하거나, 개인이나 관청의 종노릇하는 사회 최하
류층인데, 노비의 경우에는 물건과 같이 사고 팔 수도 있다.
양반이라도 생활이 궁하면, 공부를 할 수 없기 때문에 상민과
다를 바 없이 무식해지며 농사 같은 육체노동에 종사하여야 하
지만 만약 다시 재산을 모으면 그들의 자식을 공부시켜 벼슬길
에도 나가게 하는 등 다시 양반 행세를 하게 할 수는 있다.
노비는 범법자, 또는 역적의 자손을 징벌하여 그렇게 만드는

경우도 있고, 너무 가난하여 독자적으로 살아갈 방법이 없는 경우에도 원래 타고난 신분에 관계없이 종이나마 되어 생명을 유지하는 경우도 많았다. 또 조선에서는 양반 계층에게 돌아가는 벼슬을 할 수 있는 특권 같은 것이 숫자적으로 제한되어 있으므로 양반의 숫자가 늘어나는 것을 방지하기 위하여 어미의 신분이 천한 양반의 서자도 천민과 같이 취급하였다. 그래서 사회에서 능력은 있으나, 그것을 정당하게 발휘하지 못하여 불만을 가진 서자 출신이 많았다.

서자들을 제외한 상민, 천민층 사람 중에서 한문을 아는 사람이 있었다는 것은 거의 기적에 가까운 이야기일 것이다. 그러나 가끔은 그러한 기적 같은 일을 볼 때도 있다.

한 가지 예를 들면 토지를 매매할 때 상전인 양반은 직접 나서서 그러한 경제활동을 수치로 여기기 때문에 보통 양반인 주인을 대신하여 상전의 땅을 주고 파는 계약문서를 작성한다. 그러할 경우에 한문으로 된 그런 계약문서를 작성하고 필기해주는 양반 출신의 대서자가 따로 있게 마련이며, 노비는 서명조차 할 줄 모르기 때문에 서명란에 손바닥을 대고 그 손바닥의 윤곽을 붓으로 그려 넣고 그 옆에 대서자의 이름도 적고 서명하도록 한다. 그런데 그러한 한문 계약문서를 대서자 없이 노비가 직접 쓴 것을 몇 번이나 본 일이 있다.

아마 한문이 당시 사람들의 생활 구석구석에까지 깊이 침투하였다는 것을 알려주는 한 가지 증거가 될 것이다.

이 책에서는 이달 같은 비렁뱅이, 백대붕 같은 전함의 노예 같은 천인의 시를 소개하고, 제사 옷 기술자 유희경, 물시계지기 김효일, 역관 최대립, 궁중의 노예 최기남 같은 상민과 천인들의 시를 참고로 옮겨 놓았다. 이들은 남자 사대부 위주의 문학

세계에서 간혹 기적과 같이 피어나서 외롭고 쓸쓸하게 시들어 갔던 존재들이라고 할 수 있을 것이다.

【관련 시화】 유희경·김효일·최대립·최기남 같은 신분이 낮은 사람들의 시

유희경(劉希慶, 1545~1636)·김효일(金孝一, 미상)·최대립(崔大立, 미상), 최기남(崔奇南, 1586~?)은 모두 비천한 신분을 타고난 사람들이나, 시에 능하였다. 유희경은 제사 옷 기술자〔祭服匠〕인데, 호는 촌은(村隱)이다. 그의 〈양양 가는 길에(襄陽道中)〉는 다음과 같다.

산은 비 기운 머금고 물은 연기 머금었는데	山含雨氣水含烟
청초호 호수 곁에 백로가 잠자는구나	青草湖邊白鷺眠[1]
길 해당화 아래로 접어들어 꽃 아래로 가니	路入海棠花下去
온 가지 향기로운 눈 휘두르는 채찍에 떨어지는구나.	滿枝香雪落揮鞭

김효일은 대궐의 물시계지기〔禁漏官〕인데, 호는 국담(菊潭)이다. 그의 〈자고새(鷓鴣: 메추라기와 비슷함)〉는 다음과 같다.

청초호 호수 물결은 건계와 접하고 있는데	青草湖波接建溪[2]
엄나무 깊은 곳에 쌍쌍이 살만 하네	刺桐深處可雙棲[3]

---

1) 청초호(青草湖): 양양군 북쪽 속초항에 있는 호수로 양양의 낙산사 대신 관동8경의 하나로 넣기도 함. 같은 이름의 호수가 중국에도 있는데, 중국 5대 호수 중의 하나로, 유명한 동정호(洞庭湖)와 연결되어 있음.

2) 건계(建溪): 미상.

3) 자동(刺桐): 엄나무. 해동(海桐), 또는 산부용(山芙蓉)이라고도 하며, 가지와 줄기 사이에 원추형의 가시가 있기 때문에 이렇게 부름. 당나라 나

상강의 두 왕비의 원혼이 서려 있으니　　　湘江二妃冤魂在4)

황릉묘를 향해서는 울지 말아 주었으면.　　莫向黃陵廟上啼5)

최대립은 역관인데, 호를 창애(蒼崖)라고 한다. 〈아내를 여읜 뒤 밤에 읊음(喪失後夜吟)〉이란 시는 다음과 같다.

오리 향로에 불기 식어 밤도 이미　　　　睡鴨薰消夜已闌6)
무르익었는데

꿈에 빈 집에 돌아오니 베개와 병풍　　　夢回虛閣枕屛寒
썰렁하구나

매화가지 끝에 지는 달만은 곱디곱게　　梅梢殘月娟娟在
남아서

오직 그 해에 깨어놓은 거울만 들여다보게　猶作當年破鏡看7)

업(羅鄴)의 〈오리를 풀어놓다放鴨〉: "좋거니 청산과 벽계수에 기대어, 가시 엄나무 털 대나무 쌍쌍이 깃들기를 기다리네好倚靑山與碧溪, 刺桐毛竹待雙棲"

4) 상강이비(湘江二妃): 순임금의 두 아내인 아황(娥皇)과 여영(女英) 자매가 순임금이 남방을 시찰하는 도중 객사하였다는 소식을 듣고, 북쪽에서 달려와 호남성에 있는 상수에 빠져죽어서 상수의 여신이 되었다고 함.

5) 황릉묘(黃陵廟): 중국 호남성 상음현(湘陰縣) 북부에 있는 아황과 여영의 사당. 이비묘라고도 함. 당나라 정곡(鄭谷)의 〈자고새〉: "비 어둑어둑한데 청초호 곁을 지나가니, 꽃 황릉묘 안에서 떨어지며 울부짖는구나雨昏靑草湖邊過, 花落黃陵廟裏啼" - ≪한사≫ 12-989 참조.

6) 수압(睡鴨): 구리로 만든 향로인데, 모양이 드러누워 있는 오리와 같이 생겼다고 하여 이렇게 부름. 당나라 이상은의 〈시간을 재촉함促漏〉: "난새 춤추는 거울에서 기울어가는 눈썹 달 사라지자, 오리 누운 향로에서 저녁 훈기 바꿔네舞鸞鏡匣收殘黛, 睡鴨香爐換夕熏" - ≪한사≫ 5-168.

7) 파경(破鏡): 옛날 부부가 부득이한 사정으로 헤어질 때 거울을 반으로 쪼개어 반쪽씩 나누어 가지고 있다가 나중에 그것을 보고서 증거로 삼게 하려 하였다는 이야기가 ≪신이경(神異經)≫이라는 책에 보이기 때문에 뒤에 가서 이 말은 부부가 흩어짐을 비유하게 되었다고 함. 또 이 말은

하는구나.

또 백대붕과 최기남이 있으니 모두 천한 노예들이나, 시는 잘 지었다. 백대붕은 전함사의 노예였는데, 〈구일취음(九日醉吟)〉 시는 다음과 같다.

"취하여 산수유 가지 잡고…"8)

최기남은 동양위(東陽尉)9) 집에서 부리던 왕궁에서 하사받은 노예[宮奴]로 호는 구곡(龜谷)이다. 그의 〈한식날 성묘 길에서(寒食途中)〉 시는 다음과 같다.

봄바람 잔비 긴 제방을 스쳐가니	東風小雨過長堤
풀빛 안개에 어울려 바라보니 흐릿하네	草色和煙望欲迷
한식날 북망산 아랫길에	寒食北邙山下路10)
들새 날아올라가 흰 버드나무 위에서 우네.	夜鳥飛上白楊啼

이러한 시들은 모두 다 정말 맑다. 아아! 재주가 귀천에 한정되지 않음이 이와 같은지고! ―≪작은 중화의 시평≫―≪총편≫ 3-566·7.

바로 조각달(殘月)을 비유하기도 함. ― 위와 같은 책 7-1041.

8) 백대붕의 시: 앞의 42번 참고.

9) 동양위(東陽尉): 선조대왕의 딸인 정숙(貞淑)옹주에게 장가들어 부마가 된 신익성(申翊聖, 1588~1644). 한시의 대가 신흠의 아들임.

10) 북망산(北邙山): 중국 낙양성 북쪽에 있는 산 이름으로 묘지가 많았기 때문에, 묘지 또는 분묘라는 뜻으로 차용됨. ― 위와 같은 책 2-193.

43. 강가의 밤(江夜) - 차천로

밤들어 고요하자 물고기 낚시 물고 　夜靜魚登釣하고
　　　　　　　　　　　　　　　　야 정 어 등 조

물결이 깊어지니 달빛 배에 가득했지 　波深月滿舟라
　　　　　　　　　　　　　　　　파 심 월 만 주

일성을 남기고 남쪽 가는 기러기 　一聲南去鴈가
　　　　　　　　　　　　　　　　일 성 남 거 안

해산에 가을의 기운을 몰고 왔네. 　嗁送海山秋라
　　　　　　　　　　　　　　　　제 송 해 산 추

ⓒ 한국고전번역원 ㅣ 송수경 (역) ㅣ 2008

* 차천로(車天輅, 1556~1615) 본관은 연안(延安), 자는 복원(復
元), 호는 오산(五山)·귤실(橘室)·청묘거사(淸妙居士)이다.
송도(松都) 출신이며 1577년(선조10) 알성 문과에 병과로 급
제, 개성교수(開城敎授)를 지냈고, 1583년 문과중시에 을과
로 급제했다. 1589년에 통신사 황윤길(黃允吉)을 따라 일본
에 다녀왔으며, 그 기간에 4~5천 수의 시를 지어 일본인들을
놀라게 하였다. 특히 시에 능하여 한호(韓濩)의 글씨, 최립(崔
岦)의 문장과 함께 송도삼절이라 일컬어졌다. 저서에 ≪오산집(五
山集)≫, ≪오산설림(五山說林)≫ 등이 있다.

【해 설】 조선 중기의 개성 출신으로 큰 벼슬은 못하였지만 문

장적인 재능은 탁월하였다는 오산 차천로 선생의 시다. 마지막 줄에 나오는 "제嘻" 자는 "울 제啼"와 같은 글자라고 한다.

제목을 "강가의 밤"이라고 풀었는데, "강상(江上)"이라는 말도 흔히 "강가"로 번역하는 것이 맞다고 하니, 여기서도 그렇게 푼 것 같지만, 본문 둘째 줄에 배가 나오니, 꼭 강가이기만 하겠는지? 하기는 배를 강기슭에 대놓고 낚시할 수도 있을 것이다. 이 시는 비록 4행에 불과하지만, 우선 구문으로 보아도 자못 변화가 느껴진다. 처음 2구 10자는 그냥 달 밝은 밤에 물이 자못 깊은 강에 나와서 배를 타고 낚시질을 재미있게 한다는 내용을 차분하게 적어낸 주어 술어 구조의 문구가 네 차례나 나란히 배열되었다. 그러나 뒤 2구 10자는 기러기라는 주어를 수식하는 수식어가 앞에 놓이고, 울며 보낸다는 술어를 보충 설명하는 목적어가 뒤따르는, 앞뒤 2구가 엉겨 붙은 연면구(聯綿句)가 되어 상하 2연의 문법상 구조가 판이하게 다르다. 이런 문법 구조를 생각하면서 이 시구를 축자역해보면 대개 다음과 같을 것이다.

밤夜이 고요하니靜, 고기는魚 낚싯바늘을 물고서 뱃전으로 뛰어오르고登釣,
물결波은 깊은데深 달빛月은 뱃전에 가득 찼구나滿舟.
외마디 지르며一聲, 남쪽으로 날아가는南去 기러기 떼鴈가
크게 울면서 떠나보내네嘻送 이 강산에 짙게 드리고 있던 가을이라는 계절을海山秋

이 시에 나오는 몇 가지 시어들에 대하여 좀 더 생각해본다. "등조登釣"라는 표현은 매우 싱그럽다. 낚시에 물려서 올라오

는 고기가 도리어 기분 좋게 뛰어오르다니? 낚시질이 너무 재미있다는 것을 자못 흥겹게 표현한 것일 터이다. 그 다음 구의 물결 파波 자와 마지막 구의 바다 해海 자는 두 글자 다 물 강江 자나 같은 뜻을 가진 것으로 보아도 될 것 같다. 이와 같이 짧은 시에 제목에 나온 글자를 본문 안에다 중복하여 사용하는 것을 좋지 않게 본다는 작시법상의 규칙도 있거니와, 바다 해 자가 놓인 자리에는 평성인 강江 자는 맞지 않기 때문에 측성인 바다 해를 놓았을 것인데도, 波 자와 海 자로 바꾸어 놓으니 또 그 나름대로 산뜻한 맛이 생긴다.

"일성一聲"이라는 말은 더러 다른 시에도 사용되는 말이다. "어디서 일성호가는 남의 애를 끊는고?"〔이충무공의 시조〕위에서 일성이라고 해서 외마디 소리라고 우선 글자 그대로 옮겨 보기는 하였으나, 이 시구에서 이어지는 맥락을 생각해보아도 기러기는 흔히 여러 마리가 떼 지어서 기럭기럭 하면서 반복적으로 울고 가는 것이지, 꼭 한 번만 큰 소리를 내고 마는 것은 아니다. 그러니 아마도 예기치 못하였을 때 뜻밖에 갑자기 들려오는 소리를 이렇게 표현한다고 보는 게 관례가 아닌가 생각해본다.

오산선생의 이 시는 앞의 2구는 낚시할 때의 분위기와 모습을 매우 잘 표현해내었고, 뒤의 2구는 갑자기 가을이 깊어 감을 매우 놀랍게 찍어낸 것이다.

44. 이것저것 읊다(雜詩) - 허난설헌

고운 금과 명월주로 만든 노리개	精金明月珠가 정 금 명 월 주
그대에게 주어 차고 가게 하였네	贈君爲雜佩라 증 군 위 잡 패
길가에다 내버려도 안 아까우나	不惜棄道傍이나 불 석 기 도 방
새로 만난 연인에겐 주지를 마소.	莫結新人帶하라 막 결 신 인 대

ⓒ 한국고전번역원 | 정선용 (역) | 2000

≪난설헌집≫ 오언고시에는 다음과 같이 되어 있다.

이 순금에는 보배 기운 뭉쳐져 있는데	精金凝寶氣한데 정 금 응 보 기
반달 빛이 새겨져 있네요	鏤作半月光이라 누 작 반 월 광
시집올 때 시부모님 주신 것이라	嫁時舅姑贈이라 가 시 구 고 증
붉은 비단 치마 곁에 묶고 다녔지요	繫在紅羅裳이라 계 재 홍 라 상

오늘 그대 나가시는 걸음에	今日贈君行하노니
선물로 드리나니	금 일 증 군 행
원하옵건대 차고 다니는 노리개로	願君爲雜佩라
삼으소서	원 군 위 잡 패
길 곁에 버리는 것	不惜棄道上이나
아깝지는 않으나	불 석 기 도 상
새 사람의 허리띠에는	莫結新人帶하소서
걸어 주지 마소서.	막 결 신 인 대

- 졸역

* 허난설헌(許蘭雪軒, 1563~1589) 여류시인. 본명은 초희(楚姬)이고, 자는 경번(景樊), 호가 난설헌이며, 본관은 양천(陽川)이다. 허엽의 딸이고, 허봉의 동생이며, 허균의 누이이다. 8세에 이미 〈광한전백옥루상량문(廣寒殿白玉樓上梁文)〉을 지어 신동으로 불렸다. 이달(李達)에게 시를 배웠다. 불행한 시집살이와 친정의 옥사 등으로 인해 불우한 삶을 살다가 27세로 생을 마쳤다. 명나라 사신 주지번(朱之蕃)을 통해 중국에서 ≪난설헌집≫이 간행되어 격찬을 받았고, 1711년(숙종37)에는 일본에서도 간행되었다. 유고집에 ≪난설헌집≫이 있다.

* 정금(精金) 정련(精鍊)한 순금(純金)을 가리키는데, 양(梁)나라 종영(鍾嶸)의 ≪시품詩品≫에, "육기의 글은 마치 모래를 헤치고 금을 가려내기와 같아서, 이따금 보배로운 작품을 볼 수가 있다.〔陸文如披沙簡金, 往往見寶.〕"라고 한 데서 온 말로, 전하여 많은 사물 가운데서 정화(精華)를 뽑아내는 것을 의미한다. - 고전db 각주 정보.

* 잡패(雜佩) 형(珩)·황(璜)·거(琚)·우(瑀) 등 몸에 차고 다니는 옥(玉). 또는 뿔송곳과 부싯돌, 바늘과 대통 등 몸에 차고 다니는 물건을 가리킴. ≪시경(詩經)≫〈여왈계명女曰雞鳴〉제3장: "그대가 오게 한 분임을 알면 잡패를 선물할 것이며, 그대가 사랑하는 분임을 알면 잡패를 줄 것이며, 그대가 좋아하는 분임을 알면 잡패로써 보답하리라知子之來之, 雜佩以贈之. 知子之順之, 雜佩以問之. 知子之好之, 雜佩以報之"- 위와 같음.

【해 설】 잡시(雜詩)라는 말은 시의 제목으로 흔히 사용되는데, 일정한 주제 없이 이것저것 되는대로 손쉽게 짓는 시라는 뜻이며, 흔히 같은 제목으로 여러 수의 시를 지어 첫째 시〔其一〕, 둘째 시〔其二〕… 스무 번째 시〔其二十〕로 배열하기도 한다. 그런데 지금 ≪난설헌집≫에는 같은 제목의 시가 이 1수뿐이니, 같은 제목으로 지은 다른 시가 없어졌지 않는가 하는 생각이 들기도 한다.

이 시는 길 떠나는 남편에게 자기가 지닌 제일 소중한 물건을 선물하면서, 이것을 설령 길바닥에 버리는 일이 있더라도 다른 여자에게는 주지 말라는, 매우 평범한 말이기는 하지만, 진심을 잘 표현한 시이다.
난설헌의 시로 전하는 시 중에는 그의 아우인 허균이 손질해둔 시가 많다고 하는데, 그런 것을 가려낼 방법도 쉽지 않을 것 같다. 이 시의 경우에도 앞의 네 줄은 난설헌 사후에 문집을 편집하는 과정에서 보태어 넣었을지도 모르겠다.

부녀자들의 시

중국에서는 여인의 심정을 읊은 시를 "규원시"나 "규정시"라 부른다. 안방 깊이 앉아서 멀리 나간 남편을 그리워하며 원망한다는 뜻인데, 여자 자신이 쓴 것도 있지만, 주로 남자들이 그러한 여인의 심정을 이해하여 쓴 것이 대부분이다.

서양에서나 현대문학에서는 "연애시"라는 게 있는데 남자나 여자가 다 쓸 수 있지만, 중국이나 한국의 전통사회에서는 사대부집의 자녀들에게는 "연애"라는 행위가 있을 수 없었기 때문에 한시에서는 "연애시"란 있을 수 없다. 다만 주로 남자의 눈으로 바라본 여자의 아름다운 모습을 그린 시도 있는데, 이런 시를 "염정시"라고 부른다. 이 시에서 노래되는 대상은 주로 궁녀들의 모습이다. 한국 한시에도 규정시나 염정시는 있다.

훈민정음이 나온 뒤로 한문은 남자의 글, 언문은 여자의 글로 나뉘는 현상도 뚜렷해진 것은 사실이지만, 매우 예외적인 현상이기는 하지만 한문까지 읽고 쓸 수 있는 양반집 여인도 가끔은 있었다. 2011년에 남경의 봉황출판사에서는, 남경대학 역외한적연구소의 장백위(張伯偉) 교수가 편집한 ≪조선시대 여성시문전편≫(3권)을 냈는데, 15세기 충청도의 의성 김씨 ≪임벽당유집≫부터 시작하여, 일제 강점기 초까지의 여류문집 31종을 수록하고 있다. 이 가운데는 아직까지 한국 국내에서는 이미 잊혀졌으나 중국에서는 전해지고 있는 글도 몇 가지 찾아서 수록하고 있다.

한국에서 현모양처이면서도 한시까지 남겼던 분으로는 율곡 이이의 어머니 사임당 신씨와 숙종 시대의 성리학자 갈암 이현일의 어머니 장씨 부인 같은 분의 한시도 각각 2수와 7수가 전하고 있으나, 이 책에서는 중국에까지 이름이 알려졌던 이옥봉과 허난설헌의 시만 소개하고, 시화에 나오는 조선 초기의 정씨, 왕족인 숙천령의 부인, 승지 조원의 처와 양사기의 첩 등의 시를 참고로 붙여 두었다. 여성의 시들은 대개 짤막하고 섬세하다는 공통점이 있고, 어떤 것은 가냘픈 것이 특색이다.

【관련 시화】

우리 동쪽 나라의 여자들은 문학에 전념하지 않았기 때문에 비록 영특한 자질을 타고났다고 하더라도, 다만 길쌈이나 하였기 때문에 부인들의 시가 전하는 것이 드물다. 오직 우리 조선왕조에 들어와서 정씨(鄭氏)가 읊은 "어젯밤 봄바람이 안방에 들어오네(昨夜春風入洞房)"라는 절구 1수는 서사가(徐四佳)의 ≪동쪽 사람들의 시 이야기(東人詩話)≫에 들어[1] 있으며, 정씨

---

1) 작야춘풍(昨夜春風): ≪임하필기≫ 제12권 문헌지장편(文獻指掌編) 부인의 문묵(文墨): "우리나라 부인들 중에 문묵(文墨)에 재능이 있었던 인물로 고려 때에는 용성(龍城)의 창기(娼妓) 우돌(于咄)과 팽원(彭原)의 창기 동인홍(動人紅)이 있었는데 시를 지을 줄 알았으며, 본조(本朝)에 와서는 정씨(鄭氏)와 성씨(成氏)와 김씨(金氏)가 있었다.

정씨의 시:

봄바람이 어젯밤 안방에 불어 들어　　　昨夜春風入洞房
폭신한 이불 편 듯 붉은 꽃이 만발했네　一張雲錦爛紅芳
이 꽃이 피는 곳에 새 울음이 들리니　　此花開處聞啼鳥
한 번씩 읊을 때면 간장을 에어라.　　　一詠幽姿一斷腸…

- 한국고전종합db에서 몇 자 고쳐 인용

에게는 또한 〈학을 읊음 시(詠鶴詩)〉가 있는데 다음과 같다.

한 쌍의 신선 학이 푸른 하늘에서 울부짖으니	一雙仙鶴叫淸宵
이것이 아마도 단구생이 옥퉁소를 불고 있는 것이리	疑是丹丘弄玉簫2)
삼도와 십주로 돌아가고자 한 생각 아득하게만 생각되어	三島十洲歸思渺3)
하늘 가득한 바람이슬로 차가운 털을 쓸어내리네.	滿天風露刷寒毛4)

또한 왕족인 숙천령(肅川令)5) 부인의 시와 난설헌 허씨의 시
가 있다. 숙천령 부인의 〈얼음 항아리를 읊는다(詠氷壺)〉6) 시
는 다음과 같다.

---

2) 단구(丹丘): 지명으로는 신선이 사는 곳. ≪초사(楚辭)≫ 〈원유遠遊〉: "단
   구로 신선에게 나아감이여, 죽지 않는 고장에 머무르련다.〔仍羽人於丹丘
   兮 留不死之舊鄕〕". 인명으로는 이백의 친구 단구생.

3) 삼도십주(三島十洲): 도교에서 말하는 바다 속 선경(仙境)으로, 십주는
   조주(祖洲)・영주(瀛洲)・현주(玄洲)・염주(炎洲)・장주(長洲)・원주(元
   洲)・유주(流洲)・생주(生洲)・봉린주(鳳麟洲)・취굴주(聚窟洲)이고, 삼
   도는 봉래(蓬萊)・방장(方丈)・영주(瀛洲)이다.

4) 솰(刷): 일반적으로는 쇄로 발음하지만, 묵은 때를 깨끗하게 솔질하는 뜻
   으로는 솰로 읽음.

5) 숙천령(肅川令): 성명은 이기(李琦), 태종의 고손으로 숙천부령(副令)이
   라는 봉호(封號)를 받음. ─홍찬유 역 ≪시화총림・상≫ p.667 참조.

6) 빙호(氷壺): 후한(後漢) 때 시장에서 약을 파는 한 노인이 자기 점포 머
   리에 병 하나를 걸어놓고 있다가 시장을 파한 다음 매양 그 병 속으로
   뛰어 들어가곤 했다. 그때 시연(市掾:시장 관리자)으로 있던 비장방(費
   長房)이 이 사실을 알고는 노인에게 가서 재배하고 노인을 따라 병 속에
   들어가 보니, 옥당(玉堂)이 화려할 뿐만 아니라 좋은 술과 맛있는 안주
   가 그득하여 함께 술을 실컷 마시고 돌아왔다고 한다.〔≪신선전神仙傳≫〕
   이 말은 얼음같이 맑고 깨끗한 마음씨를 비유하기도 한다.

상머리에 좋은 술 담는 것이 제격인데 　　最合床頭盛美酒

어찌하여 시냇가에 옮겨 놓았나? 　　如何移置小溪邊

꽃 사이에도 대낮에도 빗방울 날릴 수 　　花間白日能飛雨

있는 걸 보니

비로소 술병 속에 별천지 있음을 믿겠구나. 　始信壺中別天地

허씨의 〈궁녀의 노래(宮詞)〉7)는 다음과 같다.

재계하는 가을 궁전에는 　　　　　　清齋秋殿夜初長

초저녁이 길기도 한데

궁녀들로 하여금 임금님 가까이 　　　　不放宮人近御床

가지 못하게 하네

이따금 가위 잡고 　　　　　　　　時把翦刀裁越錦

월 땅에서 나온 비단을 잘라

촛불 앞에서 한가롭게 　　　　　　　燭前閑繡紫鴛鴦

자줏빛 원앙새를 수놓는다네.

또한 조승지 원(瑗)의 처와 양사문(楊斯文) 사기(士奇)8)의 첩
은 모두 문사에 뛰어났는데, 원의 처 옥봉 이씨는 조선조에 들
어와서 제일가는 시인이라고 일컬어지고 있다. 옥봉 이씨의 〈일

---

7) 궁사(宮詞): 궁녀들의 궁중생활의 어려움을 노래하는 시. 이 시는 80구
　나 되는 장시인데, 그중에서 4구만 인용한 것임.

8) 양사기(楊士奇, 1531~1586): 본관은 청주(淸州), 자는 응우(應遇), 호
　는 죽재(竹齋)로 양사언(楊士彦)의 아우이다. 선조가 등극한 뒤 상소를 올
　려 외적의 침범에 대한 방어책을 진언했는데 뒷날 그 예언이 맞아들었
　고, 1586년(선조19) 병으로 앓아 눕자 스스로 죽을 날을 점쳤는데 틀림
　이 없이 그날에 나이 56세로 죽었다. 세 형제가 모두 대과에 급제하고
　문필에 뛰어나 세상에 평판이 높았다. 사문(斯文)은 유학에 종사하는 선
　비란 뜻.

어난 일 그대로(卽事)〉는 다음과 같다.

버드나무 강 언덕에   柳外江頭五馬嘶9)
오마의 울음소리 듣고
반은 깨었으나 수심에 차서 계단을   半醒愁醉下樓時
내려왔구나
청춘의 아름다움 지려고 하니   春紅欲瘦羞看鏡
거울 보기 부끄러우나
시험 삼아 매화 창 앞에서   試畫梅窓却月眉10)
반달 눈썹 그려보네.

양사기 첩의 〈아낙네의 원망(閨怨)〉은 다음과 같다.

우수수 가을바람 오동 가지 흔들고   秋風摵摵動梧枝11)
하늘은 까마득 기러기 낢도 더디어라   碧落冥冥雁去遲
깁창에 기댔어도 사람 하나 안 보이고   斜倚綺窓人不見
눈썹 같은 초생달만 서녘 섬돌에 내리네.   一眉新月下西墀

– 번역은 고전 db에서 인용
– 이 참고 부분은 ≪시화총림≫에서 옮김

---

9) 오마(五馬): 수령(守令) 행차의 이칭으로 태수의 수레에는 사마(駟馬)
   에 말 한 필을 더 붙여준 데서 온 말이다.
10) 각월미(却月眉): 안쪽이 빈 반달처럼 생긴 눈썹. 월릉미(月稜眉)라고도
   함.
11) 색색(摵摵): 낙엽 지는 소리.

45. 잠자리에서 일어나 짓다(睡起有述) - 신흠

시내 위의 초가집 자그마한데	溪上茅茨小한데 계 상 모 자 소
긴 숲이 사방으로 둘러 싸였네	長林四面回라 장 림 사 면 회
꿈을 깨니 노란 새 가까이 있고	夢醒黃鳥近하고 몽 성 황 조 근
읊조린 뒤 흰 구름 날아드누나	吟罷白雲來라 음 파 백 운 래
폭포 끌어 섬돌의 죽순에 대고	引瀑澆階笋하고 인 폭 요 계 순
단장 짚어 돌 위의 이끼를 찍네	拖筇印石苔라 타 공 인 석 태
사립문 두드리는 소리 없으나	柴扉無剝啄이나 시 비 무 박 탁
이따금 스님 위해 열어둔다네.	時復爲僧開라 시 부 위 승 개

ⓒ 한국고전번역원 | 송기채(역) | 1994

* 신흠(申欽, 1566~1628) 본관은 평산(平山), 자는 경숙(敬叔), 호는 경당(敬堂)·백졸(百拙)·남고(南皐)·현헌(玄軒)·상촌거사(象村居士)·현옹(玄翁)·방옹(放翁)·여암(旅菴), 시호는 문정(文貞)이다. 1586년(선조19) 문과(文科)에 합격하였다. 임진왜란 때는 도체찰사 정철(鄭澈)의 종사관이 되었으며, 1594년(선조27)에 세자책봉 주청사 윤근수(尹根壽)의 서장관으로 중국에 갔다. 이후 우승지, 대사성, 한성판윤, 병조와 예조의 판서를 거쳐 1609년(광해군1)에 다시 세자책봉 주청 상사(上使)로서 중국에 가 책봉을 인준 받았다. 1613년(광해군5)에는 유교칠신(遺敎七臣)으로 지목되어 방귀전리(放歸田里)되었다가 인조반정 이후에 벼슬이 영의정에까지 올랐다. 이정구(李廷龜), 장유(張維), 이식(李植)과 함께 조선 중기 한문학의 정종(正宗)으로 '월상계택(月象谿澤)'이라 불려진다. 저서에 ≪상촌고(象村稿)≫, ≪야언(野言)≫ 등이 있다.

【해 설】 조선 중기 한문 사대가의 한 사람으로 치며, 인조 때 재상을 지냈으며, 임금과 사돈관계(선조의 옹주가 며느리가 됨)를 맺기도 하였던 상촌 신흠 선생의 시다. 신흠은 한때는 벼슬에서 밀려나서 시골(김포의 선영 아래)에 들어가서 살기도 하였고, 먼 지방(춘천)으로 귀양을 가기도 하였다고 하는데, 이 시를 지은 곳에 대하여서는 그가 지은 〈산중독언山中獨言〉(상촌집 권49)에 다음과 같은 기록이 보인다.

조정에서 한창 가죄(加罪)하려는 때여서 멀리 나가지 못하고 몇 개월을 지체하다가 8월에 와서야 비로소 김포(金浦)로 왔다. 그러나 처음 도착했을 때는 머물 집이 없어서 계부(季父)의 농막(農幕) 두 칸을 빌려 우거(寓居)하였다. 하지만 여기도 나의 집안에 딸린 처자·노비 등이 많아 용납할 수 없게 되었는데, 조카 익량(翊亮)이 재목을 모아 네 칸짜리 집을 지어 거처하게 해주었다. 다음해 갑인년 2월에 동양(東陽: 선조의 딸 정숙옹주貞淑翁主에게 장가들어 동양위東陽尉가 된 상촌의 아들 익성翊聖)이 역사(役事)를 조금 일으켜 열 칸짜리 기와집을 지었는데, 5월 17일 이곳에 옮겨 잠시 몸을 의탁하게 되니, 대개 서울의 고대광실도 부럽지 않은 심정이었다.

우리 집 묘산(墓山)의 주봉(主峯)에서 옆으로 뻗어나간 줄기가 모두 다섯 갈래인데, 좌측 두 번째 줄기가 바로 선영(先塋)이고, 세 번째 줄기 나지막한 언덕 아래가 곧 내가 새로 살기로 작정한 지역이다. 예전에는 이곳에 천인(賤人) 지손(池孫)이라는 자가 집을 짓고 살았는데, 고로(古老)들이 서로 전하는 말로는 풍수학(風水學)상 기막히게 좋은 곳이라고 하였다. 내가 그런 이야기를 실컷 들었으면서도 매입(買入)하는 것을 어렵게 여기던 차에, 만력(萬曆) 무신년(1608년, 광해군 즉위년)에 지손의 아들이 마침 찾아와 팔겠다고 하기에, 내가 동양을 시켜 값을 쳐주고 계약을 맺게 했었다. 그런데 이번에 갑자기 은혜로운 견책을 받고 돌아와 거처할 곳이 없게 된 나머지 가솔을 이끌고 이곳에 와서는 마침내 노년을 보낼 곳으로 삼게 되었으니, 어쩌면 미리부터 운명적으로 정해진 일이나 아닌지 모르겠다. 그 뒤 4년이 지난 병진년 봄에 동양과 옹주(翁主)가 나를 보러 와서 수십일 동안 머물다가 돌아갔는데, 이토록 궁벽한 곳에 왕녀(王女)가 하강(下降)을 하다니 이 또한 세상에서 듣기 어려운 일이고 보면, 풍수설이라는 것이 사람을 기만하는 말만은 아닌지도 모르겠다.

집 남쪽에 작은 골짜기가 있는데 눈에 보이는 것이라고는 온
통 잡목뿐이었다. 내가 이곳에 와서 맨 먼저 이 잡목들을 치
워 없애고 나서 섬돌도 쌓고 연못도 팠는데, 병진년(1616
년) 봄에는 그 시내 위에다 자그마한 초옥(草屋) 한 칸을 올
려 세웠다. 비록 보잘것없지만 나로서는 시를 읊고 휴식할
수 있는 공간이 되기에 충분하였는데, 이 뒤로는 세간에 대
해 일삼는 것이 다시없게 되었다. ─한국고전db에서 인용.

좀 길지만 그대로 인용해보았다. 전통 문인들의 삶의 모습, 특
히 거처문제를 있었던 일 그대로 매우 소상하게 기술해두었기
때문이다. 이때가 이분의 나이 48세(1613년, 광해군 5년)로 영
창대군의 후견인의 한 사람으로 지목받아 파직되어 조상의 선
영과 일가의 재산이 있는 서울 근교인 김포의 한 벽촌으로 들
어가서 살기 시작한 지 4년 만에, 그보다 좀 앞서 미리 지은
가족과 노비들이 살 열 칸짜리 기와집 이외에, 별도로 위와 같
은 오두막 정자도 하나 마련하고서 이 시를 지은 것이다.

이 시의 구성을 보면 두드러진 것이 매 연(두 구)마다 앞 구
〔出句〕에서는 스케일이 좁다가 뒤 구〔對句〕에서는 넓혀지고 있
음이 재미있게 보인다.

시내 곁의 조그마한 초가집　// 사방을 둘러싼 큰 나무 숲
가까이 날아온 누런 새　　// 날아드는 흰 구름
죽순에 물을 주다　　　　// 발자취를 남기며 걸어 다니다
문을 두드리는 소리가 없다 // 중들에게는 가끔 열어 준다.

"모자(茅茨)"라는 말은 "띠로 지붕을 이은 보잘것없는 집"이라

는 뜻이다. 자茨라는 글자는 명사로는 가시나무라는 뜻도 있
고, 동사로는 지붕을 잇는다는 뜻도 있다고 한다. 옛날 요순같
은 성군들이 이러한 집에 살았다는 역사기록이 있기 때문에 이
러한 집을 하나 가지고 있다는 것은 중국이나 우리나라 선비들
의 큰 자랑거리이자 자부심이었고, 그들이 쓴 문학작품은 모름
지기 선비라면 오로지 이러한 집에서 매우 궁하게 살아야만 하
는 것같이 기술된다.

그러나 이 상촌선생은 이미 예조판서와 같은 높은 벼슬까지 역
임하였고, 위에서 말한 것같이 임금님의 따님을 며느리로 삼을
정도였으니, 이런 조그마한 집은 어디까지나 그분의 여가선용
을 위한 정자일 뿐이지 평소에 항상 이런 조촐한 데서만 생활
한 것은 아니다. 어찌 되었든 그래도, 옛날 선비들이 외양으로
포장되는 부귀영화는 숨기고, 이렇게 보잘것없는 조촐한 집에
사는 것을 마음으로 즐기고 글로 적어 남이 읽어 보게 남겼다
는 것은 매우 소중한 정신문화의 유산이라고 자랑할 만하다고
여긴다. 요즘의 금수저나 잘 나가는 사람들 같으면 오히려 값
나가는 별장을 입으로만 자랑하고 말 터인데….

"타공(拖筇)"은 "지팡이를 끌다"는 뜻인데, 공筇 자는 본래 대
나무 일종인데 지팡이 재료로 많이 사용하기 때문에 지팡이라
는 뜻으로 전용되어 자주 사용된다. 타拖 자는 "끌면서 간다"는
뜻이라고 한다.

"박탁(剝啄)"은 한 글자 한 글자의 뜻은 의미가 없고, 오직 두
글자를 합하여 "문을 열라고 똑똑 두드리는 소리"를 나타내는
의성어(擬聲語)이다. 앞 글자와 뒤 글자의 모음과 받침〔나아가
서 성조까지〕이 똑같은데, 이런 단어를 전문적인 용어로는 "첩
운(疊韻) 연면자(連綿字)"라고 한다. 이러한 연면자 중에는 의

성어와 의태어가 많은데, 음향의 효과도 고려하는 시어(詩語)
로서 가끔 사용되는 경우가 있다.

제목이 〈잠자리에서 일어나 짓다(睡起有述)〉인데, 낮잠을 잔
다는 게 자랑스러운 일인가? 나는 우리 앞서 세대 어른들 중에
낮에도 육체노동을 별로 하지 않고, 별 일 없으면 드러누워서
자는 모습을 많이 보았다. 오히려 안식구들, 아랫사람들은 정
신없이 무슨 일이라도 쉴 틈 없이 고되게 하고 있는데도 불구
하고… 그래서 나는 그러한 모습을 생각하면 참 딱한 생각이
지금도 들 때가 많다.

그렇지만 시에서 낮잠을 잔다고 할 때에는 마음이 안정을 찾아
서 아무 구속도 없는 평화로운 상태임을 나타내는, 한시의 한
상투적인 표현으로 자주 활용되고 있음을 유의할 필요가 있다.
요즘 말로 한다면 슬로 라이프의 한 단면이라고 할까?

꿈에서 깨고 나니 누런 새가 가까이서 울고 있고,
노래〔시〕 읊조리고 나니 흰 구름 몰려오네.

아마 누런 새가 울기 때문에 꿈에서 깨어났을 수도 있는데, 어
찌 되었건 간에 새소리를 가깝게 접할 수 있는 것은 아주 행복
한 일이요, 이러한 행복함을 시를 지어 노래를 부르면서 고개
를 들어 보니 어느덧 흰 구름은 아무 거리낌 없이 나를 향하여
몰려오고 있다.

은일시인 도연명의 시에서는 구름이 친구를 상징하는 경우도
있다고 한다. 왕위 계승문제를 두고 죽이고 살리는 혹독한 당
쟁에 휘말리다가 이렇게 잠시나마 한적함을 찾아서 시내와 숲,
새와 구름, 죽순과 이끼 낀 돌길을 벗하고, 가끔 가까운 절에
사는 중들이나 만나게 되는 지금의 이 한가함이야말로 이 특출

한 문인 재상의 생애에서 매우 값진 것이었음에 틀림이 없었을 것 같다는 생각이 든다. 이 시는 2수이지만 그중 앞 1수만 소개하였다.

46. 새로 돌아온 제비를 노래함(詠新燕) - 이식

잡다한 세상만사 그저
한바탕 웃음거리
사립문 닫은 초당에
봄비 촉촉이 내리는데
짜증나네,
발 밖에 새로 돌아온 제비 소리
일 없는 사람에게 시비 걸 듯
지지배배.

萬事悠悠一笑揮하고
만 사 유 유 일 소 휘

草堂春雨掩松扉라
초 당 춘 우 엄 송 비

生憎簾外新歸燕이
생 증 렴 외 신 귀 연

似向閑人說是非라
사 향 한 인 설 시 비

ⓒ 한국고전번역원 | 이상현 (역) | 1997

* 이식(李植, 1584~1647) 본관은 덕수(德水), 자는 여고(汝固), 호는 택당(澤堂)·남궁외사(南宮外史)·택구거사(澤癯居士), 시호는 문정(文靖)이다. 1610년(광해군2)에 별시 문과에 급제하여 1613년 설서를 거쳐 1616년 북평사(北評事)가 되고, 이듬해 선전관을 지냈다. 대사간, 대사성, 대사헌, 형조판서, 이조판서, 예조판서 등을 역임하였다. 문장에 뛰어나 이정구(李廷龜)·신흠(申欽)·장유(張維)와 함께 한문사대가(漢文四大家)로 꼽혔다. 저서에 ≪택당집≫ 등이 있다.

이 짧은 시에 나오는 말들에 대한 전고를 살펴보면 다음과 같다.

* 만사유유(萬事悠悠) 송나라 소동파의 〈병중에 아우 자유〔소철〕가 상주에 부임하려 하지 않는다는 말을 듣고서病中聞子由不赴商州〉: "세상만사를 유유자적하게 한잔 술에 부쳐 잊어버리고萬事悠悠付杯酒"
* 일소휘(一笑揮) 송나라 황산곡의 〈소태축님이 석성으로 돌아감에 이별하며送蘇太祝歸石城〉: "취한 가운데 한바탕 웃으며 일만 냥 돈을 흩어버리네醉中一笑揮萬金"
* 초당춘우(草堂春雨) 명나라 장녕(張寧, 중종 때 나왔던 사신)의 〈호산귀은시湖山歸隱詩〉: "초당에 봄비 오니 온갖 꽃이 향기롭구나草堂春雨百花香"
* 엄송비(掩松扉) 명나라 오조(吳兆)의 〈우수산방에 묵으며宿牛首僧房〉: "또 소나무 문의 빗장을 막아버리지 말게나且莫掩松扉"
* 생증(生憎) 당나라 두보의 〈노씨댁 여섯 번째 시어님이 조정에 들어가심에 송별하면서送路六侍御入朝〉: "버드나무 솜털 날아다니는 게 무명 솜털보다 흰데 증오가 생겨나네生憎柳絮白於綿"
* 신귀연(新歸燕) 송나라 유창(劉敞)의 〈내자에게 부치다寄內〉: "새롭게 돌아온 제비 소리 예쁘다네新歸燕語嬌"
* 설시비(說是非) 송나라 여본중(呂本中)의 〈비 온 뒤에 성 밖에 이르리雨後至城外〉: "정말 사람들을 향하여 시시비비를 따지네苦向人前說是非"

【해 설】 한 단어에 관한 많은 전고 중에서 한 가지씩만 들어 보았다. 동양 문화권에서 한자를 가지고 시를 쓴 역사는 오래되었기 때문에 시에 구사하는 말도 이미 오래 전에 만들어진 말들을 다시 사용하는 수가 많다. 그래서 새로운 시를 쓴다고 할 때 누구라도 앞사람들이 이미 사용한 말을 많이 빌려다가 다시

사용하지 않을 수가 없다. 한유의 문장과 두보의 시에는 "한 글자도 내력이 없는 게 없다.〔無一字, 無來歷.〕"라는 말도 있는데, 그러한 대가들의 시문에서 사용한 말들은 모두 이전의 좋은 전통에서 우러나온 것이기 때문에, 그들의 시문에 깊이가 있다고 칭찬하는 말이다.

이 시를 택당 이식 선생이 언제 지었는지를 잘 알 수는 없으나, 우선 매우 특이하게 보이는 점은 이 시 제일 처음에 나오는 한 구절은 그의 고조부인 용재선생〔이행〕이 지은 다음과 같은 시의 한 구절과 완전히 일치한다는 점이다.

〈늦은 봄(暮春)〉

가랑비 소리 속에 봄은 돌아갔는데	細雨聲中春已歸
백발로 무료하여 방초를 원망하노라	白頭無賴怨芳菲
우환을 자주 겪은 터 마음인들 남았으랴	數經憂患心何有
재명을 망령되이 좋아했으니 도가 틀렸어라	妄喜才名道固非
사립문을 늘 닫아 걸어 인적이 끊어졌는데	柴戶常關人迹絶
고향으로 고개 돌리매 소식이 드물구나	故鄉回首雁音稀
황량한 마을 탁주가 오히려 취할 만하니	荒村濁酒猶堪醉

하염없는 만사는   萬事悠悠一笑揮
한 번 웃고 잊어버리노라.

ⓒ 한국고전번역원 | 이상하 (역) | 1999

그 고조부는 중종 때 대표적인 관각문신(館閣文臣: 조정의 중요 문서를 작성하는 문인 관료)으로 정승과 대제학을 역임하였고, 시인으로서도 당시에 유행하던 해동강서시파(海東江西詩派)의 영수로 이름을 크게 날린 대문호였으니, 아마 그러한 빛나는 조상이 쓴 시구 한 줄을 통째로 자신의 시에 그대로 옮겨 놓으면서 큰 긍지를 느꼈을 것이다. 앞에서 이미 말한 바와 같이 한시라는 것이 본래 이전 사람들이 이미 쓴 좋은 문자들을 몇 자씩 따다가 전고로 이용하는 경우야 아주 많지만, 이렇게 아예 한 구절을 그대로 따다가 쓴 예는 자주 보지 못하였다. 아주 독특한 예라고 할 것이다.

원래 용재 이행 선생이 쓴 이 시는, 그분이 18세에 급제하여 홍문관에 근무하면서 문명을 날렸지만, 연산군의 생모 윤씨의 왕후 칭호 추존 문제 같은 것을 반대하다가 연산군에게 밉게 보여 경상도 남쪽 함안 고을의 관노(官奴)로 전락하였을 때 쓴 시라고 한다.

황량한 마을 탁주가   荒村濁酒猶堪醉
오히려 취할 만하니
하염없는 만사는   萬事悠悠一笑揮
한 번 웃고 잊어버리노라.

얼마나 기막힌 인생의 몰락인가? 그런데도 한번 웃고 넘겨버리자고 하였다니! 그분의 고손자인 택당선생도 광해군 시절에는 벼슬을 버리고 물러나 상당 기간 은거하였다고 한다.

일시 궁함에 처하여, 앞날을 잘 가늠하기도 어려운 나날을 보내고 있는 처지인데도 움츠리고 지내는 이 오막살이 초가집에도 봄날이 되니 비가 내리면서 만화방창하는 좋은 계절이 오려고 하지만 나는 여전히 내 집의 소나무 사립문의 빗장을 걸어 잠그고서 지내고자 한다. 무엇 때문에 꼭 그렇게 해야 하는가? 속세의 시빗거리를 받아들이지 않기 위함이다.

한가롭게 지내는 사람을 향하여 지지배배 지지배배 하면서 마치 시비곡절을 따지려는 듯 분주하게 들락거리는, 발〔簾〕밖에 새로 옛집을 찾아 돌아온 제비가 한없이 미워지려고 하기 때문이다. 제비가 지지배배 하고 우는 소리가 마치 ≪논어≫〈위정〉편에 나오는 "지지위지지, 부지위부지(知之謂知之, 不知爲不知 -아는 것을 안다고 하고, 모르는 것을 모른다고 하는 것이 곧 똑똑한 것이다是知也)"라고 하는 말을 빨리 발음할 때와 같이 들리기 때문이란다.

매우 재치가 돋보이는 비유이다.

47. 설날 아침에 거울을 마주 보며 (元朝對鏡) - 박지원

이 시는 연암 박지원 선생의 문집에서 그의 자형인 서중수(徐重修: 강화부 경력을 지냄)라는 분에게 보낸 다음과 같은 편지 안에 수록되어 있다.

나는 나이 스무 살 되던 때 〈설날 아침에 거울을 마주 보며元朝對鏡〉라는 시를 지었지요.

두어 올 검은 수염 갑자기 돋았으나	忽然添得數莖鬚나 홀 연 첨 득 수 경 수
6척의 몸은 전혀 커진 것이 아니네	全不加長六尺軀라 전 불 가 장 륙 척 구
거울 속의 얼굴은 해를 따라 달라져도	鏡裡容顔隨歲異나 경 리 용 안 수 세 이
철모르는 생각은 지난해 나 그대로.	穉心猶自去年吾라 치 심 유 자 거 년 오

이 시는 대개 턱 밑에 드문드문 난 짧은 수염을 처음 보고서 기뻐서 지은 것이라오. 그 뒤 6년이 지나 북한산에서 글을 읽는데 납창(蠟窓: 밀랍 종이를 바른 창)의 아침 햇살에 거울을 마주하고 이리저리 돌아보니 두 귀밑에 몇 올의 은실이 비치는 것이 아니겠소. 스스로 기쁨을 가누지 못하여 시의 재료를 더 얻

었다 생각하고 아까워서 뽑아 버리지 않았지요. 지금 다시 5년이 지나니 앞에서 이른바 시의 재료라는 것은 어지러이 얼크러지고, 턱 밑에 드문드문 났던 것은 뻣뻣하기가 생선의 아가미뼈 같으니, 연소한 시절의 철모르던 생각을 회상하면 저도 몰래 부끄러워 웃게 됩니다. 만약 진작에 이렇게 될 줄 알았다면 아무리 새 시 몇 백 편을 얻는다 해도, 어찌 스스로 기뻐하면서 남이 알지 못할까 걱정했겠소.

〔주1〕 이 시는 《연암집》 권4 영대정잡영(映帶亭雜咏)에 수록되어 있다.

〔주2〕 지금 다시 5년이 지나니: 이로 미루어 이 편지가 연암의 나이 31세 때인 1767년에 쓰여진 것임을 알 수 있다. —한국고전db에서 인용.

* 박지원(朴趾源, 1737~1805) 자는 중미(仲美), 호는 연암(燕巖), 본관은 반남(潘南)이다. 1780년(정조4)에 진하사(進賀使) 박명원(朴明源)의 수행원으로 청나라에 다녀와서 《열하일기》를 저술하여 유려한 문장과 진보적 사상으로 이름을 떨쳤다. 북학론을 주장하였고 이용후생(利用厚生)의 실학을 강조하였다. 저서로는 《연암집》이 있다.

【해 설】 정월 초하룻날 아침에 새해가 되어 무엇이 달라졌는가 하고 거울에 비친 내 얼굴을 들여다보니 내 얼굴에서 놀랍게도 수염이 몇 줄기 덧붙어 있다. 오히려 나의 6척 보통 키는 하나도 늘어나지 않았는데 말이다. 거울 안에 비치는 내 모습은 이렇듯 세월이 흘러감에 따라서 달라져가지만, 내가 어릴 때부터 지니고 왔던 치기어린 내 마음은 작년 이맘때나 지금이나 똑같

이 변함이 없구나.

키는 이제 더 크지 않고 수염만 자라기 시작하니 기분이 어떨까? 위에 인용된 편지 내용을 보아서는 아주 젊은 20대 때에는 얼굴에 수염이 점점 우거져 가는 게 오히려 신기하더니, 30세가 되어 가면서 아주 그것이 얼굴에 터를 잡고 또 더러는 희어 지기까지 하자 그때부터는 오히려 그런 모습이 한탄스러워진다고 적고 있다. 이 글을 보면 연암선생은 20대 후반부터 벌써 수염이 세기 시작하였던 것 같다. 연암선생은 30세 전후에 이미 노쇠 현상이 나타나기 시작한 것이다.

키는 자라지 않고 수염만 나기 시작하고, 치기어린 마음〔치심〕은 변하지 않는데 얼굴만 변하고 있다. 그러면 치심을 아직도 버리지 못한 것을 부끄러워하고 고쳐야만 하겠다고 다짐해야 하는 게 좋지 않을지?

그러나 위의 편지 사연으로 보면 그분의 속마음은 그렇지는 않았다. 20대 중반에 흰 수염이 하나둘씩 나타나기 시작하자 오히려 그것을 소재로 새로운 시를 지을 계기가 되었다고 좋아하기도 하였다고 하니, 이런 게 바로 치기가 아니겠는가?

20세에 수염이 나기 시작한 것을 거울에서 확인해보고서, 오히려 이전과 똑같은 나의 치기가 불현듯 또 발동〔치기穉心가 오히려 저절로 생겨나는구나!猶自 지난해의 나의 마음과 같이 去年吾〕하여 이 시를 지어 보았다는 게 자못 재미있게 보인다.

48. 가난을 한탄하며 (歎貧) – 정약용

안빈낙도 배우려 작정했으나	請事安貧語나 청 사 안 빈 어
가난 속에 처하니 편안치 않네	貧來却未安이라 빈 래 각 미 안
한숨 짓는 아내에 기풍 꺾이고	妻咨文采屈하고 처 자 문 채 굴
굶주리는 자식에 교훈은 뒷전	兒餒教規寬이라 아 뇌 교 규 관
꽃과 나무 도무지 쓸쓸하다면	花木渾蕭颯하고 화 목 혼 소 삽
시서는 하나같이 너절할 따름	詩書摠汗漫이라 시 서 총 한 만
농가의 울타리 밑 저 보리 보소	陶莊籬下麥이요 도 장 리 하 맥
차라리 농부 된 게 낫지 않을까.	好付野人看하라 호 부 야 인 간

ⓒ 한국고전번역원 | 송기채 (역) | 1994

* 정약용(丁若鏞, 1762~1836) 본관은 나주(羅州), 자는 미용(美鏞), 호는 다산·사암(俟菴)·여유당(與猶堂)·채산(茱山) 등이다. 저서로 ≪다산시문집≫, ≪여유당전서≫ 등 5백 권이 전함.

【해 설】 중국이나 우리나라에서는 선비들의 글에 잘사는 것을 자랑하는 시는 찾을 수 없지만, 가난함을 오히려 즐겁게 받아들인다는 내용의 시는 수없이 많다. 그런데 이 시는 도리어 가난하게 되자 가족들의 불평을 감당하기 힘들고 선비로서 체면을 지키기도 어렵다는 것을 아주 소박하게 적어 내고 있다.

위에 인용한 이 시의 번역을 보니 우리나라 가사체인 4.3조를 기본으로 깔고, 시조체에도 나타나는 5자 조를 가미하여 풀었는데, 이렇게 되면 읽는 데 리듬은 조절이 잘 되나 의역으로 흐를 수밖에 없어, 한시 원문이 가지고 있는 뜻을 하나하나 정확하게 독자에게 전달하기에는 힘든 면이 있다. 다음에 이 시를 한 번 축자역해보겠다.

가난함을 편안하게 여기라는 말씀을
잘 받들어 행하려 하나
가난해지면 도리어 편안하지 않지요.
아내가 한숨 지으면 내 체면 깎이고
자식이 굶주리면 규율을 엄하게 할 수가 없어요
꽃나무는 도무지 다 시들어 버리지
책 읽는 것조차도 뒤죽박죽이 된다오
도연명 선생님 댁 울타리 아래 국화 같은 것이야
들사람들에게 구경거리로나 내놓을 일이지요.

이 시 제7구의 마지막에 나오는 "보리 맥麥" 자를, 나는 "국화 국菊" 자로 고쳐서 번역하였다. 왜냐하면 이 구절은 분명히 도연명의 유명한 시구 "국화를 동쪽 울타리 아래서 따다가 보니, 유유자적하게 남산을 바라보네(採菊東籬下, 悠然見南山)"라는 구절에서 전고를 취한 것이기 때문이다. 이 마지막 연은 가난해지고 보면, 가을이 되었다고 울타리 아래 핀 국화를 찾아내어, "오상고절(傲霜孤節)은 너뿐인가 하노라"하는 식의 일반 문인, 은사들의 우아한 멋 같은 것조차도 아주 사치스러운 귀족 취향같이 보이니, 그런 국화가 설령 어떻게 피어 있다고 하더라도 오히려 들판에 나가서 일하러 다니는 보통사람들이 오며 가며 무심하게 보고 다니도록 내버려 둘 수밖에 없다는 것이다.

정다산 선생이 실제로 이렇게 궁핍하게 산 시절도 있었는가? 그분이 한때는 지닌 책을 내다 팔 정도로 궁하게 산 일도 있다고 하니, 아마 여기서 쓴 내용은 사실에 부합할 것이다. 안록산의 난을 당하여 곤궁하게 살 때 두보는 다음과 같은 시를 쓴 게 보인다.

문에 들어서자 옛 그대로	入門依舊四壁空
네 쪽 벽 안은 텅 비어 있는데	
늙은 아내 나를 보고도	老妻睹我顔色同
표정에 변화가 없네	
철모르는 자식 아비보고도	癡兒不知父子禮
절할 줄도 모르고	
성나 고함치며 밥 달라고 조르느라	叫怒索飯啼門東
부엌 문 앞에서 울부짖네.	

– <온갖 근심이 모임을 노래한다百憂集行>

실제로 그렇게 가난하지도 않은데 가난한 것같이 적어, 물욕을 초월한 것같이 포장하는 것이 허다한 한시들 중에서, 이렇게 사실을 사실대로 적어낸 시들은 매우 값지다고 할 것이다. 이 시를 비롯하여 두보가 궁함을 읊은 시는 대개가 매우 침울한 분위기가 감도는데, 다산선생의 위의 시는 똑같은 가난을 읊조리고 있기는 하지만, 침울한 분위기보다는 오히려 다분히 해학적인 맛이 강하다. 이 시를 보니 다산선생은 매우 밝은 성품을 지니신 것 같은 생각이 든다.

49. 새벽에 연안을 떠나면서 (曉發延安) – 이덕무

관아 동편에서
닭 울음 그치지 않는데

샛별 하나 달과 함께
먼 하늘에 반짝이네

말굽소리 갓 그림자
어스름한 들녘에

색시들 짧은 꿈을 밟으며 간다.

不已霜鷄郡舍東한데
불 이 상 계 군 사 동

殘星配月耿垂空이라
잔 성 배 월 경 수 공

蹄聲笠影朦朧野에
제 성 립 영 몽 롱 야

行踏閨人片夢中이라
행 답 규 인 편 몽 중

ⓒ 한국고전번역원 | 이상형 (역) | 1978

* 이덕무(李德懋, 1741~1793) 자는 무관(懋官), 호는 아정(雅亭)·형암(炯庵)·청장관(靑莊館)으로, 본관은 전주(全州)이다. 박학다식하고 문장에 뛰어나 문명(文名)을 떨쳤으나 서출이었기 때문에 크게 등용되지는 못하고 적성현감(積城縣監), 사옹원 주부 등의 벼슬을 지냈다. 박지원(朴趾源), 홍대용(洪大容), 박제가(朴齊家), 유득공(柳得恭), 서이수(徐理修) 등의 북학파 실학자들과 깊이 교유하였고, 고염무(顧炎武), 주이존(朱彝尊) 등 명말청초(明末淸初)의 고증학 대가들에 관심을 가졌다. 저서로 ≪기년아람(紀年兒覽)≫, ≪청비록(淸脾錄)≫, ≪뇌뢰낙락서(磊磊落落書)≫, ≪아정유고(雅亭遺稿)≫ 등이 있는데, 모두

망라하여 ≪청장관전서(靑莊館全書)≫로 편찬되었다.

【해 설】 이 시는 통행되고 있는 몇 가지 국역 한국한시선집에
도 보이는데, 제4행의 "밟을 답踏" 자와 "규인閨人"에 대한 풀
이 때문에 이 시행이 도대체 무엇을 뜻하는지 잘 풀리지 않는다.

위에 인용한 고전db의 풀이는 이 "답" 자를 "밟으며"라고 풀었
고, "규인"은 "색시들"이라고 풀었다.

색시들 짧은 꿈을 밟으며 간다.　　　　行踏閨人片夢中

제목이 〈새벽에 연안을 떠나면서〉이니, 여기서 "색시"는 바로
연안에서 잠시 사귀다가 헤어진 기녀 같은 여자일 것이다. "규
인"이라면 흔히 고향 안방에 홀로 남겨두고 온 아내를 뜻하는
것 같은데, 이렇게 아무나 꺾을 수 있는 노류장화(路柳墻花)
같은 부류의 여자도 "규인"이라고 부르는 용례가 있는지 전자
판 ≪사고전서≫ 같은 것에서 몇 차례나 검색해보았지만 그러
한 용례는 쉽사리 찾아낼 수가 없었다.
아마 그렇게 생각하게 되는 연유는 다음과 같은 이태백의 유명
한 시에서 "행답"이라는 말이 나오는 것을 보고, 그 말 뒤에 연
결된 말을 모두 이태백의 이 시에서 읊은 것과 똑같이 기생에
관련된 것으로 추정하고 있는 것같이 보인다.
이 시는 거리에서 노니는 유협(游俠)들의 모습을 상상해서 읊
은 것으로, 당나라 이백(李白)의 〈맥상증미인(陌上贈美人)〉에
화운하여 읊은 듯하다. 이백의 시는 다음과 같다.

준마가 교만하게 낙화를 밟고 가는데　　駿馬驕行踏落花
드리운 채찍 곧장 오운거를 스치누나　　垂鞭直拂五雲車

미인이 방긋 웃으며 주렴을 걷고는   美人一笑褰珠箔
멀리 홍루를 가리키며 제 집이라 하네. 遙指紅樓是妾家

– ≪전당시 권184≫
– 한국고전db의 다른 시 주석에서 인용

그러나 위의 시에서 나오는 "行踏"은 자세히 검토해보면, 행 자
와 답 자가 연결된 말이 아니라, 행 자는 위로 붙고, 답 자는
아래로 붙는 말이니, 이 구절을 축자역해보면,

준마는 교만하게 가면서〔行〕낙화를 밟는다〔踏〕

와 같이 풀이할 수 있다. 그렇기 때문에 이 이태백의 시에서 우
리가 검토하려는 이덕무 선생의 이 시가 무슨 문맥적인 연상(聯
想) 관계가 성립하는 것같이 보기는 어려울 것같이 생각된다.
우리가 검토하려는 시구에서 무엇보다도 중요한 일은 "답" 자
를 어떻게 적절하게 푸느냐 하는 것이다. 이 "답" 자는 물론 원
래 "발로 밟는다踐踏"는 뜻도 있지만, 후세로 내려오면서 풍경
같은 것을 "놀면서 감상한다遊賞風景"거나, 현장에 나아가서
"실지로 살펴본다現場看察"는 뜻으로 신장 확대되기도 한다.
그래서 "답월(踏月: 달밤에 산보함)", "답청(踏靑: 봄날 교외를 산
책함)" 같은 말도 생겨나고, 또 "답사(踏査: 현장에 나가서 조사
함)"라는 말도 생겨나게 되었다.
그래서 나는 위에서 검토하고 있는 이 마지막 구절을,

연안의 군 청사 동쪽에 있는 들판을 새벽 닭소리 들어가면서
떠나서 지나가고 있는데,
지는 샛별은 달과 어울리어 안쓰럽게 공중에 매달려 있구나.

타고 가는 말발굽 소리와 말 위에 앉은 내 삿갓의 그림자가
귀와 눈을 스치며 어렴풋하게 들판으로 퍼져나가는데.
지나가면서行 집에 두고 온 사람閨人이 그녀가 나를 생각하
다가 잠을 못 이루고 기나긴 밤을 지새고 있다가 겨우 새벽
에 눈 붙인 짧은 꿈길 속片夢中에서나마,
틀림없이 멀리 떠난 나를 꿈꾸고 있을 것이라는 것을 상상하
면서, 나도 역시 비몽사몽 중에 헤매면서도 그러한 상상을
즐기고踏 있다.

라고 풀어보고자 한다. 다시 한 번 번역문을 다듬어 본다.

가을 새벽 닭 우는 소리
군청 동쪽에서 그치지 않는데
지는 별은 달을 짝하여
안타깝게 빛나네
말발굽 소리 삿갓 그림자
들판에 몽롱한데
비몽사몽 가노라니
아내의 조각 꿈속으로
어느덧 들어가서
즐거워하고 있네.

이 시는, 청각적인 연상(닭 우는 소리, 말발굽 소리)과 시각적인
연상(지는 별과 달, 삿갓 그림자)이 서로 교차하면서 매우 잘 어
울리는데다가, 독자에게 상상력까지 자극하는 매우 아름다운
작품으로 평가 받고 있다.
[위와 같이 이 시의 해설을 한 뒤에, 아정선생이 이 시를 지은

것은 28세 10월 초 7일임을 알아낼 수 있는 근거를 그의 아들이 쓴 다음과 같은 연보에서 찾아낼 수 있었다.

10월 초4일, 조니진(助泥鎭)에 갔다. 이 진은 장연(長淵)에 있는데 공의 종매서(從妹壻) 유공 언장(兪公彦鏘)이 만호(萬戶)로 있었다. 종매도 따라가 이 진에 있었는데 그 시아버지의 상(喪)을 당했으므로 공이 가서 데리고 온 것이다.
지나는 길에 만월대(滿月臺)에 들러 옛일을 조문하고, 연안부(延安府)를 지나며 대첩비(大捷碑)를 읽었다. 해주(海州)의 부용당(芙蓉堂)에 올랐다가 내처 장산곶(長山串)까지 들어가 내주(萊州)를 바라보았으며 금사사(金沙寺)를 구경하고 사봉(沙峯)에 올라 서해(西海)를 바라보았다. 도합 20일 만에 돌아왔다. 이때 지은 ≪서해여언(西海旅言)≫이 있다. ─ 고전db ≪청장관전서≫ 권62.

가까운 친척집에 상고(喪故)가 나서 상주를 데리러 오려고 가는 길임을 생각할 때, 기생과 같은 여자를 데리고 잤다는 것을 시로 썼을 것 같지 않을 것 같다. 그러니, 위에서 쓴 나의 지론이 ─아내를 생각하고 썼다는─ 틀림없을 것이라는 생각을 확신한다.]

50. 선죽교 (善竹橋) - 조수삼

다리 아래서 물결은 목이 메이고
그윽한 풀은 시들었는데
포은선생님 이 자리에서
곧 살신성인하셨다네

波咽橋根幽草沒한데
파 열 교 근 유 초 몰
先生於此乃成仁이라
선 생 어 차 내 성 인

하늘과 땅 다 허물어졌으나
일편단심만 남아
바람과 비에 닦이어 왔지만
짙은 핏자국은 오히려 새롭네

乾坤弊盡丹心在하야
건 곤 폐 진 단 심 재
風雨磨來碧血新이라
풍 우 마 래 벽 혈 신

설령 주나라 무왕이 의로운 선비
도왔다는 이야기는 있을지라도
송나라 재상 문천상이 원나라
유민이 되었다는 말은 듣지 못했네

縱道武王扶義士나
종 도 무 왕 부 의 사
未聞文相作遺民이라
미 문 문 상 작 유 민

무정한 돌에도 한이 맺히어
거친 비석조차 축축해졌으니
거북이 머리 앞에서 눈물 흘릴 사람
기다릴 것도 없구나.

無情有恨荒碑濕하니
무 정 유 한 황 비 습
不待龜頭墮淚人이라
부 대 귀 두 타 루 인

* 조수삼(趙秀三, 1762~1849) 조선 후기 역관. 자는 지원(芝園) 또는 자익(子翼), 호는 추재(秋齋) 또는 경원(景畹)이다. 연경

을 여섯 차례 왕래했다. 당시의 견문과 느낌을 담은 시를 많이 지었다.

＊ 파열(波咽) 물결이 목이 멘 듯 오열하다. 만사나 애도 문장에 더러 사용되는 말. 우리나라 임제(林悌)의 〈원생몽유록元生夢遊錄〉: "강 물결 오열하며 끝없이 흐르니, 나의 한 길고 길어 강물과 같구나江波咽咽兮流無窮, 我恨長長兮與之同"

＊ 벽혈(碧血) 《장자》 〈외물外物〉에 "군주는 자기의 신하가 충성을 다하기를 바라지 않는 이가 없지만, 충성스러운 신하가 반드시 신임을 받는 것은 아니다. 그러므로 오자서(伍子胥)는 부차(夫差)에게 충간(忠諫)했다가 그에게 죽임을 당해서 말가죽 부대에 담겨 강물에 띄워졌으며, 주(周)나라 경왕(敬王) 때 장홍(萇弘)은 참소를 당해 추방되어 촉(蜀)으로 돌아가서 죽었는데 촉 사람들이 그 피를 담아 보관하니 3년 만에 변하여 벽옥(碧玉)이 되었다." 하였다. 이후로 혈벽(血碧) 또는 벽혈(碧血)은 충신의 억울한 죽음을 비유하는 말로 쓰였다.

＊ 종도(縱道) 설사 …라고 말할 수는 있지만. 원(元) 나라 원호문(元好問)의 〈유천단잡시遊天壇雜詩〉: "비록 사화의 향기가 좋다고 하지만, 나는 그중에 옥롱송을 가장 사랑한다오縱道楂花香氣好, 就中偏愛玉瓏鬆"

＊ 무왕부의사(武王扶義士) 백이(伯夷)・숙제(叔齊)가 주나라 무왕이 은나라를 치는 것을 말리므로 좌우에서 죽이려 하는 것을 무왕의 참모인 강태공이 "이는 의사(義士)다." 하고 풀어주었다고 함.

＊ 문상(文相) 남송(南宋) 말의 충신인 문천상(文天祥, 1236~1282)으로, 자는 송서(宋瑞), 호는 문산(文山)임. 남송의 승상이 되어 나라를 부흥시키려 온 힘을 다하였으나, 끝내 원(元)나라에

패망하고 자신은 사로잡혔다. 원나라 세조(世祖)의 끊임없는 회유가 있었으나 끝까지 굴하지 않고, 〈정기가(正氣歌)〉를 지어 호연한 정기를 천하에 떨치며 당당하게 사형을 당하였음.

* 무정유한(無情有恨) 본래 인정이 없는 것 같은 꽃이나 나무가 도리어 원한을 지니고 있는 것같이 보인다는 말. 당나라 피일휴(皮日休)의 〈흰 연꽃白蓮〉: "감정이 없지만 한은 있다는 것을 어떤 사람이 보았는가? 달이 밝고 바람 맑아지자 그만 삭아 떨어지려고 한다네無情有恨何人見, 月曉風淸欲墜時". 달빛이 희기 때문에 흰 연꽃은 달빛이 있는 밤에는 피려고 하지 않는 것같이 보인다는 뜻.

* 비(碑) 선죽교 동쪽으로 두 개의 비가 있는데, 하나는 다리 이름을 새긴 비이고, 다른 하나는 개성유수(開城留守) 김육(金堉)이 세운 성인비(成仁碑)로, 1649년(인조27) 3월에 '고려시중정선생성인비(高麗侍中鄭先生成仁碑)'라는 글자와 그 아래에 '일대충의만고강상(一代忠義萬古綱常)' 여덟 자를 새겨 넣었다. 그 옆에는 또 속칭 읍비(泣碑)라고도 하는 비가 있는데, 정몽주의 녹사로 포은을 돕다가 함께 죽임을 당한 김경조(金慶祚)를 위한 녹사비(錄事碑)이다. 이밖에 또 선죽교 서쪽에 영조의 명으로 세운 비각(碑閣)이 있다고 한다. ―고전db에서 인용.

* 귀두(龜頭) 거북 모습을 한 비석 받침.

* 타루(墮淚) 진(晉)나라 양호(羊祜)가 양양태수(襄陽太守)로 있을 때 백성을 사랑하였으므로, 그가 노닐던 현산(峴山)에 백성들이 기념비를 세웠다. 그 비문 가운데 "우주가 생기면서 이 산도 생겼을 텐데, 그동안 우리들처럼 이곳에 올라와서 멀리 바라보았던 멋진 인사들이 얼마나 많았겠는가마는, 모두가 흔적 없이 사라지고 말았으니 생각하면 슬픈 일이다. 백 년 뒤에

라도 나에게 혼이 있다면 혼령이라도 여기에 다시 찾아오리라."
라고 했던 양호의 말이 쓰여 있어, 이 비문을 보고는 사람들이
눈물을 흘리자, 후임자였던 두예(杜預)가 '타루비(墮淚碑)'라고
일컬은 고사가 있다. —≪진서晉書≫〈양호전羊祜傳〉

【해설】 조선 후기의 중인 계층 문인들의 중심인물이었으며, 사
대부 계층의 문인들과 친밀한 관계를 유지하였다는 조수삼이
라는 분의 시다. 이분은 역관으로 중국에 무려 여섯 차례나 다
녀오고 전국을 빠짐없이 여행하면서 많은 시를 남겼는데, 여러
가지 생활 모습이나 사회현실을 읊은 시가 많아서 두보의 시풍
과 많이 접근한다고 한다.

이 시는 조선시대의 많은 선죽교 시 중에서도 가장 잘된 것으
로 평가된다고 하는데, 아직 한국고전db에 번역이 올라와 있
지는 않아서, 앞의 번역은 필자가 시역해 본 것이다. 이 시에
는 뒷부분에 중국에서 유래한 고사를 많이 인용하고 있는데,
고려 말에 충절을 지킨 정포은 선생의 의리를 높이 칭송하면서
도, 그를 죽인 태종 이방원 같은 조선 건국 세력을 직설적으로
비방하기가 곤란하여, 중국 역사에서 관련된 전고를 빌려다가
간접적으로 풍자한 것이다.

이 시를 좀 더 살펴보자.

다리 아래서 물결은 목이 메이고 그윽한 풀은 시들었는데	波咽橋根幽草沒
포은선생님 이 자리에서 곧 살신성인하셨다네.	先生於此乃成仁

교근은 교각(橋脚)이라는 말과 같은데, 이 구절에서 네 번째

글자에 평성을 사용하여야 되기 때문에 입성인 "다리 각" 자 대신에 평성인 "뿌리 근" 자를 쓴 것이다. 두 번째 구절은 일반 시 구와는 다르게 아주 산문 투로 썼는데 마지막에 "자(者)" 자와 "야(也)" 자 두 글자만 생략하였다고 볼 수도 있다.

선생은 여기서 살신성인하신 분이니라. 先生於此乃成仁者也

이러한 문장은 한문에서는 매우 자주 볼 수 있는 어투이지만, 따지고 보면 영어와 같은 외국어 문장에서 나타나는 동사 술어가 없이, "선생"이라는 명사로 된 주어와 "살신성인한 사람"이라는 명사가 술어로 사용되고 있을 뿐이다.〔"어차於此"는 장소를 표시해주는 부사, "내"도 앞말과 뒷말의 관계를 판단하여 확인시켜주는 부사일 뿐이며, 마지막에 나오는 "야" 자는 어감을 다소 도와주는 조사일 뿐이기 때문에 생략해도 문장 전체의 본뜻은 달라지지 않는다〕 이렇게 명사 주어와 명사 술어로 연결된 한문 문장은 독자들이 읽을 때 매우 강렬한 인상을 느끼게 된다고 한다. 하여튼 이 둘째 시구는 매우 딱딱하지만 강렬한 느낌을 나타내고 있다.

하늘과 땅 다 허물어졌으나 일편단심만 남아	乾坤弊盡丹心在
바람과 비에 닦이어 왔지만 짙은 핏자국은 오히려 새롭네	風雨磨來碧血新
설령 주나라 무왕이 의로운 선비 도왔다는 이야기는 있을지라도	縱道武王扶義士
송나라 재상 문천상이 원나라 유민이 되었다는 말은 듣지 못했네.	未聞文相作遺民

중간의 이 두 연은 두 구 두 구씩 아주 정교한 대구로 되어 있다. 앞의 두 구는 눈앞에 보이는 선죽교의 모습을 그대로 직설적으로 그린 것이라면, 뒤의 두 구는 포은선생의 죽음에 대한 안타까움을 비유를 들어 애도하고 있다. 백이를 그래도 당장 죽이지는 않고, 살려주는 은택을 베풀었듯이 포은선생에게도 그러한 은택을 베풀 도리는 없었다는 말인가? 하기는 문천상 같은 충신은 살려주려고 회유하는 것도 뿌리치고 죽음을 택하였으니, 포은선생도 그런 길을 택할 수밖에 없었을 것이다.

선조가 "내가 일찍이 문산(文山, 문천상)의 ≪지남록(指南錄)≫을 읽다가 비분강개하여 차마 끝까지 읽지 못했으니, 문산은 백이와 숙제 이후 단 한 사람으로 만세토록 신하들의 표준이 된다. 우리나라의 정몽주가 절의와 문장으로 문산과 훌륭함을 짝할 만하니, 그 문집을 간행해서 서울과 지방에 배포하도록 하라." 하였다.〔≪임하필기(林下筆記) 권17 문헌지장편(文獻指掌編)≫〕 ―고전db에서 인용.

무정한 돌에도 한이 맺히어   無情有恨荒碑濕
거친 비석조차 축축해졌으니
거북이 머리 앞에서 눈물 흘릴 사람   不待龜頭墮淚人
기다릴 것도 없구나.

"무정(無情)"이라는 말에는 "따뜻한 감정이 없다"는 뜻도 있고, "이미 희로애락 같은 감정을 초월하였다"는 뜻 두 가지가 있는데, 여기서는 일차적으로 앞의 뜻을 취한 것이다. 그래서 돌덩이조차도 감동하여 눈물을 줄줄 흘린다는 것이다. "무정유한"넉 자는 위의 각주에서 밝힌 바와 같이 나무나 풀 같은 것도 "정은 없는 것 같지만, 한은 가지고 있다"는 말로 쓴 용례가 보이지만, 여기서는 이 비석 같은 돌조차도 그런 점이 있다고 하면서 이 말의 용례를 확대한 것이다.

어찌 되었건, 이 넉 자 안에서도 이미 "무" 자와 "유" 자가 상반되면서 "무정"과 "유한"이 멋진 대(對)를 이루고 있다. 본래 정이 없는 것인데, 도리어 한이 생겨서 비석조차도 눈물을 흘리고 있으니 나 같은 사람이 여기서 애도의 눈물을 다시 더 흘릴 것도 없다고, 아주 뒤집어서 이야기를 끝낸다.

전고를 많이 사용하여 읽기가 수월하지는 않지만, 그래도 감정 표출[情]과 풍경묘사[景]가 두루 곡진하고, 서로 잘 어울리는 좋은 시이다.

【참 고】 중인 계층의 시인으로 조수삼, 이상적 같은 "위항(委巷)" 시인들에 관하여 이야기하고자 한다. 위항이라는 말은 "골목에 버려지다"는 뜻이다. 비록 재능은 있지만 양반과 같이 출세할 길이 없어 골목에 버려진 사람들이라는 뜻이다. 버려지기는 하였지만 글을 알고, 또 경우에 따라서는 재산도 많이 축적할 수 있었기 때문에 그들은 그들 나름으로 조직도 만들어 사대부들이 향유하는 문자생활, 문화생활을 공유하기도 하였다.

중인 계급 사람들은 기술직, 특수직에 종사하였다. 사람의 병을 보아주는 의원, 중국어나 일어 같은 외국어를 통역하는 역관, 전문으로 붓글씨를 써주는 사자원, 그림을 그리는 화원, 국방이나 치안 실무를 담당하는 하급 무인, 교통 운수 업무를 맡은 역리 등등이 여기에 속하는데, 이 중에서도 한시와 관련하여서는 역관, 화원, 사자원들의 역할이 크다. 당시 위항문학계에서 중심인물의 하나였으나 신분의 제약 때문에 83세에 가서야 겨우 문과의 예비시험에 통과하여 "진사"라는 타이틀을 얻을 수 있었던, 조수삼의 구체적인 신분은 확실하지는 않으나 중국에 여섯 번이나 다녀온 것으로 보아 역시 역관일 것으로 추측한다. 그는 시에서 여러 곳을 다니며 온갖 사람들을 다 만나보고 느낀 그들의 애환을 적어 내었다.

이상적도 역관 출신으로 중국을 12차례나 다녀오고, 김추사의 〈세한도(歲寒圖)〉를 북경에 가지고 가서 중국 문사 16명의 발문을 받아온 것으로도 유명하다. 그의 문집이 중국에서 간행되기까지 하였다. 그의 시는 역관이 가진 섬세한 언어 감각이 돋보인다고 한다.

역관들은 외국에 자주 출입하면서 재물을 축적할 수 있는 기회를 포착하기 쉬웠기 때문에 큰 부자가 된 경우가 많았고, 또 외국의 최신 문물과 서책을 누구보다도 쉽게 입수할 수 있었다. 이 책에서 소개하지는 못하였으나, 글재주가 많은 사대부 집의 서자들 중에는 외국으로 나가는 사신들이나, 외국에서 조선을 방문하는 사신을 맞을 때 사자원, 제술관(製述官) 등으로 임시 고용되어 문필을 날린 사람들이 이따금씩 있었다. 퇴계 이황의 제자로 ≪송계만록(松溪漫錄)≫이라는 시화를 쓴 권응인(權應仁), 일본 여행기인 ≪해유록(海遊錄)≫의 저자 신유한(申維翰)이 그러한 예이다. 명필로 이름난 한호(韓濩, 호는 석봉)는 서자는 아니었지만 출신이 낮아서 몇 차례나 사신 행차의 사자관을 맡은 일이 있었다.

51. 서경에서, 정지상 시의 각운 글자를 사용하여
(西京, 次鄭知常韻) - 신위

빠른 가락 잔 재촉해　　　　急管催觴離思多한데
이별의 아픔 깊은데　　　　급 관 최 상 리 사 다

많이도 안 취하고　　　　不成沈醉不成歌라
노래가 되질 않네　　　　불 성 침 취 불 성 가

하늘이 강물을　　　　　天生江水西流去하니
서쪽으로 흐르게 했으니　천 생 강 수 서 류 거

님을 위해 동쪽으로　　　不爲情人東倒波라
물줄기를 못 돌리네.　　불 위 정 인 동 도 파

- 고전db에서

* 신위(申緯, 1769~1845) 시(詩)·서(書)·화(畵)의 삼절(三絶)이라 불렸던 조선 후기 문신 겸 시인, 서화가. 자 한수(漢叟), 호 자하(紫霞)·경수당(警脩堂)으로 벼슬은 도승지를 거쳐 이조·병조·호조의 참판에 머물렀다. 저서로는 ≪경수당전고(警脩堂全藁)≫, ≪분여록(焚餘錄)≫, ≪신자하시집(申紫霞詩集)≫ 등이 있다.
* 이사(離思) 두보의 〈취하여 부르는 노래醉歌行〉: "바람은 나그네의 옷에 불어대고 해는 밝고 밝은데, 나무는 이별할 생각을 어지럽게 흔들어 대니 꽃도 어둡게만 보여지네風吹客衣日

昊昊, 樹攪離思花離思"

* 침취(沈醉) 당나라 한굉(韓翃)의 〈고별가가 변주로 돌아감에 송별하며送高別駕歸汴州〉: "차가운 비에 천리 바깥으로 돌아 갈 사람 송별하는데, 봄바람에 온갖 꽃 앞에서 듬뿍 취하네寒雨送歸千里外, 東風沈醉百花前"

* 동도(東倒) 당나라 심전기(沈佺期)의 〈황제를 호종하여 화산에 나와서 지음扈從出西嶽作〉: "곁으로 보니 큰 손바닥 같은 게 있는데, 기세가 마치 돌을 동쪽으로 넘어트릴 것 같더라. 문득 들으니 수양산으로 가서 이 강 물줄기를 열었다고 하는구나傍見巨掌存, 勢如石東倒. 頗聞首陽去, 開拆此河道"

이 시는 고려의 문인 정지상이 사용한 각운자(多, 歌, 波)를 사용하여 지은 〈님을 떠나보내며送人〉라는 시를 보고서, 똑같은 내용과 똑같은 각운자로 지은 시이다. 번역은 고전db 것을 그대로 옮겼고, 역주는 필자가 찾아서 달았다.

긴 제방에 비 그치니 풀빛이 더욱 푸른데	雨歇長提草色多
그대를 남포 땅으로 떠나보내며 슬픈 노래 울먹이네	送君南浦動悲歌
아! 저 대동강 물은 어느 때나 흐름이 끝날 것인가?	大同江水何時盡
이별의 눈물이 해마다 해마다 파란 물결만 보태는구나.	別淚年年添綠波

- 졸역

이 두 가지 시에 대하여 다음과 같은 논평이 있다.

〔김진수의 벽로후집 권2 / ○연경잡영(燕京雜詠)〕〈자하는 높이 올라紫霞高步〉

자하는 높이 올라 조정〔巖廊〕에 임하여서	紫霞高步任巖廊
원화체를 얻고서 한 줄기의 향을 피웠네	拈得元和一瓣香
빠른 가락 남포에서 잔을 재촉했지만	急管催觴南浦上
한평생 정지상에게 머리를 숙였다네.	平生低首鄭知常

*원화체(元和體): 당나라 때 원진(元稹)의 시와 백거이(白居易)의 시를 병칭하는 말이다.

【시 평】남산에도 난초가 있고, 북산에도 난초가 있으니 지역은 다르지만 향기는 같다. 한나라와 당나라 이래로 시율이 많지만 오로지 방옹(放翁, 남송의 육유陸游)만 칭송한다. 그가 남긴 문집은 100여 권인데, 그중 시가 40권이다. 지금 자하(紫霞, 신위申緯) 노인의 시 또한 40권이다.

ⓒ 세종대왕기념사업회 | 2018[시 번역 중 몇 자는 수정]

한말의 중인 출신의 큰 문인인 김진수(金進洙, 1797~1865)가 쓴 글이다. 정지상이 쓴 대동강 이별시를 중심으로, 정지상과 자하 신위를 비교하고, 신위의 시가 풍격은 당나라의 원진 백거이를 닮았고, 그의 시인으로서의 업적은 남송의 대시인 육유의 시집이 40권〔중국 시인 중 최다작, 약 1만 수〕이나 되듯이, 자하의 시도 역시 40권이나 된다고 칭송한다.

【해설】자하 신위는 청나라에 사신으로 가서 김추사가 소개한 옹방강 같은 당대의 최고 학자와도 교유하면서 그의 영향을 많이 받았다고 한다. 우리나라 시의 역사를 평한 〈동인론시東人

論詩〉35수를 짓기도 하였고, 또 조선의 3대 묵죽화가로 일컫기도 한다.

이 자하의 시를 다시 필자 나름으로 번역해 살펴보고자 한다.

여러 노랫가락
술잔을 재촉하나
떠날 생각
자꾸 뒤숭숭해져
깊이 취하지도 못하고
이별가를 완성할 수도 없구나
하늘이 대동강 물
서쪽으로만 흘러가게 하였지
정다운 사람을 위하여
동쪽으로 뒤집혀
흐르게 하지는 않는구나.

이 시의 원문을 보면 좀 독특한 점이 있다. 우선 몇 자 되지도 않는 이 시에서 "아닐 불"자를 제2구에 2번, 제4구에 한 번, 무려 세 차례나 사용하고 있다. 한 구절 안에서는 같은 글자를 되풀이해 사용하는 것은 무관하지만, 이렇게 다른 구절에까지 같은 글자가 다시 한 번 되풀이되는 것은 혹 그러한 용례가 아주 없지는 않지만 아무래도 좀 특수한 경우라고 하겠다.

여기서 특히 "아닐 불"자를 세 차례나 중복해 쓴 의도는 어디에 있을까? 이별하기가 몹시 싫은데, 하지 않을 수 없으니 이렇듯 부정적인 글자를 되풀이 썼다고 보아야 할 것 같다.

술에 흠뻑 취하지도 않고, 즐거워질 수도 없다.
...
정든 사람을 위하여 동쪽으로 물결을 돌릴 수도 없구나!

이렇게 부정 구문과 부정 구문 사이에 끼인 제3구는 당연히 왜 그러한 언짢은 마음이 생기는지 그 이유나 배경을 설명해주어야 한다.

하늘이 대동강 물길을 만들었는데
그 대동강 물길을 서쪽으로 흘러 가게끔만
하였기 때문이란다.

여기서 "강물[江水]"이란 말은, 바로 위에서 좀 풀어서 옮겨 놓은 바와 같이, 이 일곱 자 원문에서 앞 네 자 중에서는 목적어가 되고, 뒤 세 자와 연관되어서는 주어 역할을 하고 있다. 그러니 정말 문제가 되는 것은 그 강물이다. 정지상의 원시에서 읊은 것처럼 비가 그친 뒤 봄날 풀이 우거진 긴 제방을 따라서 남포로 꾸역꾸역 흘러 내려가는 대동강 물줄기는 해마다 푸른 물결을 보태가면서 이별의 슬픔만 보태어 줄 것이다.
그런데 정지상의 원운시를 읽어 내려가면 비록 슬픈 감정을 묘사하고 있기는 하지만 감정이 아주 시원하게 흘러간다는 느낌을 받을 수 있는데, 신위의 차운시는 구문이 아주 꼬이고 꼬인 감정을 담아 놓은 것같이 느껴진다. 똑같은 소재를 노래하고 있지만 이렇게 주제를 처리하는 방식은 매우 다르다.
앞에서 인용한 같은 시대에 산 한 문인이 평한 것같이 서로 경향은 다르지만, 각각 특색이 있다고 할 수밖에 없을 것이다.

52. 아내의 죽음을 애도함(悼亡) - 김정희

어찌하면 월하노인 시켜	那將月姥訟冥司하여
저승에 호소하여	나 장 월 모 송 명 사
내세에는 그대와 나	來世夫妻易地爲오
자리 바꿔 태어날까?	내 세 부 처 역 지 위
나 죽고 그대는	我死君生千里外면
천리 밖에 산다면	아 사 군 생 천 리 외
이 마음 이 슬픔을	使君知我此心悲리라
그대가 알 터인데.	사 군 지 아 차 심 비

ⓒ 한국고전번역원 | 신호열 (역) | 1986

* 나장(那將) 여기서는 "어떻게 …를 데리고서"란 뜻. 소동파의
〈공의보만사孔毅父挽詞〉: "어떻게 한계가 있는 몸으로, 줄곧
무익한 눈물을 계속하여 흘릴 수 있겠는가?那將有限身, 長瀉
無益沛"의 "나(那)" 자는 "내하(柰何: 어찌하랴?)"란 말을 줄인 것
이라고도 하며, 중국이나 우리나라 문인들이 쓴 만사에 이 "那
將"이라는 단어는 자못 많이 보이는 것 같다. 정약용의 〈황상
의 아버지 인담 만사黃裳之父仁聃挽詞〉: "어찌하면 남호의 만 곡
이나 되는 물을, 황천으로 몽땅 가져다 술 샘을 만들어 볼까那
將萬斛南湖水, 盡與泉塗作酒泉". 황(黃)이 술병으로 죽었음.
* 월모(月姥) "姥" 자를 "모"라고 발음하면, 늙은 부인, 또는 시

어머니란 뜻이고, "로"로 발음하면 중국 북쪽에서는 외조모라는 뜻이 있으며, 또 이 두 글자를 연결하여 "노로(姥姥)"라고 하면 노부인에 대한 존칭이 된다고 한다. ―《왕력고한어자전》

그런데 중국의 민간 전설에는, 부부의 인연을 맺어 준다는 월하노인(月下老人, 줄여서는 월로月老)이 있다고 하는데, 당나라의 위고(韋固)가 달밤에 그 노인을 만나 장래의 아내에 대한 예언을 들었다는 데서 유래하였다고 한다. 이 만사에서는 월로(月老)가 아니라 월모(月姥)로 나오는데 역시 "혼인을 주관하는 늙은 선녀"란 뜻인 것같이 보인다.

* 명사(冥司) 사람의 죽음을 관리하는 부서. 남송 주밀(周密)의 《제동야어齊東野語》 권1: "나는 너의 스승이 죽은 지 오래되었음을 안다. 지금 이미 명사에 기록되었으니 돌아올 수가 없다, 여기 머물러 두어야 무익하고, 다만 썩는 냄새만 맡을 뿐이다我知汝師久矣, 今已爲冥司所錄, 不可歸. 留之無益, 徒臭腐耳"

* 역지(易地) 처지를 서로 바꾸는 것. 《맹자》: "〔좋은 기회를 얻어 나라를 맡아 잘 다스린〕 우임금이나 재상 직과, 〔기회를 얻지 못하여 안빈낙도만 한〕 안자(안연)가 서로 처지를 바꾼다고 하더라도, 그들은 다 그 처지에 알맞게 살게 될 것이다禹稷顏淵易地, 則皆然"

* 위(爲) 여기서는 동사로 "하다"는 뜻임.

【해설】 위에 제시한 이 시의 번역은 우리보다 한 세대 전에 이름 높던 한학자 우전 신호열 선생이 한 것이다. 주석은 한 자도 달지 않았으나, 저자가 위와 같이 상세하게 달아보았는데, 더러는 역시 고전db에서 따오기도 하였다.

이 시는 추사선생이 제주도에서 귀양살이하고 있을 때, 아내의 부음을, 상을 당한 지 한 달 뒤에야 겨우 얻어듣고서 지은 만사라고 한다. 중국이나 우리나라의 전통 문인들은 평생 동안 한문으로 끊임없이 한시를 지어 후세에 많이 남기고 있지만, 그중에서 아내와 평생 부부관계를 유지하면서도 아내를 사랑한다거나 그리워한다는 말을 적은 시는 별로 보이지 않는다. 그러나 아내가 죽고 나면, 여기서 보듯이 애도하는 시를 지은 것은 더러 볼 수 있다. 그런 시들을 망자를 애도한다는 뜻에서 "도망시(悼亡詩)"라고 부른다. 이 시는 우리나라의 여러 도망시들 중에는 가장 잘 된 작품으로 평가 받고 있다고 한다.

도망시를 포함하여 일반적인 애도시〔만시挽詩〕를 보면, 흔히 죽은 사람에 대한 칭송과, 짓는 사람 자신과의 끈끈한 관계를 강조하는 게 일반적인 내용이다. 그러나 이 시는 먼저 억울하게 죽은 것에 대한 항의를 강하게 제기하면서, 그 죽음을 되돌릴 수 없을지 물어 본다. 그렇지만 그러한 항변조차도 이미 부질없는 것임을 알아차린 뒤에는, 그 죽음을 엄연한 사실로 인정하는 수밖에 별 도리가 없다고 단념하는 수밖에 없다. 이제 여기 살아있는 내가 이미 죽은 사람을 위해서 할 수 있는 일이 무엇이 있을까 곰곰이 생각해보게 된다. 그것이 "다음 세상에서는 우리 부부가 한 번 처지를 바꾸어 내가 아내가 되고 당신이 남편이 되어, 지금 내가 겪고 있는 이 고통을 당신이 다소나마 이해해주기를 바란다."고 말할 수밖에 없는 것이다. 이 시를 "부부의 정을 지극하게 표현하면서도 늙은 선비의 체모를 잃지 않는 명편"이라고 평한 말이 있다.〔국어국문학회편, ≪한국한시감상≫, 2017, 651쪽〕 전통적인 표현을 빌리자면 "애이불상(哀而不傷: 슬퍼하기는 하지만 마음을 지나치게 상하게 하지는 않는다)"한 작품이라고 할 것이다.

이 시의 제2구의 구조는 보통 구문이라면 來世易地爲夫妻가
되어 "할 위爲" 자가 "하다"라는 뜻의 동사로서 구문 중간에 놓
이는 게 정상일 것이나, 여기서는 이 글자를 각운자로 사용하
면서 위치를 도치시킨 것이고, 그 다음에 나오는 두 구는 이
구절에 나오는 "역지"란 말의 구체적인 설명이 된다.

다음에 이 시를 필자 나름으로 좀 풀어 번역해본다.

어떻게 중매 맡은
여 귀신을 데리고서
저승사자를 찾아가서

만나서
이 억울한 사별에 대하여
따져볼 방법이 없겠는가?

정말 이미 죽은 사람을
이 세상에서
되살려낼 방법이 없다고 한다면…

다음 세상에 가서는
우리 부부가
서로 처지를 바꾸어

내가 그대의 아내 되고
그대가 나의 남편이 되어 주었으면…

그래서

오늘 내가 당하고 만
이 비통한
처지와 같이

천리 밖에서
내가 미리 죽고
그대는 살아 있게 되었으면…

그래서
그대로 하여금
오늘 내가 당한 이 슬픔을
알아차릴 수 있게나 하였으면….

53. 길에 세워진 전임 군수의 공적을 찬양하는
비석을 보고서 (題路傍去思碑) - 이상적

떠나간 원님 생각하여 공덕비
새길 돈 마구 긁어모았으나
호적 가진 주민들
흩어지고 도망가는 것
누가 그렇게 만든 것인가?
한 조각 돌비석 아무 말 없이
길 곁에 버티고 서서 있으니
새로운 군수님 옛 군수님과
얼마나 비슷한가?

去思橫斂刻碑錢이나
거 사 횡 렴 각 비 전

編戶流亡孰使然고
편 호 류 망 숙 사 연

片石無言當路立하니
편 석 무 언 당 로 립

新官何似舊官賢오
신 관 하 사 구 관 현

– 졸역

– 은송당집(恩誦堂集) 續集詩卷八 [辛酉(1861, 저자 55세]

* 거사비(去思碑) 거사라는 말은 "떠나간 뒤에 생각나게 된다"는
의미. ≪한서≫ 〈하무전何武傳〉: "지방 관청의 관리들이 미리
어떤 까다로운 조례를 만들어 두는 것을 제거하여 청탁을 방지
하려 하였기 때문에 그가 어떤 지방의 장관으로 있을 적에는
별로 혁혁한 명성을 얻지 못하였으나, 떠난 뒤에는 늘 그 지방
사람들에게 생각나는바 되었다欲制以先爲科例, 以防請託. 其所
居, 亦無赫赫名, 去後常見思"

거사비는 대개 전임 지방 장관이 떠나간 후에 그 선정을 추모하여 백성들이 세우는 비를 말한다. 비슷한 내용을 담은 것으로 유애비(遺愛碑), 공덕비(功德碑), 선정비(善政碑), 불망비(不忘碑) 같은 것이 있다.

＊편호(編戶) 호적에 편입된 일반 평민의 집.

＊숙사연(孰使然) 누가 그렇게 만들었는가? 금나라 원호문의 〈장군묘지명張君墓誌銘〉: "슬프고 슬프구나! 누가 그렇게 만들었는가? 하늘인가? 사람인가? 그 부모인가? 조용히 생각한다면 알 수가 있을 것인가?哀哀蒼天, 孰使然耶? 天耶人耶? 其父母耶? 從容以思, 其得之耶?"

【해 설】이 시를 쓴 이상적(李尙迪)은 추사선생의 제자로, 그가 역관으로 중국에 자주 왕래하면서 제주도로 귀양 가 있는 스승에게 좋은 책을 많이 구하여 보내드리자, 추사선생이 감격하여 〈세한도(歲寒圖)〉라는 그림을 그려 주었다는 이야기로 널리 알려져 있다. 그가 그 그림을 다시 북경에 가지고 가서, 청나라의 여러 명사들의 발문을 받아오기도 하였다. 이상적은 청나라에 무려 12차례나 내왕하였다고 하며, 그의 시문집 ≪은송당집(恩誦堂集)≫이 중국에서 간행되기도 하였다고 한다. "은송"이라는 말은 "임금님께서 낭송해주신 은혜를 입었다"는 뜻인데, 당시 헌종 임금이 이분의 시를 좋아하여 즐겨 읊조렸기 때문이라고 한다.

이전 시대의 이야기를 읽어 보면, 요즘과 다른 양상이 많았던 것 같다. 어떤 지방관이 임기를 마치고 그곳을 떠나려고 하면, 흔히 주민들이 나와서 길을 막고 "우리들을 버리고 떠나지 마소서!" 하고 눈물을 흘렸다는 이야기를 가끔 본다. 실제로 그런 일이 더러 있었던 것은 틀림없을 것이다.

어떤 고을 원님이 선정을 베풀면 큰 일산에다가 고을 사람 1만 명의 이름을 적어 송별 선물로 선사하였다고 하는데, 그것을 "만진산(萬進傘)"이라고 부른다고 한다. 또 어떤 분들의 전기를 읽다 보면 떠난 뒤에 주민들이 돈을 모아 재임 당시에 쌓은 공덕을 기념하는 비를 세워 주었다고 하는 훈훈한 이야기가 나온다. 이러한 것을 대개 "거사비"라고 불렀다고 한다.

위와 같은 원님들과 백성들 사이에 주고받은 정겨운 이야기만 주로 들어왔는데, 이 시를 읽어 보니, 그러한 사정이 더러 조작된 민의에서 유래되는 예도 많았던 모양이다. 마치 이승만 정권 말기에 이승만 대통령의 영구집권을 지지한다는 중고등학생들까지 동원한 관제데모가 조작되었듯이….

이러한 폐단을 지적한 증거를 다음과 같은 역사기록에서도 찾아낼 수 있다.

> 생사당(生祠堂)과 선정비, 거사비(去思碑) 등을 헐어 없애야 한다는 함경감사 박문수(朴文秀)의 건의에 따라 1739년 (영조15)에 전국에 있는 선정비를 모두 뽑고 선정비 금지령을 내린 바 있다.〔≪영조실록(英祖實錄) 15년 6월 17일≫〕

이 시를 다시 한 번 자세히 보자.

> 떠나간 원님을 생각하여 무엇인가 뜻있는 기념사업을 해드리고자 거사비를 세울 돈을 끌어 모으고 있으나, 일반 백성들이 살고 있던 곳에서 정상적인 삶을 유지할 도리가 없이 흩어지게 누가 만들었던가?
>
> 한 조각의 비석 돌 말없이 많은 사람들 지나다니는 큰길 옆

에 우뚝하게 세워져 있으니,

새로 부임하여 온 후임자는 도대체 어찌 된 영문인지, 이렇게도 앞섰던 구관과 똑같단 말인가?

이 시는 잘못된 세태를 풍자하는 목적으로 쓴 것이기 때문에 이 시에 적힌 말들을 더러 가시 돋친 반의어나 풍자어이기 때문에 역으로 뒤집어 보거나, 찬찬히 들여다보아야 할 필요를 느낀다. 제2구에 나오는 "누가 그렇게 만든 것인가?"라는 뜻을 가진 "孰使然"이라는 의문투의 말은 독자들에게 답을 생각해보게 만든다. 그것이 도대체 "하늘인가? 사람인가? 그 부모인가? 조용히 생각한다면 알 수가 있을 것인가?"라는…. 그러나 따지고 보면 그러한 불행을 유발하게 한 원인제공자는 결국 그 선정 거사비를 받게 될 그 전임자일 뿐이다. 이 얼마나 기막힌 아이러니인가?

정말 이 시에서 뜻을 뒤집어 읽어야 할 글자는 제4구 맨 끝에 나오는 "어질 현賢" 자이다. 여기서 "현" 자는 도리어 그 반대인 "못될 악惡" 자의 반의어이다.〔이 부분은 손종섭, ≪옛 시정을 더듬어≫, 김영사, 2011, 438쪽 참조하였음〕

이 시에서 비꼬고 있는 것 같은 우스운 현상도 고질화된 폐습의 일면을 여실하게 반영하고 있는 것은 틀림없겠지만, 그래도 옛 지방 수령들 중에는 인격적으로나 치적에 있어서나 존경 받을 만한 분들이 없지 않았을 것이며, 그런 분들 중에는 정말 백성들이 눈물을 흘리면서 떠나보낸 분들이 더러는 있었을 것이다.

그렇지만 이 시는 이 시 나름으로 매우 잘 된 것이며, 재미있게 보인다.

54. 절명시 (絶命詩) - 황현

금수도 슬피 울고	鳥獸哀鳴海岳嚬하니
산하도 찡그리니	조 수 애 명 해 악 빈
무궁화 이 강산은	槿花世界已沈淪이로다
이미 사뭇 망했구나!	근 화 세 계 이 침 륜
가을 등불 아래서 책 덮고	秋燈掩卷懷千古하니
옛일 하나하나 생각해보니	추 등 엄 권 회 천 고
인간세상에서 지식인 노릇하기	難作人間識字人이로다
참으로 힘들구나!	난 작 인 간 식 자 인

– 졸역

* 황현(黃玹, 1855~1910) 조선 말기의 우국지사이자 학자. 자는 운경(雲卿), 호는 매천(梅泉)이며, 명상 황희(黃喜)의 후손이다. 1885년(고종22) 생원시에 장원급제하였으나 시국의 혼란함을 개탄하고 구례에 은둔했다. 1910년 국권을 빼앗기자 통분하여 하룻밤에 절명시 4편을 짓고 자결하였다.

* 조수(鳥獸) 나는 새와 발로 달리는 짐승. 금수. 《주역》〈계사전 하繫辭傳下〉: "옛날 포희씨가 천하에 왕 노릇할 때에 위로는 하늘에서 상을 관찰하고 아래로는 땅에서 법을 관찰하며, 새와 짐승의 문과 천지의 마땅함을 관찰하며, 가까이는 자신에게서 상을 취하고 멀리는 사물에게서 취하였다. 이에 비로소

팔괘를 만들어 신명의 덕을 통하고 만물의 정을 분류하였다古
者, 包犧氏之王天下也, 仰則觀象於天, 俯則觀法於地, 觀鳥獸之
文與地之宜, 近取諸身, 遠取諸物. 於是, 始作八卦, 以通神明之
德, 以類萬物之情."

＊빈(嚬) 미간을 찡그림. 顰, 矉 자와 통용.

＊근화(槿花) 무궁화. 최치원(崔致遠)의 〈북국〔발해〕이 〔신라〕 위
에 있도록 허락하지 않은 것을 사례하며 당나라 황제에게 올린
표문謝不許北國居上表〉: "영단(英斷)을 내려 신필로 거부하는
비답을 내리시지 않았던들 필시 근화향의 염치와 겸양 정신은
자연히 시들해졌을 것이요, 호시국의 독기와 심술은 더욱 기승
을 부리게 되었을 것입니다英襟獨斷, 神筆橫批, 則必槿花鄕廉
讓自沈, 楛矢國毒痛愈盛"

＊세계(世界) 원래는 불교에서 많이 사용하던 용어〔예를 들면 "대
천세계", "연화세계"〕였는데, 처음에는 대개 불교사원 같은 것을
묘사하는 시구에서나 더러 사용되던 이 말이 근대로 내려오면
서 일어에서 영어의 world를 이 말로 번역하게 되면서, 점차
한자권에서 "지구 위의 일반 공간"을 뜻하게 된 것 같음.
참고로 당시(唐詩)에 보이는 세계의 사용 예는 다음과 같다.

岑參,〈登慈恩寺〉"登臨出世界, 磴道盤虛空"
孟浩然,〈石城寺〉"竹柏禪庭古, 樓臺世界稀"
杜甫,〈惠義寺〉 "鶯花隨世界, 樓閣倚山巓"
溫庭筠,〈宿松門寺〉"白石青崖世界分, 捲簾孤坐對氤氳"

– 전자판 사고전서 수록 ≪패문운부佩文韻府≫

＊침륜(沈淪) 침몰. "륜" 자는 명사로는 "잔물결", 동사로는 "빠지
다", "잠기다"는 뜻.

*엄권(掩卷) 보던 책을 덮다. 북송 소철(蘇轍)의 〈유로재遺老齋〉: "책 가운데 뜻밖에 읽게 되는 느낌 많아서, 책을 덮고서 문득 길게 탄식한다네書中多感遇, 掩卷輒長吁"
*인간(人間) 여기서는 "인간이 사는 세상에서"라는 부사적인 의미로 사용되었음. ≪사기 · 유후(장량)세가≫: "인간세상의 일을 버리고서, 신선인 적송자 같은 사람과 어울려 놀 것입니다願棄人間事, 從遊赤松子矣"

【해설】 이 시는 고등학교 국어 교과서에 수록되어 있다고 하며, 검색해보니 대입 수험준비 강의 같은 데도 자세하게 해설하고 있다. 첫 구절을 새, 짐승, 강산 같은 것을 마치 사람이 가지고 있는 감정이 있는 것 같은 "활유법(活喩法)"을 이용하여 감정이입(感情移入)을 시도하였고, 둘째 구절은 관계가 깊은 일부분〔무궁화〕으로서 대상〔대한제국〕을 드러내는 대유법(代喩法)을 사용하고 있다고 말한 것이 보인다. 매우 적절한 분석이다.

우선 이 시에 나오는 몇 가지 단어에 대하여 생각해보기로 한다. 처음에 나오는 "조수(鳥獸)"는 비슷한 말로 "금수(禽獸)"라는 말도 있는데, 왜 이 말을 썼을까? 찾아보니 조수라는 말은 ≪서경≫과 ≪주역≫에도 나오며, 특히 ≪주역 · 계사≫에서는,

〔복희씨가〕 위로 하늘의 상과 아래로 땅의 법을 관찰하고 곁으로 새와 짐승의 무늬와 땅의 적합한 것에 대해 관찰하며, 가깝게는 자기에서 취하였고 멀리로는 다른 사물에서 취하여, 이렇게 함으로써 비로소 팔괘를 만들어 신명의 덕에 통하고 만물의 실상을 분류하고 정돈하니…仰則觀象於天, 俯則觀法於地, 旁觀鳥獸之文, 與地之宜, 近取諸身, 遠取諸物, 始畫八卦,

以通神明之德, 以類萬物之情…." - 정병석 역주 ≪주역·하≫,
을유문화사, 2011, 613쪽.

라고 하였다. 그러니 이 시의 첫머리에 나오는 "조수"와 "해악"
은 각각 이 땅 위에 나타나는 중요한 무늬, 상징 같은 것을 아
주 크게 포괄하는 의미라고 말할 수 있을 것이다. 그 대신 금
수라는 말은 주로 도덕적인 측면에서, 인간과 같은 도덕적인
행위를 하지 못하는 짐승이라는 뜻이 강하니 여기서 사용하기
는 좀 부적절할 것이다.

그 다음 행에 나오는 "근화세계(槿花世界)"라는 말은, 비슷한
뜻을 가진 "근역(槿域)", 또는 "근화향(槿花鄉)"은 더러 이전부
터 사용한 증거가 더러 보이지만, 이 말을 사용한 전거는 별로
보이지 않는 것으로 보아서, 위의 역주에서 밝힌 바와 같이 이
말은 한말 당시로서는 자못 새로운 의미를 풍기는 신조어, 또
는 신유행어가 아니었을까 생각된다. -이와 관련된 조사는 좀
더 천착해보아야 할 것 같다.

앞의 두 구절을 읽으면 당시의 상황이 너무나 통탄스럽고, 뒤
의 두 구절을 읽으면 어느 시대나 과연 지식인의 역할과 사명
이 무엇인지 뼈저리게 반성하게 된다.

55. 동지(冬至) - 한용운

어젯밤에 우렛소리 들려오더니	昨夜雷聲至러니 작 야 뢰 성 지
오늘 아침에 생각해보니 그 의미 매우 넉넉하구나	今朝意有餘라 금 조 의 유 여
이 궁벽한 산골에도	窮山歲去後면 궁 산 세 거 후
이 한 해가 지나가고 나면 옛 땅에 봄기운 새로 살아나겠지	古國春生草리라 고 국 춘 생 초
문을 열고 새로 오는 봄을 받아들이고	開戶迎新福하고 개 호 영 신 복
사람들에게 송구영신하는 편지를 보내주어야지	向人送舊書리라 향 인 송 구 서
온갖 사람들 다 힘차게 움직일 것이니	群機皆鼓動하니 군 기 개 고 동
고요히 관찰하면서 내 오두막을 아껴 나가야지.	靜觀愛吾廬리라 정 관 애 오 려

- 졸역

* 동지(冬至) 24절기 중의 하나로 양력 12월 22일(또는 23일).

1년 중에서 밤이 제일 짧은 날인데, 이튿날부터 해가 차츰 길어지는 것을 음기가 물러가고 양기가 회복되는 것으로 봄.

북송 소옹(邵雍, 1011~1077)의 〈동지음冬至吟〉:"동짓날 자정, 하늘 중심 정지하네. 일양이 막 일어나고, 만물이 아직 생기기 전. 현주는 맛이 바야흐로 담담하고, 대음은 소리가 정히 고요해라. 이 말을 믿지 못하겠거든, 다시 복희씨에게 물어보오冬至子之半, 天心無改移. 一陽初起處, 萬物未生時. 玄酒味方淡, 大音聲正希. 此言如不信, 更請問包義"-≪淵鑑類函 卷16 冬至≫

원나라 주덕윤(朱德潤, 1294~1365)의 〈동지음冬至吟〉:"땅을 쓰는 광풍에 노한 우레 울릴 때, 한밤의 천상에서 일양이 회복되었음을 알리네. 비단 장막 드리운 창으로 햇볕이 한 줄 더 늘어나나, 병풍 같은 산에 눈이 내려 설중매를 피우려 하네卷地顚風響怒雷, 一宵天上報陽回. 日光繡戶初添線, 雪意屛山欲放梅"〔≪淵鑑類函 卷16 冬至≫〕-한국고전db.

* 한용운(韓龍雲, 1879~1944) 일제강점기의 승려, 시인, 독립운동가. 법명은 용운, 법호는 만해(萬海, 卍海). 저서로 ≪조선불교유신론≫, ≪님의 침묵≫, ≪흑풍≫, ≪후회≫ 등이 있다.
* 뇌성(雷聲) 천둥치는 소리. 조선 후기 학자 홍직필(洪直弼)의 〈베개에 엎드려 생각을 적다伏枕寫意〉:"한밤중 우렛소리 먼저 이미 진동하니半夜雷聲先已動".(매산집 제3권)에 대한 주석:"동지의 혹독한 추위가 대지를 얼려도 땅 밑에 한 양효(陽爻)가 동하여 새봄을 준비하니 근심할 것이 없다는 말이다. 우렛소리는 ≪주역≫의 복괘가 지뢰복(地雷復)으로 곤상진하(坤上震下)이기 때문에 이렇게 말한 것이다."-한국고전db.
* 의유여(意有餘) ≪주역·예괘≫ 〈단전〉의 "예괘의 때와 뜻이

크도다豫之時義大矣哉"라는 말에 대한 주석〔傳〕: "이미 예괘가 때에 맞게 순응하는 도리를 말한 것 같기는 하지만, 그 의미가 매우 깊어 말로 표현함은 끝나지만, 뜻에는 아직도 여운이 감도는 바가 있나니라旣言豫順之道矣, 然其旨味淵永, 言盡而意有餘也."

* 군기(群機) 여러 근기(根機)란 뜻으로, 즉 수많은 중생(衆生)을 의미함. ≪오등회원五燈會元≫ 권10: "어떤 중이 광일선사에게 물었다. '여러 부처님들이 설법하심은 중생을 두루 윤택하게 함인데, 스님께서 하시는 설법을 어떤 사람이 얻어들었습니까?'하니, 오직 너나 못 들었지 하셨다僧問匡逸禪師, 諸佛說法普潤. 和尙說法甚麼人得聞? 曰秪有汝不聞"

* 애오려(愛吾廬) 도연명의 〈산해경을 읽다讀山海經〉:

첫여름 초목은 자라서	孟夏草木長
집을 감돌며 나무 우거졌구나	遶屋樹扶疎
뭇 새들 흔쾌하게 의탁할 데가 생겼고	衆鳥欣有託
나 역시 나의 집을 사랑하네.	吾亦愛吾廬
밭을 갈아엎었을 뿐만 아니라 이미 파종하고	旣耕亦已種
때때로 또 내 책을 읽기도 한다네	時還讀我書
궁벽한 골짜기는 큰 수레 다니기 어려우니	窮巷隔深轍
문득 친구들 수레조차 찾아오기를 어려워하네.	頗迴故人車
즐겁게 봄 술을 잔질하고	歡然酌春酒
나의 채마 밭의 나물을 꺾어 안주 삼네	摘我園中蔬
가는 비 동쪽에서부터 몰려오고	微雨從東來
좋은 바람은 아울러 불어오네.	好風與之俱

주나라 임금님의 전기를 대충 훑어보고	汎覽周王傳
≪산해경≫도 대강 살펴본다네	流觀山海圖
온 우주를 끝까지 살펴보니	俯仰終宇宙
즐겁지 않으면 어찌하리.	不樂復何如

≪산해경≫과 ≪목천자전≫을 다 읽은 것이지만 제목은 다만 ≪산해경≫을 읽는다고만 하였다. ≪목천자전≫은 주나라 임금 목왕이 천하 사방의 궁벽한 곳까지 다 돌아다니며 여행한 기록이다.

【해 설】 한용운이 한글로 쓴 시는 일반인에게도 잘 알려져 있지만 한시도 지었다는 것은 별로 알려져 있지 않다. 그가 지은 한시 40수쯤을 미당 서정주 시인이 우리말로 번역하고 해설도 좀 붙여서 문고판 같은 소책자를 낸 것을 읽어 본 일이 있다. 그러나 그 번역본은 시 본문에 대한 주석도 별로 상세하지 않고, 더구나 해설은 원문의 뜻을 별로 자세히 검토하지 않고서, 되는대로 잡담만 몇 마디씩 적어 두었다는 인상을 받았다. 한용운의 한시가 현재 140수쯤 남아있다.

작고한 국문학자(김용직 서울대 교수)의 말이, 일제 때 한글로 저항시를 적으면 당장 발각되어 신변이 위험하였기 때문에, 한문으로 저항시를 쓴 것이 많고, 그런 것은 비교적 많이 남아있는데, 그러한 자료들도 좀 체계적으로 정리해 놓아야 할 것이라고 하였다. 참 옳은 말로 생각된다.
한용운의 이 시는 제목이 "동지"이다. 동지는 어떤 날인가? 주석에서 밝힌 바와 같이 음기는 쇠하고 양기가 처음으로 생겨나기 시작하는 날이다. 이 시에서는 그렇게 변화가 생기려는 조짐을 당시 국권을 잃어버린 우리나라가 다시 살아나려는 기미가 감돌기를 바라면서 읊은 것은 틀림없다.

첫 구절의 "우렛소리〔뇌성〕"라는 말은 ≪주역≫의 땅과 우레의 모습〔상〕이 상하로 어울려서 만들어진 지뢰복괘䷗의 하효인 우레와 관련이 있다.

우레라는 것은 양의 기운이 떨치고 피어나서 음의 기운과 서로 부딪쳐서 소리를 이룬다. 양의 기운은 애초에는 땅속에 몰래 가두어져 있다가, 움직임에 미치면 땅을 뚫고 나오면서 우레가 떨친다.
雷者, 陽氣奮發, 陰陽相薄, 而成聲也. 陽始潛閉地中, 及其動,
則出地奮震也. -정이천의 ≪역전≫

어젯밤에 우렛소리 들려오더니   昨夜雷聲至
오늘 아침에 생각해보니 그 의미   今朝意有餘
매우 넉넉하구나.

그 넉넉함〔여운〕의 의미인즉 다음과 같은 것이다. -궁벽한 이 강산에도 이 한 해가 지나고 나면 오천년 역사를 가진 우리나라의 방방곡곡에 봄날이 와서 모든 초목이 생기를 회복하게 될 것이다.

이 궁벽한 산골에도   窮山歲去後
이 한 해가 지나가고 나면
옛 땅에 봄기운 새로 살아나겠지.   古國春生草

그러면 이렇게 좋은 조짐을 예상하고서 나는 모름지기 어떠한 마음가짐을 지녀야 할 것인가? 문을 활짝 열어젖히고 새로 다가올 만복을 맞아들일 것이며, 아는 사람들에게 송구영신하는 것을 축하한다는 연하장이라도 보내주어야지.

문을 열고 새로 오는 봄을 받아들이고	開戶迎新福
사람들에게 송구영신하는 편지를	向人送舊書
보내주어야지.	

모든 사람들 다 희망에 차서 북 치고 장구 치듯 힘차게 움직이게 되면, 나는 고요하게 천지와 인간세상이 어떻게 변화하는지 살펴보면서, 내 오막살이에 앉아서 도연명과 같이 내가 사는 이 오막살이집을 아끼고 사랑하며, 그분이 지은 시도 이따금 살펴보고, 그분이 즐겨 읽었다는 ≪산해경≫과 ≪목천자전≫과 같은 이 넓은 천지 여러 나라의 기이한 이야기와 온 천하를 두루 여행한 신비로운 이야기까지 천천히 감상해보고 싶어진다.

온갖 사람들 다 힘차게 움직일 것이니	群機皆鼓動
고요히 관찰하면서	靜觀愛吾廬
내 오두막을 아껴나가야지.	

이 시의 주제는 음양이 변화하듯이 우리나라에도 봄이 올 것을 기대하고 쓴 시이지만, 이 시의 작자가 불교 승려여서 그런지 이때를 맞추어 "떨치고 일어나자!"와 같은 선동적이거나 불평을 직설적으로 나타낸 기미는 잘 보이지 않는다. 오히려 세상 만사는 ≪주역≫의 이치와 같이 변하게 마련이고, 모든 것이 좋게 변화하는 것을 고요하게 지켜보면서 나는 도연명이 살던 모습과 같이 살고, 그가 지은 시도 즐기고, 그가 읽었다는 책도 읽고 지내리라 … 하는 느낌을 준다.

56. 즉사 (卽事) 5 – 한용운

먹구름 흩어진 곳에
외로운 달 가로질렀는데
찬 빛에 먼 데 나무까지
역력하게 나타나네
빈산에는 학도 날아가고
지금은 꿈도 꾸지 않는데
누군가 잔설 밟고 돌아가는지
밤중에 소리 나네
붉은 매화 피는 곳에
중은 삼매에 비로소 들어갔고
소나기 지나간 뒤
차 맛이 한결 맑네
헛되이 호계를 벗어나지
않겠다고 한 맹서도
멋쩍어 웃으니
생각 그치고 다시
도연명을 추억해보네.

烏雲散盡孤月橫한데
오 운 산 진 고 월 횡

遠樹寒光歷歷生이라
원 수 한 광 력 력 생

空山鶴去今無夢한데
공 산 학 거 금 무 몽

殘雪人歸夜有聲이라
잔 설 인 귀 야 유 성

紅梅開處禪初合하고
홍 매 개 처 선 초 합

白雨過時茶半淸이라
백 우 과 시 다 반 청

虛設虎溪亦自笑하니
허 설 호 계 역 자 소

停思還憶陶淵明이라
정 사 환 억 도 연 명

* 오운(烏雲) 검은 구름. 북송 채양(蔡襄)의 〈꿈속에 낙양에 가

서 놀다 10수夢遊洛中十首〉 중 첫 수: "하늘 끝 검은 구름 비를
머금고 무거운데, 누대 앞의 붉은 해는 산을 밝게 비추는구나.
숭양거사 왕익공王益恭님은 지금 어느 곳에 계시는지? 다정한
눈빛으로 사람들 보살필 것 같은 마음씨 만리 밖에서도 정답게
느끼겠네天際烏雲含雨重, 樓前紅日照山明. 嵩陽居士今何在? 靑
眼看人萬里情"

* 백우(白雨) 소나기. 두보(杜甫)의 〈장팔구에서 기생들을 데리
고 가을을 맞는데 저녁때 비를 만나다丈八溝携妓納涼晚際遇
雨〉 시에 "조각구름이 머리 위에 검어라, 이는 응당 비가 시를
재촉함일세.〔片雲頭上黑, 應是雨催詩.〕"라고 하였고, 소식(蘇
軾)의 〈장산인의 정원에서 놀며遊張山人園〉 시에는 "세세히 보
리에 날아드는 노란 꽃은 요란하고, 시를 재촉하는 소낙비는
우수수 쏟아지네.〔纖纖入麥黃花亂, 颯颯催詩白雨來.〕"라고 하였
다.〔≪두소릉시집杜少陵詩集 권3≫ ≪소동파시집 권16≫〕 - 한
국고전 db 각주 정보 인용.

* 호계(虎溪) 중국 여산(廬山)의 동림사(東林寺) 앞에 있는 시내
인데, 이 시내를 넘어가면 범이 울었기 때문에 이렇게 이름하
였다. 진(晉)나라 고승 혜원법사(慧遠法師)가 손님을 전송할
때에 이 시내를 넘지 않을 것을 스스로 규율로 삼았다. 뒷날
도잠(陶潛), 육수정(陸修靜)과 뜻이 맞아 자신도 모르게 넘어
가자 범이 갑자기 우니, 세 사람이 놀라 크게 웃고는 헤어졌다
고 한다.〔≪山堂肆考 卷24 虎號≫〕 - 한국고전db 각주 정보
에서 인용.

* 정사(停思) 도잠(陶潛)의 〈정운停雲〉에 "어둑어둑 멈춘 구름,
부슬부슬 내리는 비.〔靄靄停雲, 濛濛時雨.〕"라는 구절이 있다. 그
자서(自序)에 "정운은 친우(親友)를 그리워하는 것이다.〔停雲,

思親友也.〕"라고 하였다. 이후로는 문인들이 친구를 그리워하는 것을 표현할 때에 이 '정운(停雲)'을 많이 사용하였다. ―한국고전db 각주 정보에서 인용.

【해설】이 시는 만해(萬海) 스님이 쓴 "즉사"라는 제목을 가진 연작시 5수 중에 마지막 시로 알려져 있는데, 바로 이 마지막 시의 앞 절반 부분을, 딴 자작시 몇 수와 같이 행서로 적어 선배인 박한영(朴漢永) 스님에게 보낸 것이 지금까지 남아 있다. 이로 보면 아마 만해 스님 자신이 이 시를 매우 사랑하였던 것 같다. 즉사라는 말은 "사물을 본대로 즉시 적어 놓는다."라는 의미를 가지고 있는데, "감흥이 일어나는 대로 적어 놓는다"는 뜻을 지닌 "즉흥(卽興)"이라는 말이나 비슷하니, 사실은 어떤 뚜렷한 제목을 정해 놓지 않은 "제목이 없는 시〔무제〕"나 다를 바가 없다. 이 시의 첫 구절에 나오는 "까마귀 색깔과 같은 빛을 가진 검은 구름"이라는 뜻을 가진 "오운"이라는 말을 한국고전db의 각주 정보로 검색해보니, 위 각주에 소개한 내용과 연관하여 놀랍게도 다음과 같은 정보가 보인다.

○ 천제오운첩(天際烏雲帖)
소식(蘇軾)의 서(書)로서 "天際烏雲含雨重, 樓前紅日照山明"의 칠절(七絶) 1수를 쓴 첩을 말함.
미남궁의 묵적 구탁 진본의 뒤에 제하다[題米南宮墨跡舊拓眞本後] |
완당전집(阮堂全集) | 1988

○ 오운이라… 꿈
송나라 채양(蔡襄)이 꿈속에서 "天際烏雲含雨重, 樓前紅日照山明. 嵩陽居士今何在, 靑眼看人萬里情"이라고 지은 시를 소식이 썼는데 그 진본을 옹방강이 가지고 있으면서 그것을 탁본해 추사에게 보냈음.

옹성원의 소영에 제하다[題翁星原小影] | 완당전집(阮堂全集) | 1986

이 두 가지 각주를 합하고 또 추사 문집을 살펴보면, 원래 북송 때 채양이라는 분이 꿈속에 지었다는 이 "오운"이라는 말이 들어가는 시구[처음의 두 구]를 보고서 당시에 유명한 시서화 삼절이었던 미불(米芾, 호는 남궁南宮)이 채양의 글씨의 진본을 탁본해 둔 것을, 그의 친구인 소동파가 얻어 보고서, 이 탁본의 뒤에 또 몇 자 적어둔 것을, 뒷날 청나라 때 옹방강(翁方綱, 星原)이라는 학자가 지니고 있다가 그것을 다시 탁본해 우리나라의 추사선생에게 보내주었는데, 그러한 유래 깊은 탁본을 보고서 추사선생이 지은 시가 4수나 ≪완당전집≫에 보인다.

만해 스님의 이 시의 앞 2구도 나는 만해 스님이 꿈속에 얻은 구절로 생각한다. 비록 북송시대 사람들이 사용한 오운이라는 전고를 다시 빌려 사용하기는 하였지만… 그래서 그 다음 연 안쪽 구(제3구)에 "[빈산에 학조차 날아가 버리고 나니] 지금은 꿈이 없어졌다今無夢"고 이은 것이다.

이렇게 꿈속에서도 좋은 시구를 얻는 경우는 더러 보이는 이야기인데, 다음에 조선 후기의 명시인 자하(紫霞) 신위(申緯) 선생의 시에도 이러한 이야기가 보인다.

임하필기 제33권 / 화동옥삼편(華東玉糝編)
꿈에 얻은 시구로 시 한 수를 완성한 일

양연(養研) 노인 신위가 신묘년 여름에 낮잠을 자다가 꿈을 꾸었는데, 신선의 집에서 놀면서 시를 짓기를, "푸른 그늘 물과 같으니 꾀꼬리 소리 미끄럽고, 꽃다운 풀 연기 머금으니 제비 그림자 사라진다.[綠陰如水鶯聲滑, 芳草和煙燕影消]"

하였다. 꿈에서 깨어나 위의 시구에 연이어 지어서 시 한 수를 완성한 다음 나에게 적어 주었는데, 아직도 그 시가 상자 속에 있다. 그 시에 이르기를,

인생이 어느 곳인들 무료하지 않으리오마는	人生何處不無聊
꿈속의 요원한 일 가장 빙자하기 어렵다	最是難憑夢境遙
신선이 청옥장을 짚고 지나가면서	仙子過頭靑玉杖
나의 손 이끌고 채색 난간의 다리를 건너네	拉余携手畫欄橋
푸른 그늘 물과 같으니 꾀꼬리 소리 미끄럽고	綠陰如水鶯聲滑
꽃다운 풀 연기 머금으니 제비 그림자 사라진다	芳草和煙燕影消
짧은 시구 분명 아직도 기억에 있는데	短句分明猶在記
향기로운 차는 반쯤 끓고 비는 부슬부슬 내린다.	香初茶半雨蕭蕭

ⓒ 한국고전번역원 | 김동주 (역) | 2000

얼마나 시를 좋아하면 꿈속에서까지 시를 짓고 있을까? 그런데 여기서 위의 시를 인용한 것은 이 시 마지막에 나오는 "香初茶半"이라는 말도 보이기 때문이다. "茶半"이라는 말은 우리가 지금 다루고 있는 이 만해의 시 제6행에도 나오지만, 추사가 쓴 유명한 서예 작품 중에서 "茶半香初"라는 말을 자주 보아 왔기 때문이다. 나는 이렇게 쓴 추사의 글씨를 보고서, 이게

도대체 무슨 뜻인지 잘 알아낼 도리가 없었다. 지금 조사해보니 "다반"은 "전다반숙(煎茶半熟: 차를 달이는 데 반쯤 익혔을 때)"이라는 말에서 중간 2자만 따다 사용하는 말이고, "향초"라는 말은 "노향초범(爐香初泛: 화로 위의 다관에서 끓기 시작하는 차의 향내가 처음으로 피어오르다)"이라는 말에서 중간 2자만 따다가 쓴 말이다. 앞의 말에 대한 뚜렷한 전고는 찾아내기 어려우나, 뒤의 말은 소동파의 다음과 같은 시구에서 따온 것이다.

〈대두사에서 달밤에 걸으면서(臺頭寺步月)〉

촉촉한 화로 위에서 끓기 시작하는   浥浥爐香初泛夜
차의 향내가 처음으로 피어오르는 밤에
척척 늘어진 꽃 그림자   離離花影欲搖春
봄을 흔들어 놓으려고 하네.

이 시의 마지막 연에는 역시 앞의 주석에서 이미 밝힌 것과 같은 도연명과 관련된 고사가 또 등장한다. 정신불멸론을 주장하여 중국불교사에도 이름을 남긴 고승 혜원(慧遠) 스님은 여산의 동림사에 들어가서 수도하면서, 다시는 그 앞에 흐르는 시내를 건너서 속세로 나오지 않겠다고 마음속으로 다짐하였다고 하는데, 그때 이 절을 중심으로 당시에 지조 높은 명사들 30여 명과 서로 어울리어 "연사(蓮社)"라는 모임을 만들고 서로 교유하기도 하였다고도 한다.
이때 도연명도 여산 근처에 살았으므로 동림사의 혜원 스님과는 더러 어울렸던 같으나, 그가 이 연사에 가입하였는지는 그렇게 분명하지 않고, 또 그는 초기 노장사상이나, 한나라의 왕충(王充) 같은 사람의 소박한 유물주의 사상을 받아들여 사람은 자연의 이치에 따라서 이 세상에 태어나서 한평생을 살아가다가 역시 자연의 변화에 따라서 죽어 갈 뿐이지, 죽은 뒤에도 영혼이 없어지지는 않는다거나, 죽은 뒤에 환생한다는 혜원의 정신불멸론에는 그다지 동조하지 않았다고 한다.

그런데 여기에 나오는 "호계를 건너서자 호랑이가 세 번이나 으르렁거리고 비웃었다虎溪三笑"는 이야기는, 어떻든 간에 당시에 대표적인 인물이었던 도연명과 혜원 스님의 명망을 아울러 엮어 주는 매우 아름다운 전설로 전하고 있다. 스님의 법력이 얼마나 높으면 호랑이까지 스님의 마음씨를 헤아려 "아니 되옵니다" 하고 경고를 보낼 수 있었겠으며, 그러한 스님과 비록 추구하는 방향은 좀 달랐다 하더라도, 그래도 스스럼없이 만날 수 있었던 도연명은 또 얼마나 훌륭한 인물이었던가?

〔육수정도 역시 지조가 높은 선비였으나, 나중에 남조의 송나라 황제의 부름을 받고 나아가 융숭한 대접을 받다가 일생을 마감하였기 때문에 좀 격이 떨어지는 것으로 본다고 한다.〕

이러한 고사가 숨겨져 있는 이 시의 마지막 연을 다시 한 번 살펴본다.

"공연히 호계를 벗어나지 않겠다고 마음에 다짐한 내 마음이 정말 저절로 가소로우니, 머물고 있는 저 무심한 구름과 같은 친구를 생각하면서 다시 도면명과 같이 아무런 구속 받지 않고 자연스럽게 살아간 그를 기억하게 되는구나."

스님이지만, 꼭 계율에 얽매이지는 않겠다는 말로 보인다.

이 한 수의 시를 좀 알뜰하게 이해하자면, 불교의 참선은 말할 것도 없고, 도연명, 소동파, 신자하, 김추사에 이르는 중국, 한국의 인문전통, 시문전통을 제대로 파악할 수 있어야, 시의 맛을 제대로 이해할 듯하다. 한용운의 한시로 지금 남아있는 것이 140여 수 되는 것 같은데, 검색해보면 이미 호사가들이 몇 차례나 번역 같은 것을 해둔 것을 찾아볼 수 있다. 그러나 얼마나 제대로 이해하고서 번역하였는지 자못 가늠하기 어려울 것 같다.

부 록 1

1. <관어대부(觀魚臺賦) 병서(幷序) - 이색

2. <관어대부(觀魚臺賦)> - 김종직

3. <후관어대부(後觀魚臺賦)> - 서거정

4. 조선 정조 때 과거시험 답안 부 해설

영해 관어대(觀魚臺)를 노래한 부(賦: 산문체와 운문체를 혼합한 문학 형식) 3편을 소개하고자 한다. 고려 말 목은 이색(李穡), 조선 전기의 점필재 김종직(金宗直), 사가 서거정(徐居正) 모두 쟁쟁한 분들이 지은, 중국 소동파의 적벽부(赤壁賦)와도 겨룰 만한, 조선 최고의 명문들이라고 칭찬하는 사람들도 있다. 역주는 한국고전db에서 참고하였는데, 앞의 1, 2편은 한때 문필과 재담으로 이름을 날리던 양주동 선생이 번역한 것이 있다. 그러나 어려운 글자도 많이 나오고, 또 주석도 좀 더 추가해야할 것 같아서 원문 글자에 발음을 추가하고, 현토하고, 각 운자도 밑줄을 그어 밝히며, 또 주석도 많이 추가하며, 더러 원문도 좀 더 짧게 끊어 보았고, 각운자를 바꾸는 데 따라 문단도 끊어 보았으며, 원문 번역도 더러는 자주 고쳐 보았다.

1. 관어대부 (觀魚臺賦) 병서(幷序) - 이색

동문선 제3권 / 부(賦)

관어대는 영해부(寧海府)에 있다. 동해(東海) 석벽(石壁) 밑에 임하여 노는 고기를 셀만하므로 그렇게 이름한 것인데, 부(府)는 나의 외가(外家)이며 이를 위하여 작은 부(賦)를 지어 중원(中原, 중국)에 전해지기를 바란다.

丹陽東岸이요	영해의 동쪽 해안
단 양 동 안	
日本西涯에	일본 서편 물가에
일 본 서 애	
洪濤淼淼하야	큰 물결이 아득하여
홍 도 묘 묘	
莫知其他라	딴 것이 보이잖네
막 지 기 타	
其動也如山之頹요	움직이면 태산이 무너지는 듯
기 동 야 여 산 지 퇴	
其靜也如鏡之磨라	고요하면 거울을 갈아 놓은 듯
기 정 야 여 경 지 마	
風伯之所橐籥이요	풍백이 풀무질하는 곳
풍 백 지 소 탁 약	
海若之所室家라	해신이 거처하는 집
해 약 지 소 실 가	

長鯨群戲而勢搖大空하고　　큰 고래가 떼 지어 희롱하면
장 경 군 희 이 세 요 대 공　　　하늘이 흔들리고

鷙鳥孤飛而影接落霞라　　사나운 새가 혼자 날면
지 조 고 비 이 영 접 락 하　　　그림자가 노을에 닿네

有臺俯焉하니　　그것을 굽어보는 이 대
유 대 부 언

目中無地라　　눈 아래 땅이 없다
목 중 무 지

上有一天하고　　위에는 한 하늘
상 유 일 천

下有一水라　　밑에는 한 물
하 유 일 수

茫茫其間에　　망망한 그 사이
망 망 기 간

千里萬里아　　천리인가, 만리인가?
천 리 만 리

惟臺之下에　　오직 대 밑에는
유 대 지 하

波伏不起라　　물결이 잔잔
파 복 불 기

俯見群魚하니　　뭇 고기들이 모이는데
부 견 군 어

有同有異라　　같은 놈, 다른 놈들
유 동 유 이

圉圉洋洋에　　어릿어릿 의기양양하며
어 어 양 양

各得其志라
각 득 기 지
각기 제멋대로

任公之餌夸矣니
임 공 지 이 과 의
임공의 미끼는 엄청난 것 같으니

非吾之所敢擬라
비 오 지 소 감 의
내가 감히 엄두도 못 낼 것

太公之釣直矣니
태 공 지 조 직 의
태공의 낚시는 곧았던 것 같으니

非吾之所敢冀라
비 오 지 소 감 기
내가 바라지도 못할 것

嗟夫아!
차 부
아아,

我人萬物之靈으로
아 인 만 물 지 령
우리 사람이 만물의 영장으로

忘吾形以樂其樂하고
망 오 형 이 락 기 락
내 몸도 잊고 그 즐거움을 즐기며

樂其樂以歿吾寧하리라
낙 기 락 이 몰 오 녕
그 즐거움을 누리다 편안하게
자연으로 돌아가리라

物我一心이요
물 아 일 심
외물과 내가 한마음이요

古今一理라
고 금 일 리
예와 이제가 한 이치라

孰口腹之營營하야
숙 구 복 지 영 영
뉘라서 입과 배를 채우기
위하여 더럽게 설치는가?

而甘君子之所棄오
이 감 군 자 지 소 기
그래서 군자에게 버림받기를
달게 여기겠는가?

慨文王之旣歿에
개 문 왕 지 기 몰
슬프다, 문왕이 이미 가셨으매

想於物而難跂라
상 오 인 이 난 기
뭇 가득〔於物〕을 생각하나
발돋음하여 바라볼 길 없구나

使夫子而秉桴면
사 부 자 이 병 부
만약 공자께서 떼를 타고
오신다면

亦必有樂于此하시리라
필 역 유 락 우 차
또한 이곳에서 즐기시리라

惟魚躍之斷章은
유 어 약 지 단 장
더구나 어약이라는 구절은

迺中庸之大旨니
내 중 용 지 대 지
중용의 대지이니

庶沈潛以終身하야
서 침 잠 이 종 신
종신토록 그 뜻에 잠겨서

幸摳衣於子思子하노라.
행 구 의 어 자 사 자
다행스럽게 자사님을 스승으로
받들게 되기를 바라노라.

---

* 병서(幷序) 이 부(賦) 체의 본문 앞에 붙은 간단한 산문체의 설명문을 말함.

* 단양(丹陽) 지금의 경상북도 영덕군의 북부 4개 면 지역인 영해의 딴 이름. 예주(禮州)라고도 부름. 이전에는 영해도호부가 영덕과는 별개로 설치되어 있었음. 관어대는 대진해수욕장 남쪽에 솟아 있는 상대산 자체를 가리키며, 목은선생의 외가 마

을은 이 해수욕장과 영해면 소재지 중간에 있는 괴시(槐市, 호
지촌)인데, 이 마을에 목은기념관이 세워져 있음.

* 풍백(風伯) 바람의 귀신. 자(字)는 비렴(飛廉)인데 폭풍을 일
으킨다. 〈이소(離騷)〉에 "먼저 망서(望舒)로 하여금 앞에서 달
리게 하고, 뒤에 비렴으로 하여금 나누어 맡게 한다.〔前望舒使
前驅兮, 後飛廉使分屬.〕"라고 하였다. ─고전db 각주 정보.

* 해약(海若) 바다의 신. ≪장자≫ 〈추수(秋水)〉에 황하의 신(神)
하백(河伯)이 북해약(北海若)에게 대도(大道)에 대한 가르침
을 받는 내용이 실려 있다. 또 굴원(屈原)의 〈원유(遠遊)〉에 "상
수의 신령으로 하여금 비파를 타게 함이여, 해약을 부리고 풍
이(강의 신)를 춤추게 하네.〔使湘靈鼓瑟兮, 令海若舞馮夷.〕"하
였다. ─상동.

* 어어양양(圉圉洋洋) 춘추시대 정(鄭)나라의 어진 대신 자산(子
産)에게 누가 산 고기〔生魚〕를 선사했을 때 자산이 교인(校人:
수렵 담당자)을 시켜 못에 놓아주라고 하자, 교인이 삶아먹고는
복명하기를, "처음 놓아주었을 때는 지쳐서 펴지 못하다가, 잠
시 뒤에는 조금 펴져서 유연히 가더이다.〔始舍之圉圉焉, 少則
洋洋焉, 攸然而逝.〕"하니, 자산이 말하기를, "제 살 곳을 얻었구
나, 제 살 곳을 얻었구나.〔得其所哉, 得其所哉.〕"했다는 데서
온 말이다.〔≪孟子≫ 〈萬章上〉〕 ─상동.

* 임공(任公) 전설상의 인물인 임공자(任公子)의 준말. 임공자
가 큰 낚시와 굵은 낚싯줄을 만들어 50마리의 불간 소를 미끼
로 삼아 회계산(會稽山)에 걸터앉아서 동해(東海)에 낚싯줄을
드리우고 날마다 낚시질을 했다. 1년이 되도록 고기 한 마리를
낚지 못했다가, 이윽고 산더미같이 큰 고기를 낚았다는 고사에
서 온 말로, 전하여 임공의 낚시질은 흔히 세속을 초월한 선비,

또는 남아의 큰 기개와 원대한 포부를 비유하기도 한다. 이백(李白)이 일찍이 한 재상(宰相)을 알현하면서 해상조오객(海上釣鼇客)이라 자칭하자, 재상이 묻기를 "선생이 창해에 임하여 큰 자라를 낚으려면 무엇을 낚시와 낚싯줄로 삼겠는가?〔先生臨滄海, 釣巨鼇, 以何物爲鉤絲,〕" 하니, 이백이 말하기를 "무지개를 낚싯줄로 삼고, 밝은 달을 낚시로 삼겠소.〔以虹霓爲絲 明月爲鉤〕" 하므로, 재상이 또 묻기를 "미끼는 무엇으로 할 것인가?〔物爲餌〕" 하니, 이백이 말하기를 "천하에 의기 없는 장부를 미끼로 삼겠소.〔以天下無義氣丈夫爲餌〕" 했다 한다.〔《莊子》〈外物〉, 《侯鯖錄》 卷6〕 ―상동.

* 태공지조(太公之釣) 태공이 주(周)나라를 낚음〔太公釣周〕. 강태공(姜太公)이 주나라에 가서 위수(渭水)에서 낚시질 할 때 곧은낚시〔直釣〕를 썼다 하는데, 후인(後人)들이 말하기를, "그 것은 고기를 잡으려는 데 목적이 있는 것이 아니라 주 문왕(周文王)을 낚은 것이다." 하였다. 주 문왕이 위수 부근에 사냥하러 나왔다가 강태공을 만나서 데리고 간 까닭이다. ―상동.

* 낙기락(樂其樂) 임금과 신하가 함께 누리는 즐거움을 즐거워함. 《맹자》〈양혜왕 하梁惠王下〉: "백성의 낙을 즐거워하면 백성들도 그 임금의 낙을 즐거워하고, 백성의 근심을 근심하면 백성들도 그 임금의 근심을 근심한다. 즐거워하기를 천하의 일로써 하고 근심하기를 천하의 일로써 하는데도, 왕 노릇하지 못하는 경우는 있지 않다樂民之樂者, 民亦樂其樂. 憂民之憂者, 民亦憂其憂. 樂以天下, 憂以天下, 然而不王者未之有也" ―상동.

* 몰오녕(歿吾寧) 북송 장재(張載, 호는 횡거)의 〈서명西銘〉 마지막 구절, "살아서는 천리에 순응하고 죽어서는 편안하다.〔存吾順事, 沒吾寧也〕"라고 한 데서 나온 말. 주자는 이 구절을 "효자

의 몸이 살아 있으면 어버이를 섬김에 그 뜻을 어기지 않을 뿐이요, 죽으면 편안하여 어버이에게 부끄러운 바가 없으며, 인인(仁人)의 몸이 살아 있으면 하늘을 섬김에 그 이치를 어기지 않을 뿐이요, 죽으면 편안하여 하늘에 부끄러운 바가 없다.”라는 뜻으로 풀이하였다.〔《近思錄》卷2〈爲學〉〕－상동.

* 영영(營營) 북송 구양수(歐陽脩)의 〈증창승부僧蒼蠅賦〉에 “쉬파리야, 쉬파리야, 나는 너의 살아감을 슬퍼하노라. …괴로이 무엇을 구하기에 부족해서 종일토록 윙윙거리며 다니느냐.〔蒼蠅蒼蠅, 吾嗟爾之爲生. …苦何求而不足, 乃終日而營營.〕라고 한 데서 온 말이다.〔《古文眞寶 後集》〕－상동.

* 오인(於牣) 물고기들이 물속을 가득 채운 채 자유를 만끽하며 마음껏 뛰어오르는 것을 보고 감탄하여 내뱉은 말. 於 자는 여기서 “오”로 발음하는 감탄사임. 《시경》〈영대靈臺〉: “왕이 영소에 계시니, 아 고기들이 가득히 뛰놀도다王在靈沼, 於牣魚躍”. 주 문왕이 선정을 베풀자 백성들이 문왕의 못을 영소(靈沼)라 하고 그 못의 물고기까지 찬미한 것인데, 맹자(孟子)가 왕자(王者)의 덕화(德化)를 설명하면서 이 부분을 인용하기도 하였다.〔《孟子》〈梁惠王上〉〕－일부 상동.

* 공자(孔子)께서 … 즐기시리 《논어》〈공야장(公冶長)〉: “도가 행해지지 않는지라, 내가 떼를 타고 바다에 뜨고자 하노라.〔道不行, 乘桴浮于海.〕”－고전db의 역주.

* 어약(魚躍) 《중용》 12장에, “솔개는 날아 하늘에 닿고 물고기는 연못에 뛰노는구나.〔鳶飛戾天, 魚躍于淵.〕”라는 《시경》〈대아・한록旱麓〉 구절을 인용하여 위아래를 두루 유행(流行)하는 도(道)의 이치를 말하였다. －상동.

2. 관어대부(觀魚臺賦) - 김종직

속동문선 제1권 / 부(賦)

병술년 7월에 이시애(李施愛)가 모반(謀反)하여, 내가 절도사(節度使)의 명을 받고 군사를 검열하려 영해부(寧海府)에 이르렀다. 군병이 아직 안 모였기로 교수(敎授) 임유성(林惟性), 진사(進士) 박치강(朴致康)과 함께 가정(稼亭, 이곡李穀)의 옛 집을 찾아보고, 인하여 관어대(觀魚臺)에 놀았다. 이날에 바람이 자고 물결이 고요하여 뭇 고기들이 벼랑 밑에 헤엄쳐 높이 역력히 굽어보이기로, 드디어 목은(牧隱, 이색李穡)의 소부(小賦)를 화운(和韻)하여 이자(二子)에게 주었다.

肅承符于玉帳兮여 숙 승 부 우 옥 장 혜	옥장에서 병부를 엄숙히 받자와
東將窮乎海涯로다 동 장 궁 호 해 애	동녘으로 해변 끝까지 왔다네
紛羽檄之交午兮여 분 우 격 지 교 오 혜	급박한 격문이 한창 빗발치듯 하는 때
余安能以恤他리오 여 안 능 이 휼 타	내 어찌 다른 것을 생각할 틈이 있으리?
懼壯事與老謀兮여 구 장 사 여 로 모 혜	혹시나 큰일에 계교를 그르쳐

泊日月以消磨라
계 일 월 이 소 마

헛되이 세월만 허비할까
두려워 하네

呬禮州之闉闍兮여
희 례 주 지 인 도 혜

예주 성에 와 잠깐 쉼이여

聊延竚於前修之故家로다
요 연 저 어 전 수 지 고 가

짐짓 이전 선배님의 옛집을
찾았도다

有臺巕岠于厥傍兮여
유 대 귀 니 우 궐 방 혜

그 옆에 어떤 높은 지형이
우뚝 솟아

襯赤城之晨霞로다
츤 적 성 지 신 하

붉은 곳의 새벽노을을 한결
바깥으로 드러나게 하였도다

從二客以指點兮여
종 이 객 이 지 점 혜

두 나그네 좇아 손가락으로
점찍어 가리킴이여!

恍不知身之憑灝氣而躡茲地也로다
황 부 지 신 지 빙 호 기 이 섭 자 지 야

황홀하여 이 몸이 맑은
기운 타고 이 높은 곳
에 올라온 것도
깨닫지 못하겠네

蒙莊奚詫於知魚리오
몽 장 해 타 어 지 어

몽 땅의 장자가 어찌 고기를
안다고 자랑하리?

鄒孟敢稱於觀水리오
추 맹 감 칭 어 관 수

추 땅의 맹자가 어찌 감히 물을
관찰했다고 소리치리?

倚危磴而遐矚兮여
의 위 등 이 하 촉 혜

가파른 절벽에 기대어 멀리
쳐다봄이여!

渺雲濤其幾里오
묘 운 도 기 기 리
아득한 구름은 몇 리나
파도치고 있는가?

少焉颾毋不翔하여
소 언 구 무 불 상
이윽고 회오리바람이
잦지 않음이 없어

鹽煙遙起하니
염 연 요 기
소금 굽는 연기가 멀리 일어나니

海市如掃한데
해 시 여 부
신기루도 쓴 듯한데

光景欻異로다
광 경 홀 이
풍경이 금시 달라진다

劃長嘯以俯窺兮여
획 장 소 이 부 규 혜
갑자기 휘파람 길게 불고 밑을
굽어봄이여

群魚撥剌以悅志로다
군 어 발 랄 이 열 지
고기떼들 발랄하게
멋대로 즐기는도다

蹇族戲而隊游兮로다
건 족 희 이 대 유 혜
정말 무리를 짓고 떼를 지어
노니는 모양이여!

匪膚寸瀺灂之可擬로다
비 부 촌 참 작 지 가 의
작은놈들이 드러났다 숨었다
함에 비유할 바 아니로다

凌通波以嗯嚕兮여
능 통 파 이 옹 엄 혜
넓은 파도에 넘실거리며 입을
벌름거림이여!

縱網擉兮奚冀오
종 망 착 혜 해 기
설령 그물 치고 작살질 한다 한들
어찌 잡기를 바라랴?

或掉鬐而奮鱗兮여
혹 도 계 이 분 린 혜
어떤 놈은 지느러미를 휘두르며
비늘을 날침이여!

吾恐風雷變化以通靈이로다　나는 바람과 우레의 변화로
오 공 풍 뢰 변 화 이 통 령　　　신선이 될까 두렵도다

攀虬枝而太息兮여　규룡 같은 소나무 가지를 부여잡고
반 규 지 이 태 식 혜　긴 한숨 쉼이여!

感物類之咸寧이라　만물이 모두 편안함을 느끼는도다
감 물 류 지 함 녕

竝鳶飛以取譬兮여　나는 솔개와 아울러 비유하였음이여!
병 연 비 이 취 비 혜

孰聽瑩於至理오　뉘라서 그 지극한 이치에 대하여
숙 청 영 어 지 리　듣고서 의문을 가질까?

斯大極之參于前兮여　이것은 태극의 이치가 앞에 나타난
사 태 극 지 참 우 전 혜　것이니

矢佩服而勿棄리라　맹서코 마음에 새겨서 버리지
시 패 복 이 물 기　않으리라

眷二客之修騫兮여　돌아보니 두 나그네 뜻을 높이
권 이 객 지 수 건 혜　닦았음이여!

忽有得於瞻跂로다　발 돋우고 멀리 바라봄에 얻음이
홀 유 득 어 첨 기　있었도다

崇羽觴以相屬兮여　가벼운 술잔을 높이 들고서 서로
숭 우 상 이 상 촉 혜　권함이여

悟一本之在此로다　원리 하나 여기 있음을 깨달았도다
오 일 본 지 재 차

酹牧翁而咏姱辭兮여　목옹에게 술 한 잔 따르고 좋은
뇌 목 옹 이 영 과 사 혜　가사 읊음이여!

若飽飫於珍旨로다
약 포 어 어 진 지

마치 진기한 음식에 배가
부른 듯하구나

肝膽非楚越之遙兮여
간 담 비 초 월 지 요 혜

마음이 초나라와 월나라처럼
멀지 않음이여!

願同歸於明誠之君子로다
원 동 귀 어 명 성 지 군 자

함께 밝고 성실한 군자로
돌아가기를 원하는도다.

* 옥장(玉帳) 주장(主將)이 거처하는 막사인데, 옥처럼 견고하다
는 뜻. 명나라 초굉(焦竑)의 《초씨필승속집焦氏筆乘續集》〈옥
장〉: "옥장은 병가(兵家)가 압승(壓勝)하는 방위로서 주장이
그 방위에다 막사를 설치하면 옥장처럼 견고하여 침범할 수 없
다." - 고전db 각주 정보.

* 우격(羽檄) 군사상 긴급하게 전달하는 격문(檄文). 격문에 새
의 깃털을 꽂아서 긴급한 뜻임을 보여 신속하게 전달되도록 하
였다. 《사기史記》〈한신노관전韓信盧綰傳〉: "진희가 반기를
들자, 한단 이북은 모두 진희에게로 돌아갔다. 내가 우격으로
천하의 군대를 징발하였으나 오지 않고, 지금 오직 한단의 병
력만 있다.陳豨反, 邯鄲以北, 皆豨有. 吾以羽檄徵下兵, 未有至
者, 今惟獨邯鄲中兵耳" - 상동.

* 교오(交午) 종횡으로 교차된다는 뜻.

* 장사(壯事), 노모(老謀) 《국어(國語)》 진어 일(晉語一): "원
대한 계책을 세우지도 못하였고, 내세울 만한 공도 이루지를
못하였으니, 어떻게 임금을 섬겼다고 할 수 있겠는가旣無老謀,
而又無壯事, 何以事君"

* 계(洎) 물을 붓다, 미치다(及).

* 희(呬) 쉬다, 휴식하다.

* 인도(闉闍) 성문. ≪시경≫ 〈정풍鄭風·출기동문出其東門〉: "성
밖을 나가 보니 고운 여인이 띠꽃같이 귀엽네出其闉闍, 有女如
荼" ─고전db.

* 귀니(嶊峞) 우뚝한 모습을 형용하는 말. 앞의 글자는 이런 첩
운 의태어로 사용되는 경우 이외에, 어떤 사람의 이름으로 사용
된 적이 있다고 하나〔북송 사마광 편 ≪유편類篇 권26≫〕, 그 이
외에는 거의 사용되지 않는 벽자로 ≪강희자전康熙字典≫ 같은
큰 옥편에도 보이지 않음.

명나라 강부(江孚)의 〈용호대부龍虎臺賦〉: "샘솟아 오르듯이
갑자기 용이 서리 틀고 호랑이 다리 펴고 있는 듯함이여! 산
우뚝하구나, 이 높은 대의 우람함이! 오른쪽으로는 태항산 위
엄이 넘치고 넘침이여! 왼쪽으로는 바다 같은 강물 도도하고
도 도도하구나!瀱龍盤而虎踞兮, 屹高臺之嶊峞. 右太行之峩峩兮,
左江海之湯湯"

* 적성(赤城)의 놀 적성은 도교(道教)의 전설 속에 나오는 36동
천(洞天)의 하나로 선경(仙境)의 대명사. 중국 절강성(浙江省)
천태현(天台縣) 북쪽에 있는 산으로, 천태산(天台山)의 남문
(南門)에 해당하는데, 토석(土石)이 붉은색이고 산 모양이 성
첩(城堞)과 같다고 한다. 진(晉)나라 때의 문장가인 손작(孫
綽)이 〈수초부(遂初賦)〉를 짓고 이곳에서 은거하였는데, 그의
〈유천태산부(遊天台山賦)〉에 "적성산에는 붉은 놀이 일어 표
지를 세우고, 폭포는 날아 흘러 길을 나누었도다.〔赤城霞起而
建標, 瀑布飛流以界道.〕"라고 하였다. ─고전db 각주 정보.

* 지점(指點) 지목(指目)하다. 당나라 두보(杜甫)의 〈공소보가
병으로 사직하고 강동으로 돌아가서 놀려고 함에 송별하며, 이백
님께도 아울러 지어 드림送孔巢父謝病歸游江東, 兼呈李白〉: "봉

래의 직녀가 구름수레를 돌려서, 허무를 가리켜 귀로를 인도하
네蓬萊織女回雲車, 指點虛無引歸路" - 상동.

* 호기(灝氣) 천지 사이에 가득 찬 정대(正大)하고 강직(剛直)
한 기운. 여기서는 가을 기운을 의미하기도 한다. 북송 증공
(曾鞏)의 〈팔월이십구일소음(八月二十九日小飮)〉: "음양은 하
늘과 땅 사이에 있으면서 치고 불기를 마치 풀무질하듯이 하는
구나. 무덥던 증기 말끔히 벌써 사라지고, 좋은 기운만 이에 가
볍게 떠오르는구나 陰陽在天地, 鼓吹猶橐籥. 煩蒸翁已盡, 灝氣
乃浮薄"

* 장자(莊子)가 … 안다 장자(莊子)와 혜자(惠子)가 물가에서 물
속에 고기가 노는 것을 보다가 장자가 "물고기가 매우 즐겁구
나." 하니, 혜자는 "자네가 물고기가 아니면서 어찌 물고기의
즐거움을 아는가." 하였다. 장자는 "자네가 내가 아니면서 어찌
내가 물고기의 즐거움을 아는지 모르는지를 아는가." 하였다.

* 위등(危磴) 위험한 돌길. 북주 유신(庾信)의 〈[왕포王襃의] 임
금님을 따라서 운거사 탑에 오르며 지은 시에 화답하여(和從
駕登雲居寺塔)〉: "거듭된 산속에 천 길의 탑이요, 험한 돌길
위에는 아홉 층의 누대가 있네. 돌 관문을 늘 거꾸로 오르니,
산속의 다리 기둥을 잠간 사이에 우뚝하게 돌게 되었다네重巒
千仞塔, 危磴九層臺. 石關恒逆上, 山梁乍斗迴"

〈새벽에 읊다(曉吟)〉 - 이색

문득 명산을 두루 유람하면서	便擬游名山
창공에 올라 높은 비탈 밟고파라	凌空躡危磴
소문산의 길이 휘파람 부는 곳에	蘇門長嘯中
누가 다시 험난한 세상 탄식할꼬.	誰復嗟蹭蹬

- 《목은시고》 제19권 / 시(詩)

*염연(鹽煙) 소금을 구울 때 피어나는 연기.

〈자연도에서 차운하다(次紫燕島)〉 —이곡

가까이 물가에 비끼는 소금 굽는 연기요	鹽煙橫近渚
멀리 산 위로 떠오르는 바다의 달이로다	海月上遙岑
조각배 이 홍취를 내 잊지 않고서	我有扁舟興
다른 해에 다시 한 번 찾아오리라.	他年擬重尋

- ≪가정집≫ 제15권 / 율시(律詩)

ⓒ 한국고전번역원 | 이상현 (역) | 2007

*해시(海市) 신기루. 바람이 없는 조용한 날에 대기의 밀도와 광선의 반사와의 관계로 인하여 멀리 해변이나 사막의 상공에 성곽이나 누대(樓臺) 등이 나타나는 현상을 말한다.

〈세화 십장생을 읊다(歲畫十長生), 구름〉 —이색

돌 부딪고 공중에 퍼지면	觸石漫空勢迥殊
형세 월등히 달라져	
신기루와 하늘의 형체를 몽땅 감춰 버리네	藏形海市與天衢
말고 펴고 하여 사람 눈을 미혹하게는	雖然舒卷迷人眼
하지만	
주룩주룩 비 내리어 만물을 소생시킨다오.	興雨祈祈萬物蘇

- ≪목은시고≫ 제12권 / 시(詩)

*획장소(劃長嘯) 획연장소(劃然長嘯). 그을 劃 자가 어떤 때는 부사로 갑자기, 분명히 같은 의미가 있음. 북송 소식(동파)의 〈후적벽부後赤壁賦〉: "갑자기 긴 휘파람소리가 나더니, 초목이 진동하고, 산이 울리고 골짝이 응하며, 바람이 일고 물이 용솟

음쳤다劃然長嘯, 草木震動, 山鳴谷應, 風起水涌"

* 건(蹇) 명사로는 절름발이라는 뜻이 있지만, 여기서는 별 뜻이 없는 구수어기사임. ≪초사楚辭≫ 〈구가九歌·상군湘君〉: "그대 떠나지 못하고 주저함이여, 어느 누구가 삼각주 가운데 머물고 있는가?君不行兮夷猶, 蹇誰留兮中洲"

* 부촌(膚寸) 옛 척도의 이름인데, 네 손가락 넓이를 부(膚)라 하고, 한 손가락의 넓이를 촌(寸)이라 칭하여, 아주 작은 넓이를 뜻한다. ≪공양전(公羊傳)≫ 희공(僖公) 31년: "돌에 부딪혀 나와 한줌도 안 되는 것이 합하여, 아침나절이 되지 않고도 천하에 두루 비를 내리는 것은 오직 태산일 뿐이다觸石而出, 膚寸而合, 不崇朝而徧雨乎天下者, 唯泰山爾"－고전db 각주 정보.

* 참착(巉嚼) 돌이 수면에서 드러났다가 숨었다가 할 때 일어나는 소리, 또는 그러한 모습을 형용하는 말. 전국 초나라 송옥(宋玉)의 〈고당부高唐賦〉: "큰 바위 물에 푹푹 잠겼다 나타났다 하는데 철렁철렁 소리 남이여, 거품도 높이높이 생겨나는도다巨石溺溺之巉嚼兮, 沫潼潼而高厲"

* 옹엄(喁唵) 물고기가 입을 오물오물하는 모습을 형용하는 말. 앞뒤 글자를 바꾸어 적기도 함. 당나라 한유의 〈후희가 이름을 즐거워하면서 장적과 장철에게 주노라喜侯喜至贈張籍張徹〉: "옛날 내가 남쪽에 밀려나 있을 때, 자네들 몇 사람이 늘 생각났었지. 그 생각 흔들어 지우려고 하여도 지울 수 없어, 노래지어 읊기를 날마다 물고기 입을 오물오물거리듯 하였지昔我在南時, 數君長在念. 搖搖不可止, 諷詠日喁唵"

* 착(撮) 당나라 한유의 〈악어를 쫓아내는 글鱷魚文〉: "옛날 선왕들께서 천하를 차지하시고서, 산천을 정비하실 적에, 그물을 치고 칼로 찔러서 해충과 독사를 제거하셔서 백성들에게 해가

되는 것을 사해 바깥으로 몰아내셨느니라昔先王, 旣有天下. 列山澤. 罔繩擉刃, 以除蟲蛇惡物, 爲民害者, 驅而出之四海之外"

* 도계(掉髻) 글자 그대로는 "상투를 흔들다"라는 뜻이지만 여기서는 "지느러미를 흔들다"로 푼다.

* 풍뢰(風雷) ≪주역≫〈익괘益卦 상사象辭〉: "풍뢰가 익이니, 군자는 이 점괘를 보고서 선을 보면 그쪽으로 옮겨가고 허물이 있으면 고친다風雷益, 君子以, 見善則遷, 有過則改"-고전db 각주 정보.

* 통령(通靈) 신선이 되어 사라짐. ≪진서(晉書)≫ 권92〈고개지열전顧愷之列傳〉: "고개지가 한번은 그림 한 상자를 앞을 봉한 다음 환현에게 맡겨놓은 적이 있는데 모두가 매우 아끼던 그림들이었다. 환현은 상자 뒤를 열어 그림을 훔친 다음 처음처럼 다시 봉하여 돌려주면서 열지 않았다고 속였다. 고개지는 처음처럼 봉해져 있는데 그림만 사라진 것을 보고는 기묘한 그림이 신통하여 마치 사람이 신선이 되는 것처럼 변화되어 사라졌다 여기며 전혀 이상해하지 않았다愷之嘗以一廚畫糊題其前寄桓玄, 皆其深所珍惜者. 玄乃發其廚後, 竊取畫, 而緘閉如舊以還之, 紿云未開. 愷之見封題如初, 但失其畫, 直云妙畫通靈, 變化而去, 亦猶人之登仙, 了無怪色"-상동.

* 규지(虬枝) 소나무의 별명. 용염(龍髥), 또는 창염수(蒼髥叟)라고도 함.

* 연비(鳶飛) ≪시경≫〈대아・한록旱麓〉에, "솔개는 날아 하늘에 닿고, 물고기는 연못에서 뛴다.〔鳶飛戾天, 魚躍于淵〕"라는 구절이 있는데, ≪중용≫에서 이것을 인용하여 천지의 지극한 이치를 살필 수 있다 하였다.

* 청영(聽瑩) 귀로 듣고서도 그 의미를 분명히 모르는 것. ≪장자≫

〈제물론齊物論〉: "장오자가 말하기를 '이는 황제도 듣고서 의혹했던 것이니, 공자가 어찌 알 수 있었겠습니까.' 하였다長梧子曰, 是黃帝之所聽瑩也, 而丘也何足以知之"

*수건(修蹇): 당나라 유종원의 〈징구부懲咎賦〉: "이전에 나의 뜻을 높이 닦았음이여! 지금 어찌하여 이러한 어긋남이 있는가?曩余志之修蹇兮, 今何爲此戾也"

* 명성(明誠) 《중용장구(中庸章句)》 제21장: "성으로 말미암아 밝아지는 것을 '성'이라 이르고, 명으로 말미암아 성실해지는 것을 '교'라 이르니, 성하면 밝아지고 밝아지면 성실해진다自誠明, 謂之性, 自明誠, 謂之敎. 誠則明矣, 明則誠矣". 성(誠)은 성실히 하는 것으로 행(行)에 해당하고, 명(明)은 이치를 밝히는 것으로 지(知)에 해당한다.

3. 후관어대부 (後觀魚臺賦) – 서거정

사가시집 제1권 / 부류(賦類)

내가 일찍이 목은(牧隱)의 관어대부를 읽고 이 관어대가 천하에 뛰어난 경관(景觀)이라는 것을 알고부터는 직접 한번 보지 못한 것을 평생의 한으로 삼아 왔었다. 그러다가 지금 다행히 이광릉 세우(李廣陵世祐), 유문성 계분(柳文城桂芬), 이전성 인석(李全城仁錫), 김상산 경손(金商山慶孫), 정고죽 석견(鄭孤竹錫堅) 등 여러 사문(斯文)과 함께 관어대에 올라서 멀리 조망(眺望)해본 결과, 과연 경관의 뛰어나기가 의당 동한(東韓)의 제일이라 하겠다. 그래서 읊조리던 나머지에 애오라지 소부(小賦) 한 장(章)을 이루었으니, 감히 목로(牧老)에게 외람되이 비기려는 것이 아니라, 대체로 선생의 남긴 뜻을 발양(發揚)하기 위한 것이다.

戊戌孟冬有日에　　무술년 초겨울 어느 날에
무 술 맹 동 유 일

達城子與客遊於觀魚之臺之上할세　달성자가 손과 함께
달 성 자 여 객 유 어 관 어 지 대 지 상　　관어대 위에서 노니는데

臺在丹陽海岸하야　관어대는 영해의 해안에 있어
대 재 단 양 해 안

勢甚斗絶이라　　형세가 매우 우뚝한지라
세 심 두 절

去天一握이요
거 천 일 악

하늘과의 거리는 한줌이요

俯臨無地라
부 림 무 지

굽어보매 땅은 보이지 않고

天水相連하야
천 수 상 련

하늘하고 물만 서로 연하여

上下一色이라
상 하 일 색

위아래가 온통 한 빛이라

渺不知其幾千萬里하여
묘 부 지 기 지 천 만 리

아득히 그 몇 천만 리인 줄
알 수가 없어

而非涯涘之可觀也러라
이 비 애 사 지 가 근 야

도무지 한계를 볼 수 있는 게
아니로다

予方凌汗漫하여
여 방 릉 한 만

나는 아득한 선경을 넘어서

超鴻濛하여
초 홍 몽

천지의 원기를 초월하여

發豪嘯하고
발 호 소

호탕하게 휘파람을 불고

吐霓虹하며
토 예 홍

무지개를 한창 뱉어내면서

杯視東溟하니
배 시 동 명

동해를 술잔처럼 보게 되니

而天下已小於目中矣라
이 천 하 이 소 어 목 중 의

천하가 이미 눈 안에 왜소해져
버렸구나

嘉賓滿坐하니
가 빈 만 좌

훌륭한 손들 자리 가득 앉으니

高談轉雷라
고 담 전 뢰
고상한 담론은 우레치듯
굴러 나가누나

亦可以掀宇宙하고
역 가 이 흔 우 주
또한 우주를 치켜들고

而撼海岳者矣라
이 감 해 악 자 의
해악을 뒤흔들 만하도다

蛟龍爲之遁藏하고
교 룡 위 지 둔 장
교룡은 이 때문에 자취를 감추었고

鯨鯢遂焉震慴이라
경 예 수 언 진 습
고래는 끝내 여기서 두려워
벌벌 떠는구나

雲開日晶하고
운 개 일 정
구름 걷혀 해는 맑게 빛나고

風恬浪帖이라
풍 념 랑 첩
바람 순하고 물결이 잔잔하다네

水清可鑑하여
수 청 가 감
물이 흡사 거울처럼 맑아서

而可數游魚라
이 가 수 유 어
노는 고기를 일일이 셀 만하다네

圉圉洋洋하니
어 어 양 양
잔뜩 지친 놈 조금 풀린 놈들이

相忘江湖라
상 망 강 호
강호에서 근심을 서로 잊어버리게
되었구나

夫旣得其所哉니
부 기 득 기 소 재
이미 각각 제 살 곳을 얻었거늘

復何芳餌之足虞也哉오　　어찌 좋은 미끼에 걸릴까
부 하 방 이 지 족 우 야 재　　걱정할 것 있으랴?

傍有童子라가　　곁에 한 동자가 있다가
방 유 동 자

以手指魚하며　　손으로 고기를 가리키면서
이 수 지 어

目予而言曰:　　나를 보고 말하기를
목 여 이 언 왈

鱗之族非一이니　　물고기 유는 각가지이니
인 지 족 비 일

彼小者大者　　저 작은 놈과 큰 놈
피 소 자 대 자

揚鬐者　　지느러미를 드날리는 놈
양 기 자

掉尾者　　꼬리를 흔들어대는 놈
도 미 자

吞舟者　　배를 삼켜 버릴 만한 놈
탄 주 자

縱壑者　　바다를 방종하는 놈이며
종 학 자

有喁噞者　　입을 오물거리는 놈
유 옹 엄 자

有煦沫者　　거품을 뿜어내는 놈
유 후 말 자

有潑刺者하야　　활발하게 뛰노는 놈이 있어
유 발 랄 자

其爲狀千百而亦各有名하니
기 위 상 천 백 이 역 각 유 명

그 천태만상에 또한 각각 명칭이 있으니

吾可屈指以數而告之歷歷也니이다
오 가 굴 지 이 수 이 고 지 력 력 야

제가 손꼽아 역력히 고할 수 있습니다 하네

予曰: 唉라
여 왈   애

내가 말하기를 허허!

童子觀魚於海而屈指以數하니
동 자 관 어 어 해 이 굴 지 이 수

동자가 바다 고기들을 손꼽아 셀 수 있다니

有是理也哉아
유 시 리 야 재

이런 이치가 있단 말이냐?

無是理而求是道면
무 시 리 이 구 시 도

이런 이치가 없는데 이런 방도를 구할진댄

童子汝當索我於枯魚之肆矣라
동 자 여 당 색 아 어 고 어 지 사 의

동자는 나를 건어물의 점포에서 찾으리라 하리라

言未旣에
언 미 기

그 말이 채 끝나기도 전에

有鄭子者崇酒于觴하여
유 정 자 자 숭 주 우 상

정씨라고 하는 사람이 술을 잔에 가득 부어서

長揖而言曰:
장 읍 이 언 왈

길게 머리를 조아리고 말하기를

江山如此하니
강 산 여 차

"강산이 이와 같으니

樂亦無窮矣나
낙 역 무 궁 의

즐거움 또한 무궁할 것 같은데

而於不飮何以哉오
이 어 불 음 하 이 재

여기서 술을 안 마심은 무슨 이유입니까?”하기에

予曰昔惠子觀魚濠上에
여 왈 석 혜 자 관 어 호 상

내가 말하기를 “옛날 혜자가 호상에서 고기를 관찰할 때

而南華老仙亦隨之라
이 남 화 로 선 역 수 지

남화노선인 장자도 그를 따라서 노닐었는데

魚之樂을
어 지 락

물고기의 즐거움을

二子不知하고
이 자 부 지

두 사람이 다 알지 못했고

而二子之樂을
이 이 자 지 락

두 사람의 즐거움에 대해서

二子亦不相知하니
이 자 역 불 상 지

두 사람 또한 서로 알지 못했으니

今子非我니
금 자 비 아

지금 그대는 내가 아니거늘

焉知我之樂乎아
언 지 아 지 락 호

나의 즐거움을 어떻게 알겠는가?” 하였네.

鄭曰赤壁而無蘇仙之賦하고
정 왈 적 벽 이 무 소 선 지 부

정씨왈 “적벽에도 소선의 부가 없거나

蘭亭而無逸少之筆이면
난 정 이 무 일 소 지 필

난정에도 왕희지의 문필이 없었다면

樂未足矣리니
낙 미 족 의

즐거움이 만족치 못했을 테니

懽可極乎아
환 가 극 호

환락이 지극할 수가 있었겠습니까?

今觀魚之樂도
금 관 어 지 락

지금의 고기 보는 즐거움도

不減於蘭亭赤壁이라
불 감 어 란 정 적 벽

난정 적벽의 즐거움보다 덜하지
않기에

走以是知先生之樂하고
주 이 시 지 선 생 지 락

제가 이것으로 선생의
즐거움을 알고

而欲同先生之樂也니이다
이 욕 동 선 생 지 락 야

선생의 즐거움을 함께하려
하나이다" 하는구나

予笑曰子不見夫穹壤之間에
여 소 왈 자 불 견 부 궁 양 지 간

나는 웃으며 말하기를
"그대는 천지 사이에

洪纖巨細萬物職職者乎아
홍 섬 거 세 만 물 직 직 자 호

크고 작은 만물의 번다한
것들을 못 보았나?

自形自色하고
자 형 자 색

각자의 형상 각자의 빛을 지니고

自鳴自走하고
자 명 자 주

스스로 울고 스스로 달리고

自飛自躍者에
자 비 자 약 자

스스로 날고 스스로 뛰는 놈 중에

何莫非物也리오마는
하 막 비 물 야

어느 것이 물 아닌 게 있으리오?

唯魚躍二字를
유 어 약 이 자

그러나 오직 어약 두 글자를

詠於雅章한데
영 어 아 장

≪시경≫에서 읊조렸는데

子思子取之爲道之費하고
자 사 자 취 지 위 도 지 비

자사께서 이를 취해 도의
비로 삼았고

伊川論之爲活潑潑地하니
이 천 론 지 위 활 발 발 지

이천은 이를 논하여
활발발지라 했으니

蓋形容道體之昭著가
개 형 용 도 체 지 소 저

도체의 밝게 드러난 것을
형용함에 있어

莫斯言之爲至라
막 사 언 지 위 지

이 말보다 더 지극한 게 없기
때문일세

韓山子著賦以見其志하며
한 산 자 저 부 이 현 기 지

한산자가 부를 지어 그 뜻을
나타내면서

其曰傳之中原者는
기 왈 전 지 중 원 자

그 서문에서 중원에 전해지길
바란다고 한 것은

亦必以傳道而自冀爾라
역 필 이 전 도 이 자 기 이

역시 도를 전하길 스스로
기대함이었으리라

然則觀魚之樂은
연 즉 관 어 지 락

그렇다면 물고기를 보는
즐거움은

乃古人之樂이요
내 고 인 지 락

바로 고인이 즐거워한
것이요

非予之獨樂也라
비 여 지 독 락 야

나 홀로 즐거워할 것이
아니로다

噫古人不可復作兮여
희 고 인 불 가 부 작 혜

아! 고인을 다시 일어나게
할 수 없음이여!

惟斯道亘萬古而如一이로다
유 사 도 긍 만 고 이 여 일

오직 이 도는 만고 이래
한결같은 것이라

嗟予生之眇末兮여
차 여 생 지 묘 말 혜

아! 나 하찮은 존재로
태어났음이여!

聞道晩이로다
문 도 만

도를 들음이 늦었도다!

而然旣樂古人之樂兮여
이 연 기 락 고 인 지 락 혜

그러나 이미 고인의 즐거움을
즐거워함이여!

當與古人而同歸하리라
당 여 고 인 이 동 귀

의당 고인과 한가지로
돌아가리라" 하였다네.

鄭子髥分燕尾하며
정 자 염 분 연 미

정씨는 수염을 연미처럼 나눈 채

喜深雀躍하며
희 심 작 약

매우 기뻐 어쩔 줄을 모르면서

洗盞更酌하여
세 잔 갱 작

잔을 씻어 다시 술을 따라서

浮我以白이라
부 아 이 백

나를 보고서 장차 강호로
떠가자고 아뢴다

相與援北斗而夷猶兮여
상 여 원 북 두 이 이 유 혜

서로 북두칠성처럼 생긴 국자를
끌어안고서 머뭇거리며 노닒이여!

待東方之月出이러라.
대 동 방 지 월 출

동방에 달이 떠오르길
기다리노라.

* 무술(戊戌) 성종 9년, 1478년.

* 달성자(達城子) 저자의 관향이 달성 서씨이므로 이렇게 자칭함.

* 두절(斗絶) 陡絶(두절)이라고 적으며, 수직으로 가파르게 서서 주변과 관계가 단절된 것을 말한다.

* 애사(涯涘) 물가, 한계. ≪장자≫〈추수秋水〉: "우물 안 개구리가 바다를 말할 수 없는 것은 우물 안에 매여 있기 때문이고, 여름 벌레가 얼음을 말할 수 없는 것은 여름에만 집착하기 때문이며, 고루한 선비가 도를 말할 수 없는 것은 가르침에 속박되어 있기 때문이다. 지금 그대는 강물에서 나와서 큰 바다를 보고는 곧 그대의 부족함을 알았으니, 그대와 더불어 큰 진리를 말할 만하구나井蛙不可以語於海者, 拘於虛也; 夏蟲不可以語於冰者, 篤於時也; 曲士不可以語於道者, 束於敎也. 今爾出於涯涘, 觀於大海, 乃知爾醜, 爾將可與語大理矣"

* 토예홍(吐霓虹) '토홍예(吐虹霓)'라고도 쓰며, 아름다운 문장을 잘 써 내려감을 말함. ≪사가집≫에 이런 말이 자주 보임. 그 한 예: "무지개를 뱉어내어 부를 써내리니, 어슴푸레 손에서 벼락을 치는 듯하구나吐虹霓而作賦, 恍若霹靂之在手也"〔〈압구정부〉〕 -고전db에서 인용.

* 어어양양(圉圉洋洋) 목은선생의 부 주석 참고.

* 고어지사(枯魚之肆) ≪장자≫〈외물外物〉: "붕어 한 마리가 수레바퀴 자국의 고인 물에 있으면서 길 가는 장주(莊周)에게, '한 말이나 한 되쯤 되는 물을 가져다가 자신을 살려 줄 수 있겠느냐'고 하므로, 장주가 장차 오월(吳越) 지방으로 가서 서강(西江)의 물을 끌어다 대 주겠다고 하자, 그 붕어가 화를 내며 말하기를 '나는 지금 당장 한 말이나 한 되쯤의 물만 얻으면 살 수 있는데, 당신이 이렇게 엉뚱한 말을 하니, 일찌감치 나

를 건어물 가게에서 찾는 것이 낫겠다.〔…吾得斗升之水然活耳,
君乃言此, 曾不如早索我於枯魚之肆〕'했다."전하여 곤경에 처
한 것을 비유한다. -고전db 각주 정보에서 인용.

* 옛날 … 못했으니 장자(莊子)와 혜자(惠子)가 호량(濠梁) 위에
서 노닐 때, 장자가 말하기를, "피라미가 나와서 조용히 노니,
이것이 물고기의 즐거움일세." 하자, 혜자가 말하기를, "자네는
물고기가 아닌데 물고기의 즐거움을 어떻게 알겠는가." 하므로,
장자가 다시 말하기를 "그렇다면 자네는 내가 아닌데 내가 물고
기의 즐거움을 모르는 줄을 어떻게 안단 말인가."라고 했다는
데서 온 말이다.〔≪莊子≫〈秋水〉〕-고전db에서 인용.

* 주(走) 우마주(牛馬走)의 약칭으로, 우마를 관장하는 하인(下
人)이란 뜻으로 스스로 겸사(謙辭)하는 말이다. 사마천(司馬
遷)의 〈보임소경서報任少卿書〉에서 자신을 가리켜 '태사공의
우마주〔太史公牛馬走〕'라고 했는데, 여기의 태사공은 바로 사마
천의 아버지인 태사 사마담(司馬談)을 가리킨 것이다.

* 직직(職職) 만물이 무성하게 자라는 모습을 형용하는 말. ≪장
자≫〈지락至樂〉: "아득하고 아련하여 그 근원을 알 수 없고,
아련하고 아득하여 그 형체를 알 수 없다. 만물이 번성하나,
모두 무위로부터 자라는 것이다芒乎芴乎而無從出乎, 芴乎芒乎
而無有象乎. 萬物職職, 皆從無爲殖"

* 어약(魚躍) … 했으니 비(費)는 도(道)의 쓰임의 광대함을 말한
것이고, 활발발지(活潑潑地)는 생동감 넘치는 것을 말한 것으
로, ≪중용장구中庸章句≫ 제12장에, "군자의 도는 비하고 은
미한 것이다. … ≪시경≫에 이르기를 '솔개는 날아서 하늘에
이르고 물고기는 못에서 뛴다.' 하였으니, 이는 도의 쓰임이 위
아래에 나타난 것을 말한 것이다.〔君子之道費而隱. … 詩云鳶

飛戾天, 魚躍于淵. 言其上下察也.〕"하였고, 그 집주(集注) 정자(程子)의 말에, "이 한 대목은 자사께서 매우 긴요하게 사람을 위한 곳으로, 생동감이 넘친다.〔此一節, 子思喫緊爲人處, 活潑潑地.〕"고 한 데서 온 말이다. ―고전 db.

* 부아(浮我) 큰 술통을 배로 삼아서 떠간다는 뜻. 북송 소식의 〈조경황과 진이상이 화답하여 준 시를 보고서 다시 그 각운자를 사용하여復次韻謝趙景貺陳履常見和〉: "맹서하고 장차 강호로 돌아가려는데, 다섯 섬이나 술을 담는 큰 술통을 나는 배로 삼고 둥실둥실 떠가려네逝將江湖去, 浮我五石樽". 이 시에 나오는 큰 술통은 다음과 같은 ≪장자(莊子)≫에 나오는 말을 인용한 것이다.

장자의 친구 혜자(惠子)가 일찍이 장자에게 "위왕이 나에게 큰 박씨 하나를 보내주므로, 이것을 심었더니 닷 섬들이 박이 열렸는데, 그 속에다 음료수를 채워 놓으니 무거워서 들 수가 없었고, 다시 두 쪽으로 쪼개어 바가지를 만들었으나 너무 넓어서 쓸 수가 없네. 속이 텅 비어 크기는 했지만, 나는 아무 소용이 없어 부수어 버렸네.〔魏王貽我大瓠之種, 我樹之成而實五石. 以盛水漿, 其堅不能擧也. 剖之以爲瓢, 則瓠落無所用. 非不呺然大也, 吾爲其無用而掊之.〕"라고 하자, 장자가 "지금 자네에겐 닷 섬들이 바가지가 있었는데, 어찌하여 그것을 큰 통으로 만들어 강호에 띄울 생각은 하지 못하고, 그것이 너무 커서 쓸 데가 없다고 걱정만 하는가?〔今子有五石之瓠, 何不慮以爲大樽而浮乎江湖, 而憂其瓠落無所容.〕"라고 한 데서 온 말이다. ―≪莊子≫〈逍遙遊〉

* 북두(北斗) 북두칠성의 배열이 마치 말〔斗〕이나 구기〔勺〕처럼 생겼다 하여 이를 술그릇에 비유한 것이다. ≪초사≫〈구가九

歌・동군東君〉: "북두를 가져다가 계장을 떠내도다援北斗兮酌桂漿"

* 이유(夷猶) 이유(夷由)로도 표기하는데, 머뭇거리며 배회함. ≪초사≫〈구가・상군湘君〉: "그대 떠나지 못하고 주저함이여.〔君不行兮夷猶.〕"라고 하였는데, 왕일(王逸)이 "이유는 망설이는 모양〔猶豫〕이다."라고 주하였다. ―고전 db 각주 정보.

4. 조선 정조 때 과거시험 답안 부 해설

미국 하버드 대학에서 한국사를 강의하는 김선주 교수가 다음
에 나오는 과거 시험지 한 장을, 그 체재, 형식 같은 면을 한
글로 해설해 나가다가, 나에게 한글로 원문 부분만을 좀 역주
해 줄 수 있는지 물어왔다. 나는 더러 과거 답안 중 論논이나
策책으로 된 글은 읽어 보았지만, 이렇게 賦부 체로 된 글은
자세히 본 일이 없다. 더구나 그 답안지의 원본도 사진을 찍어
보냈는데, "임금님이 직접 체크 하셨다[御考어고]"는 부전지까지 붙
어 있는 것을 보니 매우 재미가 있다. 그래서 나름대로 역주해
서 김교수에게 보냈다. 그러니 이 글은 김교수와 나의 공동작
업이라 할 수 있다. 앞으로 김교수는 이 내용을 모두 영어로
번역하여 국제 학계에 소개할 것이라고도 하였다.

그러나 내용을 읽어 보니 상투적인 말이 많은 것 같아서 별 재
미는 없고, 더구나 벼슬을 하려고 과거를 보는 사람에게 왜 이
렇게 세속을 벗어나서 유유자적하게 사는 "은일隱逸"을 칭송하
는 제목으로 글을 짓게 하였는지, 좀 핀트가 어긋나는 것이 아
닌지 매우 의아했다. 그래서 옛날 선비들이 젊을 때 실제로는
모두 과거시험을 준비하고, 응시도 하면서도, 겉으로는 그런 공
부가 시원치 않은 것이라고 말하고 있었는지도 모를 일이다.

어떻든 그래도 과거 답안지 실물을 자세히 살펴본 것은 좋았
다고 생각한다.

- 이 자료 사용을 허락해 준 하버드 옌칭 도서관에
감사를 표한다

유한당 시권 兪漢藎試券

TK 2292.25 8284.1(9).

1 sheet ; 107×80cm.

이 시권은 유한당(1754~1815)의 응제시권(應製試券)이다.
1790년 정조는 경유(京儒)와 향유(鄕儒)에게 인일제(人日製)
를 보였는데 향유에게 낸 시제(詩題)는 "日長如少年"으로 부
(賦)를 짓는 것이었다. 인일제는 인일, 즉 음력 정월 초이렛날
에 보이던 시험이다. 응제시권은 정조가 직접 채점을 하여 같
은 해 3월 1일 돌려주었다. 유한당은 차상(次上)의 점수를 받
아 붓 두 자루와 먹 하나를 상으로 받았다.

일성록(日省錄) 정조14년(1790) 3월 1일 (강) 考下京儒應製
試券; (목) 先是人日製設場日 以命漢張良自擇齊三萬戶爲詔題
命京儒應製 以日長少年爲賦題 命鄕儒應製 京儒宋知濂二下居
首 二下一人 三上三人 三中十人 三下二十人 次上一百人 仍御
春塘臺 命大司成率入格儒生入侍 居首人入格人姓名榜 安寶給之
車五山集一件 待印出令內閣頒給 三上各八子百選一件 三中各正
音通釋一件 三下各紙一卷筆二柄墨一丁 次上各筆二柄墨一丁 賜
給

忠淸道○日長如少年賦

"일장여소년" 5자가 이 시험의 제목인데, 이 말은 북송 때 소동파와 비슷한 시풍으로 시를 썼던 당경(唐庚, 자는 子西)의 〈취면醉眠〉(山靜似太古, 日長如少年. 餘花猶可醉, 好鳥不妨眠. 世味門常掩, 時光簟已便. 夢中頻得句, 拈筆又忘筌) 시에 나오는 한 구절인데, 이 구절의 뜻을 "부"라는 형식에 담아 풀어내는 것이다. "부(賦)"는 어느 주어진 주제에 대하여 길게 설명한다는 측면에서 보면 산문체라고 할 수 있으나, 처음부터 끝까지 모든 구절의 글자 수를 고르게 맞춘다〔자수율字數律〕든가, 두 구절마다 앞뒤 구절 사이에 자주 대구를 만들어 간다든가, 상하 두 구절, 또는 몇 구절씩 각운자를 맞추어 지어 나가는 측면으로 보면 운문체이다. 그러니 부는 산문과 운문을 결합한 문류文類이다. 이 글에서도 각운자를 맞추어 가면서 지었는데, 다음 본문과 번역 대역에서 문단을 바꾸어 놓은 바와 같이 여러 차례나 각운을 바꾸었다. 운을 바꿀 때는 의미의 흐름이 바뀌는 경우도 있다. 그러나 이러한 부에서는 비록 각운을 단다고 하지만 그 각운 체계가 율시에서 사용하는 각운 체계와 같이 그렇게 엄격하지는 않다. 그래도 아래 원문 구절 중에 한국 한자 발음을 표시한 각운자는 지금의 한국 한자 발음으로 읽어 보아도 각운자로 사용한 각 글자의 모음母音과 받침〔韻尾〕을 합하여 읽어보면 약간의 유사성을 감지해 낼 수는 있다.

幼學臣兪漢戇年三十七本杞溪居扶餘
父學生○彥崟

이 두 줄은 시험 답안지를 작성한 응시자에 대한 정보이다. 즉 수험생은 유학 유한당(1754~1815)인데 시험 볼 당시 나이는 37세, 본관은 기계, 거주지는 부여이다. 가로로 7칸 세로로 6칸이 되도록 시권(試券)을 접어 오른쪽 첫째 칸 하단에 인적사항을 기재하였다. 왼쪽을 잘라 접어 올려서 접합 부분에 "신근봉(臣謹封)"이라고 써서 봉하였다. 응시자의 인적사항을 채점자가 알 수 없도록 피봉한 것이다. 유한당 시권은 이 피봉이 뜯어진 상태로 인적 사항을 적은 부분 위 그리고 절단부분 바로 위쪽에 "신근봉" 글자 중 일부만 보이는데 나머지 아래쪽 반은 시권 뒷면에 있었을 것이다. 응시자의 인적사항은 본인의 직역, 성명, 나이, 본관 및 거주지가 첫 줄에, 그리고 다음 줄에 응시자의 부친 유언음(1724~1779)의 직역과 성명만 기록되어 있다. 보통 식년시 등에서 본인과 4조의 직역과 이름을 기록한 것에 비해 간소화 된 형태이다.〔박현순, ≪조선 후기의 과거≫, 소명출판, 2014, 323 - 53.〕

五宙

"오주(五宙)"는 작축(作軸) 정보이다. 답안지는 등록관이 주관하여 제출한 순서대로 10장을 한 축으로 묶고 천자문 순으로 자표(字票)를 매겼다. 자표는 원래 할봉할 답안과 피봉을 분리하였다가 나중에 감합할 때 확인하기 위한 징표로 상단에 한 곳, 하단 좌우에 두 곳 모두 세 곳에 자표를 기재하고 상단의 자표는 그 가운데를 잘라 나중에 짝을 맞추는 데 이용하였다. 그러나 본 응제시 시권은 할봉하지 않기 때문에 시권의 정리와 관리를 위하여 인적사항을 적은 왼편 한 곳에만 자표를 기재하였다.〔박현순, ≪조선 후기의 과거≫, 소명출판, 2014, 326-7〕 유한당 시권의 자표는 "오주(五宙)"이다. 즉 15번째로 답안지를 제출하였으므로 빨리 제출한 편에 속한다.

旬蓂抽以閏檜 회   시간은 달력 풀로서 추리하는데 남은
                     열매는 장식품이 되고,
閱一葉而春秋 추   한 잎 한 잎 보아 나가면 봄가을이
                     바뀐다네.

朞天周於午影   하늘 한 바퀴 도는 (때가)날자 오늘 낮
                     햇볕 가운데 돌아왔고,
會月終於晡暉 휘   다달이 모임은 오후 밝은 데서
                     마감하였구나.

乾坤大於靜裏   하늘과 땅은 고요 속에서 커가니,

日計年而遲遲 지　나날은 한 해로 계산할 때는 느리고
　　　　　　　　느리구나.

閑如許之永夕　한가롭기는 이렇게 긴 저녁과 같고,
宛若干之周歲 세　완연하기는 약간 한 해가 되돌아옴과 같구나.

日之積而馬年　나날이 쌓여 어느덧 견마지년이 되었으니,
渾不記於閑翁 옹　사뭇 한가로운 늙은이의 입장에서 적을
　　　　　　　　수는 없다네.

〔御考〕〔次上〕

優仙趣於爛柯　훌륭한 신선은 도끼자루 문드러지는 것도
　　　　　　　　모를 경지에 이르면서,

笑世忙於烹羊 양　속세 사람들 고작 양 잡아 쪄서 먹기에 바쁜
　　　　　　　　것 보고 웃는다네.

壺中虛以甲子　이 묘한 호리병 속에서는 갑자을축 세월
　　　　　　　　감도 별것 아니니,

不離房而仙鄕 향　이 좋은 방 떠나지 않아도 저절로 신선의
　　　　　　　　땅 되겠구나.

山窓紅而睡起　산골 집 창문 붉어지자 잠에서 깨어나고,
覺是日之偏長 장　오늘이 자못 긺을 깨달아지.

簷花老於午發 발　처마 밑의 꽃은 낮에 피어 흐드러지고,
籠鶴翶於朝菢 폭　새장 안의 학은 아침에 새끼 껴안고 퍼덕퍼덕
　　　　　　　　거리겠지.

茶烟消而晝闃 격　차 연기 사그라지니 낮은 조용하겠고,

起問日之誰擊 격 해를 그 누가 쏘아 떨어트리라고 하였는지
알고 싶어지겠구나.

階陰遲而坐看 계단의 그늘이 (더디게 가니)천천히 지체
되고 있으니 앉아서 멀리 바라보는데,

較此日於何時 시 이날을 어느 때와 비교하여 보겠는가?

旬三百而一年 시간은 3백 여 일을 가득 채우고 나면
1년이 되는데,

有奇贏之酷少 소 특별하게 남는 시간이 지극히 적구나.

楡火改於閱朔 느릅나무 불은 초하루와 보름을
다시 점검하는 데서 고쳐지고,

梅萼新於回臘 납 매화 꽃받침은 납월에서 돌아 나(와)오는
데서 새로워지도다.

天候遲於卅日 하늘의 절후는 24가지로 나뉘어 도는데,

最漫漫於環甲 갑 60갑자의 순환은 가장 느릿느릿하도다.

山家永以暇日 산골 집은 언제나 한가하나니,

倣彼年而爭似 사 저 빠르게 사는 해만 모방한다면 무엇이
같을까?

瞻朝暾而紀元 아침에 돋는 해를 쳐다보니 새 기원을
엮을 만하고,

緬昨日而隔歲 세 어제를 물끄러미 생각하여도 많은 세월
지난 듯하네.

留亭亭之日影 쨍쨍한 햇빛 그늘 아래 머물면서,

等徐徐之年光 광　유유하고 유유한 세월을 기다리려네.

翁以日而易歲　늙은이는 날로 해를 바꾸는데,
別有天於閑中 중　한가한 가운데 별천지가 있는 것일세.

弭義鞭於六辰　희화의 채찍은 여섯 자리에서 그치지만,
匝璿衡於一終 종　선기옥형은 한번 끝나는 데서 자꾸 더
　　　　　　　　돌린다네.

黃粱頻於世客　속세 나그네에겐 조밥을 자주 대접하고,
綵線添於宮娥 아　궁녀들에게는 채색 실을 보태어 주네.

靑山靜以太古　푸른 산은 고요하기 태곳적과 같으니,
憺忘年而相友 우　담박하게 나이를 잊고서 산과 서로 벗하려네.

儀佳賓之以永　아름다운 손님에게 언제나 변함없이 예의를
　　　　　　　　지킴이,
若酎酒之初成 성　마치 진한 술을 빚는데 처음 공을 들이는
　　　　　　　　것같이 하려네.

超惜短於志士　뜻있는 선비보다 많이 모자람 너무 서글프고,
薆偸半於浮生 생　반생을 부화하게 멀리 도적 당하였구나.

肆坡翁之著記　저 소동파 옹의 저명한 기록들은 아무
　　　　　　　　거리낌 없이 쏟아졌고,
味唐子之閑情 정　이 당자서 선생의 한가한 정서는 음미하여
　　　　　　　　볼만하구나.

登遺葩而上下　저 아름다운 시경 같은 경지에 올려놓아도
　　　　　　　　막상막하하리니,

辨閑忙於斯詠 영　이러한 노래를 읊조리는 데서 한가롭고
　　　　　　　　분망함을 가려내리라.

唉百年於世夢　아아! 인생살이 백 년 동안에 꾸는 세속의
　　　　　　　　꿈이여!
愛千一於仙睡 수　그 천 가지 중 한 가지 신선 같은 잠은
　　　　　　　　사랑할 만도 하구나.

山家幽以事事　산촌 집에서 그윽하게 사는 일을 내 일로
　　　　　　　　삼고,
渾忘疾於烏兎 토　해와 달이 빨리 지나감을 사뭇 잊겠네.

談桑麻於野老　뽕과 삼 같은 농사일을 들판의 늙은이들과
　　　　　　　　어울려 이야기하고,
話碁酒於隣叟 수　바둑과 술을 이웃 늙은이들과 같이 앉아서
　　　　　　　　즐기리.

謇從容而自在 재　자! 조용하게 자유자재할 뿐,
憺優哉而遊哉 재　담박하고 유유하게 노니리니!

臣後辰而綴辭 사　신은 후진으로 말을 엮어,
頌欲獻於日舒 서　찬송하면서 해가 편안하게 굴러가는 곳에
　　　　　　　　올리나이다.

＊순(旬) 흔히 열흘 또는 19년이라는 뜻으로 많이 사용되지만,
여기서는 그냥 시간이라는 뜻으로 보았음. 또 "가득 찬다滿",
"한 해를 가득 채우다滿歲"라는 뜻도 있음. 명협莫:달력 풀, 명협
蓂莢, (겹), 역겹. 보름을 주기로 하여 열매〔겹〕가 매일 하나씩
돋았다가 매일 하나씩 떨어졌다는 신령스러운 풀이름. 짧은 달

이면 그 짧은 날짜에 해당하는 열매를 맺지만 곯아서 떨어지지
는 않는다고 함.

* 회(檜) 전나무, 또는 노송나무라고 하는데, 여기서는 형용사
로 장식한다는 뜻으로 사용되었음.

* 기(朞) 주기, 1주년.

* 마년(馬年) 개나 말 같은 짐승의 나이와 같이 보잘것없는 나
이, 즉 "견마지년犬馬之年"의 줄임.

* 〔어고(御考)〕 부분은 황첨(黃籤), 즉 노란색 첨지(籤紙)에
"어고(御考)"라고 써서 시권에 붙인 것인데, 시험문제를 출제
한 정조가 직접 이 답안지를 읽고 채점했다는 것을 알려준다.
붉은색으로 답안지 위에 크게 쓴 "차상(次上)"은 유한당이 받
은 점수이다.

* 폭(抱) 당나라 한유의 〈천사薦士〉: "학의 깃 저절로 생겨나는
것이 아니라, 어미가 먹이를 쪼아 주고 껴안아주는 데서 변화
하는 것입니다鶴翎不天生, 變化在啄抱". 이 글자는 "껴안을 포
抱" 자와도 통용되며, 어떤 시구 안에서는 이 두 글자가 모두
발음을 "폭" 자로 고쳐서 읽어도 되는 경우가 있음. 이 글 전후
의 4구 끝에 모두 발, 격, 격 같은 입성(入聲) 운자가 달려 있
기 때문에 여기서도 폭으로 읽는 것이 좋음. ―송나라 과거 시
험 각운자 지침서인 ≪예부운략禮部韻略≫ 참조.

* 격(闃) 원문에는 문 문門 안에 "조개 패貝"로 되어 있으나, 여
기 적은 글자의 이체자로 봄. 육조 송나라 배자야(裴子野)의 〈한
야부寒夜賦〉: "대문은 썰렁하여 낮에는 조용하고, 밤에는 적막
하여 아무도 없구나門蕭條而晝闃, 夜寂寞兮無人"

* 수격(誰擊) 옛날 중국의 전설에 의하면, 하늘에 돋는 해가 갑
을병정 등등 10개가 교대로 번갈아 솟아오르는데 만약 잘못되

어 몇 개의 해가 동시에 떠오르면 너무 뜨거워서 세상 사람들
이 견딜 수가 없을 것을 근심하여, 활을 잘 쏘는 유궁후예라는
사람을 청하여 한 개만 남겨두고서 나머지 아홉 개는 떨어트려
없애게 하였다는 전설이 있음. 이 두 구절에서도 매 구절 끝마
다 각운자를 달았음.

* 유화(楡火) 봄을 상징하는 나라의 불[국화國火-《예기》], 또
는 고관 벼슬을 얻어 임금님의 은혜를 입는 것을 상징하기도 함.
* 열삭(閱朔) 한 해의 달력을 다시 점검해 봄. 이 부를 정초인
인일에 지었기 때문에 이렇게 썼음.
* 일영(日影) 여기서는 임금님의 덕화를 상징함.
* 희편(羲鞭) 전설에는 희화(羲和)라는 마부가 해를 수레에 싣
고서 매일 낮에 하늘을 한 바퀴씩 돌다가 저녁이 되면 양곡(暘
谷)에 들어가서 부상(扶桑)이라는 나무에 묶어둔다고 함.
* 육진(六辰) 자(子)에서 사(巳)까지 하늘에 속한 여섯 자리.
태양은 자에서 출발하여 사까지 가서 멈춘다고 함.
* 선형(璿衡) 《서경》에 보이는 중국 고대의 천상(天象) 관측
기계인 선기옥형(璿璣玉衡).
* 황량(黃粱) 좁쌀 밥. 옛날 중국 농촌에서는 손님이 오면 닭을
잡고 조밥을 해서 극진하게 대접하였음.
* 채선(綵線) 5월 5일 단오에 관련된 이야기로, 이날 긴 대나무
막대에 다섯 가지 색실을 묶어두면 병을 쫓고, 누에가 잘 된다
는 풍속이 있었음.
* 산정(山靜) 앞의 제목 주석 참고.
* 주주(酎酒) 몇 차례나 증류한 순수하고 진한 술. 정월에 담가
8월에 완성한다고 함.
* 유파(遺葩) 표현이 아름답기가 꽃같이 화려한 고전으로 전하

여 오는 책, 즉 ≪시경≫을 말함.

* 애(唉) 감탄사. 다음 구 처음에 오는 "사랑 애(愛)"자와 두운(頭韻)이 되고 있음.

* 건(謇) 굴원의 〈이소〉 같은 작품에 보이는 구두(句頭)어기사로 별 뜻은 없음.

* 후진(後辰) 후진(後陣), 후배. 후한 장형의 〈사현부〉: "앞의 훌륭한 선배님들의 남기신 좋은 바람을 숭상함이여! 후배들은 두려움이 끝이 없도다尙前修之遺風兮, 恫後辰而無極"

* 일서(日舒) 해가 편안하게 운행하여 감. 임금님이 정치를 잘함을 상징함.

부 록 2

1. 칠언율시 1수 분석

우선 내가 몇 년 전에 어떤 시골 선비 어른의 문집〔≪애산일고 (愛山逸稿)≫〕번역을 교열해주고서 해제에 써주었던 글이 생각나서 여기 한 번 다시 옮겨 본다.

청류정의 각운자에 따라서 짓다 (聽流亭次韻)

- 경북 예천 선비 장성정張星井

臨流晴出聽流堂 임 류 청 출 청 류 당	물흐름 굽어보니 맑은 해 나오고 물소리 들리는 정자에서
俯瞰如斯晝夜長 부 감 여 사 주 야 장	구부려 바라보니 이같이 밤낮으로 길게 흐름 이어가네
波影軒楣來月色 파 영 헌 미 래 월 색	물결에는 달빛이 나오니 헌미가 비치고
灘聲窓戶送風光 탄 성 창 호 송 풍 광	여울은 자연을 담아 창호 밖에서 소리 내네
有懷無日靡投筆 유 회 무 일 미 투 필	마음에는 있으나 붓을 던질까 망설이지 않은 날 없었지만

邀客當時輒進觴　　손님을 맞으실 때에야 문득 술잔을
요 객 당 시 첩 진 상　　올리게 되었네

宛在主人遊物外　　주인은 완연히 세상 밖에서 노는
완 재 주 인 유 물 외　　듯하여

盟深鷗鷺百機忘　　구로와 맹세 깊었으니 온갖 기심을
맹 심 구 로 백 기 망　　잊으셨네.

이 시의 제목은 "물이 소리를 내며 흐르는데, 흐르는 대로 듣
고 있으라고 지어둔 정자"라는 뜻의 "청류정"이다. 정자 이름
치고는 멋이 넘치는 정자라고 할 것이다. 정자를 지어놓고
"흐르는 물을 굽어보는 것〔임류臨流〕"도 멋있고, "흐르는 소
리를 흐른 대로 듣는 것〔청류聽流〕"도 멋있는 일이다. 그러
나 굽어본다고 하는 것보다도 그대로 듣고 있다고 하는 것
이 좀 더 느긋하게 보일 것이다. 어떤 데는 아예 〔정자에 누
워서〕 흐르는 물을 베고 자는 정자"라는 뜻으로 "침류정枕流亭
"이라고 이름을 붙인 곳도 더러 보았다.

이 시에 나오는 청류정은 주석을 보면, 경북 군위군 군위읍
의 치북이라는 곳에 있다고 하며, 1934년 박진동이라는 분이
세웠다고 한다. "차운次韻"이라는 말은 "남이 지은 시의 각운
자를 그대로 사용하여 짓는 시"라는 뜻인데, 이 시에 보이듯이
제1구, 제2구, 제4구, 제6구, 제8구 끝에 놓이는 "당, 장,
광, 상, 망" 자와 같이 글자 발음의 뒷부분〔모음 아와 받침
ㅇ〕이 비슷한 글자를 각운자라고 한다. 이러한 글자들을 시
에 각운자로 사용하기로 방침을 정해 놓고, 이 정자의 주인

이나, 또는 이 정자에서 가지게 되는 시모임을 후원하는 사람이 미리 이러한 글자들을 각운자로 사용하여 지어놓은 시를 보고서, 그런 시의 각운자에 따라서 짓는 시를 차운시라고 부른다. 이 책에서는 이렇게 차운한 시들이 매우 많다.

한시는 글자는 몇 자 되지 않으나 매우 함축성이 강하여 상당히 많은 뜻을 내포하고 있기 때문에 위에 비록 한 차례 해석하였으나, 그 내용을 아래 다시 한 번 풀어 설명해본다.

첫째 두 구절: 〔낮에〕 흐르는 물굽이를 굽어보고 있으면 해는 솟아서 볕이 비치는데, 이 정자에 계속하여 앉아 물소리를 들으면서, 〔공자님께서 "흐르는 것이 이와 같구나! 밤낮을 가리지 않는구나!逝者如斯夫! 不舍晝夜"라고 하셨던 말씀과 같이〕 밤낮 없이 오래오래 흐르고 있는 이 물줄기를 아래로 조감해 보고 있으면 〔천지자연이 유구함과 영원한 진리는 변하지 않는다는 이치를 더욱 더 철저하게 깨닫고〕 감탄하게 된다.

둘째 두 구절: 〔밤에〕 이러한 좋은 곳에서는 물결 위에는 이 높은 정자의 인방(앞 문 위에 가로 댄 나무)에 걸린 이 정자의 현판이 그림자가 비치고 있는데 달빛이 이미 나왔기 때문이고, 여울은 창문 밖에서 울리는데 아름다운 자연의 메아리를 실어 보내기 때문이다.

셋째 두 구절: 〔나는〕 이렇게 멋진 정자를 짓고 그 정자를 소재로 삼는 시를 모은다는 말을 듣고, 마음으로는 간절하지만, 자신이 없어 매일 시를 지어 보느라 끙끙거리면서 수고하였으나 도무지 자신이 없어 초고를 찢어 버릴까 말까하고 머뭇거리지 않은 날이 없었는데, 결국은 원고를 완성하

여 오늘 〔주인장이〕 손님을 맞이하여 드리는 날, 여기에 초청을 받고 오게 되어서는 문득 주인장을 위하여 축하의 술잔을 올릴 기회를 얻게 되었구나.

넷째 두 구절: 오늘 와서 보니 완연하게 이 정자의 주인장은 사물과 초연한 경지에서 머물고 있으면서, 백구와 함께 놀기를 굳게 맹서하고서 〔≪장자≫나 ≪열자≫에 보이는 도가 터진 사람들과 같이〕 온갖 공리적인 생각을 잊어버렸구나.

이 책에는 원문 번역 아래 상세한 주석이 붙어있으니, 주석에 나오는 설명과 원문의 해석을 대조해가면서 시 원문의 의미를 깊이 생각해본다면 차츰 시의 맛을 느끼게 될 것이다. 위에서 말하였듯이, 한시, 특히 규칙이 잘 갖추어진 율시를 읽을 때에는 시의 규칙을 좀 이해하는 것이 좋을 것 같다. 여기서 좀 전문적인 이야기이지만 쉬운 말로 몇 가지만 설명하고자 한다.

첫 번째, 한시는 매우 리듬을 강구하는 예술작품이다. 리듬을 맞추기 위한 방법은 여러 가지가 있는데, 위에서 말한 바와 같이 매구의 글자 수를 맞추는 것이라든가, 각운자를 맞추어 놓는 것도 그러한 요소 중의 한 장치이다. 사실은 여기 나오는 모든 글자의 소리의 높낮이, 발음의 길고 짧음 같은 것까지 다 고려하는 장치〔평측平仄〕가 되어 있다. 지금 서울말을 기본으로 삼는 표준어에서는 한자의 고저음과 장단음 구분 발음이 그렇게 분명하지 않기 때문에 젊은 독자들에게는 이것을 설명하기가 쉽지 않으나, 오히려 안동을 중심으로 한 경북 북부 지방의 노년층의 말투에는 아직도 그러한 구분이 남아 있으며, 또 현대 중국어에는, 한문의 사성과 모두 일치하는 것은 아니나, 그래도 성조의 구분이 있기 때문에 안동 지방 어투를 아는 사람으로 중국어 발음까지 아는 사람에게는 이러한 평측을 설명하기는 그래도 매우 용이한 면이 있다.

다음에 이 시에 나오는 모든 글자의 평측을 한 번 표시해본다. "평"이라는 것은 한 글자의 발음이 처음부터 끝까지 변화가 없는 음이고, "측"은 장음으로 발음하다가 보니 발음의 중간에 굴곡이 좀 생긴다든가, 기역〔ㄱ〕, 비읍〔ㅂ〕, 리을〔ㄹ〕같이 끝이 꺾여 들어가는 받침이 붙는 요소를 가진 글자의 발음은 음이 기울어진다는 뜻으로 측仄〔=側〕이라고 부른다. 율시에서 평측을 배열할 때, 몇 가지 지켜야 할 규칙이 있는데 그중의 하나가 "이사부동, 이륙대二四不同, 二六對"라는 규칙이 있다. 즉 모든 시구의 제2자와 제4자는 평측이 달라야 하지만 제2자와 제6자는 평측이 오히려 같아야 한다는 말이다. 이 시도 물론 이 원칙에 조금도 벗어나지 않는다.

臨流	晴出	聽流	堂	임류	청출	청류	당	평평	평측	측평	평
俯瞰	如斯	晝夜	長	부감	여사	주야	장	측측	평평	측측	평
波影	軒楣	來	月色	파영	헌미	내	월색	평측	평평	평	측측
灘聲	窓戶	送	風光	탄성	창호	송	풍광	평평	평측	측	평평
有懷	無日	靡	投筆	유회	무일	미	투필	측평	평측	평	측측
邀客	當時	輒	進觴	요객	당시	첩	진상	평측	측평	측	측평
宛在	主人	遊	物外	완재	주인	유	물외	측측	측평	평	측측
盟深	鷗鷺	百機	忘	맹심	구로	백기	망	평평	측측	측평	평

리듬의 효과를 얻을 수 있는 또 한 가지 방법은 시구를 읽을 때, 7자씩 된 구절 같으면 보통 앞의 2자, 2자씩은 묶어 읽은 뒤에 제4번째 글자 뒤에는 좀 쉬었다가〔돈頓, 중간 휴지〕다음의 3자를 읽는데, 이 경우에는 글자들의 의미로 보아서 제5, 6자를 연속하여 읽고 조금 멈춘 뒤에 제7자를 읽든지, 또는 제5자를 읽고 한 번 쉰 다음에 제6, 7자를 달아 읽기도 한다. 이러한 원칙에 따라서 위에 인용한 시에서 띄어쓰기해 보았다.

이미 설명한 바 있지만, 이 시에서 제1구, 제2구, 제4구, 제6구, 제8구의 마지막에 사용된 글자의 발음을 보면 "당, 장, 광, 상, 망"으로 모두 "아"라는 모음과 "ㅇ" 받침이 공통적으로 붙어 있다. 이렇게 보통 한 구절씩 건너 한 음절 중에서 초성 자음을 제외한 뒷부분의 발음이 비슷하게 배열하는 글자를 "각운자脚韻字"라고 하는데, 이 각운자를 규칙에 맞게 놓는 것은 어떤 형식의 시이든지 간에 "운문韻文"에서는 반드시 고려할 사항이다. 이것도 역시 리듬을 고려한 것이다.

이 시에서는 또 중간의 3, 4구와 5, 6구는 다음에 분석하는 바와 같이 뜻으로 보든지, 문법적인 구조로 보든지 간에 정확하게 대구로 되어 있다.

명사: 波(▶부사) 동사:影(명사▶동사) 명사: 軒楣 동사: 來
명사: 月色
명사: 灘(▶부사) 동사:聲(명사▶동사) 명사: 窓戶 동사: 送
명사: 風光

동사: 有　명사: 懷　동사: 無　명사: 日　　동사: 靡

동사: 投　명사: 筆

동사: 邀　명사: 客　동사: 當　명사: 時　　부사: 輒

동사: 進　명사: 觴

위에 인용한 4구절 중에서, "동사 靡"와 "부사 輒"을 제외하고서는 대개 두 구절 두 구절씩 정확한 대구가 된다. 이러한 규칙을 잘 지키는 현상은 필자가 이 시집 전체에 수록된 7언율시를 두루 다 살펴보았지만 거의 예외가 없었다.

이렇게 시구 안에 놓이는 글자마다 평측, 대구 같은 것을 맞추어 나가려다 보니 똑같은 말 중에서 평측과 대구에도 잘 들어맞는 동의어로 된 말을 잘 찾아서 사용하여야 규칙에 어긋나지 않게 된다. 이 시집 안에서 이러한 예를 들자면 다음과 같은 말들이 있다.

3쪽　영가永嘉 ➡ 안동安東　　19쪽　연하煙霞 ➡ 자연紫煙

21쪽　의관衣冠 ➡ 사대부

21쪽　소춘小春 ➡ 10월　　　39쪽　동도東都 ➡ 경주慶州

41쪽　이의二儀 ➡ 천지

또 어떤 경우에는 짧은 시구 안에서 의미가 깊은 뜻을 담기 위하여 옛날부터 전해오는 고전 안에 들어 있는 말을 따다가 문장 안에 넣기도 하였다. 예를 들자면 위에서 인용한 시의 제2행에서 "여사주야如斯晝夜"라는 말은 이미 이야기한 바와 같이 ≪논어≫에서 따온 말이며, "구로백기鷗鷺百機"라는 말은 ≪장자≫나 ≪열자≫ 같은 책에서 따온 말이다. 이렇게 저렇게 되니 한시에서는 점차적으로 어려운 전고典故를 많이 사용하게 된다.

그런데 이렇게 글자 수, 평측과 대구를 맞추어야 하는 까다로운 규칙이 있는 시를 적어 내기가 규율이 엄하지 않은 시체에 비하여 더욱 힘들 것 같지만 사실은 오히려 그와는 반대로, 어느 정도 이러한 규칙에 관하여 기본적인 훈련을 쌓은 사람이면, 오히려 이렇게 규칙이 까다로운 시를 적어내기가 규칙에 엄하지 않은 시를 짓기보다는 더 용이하다고 한다. 왜냐하면 그런 정해진 틀 안에 규격이 정해진 글자를 찾아서 넣기만 하면 되기 때문인데, 한글로 시를 짓는다고 할 때도, "자유시"를 짓는다고 할 때는 어떻게 시작하고 어떻게 시구를 이어 나갈지 막연하지만, 규격이 정해진 "시조時調" 같은 시를 지으라면 글자 수만 잘 맞추어 넣으면 되기 때문에 오히려 용이한 것과 마찬가지 이치이다.

지금까지는 이 선비의 시집에서 가장 많이 사용된 7언율시를 위주로 시의 규칙을 설명하였다. 이 책에는, 첫머리에 보이는 몇 수와 같이, 7언율시말고도 "7언절구絶句"라고 하여, 7자씩 된 시구 넉 줄씩 적은 시도 있다. 이런 경우에는 위에서 말한 율시의 규칙과 대개는 똑같은 규칙이 적용되지만, 중간에 나오는 절반 부분을 대구로 적어야 한다는 규칙은 자연히 적용할 수가 없게 된다. 그러나 어떤 경우에는 7언율시에도 그런 경우가 있듯이 1, 2구에도 대구로 쓸 수는 있다. 이 밖에 다섯 자씩 여덟 줄로 된 5언율시도 한 수 보인다. 이러한 5언율시도 율시인 이상, 다만 중간 휴지는 제2

자와 3자 사이에 있다는 것을 제외하고 나면, 시를 짓는 규칙은 근본적으로 7언율시와 똑같다.

또 어떤 경우에는 시 앞에 그러한 시를 짓게 된 동기를 적은 문장이 실리기도 하는데, 이러한 문장을 시의 서문이라는 뜻으로 "시서詩序"라고 부르는데, 시의 제목을 먼저 적은 뒤에 "병서幷序"라고 한 것은 바로 시의 서문까지 붙여 둔다는 뜻이다. 또 어떤 경우에는 시의 제목 뒤에 "차운次韻"이라는 말이 붙는 경우도 있는데, 이 말을 글자 그대로 풀면 "남이 쓴 시의 각운자를 차례대로 사용한다"는 뜻일 터인데, 이미 딴 사람들이 지어놓은 시를 보고서 그 시구에 사용한 각운자를 따다가 짓는 시이다. 이 문집에는 차운시가 매우 많다.

2. 각운과 글자의 파음 현상

앞에서 7언율시 1수를 해설하면서 각운자에 대하여 설명하였는데, 각운자의 분류에 대한 설명을 좀 더 들기로 한다.

운서韻書에서는 압운押韻이 허용되는 운韻에 속하는 한자들을 한 묶음씩 묶어서 배열하는데, 그 운의 이름으로 삼고자 하여 선정된 대표자를 운목韻目이라고 한다. 중국 사람들은 남북조시대부터 운모韻母를 기준으로 해서 일종의 한어漢語 발음 사전인 운서를 편찬해 왔다.

운서를 편찬할 때에는, 모든 자음을 우선 성조에 따라 평平·상上·거去·입入 등 사성四聲으로 나누고, 같은 성조를 가진 자음들은 다시 운모가 같은 것끼리 분류하여 배열하였는데, 한자들을 한 묶음씩 배열한 가운데에서 한 글자를 골라 그 운의 이름으로 삼고, 이를 운목이라고 하였다.

가령, 중고한어음中古漢語音(隋·唐代의 음)을 가장 잘 반영하고 있다는 ≪광운廣韻≫(1008)에서 보면, '東, 公, 中, 弓' 등과 같은 한자로 이루어진 운을 동운東韻이라고 하며, '冬, 農, 攻, 宗' 등으로 이루어진 운을 동운冬韻, '鍾, 重, 恭, 龍' 등으로 이루어진 운을 종운鍾韻이라고 한다.

운을 정하는 기준은 사성상배四聲相配라고 하여 같은 운모를 가진 한자들을 한 계열로 쳐서, 이들을 성조에 따라 평성·

상성·거성으로 하고, 이들의 운미가 -m, -n, -ŋ으로 끝나는 비음鼻音일 때에는 이들과 대對가 되는 -p, -t, -k 운미를 입성이라고 하여 배열하였다. 따라서, 어떤 계열은 사성이 전부 갖추어져 있지 않은 운들도 있었다. 결국, 운목은 그것이 포함되어 있는 운서의 음계音系를 나타내는 기준으로서, 그 운목을 가지고 그 운서가 나타내는 음운 체계를 추정한다.

≪광운≫은 운목수가 206운인데, 원본 ≪절운切韻≫의 운목수는 193운이었을 것으로 추산되고 있다. 자음 체계의 변천에 따라 각 운서의 운목수도 병합되어, 금나라 유연劉淵의 ≪임자신간예부운략壬子新刊禮部韻略≫(1252)에서는 107운으로 줄고, 같은 금나라의 왕문욱王文郁이 지은 ≪평수신간운략平水新刊韻略≫(1229)에서는 106운이 되었는데, 이것을 흔히 평수운平水韻이라고 하며, 한시를 지을 때 압운의 기준으로 삼았으므로 시운詩韻이라고도 한다.

우리나라에서 널리 쓰인 ≪예부운략≫은 모두 106운 계통의 것으로서, 이를 바탕으로 하여 우리나라에서 편찬된 ≪삼운통고三韻通攷≫·≪화동정음통석운고華東正音通釋韻考≫·≪삼운성휘三韻聲彙≫·≪규장전운奎章全韻≫ 등 운서도 그 운목수가 106운이다. 우리나라에서 통용되는 한자 자전이나 옥편 등의 뒤 끝에 운자표韻字表가 실려 있는데, 이것이 106운목이며, 이따금 평성의 운목을 상평上平과 하평下平으로 나누고 있는 것은 성조의 차이를 보인 것이 아니라 평성자의 수가 많아서 이를 운서에서 둘로 나누어 온 전통을 따른 것이다. ─강신항 집필(1995년), ≪한국민족문화대백과사전·운목≫

여기에서 말한 ≪규장전운≫이 나온 뒤에, 조선 후기에 이룩된 시운서가 헌종 때 윤정현尹定鉉이 편찬한 ≪어정시운御定詩韻≫이며, 또 ≪규장전운≫을 옥편 형식으로 재편한 책을 ≪전운옥편≫이라고 하며, 이 책을 바탕으로 삼아서 북한에서 ≪새옥편≫1)이라는 책을 내기도 하였다.

"파음破音"이라는 말은 어떤 한자의 뜻이, 그 글자가 어떤 문장이나 시구 안에서 놓인 자리에 따라서 그 품사가 다르게 되면서 성조에도 변화가 생기는 현상을 말한다. 이러한 현상에 대한 구체적인 예를 다음에 좀 제시해본다.

1. 輿

〔≪全韻玉篇≫과 ≪새옥편≫ 상호 대조〕

1. 〔○〕 여, 魚〔魚운〕, 以諸切, jǐo, yú.

一. 명사, 차 칸〔車底〕

二. 명사. 천지의 총칭〔天地總名〕, 하늘과 땅(堪輿)

三. 명사. 시작〔始〕 權輿, 동사. 서리기 시작하다. 〔佳氣扶輿(아름다운 기운이 서리기 시작하다)〕.

四. 형용사, 많은, 많은 사람〔衆人〕의, 人衆車輿〔사람도 많고, 수레도 많다〕, 輿論

---

1) 1963년에 북한 사회과학원 고전연구소 편, 일본과 남한의 영인본(심경호 해설 첨부)이 있음. -다음에 두 번째 수록한 도판.

御定詩韻上

| 平聲 東一 | 上聲 董一 | 去聲 送一 | 入聲 屋二 |

平聲
東 功（績也） 公（無私也） 紅 空 工（工巧也）
崆 笁 悾
東（日出方） 湅（暴雨） 蝀（虹也）
同（共也） 仝（全古） 侗
銅（赤金） 峒 桐
酊（馬酪） 鮦 童（幼）
僮 瞳 曈（日出）

上聲 董一
孔（甚也） 董（文十四） 悾 空
懂（心亂） 董
楝（虹也） 動（鼓鳴）
桐 攏
籠 蠓
懞 懜

去聲 送一
贛（文十八） 貢（獻也） 漬 瀧
鶏（鳥名） 矼
虹 鞚（馬勒）
倥 空（屋脊） 棟
凍（冰壯） 棟

入聲 屋二
穀 轂（車輻所湊） 韇 觳（禾稼總名）
縠（紙也） 穀
觳 縠
穀 瑴
谷（山間水道） 玨

水
六

洙 미(渼)
5341 물 이름(水名).

洦 맥(陌) 栢
5342 얕은 물(淺水也).

浌 별※
5343 바다'별. 海~《大典會通》.

洑 I 복(屋) II 보※
5344 I ① 물이 소용돌이 치며 흐르다(回流也). 洄~. ② 물이 스미며 흐르다(伏流也). II 보'물. 보'도랑(引而灌田之水及渠也).

洰 沮(5212)와 같음

洩 I 설[셜](屑) II 예(霽)
5345 설설 I ① 다하다(歇也). 士怒未~. ② 새다(漏也). 振河海而不~. ③ 덜다(減也). 濟其不及以~其過. ◇【洩洩】에예. ⑦ 화락한 모양(和樂貌). 其樂也~~. ⑥ 훨훨 나는 모양(飛翔貌). ~~淫淫.

洙 수[슈](虞)
5346 물'가수 물 이름(水名). ~水. ~泗.

洵 I 순[슌](眞) II 현(霰)
5347 I ① 웅덩이'물(洵中水也). ② 진실로(信也). ~美且都. ③ 멀다(遠也). 于嗟~兮. ◇【洵涕】순체. 소리 없이 울다. 눈물을 뿌리다(無聲出涕也. 揮泗不哭也). 無~~. II 멀다(遠也).

泯 승(蒸)
5348 빠지다(没也).

凍 I 색(職) II 자(寘)
5349 I 작은 비'방울이 떨어지는 모양(小雨零貌). II 물거품(漚也).

洒 I 세(霽) II 새(蟹) III 최(賄) IV 쇄(卦)
5350 V 선[션](銑) VI 사(紙)
I 씻다(滌也. 雪也). 願比死者一~之. 洗와 통함. II 뿌리다(汛也). III 높은 모양(高峻貌). 新臺有~. IV 뿌리다. ~掃. 灑와 통함. V ① 엄숙한 모양(肅貌). 受一爵而色~如也. ② 물이 깊다(水深也). ◇【洒洒】션선. 추워서 떠는 모양(寒慄貌). 令人~~時寒. VI ① 뿌리다(汛也). ~落. ② 큰 비 돼(大瀟也).

洗 I 세(霽) II 선[션](銑)
5351 씻을세 I ① 씻다(滌也). ~滌. ~面. ② 세수 그릇(古盥器以承棄水者). II 깨끗하다(潔也). 自~腆致用酒.

洲 주[쥬](尤)
5352 물'가주 ① 섬(水中可居者也. 渚也). 在河之~. ② 대륙(大陸也). 五大~.

洀 I 주[쥬](尤) II 반(寒)
5353 I 물놀이(水文也). II 盤(7355)와 고자.

洔 지(紙)
5354 I 갑자기 불은 물이 그만하고 줄지 아니 하다(水暫益且止未減也). ② 작은 섬'둑(小陼也). 沚와 통함.

津 진(眞) 肆
5355 나루진 ① 나루(渡水處也). 問~. ~頭. ② 윤택하다(潤也). 其民黑而~. ③ 진액(液也). ④ 침(口液也). 今人望梅生~. 食芥墮淚.

339

2. 〔●〕여, 御운, 羊洳切, jĭo, 〔yù〕

一. 동사. 舁車(가마를 들다)

〔보유〕《王力古漢語字典》2)

一. 〔○〕 본래의 뜻: 차 칸〔車箱〕→수레. 동사로 수레로 나르다.

二. 〔○〕 명사. 가마〔轎子〕. 肩輿, 龍輿, 藍輿, 竹輿

三. 〔○〕 동사, 들다, 짊어지다. 輿瓢, 輿轎

四. 형용사, 많은, 많은 사람〔衆人〕의, 人衆車輿〔사람도 많고, 수레도 많다〕, 輿論

五. 고대에 〔노예 바로 위의〕 최하급직의 낮고 천한 사람〔吏卒〕, 또는 수레를 모는 사람. 廝輿〔나무를 쪼개거나 수레를 모는 일꾼들〕

六. 旟(깃발) 자와 통용. 旌輿

*이 자전에서는 측성의 경우는 "轝"로 구별하여 표시하였음. 그러나 《全韻玉篇》에서는 이 글자를 "輿" 자와 똑같다고 하면서 평성으로 보았으며, 백거이의 시 같은 데에서도 역시 통용하고 있음.

---

2) 근세 중국의 최고 한어학자인 왕력 교수가 현대 한어가 아닌 옛날 한자어에 대하여 과학적으로 연구한 체계를 바탕으로 만든 책이기 때문에 당송시대의 문언(文言) 투로 쓴 한시를 읽을 때 매우 유용하게 사용할 수 있는 책이다. 이분이 지은 《한어시율학漢語詩律學》이라는 책이 한국어로 초역된 일(홍우흠 편, 영남대 출판부)도 있고, 완역된 일(송용준 역, 서울대 출판부)도 있다.

3. 輿 〔민중서림 漢韓大字典 참고〕

여 ○魚 以諸切 yú 〔御定詩韻 譽와 같음〕

명사. 차상(車箱) 여, 수레 위에 사람이 타거나 물건을 싣는 곳. 차체. 전하여, 사물의 기초의 뜻으로도 쓰임.

명사. 수레 여. 차량 車-, 乘-

동사. 실을 여 수레에 실음.

동사. 질 여. 등에 짐.

명사. 종 여. 노복. -臺.

명사. 땅 여. 대지. 堪-, -地, -圖.

형용사. 많을 여. 수가 많음, 사람이 여럿임. -望.

명사. 성 여, 성의 하나.

가마 여. 두 사람이 메는 탈 것. 肩-, 籃-

〔"偶扶藜杖過寒谷, 又枉藍輿度遠岑(내 우연히 청려장 짚고서 한 계곡에 들리니, 그대들 형제는 또 남여 타시고 왕림하시느라 먼 산을 넘어 오시었네)"-주희 〈次陸象山韻〉〕

〔"頓荷山南老仙伯, 肩輿穿得萬花來(고마워라, 산 남쪽에 살고 계신 늙은 신선 같으신 어른〔농암선생님〕, 견여 타고 꽃숲 속을 뚫고서 오셨다오)"-이황 〈李先生來臨寒棲〉〕

여

●御 羊茹切 yù

1. 명사. 차상(車箱, 車底) 여

2 동사. 마주들 여. 두 사람 이상이 들거나 멤〔舁車也〕. -≪全韻玉篇≫

* 보충 설명: ≪王力古漢語字典≫에서는 이 興 자가 측성인 경우는 동사로 사용될 때는 "舉"를 사용하지만, 이러한 뒤의 글자도 명사의 뜻으로 사용할 때는 역시 평성으로 사용된다고 하였음. 그러나 ≪全韻玉篇≫에서는 이 글자를 평측 구분 없이 "興" 자와 똑같다고 하였음.

≪패문운부珮文韻府≫3), ≪시운집성詩韻集成≫4), ≪시운함영詩韻含英≫5) 등 중국 운서에서는 ●御운 羊茹切로 된 발음으로 표시된 이 글자가 보이지 않음.

*단국대학교 동양학연구소에서 낸 ≪한한대사전≫(총15책)에는 이 자를 舉 자와 통용한다고 하면서, 발음이 측성인 경우는 "예"라고 발음한다고 하면서도 설명이나 예를 든 것이 없음.

---

3) 청나라 강희황제 때 어명으로 편찬된 2자나 4자로 된 단어의 아래 글자의 운목 순서에 따라서 단어를 나열한 어휘집. 440권에 50만 단어의 출전을 명시함. -다음의 예와 같이 전자판 사고전서로도 검색이 가능함. - 심경호, ≪한국한문기초학사2≫, 서울, 태학사, 2012, 543~6.

   신정근 등 공역, ≪사고전서총목제요≫(한국연구재단 기초학문자료센터에서 당분간 이메일로만 제공)의 '어정패문운부' 항목 등 참고 요망.

4) 현재 중국인들이 가장 많이 이용하는 시운서, '余照(복성)春亭'이 지은 것이라고 하나 자세한 것은 알 수 없음. 시어의 용례의 70~80%는 소동파 시에서 들고 있음. 이 책에 나오는 글자들의 평측 파음자를 조사해 그 영인본 뒤에 부록을 붙여둔 책도 대만에서 나왔는데, 거기에는 약 600자 가까운 파음자가 있는 것으로 추정하고 있다.

5) 詩韻含英(異同辨), 패문운부가 나온 뒤 건륭 말년에 劉文蔚이 그 내용을 18권으로 요약한 책. 그 뒤에 彭元瑞가 異同辨을 참가한 것을, 일본에서 명치 연간에 谷喬라는 사람이 일본식의 독법 표시를 하여 간행하기도 하였으며, 지금은 모든 내용이 전자화되어, 그 내용을 손전화로도 검색할 수 있음. 한국에도 영인본이 더러 보급되어 있음.

2. 間

1. 間 〔민중서림 漢韓大字典 참고〕

○ 간 《廣韻》 山운 古閑切, 《시운》 刪운 jiān

명사. 사이 간.　a. 양자의 사이. 중간. 가운데. 伯仲之-. "寒磬虛空裏, 孤雲起滅-(차가운 경쇠 소리는 허공에 울리고, 외로운 구름은 생성과 소멸 사이에 있다네)" - 황보증 〈奉陪韋中郎〉　b. 동안 時-.　c. 떨어진 정도. 거리. -隔.　d. 두 물건의 중간의 장소. 天地-.　e. 장소. 곳. 行-.　f. 무렵. 七八月-.　g. 근처. 竹籬-.　h. 안. 民-.

명사. 틈 간.　a. 벌어져 사이가 뜬 곳. -隙.　b. 불화. 君臣多-.　c. 기회. 乘-.　d. 결함. 실수.

동사. 들어갈 간. -三席(세 자리가 들어갈 정도로 비어 있음)

부사. 요마적 간. 요사이. '-者'로 연용하여 사용하기도 함. -蒙甲胄.

명사. 염탐꾼 간. -諜.

동사. 엿볼 간. 기회를 누림. 齊人-晉之禍.

동사. 번갈아들 간. 교대함. "於昭于天, 皇以-之(아아! 하늘에 밝게 알려져, 하느님은 무왕으로 하여금 은나라와 교대하게 하셨다네)" - 《詩經·周頌·桓》

동사. 헐뜯을 간. 헐어 말함. 人不-於其父母昆弟之言 - 《論語·先進》

동사. 이간할 간. 사이를 멀어지게 함. 反-, 後妻-之.
명사. 성 간. 성(姓)의 하나.

● 간 ≪集韻≫ 襇운 古莧切, ≪시운≫ 諫운, jiàn
동사. 거를 간. 사이를 둠. -歲而祫.
동사. 막을 간. 가로막음. 山川-之.
동사. 섞일 간. 뒤섞임. -色. 新-舊.
동사. 간여할 간. 참여함. 又何-焉?
동사. 나을 간. 병이 없어짐. 旬有二日乃-.
부사. 잠시 간. 잠깐. 立有-.
수사. 간 간. 집의 방. "安得廣廈千萬-, 大庇天下寒士俱歡顔
(어떻게 넓은 집 천만 칸을 구하여, 크게 온 천하의 빈한한
선비들로 하여금 모두 얼굴을 펴고 살게 할 것이나가?)"-
두보〈茅屋爲秋風所破歌〉
부사. 간간이 간. a. 드문드문. -有闕文. b. 때때로. -有人
間. "異才應間出, 爽氣必殊倫(특이한 분 응당 드문드문 나오
는 법이니, 밝은 기상은 반드시 무리와 다르시겠지)"-두보
〈奉贈鮮于京兆二十韻〉
부사. 몰래 간. 비밀히. -行.

* 보충 설명: ≪王力古漢語字典≫과, ≪새옥편≫에서는 이 間
자를 한가로울 閒 자의 속자로 보고서, 이 두 글자를 같은
항목에서 다루고 있다. 특히 앞의 책에서는 "간"자가 ≪說
文解字≫ 같은 옛날 책에는 나타나지 않지만, 이 글자의 本
義부터 "사이 간"자의 뜻(달빛이 문틈으로 들어오는 것을 나타

넘)으로 사용되었다는 점을 소상하게 밝히고 있다.

이 두 가지 사전에서는 자형은 閒 자로 적지만, "한가한, 고상한, 큰" 같은 몇 가지 뜻을 나타낼 때만 "한"으로 발음하지, 그 나머지 여러 가지 뜻을 가진 때는, 자형은 그대로 한자로 적지만 발음은 "간"으로 읽는 경우가 훨씬 더 많다고 적고 있다.

2. 閒(間) 〔왕력고한어자전 참고〕

● 간 ≪集韻≫ 襇운 古莧切, ≪시운≫ 諫운, jiàn 또한 間 자로도 적음.

1. 명사. 틈〔縫隙〕. 본의로 달빛이 문틈으로 들어오는 것을 나타내는데. 인신되어 공간의 빈틈〔空隙: 이 경우 평성으로 읽기도 함〕, 사람과 사람 사이에 벌어진 틈〔嫌隙〕, 기회를 틈타다〔乘隙, 乘間〕는 뜻으로 사용됨. "異才應間出, 爽氣必殊倫(특이한 분 응당 틈틈이 나오는 법이니, 밝은 기상은 반드시 무리와 다르시겠지)"-두보 〈奉贈鮮于京兆二十韻〉

2. 동사. 간격을 두다. 이간질하다.

3. 동사. 가만히 살피다. 정탐하다. 명사. 정탐하는 사람. -諜.

4. 동사. 참여하다. 그 사이에 몸을 집어넣음.

5. 동사. 교착(交錯)하다.

6. 명사. 다름. 동사. 다르다. 人不-於其父母昆弟之言 -≪論語·先進≫ "因心孝友人無間, 浴德淵源溯不茫(진심어린 효우라서 모든 사람이 칭찬했고, 덕이 충만한 연원이라서 근원이 분명했네)"- 정온 〈輓愼夜川〉

7. 동사. 병이 낫거나 호전되다. 病-. 少-.

8. 부사. 간혹, 우혹(偶或). -進.

9. 雙聲兼疊韻聯綿字: 간관(-關): 차가 굴러갈 때 내는 마찰음, 또는 새 우는 소리를 나타내는 의성어, 도로가 울퉁불퉁함을 형용하는 의태어.

○ 간 ≪廣韻≫ 山운 古閑切, ≪시운≫ 刪운 jiān

명사. 중간. 大國之-. "寒磬虛空裏, 孤雲起滅-(차가운 경쇠 소리는 허공에 울리고, 외로운 구름은 생성과 소멸 사이에 있다네)"-황보증 〈奉陪韋中郞〉

부사. 근래. -聞.

부사. 잠간.

양사. 방을 세는 단위. 三-.

疊字: 간간(閒閒: 시비를 분별하는 모습). "大知--, 小知間間(큰 지혜를 가진 사람은 한가롭고도 한가로우나, 지혜가 모자라는 사람은 사소하게 따진다)"-≪莊子 · 齊物論≫

○ 한 ≪集韻≫ 何間切 山韻, 시운 刪운, xián

형용사. 한가한. -日.

형용사. 긴요하지 않은, 시시한. -愁, -書, -話.

嫻자와 통함. a. 형용사. 〔추상〕명사. 고상하고 아담하다〔高雅〕. 雍容-雅. b. 동사. 익숙하다. -樹藝(나무 키우는 일에 익숙하다)

〔同源字〕閒(間), 隙···. 閒, 隙 2자는 공간의 공극(空隙), 시간의 공한(空閑), 사람 사이의 혐극(嫌隙) 같은 뜻을 표시함에 있어서는 두 자가 동의자이다. 段玉裁의 ≪說文解字注≫

에 "극이라는 것은 벽과 벽이 교차하는 사이이다. 인신되어 무릇 양변의 가운데 있는 것을 모두 극이라고 한다. 극을 일러 한이라고도 한다. 한이라는 것은 문을 열면 그 가운데 가 곧 교차하는 사이가 된다. 무릇 열려진 틈은 모두 閒이 되는데, 그것은 양쪽에 무엇이 있는 것 가운데 하나가 된다 (隙者, 壁際也. 引伸之凡有兩邊有中者 皆謂之隙. 隙謂之閒. 閒者, 門開則中爲際, 凡罅縫皆曰閒, 其爲兩有中一也)"라고 하였다.

* 보충 설명: ≪全韻玉篇≫을 참조하여 만든 ≪새옥편≫에서도 이 間 자를 한가로울 閒 자의 속자로 보고서, 이 두 글자를 같은 항목에서 다루고 있다. "간" 자가 ≪說文解字≫ 같은 옛날 책에는 나타나지 않지만, 이 글자의 本義부터 "사이 간" 자의 뜻(달빛이 문틈으로 들어오는 것을 나타냄)으로 사용되었기 때문이다.
≪御定詩韻≫에서는 평성 刪운에서는 "閒(간)의 뜻은 틈, 사이, 활 이름으로 황간이 있으며, 間이라고 적는 것은 속자인데, 틀린 것이다(閒, 隙也, 中也, 弩名黃-. 間, 俗非)"라고 하였고, 거성 諫운에서는 "간(閒)은 사이를 두다, 가깝다, 병이 낫다, 훼방하다, 갈마들다는 뜻이다. 間으로 적는 것은 속자인데 잘못되었다(閒, 隔也, 厠也, 瘳也, 訾也, 迭也. 間, 俗非)"라고 하였다.

3. 汙

1. 汙〔全韻玉篇〕

1. 〔○〕 오, 模〔虞운〕 哀都切 wū, u

一. 명사. 흐르지 않는 물〔濁水不流〕. 潢汙.

二. 명사. 움푹함, 비루함〔窊下〕,

三. 동사. 내려가다, 저하되다〔降殺〕. 埤汙, 卑汚, 汚隆.

四. 명사. 낮은 지대에 있는 전답〔下地田〕.

五. 형용사. 더러운, 더럽다, 불결한. 汙邪. 汙俗.

2. 〔●〕 오, 遇운

　涴(오) 자와 같음.

一. 동사. 더러워지다〔穢〕, 오염되다〔染〕.

二. 명사. 웅덩이〔小池〕.

三. 동사. 자주 문질러다〔煩撋〕, 때를 제거하다〔去垢〕.

3. 〔●〕 箇운: 涴(와, 물굽이라고 할 때는 완) 자와 같음.

4. 〔○〕 麻운:　烏瓜切, wā, ʔua

　窊(와)

一. 동사. 〔물을 손으로 떠 마시려고 술바리와 같이〕 깨끗
한 웅덩이를 만들다〔鑿地汙尊〕, (＝窪尊, 窪樽)

2. 보유 《王力古漢語字典》

"汙" 자로도 적음.

一.〔○〕명사. 오물을 몸에 지닌 것과 같이 수고로움을 비유한 것. 避汙.

二.〔○〕동사. 흠이 생기고 더러워지다. 玷汙.

三.〔○〕우, 虞운, 羽俱切, yū, ʔuo

　　紆자와 통용.

　　동사. 구부러져 꼬불꼬불하다. 不汙, 迂曲, 紆曲.

〔同源字〕汙, 洿, 洼, 窪, 穢: 汙, 洿는 같은 음으로, 모두 濁水不流(탁한 물이 흐르지 못하다)라는 뜻이 있으니 사실 똑같은 단어이며, 洼, 窪는 濁水不流라는 말에서 인신되어 더럽다〔汙穢〕라는 뜻을 지니니, 穢 자와 같은 뜻이 되지만, 이 다섯 글자는 기원이 같다.

* 왕력의 《중국시율학 1》: 더럽다(穢也)는 뜻으로는 형용사로 평성, 더럽히다(染也)라는 뜻으로는 동사, 거성. ㅡ"塵汙腰間靑襞綬, 風飄掌上紫遊韁(먼지가 허리춤의 푸른 인끈을 더럽히고, 바람에 손 안의 자줏빛 고삐가 흔들리네)"ㅡ유우석〈祕書崔少監…〉6)

이 설명에 의거하면, 隙이라는 뜻과 中이라는 뜻을 가진 한자를 모두 평성으로 보고 있으나, 실제로 한국 한시의 용례를 보면 中의 뜻으로 쓸 때는, 위에 예를 든 왕력 자전의 분류와 같이 측성으로 쓴 예를 알아낼 수 있다.

---

6) 송용준 번역본(서울대 출판부), 322쪽.

한시 시어의 뜻을 알아내는 데는 일반적으로 중국의 사서출판사에서 펴낸 ≪한어대사전漢語大詞典≫(20책, 전자판도 있음)과 한국 단국대학교 동양학연구소에서 낸 ≪한한대사전漢韓大辭典≫ 같은 책을 많이 보는 것 같으나, 이 두 책이 모두 한자의 파음자에 대한 발음[평측]의 분간과 그에 따른 의미의 구분에 대해서는 그렇게 분명하지 못한 점이 많기 때문에 더러 파음에 따른 정확한 뜻풀이를 분간하여 알아내고자 할 때는 매우 모호한 점이 있다.

왜 그렇게 되었을까? 앞의 중국 사전이 한시의 모양새가 잘 다듬어지던 당송시대에 확정된 시운의 발음체계와 지금 북경어의 발음체계에는 부분적으로는 상통하는 점도 있지만, 어떤 부분에 있어서는 상당한 차이가 생겨났다. 이 책은 그 차이가 나는 발음에 대해서는 별로 유의하지 않고 있기 때문이다. 이런 현대 중국의 사전을 보고 만든 사전이 한국의 ≪한한대자전≫이니, 그런 똑같은 오류를 반복하고 있다고 볼 수 있다. 이런 점은 한시를 정확하게 번역하려는 사람이나, 작시하려는 사람들에게는 가끔 매우 큰 불편을 불러일으키지만, 어떻든 이 두 가지 책이 한국과 중국을 대표하는 방대한 어휘 사전들이니 그런대로 유용한 점도 있는 것은 사실이다.

한국에서 나온 한자 사전[자전]들도 여러 가지가 있지만, 나는 그래도 민중서림에서 나온 ≪한한대자전≫을 가끔 보며, 현대 중국에서 나온 자전 중에는 ≪왕력고한어자전王力古漢語字典≫을 매우 애용한다.

3. ≪도산잡영(陶山雜詠)≫ 시 7수의 성조보(聲調譜)

다음에 이퇴계 선생의 ≪도산잡영≫[1]이란 만년에 지은 시를 모아놓은 자선 시집에 수록된 시들 중에서 7수를 선정하여, 이러한 각운자의 용례와, 파음자의 용례를 더 살펴보기로 한다.
〔퇴계시 풀이 권4, 36쪽, 도산잡영 217쪽 이하에서 따옴, 주석은 생략. -는 평성, +은 측성 표시임〕

(1) 三月十三日, 至陶山梅被寒損, 甚於去年, 窖竹亦悴. 次去春一律韻, 以見感歎之意. 時鄭眞寶亦有約
3월 13일 도산에 이르렀더니 매화가 추위에 상했는데 작년보다 심했으며 움 속의 대나무도 시들었다. 작년 봄에 지은 율시의 각운자를 그대로 써서 지어 탄식하는 뜻을 보인다. 이때 진보현감 정사또와도 약속이 있었다.

　－－－＋＋－－
　朝從山北訪春來 조종산북방춘래
　아침에 산 북쪽에서 봄 찾아왔더니,
　＋＋－－＋＋－
　入眼山花爛錦堆 입안산화란금퇴
　눈에 띄는 산 꽃 고운 비단같이 쌓였네.

---

1) 필자가 장세후 박사와 공역, 서울, 연암서가, 2013년.

＋＋＋－－＋＋

試發竹叢驚獨悴 시발죽총경독췌

시험삼아 대나무 무더기 들춰보고 유난히 시듦에 놀라

＋－－＋＋－－

旋攀梅樹歎遲開 선반매수탄지개

곧 매화나무 당겨보고 늦게 핌을 한탄하네.

－＋＋＋－－＋

疎英更被風顚簸 소영갱피풍전파

성긴 꽃잎 다시 바람에 거꾸로 까불리고,

＋＋＋－＋＋－

苦節重遭雨惡摧 고절중조우악최

굳은 마디 거듭 비 만나 모질게 꺾이었네.

＋＋－－－＋＋

去歲同人今又阻 거세동인금우조

지난해 같은 사람 이제 또 막히니,

－－－＋＋－－

淸愁依舊浩難裁 청수의구호난재

맑은 시름 예와 같아 마구 넘쳐 누르기 어렵다네.

　是日風雨　　　　이날 비바람이 쳤다.

〔각운자인 來, 堆, 開, 摧 자는 모두 상평성9 회灰 운에 속한 글자로, 같은 운자를 끝까지 사용〔일운도저一韻到底〕하였음. 운을 달지 않은 구절의 끝 글자인 悴, 簸, 阻는 각각 거성 4 치寘, 상성 20 가哿 운, 상성 6 어語 운에 해당하는 글자를 넣어

상성과 거성을 혼용하였음]

(2) 十六日. 山居觀物 16일 도산에서 사물을 관조하다

＋＋－－＋＋
蕩蕩春風三月暮 탕탕춘풍삼월모
설렁설렁 봄바람 3월도 저물고,

－－＋＋＋－－
欣欣百物競年華 흔흔백물경년화
싱싱한 온갖 사물들 봄 풍경 다투누나.

－－＋＋－－＋
山光倒水搖紅錦 산광도수요홍금
산 경치 물에 거꾸로 비쳐 붉은 비단 흔들리고,

＋＋－－＋＋－
野色連天展碧羅 야색련천전벽라
들 빛은 하늘까지 이어져 푸른 비단 펼쳐 놓았네.

＋＋－－＋＋
鳥勸葫蘆欺我病 조권호로기아병
새소리 호로병 술 권하니 내 병을 없이 여기는 듯하고,

－－＋＋＋－－
蛙分鼓吹爲私呬 와분고취위사와
개구리는 풍악 울리니 제 몸 위해 움직이네.

－－＋＋－－＋
乾坤造化雖多事 건곤조화수다사
하늘과 땅의 조화 비록 일 많다지만,

＋＋－－＋＋－

妙處無心只付他 묘처무심지부타

　오묘한 것은 무심함에서 나오니 그대로 맡겨둘 뿐이라네.

〔각운자로 사용한 華, 羅, 吡, 他 자는 첫 자는 하평성 6 마麻 운, 나머지 글자들은 세 자가 모두 역시 하평성 5 가歌 운으로, 앞의 한 자가 다음의 여러 자에 따라 들어가는 모양인 소위 "나는 기러기가 무리 속으로 들어가는 형식〔비안입군飛雁入群〕"임. 각운자에 해당하지 않은 1, 3, 5, 7구 말미의 暮, 錦, 病, 事는 각각 거성(과過 운), 상성(침寢 운), 거성(경敬 운), 거성(치寘 운)으로 상성과 거성을 혼용하고 있음〕

(3)-(7) 寅感五絶[2] 우연히 느끼다, 다섯 절구

－－＋＋＋－－

猩紅灼灼映山堂 성홍작작영산당

　성성이 피 같은 붉은색 찬란하게 산의 서당 비추이고,

＋＋＋－＋＋－

鴨綠粼粼蕩鏡光 압록린린탕경광

　오리목 같은 푸른빛 반짝반짝 거울 빛 같은 물결 일렁이네.

＋＋＋－－＋＋

有待不來春欲去 유대불래춘욕거

　기다려도 오지 않으니 봄날 다 가려고 하는데,

---

2) ≪도산잡영≫에는 〈十七日, 寅感〉이라 하여 지은 날짜를 3월 27일로 밝혀 놓았으며, 두 번째 시는 수록되지 않았음.

ーー＋＋＋ーー

悠然孤興一揮觴　유연고흥일휘상

홀로 흥에 겨워 외로운 흥 한가로워 한 잔 술 당기네.

〔하평성7 양陽 운〕

ーーー＋＋＋ーー

晴朝佳色靜年芳　청조가색정년방

개인 아침 경치 아름답고 봄꽃 고요하며,

＋＋ーー＋＋ー

百囀山禽萬樹香　백전산금만수향

온갖 산새 지저귀니 모든 나무 향기롭네.

ー＋ーーー＋＋

誰使封姨飜作惡　수사봉이번작악

누가 바람신 봉이 부추겨 못된 짓 하게 했나?

＋ーー＋＋ーー

枉敎春意一番傷　왕교춘의일번상

잘못 봄 뜻 한 번 상하게 하네.

〔하평성7 양陽 운〕

＊가르칠 교敎 자는 명사로 교육, 교화, 종교, 교명(敎命) 같은 뜻일 때에는 거성(jiào), 동사로 전수傳授한다는 뜻일 때에는 보통 평성(jiāo)으로 읽으며, "…로 하여금 …하게 하다"란 뜻일 때에도 평성으로 읽음.

＋－－＋＋－－

杜鵑花似海漫山　두견화사해만산

두견화 바다같이 온 산 뒤덮고,

－＋＋－－＋－

桃杏紛紛開未闌　도행분분개미란

복사꽃 살구꽃은 펄펄 드물지 않네.

＋＋＋－－＋＋

早識不關榮悴事　조식불관영췌사

일찍부터 상관없음 알았네, 꽃 피고 시드는 일.

＋－－＋＋－－

莫將梅蘂較他看　막장매예 교타간

매화 꽃술 다른 것과 비교해보지 말게.

〔상평성 15 산刪 운(山)과 동 14 한寒 운 통용, 비안입군
飛雁入群 격〕

＊볼 간看 자를 여기서는 평성으로 사용하였음. "보다(視)"라는
뜻으로는 일반적으로 거성(kàn)으로 읽는 경우가 많으나, 독음
讀音으로 읽을 때는 평성(kān)으로 읽음. 당시에 많이 나오는
"看看(…하여 볼만하다)"이라는 말도 역시 평성임. －《國音字典》
212쪽 참조.

＊"…로 보다(看待)"라든가, 그 말에서 인신되어 나온 "수호한
다"는 뜻을 가진 간수看守, 간호부看護婦의 경우에도 현대
중국어에서는 평성으로 읽음. －《왕력고한어자전》 784쪽,
《新華字典》 10판 256쪽 등등 참조.

－＋－－＋＋－

梅樹依依少着花　매수의의소착화

매화나무 드문드문 꽃 적게 붙어 있고,

＋－－＋＋－－

愛他疎瘦與橫斜 애타소수여횡사

그 성기고 마름과 비스듬히 기운 것 사랑하네.

＋－＋＋－－＋

不須更辨參昏曉 불수갱변삼혼효

다시 삼성, 저녁, 새벽 따위를 변별할 필요도 없이,

－＋－－＋＋－

看取香梢動月華　간취향초동월화

향기로운 가지 끝에 달이 떴나 바라보게.

〔하평성 6 마麻 운〕

＊여기서 나오는 看 자도 평성으로 보았음.

1. 이 책은 한국 한시 60여 수를 아주 상세하게 주석하고 해설하면서, 시 본문을 여러 가지 각도에서 뜯어보고 감상해보려고 쓴 책이다. 말하자면 시 본문을 "언어분석비평言語分析批評"한 책이다.

분석비평이란 용어는 서양에서 나온 말이지만, 작품 원문을 자세히 들여다보는 방법은 한학 연구방법 중에서 이미 수 천 년이나 되는 장구한 역사를 지니고 있다는 사실을 자랑스럽게 알고 있는 한국의 학자들은 별로 많지 않을 것이다. 그러나 수천 년 동안 이어온 고전에 대한 문헌학적인 연구가 바로 옛날 책에 적은 글자와 글귀의 의미를 바르게 이해하기 위한 엄청난 노력의 결과물이었다고 생각한다.

2. 지금은 한학漢學을 연구하는 환경이 매우 좋아졌지만, 우리나라 역사에서 한문 공부가 바로 "밥을 굶는" 학문으로 역사상 유래 없는 냉대를 받고 있을 때, 이런 공부를 시작하였던 나와 같은 사람은 정말 젊을 때 "돈 없이" 이런 공부를 시작하였다가 어려운 고비를 많이 겪었다. 그때는 공부라고 하면 으레 서양 것을 연구하는 것이 좋은 것이고, 동양의 것을 공부하여도 서양의 연구 방법론을 가져다가 동양의 것을 분석하는 것으로 생각하였다. 그래서 나도 학교에서 가르치는 영

어와 같은 외국어를 열심히 공부하였고, 우리말로 된 책이 변변한 것이 드물었기 때문에, 전공인 중국어는 물론, 당시에는 학교에서는 가르치지 않던 일본어도 독학하여 책 읽는 훈련을 하였다.

그리고 그 당시에는, 지금도 마찬가지이기는 하지만, 소위 학자가 하는 일은 좋은 논문이나 쓰고, 자기 이름을 내세운 저서를 내는 것이 바람직한 일이지, 옛날같이 훈고, 주석이나 한다든가, 그런 것이 좀 변형된 형태인 번역, 주석이나 하는 것은 아주 수준이 낮은 활동으로 치부하였다. 그러나 역사가 오래된 한문 고전들은 우선 읽고 뜻을 새기기도 벅찬 일인데, 언제나 이런 책을 아는 것같이 가장하고, 기껏해야 남들이 써 놓은 그런 책들에 대한 연구를 몇몇 가지 대강 훑어보고서, 그런 내용을 적당히 짜깁기해가면서, "학문을 한다"고 가장하고, 거짓 학자 행세를 하고 있는 일이 아직도 계속되고 있는데, 이러한 한심한 일이 언제나 끝날 때가 있을 것인가? 물론 논문이나 저서를 내는 것도 좋은 일이기는 하지만, 그런 일은 위에서 말한 그러한 기초가 다져진 뒤에 생각해 볼 일이다. 이런 점에 관해서는 도올 김용옥 박사가 이미 누누이 강조한 적이 있다.

한국에서 대학에 다니면서 이런 풍조만 보다가, 대만에 유학 가서 보니, 이런 것과는 다르게 철저하게 옛날 글을 정확하게 읽어 낼 수 있는 언어학〔문헌학文獻學 philology : 문자학, 성운학, 훈고학, 한문 문법 등등〕 공부를 먼저 시킨 뒤에, 고전 원문을 철저하게 따져가면서 파고 읽도록 하는 훈련을 시켰다. 그때서야 "아하! 공부는 이렇게 해야 하는 것이로구나" 싶은 생각이 들었다. 그러나 귀국한 뒤에도 처음에는 다시 몰아닥친 생활고 때문에, 또 뒤에는 몇몇 대학의 신설된 중문학과나, 한문학과의 교수직을 맡으면서 허다한 격무에 시달리게 되어 제대로 된 공부를 계속하기가 정말 힘들었다.

3. 그때 내가 이러한 열악한 환경 속에서나마 무엇이라도 조금 보람된 일을 해보겠다고 생각해낸 것이, 이퇴계 선생의 문집 첫머리에 나오는 시부터 번역하여 보겠다는 각오였다. 이 일은 그래도 매우 유능한 조수 한 사람을 데리고서 30년 동안을 지속하여 몇 년 전에 겨우 끝내었다. 그 결과물이 영남대학 출판부에서 낸 ≪퇴계시 풀이≫ 9책이다. 그 뒤에 을유문화사에서 ≪고문진보古文眞寶≫ 상·하권을 매우 상세하게 공역해내었고, 그 책이 다행스럽게도 호평을 받게 되자, 그 여세를 몰아서 그 출판사에 다시 건의해서 우리나라에서 가장 많이 읽히는 사서삼경, 노·장 등 중국고전 12종의 상세한 역주의 출판을 제안하여 지금까지 10종을 이미 완간하였다. 이 고전 총서는 내가 기획은 하였지만 직접 집필한 것은 아나, 역주의 방향은 내가 이미 시도해 본 앞의 역주서들의 모델을 따르게 한 것이었는데, 이 총서들도 대개 호평을 받고 계속 출판되고 있다.

4. 이른바 전공의 구분이 뚜렷하게 구분되는 한국학계의 풍토에서, 일시 한문학과에서 가르쳐 본 일도 있기는 하지만, 주로 중국문학과에서 근무하였고, 지금도 "중문학과 명예교수"라는 타이틀을 가지고 있는 내가 왜 이런 일에 손을 대고 있는가? "남의 밥그릇을 침탈하려는 것이 아닌가?" 또는 "자기가 이미 차지한 좋은 밥그릇이나 잘 지킬 것이지, 공연히 이것저

것 한다고 덤벼드는데, 참 밑천이 달리는 것이 보인다." 등등 이러한 조롱이나 듣게 되지 않을까 겁이 나기도 한다.

그런데, 내가 이런 일을 하게 된 동기는 정말 우연한 것이었다. 내가 앞서 낸 ≪퇴계시 풀이≫ 첫 권을 읽어 본 미국의 어떤 명문대학의 한 한국문학 전공 교수가, 이미 국내에서 한국 한시 선집을 많이 낸 허경진 교수와 같이, 1999년에서 2000년까지 그 대학으로 불러서, "한국 한시"라는 과목을 처음으로 개설하고 세 사람이 함께 이 과목을 운영해보자는 제안을 받아들인 데서 연유한다. 나는 한국어로 주로 한시의 특징을 이야기하였고, 허교수도 한국어로 한국 한시를 번역해 가면서 가르쳤고, 그 미국인 교수는 학생들에게 영어로 숙제를 내고 역시 영어로 낸 리포트를 점검하였다. 지금 내 명의로 내는 이 책에서 선정된 시들은 주로 그때 허경진 교수가 뽑아서 가르치던 시들이다.

20여 명쯤 되는 외국대학의 대학원 학생들 ─그 과목 수강생의 절반은 백인이나 교포 학생들이고 절반은 한국에서 유학 온 학생들 ─이었는데, 그중에는 지금은 미국의 어느 대학의 한국문학 부교수가 된 내 딸아이도 있었다. 그 밖에 한국에서 교환교수나 교환 장학생으로 갔던 대학원생들도 몇 사람이나 그 과목을 방청하였다. 그때 중국어나 일본어를 더러 배우기는 하였지만 대부분 한문을 제대로 공부한 일이 없었던 수강생들에게 한 그 강의가 그렇게 성공적이었다고는 할 수 없었지만, 이런 서양 풍토에도 어떻든 이러한 과목을 장려해야 할 필요성을 절감하게 되었다.

그래서 나는 귀국 후에도 틈틈이 이런 한국 한시들을 역주해 영남대학 중문과에서 내는 ≪역총譯叢≫(반 년 간)에 두 차례나 연재하기도 하였다. 그런데 작년에 불행히 상처喪妻하게 되고, 더구나 금년에 들어와서는 코로나 때문에 어디 나다니지도 못하는 답답한 신세가 되고 나서 생각하니, 이러한 때일수록 무슨 일이라도 좀 다잡아 해야지 하는 생각이 들었다. 그래서 다시 이 일을 보완할 생각으로 앞에 썼던 역주를 다시 검토하고, 좀 장황할, 어떤 면에서는 허황할 정도의 해설도 첨가해, 또 다시 대구 (사)동양고전연구회의 전자화면에 수십 차례나 보내 연재하였다.

그런데, 뜻밖에도 대구에서 한문교사로 근무하다가 근간에 퇴임한 영남대 한문과 1회 졸업생인 주동일 선생이 그 글을 시대 순으로 배열한 뒤 출력하여 나에게 1부를 보내주었다. 나는 여기다가 다시 한국 한시의 특징과 역사와 같은 내용과, 한시를 읽는 데 필요한 상식 같은 것을 좀 더 첨가해 한 권의 책이 되도록 만들어 보았다.

5. 이런 책을 만들면서 생각하니, 이 책이 그래도 지금까지 한국에서 이미 나온 이러한 유의 책들보다는 어떻든 그 나름의 특색이 있지 않을까 싶은 생각이 들기도 한다. 우선 시의 본문 번역은 내가 한 번역말고도 같은 시를 이미 번역해 둔 한국고전db에 수록된 선행 번역을 한두 가지씩 대조해보도록 첨가하였다. 그런 선행 번역의 역자들을 보면, 한 세대 앞서 활약하던 그 궁핍한 시대의 선배학자들의 노고에 우선 옷깃을 여미게 된다. 그때는 요즘 같은 편리한 검색 공구류도 매우 드물었는데, 대개 오로지 머리에 외우고 있는 지식에 의거하여 이러한 작업을 해둔 것이다. 그러다 보니 그런 선행 번역 중에는 잘 된 것도 물론 많지만, 더러 소략한 오류도 가

끔 지적할 수가 있었다.

내가 인용한 아주 상세한 주석은 최신 검색 공구류를 마음껏 활용하여 찾아낸 것들이다. 가장 많이 도움을 받은 것은 한국 고전종합db의 각주 정보이고, 전자판 ≪사고전서四庫全書≫도 매우 자주 즐거운 마음으로 검색해보았다. 그래서 선행 번역 에서 더러 놓친 전고 같은 것도 많이 찾아내었다고 감히 자부 한다. 나는 한시 원문에 반드시 한자 발음을 적어 놓고서, 번 역을 시작하며, 모든 설명도 철저하게 한글로 풀어서 쉽게 설 명하는 것을 지향하고 있다. 요즘같이 한문에 대한 기초 소양 이 부족한 사람들에게 어렵다고 생각되는 한문, 한시를 그래 도 가능한 한 알기 쉽게 접근하게 하려면 이렇게 내 자신이 스스로 자세를 가능한 한 겸손하게 낮추는 길밖에 없으리라고 생각한다.

6. 첫머리에서 이야기한 것과 같이, 나는 이 책에서 가 능한 한 한시 본문의 언어 구조부터 분석해 설명하려고 하였 다. 이러한 태도를 나는 한 세기 전의 일본의 저명한 중국문 학자로 ≪당대의 시와 산문唐代の詩と散文≫의 저자 요시카와 코지로吉川幸次郎 교수와, 영어로 ≪중국시학The Art of Chinese Poetry≫란 책을 썼던 저명한 중국문학자이며 비교문학자였던 유약우劉若愚〔James Liu〕 교수 같은 분들을 각각 책을 통하여 사숙하거나 직접 찾아가서 사사하기도 하면서, 그러한 태도를 추종하게 된 것이다.

한 글자 한 글자의 여러 가지 의미를 두루 생각해보고, 그런 글자들의 문법적인 기능을 따져보고, 정확한 발음도 좀 짚어 보려고 애썼으며, 관련된 전고도 찾을 수 있는 데까지 찾아서 그러한 전고들이 이러한 시구들 안에서 어떠한 문맥적 연상을 자아내는가를 생각해보려고 관련성을 찾는 데 노력하였다. 아마 한시를 이야기하면서도 문법이 어떻고, 율격이 어떻고, 연상작용이 어떻고 하는 것을 이렇게 자주 따지는 한국 한시 역주서는 매우 드물 것이라고 생각한다. 이런 점에서 이 책은 비록 장황하기는 하지만, 그래도 사뭇 허황하지만은 않은 그 나름의 특색 있는 책이 될 것으로 감히 자부해본다.

그동안 이 책의 내용을 읽어준 대구 동양고전연구회의 주동일 선생을 비롯한 여러 대구의 친구들, 지금 이 내용을 가지고 서울에서 영상강의를 하고 있는데 매주 열심히 시청하면서 많은 조언을 해준 조카 홍림이와, 미국에서도 매주 들어와서 청강하고 있는 내 딸 지은이 등 여러 사람에게도 고마움을 느낀다. 언젠가는 이 한국 한시 선집을 지은이가 영어로도 완역해내기를 대망하고 있다.

7. 한국에서 한문, 한시 관계 서적을 가장 많이 출판한 명문당에서 다시 이 책을 또 내주겠다고 하니 고맙기 한이 없다. 작년에도 이 출판사에서 졸역 ≪퇴계시학≫과 ≪중국시학≫을 다시 내주었다. 내가 16년 전에 퇴임할 적에도 내 친구와 제자들이 공동 집필한 ≪중국명시감상≫을 이 출판사에서 내주었는데, 그 책은 아직까지도 꾸준하게 찾는 사람이 있다고 한다. 이 책도 그 책과 짝을 맞추어 찾는 사람들이 있게 되기를 외람되지만 기대하여 보고자 한다.

마지막으로 나와 함께 근 50년을 같이 살면서 초년에는 궁핍한 나를 도와주느라고 온갖 고생을 하다가, 그래도 만년에는 좀 안락하게 해로할 것을 기대하였건만, 작년 10월 4일에 이 세상을 떠난 나의 아내의 영전에 이 보잘것없는 책이나마 한 권을 바치려고 한다.

그 사람은 필체가 매우 좋아서 내가 쓴 원고를 청서해주기도 하였는데, 바쁠 때는 밤을 새워가면서 도와준 적도 많았다. 내가 쓰는 이런 종류의 글을 매우 관심을 기울여가면서 읽어 보고, 자주 철자법이 잘못된 것을 바로잡아 주면서, 글 내용에 대해서도 가끔 논평도 해주었는데, 대개는 그 사람의 눈이 밝다고 생각되었다.

언제나 늦은 밤이 되면 서재 문을 열고 들어와서 "왜 아직 안 자요?"하던 목소리가 아직도 내 귀에 생생하게 감돈다. 그 사람은 지금도 나를 지켜보고 있을 것으로 생각하며, 이러한 변변치 못한 활동이라도 계속해 가는 나를 저세상에 가서도 잘 되도록 빌고 있을 것으로 굳게 믿는다.

2020년 9월 태풍이 지나간 날
북한산 서쪽 마을에서   이장우(李章佑)

| ㄱ |

한국 한시 감상

초판 인쇄 — 2021년 1월 5일

초판 발행 — 2021년 1월 15일

저 자 — 이 장 우

발행인 — 金 東 求

발행처 — 명 문 당(창립 1923년 10월 1일)

　　　　서울특별시 종로구 윤보선길 61(안국동)

　　　　우체국 010579-01-000682

　　　　전 화 (02) 733-3039, 734-4798

　　　　FAX (02) 734-9209

　　　　Homepage / www.myungmundang.net

　　　　E-mail / mmdbook1@hanmail.net

　　　　등록 1977.11.19. 제1-148호

■

* 낙장 및 파본은 교환해 드립니다.
* 불허 복제
* 정가 30,000원
ISBN 979-11-90155-68-7 03810